KB143661

삼연집

이 책은 2020년도 정부(교육부)의 재원으로 한국고전번역원의 지원을 받아
수행된 '권역별거점연구소협동번역사업'의 결과물임.

This work was supported by Institute for the Translation of Korean Classics - Grant funded by
the Korean Government.

한국고전번역원 한국문집번역총서／성균관대학교 대동문화연구원

삼연집 2
三淵集

김창흡 지음
金昌翕

이승현 옮김
임영걸

일러두기

1. 이 책의 번역 대본은 한국고전번역원에서 간행한 한국문집총간 165~167집 소재 《삼연집(三淵集)》으로 하였다. 번역 대본의 원문 텍스트와 원문 이미지는 한국고전 종합DB(http://db.itkc.or.kr)에서 확인할 수 있다.

2. 내용이 간단한 역주는 간주(間註)로, 긴 역주는 각주(脚註)로 처리하였다.

3. 한자는 필요한 경우 이해를 돕기 위하여 넣었으며, 운문(韻文)은 원문을 병기하였다.

4. 맞춤법과 띄어쓰기는 한글 맞춤법과 표준어 규정을 따랐다.

5. 이 책에서 사용한 부호는 다음과 같다.

    (   ) : 번역문과 음이 같은 한자를 묶는다.

    〔   〕 : 번역문과 뜻은 같으나 음이 다른 한자를 묶는다.

    "   " : 대화 등의 인용문을 묶는다.

    '   ' : " " 안의 재인용 또는 강조 문구를 묶는다.

    「   」 : ' ' 안의 재인용을 묶는다.

    《   》 : 책명 및 각주의 전거(典據)를 묶는다.

    〈   〉 : 책의 편명 및 운문·산문의 제목을 묶는다.

일러두기 • 4

삼연집 제3권

시 詩

삼연집 제4권

시 詩

삼연집 제5권

시 詩

삼연집

제 3 권

詩시

시詩

연경으로 가는 최 참판을 전송하며[1] 최 참판은 최석정이다.
병인년(1686, 숙종12)

送崔參判 錫鼎 赴燕 丙寅

수레에 기대 서쪽 가는 사행이 옛 모습과 다르니[2]　　憑軾西行異古風

우리 동국에 북과 바디 근래에 텅 비었어라[3]　　我東杼柚近來空

된서리 내리는 속에 담나라 사람 칡신 신고　　譚人葛屨繁霜下

큰 들판 가운데에서 섭자의 얼음 먹으리라[4]　　葉子氷餐大野中

---

1 연경으로……전송하며 : 이 당시 변경의 우리나라 사람이 국경을 넘어 청(淸)나라 땅에 들어갔다가 발각되자 청나라의 관원을 살해하는 사건이 발생하자 청나라에서 조선을 몹시 책망하고 은 2만 냥의 벌금을 물렸다. 이에 조정에서 진주사(陳奏使)를 파견하여 해명하게 하였다. 최석정은 당시 부사(副使)로 연경에 갔다. 《肅宗實錄 12年 3月 7日》

2 옛 모습과 다르니 : 지금의 사행은 옛날의 사행과 다르다는 말이다. 여기에는 당시의 이례적인 사안 때문에 가는 사행이라는 의미와 오랑캐인 청나라로 가는 사행이라는 의미가 다 들어있는 듯하다.

3 우리……비었어라 : 《시경》〈소아(小雅) 대동(大東)〉에 "동쪽의 크고 작은 나라에, 북과 바디가 모두 비었도다.〔大東小東, 杼柚其空.〕"라고 한 표현을 인용한 것이다. 이 시는 주(周)나라 왕실로부터 동방의 제후국들이 부역과 착취에 시달리는 참상을 풍자한 것인데, 이것을 가지고 청나라에 시달리는 조선의 상황을 비유하였다.

노수[5]의 깊은 물결에서 근심스레 말 먹이고 潞水深波愁飮馬

만리장성 멀리 뻗은 형세 바라봄에 활 같으리 長城遠勢望如弓

평소 익힌 삼백 편 시 누구에게 외울까[6] 平生三百憑誰誦

만사에 슬픔 삼키며 취궁[7]에 절하겠네 萬事吞悲拜氉宮

4 된서리……먹으리라 : 모두 사행의 고초를 말한 것이다. 《시경》〈소아 대동〉에 "성글디 성근 칡신이여, 서리를 밟을 수 있도다.〔糾糾葛屨, 可以履霜.〕"라고 하였는데, 이는 주나라 왕실에서 자주 부역을 일으켜 제후국의 높은 자리에 있는 신하조차도 분주히 왕래하며 고생한다는 말이다. 〈모서(毛序)〉에서는 이 시는 담나라의 대부가 읊은 것이라고 하였다. 또 《장자(莊子)》〈인간세(人間世)〉에는 춘추 시대 초(楚)나라 대부 섭공 자고(葉公子高)가 제(齊)나라에 사신으로 가기에 앞서 공자에게 장차 겪을 고초에 대해 말하면서, "아침에 사신으로 가라는 명을 받고 저녁에 얼음물을 마셨는데도 저의 몸 안은 근심으로 인해 타들어 갑니다."라고 하는 이야기가 나온다.

5 노수(潞水) : 연경 동쪽의 통주(通州)에 있는 강 이름이다.

6 평소……외울까 : 예의도 없고 강압적인 청나라에서 사신으로서의 역량을 펼치기 어렵다는 말이다. 삼백 편 시는 사신의 역량을 비유하는 말이다. 《논어》〈자로(子路)〉에 "《시경》 삼백 편을 외워도 정사를 맡겼을 때 제대로 해내지 못하고 외국에 사신으로 나가 혼자서 대처해내지 못한다면 시를 많이 외운들 어디에 쓰겠는가.〔誦詩三百, 授之以政不達, 使於四方, 不能專對, 雖多, 亦奚以爲?〕"라고 하였다.

7 취궁(氉宮) : 취전(氉殿)이라고도 하며 모전(毛氈)을 빙 둘러쳐서 장막을 만든 북방 오랑캐 추장의 거처를 가리킨다. 여기서는 중원을 차지한 청나라의 연경 궁궐을 비유한 것이다.

이서경에 대한 만사[8]

李瑞卿挽

제1수

새로 사람을 아는 것보다 즐거운 일 없고	樂莫新知樂
사람이 죽어서 이별하는 것보다 슬픈 일 없는데[9]	哀莫死別哀
새로 알았다가 죽어서 이별하는 일이	新知而死別
삼 년도 지나지 않아 닥쳤구나	曾未三年來
높은 누각에서 옛날에 말하되	高樓昔有言
드높은 곳에 의지하기를 길이 도모하니[10]	永圖寄崔嵬

8　이서경에 대한 만사 : 이서경은 이규명(李奎明, 1653~1686)이다. 본관은 성주(星州), 서경은 그의 자이며, 호는 묘헌(妙軒)이다. 1684년(숙종10) 식년시에 합격하였고 삼연의 시우(詩友)이다. 집이 도성 북산(北山) 아래에 있어 삼연의 거처와 가까웠다고 한다. 삼연이 낙송루(洛誦樓)를 열고 홍세태(洪世泰) 등을 비롯한 여러 사람과 시사(詩社)를 열 때 같이 참여하였다. 《甲子式年司馬榜目》《本集 卷23 妙軒遺藁序, 卷31 祭李瑞卿文》《柳下集 卷10 妙軒詩集跋》

9　새로……없는데 : 이 구절의 뜻은 문장 자체로 뜻을 평이하게 알 수 있으나, 《초사(楚辭)》의 영향을 많이 받은 삼연의 시풍을 밝혀주기 위해 그 표현의 전거를 든다. 《초사》〈구가(九歌) 소사명(少司命)〉에 "슬픔은 살아서 이별하는 것보다 슬픈 것 없고, 즐거움은 새로 아는 것보다 즐거운 일 없다네.〔悲莫悲兮生別離, 樂莫樂兮新相知.〕"라고 하였다.

10　높은……도모하니 : 이 구절의 자세한 뜻은 미상이다. 드높은 곳에 의지한다는 말을 단순히 높은 산에 우거해 살겠다는 뜻으로 보면 전체 문맥과 전혀 연결되지 않고 동떨어진 의미가 되어 그렇지는 않을 듯하다. 본집 권23의 〈묘헌유고서(妙軒遺藁序)〉에서 삼연이 이규명을 언급하면서 그가 이전의 시 짓던 습관을 모두 버리고 고쳐서

난초 밭을 만년에 기약했으나	蘭圃歲晚期
처음에는 연꽃으로 중매했다 했지[11]	初用芙蓉媒
바야흐로 장차 기운을 통하여	方將通氣息
먼지 낀 청구에 향기 퍼뜨리려 하니	播芬青丘埃
풍아는 묵묵히 의지할 곳 생기고	風雅默有仗
옛길에는 거의 이끼 끼지 않게 되었어라	古道庶不苔
둘 다 병든 몸이라 마주보는 일 드물었으나	同病面時疏
문 닫고 칩거하는 중에도 교분은 더욱 좋았나니	閉門交彌諧
동쪽 언덕에서 약초 캐고 돌아오고	東皋採藥歸
저녁 눈발 속에 그대 집의 매화를 읊었도다[12]	暮雪賦君梅
꽃은 활짝 피고 달은 환히 빛나려는데	花盛月將朗
빈소의 휘장이 펼쳐진 것 보이니	便見總帷開

삼연이 창도하는 풍아(風雅)를 추구하며 삼연을 스승처럼 모셨다는 말이 있고, 삼연이 이러한 이규명의 면모를 높이 평가한 것에 근거할 때, 혹 드높은 곳에 의지한다는 것은 이규명이 삼연을 따르며 시도(詩道)를 배우고자 하는 마음 또는 이규명이 삼연을 따라 시를 배워 나중에 드높은 경지에 도달하고자 한다는 표현이 아닌가 한다.

11 난초……했지 : 이규명이 최후에는 고고한 경지에 도달하고자 하지만 자신이 처음에 일삼고 따랐던 것은 시속(時俗)의 일반적인 시풍이었다는 말이다. 《초사(楚辭)》〈구장(九章) 사미인(思美人)〉에 "연꽃을 통해 중매를 서고 싶으나 옷을 걷고 물에 들어갔다가 발이 젖을까 두렵네.〔因芙蓉而爲媒兮, 憚褰裳而濡足.〕"라고 하였는데, 《초사장구(楚辭章句)》에서 연꽃을 통해 중매를 선다는 부분에 대해 "아래로 풍속을 따르려 한 것이다.〔意欲下求從風俗也〕"라고 하였다.

12 저녁……읊었도다 : 이규명이 죽기 얼마 전에 삼연과 이규명이 눈이 내린 날 매화를 읊으며 담소한 일이 있다. 이 구절이 꼭 그 당시의 일을 말한 것이라고 확정할 수는 없으나 삼연과 이규명이 함께 매화를 읊는 일이 자주 있었음을 알 수 있다. 《本集 卷31 祭李瑞卿文》

그대는 꽃보다 먼저 떨어져 져버려　　　　　君先花隕謝
나만 달과 함께 배회하도다[13]　　　　　　　吾與月徘徊

제2수 其二
천도는 드넓고도 아득하고　　　　　　　　　天道浩且渺
인생은 항상 스스로 수고롭네　　　　　　　　人生每自勤
황곡의 뜻[14]을 늘 품었으되　　　　　　　　長懷黃鵠志
파초 같은 몸[15]은 안정되지 아니했어라　　未定芭蕉身
희화가 수레를 멈추지 않으니　　　　　　　　羲和莫弭節
중도에 황혼이 지기도 하누나[16]　　　　　　半途或黃曛

---

13 꽃보다……배회하도다 : 이규명과 매화를 읊은 만남 이후 달이 좋을 때 다시 만나자고 약속했으나 갑자가 이규명이 죽어 약속을 이루지 못하였으므로 이렇게 말한 것이다. 《本集 卷31 祭李瑞卿文》

14 황곡(黃鵠)의 뜻 : 황곡이 높은 하늘을 날아오르듯 고고하게 지니는 뜻이다. 《초사》〈복거(卜居)〉에 "차라리 황곡과 나란히 높이 날지언정 장차 닭이나 오리와 함께 먹이를 다투랴?[寧與黃鵠比翼乎, 將與鷄鶩爭食乎?]"라고 하였다.

15 파초 같은 몸 : 허망하고 견고하지 못하여 무상한 인간의 몸을 비유한 말로 불교적인 표현이다. 《유마힐소설경(維摩詰所說經)》〈방편품(方便品)〉에서 유마힐이 사람의 몸을 두고 말하기를 "이 몸은 파초와 같아서 그 속이 견고하지 못하다.[是身如芭蕉, 中無有堅.]"라고 하였다.

16 희화(羲和)가……하누나 : 이규명이 젊은 나이에 일찍 세상을 떠났다는 말이다. 《초사》〈이소경(離騷經)〉에 "내가 희화에게 명하여 수레를 멈추게 하고 엄자산 바라보며 가까이 가지 못하게 하였네.[吾令羲和弭節兮, 望崦嵫而勿迫.]"라고 하였다. 희화는 전설상에서 여섯 필의 말이 모는 수레 위에 태양을 싣고 날마다 동쪽에서 서쪽으로 다닌다는 인물이며 엄자산은 해가 지는 곳의 산 이름이다. 《초사장구》에서는 이 구절을 풀이하여 "자신이 노년이 되도록 자신의 도덕이 시행되지 않고 등용되지 못함을 두려워

치맛자락 걷어올리고서[17] 마치 미치지 못할 것처럼	褰裳若不及
날마다 수레 다섯 대 분량 글[18]을 다 읽었지	日盡五車文
사업이 드높은지라 대기만성 하렸더니	業崇故晩成
명운이 불행하여 마침내 알려짐이 없게 되었네	命舛遂無聞
그대가 눈 내리는 밤에 탄식했던 것에 놀라나니	驚君雪夜歎
적송이 뜬 구름에 있도다[19]	赤松在浮雲
애석하다 중묘헌이여	惜哉衆妙軒
무궁문이 아니로구나[20]	果非無窮門

한 것이다.〔我恐日暮年老, 道德不施, 不用.〕"라고 하였다. 즉, 지금 이규명은 노년이 아닌데도 회화의 수레가 멈추지 않아 중년의 나이에 죽음을 맞이해 세상에 쓰이지 못했다고 말한 것이다.

17 치맛자락 걷어올리고서 : 역경을 무릅쓰고 목표를 향해 나아가는 모양이다. 《시경》〈정풍(鄭風) 건상(褰裳)〉에 "그대가 정말로 나를 그리워한다면 치맛자락을 걷어올리고 진수(溱水)를 건널 것이다.〔子惠思我, 褰裳涉溱.〕"라고 하였고, 《세설신어(世說新語)》〈언어(言語)〉에 "진나라와 한나라의 임금들 같으면 필시 저 선경(仙境)을 향해 치맛자락을 걷어올리고 발에 물을 적시며 건너갔을 것이다.〔若秦漢之君, 必當褰裳濡足.〕"라고 하였다.

18 수레……글 : 폭넓은 독서와 학문을 비유할 때 쓰는 말이다. 《장자(莊子)》〈천하(天下)〉에서 장자가 혜시(惠施)를 평하면서 "그의 학술은 다방면에 걸쳐 있으며, 읽은 책이 다섯 수레나 된다.〔惠施多方, 其書五車.〕"라고 하였다.

19 그대가……있도다 : 이규명이 죽기 얼마 전 삼연과 눈 내리는 날 만났을 때 신선인 적송자(赤松子)와 왕교(王喬)가 속세를 초월한 것을 부러워하였는데, 지금 그 당시에 했던 말처럼 이규명이 죽어 적송자처럼 속세를 벗어나 구름이 떠 있는 하늘로 간 것을 놀라면서 하는 말이다. 《本集 卷31 祭李瑞卿文》

20 애석하다……아니로구나 : 깊은 도를 추구하던 이규명이지만 결국 유한한 인생을 극복하지 못하고 흙으로 돌아갔다는 말이다. 중묘헌은 이규명의 당호(堂號)인데 이는 《도덕경(道德經)》에 "무명은 천지만물의 시작이고 유명은 만물의 어미이다.……이를

제3수 其三

누가 나에게 보배를 주되	人有贈我寶
천금과 공옥²¹일지라도	千金與拱璧
마음을 같이하여 말하면서²²	不如同心言
반나절 흉금 털어놓는 것만 못하네	半日瀉襟臆
사람의 마음은 울울하기 쉽고	人情足鬱悁
사물의 이치는 따져보기 좋건만²³	物理利揚推
오동에 기댄 사람 보이지 않으니	不見據梧人
누구와 호수(濠水) 가의 즐거움 함께하랴²⁴	誰共濠上樂

함께 일컬어 현묘함이라고 한다. 현묘하고 현묘하니 뭇 현묘함이 나오는 문이다.〔無名, 天地萬物之始, 有名, 萬物之母.……同謂之玄, 玄之又玄, 衆妙之門.〕라는 구절과 관련이 있다. 무궁문은 《장자》〈재유(在宥)〉에 광성자(廣成子)가 황제(黃帝)에게 "지금 세상에 번창한 온갖 만물이 모두 흙에서 나서 흙으로 돌아간다. 그러므로 나는 장차 그대를 떠나 무궁의 문으로 들어가 무궁의 들판에서 노닐리라.……사람들이 전부 죽으면 나만 남아있을 것이다.〔今夫百昌, 皆生於土而反於土. 故余將去女, 入無窮之門, 以遊無極之野.……人其盡死, 而我獨存乎.〕라고 한 것에 보인다.

21 공옥(拱璧) : 두 손으로 감싸잡을 정도의 큰 옥이다.

22 마음을 같이하여 말하면서 : 돈독한 교분을 말한다. 《주역》〈계사전 상(繫辭傳上)〉에 "두 사람이 마음을 함께하니 그 날카로움이 쇠를 끊는다. 마음을 함께하는 사람의 말은 그 향기로움이 난초와 같다.〔二人同心, 其利斷金. 同心之言, 其臭如蘭.〕"라고 하였다.

23 사람의……좋건만 : 이규명과 자신의 울울한 심회를 나누고 사물의 이치를 따지기에 좋은데 이규명이 지금 없으므로 이렇게 말한 것이다.

24 오동에……함께하랴 : 이규명을 장주(莊周)의 친구인 혜시(惠施)에 비긴 것이다. 《장자》〈제물론(齊物論)〉에 "혜자가 오동에 기댔다.〔惠子之據梧也〕"라고 하였다. 오동은 오동나무로 만든 궤안(几案)이라는 설과 오동나무로 만든 금(琴)이라는 설이 있다. 또 〈추수(秋水)〉에는 장주와 혜시가 호수의 다리 위에서 함께 물고기가 노니는

그대를 곡하고 며칠 못 되어	哭君未數日
이내 마음 많이도 위축되니	多見鄙懷窄
도성에 사람이 안개처럼 많아도	洛中人如霧
입을 열면 물을 돌에 뿌리는 격이라네[25]	開口水投石
산 드높고 못 또한 깊어도	山峩淵亦深
줄 끊어져 거문고 조용한데[26]	絶絃琴自默
깊이 생각하며 예전의 말 풀어보니	冥思繹前語
가련타 반이나 역력히 남아있네	可憐半歷歷

제4수 其四

| 추억하건대 그대 거닐던 곳이 | 憶君步屧處 |
| 많이도 우리 집 앞 둘러 있거늘 | 繞我宅前多 |

것을 보며 토론한 일화가 있다.

25 물을……격이라네 : 상대방의 말을 알아듣지 못하여 받아들이지 못함을 비유하는 말이다. 장량(張良)이 《삼략(三略)》에 관해서 군웅(群雄)들에게 유세할 적에 마치 물을 돌에 뿌리는 것 같아서〔以水投石〕아무도 그 말을 받아들이지 못했는데, 한 고조(漢高祖)를 만나서 이야기하자 마치 돌을 물에 던지는 것 같아 잘 받아들였다고 한다. 《文選 卷53 運命論》

26 산……조용한데 : 지기(知己)인 이규명이 죽어 더 이상 진심을 나눌 벗이 없음을 슬퍼한 말이다. 춘추 시대에 백아(伯牙)가 거문고를 잘 탔는데, 오직 종자기(鍾子期)만이 그 소리를 잘 알아들었다. 백아가 높은 산을 염두에 두고 거문고를 타면, 종자기는 이를 알아듣고 "훌륭하다. 드높기가 태산과도 같구나."라고 하였고, 흐르는 물을 염두에 두고 거문고를 타면, 종자기는 이를 알아듣고 "훌륭하다. 광대함이 마치 강하와도 같구나."라고 하였다. 종자기가 백아보다 먼저 죽자 백아는 자신의 연주를 알아들을 사람이 없다고 여겨 마침내 거문고 줄을 끊어버리고 종신토록 연주하지 않았다. 《列子 湯問》

어느 순간 갑자기 보이지 않으니	俄然忽不見
어찌 다시 내 집에 찾아오려나	豈可復來過
봄철도 벌써 여기에 다다르니	春序已及玆
새로운 경물이 파도처럼 출렁이는데	新物湧如波
동쪽 이웃집은 버들을 새로 옮겨 심고	東隣柳新移
내리는 빗속에 흰 거위가 노닌다	天雨戲白鵝
적적하게 외로운 가슴 끌어안고	寂寂擁孤襟
우두커니 앉아 드높은 노래를 삼키니	兀兀吞高歌
창랑자²⁷의 손을 잡아끌고서	携手滄浪子
맺히는 눈물을 장차 어이하리오	涙集將如何

제5수 其五

횃불 늘어서서 거리에 상여 나가니	列火巷出車
너울너울 붉은 만장(挽章) 뒤따른다	翩翩引丹旌
높은 숲에서 저녁에 자다 일어나고	高林起夕宿
짝하던 새는 집에 왔다가 놀라네²⁸	朋鳥觸軒驚

---

27 창랑자(滄浪子) : 삼연과 이규명과 교유했던 홍세태(洪世泰)의 호이다.

28 높은……놀라네 : 여기서 높은 숲이란 삼연이 머무는 서림(西林), 즉 삼연의 거처를 가리키는 듯하다. 저녁에 자다 일어난다는 것은 곧 삼연이 저녁에 이규명의 상여가 나가는 것에 놀라 일어난다는 뜻인 듯하다. 짝하던 새란 이규명과 짝하던 새를 말하는 듯하다. 원문에서 '헌(軒)'을 삼연의 집으로 해석할 수도 있으나, 이 만사나 다른 시들에서 삼연이 이규명의 중묘헌(衆妙軒)에 사람이 없음을 서글퍼하는 감정이 많음을 볼 때 중묘헌, 즉 이규명의 거처로 보는 것이 시상에 어울릴 듯하다. 즉 평소 이규명이 살던 중묘헌에 날아와 이규명과 노닐던 새가 이규명이 없는 것을 알고 놀란다는 뜻인 듯하다.

봄날에 풀은 천 리에 뻗었는데   春天草千里

노원[29] 평야는 적막하구나   漠漠蘆原平

슬픈 마음 참으며 해로의 노래[30] 지어   忍爲薤露唱

야대[31]로 가는 그대를 재촉하누나   催君夜臺行

---

29 노원 : 이규명의 묘가 있었던 곳인 듯하다. 본권의 〈추흥잡영(秋興雜詠)〉 제3수에
도 "좋은 벗 묘헌은 문장을 자세히 논했더니, 지금 벌써 노원의 묵은 풀 가을 들었네.〔妙
軒好友論文細, 今已蘆原宿草秋.〕"라고 하였다.

30 해로(薤露)의 노래 : 해로는 풀잎에 맺힌 이슬이라는 뜻이다. 풀잎에 맺힌 이슬이
햇살에 쉽게 사라지듯 사람의 목숨도 쉽사리 사라짐을 말한 것으로 만사(挽辭)를 가리
킨다. 《고금주(古今注)》에 "해로와 호리는 사람이 죽었을 때 부르는 노래이니, 전횡의
문인에게서 시작되었다. 전횡이 자살하자 문인들이 슬퍼하여 그를 위해 슬픈 노래를
지었으니, 사람의 목숨이 풀 위의 이슬처럼 쉽게 사라지는 것을 노래한 것이다.〔薤露蒿
里, 竝喪歌也. 出田橫門人. 橫自殺, 門人傷之, 爲之悲歌, 言人命如薤上之露, 易晞滅
也.〕"라고 하였다.

31 야대(夜臺) : 장야대(長夜臺)의 준말로 무덤을 가리킨다. 무덤 속이 캄캄하여 밤
과 같이 빛이 들지 않으므로 야대라고 표현하는 것이다.

봄날 저녁에 산보를 하다가 화산을 추억하며[32]

春夕散步 憶華山

방초 핀 고운 못을 둘러 걸으며	步繞華池芳草中
배회하다 다시 낙송루(洛誦樓) 동쪽으로 가네	徘徊轉向洛樓東
온갖 꽃 피려는데 밝은 달 떠오르고	百花將發生明月
두 마리 학 때로 우는데 상쾌한 바람 시원해라	雙鶴時鳴洒好風
맑은 기운 어린 주렴 앞에 봄옷은 매끄럽고	淑氣簾前春服潤
도심 어린 종소리 뒤편으로 저자 소리 고요하다	道心鐘後市聲空
신선 세계 같은 서늘한 골짜기로 돌아감이 늦었으니	
	泠泠仙峽吾歸晩
누가 삼연에서 약초 씻던 늙은이인고	誰是三淵洗藥翁

---

32 봄날……추억하며 : 화산(華山)은 북한산의 이칭으로 많이 쓰이지만, 시의 내용으로 볼 때 여기에서는 철원의 삼부연(三釜淵)이 있는 용화산(龍華山)이다.

졸수재의 시에 화운하다 졸수재는 조공 성기이다

和拙修齋 趙公聖期

한식날 봄 그늘에 온갖 새들 지저귀니	寒食春陰囀百禽
종남산의 높은 누각이 그윽하고 깊은 곳에 숨어있네	終南高閣隱幽深
주렴이 한 집에 드리워졌는데 뜰 가득 풀 돋았고	簾垂一院盈庭草
시는 천 년 세월 속에 출중한데 비파 내려놓는 소리[33]로다	
	詩夐千年捨瑟音
복사꽃 오얏꽃 피려는데 반달도 뜨지 않았으나[34]	桃李將開無半月
우리의 노래 서로 통함은 천금만큼 값지도다	嘯歌相得抵千金
멋진 약속 물릴지 말지 꽃 피는 소식 따라 정하기로 하니	
	佳期進退隨花信
풍류 넘치는 젊은 협객의 마음이 아닐런가	無乃風流俠少心

---

33 비파 내려놓는 소리 : 조성기의 훌륭하고 속태가 없이 맑은 시를 형용한 말이다. 공자의 제자 자로(子路), 증점(曾點), 염유(冉有), 공서화(公西華)가 공자를 모시고 있었을 때, 공자가 각자의 포부를 묻자 다른 사람들은 모두 세상에 나가 뜻을 펴고 싶다는 포부를 드러냈는데, 증점만은 자기가 말할 차례가 되자 연주하던 비파를 내려놓고〔舍瑟〕 일어나서는 "늦은 봄날 봄옷이 완성되면 어른 대여섯 사람, 동자 예닐곱 사람과 함께 기수에서 목욕하고 무우에서 바람을 쐬고 노래하며 돌아오겠습니다."라고 하니, 공자가 증점의 포부를 칭찬하였다. 《論語 先進》 참고로 권5의 〈뒤늦게 지은 졸수재 조공에 대한 만사〔追挽拙修齋趙公〕〉에서도 증점의 이 고사를 들어 조성기의 탈속한 면모를 칭송하였다.

34 복사꽃……않았으나 : 함께 모여 술을 마시고 놀 만한 아름다운 봄경치가 아직 완성되지 않았다는 말이다. 봄날의 복사꽃·오얏꽃과 달은 이백(李白)의 〈춘야연도리원서(春夜宴桃李園序)〉를 포함해 여러 시문에서 술을 마시고 즐기는 아름다운 배경으로 등장한다.

수성동에서 이자문[35]을 만나 대화를 나누다

水聲洞 遇李子文晤語

아침에 나와서 마음 가는 대로 걷다 보니	朝出信我步
나도 모르는 사이 이 골짝으로 들어왔네	不知入此洞
골짝 들어오니 소나무 숲 무성한데	入洞鬆鬆茂松林
활 쏘는 남자며 빨래하는 아낙이며 노니는 이들 많구나	
	射夫浣女遊者衆
시내 남쪽 작은 오두막엔 초가지붕 막 이는데	溪南小廬茅始誅
아름다운 사람이 시내 북쪽에서 날 부르네	好人正在溪北呼
봄철에 두문불출하다가 처음으로 그대를 만나니	杜門三春始逢君
인생살이 웃을 일 한 번에 온갖 근심 없어진다	人生一笑百憂無
비 내린 서산에는 푸른 빛 다하지 않았고	西山旣雨翠未了
꽃 같은 흰구름은 하늘을 지나가네	白雲如花度天表
이 무슨 성시(城市) 속의 동산이란 말인가	是何煙火囿
나로 하여금 오래도록 앉아있게 하누나	遣我坐迢遞
쌍다리 이끼 낀 돌[36]은 백년 세월 걸쳐 있고	雙梁苔石橫百年

---

35 이자문(李子文) : 이지성(李之星)이다. 자세한 행력은 미상이지만 《함평이씨대동보(咸平李氏大同譜)》에 따르면 호가 백월당(白月堂)으로, 시문(詩文)으로 명성이 있었고 시집도 남겼다고 한다.

36 쌍다리……돌 : 수성동에 두 개의 통돌로 걸쳐놓은 기린교(麒麟橋)이다. 안평대군(安平大君)의 옛 집인 비해당(匪懈堂) 터에 남은 것이라고 한다. 다음 겸재 정선의 그림에도 기린교가 보인다.

뛰어난 풍광은 푸른 허공 사이에 끊임없어라 　　勝寄未絶靑虛際

잠깐 존재했던 이궁은 포도궁(葡萄宮) 같았는데[37] 　暫時離宮擬葡萄

지금 아로새긴 담장은 덩굴 속에 무너져 버려졌구나

　　　　　　　　　　　　　　　　　　　即今雕墻頓薜荔

풍천과 수운의 노닒이 보이지 않으니 　　　　不見風泉水雲遊

소공의 종과 북을 지금 어이 찾으랴[38] 　　　　蘇公鐘鼓今何求

여기에서 서로 만나 흥취 느끼기 충분하니 　　　此中相看足感興

앉아봄에 온갖 새소리 재잘대누나 　　　　　　坐來百鳥聲啾啾

봄꽃은 땅에 흩어져 있고 푸른 나무 많으니 　　春花委地靑樹多

바라건대 그대는 옛집 버리고 새로 집 지으시게 　願君捨舊新其謀

37 잠깐……같았는데 : 수성동에 있었던 비해당을 가리킨 것인 듯하다. 세종 때 안평
대군의 집이었던 비해당은 안평대군이 역모에 연루되어 사사된 뒤 허물어졌다. 이궁은
정궁(正宮) 외에 외부에 있던 별궁 또는 태자가 거처하는 궁궐을 가리킨다. 포도는
한(漢)나라 때 상림원(上林苑) 서쪽에 있던 이궁인 포도궁(葡萄宮)이다. 비해당이 경
복궁의 서쪽 인왕산에 있었으므로 포도궁에 비긴 것이다.

38 풍천(風泉)과……찾으랴 : 풍천과 수운은 모두 이곳에서 거처했던 소세양(蘇世
讓, 1486~1562)의 집에 있던 건물의 이름이다. 《신증동국여지승람(新增東國輿地勝
覽)》 제3권 〈한성부(漢城府)〉에 소세양의 집이 인왕산 아래 인왕동에 있었고 청심당
(淸心堂), 풍천각(風泉閣), 수운헌(水雲軒)이 있었는데 지금은 모두 헐렸다고 하였다.

겸재 정선의 수성동 그림

현재의 수성동 기린교

옛 주인 이자문에게

與敬明遊水聲洞 覽物興詠 書寄舊洞主李子文 以慰猿鶴之戀

경명과 수성동에서 노닐다 경물을 보고 흥이 일어 시를 읊고서 옛
동주인 이자문에게 적어 보내 원학의 그리움[39]을 위로하였다

골짝에 들어와 남은 봄 풍광 찾으며	入谷尋餘春
살구꽃 핀 언덕으로 손 잡고 가노라	携手杏花岸
꽃잎은 날려 바위 둑 뒤덮더니	花飛冒金堤
반쯤은 솔바람에 날아 흩어지네	半爲松風散
향초는 평평하게 연이어졌고	薈緣芳杜平
초록빛 시내는 그늘져 세차게 흐른다	蔭映綠溪渙
흰구름은 오랫동안 뭉게뭉게 뭉쳐 있고	白雲久悠悠
산뜻한 봉우리는 하늘 위로 솟구쳐 있다	晴峰出霄漢
걸으면서 여기가 맑은 풍패[40]인가 싶고	行疑風珮清

---

39 원학(猿鶴)의 그리움 : 떠나온 산중에 대한 그리움이다. 공치규(孔稚圭)의 〈북산
이문(北山移文)〉에 "혜초 장막은 텅 비어 밤 학이 원망하고, 산중 사람이 떠나감에
새벽 원숭이가 놀란다.〔蕙帳空兮夜鶴怨, 山人去兮曉猿驚.〕"라고 하였는데, 이후로 원
학은 은자의 처소를 가리키는 의미로 사용되었다. 《古文眞寶 後集 卷2》

40 풍패(風珮) : 진(晉)나라 때 선인(仙人) 갈홍(葛洪)의 〈세약지(洗藥池)〉에 "골짜
기 그늘진 곳은 참으로 서늘하고, 바람은 패옥소리인 양 맑디맑게 울리네.〔洞陰泠泠,
風珮清清.〕"라고 하였다. 이 시에서 구절을 따서 삼연의 부친 김수항은 경기도 영평에
마련한 땅을 풍패동이라고 이름하기도 하였다. 여기에서는 영평의 풍패동을 곧바로
지칭한 것인지 아니면 단순히 갈홍의 거처처럼 고상한 은거지를 지칭한 것인지 확실하

앉아서 도끼 자루 썩은 것[41] 생각하노라	坐思樵柯爛
이리저리 둘러보며 잠깐 동안 마음 넉넉하니	俯仰暫自得
지가[42] 노랫소리 어지러이 퍼지누나	芝歌正凌亂
벗님의 초가는 버려졌으니	故人茅堂廢
그 풍류도 눈에 보이지 않네	風流眼中斷
누가 다시 두건을 씻으려나[43]	洗幘復誰爲
깁 빠는 사람들은 지금 물가에서 자리를 다투네	浣紗今爭畔

지 않으나 뒷 구절에서 옛 고사를 말한 것으로 볼 때 후자일 가능성이 높다.

41 도끼……것 : 수성동이 신선 세계 같다는 말이다. 진(晉)나라 때 왕질(王質)이란 사람이 석실산(石室山)으로 나무를 하러 갔다가 동자 몇 명이 바둑을 두는 것을 보고 구경하였다. 얼마 있다 동자가 왜 돌아가지 않느냐고 묻자 왕질이 일어나 도끼를 보았는데 자루가 다 썩어 있었고 집으로 돌아오니 함께 살던 사람들은 하나도 남아있지 않았다고 한다. 《述異記 卷上》

42 지가(芝歌) : 속세를 피해 은거하여 고고하게 살고 싶은 뜻을 담은 노래이다. 진(秦)나라 말기에 폭정(暴政)을 피해 상산(商山)에 은거했던 네 사람의 은자인 동원공(東園公), 하황공(夏黃公), 녹리선생(甪里先生), 기리계(綺里季)를 상산사호(商山四皓)라 하였는데, 이들은 한 고조(漢高祖)의 초빙을 거절하고 자지(紫芝)를 캐 먹으면서 자신들의 은거의 뜻을 담아 〈자지가(紫芝歌)〉를 불렀는데, 그 가사에 "찬란히 빛나는 영지는 배고픔을 달랠 수 있도다. 요순의 시대 멀기만 하니, 우리들이 장차 어디로 돌아갈까? 고관대작들은 근심이 얼마나 많은가. 부귀 누리며 남을 무서 워하는 것이 빈천해도 뜻대로 사는 것만 못하네.〔曄曄紫芝, 可以療飢. 唐虞世遠, 吾將何歸? 駟馬高蓋, 其憂甚大? 富貴之畏人, 不如貧賤之肆志.〕"라고 하였다. 《史記 卷55 留侯世家》《高士傳》

43 두건을 씻으려나 : 초(楚)나라의 광사(狂士)인 육통(陸通)이 소나무 사이에 누워 서 산수의 정기(精氣)를 받으면서 두건〔幘〕을 소나무 꼭대기에 걸어두었는데, 학이 그것을 물고 물가로 날아가니 육통이 물가로 가서 두건을 물에 씻어서 학과 함께 떠났다고 한다. 《高士傳》

만사가 오랫동안 의탁하긴 어려우니   萬事難久託

애오라지 반나절의 완상을 부쳐 보내노라   聊寄半日翫

반계 감흥[44]

盤溪感興

제1수

한적하게 홀로 선 고목	獨樹老閒閒
높은 가지에 까치가 새끼 키우네	鵲乳其高枝
막 태어난 새끼는 둥지에서 재잘대고	新雛坐能啼
보드라운 잎 다시 푸르게 늘어졌구나	柔葉復青蕤
봄여름 어름에 우연히 왔다가	偶來春夏交
아 만물이 때를 만나 무성한 모습 보도다[45]	嗟我茂對時
길게 뻗은 강에는 별별 군상 가득하고	長江群象物
높게 솟은 언덕에는 온갖 생물 자라난다	高原百昌滋

---

44 반계 감흥 : 반계는 과천(果川)에 있는 지명으로, 삼연의 부친 김수항(金壽恒)이 1664년(현종5)에 벼슬에서 물러나 우거한 곳이기도 하다. 《農巖集 續集 上卷 先府君行狀》 반계는 《영조실록》 1년 8월 8일 기사에 사충서원(四忠書院)을 과천의 반계에 건립할 것을 청한 내용이 있는데, 오늘날 노량진 사육신 묘역의 뒤에 옛날 사충서원의 터가 남아있다. 따라서 김수항이 우거한 반계 역시 노량진과 동작진 부근이었으리라 생각된다. 《삼연선생연보(三淵先生年譜)》에 따르면 이해 여름에 반계에서 부친 김수항을 모시고 있었다.

45 만물이……보도다 : 원문의 '무대시(茂對時)'는 《주역》 〈무망괘(无妄卦) 상전(象傳)〉에 "하늘 아래 우레가 행하여 물건마다 무망을 주니, 선왕이 이를 보고서 천시(天時)에 성대하게 맞추어 만물을 기른다.〔天下雷行, 物與无妄, 先王以, 茂對時, 育萬物.〕"라고 한 구절에서 가져온 것이다. 글자 자체로는 무성하게 때에 맞춘다는 뜻이지만 문맥상 그렇게 만물이 때를 만나 무성하게 발육하는 모습을 자신이 보게 되었다는 뜻으로 쓰였다.

천지 조화가 이미 두루 퍼졌거니와	乾坤化已普
인생은 제 맘대로 하기 어려워라	人生難自私
오래도록 길게 읊조리면서	長吟而永嘯
저 하늘과 더불어 유유자적하도다[46]	便與天委蛇

제2수 其二

복사꽃이 동쪽 울타리에 피니	桃花東籬發
곱디곱게 당위[47]에 선명하여라	灼灼明堂闈
제비는 높은 처마에 의지하였고	玄鳥附高簷
노랑나비는 아지랑이 타고 나누나	黃蝶越遊絲
숲에 올라 내 집을 돌아다보니	登林顧我室
주방이 대낮에 아련히 보인다	廚臼晝依依
병든 어버이 지팡이 짚고 거니시고	病親倚杖步
사랑스런 강은 두 짝 사립 앞으로 흐르네	愛江臨雙扉
기쁘고 즐거우면[48] 그것으로 족하니	怡愉斯爲足
한 번 웃는 일도 예전엔 드물었지	一笑向亦稀

---

46 저……유유자적하도다 : 원문의 '위사(委蛇)'는 뜻이 다양하나, 시의 문맥과 삼연의 경향을 고려하여 《장자(莊子)》〈응제왕(應帝王)〉에 "나는 그와 더불어 마음을 텅비우고 욕심 없이 자족하였다.〔吾與之虛而委蛇〕"라고 한 뜻을 취하였다. 이때 '위사'는 조금의 욕심도 없이 스스로 만족해하는 지순(至順)한 모습을 뜻한다.

47 당위(堂闈) : 용례상 집에서 부모가 계신 곳을 지칭하는 경우가 많다.

48 기쁘고 즐거우면 : 원문의 '이유(怡愉)'는 정신의 안락함을 형용하는 말로 쓰이기도 하지만 용례상 대개 어버이를 모시는 즐거움이나 형제간의 즐거움을 형용할 때 쓰였다. 여기에서는 문맥상 어버이를 모시는 즐거움을 말한 것이다.

훈훈한 바람이 남쪽에서 불어오니 薰風自南來

색동옷⁴⁹이 너울거림을 언뜻 알겠어라 微覺漾彩衣

제3수 其三

아침에 꽹과리 북 소리 들려오니 朝聞金鼓聲

멀리 노량진 모래사장 바라보노라 遙望露梁沙

일천 기병은 처처에 모이고 千騎往往聚

먼지 날리는 곳엔 수레 달리고 있음을 알겠네 塵上知奔車

어리⁵⁰는 붉은 햇살 속에 뻗었고 魚麗橫赤日

용기는 채색 놀을 꿰뚫누나 龍旂貫彩霞

성대하게⁵¹ 큰 강에 임하여 彭彭臨大江

층층 물결과 함께 나아가고 물러나네 進退與層波

군용이 어찌 성대하지 않으리오 軍容豈不盛

산하도 본디 우뚝 높도다⁵² 山河本嵯峨

---

49 색동옷 : 춘추시대 초(楚)나라의 효자인 노래자(老萊子)가 나이 70에 어린아이처럼 색동옷을 입고 부모 앞에서 재롱을 부려 부모를 즐겁게 해드렸던 고사에서 온 말로, 부모에게 효도한다는 뜻이 담겨 있다.

50 어리(魚麗) : 진법(陣法)의 하나로 물고기의 비늘처럼 수레와 보병이 빈틈없이 죽 늘어서는 것이다. 《春秋左氏傳 桓公5年》

51 성대하게 : 원문의 '팽팽(彭彭)'은 특히 군용(軍容)의 성대함을 나타내는 말이다. 《시경》〈대아(大雅) 대명(大明)〉에서는 "박달나무 수레는 휘황찬란하고, 사마는 건장하도다.〔檀車煌煌, 駟騵彭彭.〕"라고 하여 전마(戰馬)의 강건함을 표현하였고, 〈소아(小雅) 출거(出車)〉에서는 "출정하는 수레가 많고 많으며 깃발은 선명하도다.〔出車彭彭, 旂旐央央.〕"라고 하여 전거(戰車)의 많음을 표현하였다.

52 군용이……높도다 : 군용은 성대하고 도성을 둘러싼 지형은 요새 같다는 말이다.

지휘하는 훌륭한 장군 없다면 　　　　　驃騎苟不在

병마가 혼자서 재주 뽐내기 어렵네[53]　　士馬難私誇

검가 들려오는 저 남한산성을 　　　　　劍歌南漢城

내 어찌할 도리가 없도다[54]　　　　　　吾末如之何

제4수 其四

물가 높은 언덕에 정자가 임했으니 　　　亭峻以臨水

드넓은 들판에 절로 길이 나있네 　　　　野闊自成道

아침저녁으로 유유히 바라보노라니 　　　朝暮望悠然

푸른 풀 사이로 행인들이 가득하다 　　　行人滿碧草

나타났다 사라졌다 연기처럼 가더니만 　明滅去如煙

먼 물결에 말 그림자 거꾸로 비치네[55]　遙波馬影倒

백일 아래에서 그림자 요동치는데 　　　搖影白日下

누가 일찍 그늘에서 쉴 수 있을까[56]　　息陰誰能早

---

53 지휘하는……어렵네 : 원문의 '표기(驃騎)'는 한(漢)나라 때 장군의 명칭으로 특히
흉노를 물리친 표기장군 곽거병(霍去病)과 같이 오랑캐와의 전투에서 공을 세운 것과
연관이 있다. 병마가 아무리 재주가 좋고 무용(武勇)이 뛰어나도 이들을 잘 통솔하는
지휘관이 없다면 아무 소용이 없다는 말이다. 이는 뒤의 두 구절과 연결되면서 병자호란
당시에 훌륭한 장수가 없었음을 탄식하는 뜻이 들어있다.

54 검가……없도다 : 청(淸)나라에 패전한 장소인 남한산성을 바라보며 오랑캐에게
수모를 당했던 지난 일은 어쩔 도리가 없다고 탄식한 말이다.

55 나타났다……비치네 : 멀리 강가의 수풀 사이로 가는 행인들이 보였다 사라졌다
하면서 가다가 어느새 배에 올라타서 그들이 끌고 온 말 그림자가 물에 비치고 있음을
형용한 것이다.

56 그림자……있을까 : 그림자는 온갖 분별과 외물에 얽매인 것을 상징하는 말이다.

| 찰방찰방 여울을 올라가는 배 타고 | 軋軋上瀨船 |
| 도도히 흘러가며 늙는 것도 잊으리라 | 滔滔亦忘老 |

제5수 其五

지극한 도는 어디에 있는가	至道惡乎在
학문을 함에 참으로 갈림길 많아라	爲學苦多歧
대지[57]가 만물의 형질 부여하되	大塊賦群形
나에게는 지리함만 가득 주었네	於我厚支離
쇠잔하여 일찍이 이룬 것 없으니	歷落早無成
미친 듯한 이 몸 저물녘에 어디로 갈까	猖狂暮何之
복희(伏羲) 신농(神農) 같은 성인 다 사라졌고	羲農聖徂落
이윤(伊尹) 부열(傅說) 같은 사람 내 도달할 수 없어라	伊傅非吾期
강 내려다보며 고목을 등지고서	臨江負老木
달 뜨도록 배고픈 줄 모르네	月出不知飢

그늘에서 쉰다는 것은 그늘 속으로 들어가면 그림자가 사라져서 자신을 얽매던 것에서 벗어날 수 있다는 말로 보통 은거하여 도를 즐기는 것을 뜻한다. 이 구절은 곧 일찍 결단하여 분별망상과 외물의 유혹을 다 버리고 은둔하여 살 자가 누구냐는 말이다. 《장자》〈어부(漁父)〉에 "어떤 사람이 자신의 그림자를 두려워하고 자신의 발자국을 싫어하여 이것을 떨쳐내려고 달음질을 쳤는데, 발을 들어올리는 횟수가 많아질수록 발자국도 더욱 많아졌고 달리는 것이 빠를수록 그림자가 몸에서 떨어지지 않았다. 자신의 달음질이 아직 더디다고 생각해서 쉬지 않고 질주하여 마침내는 힘이 다하여 죽고 말았다. 이 사람은 그늘에 처하면 그림자가 사라지고[處陰以休影] 고요히 쉬면 발자국도 멈추게 된다는 것을 몰랐으니, 어리석음이 또한 심한 것이다."라고 하였다.

57 대지 : 원문의 '대괴(大塊)'는 《장자》에 나오는 표현으로, 단순히 땅만을 지칭하는 것이 아니라 대자연 또는 조물주를 상징한다.

멀리 빈 배를 바라보노니 　　　　　　　　　　 虛舟寄遠眸

가을 물은 어느 때나 이를런고[58] 　　　　　　 秋水來何時

제6수 其六

강 햇살이 갯버들을 비추니 　　　　　　　　　 江日照蒲柳

미음[59]에서 얼른 돌아오노라 　　　　　　　　 渼陰薄言旋

들판 가운데 사람은 밭 갈기를 멈추고 　　　　 中原人歇耕

대낮의 소는 푸른 밭에 누워있구나 　　　　　 晝牛偃青田

들밥 내온 여인은 나물 뜯다 돌아가고 　　　　 饁女采采還

듣기 좋은 노랫소리 풀 우거진 데서 일어난다 　 好歌起芊眠

들판의 쑥은 이미 심이 돋았고 　　　　　　　 原蒿已抽筋

물가의 마름은 동전처럼 퍼지려 하네 　　　　 渚蘋將布錢

화창한 북쪽 언덕 마을에 　　　　　　　　　 藹藹北垞村

누대가 홀연 아름답게 펼쳐진다 　　　　　　 樓臺忽嬋娟

따사로운 모래사장엔 아지랑이 어지럽고 　　 沙暄紛野馬

---

58 가을……이를런고 : 자신의 견식이 트여 광대한 도의 세계를 알게 되기를 바라는 의미가 담겨 있다. 《장자》〈추수(秋水)〉에, 가을이 되어 물이 불어나 모든 물이 황하로 흘러들자 황하의 신인 하백(河伯)이 천하의 모든 아름다움이 다 자신에게 모여 들었다고 좋아하다가 그 불어난 물결의 흐름을 따라 북해(北海)로 가서 바다의 광대함을 바라보고는 자신의 견식이 적었음을 깨달았다는 우화가 나온다. 이 마지막 구의 의미를 되새겨보면 바로 앞 구의 빈 배(虛舟) 또한 눈에 보이는 배 자체를 말한 것이기도 하지만 《장자》에서 무심하고 담박한 텅 빈 마음 상태를 형용하는 말로 쓰이고 있음을 떠올려볼 때 그러한 의미 역시 담고 있다고 할 수 있다.

59 미음(渼陰) : 현재의 서울 강동구 암사동의 광사루 동쪽 한강이 꺾여 흐르는 곳으로, 삼연의 선영이 있는 석실(石室)이 있는 곳이기도 하다.

고요한 물결엔 멀리 뜬 배 많도다 浪恬多遙船

강 남쪽에서 내 우두커니 서 있노라니 維南我佇立

물색이 내 곁에 나란히 이어지네 物色與衿連

한가로이 지내며 앉은 곳조차 잊는다[60] 居閒忘所坐

눈길에 들어오는 것 모두 의구하여라 入望俱依然

백로는 소 앞에 내려앉아 白鷺落牛前

잠시 머물다 다시 강 하늘로 돌아가누나 俄復歸江天

제7수 其七

방문 열면 푸른 물결 보고 開戶見滄浪

방문 닫으면 텅 빈 방 밝은 기운[61] 보네 闔戶見虛白

먹고 마시고 자고 일어나며 하루 보내노라니 起居用一天

맑은 바람이 침상과 방석 쓸고 지난다 淸風掃床席

때로 우연히 마음이 게으르지 않아 時偶心未懶

경서 펼쳐 나지막하게 읽어본다네 開經細聲讀

뭇 성인들 푸른 허공으로 돌아갔거니와 群聖歸碧虛

그 정수(精髓) 내 손에 가득하여라 菁華森我握

---

60 앉은 곳조차 잊는다 : 삼연이 강가에 펼쳐진 풍광과 물태를 바라보면서 자신이
지금 어디에 앉아있는지조차 잊을 정도로 몰입해 있다는 말이다.

61 텅……기운 : 원문의 '허백(虛白)'은 《장자》〈인간세(人間世)〉에 "텅 빈 방 안에는
흰빛이 생기고, 그곳에는 상서로운 징조가 깃든다.〔虛室生白, 吉祥止止.〕"라고 한 말에
서 가져온 것이다. 이는 곧 마음을 텅 비우고 모든 욕심을 버리면 도심(道心)이 절로
생겨나는 상태를 형용하기도 한다.

제8수 其八

| 하늘이 뭇 묘리 품고 있으니 | 玄天含衆妙 |

심원하여 냄새도 소리도 없되[62]　　　　　　　　汤穆泯臭聲

홀연 그 기틀 드러내나니　　　　　　　　　　　忽兮露其機

신기가 실림은 바람과 우레로다[63]　　　　　　　神氣載風霆

몽매한 백성 오래도록 근심 품고서　　　　　　蒙民久顚顚

어디로 가고 어디를 바라볼지 알지 못했더니　趾目迷所征

성인이 보배 거울 잡으심에[64]　　　　　　　　聖人握瑤鏡

하늘이 만물을 계도하게 해주셨네　　　　　　天與啓物情

내 알겠도다 성인이 하늘의 이치 우러러 관찰하던 초기에

　　　　　　　　　　　　　　　　　　　　吾知仰察初

마치 좌우에서 온 천지가 알려줌이 있는 듯 했으리니　若有左右呈

하도가 늦게 나타났으되　　　　　　　　　　河圖晚來至

---

62 심원하여……없되 : 《시경》〈대아(大雅) 문왕(文王)〉에 "하늘이 하시는 일은 소리도 없고 냄새도 없다.〔上天之載, 無聲無臭.〕"라고 하였으며, 《중용장구》제33장에서도 이 말을 인용하여 하늘의 지극한 덕을 표현하였다.

63 신기가……우레로다 : 《예기(禮記)》〈공자한거(孔子閒居)〉에 "하늘에 사시가 있으니 봄, 가을, 겨울, 여름과 바람, 비, 서리, 이슬이 가르침 아님이 없다. 땅은 신기(神氣)를 실었으니 신기는 바람과 우레이다. 바람과 우레는 만물의 자취를 운행하여 모든 물건이 드러나 생겨나니, 가르침 아님이 없다.〔天有四時, 春秋冬夏, 風雨霜露, 無非教也. 地載神氣, 神氣風霆, 風霆流形, 庶物露生, 無非教也.〕"라고 하였다.

64 성인이……잡으심에 : 보배 거울은 곧 거울처럼 밝은 도를 가리킨다. 유효표(劉孝標)의 〈광절교론(廣絶交論)〉에 "대개 성인이 금거울을 잡고서 훌륭한 기풍을 천양하고 용처럼 날아오르고 자벌레처럼 움츠리기도 하면서 시대의 성쇠를 따라 도를 실천한다.〔蓋聖人握金鏡, 闡風烈, 龍驤蠖屈, 從道汚隆.〕"라고 하였다. 《文選 卷55》

신령스러운 획은 오랜 시간 마음에서 완성되었으리라[65]　　靈畫久心成

삼모가 비록 하늘에 근본한 것이나　　參摸雖本天

이미 획을 그음에 하늘의 이치가 또한 분명해졌네[66]　　旣畫天亦明

신령한 주역에 묵묵히 의지함에　　神易默相倚

도기가 형상에 밝게 드러나니[67]　　道器昭乎形

이를 미루어 위로 도의 근원 찾고　　推之上原原

이를 끌어와 아래로 만물이 낳고 낳도다　　引之下生生

제9수 其九

농부가 조여의 꿈[68] 꾸었더니　　田翁夢旐旟

65　하도(河圖)가……완성되었으리라 : 전설에 황하(黃河)에서 나온 용마(龍馬)의 무늬를 보고 복희씨(伏羲氏)가 《주역》의 팔괘를 그었다고 한다. 그러나 삼연이 생각할 때는 복희씨가 이미 그 전부터 하늘의 이치를 관찰하고 있었으므로 팔괘는 복희씨의 마음속에서 이미 완성되어 있었을 것이라는 말이다.

66　삼모(參摸)가……분명해졌네 : 삼모(參摹)라고도 쓰며, 《주역》을 본떠 지은 양웅(揚雄)의 《태현경(太玄經)》에 나오는 말이다. '삼'은 일(一)·이(二)·삼(三)의 가장 기본이 되는 수를 뜻하며 '모'는 분석해 찾는다는 뜻이다. 여기에서는 하늘의 이치를 본떠서 구현했다는 뜻으로 쓰였다. 즉 《주역》은 하늘의 이치에 대한 모사(摹寫)에 불과하지만 거꾸로 《주역》을 통해 하늘의 이치가 분명하게 나타났다는 말이다.

67　도기(道器)가……드러나니 : '도기'에서 '도'는 추상적인 이치를 뜻하고, '기'는 유형의 사물을 뜻한다. 《주역》〈계사전 상(繫辭傳上)〉에 "형이상의 것을 도라 하고, 형이하의 것을 기라고 한다.〔形而上者, 謂之道, 形而下者, 謂之器.〕"라고 하였다. 즉 주역을 통해 형이상과 형이하의 도리와 사물을 밝게 알게 된다는 말이다.

68　조여(旐旟)의 꿈 : '조'와 '여'는 깃발의 이름으로, '조'는 적은 사람을 통솔하고 '여'는 많은 사람을 통솔한다. 《시경》〈소아(小雅) 무양(無羊)〉에 "목동이 꿈을 꾸니, 사람이 물고기가 되고 조가 여가 되었네. 태인이 점을 치니, 사람이 물고기가 된 것은 풍년이

꿈 꾼 뒤 강에 비가 가득 내렸네	夢後江雨盈
일어나 춤추며 가래와 호미 들고 갔더니	起舞銚鎒去
푸른 밭두둑에 물이 차려 하누나	靑疇水將平
희호의 시절[69]은 언제나 돌아오려나	熙皥何時還
빈 기둥에 기대 멀리 바라보노라	望遠憑虛楹
하늘이 내신 백성은 선악이 없나니	天民無善惡
비와 이슬에 그 마음이 왔다갔다 한다네	雨露變其情

제10수 其十

넘실넘실 흘러가는 한강수	瀏瀏江漢水
비가 새로 내려도 탁해지지 않누나	不以新雨濁
맑은 근원에서 쉼 없이 물 흘러드니	淸源來不息
긴 바람 불어도 마르게 하기 어려워라	長風過難涸
내 저 물결을 본받고자 하나	我欲鑑其波
마음 좁은 것이 많이도 부끄럽네	多媿心量窄
어부의 노래가 사람을 고무하니	漁歌能起人
나를 창랑의 노래[70]로 드넓혀 주도다	博我滄浪曲

들 조짐이고, 조가 여가 된 것은 집이 번성할 조짐이라네.〔牧人乃夢, 衆維魚矣, 旐維旟矣. 大人占之, 衆維魚矣, 實維豐年, 旐維旟矣, 室家溱溱.〕"라고 하였다. 곧 농부가 꿈에서 농사가 잘 되고 집안이 번성할 길몽을 꿨다는 말이다.

69 희호(熙皥)의 시절 : 희호는 화락하고 자득한 모양을 형용한 말로 태평성대를 뜻한다. 《노자(老子)》 제20장에 "세상 사람들 화락하여 마치 큰 잔칫상을 받은 듯하고 봄날의 누대에 오른 듯하네.〔衆人熙熙, 如享太牢, 如登春臺.〕"라고 하였고, 《맹자》〈진심 상(盡心上)〉에 "성왕의 백성은 자득한 듯 여유롭다.〔王者之民, 皥皥如也.〕"라고 하였다.

제11수 其十一

한강수 담담하게 절로 흐르는데	江漢澹自流
배와 노에는 사람의 생사 담겨있구나	舟楫含生死
그대 저물녘 다투어 강 건너는 모습 보게나	君看暮渡競
어쩌면 저리도 대낮의 저자 같은지	何似日中市
행인들에게 예의와 양보 찾아볼 수 없으니	行人禮讓絶
요진⁷¹이란 것이 바로 이와 같다네	要津乃如此
누가 능히 끈에 매이지 않은 배 띄워	誰能不繫篷
완연히 강물 가운데 섬에 있을까	宛在水中沚

제12수 其十二

아침에는 물고기 되어 깊은 물에 잠기고	朝爲魚沒淵
저녁에는 나비로 변해 숲을 날아다니노라	暮化蝶飛林
이는 이 한 마음이 그렇게 만든 것이니	一心使之然
거두어들이면 도로 한 마음이라네	收之還一心
이것을 생각하면 참으로 놀랄 만하니	念此眞可驚
때때로 내 머리털 쭈뼛 서게 하누나	時令我髮森

---

70 창랑의 노래 : 대개 굴원(屈原)의 〈어부사(漁父辭)〉와 《맹자》〈이루 상(離婁上)〉
에 나오는 "창랑의 물이 맑으면 내 갓끈을 씻고, 창랑의 물이 흐리면 내 발을 씻는다.〔滄
浪之水淸兮, 可以濯吾纓, 滄浪之水濁兮, 可以濯吾足.〕"라는 노래를 가리키는데, 꼭 이
가사를 가리키지 않더라도 세속을 벗어나 유유자적하는 고결한 지조를 상징한다.

71 요진(要津) : 중요한 길목에 있어 사람들의 왕래가 많은 나루터를 가리키며, 이
뜻에서 파생되어 요직(要職)이나 요로(要路)를 뜻하기도 한다. 여기에서는 두 가지
뜻이 다 중의적으로 쓰였다.

만물 중에 능력을 겸하여 갖춘 것 없거니와	庶物無兼能
영묘함은 사람에게 깊이 갖춰져 있나니	靈妙在人深
아득히 고금을 초월하고	迢迢無古今
홀연히 음양을 일으키도다[72]	忽忽起陽陰

제13수 其十三

휘황하게 산 아래 불이 나서	炳炳山下火
불이 산의 암석을 태워 쪼개니	火燔裂山石
비와 박을 고요히 탐구하다	靜賾賁剝際
주역 읽기를 멈추었도다[73]	廢易爲不讀
신명은 본디 사람에게 보존되어 있는지라	神明本存人
삼정이 손익의 법을 지녔건만[74]	三正持損益

---

72 아득히……일으키도다 : 제12수의 대지(大旨)는 사람의 영묘한 마음에 있으므로, 마지막 구는 고금의 시간을 초월하여 영속불변(永續不變)하고 천지음양의 조화를 내는 사람의 마음을 표현한 것이라 할 수 있다. 이는 예컨대 《심경(心經)》 서문에 "사람이 천지인(天地人)의 삼재에 참여하고 온갖 조화를 낼 수 있는 까닭은 그 본심을 잃지 않기 때문이다.〔可以參三才而出萬化者, 以能不失其本心而已.〕"라고 한 것과 같은 맥락이다.

73 휘황하게……멈추었도다 : 비와 박은 각각 《주역》의 비괘(賁卦)와 박괘(剝卦)이다. 비괘는 문식(文飾)이 치성함을 상징하고, 박괘는 비괘의 다음에 오는 괘로 문식이 극도에 달해 마침내 허물어짐을 상징한다. 그리고 비괘는 간상리하(艮上離下 ䷕)의 괘로 산이 위에 있고 산 아래에 불이 있는 형상이다. 삼연은 이 시에서 문식이 극에 달하여 질박함을 상실한 시대를 탄식하고 있으므로 시의 첫머리에서 이렇게 뜻을 일으킨 것이다.

74 신명은……지녔건만 : 천지의 조화를 내고 시절에 맞게 다스림을 펼치는 신명한 능력이 본디 사람에게 갖추어져 있다는 말이다. 삼정은 하(夏)・은(殷)・주(周)의 삼대(三代)를 가리킨다. 손익은 이들 삼대의 왕조가 서로 대를 이으면서 각각 시절에

성인의 시대 멀어져 법도는 어지러워지고 　　　　　聖遠法生蠹

도는 경박해져 사물이 질박함을 잊어버렸네 　　　　道漓物忘樸

주공이 어찌 훌륭하지 않으랴만 　　　　　　　　周公豈不盛

말세의 폐단은 문식(文飾)이 성한 데서 불어났도다[75] 　末弊漲文郁

충화한 주하의 늙은이[76] 　　　　　　　　　　　沖如柱下叟

시절 구제하는 말이 격절하였으니 　　　　　　　　救時言有激

절학[77]이 참으로 묘한 의론이거늘 　　　　　　　絕學眞妙論

썩은 유자들이 지나치게 배척하는구나 　　　　　　腐儒太詆斥

제14수 其十四

한나라 고조가 유자의 관에 오줌을 누었으니[78] 　　　漢高溲儒冠

맞게 정치제도를 덜거나 보태는 방식으로 규모를 완비해나갔다는 말이다. 《논어》〈위정(爲政)〉에 공자가 "은나라는 하나라의 예를 인습하였으니 무엇을 손익했는지 알 수 있으며, 주나라는 은나라의 예를 인습하였으니 무엇을 손익했는지 알 수 있다. 혹 주나라를 잇는 자가 있다면 비록 백세의 뒤의 왕조의 일이라도 알 수 있을 것이다.〔殷因於夏禮, 所損益, 可知也, 周因於殷禮, 所損益, 可知也, 其或繼周者, 雖百世, 可知也.〕"라고 하였다.

75 주공이……불어났도다 : 주공은 주나라의 예악제도를 확립한 인물이다. 주나라는 문(文)을 숭상한 나라이므로 주공이 문식한 예악제도가 성대한 것이기는 하지만 그것이 지나쳐 사람들이 질박함을 잊고 문식만을 숭상하게 되었다는 말이다.

76 충화(沖和)한 주하의 늙은이 : 주(周)나라에서 문서를 관장하던 관원인 주하사(柱下史) 벼슬을 지낸 노자(老子)를 가리킨다.

77 절학(絕學) : 《노자도덕경(老子道德經)》 제20장에 "배움을 끊어야 근심이 없다.〔絕學無憂〕"라고 하였다. 또한 제48장에는 "학문을 하는 것은 날마다 보태는 것이고, 도를 추구하는 것은 날마다 덜어내는 것이다.〔爲學者日益, 爲道者日損.〕"라고 하여, 손익의 관계로 설명하고 있다. 여기에서 배움이란 자기가 잘하는 것을 더욱더 보태고 늘려서 벼슬길에 나아가는 것을 뜻한다.

성대한 대인의 마음이었도다	蒼然大人情
그러나 책을 낀 이들[79] 따른 뒤부터	自從挾書來
다시는 조정이 평안하지 못했어라	無復泰階平
문을 숭상한다면서 질박함을 없애도록 가르치고	崇文教滅質
현자를 높인다면서 명성 다투기를 권하였네	尙賢勸爭名
썩은 유자들이 말세에 가득하니	腐儒滿季世
옳으니 그르니 따지면서 먹고 사는구나	是非以資生
봄바람 부는 동해 가에서	春風東海上
맴맴거리는 매미 소리인 것을[80]	啾啾蟪蛄聲

제15수 其十五

| 푸른 부평초가 붉은 열매 머금으니 | 靑萍含赤實 |

78 한나라……누었으니 : 한나라 고조가 패공(沛公)으로 천하를 도모하던 시절에 유사(儒士)를 업신여겨 유사가 찾아오면 그가 쓰고 있는 관을 빼앗아 그 안에 오줌을 누어 모욕을 주었다.《史記 卷97 酈生陸賈列傳》

79 책을 낀 이들 : 유자를 가리키는 말이다. 진(秦)나라 때는 유자들이 모여서 옛 것을 들어 지금의 제도를 헐뜯는 것을 막기 위해 협서율(挾書律)이라는 법령을 만들기도 하였다. 원문의 '협서(挾書)'는 다분히 이 협서율의 의미를 상기시키는 말이다.

80 봄바람……것을 : 동해는 곧 드넓은 도의 세계를 가리키고 매미는 협소한 도량을 뜻한다.《장자》〈추수(秋水)〉에 자기가 있는 우물 안의 세계가 가장 훌륭하다고 생각하던 개구리가 자라에게 드넓은 동해의 이야기를 듣고는 놀라서 망연자실하게 된 우화와, 자신이 가장 아름답다고 여기던 황하(黃河)의 신이 물길을 따라 동쪽 바다로 갔다가 그 광활함에 망연자실하게 된 우화가 나온다. 또〈소요유(逍遙遊)〉에서는 "아침 버섯은 그믐과 초하루를 알지 못하고, 여름 매미는 봄과 가을을 알지 못한다.〔朝菌不知晦朔, 蟪蛄不知春秋.〕"라고 하였다.

난 곳이 초강 깊은 물이로다[81]　　　　　　　　生在楚江淵

높은 동산 규화[82]를 닮지 못하여　　　　　　　不學高園葵

태양 앞에서는 몸을 숙이는구나　　　　　　　　傾身太陽前

늘 말하길 푸른 물에 의탁해　　　　　　　　　長言託綠水

그와 더불어 백 년 세월 보내리라 했더니　　　與之將百年

미인의 조각배가 와서　　　　　　　　　　　　美人蘭舟及

고운 손으로 갑자기 캐어가누나　　　　　　　玉手忽惠然

서글프다 안개 물결도 이제 다 끝이니　　　　煙波悵已矣

금광주리에 담겨 궁중에 올려지겠네　　　　　金筐上紫天

제16수 其十六

높이 솟은 송백 사이에　　　　　　　　　　　脩脩喬松栢

뽕나무 하나 숨어 있네　　　　　　　　　　　中藏一條桑

깊은 그늘엔 묵은 이끼 앉았고　　　　　　　　幽陰結古苔

81　푸른……물이로다 : 옛날 초(楚)나라 소왕(昭王)이 강을 건너다가 크기가 말〔斗〕
만하고 빨간 물체가 배에 부딪혀 이것을 건져 사람을 시켜 공자에게 물어보게 했더니,
공자가 "이것은 이른바 '평실(萍實)'이라는 것으로 쪼개서 먹을 수 있는데, 길상(吉祥)
의 조짐으로서 오직 패자(覇者)라야만 얻을 수 있는 것이다."라고 하였다. 《說苑 辨物》

82　규화(葵花) : 그 꽃이 해를 향하기 때문에 번역어로 대체적으로 '해바라기'가 사용
되어왔는데, 현재 우리가 해바라기라고 부르는 꽃은 서양에서 들어온 꽃이므로 번역어
로 적절치 않다는 의견이 있다. '규(葵)'는 아욱, 접시꽃 등 동양 고래(古來)의 품종을
나타내는 단어에 다 쓰이는데, 그 복잡성으로 인해 여기서는 순우리말 번역어의 확정은
일단 유보하기로 한다. '규화'에 대한 고찰로 '김종덕・고병희, 〈아욱(葵菜), 접시꽃(蜀
葵), 닥풀(黃蜀葵), 해바라기(向日葵)에 대한 문헌고찰〉, 《사상체질의학지》 제11권
1호, 대한의학회, 1999.'가 참고된다.

한적하니 해는 길어졌구나　　　　　　白日寂已長

봄 되어 누에 칠 때 다가왔고　　　　　靑陽迫蠶節

꾀꼬리는 담장에 가득하네　　　　　　倉庚來滿墻

고마워라 뽕 따는 사람　　　　　　　多謝採桑人

뽕 따면서 솔 상할까 조심하네　　　　採桑畏松傷

뽕을 따 그저 뽕을 따서　　　　　　　採桑但採桑

즐거이 군자의 옷을 짓는도다　　　　好爲君子裳

제17수 其十七

한강 가에서 낚시를 드리우고　　　　垂釣漢江上

발 씻으며 푸른 물가 읊조리노라　　　濯足唾滄洲

출렁이는 푸른 버들 그림자　　　　　搖蕩綠柳影

두 마리 잉어로 잘못 보았네　　　　　誤窺雙鯉魚

낚싯줄 거두자 흰 피라미　　　　　　收綸來白鰷

내 원하던 것 아니라 탄식하노라　　　歎息非所求

분수 따라 우선 배를 채우니　　　　　隨分且實腹

부귀란 예로부터 도모하기 어려운 것　　富貴古難圖

제18수 其十八

구하는 대로 꼭 얻을 수 없으나　　　　隨求未必獲

부르지 않아도 절로 오기도 하네　　　不召或自來

천도는 엿볼 수 있거니와　　　　　　天道可闚矣

사람들 소원은 많이들 서로 뒤엉키지　　人願多交回

모를레라 과장에서 다투는 선비　　　不知爭場士

웅얼웅얼 대는 것은 유독 어째서인가	喁喁獨何哉
사람은 넘쳐나고 살 길은 좁은데	人繁生路阨
세상 쇠퇴하여 예의와 겸양 무너졌어라	世衰禮讓頹
요진[83]은 끓는 물 마냥 북새통이니	要津沸如湯
여름이라 울창하게 홰나무 돋았네[84]	大火鬱生槐
임치에서 수많은 사람들 땀 훔치니 비처럼 내리고[85]	揮汗臨淄雨
창합[86]에서 수레가 서로 들어가려 다투니 우레 소리가 난다	
	鬪轂闖闔雷
스스로 신령스런 거북[87] 귀하게 여기지 않고	不自貴靈龜
다투어 춘대를 누리려 하누나[88]	爭欲饗春臺

---

83 요진(要津) : 67쪽 주71 참조.

84 여름이라……돋았네 : 과거철이 다가오고 있다는 말이다. 중국에서는 홰나무 꽃이 노랗게 필 때 인 음력 7월에 과거 시험이 치러졌다. 당(唐)나라 속어에 "괴화가 누렇게 피면 과거 보는 선비가 바쁘다.〔槐花黃, 擧子忙.〕"라고 하였다. 《南部新書 卷乙》

85 임치에서……내리고 : 도성의 번잡함을 말한 것이다. 《전국책(戰國策)》〈제책(齊策)〉에 "제나라 수도 임치 거리에는 수렛대가 서로 부딪치고 사람들의 어깨가 서로 닿으며 옷깃을 연결하면 휘장을 이루고 소매를 치켜들면 장막을 이루며 땀을 훔치면 비가 되어 내린다.〔臨淄之途, 車轂擊, 人肩摩, 連衽成帷, 擧袂成幕, 揮汗成雨.〕"라고 하였다.

86 창합(閶闔) : 옛날 낙양(洛陽)의 성문 이름으로 여기에서는 도성의 성문을 뜻한다.

87 신령스런 거북 : 점칠 때 쓰는 거북의 등껍질을 가리키는 것으로, 자신이 지닌 재능을 뜻하기도 한다. 《주역》〈이괘(頤卦) 초구(初九)〉에 "그대의 신령스러운 거북을 버리고, 나를 보고서 턱을 늘어뜨리니 흉하다.〔舍爾靈龜, 觀我朶頤, 凶.〕"라고 하였는데, 이는 훌륭한 재능을 가진 사람이 출세하려는 욕심에 자기 지조를 잃고 남을 부러워한다는 뜻이다.

88 다투어……하누나 : 춘대가 정확히 무엇을 가리킨 것인지 미상이나, 문맥상 과거 시험에 합격하여 출사하여 태평성세의 다스림을 돕는 즐거움을 가리키는 듯하다. 본집

청운의 꿈도 모두 없어지리니　　　　　　　　　青雲殊減沒

누가 운명의 본보기가 되려는가　　　　　　　誰爲命物媒

창해가 참으로 멋대로 넘쳐흐르거늘　　　　　滄海正橫流

사람들의 앎은 끝이 없도다[89]　　　　　　　　人生知無涯

제19수 其十九

통달한 사람은 즐거움이 가없건만　　　　　　達人樂無際

의탁한 곳은 어쩌면 이리도 작은지　　　　　　所寄一何小

정신 풀어놓아 구름 사이 고니에게 가닿았다　放神連雲鵠

발자취 거두어 울짱 새에게로 향하누나　　　　斂迹向籬鳥

습유(拾遺) 권23 〈만취정기(晚翠亭記)〉에서도 과거에 합격한 이들을 가리켜 "기쁨에 겨워 모두 춘대를 누리려는 즐거운 뜻을 지니고 있었다.〔熙熙忻忻, 擧皆有饗春臺之樂意.〕"라고 하여 같은 표현을 쓰고 있다. 춘대는 과시(科試)를 관장하는 예부(禮部)의 별칭이기도 하고, 조선시대에 과시가 펼쳐지던 춘당대(春塘臺)를 가리키기도 하며, 《노자(老子)》에서는 "사람들이 화락한 모양이 마치 진수성찬을 먹은 듯 봄 누대에 오른 듯하다.〔衆人熙熙, 如享太牢, 如登春臺.〕"라 하였다. 이때 춘대는 태평성세를 누린다는 비유로 쓰인다. 처음 출사해 벼슬에 오른 것을 주제로 한 《율곡전서(栗谷全書)》 권1 〈석갈등용문(釋褐登龍門)〉에서도 "사물들이 춘대의 즐거움 속에서 화락하네.〔熙熙物囿春臺樂〕"라고 한 것을 보면, 이 구절에서도 《노자》의 뜻을 가져온 것인 듯하다.

89 창해가……없도다 : 온 세상이 어지러워 백성들이 의지할 곳 없이 고통받고 있는데 사람들의 욕망은 끝이 없음을 말한 것이다. 《춘추곡량전(春秋穀梁傳)》 〈서문(序文)〉에 "공자께서 창해가 멋대로 넘쳐흐르는 것을 보고 크게 탄식했다.〔孔子睹滄海之橫流, 乃喟然而嘆.〕"라고 했는데, 이는 혼란한 세상과 이를 부지할 사람이 없음을 탄식한 것이다. 또 《장자》 〈양생주(養生主)〉에 "우리의 삶은 끝이 있으나, 앎은 끝이 없다. 끝이 있는 것을 가지고 끝이 없는 것을 추구하면 위태로울 뿐이다.〔吾生也有涯, 而知也無涯, 以有涯, 隨無涯, 殆已.〕"라고 하였다. 이는 유한한 인생으로 무한한 지식을 추구하는 인간의 부질없는 욕망을 지적한 것이다.

쓸쓸히 다북쑥 사이에서　　　　　　　　　　蕭條蓬艾間

생계는 그런대로 갖추어져 있네　　　　　　　生理苟已了

연명의 북창의 바람을　　　　　　　　　　　淵明北牕風

늦게나마 그 의표 알겠도다[90]　　　　　　　晚來解意表

제20수 其二十

추억하건대 지난날 어지러움 속에서　　　　　憶昔膠擾中

몸이 마치 가파르게 솟은 봉우리에 앉은 듯했네　　身若坐奔峭

강을 건넘에 의취는 씻은 듯 맑아지고　　　　過江意如洗

경물을 바라봄에 오묘한 풍취 넉넉하여라　　觀物有餘妙

많고 많은 만물이 나뉘어서　　　　　　　　芸芸分庶品

따뜻한 햇살 속에 끊임없이 자란다　　　　　亹亹養炎曜

시냇가 숲에는 그윽한 꽃 피고　　　　　　　溪林換幽葩

90　연명(淵明)의……알겠도다 : 연명(淵明)은 진(晉)나라 때 은사(隱士)인 도잠(陶潛)의 자이다. 도잠의 〈아들 엄 등에게 주는 글[與子儼等疏]〉에 "오뉴월에 북창 아래에 누워 있다가, 서늘한 바람이 이따금씩 이르면, 내가 태곳적 복희시대 사람이 아닌가 하는 생각이 든다.〔五六月中, 北窓下臥, 遇涼風暫至, 自謂是羲皇上人.〕"라고 하였다. 곧 도잠이 세상을 피해 은거하여 자연 속에서 참된 도를 즐기는 뜻을 알겠다는 말이다. 의표는 언외(言外)의 뜻이라는 말인데, 이 역시 도잠의 시에 나오는 구절이다. 도잠의 〈음주 20수(飲酒二十首)〉의 제11수에 "맨 몸으로 땅에 묻히는 것을 어찌 꼭 싫어하랴. 사람은 마땅히 그 의표를 알아야 하리라.〔裸葬何必惡? 人當解意表.〕"라고 하였다. 이는 도잠이 한(漢)나라 때 양왕손(楊王孫)이라는 사람이 죽으면서 아들에게 "나는 벌거벗은 맨 몸으로 땅속에 들어가 자연의 도를 따르고자 하니, 내 뜻을 어기지 마라. 죽으면 포대로 시신을 감싸서 일곱 자 밑에 집어넣은 뒤 곧바로 발 있는 부분부터 포대를 꺼내 직접 살이 땅에 닿도록 하라."라고 한 고사를 시에서 언급하면서 양왕손의 언외의 참뜻이 곧 자연의 참된 도로 돌아가고자 함임을 사람들이 알아야 한다고 말한 것이다.

포구의 달은 둥근 빛 토하네　　　　　　　　浦月吐圓照

자고 일어나는 사이에 사물의 변화 계속되니　　寢興物化流

단비가 밭과 낚시터 적셔주누나　　　　　　靈雨潤農釣

지팡이 짚고 거닐면서 노래하다가　　　　　行爲抱杖吟

돌아와 책 덮고 읊조리노라　　　　　　　歸作掩書嘯

이 정취 가누기 어렵나니　　　　　　　　此情有難勝

이 마음으로 먼 경치 바라본다　　　　　　引之寄遲眺

형체와 정신은 편안하게 비로소 친해지고　　形神憺始親

하늘과 사물은 고요하게 서로 닮아가네　　　天物靜相肖

처마 너머 햇살은 더디게도 지니　　　　　遲遲簷外暑

나이를 돌이켜봄에 다시 젊어진 듯하여라　　撫年若再少

제21수 其二十一

먼 곳 바라보며 무슨 느낌 드는가　　　　　遠望何所感

해마다 강기슭은 모습을 바꾸누나　　　　　年年江岸變

강가는 예전 길과 달라졌고　　　　　　　涯涘非故道

모래바람은 자주 휘감아 돈다　　　　　　風沙屢回轉

정말이지 황하의 물이　　　　　　　　　正如黃河水

치달려 회수 유역 가르는 듯하여라　　　　奔流裂淮甸

높이 있던 밭도 운탄 속으로 떨어지고[91]　　高田落雲灘

---

91 높이……떨어지고 : 불어난 물에 고지대에 있던 밭도 잠겼다는 말인 듯하다. 운탄
은 실제 고유명사인지 아니면 구름같이 물이 불어난 여울을 가리키는지 알 수 없어
우선 그대로 두었다.

거센 물결은 화살처럼 빠르게 내달리네 　　　　　崩浪方馳箭

어릴 적에 이 물길 내려다보았더니[92] 　　　　童時臨此水

십 년 사이에 거의 분간하기가 어려워라[93] 　　十年幾難辨

모를레라 이제 이곳을 떠나면 　　　　　　不知從玆去

백발이 되어 다시 어떤 모습을 볼런고 　　　頭白更何見

하늘의 운수 속에 표류하고 침몰하니 　　　漂淪大運中

세상사 귀하고 천함도 다 허깨비 같은 것 　世事幻貴賤

마고 선녀가 한 번 손뼉 치는 사이 　　　　麻姑一拍手

봉래 바다 맑은 물결 몇 번이나 얕아졌던가[94] 蓬海幾清淺

---

92 어릴……내려다보았더니 : 김수항이 반계로 이거한 1664년(현종5) 당시 삼연은 12세였다.

93 십……어려워라 : 십 년 사이에 반계의 모습이 바뀌어 어릴 때 알던 모습과 달라 분간하기 어렵다는 말이다.

94 마고(麻姑)……얕아졌던가 : 세상일의 변천이 심하고 무상하다는 말이다. 선녀 마고가 신선인 왕원(王遠)을 만나 "우리가 만난 이래로 동해가 세 번이나 뽕밭으로 변한 것을 이미 보았는데, 저번에 봉래에 가보니 물이 또 지난번에 보았을 때에 비해서 약 반으로 줄었으니, 어쩌면 다시 땅으로 변하려 하는 것인지도 모르겠다.〔接待以來, 已見東海三爲桑田, 向到蓬萊, 水又淺于往者會時略半也. 豈將復還爲陵陸乎?〕"라고 했다는 신화가 있다. 《神仙傳 卷7 麻姑》

일사정[95]
一絲亭

동호(東湖) 나루 해 떨어진 일사정	東津日落一絲亭
물가에 외로이 노을 진 모습이 동정호 같아라	水上孤霞似洞庭
돛배는 다 지나가고 거룻배만 남았고	過盡風帆餘小艇
산의 달 떠올라 드문드문 별 둘렀네	浮來山月帶疎星
단구로 학 보내며[96] 아득히 눈길 치닫고	丹丘送鶴遙馳目
저도에서 갈매기 쫓으며 형체 얽매이지 않도다[97]	楮島追鷗不繫形

95 일사정 : 지금의 덕소(德沼) 일대에 해당하는 양주(楊州) 덕연강(德淵江) 가에 있던 삼연의 백부 김수증(金壽增)의 정자이다. 일사(一絲)는 낚싯줄 하나라는 뜻으로, 후한(後漢) 광무제(光武帝) 때 부춘산(富春山) 동강(桐江)의 칠리탄(七里灘)에 은거하여 낚시를 하며 살았던 엄광(嚴光)의 고사에서 취한 것이다. 엄광은 광무제와 어릴 때 친구였으나 광무제가 황제가 된 뒤 엄광에게 높은 벼슬을 주며 불렀으나 나아가지 않았다. 《三淵先生年譜》《宋子大全 卷145 一絲亭記》《本集 拾遺 卷23 一絲亭記》

96 단구(丹丘)로 학 보내며 : 단구는 단양(丹陽)이다. 일사정이 단양으로 가는 물길에 있기도 했거니와, 당시 삼연의 백부인 김수증이 청풍 부사(淸風府使)로 있었기 때문에 이렇게 말한 것이다.

97 저도(楮島)에서……않도다 : 원문의 '불계형(不繫形)'은 '망형(忘形)'과 동일한 의미일 듯하다. 《장자》〈양왕(讓王)〉에 "뜻을 기르는 자는 형체를 잊는다.〔養志者忘形〕"라고 하였는데, 이는 곧 자신의 외형적인 조건을 벗어나 물아(物我)를 초탈해 하나가 된다는 뜻이다. 즉 갈매기와 삼연이 완전히 하나가 되어 어울린다는 뜻으로, 이는 《열자(列子)》〈황제(黃帝)〉에서 인위적이고 이익을 꾀하려는 기심(機心)을 잊자 갈매기가 피하지 않고 함께 놀았던 바닷가 사람의 일화와도 상통한다. 《삼연선생연보(三淵先生年譜)》에 따르면 이해에 일사정에서 백부 김수증을 전별하고 바로 저자도(楮子島)를 유람하였으므로 시구에서 저자도를 언급한 것이다.

더위 씻는 데 어찌 꼭 하삭의 술[98] 필요하랴　　　　濯熱何須河朔酒

얼음 같은 마음이 수정병 속으로 밤에 들거늘[99]　　氷心夜入水晶瓶

98　하삭(河朔)의 술 : 무더운 여름에 피서를 명목으로 마련하는 술자리이다. 후한(後漢) 말에 유송(劉松)이 원소(袁紹)의 자제와 하삭에서 삼복(三伏) 무렵에 피서를 명목으로 술자리를 벌이고 밤낮으로 정신없이 마셔댔다고 한다.《初學記 歲時部上 夏避暑飮》

99　얼음……들거늘 : 일사정에서 풍광을 바라보며 마음이 맑아져 더위를 충분히 잊을 수 있다는 말이다. 얼음과 병은 모두 맑은 마음을 형용하는 표현이다. 당(唐)나라 때 왕창령(王昌齡)의 〈부용루에서 신점을 전송하며〔芙蓉樓送辛漸〕〉에 "낙양의 친구들이 내 소식 묻거든, 한 조각 얼음 같은 마음이 옥병에 담겨 있다 하시게.〔洛陽親友如相問, 一片氷心在玉壺.〕"라고 하였다.

청풍으로 물길을 거슬러 올라가는 백부를 전송하고서 물길을 내려와 저도로 돌아오다

拜別伯父溯上淸風 下歸楮島

석실 마을에서 재배 올리고 주저했더니 石室閭中再拜遲

일사정 아래에선 더욱 헤어지기 힘들어라 一絲亭下轉難離

고기 잡는 포구에 석양 내려 파도 붉게 변하고 波光夕變叉魚浦

달 완상하던 물가에 새벽 나절 배 희미하다[100] 檣影晨迷弄月涯

멀리 청풍 푸른 산으로 향하며 먼저 물결쳐 배 저으니

望望靑山先擊汰

유유히 가는 원님 행차[101] 여기에서 길 나뉘네 悠悠皀蓋此分歧

가을이라 하얀 이슬 맞은 갈대 반들거리니 秋來白露蒹葭滑

---

100 새벽……희미하다 : 새벽의 어둑함 또는 새벽에 피어오른 물안개로 배의 형체가 희미하게 보인다는 말이다.

101 원님 행차 : 원문의 '조개(皀蓋)'는 검은색 수레 덮개라는 뜻으로 지방 수령의 행차를 가리킨다. 《후한서》〈여복지 상(興服志上)〉에 "중이천석과 이천석의 녹봉을 받는 군수는 모두 검은 수레 덮개를 쓴다.〔中二千石二千石皆皀蓋〕"라고 하였다. 이 당시 김수증은 청풍 부사(淸風府使)였다.

감히 한 쌍 오리가 협곡 내려갈 약속 맺길 청하노라[102]

敢請雙鳧下峽期

102 감히……청하노라 : 한 쌍 오리는 지방관을 뜻한다. 이는 후한(後漢)의 왕교(王喬)가 섭현(葉縣)의 현령으로 있으면서 매월 삭망(朔望)에 수레도 타지 않고 와서 조회에 참석하자, 이를 이상하게 생각한 황제가 그 내막을 조사해보게 하였는데, 그가 올 때마다 오리 두 마리가 동남쪽에서 날아왔고 그물을 쳐서 오리를 잡자 바로 왕교의 신발이었다는 고사에서 유래한 표현이다. 《後漢書 卷82上 方術列傳 王喬》 즉 삼연이 나중에 청풍으로 찾아가면 청풍 부사인 김수증이 함께 나와 단양 협곡의 아름다운 풍광을 같이 감상할 약속을 하자고 청한다는 말이다. 김수증은 이해에 청풍 부사에서 체직되었지만 뒤이어 다음해 11월에 삼연의 형 김창협(金昌協)이 청풍 부사가 되어 이듬해인 1688년(숙종14)에 삼연은 실제로 청풍과 단양 등지를 유람하였다.

저도를 오가며
楮島往返

제1수

차라리 강 위의 배를 살지언정	寧買江上船
강가의 누각 사지 않으리	不買江畔樓
누각 사봐야 한곳에 앉을 뿐이지만	買樓坐一處
배를 사면 멀리까지 마음껏 다닐 수 있다네	買船放遠遊
강호가 이처럼 광대하니	江湖如許大
머리 풀어헤치고 푸른 물결에 머물러야지[103]	散髮宜滄洲
뜬구름 같은 세상의 용모 한창인 청년 중	浮世繁華子
누가 흰 갈매기 사랑할 수 있으랴	誰能愛白鷗
단청으로 누각을 사치스럽게 칠하고	丹靑侈結構
온갖 기물 갖추어놓고 풍류 다투네	備物競風流
창문과 두공이 구름과 강물에 의지해 있으니	牕栱倚雲水
은은히 신선이 머무는 듯하여라	隱若神仙留

---

103 머리……머물러야지 : 머리를 풀어헤쳤다는 것은 강호에 은둔하여 유유자적하는
모습을 가리킨다. 당(唐)나라 이백(李白)의 〈고풍(古風)〉에 "어찌 치이자가 머리 풀어
헤친 채 조각배 저어감만 하리.〔何如鴟夷子, 散髮棹扁舟?〕"라고 하였다. 치이자는 곧
춘추(春秋) 시대 때 월(越)나라의 범려(范蠡)이다. 범려는 월왕 구천(句踐)을 도와
오(吳)나라를 멸망시킨 뒤 월나라를 떠나 오호(五湖)에 배를 띄우고 돌아다니다가 제
(齊)나라로 들어가 치이자피(鴟夷子皮)로 이름을 바꾸고 수만 금을 모아 거부(巨富)가
되었다. 《李太白文集 卷1 古風》《史記 卷41 越王句踐世家》

살아서 갓끈 씻을 여유도 없으면서　　　　　生無濯纓暇

죽어서 꽃과 새를 근심케 하누나[104]　　　　沒令花鳥愁

인생이란 그저 잠시 빌붙어 사는 것 같고　　人生如寄耳

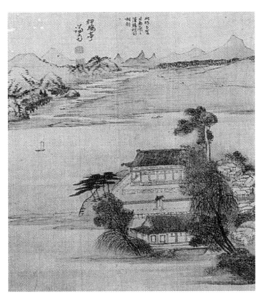

겸재(謙齋) 정선(鄭敾)의 《압구정도》
압구정 강 건너로 모래가 퇴적된 저자도가 보인다.

104　살아서……하누나 : 생전에 세속에 대한 미련을 버리고 자연의 풍광 속에서 유유
자적 살지 못하고 부질없이 미사여구의 시문이나 남기는 인생을 비판한 것이다. 갓끈을
씻는다는 것은 은거를 상징하는 표현으로, 굴원(屈原)의 〈어부사(漁父辭)〉에 "창랑의
물이 맑으면 내 갓끈을 씻고, 창랑의 물이 탁하면 내 발을 씻겠다.〔滄浪之水清兮, 可以
濯我纓, 滄浪之水濁兮, 可以濯我足.〕"라고 한 데서 유래하였다. 꽃과 새를 근심하게
한다는 것은 풍광을 멋진 시구로 지어 내어 꽃과 새가 실제 자신들보다 더 아름다운
시구에 자신들의 아름다움을 빼앗길까 걱정한다는 뜻이다. 두보(杜甫)의 〈강가에서
바다 같은 기세의 물을 만나 애오라지 짧게 술회하다〔江上値水如海勢聊短述〕〉 시에
"늘그막에 지은 시편 다 부질없는 흥취 뿐이니, 봄의 꽃과 새는 깊은 시름하지 말라.〔老
去詩篇渾漫興, 春來花鳥莫深愁.〕"라고 하였다.

살아갈 계획이란 것도 하루살이나 마찬가지[105]	身計等蜉蝣
만일 점차 나의 정신 변화시켜[106]	浸假化余神
조각배로 만든다면	以爲木蘭舟
물결 타고 오르내리며 어딘들 가지 못하며	沿洄何不之
호탕한 마음에 무어 구할 것 있으랴	浩蕩何所求
그렇지 않으면 꿈에 물고기 되어	不然夢爲魚
넘실넘실 달빛 아래 물결에 떠 있으리	洋洋月下浮

제2수 其二

말을 몰아 강을 따라가려 했는데	驅馬將遵江
잘못하여 여랑사[107]로 올라왔네	誤上女郎祠
구름 뚫고 솟은 나무는 두 능[108]에 이어졌고	雲木連二陵

---

105 인생이란……마찬가지 : 소식(蘇軾)의 〈전적벽부(前赤壁賦)〉에 "천지 사이에 하루살이가 잠시 빌붙어 사는 것 같은 인생〔寄蜉蝣於天地〕"이라는 구절이 있다.

106 만일……변화시켜 :《장자(莊子)》〈대종사(大宗師)〉에 "조물주가 만일 점차 나의 엉덩이를 변화시켜 수레바퀴로 만들고 정신을 변화시켜 말로 만든다면, 나는 이것을 타고 다닐 것이니 어찌 다시 수레가 필요하겠는가.〔浸假而化予之尻以爲輪, 以神爲馬, 予因以乘之, 豈更駕哉?〕"라고 한 표현을 빌린 것이다. 영혼의 자유로움이 내포되어 있다.

107 여랑사(女郎祠) : 보통 여신을 모신 민간의 사당을 지칭한다. 여신의 이름을 특정 하여 알 수 있는 경우도 있으나 특정할 수 없는 경우도 있다. 여기에서 말한 여랑사가 정확히 어디에 있는 것인지는 알 수 없으나 아마도 저자도 건너편 강가의 민간 사당을 가리키는 듯하다. 한편 본권의 〈부인사(夫人祠)〉에서는 백제 개국과 관련 있는 부인의 사당을 말하고 있는데, 이는 소서노(召西奴)일 것이다. 여기서 말하는 여랑사가 이 부인사와 동일한 대상을 가리키는지는 미상이다.

108 두 능 : 저자도의 건너편에 있는 성종(成宗)의 선릉(宣陵)과 중종(中宗)의 정릉

무너진 길은 삐뚤빼뚤 아래로 나 있구나 壞道下參差

저도의 배를 부르려 했더니만 欲喚楮島船

강바람이 홀연 나를 속이네[109] 江風忽我欺

용비늘처럼 밀려가는 파도 눈으로 보내고 目送龍鱗波

향초 속에 놀기로 한 약속에 심란하여라 心搖蘭杜期

멀리 정자에는 주렴이 걸려있지 않고 遙榭不挂簾

텅 빈 물가에는 낚시대 없네 虛渚無釣絲

날 저물어 서글피 돌아오노라니 日暮悵歸來

만사가 내 마음 같지 않구나 凡百與心違

당시에 홍세태(洪世泰)와 놀기로 약속했는데 나오지 않아 홀로 갔으므로 이렇게 말한 것이다.

(靖陵)이다.

109 강바람이……속이네 : 강바람이 잔잔하여 배를 부르려고 했다가 막상 배를 부르려고 하니 강바람이 세차게 바뀌었다는 말이다.

일소

一笑

지인[110]은 자취를 남기지 않거니와	至人不留迹
때가 오면 벼슬하여 녹을 먹기도 하니	時來或從祿
원리는 육침을 달게 여기고	園吏甘陸沈
주사는 자복을 즐거워했지[111]	柱史樂雌伏
대도는 위이한 듯하고[112]	大道若委蛇
현묘한 거울[113]은 내면에 보존되어 있으되	玄覽存於獨

---

110 지인(至人) : 《장자(莊子)》에서 범속(凡俗)의 경계를 초탈하여 무아(無我)의 경지에 도달한 사람을 가리키는 말이다.

111 원리(園吏)는……즐거워했지 : 원리는 몽현(蒙縣)의 칠원(漆園)이라는 곳에서 아전 벼슬을 지낸 장주(莊周)를 가리키고, 주사는 주(周)나라에서 문서를 관장하던 관원인 주하사(柱下史) 벼슬을 지낸 노자(老子)를 가리킨다. 육침은 물이 아닌 땅속에 몸을 감추고 있다는 뜻으로, 몸이 세속에 있으면서도 세속으로부터 몸을 감추고 있는 상태를 말한다. 《장자》〈칙양(則陽)〉에 "바야흐로 세속과 등지고서 마음으로 세속과 함께하는 것을 깨끗하다 여기지 않으니 이들은 땅속에 몸을 감추고 있는 이들이다.〔方且與世違, 而心不屑與之俱, 是陸沈者也.〕"라고 하였다. 자복은 웅비(雄飛)와 반대되는 말로, 암컷이 응하고 따르기만 하고 먼저 울거나 나서지 않듯이 가만히 형세를 굽혀 엎드려 있다는 뜻인데 몸을 굽혀 낮은 자리에 있는 상태를 말한다. 《도덕경(道德經)》에 "하늘의 문이 열리고 닫히는데 능히 암컷이 될 수 있겠는가.〔天門開闔, 能爲雌乎?〕"라고 하였다. 하늘의 문이 열리고 닫힌다는 것은 천하가 다스려지고 어지러운 것을 뜻한다.

112 대도는……듯하고 : 위의는 《장자》〈응제왕(應帝王)〉에 나오는 말이다. 주석가에 따라 많은 견해가 있으나 대체로 지극히 아무런 욕심이 없이 스스로 만족하는 상태를 뜻한다. 즉 자신을 비우고 아무런 욕심이 없는 것이 곧 대도라는 말이다.

113 현묘한 거울 : 사특하고 인위적인 것을 깨끗이 제거하여 완전히 맑아진 거울과

나는 편벽된 마음 지닌지라	曰余秉偏操
용이 몸 펴는 것[114]은 바랄 수 없어라	龍伸所未卜
험준한 바위[115] 아래에 기거하면서	窟寐嵾巖下
목숨 다하도록 푸른 사슴과 짝하려 하니	畢命侶蒼鹿
옛사람을 따라할 수는 없거니와	古人不可準
평소 지녀온 마음에 부끄러움은 없도다	宿心且無怍
세밑에 제결[116]이 지나가고	歲暮鵜鴂過
바람과 서리가 내 눈을 어지럽히나	風霜紛我目
단 오이는 쓴 꼭지를 품고 있는 법	甘瓜抱苦蔕
이 걱정도 생각이 너무 깊어서로다	此憂念之熟

같은 정신의 상태를 뜻한다. 《도덕경》에 "현묘한 거울을 깨끗이 닦아 흠이 없게 할 수 있겠는가.〔滌除玄覽, 能無疵乎?〕"라고 하였다.

114 용이……것 : 《주역》〈계사전 하(繫辭傳下)〉에 "자벌레가 몸을 굽혀 움츠리는 것은 장차 몸을 펴기 위함이요, 용과 뱀이 숨는 것은 자신의 몸을 보전하기 위함이다.〔尺蠖之屈, 以求信也, 龍蛇之蟄, 以存身也.〕"라고 한 데서 온 말이다. 용이 몸을 펴은 움츠림에서 벗어나 세상에 나가 크게 뜻을 펼친다는 뜻이다.

115 험준한 바위 : 여기에서 원문의 '감암(嵾巖)'은 삼연이 깊은 산중에 은거함을 나타낸 말이나, 《장자》〈재유(在宥)〉에 나오는 표현이기도 하다. 《장자》〈재유〉에 "현자는 큰 산과 험준한 바위 아래 숨어 살고, 만승의 군주는 조정에서 근심 속에 두려워 떤다.〔賢者伏處大山嵾巖之下, 而萬乘之君, 憂慄乎廟堂之上.〕"라고 하였다.

116 제결(鵜鴂) : 소쩍새이다. 《초사(楚辭)》〈이소(離騷)〉에서는 "소쩍새가 먼저 울어 온갖 풀들 싱그럽지 못할까 두렵네.〔恐鵜鴂之先鳴兮, 使夫百草爲之不芳.〕"라고 하였다. 소쩍새는 우는 소리가 나빠서 음기가 이르면 먼저 울고 풀이 죽는데, 이는 몸이 늙고 때가 지나가서 어찌할 수 없게 되기 전에 빨리 도모하라는 의미를 담고 있다. 시구에서 제결이 지나갔다고 했으니, 이는 곧 이미 어찌할 수 없게 되어버렸다는 뜻이다.

임 정에 대한 만사[117] 임 정은 임좌이다

任正 座 挽

천지에 지극한 이치[118] 있으니	天地有至賾
근원을 찾을 때엔 순후함이 있어야 하네	探元待淳厚
공은 복희[119]의 백성으로	公以伏羲民
외로이 만세 뒤에 몸을 의탁하셨도다	孤寄萬世後
적막하게 토목의 형체[120]였으되	寂寞土木形
그윽한 풍모를 원근의 사람들이 취했어라	沈邃遠近取
도서의 뜻을 안팎으로 꿰뚫어 아니	圖書洞表裏

---

117 임……만사 : 임좌(1624~1686)는 본관은 풍천(豐川), 자는 원직(元直), 호는
일궤(一簣)이다. 병조 랑(兵曹郎), 상의원 정(尙衣院正), 정선 군수(旌善郡守) 등을
역임하였다. 그는 평소 남과 교유하는 것을 좋아하지 않았지만 한창 어린 나이의 삼연과
는 망년(忘年)의 교분을 맺었다. 삼연이 자주 임좌에게 가서 가르침을 청하고서 "아무
것도 없이 왔다가 채워서 돌아간다.〔虛往實歸〕"라는 말을 했다고 한다. 그는 처음에
불교에서 이치를 탐구하다가 얻지 못하고 《주역》으로 돌이켜 구하여 현묘한 이치를
터득했다고 한다. 이러한 그의 학문 경향은 삼연과 통하는 면이 있어 상호간에 의기가
투합했을 것이다. 《鹿門集 卷23 曾伯祖一簣先生墓誌銘》

118 지극한 이치 : 원문의 '지색(至賾)'은 《주역》〈계사전 상(繫辭傳上)〉에 나오는
말로, '색'은 '잡란(雜亂)'의 뜻이다. 즉 천하에 허다하게 뒤섞인 심오한 이치를 가리킨다.

119 복희(伏羲) : 태고 시절 전설 속의 성군인 태호복희씨(太昊伏羲氏)를 가리킨다.
이때에는 천하가 태평하여 백성들이 모두 순후한 풍속이었다고 한다.

120 토목의 형체 : 임좌가 외적인 것을 꾸미지 않고 담박하게 살았다는 말이다. 진
(晉)나라 때 혜강(嵇康)은 "풍모가 있었으되 몸을 토목처럼 여겨 스스로 꾸미지 않았
다.〔有風儀而土木形骸, 不自藻飾.〕"라고 평가되었다. 《晉書 卷49 嵇康列傳》

이부자리에서도 육과 구를 만나셨네[121]　　　　　衽席逢六九

공명을 짐짓 가벼이 여긴 것이 아니라　　　　　功名非故輕

뜻을 얻었기에 관직으로 출세할 마음 잊은 것이네　意得忘纓綬

긴 강을 베고서 한번 누우니[122]　　　　　　　一臥枕長江

하늘빛이 빈 들창으로 흘러들도다　　　　　　　天光注虛牖

구슬을 가지고 노는 여가 있고[123]　　　　　　弄丸有餘暇

현주는 담박하게 동이에 가득했네[124]　　　　　玄酒淡盈缶

121　도서(圖書)의……만나셨네 : 도서는 《주역》 팔괘의 근간이 되는 하도(河圖)와
낙서(洛書)를 가리킨다. 하도는 복희씨 때에 황하(黃河)에서 나온 용마(龍馬)의 등
문양을 보고 그린 것이며, 낙서는 우(禹) 임금 때 낙수(洛水)에서 나온 신귀(神龜)의
등 문양을 보고 그린 것이라고 한다. '육'은 음의 수이고 '구'는 양의 수이다. 이 구절은
임좌가 《주역》의 이치를 깊이 깨달았음을 형용한 것이다. 그는 평소 여러 서적들 가운
데에서도 《주역》을 특히 좋아하여 그 깊은 이치를 깨달아 《역학문경(易學門徑)》, 《주
역영주(周易映註)》, 《태서론(泰筮論)》 등 역학에 관한 저서를 남겼으며 임종할 때에는
자신이 읽던 《주역》을 함께 묻으라는 유언을 남겼다고 한다. 《鹿門集 卷23 曾伯祖一簀
先生墓誌銘》

122　긴……누우니 : 임좌가 만년에 관직에서 물러나 금양(衿陽)에 은거한 것을 가리
킨다. 금양은 오늘날 광명시, 군포시, 시흥시, 의왕시에 걸쳐 있던 곳이다. 이에 따르면
긴 강은 곧 금천(衿川)이 된다. 《鹿門集 卷23 曾伯祖一簀先生墓誌銘》

123　구슬을……있고 : 구슬을 가지고 논다는 것은 곧 구슬처럼 둥근 태극(太極)을,
즉 역리(易理)를 탐구한다는 말이다. 송(宋)나라 소옹(邵雍)의 《격양집(擊壤集)》 권12
〈자작진찬(自作眞贊)〉에 "구슬을 가지고 노는 여가에, 한가로이 왔다 갔다 하노라.〔弄
丸餘暇, 閒往閒來.〕"라고 하였는데, 자주(自註)에 "구슬은 태극이다."라고 하였다.

124　현주(玄酒)는……가득했네 : 현주는 제사 때 쓰는 맑은 물이다. 이 구절 역시
가장 근원적인 이치를 탐구했다는 의미를 담고 있다. 소옹의 〈동지음(冬至吟)〉에 "동지
의 자시 반에 하늘의 마음은 변함없어라. 일양이 막 일어나고 만물이 아직 생기기 전이
로다. 현주의 맛은 담박하고 대음의 소리는 고요하도다. 이 말을 믿지 못하겠거든 다시

객이 오면 그저 가슴 가리키며	客來但指胸
이것은 받을 수가 없다 하셨지[125]	曰此不可受
이윽고 조화 타고 훌쩍 날아가시니	俄然乘化翔
아아 나는 깊이 물어볼 곳을 잃었도다	嗟我失深扣
음양의 대관은 파하였으되[126]	陰陽大觀罷
삶과 죽음은 진실로 꽁무니와 머리로다[127]	死生眞尻首
짙푸른 성악[128] 산기슭	蒼蒼聖嶽根
그 길이 무하유[129]에 닿아있구나	路接無何有

복희씨에게 물어보기를.〔冬至子之半, 天心無改移. 一陽初起處, 萬物未生時. 玄酒味方淡, 大音聲正希. 此言如不信, 更請問包羲.〕"이라고 하였다.

125 객이……하셨지 : 현묘한 역의 이치는 마음으로 전할 수는 있어도 물건을 주듯이 손으로 받을 수 있는 것이 아니라는 말이다. 《장자(莊子)》〈대종사(大宗師)〉에 "무릇 도는 그 실체는 있으되 겉으로 보이는 작용과 형체는 없으며 마음으로 전할 수는 있어도 손으로 받을 수는 없으며 터득할 수는 있어도 눈으로 볼 수는 없다.〔夫道, 有情有信, 無爲無形, 可傳而不可受, 可得而不可見.〕"라고 하였다.

126 음양의 대관은 파하였으되 : 임좌가 음양의 조화를 따라 세상에 훌륭한 인물로 태어났다가 다시 음양의 조화를 따라 다시 세상을 떠났다는 말이다. 대관은 《주역》〈관괘(觀卦) 단사(彖辭)〉에 보이는 말로, 크게 아랫사람들이 우러러보는 위인을 형용하는 말이다.

127 삶과……머리로다 : 삶과 죽음이 결국은 하나로 연결되어 있다는 말이다. 《장자》〈대종사〉에 "무(無)를 머리로, 생(生)을 등골로, 사(死)를 꽁무니로 삼을 수 있는 자 누구인가? 생사와 존망이 일체임을 아는 자 누구인가? 그런 사람은 우리가 벗으로 삼고 싶다.〔孰能以無爲首, 以生爲脊, 以死爲尻? 孰知死生存亡之一體者? 吾與之友矣.〕"라고 하였다.

128 성악(聖嶽) : 개성(開城)의 성거산(聖居山)을 가리키는 듯하다. 임좌의 묘지명에는 이장하기 전의 첫 장지를 단지 개성이라고만 언급하였다. 성거산은 화담(花潭) 서경덕(徐敬德)이 은거해 살던 곳이기도 하다.

지척의 화담 노인과　　　　　　　　　　　咫尺花潭叟

아득한 저승에서 날마다 함께 어울리리　　冥冥日携手

129　무하유(無何有)：《장자》〈소요유(逍遙遊)〉에 나오는 상상 속 이상향인 무하유

지향(無何有之鄕)이다. 시비(是非)와 유무(有無) 등의 모든 인위적이고 대립적인 요

소가 사라진 선경(仙境)이다.

이 비장가[130]

李飛將歌

달이 우북평[131]에 차오르니	月盛右北平
연나라 노래에 눈물이 비처럼 흐른다	燕歌淚如雨
가을에 참으로 각궁을 당겨 울릴 만하니	秋來角弓良可鳴
깊은 밤에 딱따기를 굳이 칠 것 있으랴[132]	夜久刁斗何須鼓
믿는 것은 평소 말 타고 활쏘기 잘하는 것이었더니	依倚平生善騎射
어이 알았으랴 제후에 봉해지는 것도 운수가 있음을	
	焉知封侯亦有數
젊어서 헛되이 마읍성에 출병하고[133]	少年虛出馬邑城

130 이 비장가 : 이 비장은 한 무제(漢武帝) 때의 명장(名將)으로 흉노와의 전투에서 많은 공을 세운 이광(李廣)이다. 그의 용맹이 출중하여 흉노가 그를 비장군(飛將軍)이라고 불렀다. 이광은 많은 공적에도 불구하고 끝내 높은 관작에 봉해지지 못한 채 패전의 문책을 받아 자결로 생을 마감하였다. 《史記 卷109 李將軍列傳》

131 우북평(右北平) : 한나라 때 흉노와의 접경 지역으로 오늘날의 북경시 진해도(津海道) 동북부와 하북성 일대였다. 이광은 우북평 태수로 있으면서 흉노와 자주 접전하여 위용을 떨쳤다.

132 가을에……있으랴 : 가을은 추수철이 되어 흉노가 약탈을 위해 자주 출몰하는 때이다. 딱따기를 칠 필요가 없다는 말은 이광의 대범하고 간이(簡易)한 군대 운영 방식을 말한 것이다. 당시 변경에 이광과 정불식(程不識) 두 장수의 명성이 높았는데 이광은 출격하여 흉노를 칠 적에 엄격한 규율을 두지 않고 딱따기를 치지 않았으며 군영의 문서를 간략하게 하면서도 척후병을 멀리 보내 해를 만나지 않았고 흉노가 감히 이광의 군대를 범하지 못하였다. 반면 정불식은 엄격한 규율을 두고 딱따기를 치며 문서를 분명히 하였는데 역시 흉노가 범하지 못하였다. 《史記 卷109 李將軍列傳》

늘어서 용성의 오랑캐 잡지 못했네[134]　　皓首未繫龍城虜

종남산의 사나운 범 다 쏘아 죽이니[135]　　射殺終南猛虎盡

변경 성에서 흰 바위가 범 되었어라[136]　　邊城白石能爲虎

그대는 장부가 한 치의 공훈도 세우지 못했다 하지만

　　　　　　　　　　　　　　　　　君言丈夫無寸勳

북평에 여러 해 동안 전운(戰雲)이 끊어졌다네　北平數歲絶黃雲

오랑캐도 산 이광에게 크게 놀랐거늘[137]　　胡兒大驚生李廣

---

133 젊어서……출병하고 : 마읍성은 오늘날 산서성(山西省) 안문(雁門)에 있던 곳으로 한나라가 마읍성 옆 계곡에 대군을 복병시켜 놓고 마읍성으로 흉노를 유인하였는데 이광도 이 당시 효기장군(驍騎將軍)으로 군대를 이끌고 출병하였다. 그러나 흉노가 이를 간파하고 떠나버리자 한나라 군대는 아무런 공을 세울 수 없었다. 《史記 卷109 李將軍列傳》

134 늘어서……못했네 : 용성의 오랑캐는 곧 흉노를 가리킨다. 용성은 흉노의 우두머리인 선우(單于)가 하늘에 제사를 지내던 곳으로 오늘날의 외몽골 지역에 있었다. 한 무제 원수(元狩) 4년(기원전119)에 한나라가 대군을 일으켜 흉노를 공격하였는데 이때 이광은 자신도 출병하기를 청하였으나 무제는 이광이 연로하였음을 들어 허락하지 않다가 결국 허락해 주었다. 이 전투에서 이광은 대장군 위청(衛靑)의 잘못된 지휘로 패전하였는데, 이를 문책하려 하자 조사관에게 심문을 받는 것을 수치로 여겨 마침내 자결하였다. 《史記 卷109 李將軍列傳》

135 종남산의……죽이니 : 이광은 자신이 거하는 곳에 범이 있다는 말을 들으면 가서 쏘아 죽였다. 장안(長安)에 있는 종남산을 말한 것은 그가 한동안 벼슬에서 물러나 가거(家居)할 때에 장안 남전(藍田)의 종남산에 살면서 사냥을 다녔기 때문이다. 《史記 卷109 李將軍列傳》

136 변경……되었어라 : 이광이 우북평 태수로 있을 때 사냥을 나갔다가 풀숲 속의 바위를 범이라고 여겨 화살을 쏘아 맞혀 화살촉이 박혔는데, 가서 확인해보니 바위였다. 그것이 바위인 것을 알고서 이광이 재차 화살을 쏘자 다시는 화살촉이 박히지 않았다. 《史記 卷109 李將軍列傳》

취한 위는 어이하여 옛 장군을 가벼이 보았던고[138]　　醉尉何輕故將軍

종제는 공명 이루어 자줏빛 인끈 늘어뜨리고　　　　從弟功名紫綬拖

군교(軍校)들도 상으로 구슬 굴레 달린 말 받았구나[139]

　　　　　　　　　　　　　　　　　　　　　　諸校賞賜珠勒馬

공손씨가 눈물 한번 뿌린 뒤로는[140]　　　　　　　一自公孫雪涕後

137　오랑캐도……놀랐거늘 : 이광이 위위(衛尉)로 장군이 되어 안문(雁門)으로 출병해 흉노를 공격할 때 흉노의 군사가 많아 이광의 군대가 패하였다. 당시 흉노의 선우가 이광의 훌륭함을 평소부터 듣고 이광을 생포해 오도록 명을 내렸다. 흉노가 이광을 잡았을 때 이광은 상처를 입고 있었으므로 두 말 사이에 그물을 연결해 거기에 이광을 싣고 갔는데, 이광이 거짓으로 죽은 체하고 있다가 한 오랑캐가 좋은 말을 타고 있는 것을 보고는 잠깐 사이에 그 말에 뛰어올라 오랑캐를 밀쳐내고 그 활을 잡아 달아나면서 추격하는 오랑캐 기병을 쏘아 죽였다. 《史記 卷109 李將軍列傳》

138　취한……보았던고 : 이광이 안문에서의 패배로 서인(庶人)이 되어 종남산에 살던 어느 날 밤에 기병 하나를 데리고 나가 들에서 술을 마시고 돌아오다가 패릉정(霸陵亭)에 이르렀는데, 그곳을 관장하던 패릉위(霸陵尉)가 술에 취하여 이광에게 밤에는 통행할 수 없다면서 저지하였다. 이광이 자신을 옛 장군이라고 하였으나 패릉위는 "지금의 장군도 야간 통행을 할 수 없는데 하물며 옛 장군이랴."라고 하며 이광을 패릉정 아래에서 자게 하였다. 얼마 뒤 이광이 우북평 태수가 되어 떠날 때 패릉위를 자기 수하로 청하여 함께 데리고 가서 군영에 당도하여 그를 베어 죽였다. 《史記 卷109 李將軍列傳》

139　종제는……받았구나 : 이광이 끝내 현달하지 못한 것을 탄식한 것이다. 이광의 종제인 이채(李蔡)는 그다지 뛰어나지 않고 명성도 이광에 한참 못 미쳤지만 열후(列侯)에 봉해지고 삼공(三公)의 자리에 올랐으며, 이광의 군리(軍吏)들과 사졸들 중에서도 제후에 오른 이가 있었다. 그러나 이광은 끝내 작위와 식읍을 받지 못하고 벼슬도 구경(九卿)을 넘지 못했다. 《史記 卷109 李將軍列傳》

140　공손씨가……뒤로는 : 이광이 젊어서 상곡 태수(上谷太守)가 되었을 때 흉노와 날마다 접전을 벌이자 당시 전속국(典屬國)으로 있던 공손혼야(公孫混邪)가 이광을 아껴 황제에게 눈물을 흘리면서 "이광의 재기(才氣)는 천하무쌍(天下無雙)입니다. 자

한나라 조정에서 원숭이처럼 팔 긴 이[141]를 누가 아꼈던고

漢庭誰惜猿臂者

신의 능력을 자부하여 자주 흉노와 대적하여 싸우니 그를 잃을까 두렵습니다.”라고
하였다. 이에 이광을 상군 태수(上郡太守)로 옮겼다. 《史記 卷109 李將軍列傳》

141 원숭이처럼……이 : 이광은 키가 크고 팔이 원숭이처럼 길어 활을 잘 쏘았다고
한다. 《史記 卷109 李將軍列傳》

조정하의 부인에 대한 만사
趙正夏內挽

조자는 진실로 상서로운 봉새이니	趙子眞祥鳳
황새를 잃은 것이 참으로 슬프구나	凰亡良可悲
장주의 상은 그래도 노년이었거니	莊周猶暮境
반악의 상을 꽃다운 때에 어이하누[142]	潘岳奈芳時
초례하던 자리에 세찬 바람 쓸고 지나고	醮席驚風掃
거문고 타던 창에 조각달빛 새어 드네	琴牕缺月窺
무덤은 구름과 눈으로 어둑한데	山丘雲雪晦
어디에서 난초 같은 자태 찾아볼까	何處像蘭姿

---

142 장주(莊周)의⋯⋯어이하누 : 장주와 반악의 고사는 아내의 상을 말할 때 자주
인용된다. 장주가 노년에 아내의 상을 당하자 혜시(惠施)가 조문을 갔는데 장자가 다리
를 뻗고 앉아 동이를 두드리며 노래를 부르고 있었다. 혜시가 늙도록 함께 자식을 키우
다 죽은 아내에 대해 너무 심한 처사가 아니냐고 하자 장주는 자연스러운 기운의 조화를
어찌 슬퍼하겠느냐고 답했다.《莊子 至樂》반악은 진(晉)나라 때 사람으로 아내를 잃고
몹시 슬퍼하면서 그 슬픔을 〈도망시(悼亡詩)〉 3수로 읊었다.《文選 卷23 悼亡詩》조정
하(?~1697)는 조경망(趙景望, 1629~1694)의 4남인데, 그의 중형인 조정만(趙正萬,
1656~1739)의 생년을 고려할 때 그와 그의 처 한씨(韓氏, ?~1686)의 생년은 대략
1660년 전후로 추정할 수 있다. 그렇다면 조정하의 처 한씨는 서른을 채 못 채우고 요절
한 것이 된다.《陶谷集 卷11 贈吏曹參判趙公神道碑銘》《宋子大全 卷2 趙君內相韓氏挽》

봄날에 중묘헌을 바라보는 감회[143] 정묘년(1687, 숙종13)

春日望衆妙軒感懷 丁卯

제1수

높은 산 적막하고 물은 흘러 도는데	高山漠漠水流廻
중묘헌에서 일곱 가지 슬픔[144] 일어난다	衆妙軒中起七哀
봄빛은 뜨락 나무에 절로 깃들었거늘	春色自棲庭畔木
지하에서 어느 누가 살구꽃 핀 것 보겠나	九原誰見杏花開

제2수 其二

꽃 피고 꽃 떨어지는 모든 때에 중묘헌은 텅 비었건만	花開花落每空軒
다투어 봄 구경하러 후원에 오르누나	爭忍看春上後園
저 멀리 노원에 이미 그대는 고인이 되었으니	目極蘆原人已古
수레를 몰아 나가서 동문에 오르련다[145]	驅車將出上東門

143 봄날에……감회 : 중묘헌(衆妙軒)은 삼연의 시우(詩友)였던 이규명(李奎明)의 당호이다. 이규명에 대해서는 41쪽 주8 참조.

144 일곱 가지 슬픔 : 일곱 가지 슬픔은 위진(魏晉) 시대 악부(樂府)의 제목으로 많이 쓰였다. 그중에서도 삼국 시대 위(魏)나라 조식(曹植)의 〈칠애시(七哀詩)〉가 유명한데, 당(唐)나라 여향(呂向)의 주에 "일곱 가지 슬픔은 아파서 슬프고, 의리상 슬프고, 느껴워 슬프고, 원망스러워 슬프고, 눈으로 보고 귀로 들어서 슬프고, 입으로 탄식하며 슬프고, 코가 시어서 슬픈 것이다.〔七哀謂痛而哀, 義而哀, 感而哀, 怨而哀, 耳目聞見而哀, 口歎而哀, 鼻酸而哀也.〕"라고 하였다. 《六臣註文選 卷23》

145 수레를……오르련다 : 도성의 동문에 올라 이규명이 묻힌 곳을 바라보겠다는 말

이다. 〈고시 19수(古詩十九首)〉 열셋째 수에 "수레를 몰아 동문에 올라가, 북망산 무덤을 멀리 바라보니, 백양은 어이 그리 솨솨대는가, 넓은 길 양편에는 송백이 늘어섰도다.〔驅車上東門, 遙望郭北墓. 白楊何蕭蕭? 松柏夾廣路.〕"라고 하였다. 《文選 卷29 古詩19首》

저도[146]

楮島

모래펄은 참으로 빙 둘러 있고	沙漵正紆回
두 왕릉[147]은 송백의 모퉁이에 있네	二陵松栢隈
강에 뜬 배는 원례의 것인 듯[148]	浮舟擬元禮
멀리 보이는 섬은 봉래를 닮은 듯	望島像蓬萊
비 머금은 모래섬의 구름 내려앉고	含雨洲雲落
들이치는 물결 위로 들판의 풀 펼쳐졌네	凌波野草開
한가로이 거울 같은 강물을 건너노라니	悠然鏡中度
눈 안에 들어오는 누대 몇이나 되는가	過眼幾樓臺

---

146 저도(楮島) : 현재의 서울 옥수동과 압구정동 사이에 있던 섬인데 한강 개발 과정에서 저자도의 흙을 채취하여 쓰면서 지금은 사라지고 없다. 이곳에 삼연 집안의 전장이 있었다.

147 두 왕릉 : 저자도에서 강 너머로 보이는 성종(成宗)의 선릉(宣陵)과 중종(中宗)의 정릉(靖陵)이다.

148 강에……듯 : 후한(後漢) 때의 이응(李膺)은 자가 원례인데, 사람들이 그의 영접을 받기만 해도 "용문에 올랐다.〔登龍門〕"고 자랑할 정도로 명망이 높았다. 그 뒤 곽태(郭泰)가 고향에 돌아가려 하자 강가에 나와 전송한 선비들의 수레가 수천 대나 되었는데, 오직 이응과 곽태 두 사람이 한 배를 타고 건너가니, 그 자리에 온 모든 사람들이 이를 보며 신선과 같다고 부러워하였다. 《後漢書 卷68 郭泰列傳》

허창해와 수명정에 올라[149] 허창해는 허격이다

與許滄海 格 登水明亭

새벽에 창해 노인을 만나	晨逢滄海叟
수명정에 걸어 오르니	步上水明亭
모래섬은 높은 창에 하얗게 보이고	沙嶼高牕白
구름 같은 돛은 늙은 회나무 사이로 푸르다	雲帆古檜靑
맛 좋은 생선은 넘실대는 강에서 잡아오고	嘉魚依浩蕩
훌륭한 술은 맑은 물로 빚었어라	美酒壓淸泠
동쪽으로 돌아가는 배 아쉽나니	顧惜東歸纜
어이하면 초풍[150]을 그치게 할까	樵風何以停

---

149 허창해와 수명정에 올라 : 허격(許格, 1607~1690)은 본관은 양천(陽川), 자는 춘장(春長), 호는 창해처사(滄海處士)이다. 병자호란이 일어났을 때 가솔들을 이끌고 풍기(豐基)로 피난 가서 근왕병(勤王兵)을 일으켰으나 화의(和議)가 성립되었다는 소식을 듣고는 마침내 벼슬할 뜻을 버리고 단양(丹陽)에 은거하였던 인물이다. 성해응(成海應)의 《연경재전집(研經齋全集)》, 윤행임(尹行恁)의 《석재고(碩齋稿)》, 김평묵(金平默)의 《중암집(重菴集)》 등에 모두 전(傳)이 있다. 수명정은 한강의 삼포(三浦)에 있던 정자의 이름이다. 이민구(李敏求)의 《동주집(東州集)》 제3권 〈수명정기(水明亭記)〉에 수명정의 모습을 형용한 것이 자세하다

150 초풍(樵風) : 배가 빠르게 나아갈 수 있도록 도와주는 순풍(淳風)이다. 중국 절강성(浙江省) 약야계(若耶溪)에 초풍경(樵風涇)이 있는데, 아침에는 남풍이 불고 저녁에는 북풍이 불어, 배로 나뭇짐을 실어 나르는 데 도움을 준다고 한다. 《孔靈符會稽記》

능을 바라보며

望陵

제1수

물 뿌리고 땅 쓸며 종종걸음 치는 방백이요	汎掃趨方伯
재계하고 정갈히 무릎 꿇은 능직장(陵直長)이로다	齋明跪直郎
상서로운 구름에는 -1자 결락- 훈기[151]가 있고	祥雲□焄氣
맑은 한수에는 사른 향내 넘어오네	淸漢渡燒香
정자각에는 주렴 그림자 그윽하고	丁字幽簾影
용문[152]에는 측백나무 일렬로 늘어섰네	龍紋列栢行
문손[153]의 선왕 향한 그리움 다함없나니	文孫無盡思
봄에 이슬 내리고 가을에 서리 내리는 때로다[154]	春露與秋霜

---

151 훈기(焄氣) : 결자가 있어 상세히는 알 수 없으나 훈호(焄蒿)의 뜻인 듯하다. 훈호는 제사를 지낼 때 그 기운이 위로 퍼져서 올라가는 것이다. 《예기(禮記)》〈제의 (祭義)〉에 "그 기운이 발산하여 위로 날아 올라가서, 소명하고 훈호하고 처창함이 된 다.[其氣發揚于上, 爲昭明焄蒿悽愴.]"라고 하였는데, 주희(朱熹)는 "귀신이 밝게 드러 나는 것이 소명이고, 그 기운이 위로 퍼져 올라가는 것이 훈호이고, 사람의 정신을 오싹하게 하는 것이 처창이다.[鬼神之露光處是昭明, 其氣蒸上處是焄蒿, 使人精神竦動 處是悽愴.]"라고 하였다.

152 용문(龍紋) : 무엇을 가리키는지 미상이나 이수(螭首)가 있는 신도비(神道碑)를 가리키는 것이 아닌가 한다.

153 문손(文孫) : 본래는 주(周)나라 문왕(文王)의 후손이라는 뜻으로 제왕의 후손 을 가리킨다. 《서경》〈주서(周書) 입정(立政)〉에 '문자문손(文子文孫)'이라고 한 데서 온 말이다.

154 봄에……때로다 : 선조를 사모한다는 뜻이다. 《예기》〈제의〉에 "서리와 이슬이

제2수 其二

항사겁[155]토록 왕릉을 외호하니	外護恒沙劫
백제성[156]이 등성을 연이어 있도다	連岡百濟城
방중[157]은 둘러싸인 지세가 엄연하고	方中儼拱抱
상설[158]은 우뚝하게 잘 자리 잡았어라	象設妥崢嶸
아름다운 새는 숲에 들어와 자고	好鳥依林宿
돌아가는 사람은 말에서 내려 걷누나	歸人下馬行
푸른 물결이 산 너머에 돌아 흐르니	滄波山外轉
맑은 정호[159]와 정말로 닮은지고	頗似鼎湖淸

내리면 군자가 이것을 밟고 반드시 슬픈 마음이 있게 되니, 이는 추워서 그러는 것이 아니다. 봄에 비와 이슬에 젖으면 군자가 이것을 밟고서 반드시 두려운 마음이 있게 되니, 돌아가신 부모님을 뵐 것 같은 느낌이 드는 것이다.〔霜露旣降, 君子履之, 必有悽愴之心, 非其寒之謂也. 春雨露旣濡, 君子履之, 必有怵惕之心, 如將見之.〕"라고 하였다.

155 항사겁(恒沙劫) : 불교 용어로 항사는 인도 갠지스강의 모래라는 뜻으로 항하사(恒河沙)라고 표기한다. 곧 갠지스강의 모래알처럼 헤아릴 수 없는 영겁의 세월이라는 말이다.

156 백제성 : 오늘날 한강 하남에 있는 백제 토성이다.

157 방중(方中) : 제왕의 능을 가리키는 말이다. 옛날에 왕릉 위의 흙을 방형(方形)으로 만들었는데, 천자가 즉위하면 미리 자신의 수혈(壽穴)을 만들면서 피휘(避諱)하여 방중이라고 하였다. 《史記集解 卷122 酷吏列傳 注》

158 상설(象設) : 봉분 앞과 둘레에 설치하는 사람이나 짐승의 형상을 본떠 만든 석물(石物)과 봉분 주변에 봉분을 보호하고 치장하기 위하여 설치한 석물을 아울러 가리키는 말이다.

159 정호(鼎湖) : 황제(黃帝)가 세상을 버리고 승천한 곳이다. 옛날 황제가 수산(首山)에서 구리를 채취하여 형산(荊山) 아래 정호에서 솥을 주조하자 용이 황제를 맞이하니, 황제가 용을 타고 승천하고 70여 인의 신하와 후궁들도 뒤따라 용의 등에 올라타서 승천하였다. 《史記 卷28 封禪書》

부인사[160]
夫人祠

백제가 개국했을 적부터	百濟曾開國
부인의 사당이 있어왔지	夫人自有祠
강호에는 둥둥 치던 북 남아있고	江湖留坎鼓
남녀들은 빈 사당을 중히 여기네	男女重虛帷
폭우 내리는 저 먼 곳 바라보니	涷雨遙瞻彼
엷은 먹구름은 누구를 쫓아가나	輕雲暗逐誰
가마우지는 물고기 쪼아 먹고서	鸕鶿啄魚去
날아올랐다 내려앉아 신령한 깃발을 더럽히누나	飛落汚靈旗

---

160 부인사(夫人祠): 첫 구에서 백제의 개국을 말하고 있는 것으로 볼 때, 백제를 개국한 비류(沸流)와 온조(溫祚)의 모친인 소서노(召西奴)의 사당을 가리키는 듯하다. 백제는 온조왕 때 지금의 한강 유역인 위례성(慰禮城)으로 도읍을 옮기고 사당을 세워 국모(國母)를 제사지냈다. 《三國史記 卷23 百濟本紀 第1》 다만 백제 때의 국모 사당이 삼연 당시까지 존재했다고 보기는 어렵고 다른 문헌에서도 당시 이런 사당이 있었다는 기록을 찾기는 어렵다. 아마도 여신을 모시는 한강 변의 사당을 두고 삼연이 역사 기록에 바탕하여 백제의 국모 사당으로 추정한 것이거나 혹 민간에서 그렇게 전승되어 왔던 것이 아닌가 한다.

허창해를 보내며
送許滄海

머리 듬성한 노년에도 마음은 천 리를 가니	短髮心千里
백석성¹⁶¹ 걸으며 노래부르네	行歌白石城
풀린 닻줄은 짙푸른 색이요	蒼蒼解纜色
누대에 기댄 마음 서글프구나	恨恨倚樓情
안개비 속에 초청¹⁶²이 서 있고	煙雨樵青立
모래 여울 소리는 귀를 맑게 씻어준다	沙灘洗耳清
평소 바다로 뛰어들 뜻¹⁶³ 지니셨으니	平生志蹈海
강물 소리가 응당 싫지 않으리	應不厭江聲

---

161 백석성(白石城) : 정확히 어디를 가리키는지는 미상이나 한강 변의 어느 곳인 듯하다.

162 초청(樵青) : 여종을 뜻하는 말이다. 당나라 안진경(顔眞卿)의 〈낭적선생현진자 장지화비(浪跡先生玄眞子張志和碑)〉에 "숙종이 일찍이 노비 각 1명씩을 하사했는데, 장지화가 부부로 짝을 맺어주었다. 남편의 이름을 어동이라 하고, 처의 이름을 초청이라 했다.〔肅宗嘗錫奴婢各一, 玄眞配爲夫妻, 名夫曰漁僮, 妻曰樵青.〕"라고 하였다. 후에 초청은 여종을 일컫는 말이 되었다.

163 바다로 뛰어들 뜻 : 청나라에게 나라가 항복한 치욕에 분개하여 죽음을 각오하고 지조를 지키려는 뜻이다. 전국(戰國)시대 진(秦)나라가 조(趙)나라를 공격할 때, 위(魏)나라의 신원연(新垣衍)이 진나라가 군대를 철수하는 조건으로 진나라를 황제로 높이자고 제의하자, 당시 조나라에 와 있던 제(齊)나라 노중련(魯仲連)이 분개하며 "나는 차라리 동해에 빠져 죽을지언정 그 백성으로 차마 살 수 없다.〔有蹈東海而死耳, 吾不忍爲之民也.〕"라고 하였다. 《史記 卷83 魯仲連列傳》

두견새[164]
杜鵑

두 능[165]의 깊은 곳에서 날아와	來從二陵邃
깊고도 큰 강 향해 우누나	啼向大江深
봄을 보내는 원한 다하지 않으니	不盡經春怨
끝내 망제의 마음이어라	終然望帝心
별은 드문드문 구름은 일렁일렁	疎星雲曳影
빗방울 성글고 나무 그늘 이어졌네	稀雨樹連陰
맑고 절절한 울음소리를 등불 앞에서 듣노라니	清切燈前聽
시름도 없는데 눈물이 옷깃에 떨어진다	非愁淚下襟

---

164 두견새 : 촉(蜀)의 망제(望帝) 두우(杜宇)가 자신의 재상 별령(鱉令)에게 자리를 빼앗기고 원통하게 죽어 두견새로 변하여 봄철이면 밤낮으로 피를 토할 때까지 운다는 전설이 있다. 《華陽國志 卷3 蜀志》

165 두 능 : 84쪽 주108 참조.

홍인보를 보내며 홍인보는 홍유인이다

送洪仁甫 有人

강물은 쉼 없이 흐르는데	江水不自息
어느덧 그대를 맞이했다 보내네	於焉迎送君
푸른 노새는 그대가 타고 떠날 만하거니와	靑騾君可去
흰 새는 그래도 나와 무리지어 어울린다	白鳥我猶群
눈에 닿은 것은 못 속 물고기의 이치요	眼觸淵魚理
정신을 쏟은 것은 꾸미고 다듬은 문장이라166	神紆藻繢文
산수가 끝내 적막하게 되었거니	山泉終寂蔑
문견이 많지 않음이 마음에 부끄러워라167	心媿匪多聞

---

166 눈에……문장이라 : 삼연이 홍유인과 만나 이치를 탐구하고 문장을 지었다는 말
이다. 못 속 물고기의 이치는 《중용장구(中庸章句)》 제12장에 "《시경》에 이르기를 '솔
개는 날아 하늘에 이르는데, 물고기는 연못에서 뛰논다.' 하였으니, 상하에 이치가 밝게
드러남을 말한 것이다.〔詩云: "鳶飛戾天, 魚躍于淵, 言其上下察也."〕"라고 한 것을 가리
킨다.

167 문견이……부끄러워라 : 홍유인이 자신을 찾아와 가르침을 구하였으나 자신의
문견이 적어 큰 도움이 되지 못한 것이 부끄럽다는 말이다.

인보와 함께 배를 타고 뚝섬에 갔다 돌아왔는데 강
가운데에서 일렁이는 풍광이 형용하기 어려울 정도였다.
한번 인보에게 운을 내게 하여 입으로 읊었다
與仁甫同舟至纛島而回 中流光景蕩漾不可狀 試令仁甫呼韻口號

강가에서 객을 보내노라니	送客江有渚
바람 없는 물결 속에 배 출렁이네	漾舟波不風
누대는 구름 그림자 같은 환영이요	樓臺雲影幻
물고기와 새는 거울 속 꽃처럼 공적하다[168]	魚鳥鏡花空
화악[169]은 하늘가에 떠 있고	華嶽浮天際
새내는 홀연 내 동쪽에 있네[170]	新川忽我東
기이하고 화려한 풍광 이에 으뜸이니	於斯奇麗最
드높은 흥취가 중원까지 통하누나	高興九州通

---

168 누대는……공적하다 : 진짜 누대와 물고기와 새가 아니라 일렁이는 강물에 환영
처럼 비친 모습을 말한 것이다.

169 화악(華嶽) : 삼각산의 이칭이다.

170 새내는……있네 : 강물의 흐름을 따라 배가 이동하여 아까는 서쪽에 있던 새내가
동쪽에 있게 되었다는 말이다.

인보를 보내고 배를 돌려 홀로 돌아오다
送仁甫回舟獨歸

파릇파릇 우거진 풀 모래사장 덮었는데	茸茸草覆沙
맑디맑은 강물이 모래섬에서 갈라진다	湜湜江分渚
아득히 바라보니 사람은 이미 멀어져가고	瞻望人已邈
돌아오는 배는 질펀한 들판을 뒤로 하누나	歸舟背平楚

홀로 보내는 밤

獨夜

밤 되어 저 산들은 어둑히 물드는데	暝色他山翳
외로운 달빛이 근처 물가 밝히누나	孤光表近洲
갈대풀 사이로 불빛 명멸하니	蘆間明滅火
종소리 울린 뒤 배들이 오간다	鐘後去來舟
고요히 생각하는 중에 시상 떠오르니	扣寂詩情會
맑은 기운 머금은 밤 풍광 가득하네	含淸夜景遒
아름다운 사람이 북쪽 물가로 돌아가니	佳人歸北渚
이별의 정회 담박하게 누대를 채우누나	別思澹盈樓

객을 보내며

送客

이른바 황강의 객[171]이	所謂黃江客
안개물결 속에 완연히 배를 탔어라	煙波宛在船
누대 앞에서 웃고 말하던 소리 끊어지고	樓前笑語斷
갈대 너머로 노 젖는 소리만 맴돈다	蘆外棹音旋
물길은 저 멀리 단구 협곡까지 나 있는데	水遠丹丘峽
사람은 거의 무도의 신선 될 뻔했네[172]	人危舞島僊
길게 뻗은 하늘 저 끝으로 돛은 사라져가는데	天長帆影匿
큰 고깃배가 다시 산 앞으로 나오누나	漁舸復山前

---

171 황강의 객 : 정확히 누구를 가리키는지는 미상이나 황강은 충청도 청풍(淸風)의 고을 이름이다.

172 사람은……뻔했네 : 황강에서 온 객이 무도에서 삼연과 함께 신선처럼 즐겼다는 말이다. 무도는 저자도의 별칭으로, 무동도(舞童島)라고도 한다. 본래 저자도에 무동 암(舞童巖)이라는 큰 바위가 있어서 붙은 별칭인데, 18세기 이후로 무도와 무동도는 잠실섬의 일부를 가리키는 명칭이 되었다. 《이종묵, 조선 후기 저자도(楮子島)의 문화 사, 국문학연구 제30호, 국문학회, 2014, 259~261쪽》

율북[173]에서의 단오

栗北端午

곡하고 돌아와 산가 처마 아래 누우니	哭返山簷臥
솔바람이 선영을 휘어감누나	松風繞壟丘
붉은 해 기운 하늘은 공활한데	天空赤日昃
흰구름 모인 곳에 마음 오래 머무네[174]	心永白雲遒
사람과 귀신은 홀연 머뭇거리고	人鬼依違忽
더위와 추위는 유유히 바뀌는구나[175]	炎凉代謝悠
시 지어도 어디에 부쳐야 할지	詩成迷所寄
숲의 새는 해 지고서 어디에 몸을 맡기려나	林鳥暝何投

173 율북(栗北) : 삼연의 선영이 있는 양주 율북리이다.

174 흰구름……머무네 : 흰구름은 보통 부모를 그리워하는 자식의 마음을 뜻한다. 당(唐)나라 때 적인걸(狄仁傑)이 하양(河陽)에 어버이를 남겨 두고 병주(幷州)로 벼슬살이를 나갔다가 태항산(太行山)에 올라 흰구름이 외롭게 나는 것을 보고, 좌우의 사람들에게 "나의 어버이가 저 아래 계신다."라고 하고는 서글피 오래도록 바라보다가 구름이 다른 곳으로 옮겨가자 그 자리를 떠났다고 한다. 《新唐書 卷115 狄仁傑列傳》 여기에서는 부친의 묘가 있는 선영에 대한 마음을 나타낸 것이다.

175 사람과……바뀌는구나 : 사람인 삼연과 이미 돌아가신 부친이 서로 차마 떠나지 못해 머뭇거리고 시간은 유유히 흘러간다는 뜻인 듯하다.

비 내리는 중에
雨中

제1수

맥기[176]가 찌는 더위 씻어내니	麥氣洗歊蒸
더운 날씨 반쯤은 청량해지누나	炎天一半澄
텅 빈 강에서 객을 보내자마자	江空纔送客
고요한 숲에서 승려 찾아가려네	林靜欲尋僧
포구 씻어주는 구름은 성곽으로 돌아가고	浴浦雲還郭
소나무 울리는 빗줄기는 능[177]으로 들어간다	鳴松雨入陵
앞에 가득한 사물들은 산만히 펼쳐져 있거니와	盈前多散漫
마음속으로 연못 같은 고요함 잘 보존해야지	引內保淵凝

제2수 其二

산수는 밝고 트인 기운 머금었고	山水含昭曠
새 누각은 기상이 아름답다	新樓氣像佳
돛을 향해 부는 바람은 베개 쓸고 지나고	迎帆風拂枕
보리철 되어 내리는 비는 섬돌에 비끼네	看麥雨橫階
물고기는 푸른 마름 딛고 뛰어오르고	魚躍依靑藻

---

176 맥기(麥氣) : 보리가 익을 때쯤 발산하는 향기를 지칭하는 말인데, 여기에서는 문맥상 맥우(麥雨)의 의미인 듯하다.

177 능 : 84쪽 주108 참조.

매미는 초록빛 홰나무 안고 우누나 　　　　　蟬嗁抱綠槐

섭생하는 데 이치가 있음을 아노니 　　　　　攝生知有理

사물을 경시함[178]은 심회를 맑게 하는 데 달려있도다 　輕物在澄懷

---

178 사물을 경시함 : 이는 《회남자(淮南子)》〈제속훈(齊俗訓)〉에 "세상을 깔보고 사물을 경시하여 시속에 물들지 않는 것은 선비의 고결한 행실이다.〔敖世輕物, 不汙於俗, 士之伉行也.〕"의 의미로 쓰인 듯하다.

저도만영

楮島漫詠

제1수

맑고 아름다운 긴 강물이 푸른 언덕에 넘쳐오르고	長湖淸宛濫靑皐
시원하게 우는 매미는 높은 나무에 어지럽다	嘒嘒鳴蟬亂樹高
석양 속의 구름은 남한산성으로 깃들고	落景雲投南漢郭
평사의 아지랑이는 광릉의 물결 품었네	平沙煙抱廣陵濤
큰 배 뒤따르는 조각배들을 한가로이 보고	閒看舴艋隨峩艑

큰 자라인줄 알았던 작은 물고기들을 웃으며 가리키노라

	笑指鰍鯈擬巨鰲
펼쳐진 숱한 풍광 바라보며 적막함이 없으니[179]	眼底浮沈無適莫
푸른 물결이 참으로 사람을 호쾌하게 하도다	滄浪眞是使人豪

제2수 其二

| 부인사[180] 북쪽에 떠가던 구름 멈추고 | 夫人祠北逝雲停 |
| 남한산성 서쪽에 지나는 비 신령하다 | 南漢城西過雨靈 |

---

179 적막함이 없으니 : '적(適)'은 어떤 일에 대해 오로지 가(可)하다고 주장하는 것이고, '막(莫)'은 반대로 불가하다고 하는 것이다. 즉 적막함이 없다는 것은 외부의 일에 대한 시비판단을 끊고 유유자적한다는 의미이다. 《논어》〈이인(里仁)〉에, "군자는 천하의 일에 전적으로 옳은 것도 없고 전적으로 옳지 않은 것도 없어 오직 의(義)만을 따른다.〔君子之於天下也, 無適也, 無莫也, 義之與比.〕"라고 하였다.

180 부인사(夫人祠) : 103쪽 주160 참조.

무수한 배들 와서 모두 섬에 안착하고   無數船來皆着島

때때로 파도 미끄러져 마당까지 들어오려 하네   有時波滑欲通庭

정원 가득한 나비 희롱하다 선침에 기대고[181]   滿園戲蝶欹仙枕

포구 가까이서 거위 울음소리 들으며 도경을 마주하노라[182]

                             近浦鳴鵝對道經

잘 알겠어라 강가가 마음 쉬기 수월한 곳이니   細覺江潭心易息

인생의 티끌 같은 일들이 내 정자에서 멀리 떨어졌음을

                             百年塵事遠吾亭

제3수 其三

오월이라 현성에 초목 향기로운데   五月玄城草樹熏

따뜻한 남풍 때때로 맑은 물가에 불어온다   凱風時自扇淸濆

돌아가는 배 눈으로 전송하며 가을 물을 생각하고[183]

                             歸舟目送思秋水

높은 누각에서 마음 한가로이 여름 구름을 바라보네   高閣心閒看夏雲

---

181 선침(仙枕) : 선침은 유선침(遊仙枕)의 의미와 같다. 유선침은 전설상의 베개 이름으로 이 베개를 베고 자면 꿈속에서 신선 세계를 본다고 한다. 《開元天寶遺事》 또한 이는 《장자(莊子)》〈제물론(齊物論)〉에서 장주(莊周)가 꿈에 나비가 되었던 호접몽(蝴蝶夢)의 이미지를 쓴 것이다.

182 포구……마주하노라 : 이는 진(晉)나라 때 왕희지(王羲之) 고사의 이미지를 쓴 것이다. 진나라 때 왕희지가 거위를 매우 좋아하여 산음현(山陰縣)의 도사에게 《도덕경 (道德經)》의 글씨를 써주고 거위를 얻어 온 고사가 있다. 《晉書 卷80 王羲之列傳》

183 돌아가는……생각하고 : 지금 여름에 헤어지는 사람과 가을에 다시 만날 것을 생각한다는 말이다.

남곽은 이미 자신을 전부 잊었거늘   南郭已能都喪我

서하는 어이하여 오래 무리 떠남을 한스러워하는가[184]

                                        西河何恨久離群

여유롭게 노닐다 흥이 극에 달해 마침내 편안함을 잊으니[185]

184 남곽(南郭)은……한스러워하는가 : 자기 자신조차 잊고 아무런 동요가 없는 상태가 되었으므로 사람들과 떨어져 있는 것이 아무런 문제될 일이 없다는 말이다. 남곽은 《장자(莊子)》〈제물론(齊物論)〉에 등장하는 가상의 인물인 남곽자기(南郭子綦)이다. 남곽자기가 어느 날 안석에 기대 하늘을 우러러 숨을 길게 내쉬는 모습이 마치 짝을 잃은 듯하였다. 안성자유(顔成子游)가 그를 모시고 있다가 묻기를 "무엇하고 계십니까? 형체는 진실로 마른 나무와 같이할 수 있고, 마음은 진실로 식은 재와 같이할 수 있는 것입니까? 지금 안석에 기대앉은 분은 전에 안석에 기대앉은 그분이 아닙니다그려.〔何居乎? 形固可使如枯木, 而心固可使如死灰乎? 今之隱几者, 非昔之隱几者也.〕"라고 하므로, 남곽자기가 대답하기를 "언아, 자네는 또한 착하지 아니한가. 자네가 그렇게 물음이여. 지금 나는 나 자신의 존재를 잊고 있었는데, 자네도 그것을 알아차렸는가?〔偃, 不亦善乎? 而問之也! 今者吾喪我, 女知之乎?〕"라고 하였다. 서하는 공자의 제자인 자하(子夏)이다. 자하가 서하에 은둔하며 지내다가 아들을 잃고 너무 슬퍼하여 실명하는 지경에 이르렀는데, 증자(曾子)가 문병 와서 자하의 지나침을 낱낱이 따지자 자하가 자책하며 말하기를, "내가 지나쳤다. 내가 지나쳤다. 내가 벗들을 떠나 홀로 외롭게 지낸 지가 너무 오래되었다.〔吾過矣, 吾過矣! 吾離群而索居, 亦已久矣.〕"라고 하였다. 《禮記 檀弓上》

185 편안함을 잊으니 : 완전히 모든 경계를 잊는 단계를 가리킨다. 《장자(莊子)》〈달생(達生)〉에 "발이 있다는 사실도 잊어버리는 것은 신발이 꼭 맞아 편안하기 때문이고, 허리가 있다는 사실도 잊어버리는 것은 허리띠가 꼭 맞아 편안하기 때문이다. 그리고 우리의 인식이 옳고 그름의 판단을 잊어버릴 수 있는 것은 마음이 대상과 꼭 맞아 편안하기 때문이다. 마음에 흔들림이 없고 외물에 끌려가는 일이 없는 것은 일이 기회에 꼭 맞아 편안하기 때문이다. 대상과 꼭 맞아 편안한 데서 시작하여 어떤 경우에도 꼭 맞아 편안하지 않음이 없는 것은, 꼭 맞아 편안하게 행동하는 것이 꼭 맞아 편안하다는 것조차도 잊어버리는 경지이다.〔忘足, 屨之適也. 忘要, 帶之適也. 知忘是非, 心之適也. 不內變, 不外從, 事會之適也. 始乎適而未嘗不適者, 忘適之適也.〕"라고 하였다.

優遊興極仍忘適
성시와 강호의 구분도 묘연하게 사라지도다　城市江湖杳莫分

외조모의 수연(壽宴)에 가려던 도중 강물이 크게 불어나
배를 타기 좋지 않았으나 강행하여 물결의 흐름대로 맡기다
將赴外王母壽席 行値江水大漲 不利行船而强自放溜

제1수

비가 내려 평지에 가득찼는데	雨下屯平陸
사람들 와서 큰 강을 건너네	人來涉大川
호기로운 흥취로 안위 걱정하는 마음 잊고	安危倚豪興
멀리 뜬 배 보며 강 너비 헤아린다	闊狹準遙船
초목의 향취가 누런 물결에 물씬 풍기고	草樹熏黃浪
어룡의 기세인 양 붉은 연기 피어오르네	魚龍氣赤煙
물가에서 힘들게 부지런히 배 타려는 것은	辛勤洲渚事
만수무강 비는 자리에서 취하고자 함일레라	謀醉萬年筵

제2수 其二

벌건 물결이 높은 추녀까지 닿았는데	赤浪高軒及
오사모 쓴 좋은 객이 머무르네	烏紗好客留
처마 반쯤 뻗은 포도 넝쿨 젖었고	葡萄半簷濕
뜰 가득 뻗은 사초(沙草) 둥둥 떠다닌다	苔草捲庭浮
못에 임한 놀이[186]로 마음에 걸림 없으니	自在臨池戲

186 못에 임한 놀이 : 글씨 쓰는 것을 뜻한다. 후한(後漢) 때 초성(草聖)으로 일컬어
졌던 장지(張芝)가 글씨를 익힐 적에 자기 집안에 있는 모든 의백(衣帛)에다 글씨를

나무 잠기는 근심[187] 별로 없어라 　　　　　　蕭然減木愁

배를 멈추고 물어보고 싶으니 　　　　　　　停橈欲有問

그대는 아마 이인이 아닐런가 　　　　　　　君豈異人不

　　배가 빙호(氷湖)와 제천(濟川) 사이를 지날 때 눈에 보이는 촌가 태반이
수해에 휩쓸렸는데 어떤 경우는 부엌까지 잠겨 재해가 목전에 닥쳐 있기도
하였다. 그중 어떤 사람[188]의 집에 물이 당(堂)까지 차올랐는데 출렁출렁
처마까지는 몇 자 정도밖에 남지 않았다. 그런데 바야흐로 그 사람은 그
사이에서 옷깃을 여미고 붓을 들어 글을 적고 있었는데 정신과 기운이 매우
한가롭고 편안하여 마치 풍랑에는 전혀 마음이 걸리지 않는 듯하였으니,
뜻을 붙인 바가 깊지 않으면 이렇게 하기란 어려운 일이다. 배를 멈추고
그의 마음가짐을 몹시도 묻고 싶었지만 배가 홀연 빠르게 지나가버렸다.
벽의 반쯤에는 -1자 결락-[189] 포도가 한 시렁 있었는데 머리를 돌려 바라보니
아득히 빛나는 잔영만이 보일 뿐이었다.

제3수 其三

구름과 번개가 긴 강에서 합쳐지니 　　　　雲電長津合

바람에 날리는 모래가 급한 물결에 씻기네 　風沙急浪淘

쓴 다음에 다시 빨곤 했으므로, 그를 일러 "못가에 임해 글씨를 연습하느라 못 물이
다 검어졌다.〔臨池學書, 池水盡黑.〕"라고 하였다. 《後漢書 卷65 張奐列傳》

187 나무 잠기는 근심 : 물이 차오른다는 것을 《주역》의 표현을 빌려 말한 것이다.
《주역》〈대과괘(大過卦) 상전(象傳)〉에 "못이 나무를 잠그는 것이 대과이다.〔澤滅木,
大過.〕"라고 하였다.

188 어떤 사람 : 원문에는 '토인(土人)'으로 되어 있는데, '오사(烏紗)'라는 단어나 문
맥을 고려할 때 이는 '사인(士人)'의 오자인 듯하다. 다만 원문을 수정하여 번역하지는
않고 범범하게 풀이하였다.

189 1자 결락 : 결자 다음에 '서(書)'가 있으나 결자와의 관계를 알 수 없어 번역하지
않았다.

몸을 던짐에 거센 물결과 함께하고[190]　　投身與齊汨

눈을 부릅뜸에 물가 언덕 아득하다　　決眥杳亭皐

육지는 드넓은 삼강[191]에서 좁아 보이고　　地狹三江闊

하늘은 드높이 든 노에 낮게 깔리누나　　天低一棹高

바가지 술통 타고서 생각이 만리에 뻗치니　　瓠樽萬里慮

칠원의 호방함을 깊이 보도다[192]　　深見漆園豪

190 몸을……함께하고 : 거센 풍랑을 무릅쓰고 배 위에 올랐다는 말이다. 원문의 '제 골(齊汨)'에서 '제'는 소용돌이를 뜻하고 '골'은 물이 솟구쳐올라오는 곳을 뜻한다. 공자 가 제자들과 여량(呂梁)에서 노닐면서 폭포와 급류가 있는 곳에 어떤 사람이 헤엄치고 있는 것을 보고는 죽으려고 뛰어든 사람이라 여겨 제자들에게 그를 건지게 하였는데 그 사람은 유유히 헤엄쳐 내려간 뒤 물에서 나와 있었다. 공자가 물속을 헤엄치는 비결 을 묻자 그 사람은 "나는 본디 타고난 습성 그대로 자연에 순응하여 소용돌이와 함께 물속으로 들어가고 솟아오르는 물과 함께 물 위로 나와서[與齊俱入, 與汨偕出.] 물의 법칙을 따를 뿐 제멋대로 움직이지 않습니다."라고 하였다. 《莊子 達生》

191 삼강(三江) : 한강(漢江), 용산강(龍山江), 서강(西江)을 합쳐 부르는 말이다.

192 바가지……보도다 : 바가지 술통이란 곧 배를 뜻한다. 풍랑 속 강호에 배를 띄워 가는 자신의 호방함을 말한 것이다. 칠원은 몽현(蒙縣)의 칠원리(漆園吏) 벼슬을 지낸 장주(莊周)를 가리킨다. 장주의 벗 혜자(惠子)가 장주에게 "위왕(魏王)이 나에게 큰 박씨를 주기에 그것을 심었더니 닷 섬들이 박이 열렸네. 그러나 그 속에다 음료수를 채워 놓으니 무거워서 들 수 없었고, 두 쪽으로 쪼개 바가지를 만들었으나 너무 넓어 쓸 수가 없었네. 속이 텅 비어 크기는 했지만, 나는 아무 소용이 없어 부수어 버렸네."라 고 하자, 장주는 그에게 "지금 자네에겐 닷 섬들이 바가지가 있었는데, 어찌하여 그것을 큰 통으로 만들어 강호에 띄울 생각은 하지 못하고 그것이 너무 커서 쓸데가 없다고 걱정만 하는가.〔今子有五石之瓠, 何不慮以爲大樽而浮乎江湖, 而憂其瓠落, 無所容?〕" 라고 하였다. 《莊子 逍遙遊》

제4수 其四

긴 강물 다함없이 흐르니	不盡長江水
해마다 물결 타고 수연(壽宴)에 가네	年年赴宴來
북당의 원추리[193]에는 단비 뿌려지고	堂萱甘雨洒
뜰의 측백나무에는 개풍[194]이 감돈다	庭柏凱風廻
안석 드리며 황발을 우러르고	授几瞻黃髮
산가지 더하며 옥술잔 올리리[195]	添籌進玉杯
수연 자리 내내 축원 하나 더하리니	終筵加一祝
외숙부가 서둘러 돌아오시길[196]	舅氏遄歸哉

---

193 북당(北堂)의 원추리 : 모친을 비유하는 말인데, 여기서는 외조모를 가리킨 것이다. 《시경》〈위풍(衛風) 백혜(伯兮)〉에 "어이하면 원추리를 얻어서, 당의 북쪽에 심을까?〔焉得萱草, 言樹之背?〕"라고 한 데서 유래하였다.

194 개풍(凱風) : 남쪽에서 불어오는 따뜻한 바람으로 어머니가 자식을 기르는 수고로움을 상징한다. 《시경》〈패풍(邶風) 개풍(凱風)〉에 "개풍이 남쪽에서부터 여린 나무에 불어오도다. 여린 나무 약하고 약하거늘 어머니 매우 수고하셨도다.〔凱風自南, 吹彼棘心. 棘心夭夭, 母氏劬勞.〕"라고 하였다.

195 안석……올리리 : 외조모를 모시고 축수하는 모습을 형용한 것이다. 안석을 드린다는 것은 어른을 옆에서 모시는 모습이다. 《시경》〈대아(大雅) 행위(行葦)〉에 "자리를 펴고 그 위에 자리를 이중으로 펴니, 안석을 드리면서 계속하여 모시는 이가 있도다.〔肆筵設席, 授几有緝御.〕"라고 하였다. 이는 연향(宴享)에서 어른을 모시는 광경을 말한 것이다. 황발은 노인의 머리카락이 하얗게 되었다가 다시 황색으로 바뀌는 것으로 장수의 표징이다. 산가지를 더한다는 것은 장수의 비유로 흔히 축수를 형용한다. 옛날 세 노인이 서로 만나서 나이를 따졌는데, 한 사람이 말하기를 "바닷물이 뽕나무밭으로 변할 때마다 나는 산가지 하나씩을 던져 놓았는데, 지금은 열 칸 집에 가득찼다.〔海水變桑田, 吾輒下籌, 已滿十屋矣.〕"라고 한 데서 유래하였다. 《東坡志林 卷7》

196 외숙부가 서둘러 돌아오시길 : 삼연의 외숙부인 나양좌(羅良佐)가 귀양살이에서 풀려 집으로 돌아오기를 축원한 것이다. 나양좌는 이해에 스승인 윤선거(尹宣擧)의

제5수 其五

좋은 밤에 하늘도 맑게 개이니	良夜仍澄霽
두려워하던 중에 휘영청 달이 뜨네	懼餘好月來
시린 얼음 사발로 술을 깨고	析酲氷椀凍
옥산처럼 무너지며¹⁹⁷ 자리 옮기리	遷坐玉山頹
빛나는 무녀성(婺女星)은 빈 자리를 넘보고¹⁹⁸	彩婺窺虛席
밝은 은하수는 연회 끝낸 술잔을 비추리라	明河照罷杯
취하여 노래하며 정해진 박자 없거니와	醉歌靡定節
그래도 대래¹⁹⁹를 벗어나지 않는다네	猶不外薹萊

제6수 其六

어두침침 솔숲의 새벽에	泱漭松林曙

누명을 벗기려고 상소했다가 영변(寧邊)에 유배된 상태였다.

197 옥산처럼 무너지며 : 술에 취해 한쪽으로 쓰러지는 모습을 비유한 것이다. 진(晉)나라 때 죽림칠현(竹林七賢) 중 한 사람인 혜강(嵇康)은 풍채가 좋았는데 그가 술에 취하면 마치 옥으로 된 산이 무너지는 것처럼 비틀거렸다고 한다. 이에 대해 산도(山濤)는 "평소에는 오연(傲然)한 모습이 마치 외로운 소나무가 홀로 서 있는 것 같은데, 술에 취하면 한쪽으로 기울어지는 것이 마치 옥산이 무너지려는 것 같았다.〔巖巖若孤松之獨立, 其醉也, 傀俄若玉山之將崩.〕"라고 하였다. 《世說新語 容止》

198 빛나는……넘보고 : 밤늦게 펼쳐진 연회의 빈자리에 무녀성의 별빛이 비친다는 말이다. 외조모의 수연이므로 무녀성을 언급한 것이다. 무녀성은 이십팔수(二十八宿) 중 현무(玄武)의 일곱 번째인 여수(女宿)로 귀부인을 상징한다.

199 대래(薹萊) : 향부자와 명아주로 축수(祝壽)의 뜻이 있다. 《시경》〈소아(小雅) 남산유대(南山有臺)〉에 "남산에 향부자 있고 북산에 명아주 있네. 즐거운 군자여, 국가의 터전이로다. 즐거운 군자여 만수가 기한이 없으리로다.〔南山有臺, 北山有萊. 樂只君子, 邦家之基. 樂只君子, 萬壽無期.〕"라고 하였다. 《시경》의 '대(臺)'는 '대(薹)'의 뜻이다.

기분 좋은 광풍[200] 이르네 　　　　　　　　　　光風到可欣

외를 김매니 풀잎 끝엔 이슬 맺혔고 　　　　　鋤瓜草頭露

삼태기 지고 나서니 언덕 곁엔 구름 서렸다 　荷蓧壟邊雲

강변 역참에서 기울어진 다리 만나고 　　　　水驛頹橋遇

높은 왕릉에서 젖은 길이 나뉘누나 　　　　　喬陵濕路分

배고픔도 잊고 견디며 길 헤쳐 가다 보니 　忘飢耐披拂

홀연 눈앞에 시원스레 맑은 물가 펼쳐지네 　霽目忽清濆

---

200 광풍(光風) : 비가 그치고 해가 뜰 무렵에 부는 온화한 바람이다.

관왕묘

關王廟

제1수

공이 한나라 부지하던 의리 미루어	公推扶漢義
동국(東國)의 위태로움 도와주셨도다	陰祐海邦危
오매불망 내 사모하나니	寤寐吾延頸
강호에서 사당으로 길 잡아 들어왔네	江湖路入祠
어둑히 비 내리치는 벽에 단청 그려져 있고	丹靑冥雨壁
휘리릭 바람에 날리는 깃발에 신령스런 혼백 깃들었어라	精爽颯風旗
참으로 아름답다 빼어난 수염	信美髥之絶
영웅이 이 밖에 뉘 있으리	英雄此外誰

제2수 其二

적토마 묶은 긴 밧줄 풀어놓으니	赤馬長纓縱
달려 달려 허주에 가까워지도다[201]	駸駸近許州
중원으로 아득히 사슴을 좇았거늘[202]	中原遙卽鹿

---

201 달려……가까워지도다 : 허주(許州)는 조조(曹操)의 근거지였던 허창(許昌)이다. 이 구절은 관우가 한실(漢室)의 역적인 조조를 토벌하기 위해 북진하려 했던 일을 말한 듯하다.

202 중원으로……좇았거늘 : 사슴은 천하를 뜻한다. 보통 중원축록(中原逐鹿)이라 하여 군웅(群雄)들이 일어나 천하를 다투었다는 표현으로 쓰인다. 《사기(史記)》 권92 〈회음후열전(淮陰侯列傳)〉에 "진나라가 그 사슴을 잃으니 천하가 함께 그것을 좇았

어두운 물가에서 홀연 낚시에 걸려버렸네[203]　　暗渚忽呑鉤

더벅머리 아이놈이 이룬 공명은 잠깐이지만　　竪子成名暫

영왕의 응결된 혼백은 유구하도다[204]　　英王聚魄悠

천추의 세월 뒤 철갑옷 걸치고　　千秋鐵衣挂

한 번 떨침에 바다 구름 걷혔어라[205]　　一拂海雲收

제3수 其三

비를 몰고 오는 교룡처럼 좌우에서 보필하고　　左右蛟龍雨

바람 몰고 오는 웅호처럼 서로 에워쌌네　　交回熊虎風

충성되고 근실하게 종일토록 시위하고　　忠勤終日侍

인생 백년을 함께 하기로 하였어라[206]　　生活百年同

다.〔秦失其鹿, 天下共逐之.〕"라고 한 데서 유래하였다. 여기서는 관우가 조조가 있는
중원을 향해 진격하고 있음을 비유한 구절인 듯하다.

203 어두운……걸려버렸네 : 이 구절은 관우의 죽음을 말한 듯하다. 당시 형주(荊州)
에 있으면서 조조의 군대와 싸우며 북진 중이던 관우는 후방의 오(吳)나라가 침공할
것을 걱정하며 방비했으나 육손(陸遜)이 관우를 추켜세우는 서신을 보내자 방심하고
조조군과의 대치에만 몰두하였다. 결국 여몽(呂蒙)이 이끄는 오나라 군대의 공격을
받아 패퇴하던 중 장강(漳江)과 저강(沮江) 사이에 있는 맥성(麥城)에서 포위되어 탈
주하다가 전사하였다. 《三國志 卷36 蜀書 關羽傳, 卷54 吳書 呂蒙傳》

204 더벅머리……유구하도다 : 더벅머리 아이놈은 관우를 죽음에 이르게 한 위(魏)
와 오(吳)를 가리킨다. 진(晉)나라의 완적(阮籍)이 일찍이 광무(廣武)에 올라서 초한
(楚漢)의 전쟁터를 보고 탄식하며 말하기를, "그때 영웅이 없어서 더벅머리 아이가
명성을 이루었구나.〔時無英雄, 使竪子成名.〕"라고 한 고사에서 취한 표현이다. 《晉書
卷49 阮籍列傳》 영왕은 남송(南宋) 때 영제왕(英濟王)으로 추봉된 관우이다.

205 바다 구름 걷혔어라 : 관우의 신령한 혼백이 도와 임진왜란 때 왜구를 몰아냈음을
비유적으로 표현한 것이다.

그러나 형주와 익주의 기각지세 어그러지고[207]   荊益乖掎角

유비와 장비의 반쪽 몸이 외롭게 되었네   劉張孑半躬

동쪽 정벌[208] 나선 밝은 해와 같은 의리   東征皦日義

한스럽게 영안궁[209]에 이어졌네   恨接永安宮

206 비를……하였어라 : 이는 관우가 유비(劉備)와 장비(張飛)와 서로 한몸처럼 결의(結義)했음을 말한 것이다.

207 그러나……어그러지고 : 적벽대전(赤壁大戰) 이후 형주에 기반을 마련한 유비는 서쪽으로 익주를 차지하여 삼분천하(三分天下)의 형세를 이루기 위해 서촉(西蜀)으로 향했는데, 이때 형주를 수비하면서 조조(曹操)의 군대와 대치하던 관우가 동오(東吳)의 습격을 받아 죽고 형주는 동오에 귀속된 일을 가리킨 것이다.

208 동쪽 정벌 : 유비가 관우의 복수를 위해 동쪽으로 오나라 정벌에 나선 것을 가리킨다.

209 영안궁(永安宮) : 유비가 오나라 정벌에 나섰다가 이릉(夷陵)에서 육손에게 대패하고 제갈량(諸葛亮)에게 후사를 맡긴 채 숨을 거둔 곳이다.

불어난 물을 보며
觀漲

제1수

오랜 빗줄기에 소양강 멀리 물 불어나고	積雨昭陽江遠漲
드넓은 파도 속에 저자도 외로이 떠 있네	洪波楮子島孤浮
희고 맑은 은하수 흐르는 하늘 풍광 펼쳐지고	星河晶晶開天景
넘실대며 빙빙 도는 여울 소리 내 누각에 울린다	潭瀨泛泛響我樓
겨드랑이 사이 부는 바람은 고야의 눈을 품은 듯하고[210]	
	風腋若懷姑射雪
백로가 하강하는 듯한 파도는 광릉의 가을을 먼저 앗누나[211]	
	鷺濤先奪廣陵秋

---

210 고야의……듯하고 : 신선 세계로부터 불어온 듯하다는 말이다. 《장자(莊子)》〈소요유(逍遙遊)〉에 "막고야 산에 신인이 사는데, 피부는 빙설과 같고 예쁘기는 처녀와 같으며, 오곡을 먹지 않고 바람을 마시며 이슬을 먹는다.〔藐姑射之山, 有神人居焉, 肌膚若氷雪, 綽約若處子, 不食五穀, 吸風飮露.〕"라고 하였다.

211 백로가……앗누나 : 삼연이 있는 곳에 치는 파도가 중국 광릉의 가을날 풍광을 먼저 보여준다는 말이다. 한(漢)나라 때 매승(枚乘)이 지은 〈칠발(七發)〉은 초(楚)나라 태자가 병이 나자 오(吳)나라 객이 방문하여 그에게 음악, 음식, 거마(車馬), 유람, 사냥, 파도, 도에 대한 강론 등의 일곱 가지 이야기를 들려주어 태자의 병을 낫게 해주는 내용의 글이다. 이 가운데 파도를 이야기한 부분에서 8월 보름날에 광릉에 있는 양자강에 가서 파도를 구경하는 광경을 묘사하면서 "물결이 처음 일어날 때에는 큰 물이 위에서 아래로 쏟아져 마치 백로가 하강하는 모습과 같습니다.〔其始起也, 洪淋淋焉, 若白鷺之下翔.〕"라고 하였다.

머리카락처럼 가느다란 인간 세상 온갖 염려　　　　區中萬慮纖如髮
어둑해져가는 오늘밤엔 깨끗이 씻겨 머물지 않도다　冥入今宵淨不留

제2수 其二

천상에서 옥녀가 투호 던지느라 시끄러우니[212]　　天上投壺喧玉女
울짱 사이 배를 메느라 어부가 바쁘다　　　　　　籬間繫舸急漁家
뽕나무 밭은 잠겨서 마고의 바다로 들어가고[213]　桑田淪入麻姑海
산의 나무 표류하여 박망의 뗏목에 이어지누나[214]　山木漂連博望槎
먼산은 아득한데 부평초는 물가에 닿고　　　　　遠岫搖搖萍着渚
빙 둘러있는 연못 고요하여 파도는 꽃이 없어라[215]　回塘漠漠浪無花

212 천상에서……시끄러우니 : 하늘에서 천둥번개가 친다는 말이다. 전설에 동황산(東荒山)에 사는 동왕공(東王公)이 늘 옥녀와 투호를 했는데 화살이 항아리에 들어가지 않으면 하늘이 웃으며 번개를 쳤다고 한다.《神異經 東荒經》

213 뽕나무……들어가고 : 모두 물이 불어난 모습을 형용한 것이다. 선녀인 마고가 봉래(蓬萊)에 갔다가 돌아오는 길에 신선 왕방평(王方平)을 만나 말하기를, "그대를 만난 이후로 동해가 세 번 뽕나무 밭으로 바뀌는 것을 보았는데, 지난번 봉래에 가 보니 물이 전에 우리가 만났을 때보다 절반 정도 더 얕아졌으니, 아마도 동해가 다시 육지로 바뀔 듯합니다."라고 하였다.《神仙傳 卷3 王遠》이는 바닷물이 줄어들어 육지가 되는 것인데 시에서는 거꾸로 물이 불어나 뽕나무 밭이 잠긴다고 한 것이다.

214 산의……이어지누나 : 이 역시 물이 불어난 모습을 형용한 것이다. 박망은 한(漢)나라 때 박망후에 봉해진 장건(張騫)이다. 장건이 한 무제(漢武帝)의 명을 받고 대하(大夏)에 사신으로 나가서 황하의 근원을 찾다가 뗏목을 타고 은하수 위로 올라가서 견우와 직녀를 만나고 왔다고 한다.《天中記 卷2》여기서는 물이 하늘에 닿을 듯이 불어나 은하수 위에 떠가는 장건의 뗏목에 이어질 것 같다고 말한 것이다.

215 파도는 꽃이 없어라 : 집안의 연못은 출렁이는 강물과 달리 잠잠하다는 말이다. 파도가 출렁이면서 서로 부딪혀 일어나는 포말을 낭화(浪花)라고 한다.

청구 땅에 십 년 동안 운한[216]을 근심했더니   靑丘十載愁雲漢

오늘은 거꾸로 홍수를 탄식하도다   今日翻成澇水嗟

제3수 其三

일신 밖의 연파는 태허까지 닿고   身外煙波際太虛

밤새도록 비 내리는 창가에서 물고기 되는 꿈을 꾸도다

     雨牕終夜夢爲魚

불어 넘치는 강물에 소와 말은 강기슭이 어딘지 분간하기 어렵고

     涇流牛馬難分岸

육지까지 올라온 뱀과 용은 누가 수초 우거진 곳으로 몰아내려나[217]

     滿地蛇龍孰放菹

구름과 우레 생각하며 주역을 읊조리고[218]   思入雲雷吟大易

---

216 운한(雲漢) : 가뭄을 뜻한다. 《시경》〈대아(大雅) 운한〉은 임금이 극심한 가뭄을 걱정하며 기우제를 지내는 모습을 읊은 시이다.

217 육지까지……몰아내려나 : 《맹자》〈등문공 하(滕文公下)〉에서 우(禹) 임금의 치수(治水)를 이야기하는 대목에 "요 임금 때에 물이 역류하여 중국에 범람해서 뱀과 용이 웅거하니 사람들이 안정할 곳이 없었다.……요 임금이 우에게 홍수를 다스리게 하시니, 우가 땅을 파서 바다로 주입시키고 뱀과 용을 몰아내어 수초가 우거진 곳으로 추방하였다.〔當堯之時, 水逆行, 氾濫於中國, 蛇龍居之, 民無所定.……使禹治之, 禹掘地而注之海, 驅蛇龍而放之菹.〕"라고 한 구절을 활용한 것이다.

218 구름과……읊조리고 : 구름이 끼고 우레가 치는 날씨에 《주역》에서 구름과 우레를 말한 것을 생각하며 마음을 다잡는다는 말이다. 《주역》〈둔괘(屯卦)〉는 구름과 우레가 합쳐진 괘로, 매우 어려운 시기를 상징하는데 군자는 이러한 때에 세상을 경륜할 것을 생각한다. 《주역》〈둔괘 상전(象傳)〉에 "구름과 우레가 둔이니, 군자가 이를 보고서 경륜한다.〔雲雷屯, 君子以, 經綸.〕"라고 하였는데, 이에 대해 주희(朱熹)는 "경륜은 실을 다스리는 일이니, 경은 이끎이요, 윤은 다스림이다. 어려운 세상은 군자가 큰일을

둥지와 굴을 깊이 염려하며 새 집을 어루만진다[219]　慮深巢窟撫新廬

까마득히 불어 넘치는 물 끝도 없이 밀려오니　　　茫茫積水來何極

반쯤은 서쪽으로 돌아가 미려[220]를 메꾸리라　　　一半西歸補尾閭

제4수 其四

종일토록 허공에서 빗발이 비껴 내리니　　　終日憑虛雨脚斜

되려 소삽에 둥둥 뜬 집과 같도다[221]　　　還同苕霅坐浮家

평상 앞에서 구름 일어나 계속 이어지고　　　床前雲起看連續

기둥 너머로 치는 우레는 가까이 있는가 멀리 있는가

　　　楹外雷過問近賖

대화살처럼 내달리는 파도 드높으니 떠나려는 물새를 막고

　　　竹箭波高禁去鷖

할 수 있는 때이다.〔經綸, 治絲之事, 經, 引之, 綸, 理之也. 屯難之世, 君子有爲之時也.〕"라고 하였다.

219 둥지와……어루만진다 : 새 거처에서 물이 불어나 집이 잠기게 될까 걱정한다는 말이다. 《맹자》〈등문공 하〉에서 홍수로 백성들이 거처를 잡지 못하는 상황을 말하면서 "낮은 지역에 사는 자들은 둥지를 만들었고 높은 지역에 사는 자들은 굴을 파서 살았다.〔下者爲巢, 上者爲營窟.〕"라고 하였다.

220 미려(尾閭) : 바다 밑에 있는 거대한 구멍으로 이곳으로 쉴 새 없이 바닷물이 빠져나간다고 한다. 《莊子 秋水》

221 되려……같도다 : 물이 불어 마치 자신의 집이 물 위에 뜬 배와 같이 되었다는 말이다. 당(唐)나라 안진경(顏眞卿)이 호주 자사(湖州刺史)로 있을 때 장지화(張志和)가 찾아왔는데, 안진경은 그가 타고 온 배가 낡아서 물이 새는 것을 보고 바꾸어 주려고 하였다. 이에 장지화가 "나의 소원은 배를 집 삼아 물 위에 살면서 소계(苕溪)와 삽계(霅溪) 사이를 오가는 것입니다.〔願爲浮家泛宅, 往來苕霅間.〕"라고 하였다. 《新唐書 卷196 隱逸列傳》

은하수처럼 놓인 다리 끊어지니 돌아가는 까마귀도 사라졌네

銀河梁拆斷歸鴉

동방의 사바세계 본디 물거품과 허깨비 같나니　東方沙界元泡幻

끝이 없는 것을 가지고 끝이 있는 것을 보내지 말지어다[222]

莫以無涯送有涯

제5수 其五

창랑의 물 흐린지라 나의 갓끈 거둬들이니[223]　滄浪水濁斂吾纓

누워서 창랑수 다시 맑아지길 기다리노라　臥待滄浪水復淸

마음 게으르니 언제 경위[224]를 구분한 적 있던가　心懶何嘗辨涇渭

하늘 드높으니 감히 날씨를 따지지 아니했도다　天高不敢筭陰晴

작은 부엌에서 채소 익히니 한줄기 연기 머무르고　蒸藜小竈孤煙逗

222　끝이⋯⋯말지어다 : 원문의 '송(送)'은 전송하여 보낸다는 뜻으로 곧 정작 관심을 기울여야 할 것을 소홀히 하여 밀쳐둔다는 의미로 쓰였다. 《장자》〈양생주(養生主)〉에 "우리의 생은 끝이 있으나 지식은 끝이 없는 것이니, 끝이 있는 것으로 끝이 없는 것을 따르자면 위태로울 뿐이다.〔吾生也有涯, 而知也無涯, 以有涯隨無涯, 殆而.〕"라고 하였다. 여기에서는 불어난 물을 보면서 물거품이라는 시상을 일으키고 이어서 그와 같이 부질없는 세상을 잠깐 동안 살다 가면서 근심과 걱정과 계산 등 머리로 재고 따지는 수고로운 일로 시간을 보내면서 유한한 시간을 허비하지 말라는 의미로 쓰였다.

223　창랑의⋯⋯거둬들이니 : 초(楚)나라 굴원(屈原)의 〈어부사(漁父辭)〉에 "창랑의 물이 맑으면 나의 갓끈을 씻고, 창랑의 물이 흐리면 나의 발을 씻으리라.〔滄浪之水淸兮, 可以濯我纓, 滄浪之水濁兮, 可以濯我足.〕"라고 한 구절에서 기의(起意)하였다.

224　경위(涇渭) : 강물의 맑고 흐림이다. 경수(涇水)와 위수(渭水)는 황하의 지류인데, 경수는 탁하고 위수는 맑아서 두 강물이 합류해도 서로 청탁이 뒤섞이지 않는다고 한다.

한가로운 휘장 속에서 주역 읽으니 멀리 북소리 울린다

讀易開帷遠鼓鳴

남쪽에 높은 숲 있어 불어난 물 피할 만하니　　　南有喬林堪避漲

세간의 험난하고 평탄함은 그저 내버려두노라　　　世間夷險付無營

다시 읊다

又賦

높은 누각에서 빗소리 들으며 잠들었다가	高樓聞雨睡
베개 밀치고 일어나보니 붉은 파도 깊어졌어라	推枕赤波深
들판은 끝없이 불어난 물에 잠기고	野入無涯漲
하늘은 해 보이지 않고 어둑해졌네	天添不日陰
배는 나는 듯이 하류를 넘어가고	船飛超下瀨
물고기는 뛰어올라 높은 숲에 닿을 기세로다	魚躍抵喬林
군자가 물을 관찰할 때가 지금이니[225]	君子觀瀾是
난간에 기대 마음은 만 리를 가도다	憑檻萬里心

---

225 군자가……지금이니 : 원문의 '관란(觀瀾)'은 학문을 하는 자세를 물에서 배운다
는 뜻으로 많이 쓰인다. 《맹자》 〈진심 상(盡心上)〉에, "물을 관찰하는 데 요령이 있으
니, 반드시 그 여울을 보아야 한다. 해와 달이 밝음을 간직하였으니, 빛을 받아들이는
곳에는 반드시 비춰 준다. 흐르는 물의 속성은 구덩이를 다 채우지 않으면 나아가지
않는 법이니, 군자가 도에 뜻을 두고 문장을 이루지 못하면 도달하지 못한다.〔觀水有術,
必觀其瀾. 日月有明, 容光必照焉. 流水之爲物也, 不盈科不行, 君子之志於道也, 不成章
不達.〕"라고 하였다.

백씨와 중씨와 함께 저도에 들러 정자 위에서 반나절을 머무르다

與伯氏仲氏過楮島 亭上作半日淹

도성 안에서 열흘 동안 강가에 나오길 꿈꿨더니　　城郭經旬夢大川

높은 누각에 다시 와서 바라봄에 아득하다　　復來高閣望悠然

먼 산의 개인 빛은 푸른 버들에 분명하고　　遙山霽色分靑柳

굽은 강안의 파도 흔적은 푸른 밭에 올라와 있다　　曲岸波痕上綠田

매어둔 말 그림자는 헌함 밖 햇살 속에 일렁이고　　繫馬影流軒外日

울어대는 매미 소리는 거울 같은 강물 속 하늘로 향하누나

鳴蟬響入鏡中天

삼형226의 흥취가 맑은 경치 둘렀으니　　三荊興會紆淸境

기나긴 백년 인생 홀로 노니는 것보다 대번에 낫구나

遽勝孤遊永百年

226　삼형(三荊) : 함께 모인 세 형제를 비유한 말이다. 옛날에 어떤 형제가 있었는데 갑작스레 서로 떨어져 지내려고 하면서 문을 나와 한 몸통에 가지가 셋으로 나뉜 가시나무가 잎들끼리 붙어서 그늘이 연이어져 있는 것을 보고는 탄식하면서 "나무도 오히려 기꺼이 모여 있거늘 우리는 따로 떨어지려 하는구나."라고 하고 다시 돌아가 화목하게 지냈다고 한다. 《藝文類聚 卷89 木部 荊》

저도에서 사경[227]에게 주다

楮島贈士敬

제1수

푸르디푸른 높은 동산의 나무	蒼蒼高園木
벽려 덩굴이 송백을 휘어감았네	薜荔網松栢
쓰르라미는 맴맴 소리 내어 울고	啾啾蟪蛄聲
봉새는 창공에 있구나[228]	鳳鳥在寥廓
오래된 벗이 모산[229]에서 오니	故人茅山來
삼 년 동안 즐겁지 아니했어라[230]	三年不爲樂
이제부터 즐거움 있으리니	好樂將自今
길게 읊조리며 강가 누각 찾도다	長吟過江閣

---

227 사경 : 김시보(金時保, 1658~1734)의 자이다.

228 쓰르라미는……있구나 : 쓰르라미는 《장자》〈소요유(逍遙遊)〉에 "아침 버섯은 그믐과 초하루를 알지 못하고 쓰르라미는 봄과 가을을 알지 못한다.〔朝菌不知晦朔, 蟪蛄不知春秋.〕"라고 한 것과 같이 보통 짧은 인생과 짧은 식견을 가진 사람을 비유할 때 쓴다. 여기에서는 쓰르라미에 삼연 자신을 빗대고 봉새에 사경을 빗댄 것이 아닌가 한다.

229 모산(茅山) : 모도(茅島)이다. 모도는 충남 보령(保寧) 앞바다에 있는 섬으로 김시보의 부친 김성우(金盛遇)가 일찍이 이곳에 토지와 집을 마련해 두었는데, 김시보는 형 김시걸(金時傑)과 함께 이전부터 이곳에 임시로 들어가 살다가 1679년(숙종5)부터 완전히 이곳으로 이사하였다.《農巖集 卷3 士敬將歸湖中省墓夜飮爲別士敬時甫去內憂, 卷21 送士興士敬歸茅島序》

230 삼……아니했어라 : 1685년(숙종11) 2월에 김시보가 모친상을 당한 것을 가리킨다.

위로 융성한 대아[231]를 펼쳐놓고	上陳大雅隆
아래로 넘쳐나는 음란한 소리를 탄식하네	下嘆哇音稠
금석을 논하기를[232] 마치기도 전에	金石論未竟
하늘의 해 떨어져 청구에 숨어버렸구나	白日隱靑丘
굽어보고 우러름에 느낌이 바로 여기에 있거늘	俯仰感在是
아득히 무엇을 찾고자 하는가	微茫欲何求
사양은 바다로 들어갔고	師襄入于海
공성께서는 뗏목을 타려 하셨도다[233]	孔聖乘其桴
옛 도가 진실로 다 끝나버렸으니	古道良已矣
유유히 이 강물만 흘러가누나	悠悠此江流

제2수 其二

어제도 오이 따고	昨日摘靑瓜

---

231 대아(大雅) : 삼연이 이상적으로 추구했던 시풍을 말한다. 삼연은 지금 세상의 시도(詩道)는 고루하여 따를 수 없으므로 위로 풍아(風雅)를 추구하고자 했으며, 그의 글 여러 곳에서 대아를 칭송하였다.

232 금석을 논하기를 : 상대의 훌륭한 시문을 논했다는 말이다. 진(晉)나라 때 손작(孫綽)이 〈천태산부(天台山賦)〉를 짓고서 친구인 범영기(范榮期)에게 말하기를 "그대는 시험 삼아 이 부를 땅에 던져보게나. 의당 금석 소리가 날 것일세.〔卿試擲地, 當作金石聲也.〕"라고 하였다. 《晉書 卷56 孫綽列傳》

233 사양(師襄)은……하셨도다 : 시절이 쇠퇴하였음을 말한 것이다. 사양은 춘추(春秋) 시대 노(魯)나라의 악사(樂師)인 양(襄)이다. 주(周)나라가 쇠퇴하여 세상이 어지러워지자 악사들이 사방으로 흩어졌는데 이때 사양은 바다로 들어갔다고 한다. 《論語 微子》 또 공자는 자신의 도가 세상에 행해지지 않자 뗏목을 타고 바다를 항해하려고 하였다. 《論語 公冶長》

오늘도 오이 따네	今日摘靑瓜
싸늘한 주방 날마다 씻은 듯 텅 비었거니와	寒廚日如洗
이 물건은 얼른 올릴 수가 있도다	此物供咄嗟
오래된 벗 억지로 수저를 드니	故人强匕筯
나는 실로 고기잡이배가 없어라	我實無漁舟
석양 속에 물고기와 새 머무르고	落日魚鳥留
맑은 강은 당 아래로 흐르누나	淸江堂下流
참다운 뜻이 한결같이 이와 같으니	眞意一如此
뜰안은 천고에 유유하다	戶庭千古悠
어이하여 담박한 물과 같은 사귐에	如何淡水契
가고 머무름을 홀로 잊지 못할까[234]	獨未忘去留

제3수 其三

강가에 연무가 일어나	江上起煙霧
섬들은 전혀 보이지 않네	不復見島嶼
빽빽이 늘어선 갈대 사이의 사람은	羃羃蘆中人
뱃전 두드리며 노래하면서 어느 물가로 숨는가	舷歌隱何渚
은하수는 홀연 밝게 펼쳐지고	星河忽寥朗
오리와 갈매기는 일어나 떼 지어 운다	鳧鷖起群鳴

---

234 어이하여……못할까 : 김시보와 담박하게 교분을 맺고 있는데 삼연 혼자만이 벗이 떠나고 머무름에 따라 마음이 동함을 면치 못한다는 말이다. 《장자》〈산목(山木)〉에 "군자의 사귐은 맑기가 물과 같고, 소인의 사귐은 달기가 단술과 같다. 군자는 맑아서 서로 가깝고, 소인은 달아서 끊어진다.〔君子之交淡若水, 小人之交甘若醴. 君子淡以親, 小人甘以絕.〕"라고 하였다.

오래된 벗이 음률을 잘 아니   故人善識曲

창랑의 맑음²³⁵을 알도다   會之滄浪淸

---

235 창랑의 맑음 : 세속을 떠난 맑은 지조를 노래할 줄 알았다는 말이다. 전국시대
초(楚)나라의 굴원(屈原)이 지은 〈어부사(漁父辭)〉에 "창랑의 물이 맑으면 내 갓끈을
씻을 만하고, 창랑의 물이 탁하면 내 발을 씻을 만하도다.〔滄浪之水淸兮, 可以濯吾纓,
滄浪之水濁兮, 可以濯吾足.〕"라고 하였다. 《楚辭 卷7 漁父辭》

사경이 대유와 조계에서 놀았다는 말을 듣고[236]
聞士敬與大有遊曹溪

더위 꺼리는 호방한 사람 모시옷 입고서 　　　　　憚暑豪人白紵衣
새벽에 성문 나가 노닐다 저녁 되어 돌아왔네 　　　出門晨遊暮來歸
미친 듯 노래하고 마음껏 대취함이 이번 유람에 있었으니

　　　　　　　　　　　　　　　　　　　　　　狂歌轟酉卯在一往
인생살이 기쁨 누릴 좋은 때를 누가 미리 점치랴 　人生偸懽詎卜時
조계의 흰 바위에 은빛 폭포는 어지러이 떨어지고 　曹溪白石亂銀瀑
봄나들이 간 내 벗은 젓대를 슬피 불도다 　　　　春遊余伴悲長笛
옛 곡조와 새 노래 속에 저녁 비 부슬부슬 내리니 　舊曲新吟夕雨濛
화산의 구름과 무지개는 언제나 다하려나 　　　　華山雲霓安終極

---

236 사경이……듣고 : 대유는 삼연의 아우 김창업(金昌業)의 자이다. 조계는 북한산
성 동문 밖에 있는 조계동이다. 인평대군(麟坪大君)의 별장이 있던 곳이기도 하며 7층
폭포가 있다. 《東國輿地備巧 卷2 漢城府》

비 내리는 중에 마음대로 읊다
雨中漫詠

제1수

구름과 우레가 골짝에 머무르니	雲雷逗丘壑
울울하게 고요한 사립문을 안고 있네	悁鬱擁閒扉
약초 심은 뜰에 드문 빗방울 소리 들려오더니	藥院聞稀滴
서책 보관한 누각에서 가늘게 날리는 것 보도다	書樓見細飛
연못 흐려지니 물고기는 절로 잠기고	池渾魚自落
산 축축해지니 새는 어디로 돌아가려나	山濕鳥何歸
흐릿한 풍광 속으로 흥을 부치니	寄興冥濛際
성중에서 기심을 잊을 만하도다	城中可息機

제2수 其二

마음 쓰는 일 없이 한 해를 보내려 했더니	漠漠將彌歲
주룩주룩 비 내리는 중에 벌써 가을이 다가오네	淋淋已逼秋
시냇물은 깊이 패인 수레바퀴 자국으로 내달려 흔적을 없애고	
	溪奔深轍壞
구름은 닫힌 문을 감싸 안아 그윽하구나	雲擁掩門幽
먼 들판 바라보며 농사 망칠까 생각하고	敗稼思遙野
멀리 있는 누각에 빈 배가 떨어져 있어라	虛舟阻遠樓
담박한 마음 애오라지 이와 같을 뿐이니	冲心聊爾爾
난간에 엎드려 물거품을 보노라	伏檻見浮漚

제3수 其三

가만히 들어앉아 감회 많으니	燕坐唯多感
음기 쌓여 비 내린 것이 어찌 하루아침에 된 것이랴	重陰豈一朝
뜰의 이끼는 솔과 대로 타고 오르고	庭苔上松篠
처마에서 떨어지는 빗방울은 오동과 파초에 가깝네	簷溜近梧蕉
흥은 안개 속 아득히 먼 곳으로 흘러가고	興入煙中邈
마음은 못가를 넘어 가누나	心於沼上超
여름 풍광 봐도 봐도 싫증나지 않더니	朱明看未厭
가을철이 홀연 멀지 않았네	流火忽非遙

제4수 其四

높은 누각에서 서책을 흩어놓고서	散帙樓居敞
번다한 심회를 이로써 위로하네	煩襟以此聊
새 샘물은 산을 빠르게 내려오고	新泉下山疾
긴 해는 구름 속으로 사라지누나	永日入雲消
먹구름에 내리는 빗줄기 한결같이 이와 같은데	陰雨一如此
뭇 방초들은 시듦이 없어라	衆芳無已凋
거문고 타던 자상호[237]	彈琴子桑戶
옛 일을 생각함에 뜻이 아득하도다	懷古意遙遙

---

237 거문고 타던 자상호 : 춘추 시대 자상호는 자여(子輿)와 친한 벗이었는데 열흘 동안이나 장맛비가 내리자 자여는 "자상이 거의 병들었을 것이다. 내가 밥을 싸가지고 가서 먹여야겠다."라고 하고는 자상호의 집에 이르니, 그는 노래하는 듯 우는 듯 거문고 를 타고 있었다 한다. 《莊子 大宗師》

풍계에 비 그친 후[238]

楓溪雨後

오랜 장마 끝에 하늘 조금 열리니	積雨開天少
오늘 아침에 햇볕이 옷을 비추네	今朝日照衣
새소리는 날을 갰다 하여 즐거워지고	鳥聲乘霽樂
용화[239]는 가을에 들어 뜨기 시작했네	龍火入秋飛
고인 물 맑은 뜰에 가득하고	定水淸庭滿
가벼운 구름은 고목에 기댔네	輕雲古木依
흐렸다 갰다 장마가 분분하게 아직 끝나지 않았는데	陰晴紛未了
세상사에는 더욱 위험이 많아라	塵事轉多機

---

238 풍계에……후 : 풍계는 청풍계(淸風溪), 청풍계(靑楓溪)라고도 한다. 인왕산 동쪽 기슭의 북쪽에 해당하는 지역으로 현재의 종로구 청운동 52번지 일대이다. 이곳에 삼연의 백증조(伯曾祖)인 김상용(金尙容, 1561~1637)의 별장이 있었다.

239 용화(龍火) : 동방 7수(宿) 중 하나인 심수(心宿)로, 대화심성(大火心星)이라고도 한다. 이 별이 서쪽으로 기울기 시작할 때 화기(火氣)가 사그라진다고 한다.

풍계를 지나며 중혜 형, 사흥 형제와 함께 읊다[240] 중혜 형은 김성적이다

過楓溪 與仲惠兄 盛迪 士興昆季同賦

평지에 멈춘 구름[241]에 그윽한 그리움 품고서	平陸停雲抱思幽
잠시 못가에 와서 그대들에게 노닐기를 권하노라	暫來池上勸君游
솔개 나는 먼 하늘에는 맑은 햇살이 기울고	鳶飛遠宇晴光晚
매미 소리 시끄러운 큰 오동나무는 이슬 기운 가을이라	
	蟬噪高桐露氣秋
모도에서 삼 년간 슬픔에 음악을 폐했으니[242]	茅島三年悲廢樂

---

240 풍계를……읊다 : 중혜(仲惠)는 김성적(金盛迪, 1643~1699)의 자이다. 본관은 안동, 호는 일한재(一寒齋)로, 삼연과는 8촌이다. 사흥(士興) 형제는 삼연의 족질(族姪)인 김시걸(金時傑, 1653~1701)과 김시보(金時保, 1658~1734) 형제이다. 김시걸은 본관은 안동, 자는 사흥, 호는 난곡(蘭谷), 시호는 헌간(獻簡)이고, 김시보는 자는 사경(士敬), 호는 모주(茅洲)이다.

241 평지에 멈춘 구름 : 벗을 뜻하는 말이다. 진(晉)나라 도잠(陶潛)이 벗을 그리워하며 지은 〈정운(停雲)〉 시에, "머무른 구름은 뭉게뭉게 일고, 단비는 부슬부슬 내리네. 팔방이 다 같이 어둑하고, 육지가 강이 되었네.[停雲靄靄, 時雨濛濛. 八表同昏, 平陸成江.]"라고 하였다.

242 모도(茅島)에서……폐했으니 : 모도는 충청남도 보령(保寧) 앞바다에 있는 섬이다. 김시걸·김시보 형제의 부친 김성우(金盛遇, 1630~1657)가 일찍이 이곳에 토지와 집을 마련해 두었는데, 형제는 이전부터 이곳에 임시로 들어가 살다가 1679년(숙종5)부터 완전히 이곳으로 이사하였다. 3년간 음악을 폐했다는 것은 모친상을 당했음을 뜻한다. 형제의 모친인 남원 윤씨(南原尹氏)는 1685년(숙종11)에 사망하였다. 《農巖集 卷3 士敬將歸湖中省墓夜飮爲別士敬時甫去內憂, 卷21 送士興士敬歸茅島序》《茅洲集 卷10

저호²⁴³에서 언제 한 배 타고 취할꺼나 　　　　楮湖何日醉同舟

거문고와 서책²⁴⁴에 품어온 뜻을 이루지 못하고 똑같이 백발 되니

　　　　　　　　　　　　　　　　　　琴書宿志均華髮

문밖의 시냇물은 쉬지 않고 흐르누나 　　　　門外潁川逝不留

先妣行狀》

243 저호(楮湖) : 한강의 일부 구간으로 현재의 성수대교 부근이다. 이 근처에 닥나무
가 많이 자라던 섬인 저자도(楮子島)가 있었고, 삼연은 이 시를 지은 1687년(숙종13)과
그 전해인 1686년에 이곳을 유람한 바 있다.

244 거문고와 서책 : 음악과 독서를 즐기는 전원생활의 흥취를 뜻한다. 도잠의 〈귀거
래사(歸去來辭)〉에 "친척들과의 정담을 즐기고, 거문고와 서책을 즐기면서 시름을 푼
다.〔悅親戚之情話, 樂琴書以消憂.〕"라고 하였다.

7월 5일 밤에 청휘각에 앉아서[245]

七月五日夜 坐淸暉閣

제1수

그윽한 물줄기 큰 바위에서 쏟아지고	幽泉瀉穹石
게다가 풀벌레 울음소리 들리네	且復草蟲鳴
머리 흩뜨리니[246] 숲속 어둡고	散髮中林暝
집에 와 느긋하게 있으니[247] 마음속이 맑아라	委蛇方寸淸
밝은 별은 이슬 기운을 머금고	明星含露氣
푸른 안개는 맑은 산 빛을 끊누나	蒼靄斷山晴
혼자서 오래도록 읊조리고 나니	了自沈吟久
속세를 떠나려는 마음 더욱 길어라	彌延遺世情

---

245 7월……앉아서 : 청휘각(淸暉閣)은 김수항(金壽恒, 1629∼1689)의 옥류동(玉流洞 현재의 옥인동) 저택의 사랑채인 육청헌(六靑軒) 후원에 있던 정자이다. 김수항이 죽은 뒤 넷째 아들인 김창업(金昌業, 1658∼1721)이 물려받았으며, 이 부근은 송석원시사(松石園詩社)·옥계시사(玉溪詩社) 등 여항 문인들의 모임 장소로 이용되기도 했다. 일제강점기에 헐리고 그 터는 윤덕영의 별장에 편입되었다.

246 머리 흩뜨리니 : 사람들과의 왕래를 끊고 은거하며 마음 가는대로 소요(逍遙)한다는 의미이다.

247 집에……있으니 : 원문인 '위이(委蛇)'는 여유롭고 한가로운 모양인데, 특히 집으로 돌아와 편안하게 지내는 모습을 뜻한다. 《시경》〈소남(召南) 고양(羔羊)〉에 "조정에서 퇴청하니 위이하고 위이하다.〔退食自公, 委蛇委蛇.〕"라고 한 데에서 취한 말이다.

제2수 其二

은하수 오랫동안 올려다보고	仰視天河久
고개 숙여 난간에 다시 기대노라	低頭復倚欄
서늘한 기운이 바위 사이 나무에서 생겨나고	新涼産巖木
많이 내린 비에 뜰의 난초는 꺾였구나	多雨損庭蘭
일어나 시냇물 빠름을 돌이켜보고	起撫川流速
걷다 보니 세상길 험난한 줄을 알겠네	行知世路難
오동나무에 의탁한 새 있으니	梧桐有投翼
매일 밤 한 가지를 편안히 여기네	每夜一枝安

제3수 其三

가을바람 부는 생일날	秋風生晬日
밤에 앉으니 마음이 다시 아득하여라	夜坐復茫然
먼 상념은 빠른 세월과 다투나니	逸想爭馳景
생각만 명산과 대천을 찾아가누나	名山與大川
자지는 먼 골짜기에 나부끼고	紫芝翻遠谷
황곡은 높은 하늘에 나는구나[248]	黃鵠戾高天

---

248 자지(紫芝)는……나는구나 : 자지와 황곡(黃鵠)은 모두 은사(隱士)를 비유하는
말로, 은거를 결행하고 있지 못하는 자신의 처지와 대비하여 쓴 말이다. 자지는 선약(仙
藥)으로, 진(秦)나라 말기에 동원공(東園公)·하황공(夏黃公)·녹리선생(甪里先生)·
기리계(綺里季) 네 사람은 진 시황(秦始皇)의 폭정을 피해 상산(商山)에 숨어서 자지
를 캐 먹으며 〈자지가(紫芝歌)〉를 지어 불렀다고 한다. 《高士傳 卷中 四皓》 황곡은
누런 고니로, 홍곡(鴻鵠)이라고도 한다. 한 고조(漢高祖)가 여후(呂后) 소생인 태자를
폐위하고 척부인(戚夫人) 소생의 여의(如意)를 태자로 책봉하려 하자 여후가 장량(張

탄식하노니 나 삼연자는　　　　　　　　　歎息三淵子

어느새 점점 마흔에 가까워지네　　　　　　駸駸四十年

良)의 계책에 따라 고조가 평소 존경하던 상산(商山)의 사호(四皓)를 불러들여 연회자
리에서 태자를 시위(侍衛)하게 하였다. 이에 고조는 뜻을 바꾸고 초(楚)나라 노래를
부르기를 "홍곡이 높이 낢에, 단번에 천 리를 가도다.……아무리 주살이 있은들, 어디에
쓰겠는가.〔鴻鵠高飛, 一擧千里.……雖有矰繳, 尙安所施.〕"라고 한 고사가 있다.《漢書
卷40 張陳王周傳 張良》

밤에 청휘각에서 읊고서 사경에게 부치다[249]

清暉閣夜吟屬士敬

맑은 도랑 그늘진 숲속 정자에서 산발하니[250]   林亭散髮蔭淸渠

지루한 비 지난 뒤에 더위 속에 서늘한 기운 감도네

     暑氣廻凉積雨餘

초승달은 구름 걸린 나무 저편에서 나오고   纖月自生雲木外

은하수는 우성과 두성의 자리 씻어내는 듯   長河如濯斗牛墟

계화[251] 뜬 산 위에서 은사를 부를까 생각하고   桂華山上思招隱

낚시 바늘 모양 달 그림자 드리운 못 가운데에서 낚시하던 일 기억하네

     鉤影潭心憶釣魚

만사가 아득해라 이 밤이 지나면   萬事悠悠徂此夕

서쪽 여울의 벗과는 끝내 소원해지리[252]   故人西澗竟相疎

---

249 밤에……부치다 : 사경(士敬)은 143쪽 주240 참조.

250 산발하니 : 145쪽 주246 참조.

251 계화(桂華) : 계수나무 즉 달을 뜻하는데, 동시에 은자의 거처를 뜻하는 말이기도 하다. 한(漢)나라 회남왕(淮南王) 유안(劉安)의 문객인 회남소산(淮南小山)이 지은 〈초은사(招隱士)〉에, "계수나무 떨기로 자라니 산의 그윽한 곳이요, 구불구불 길게 뻗어 가지 서로 얽혔도다.〔桂樹叢生兮山之幽, 偃蹇連蜷兮枝相繆.〕"라고 하였다.

252 서쪽……소원해지리 : 김시보가 조만간 모도(茅島)로 내려갈 것이기 때문에 이렇게 말한 것이다. 143쪽 주242 참조.

칠석날 풍계에 들렀을 때 사경이 출타하였는데 오래 앉아서 기다리자 돌아왔다

七夕過楓溪 士敬出去 坐久乃至

재 너머 고운 달빛에 내 마음 달려가노니　　　　　隔嶺娟娟馳我神
외로운 내 마음 담담하여 오늘이 좋은 날인 줄을 알겠어라

　　　　　　　　　　　　　　　　　　　　　　　孤懷澹澹悟良辰
어이하여 은하수에서 견우 직녀 만나는 날에　　　　如何銀漢相逢日
풍계의 내가 그리워하는 그 사람 만나지 못하다니　不遇楓溪所謂人
오동에 비 내리는 연못가 누대엔 필연이 남아있으니

　　　　　　　　　　　　　　　　　　　　　　　桐雨池臺留筆硯
솔바람 부는 문 앞에서 의건을 정제하노라　　　　松風門巷整衣巾
끝내 그리움 품고 더 기다렸더니　　　　　　　　終然含思增延佇
까막까치 날고 구름 돌아올 제 저녁 경치 새로워라　烏鵲歸雲晚景新

또 읊다

又賦

연못가에 머물러 주인 노릇 했더니	池上留爲主
석양이 지고 나서야 그대가 오누나	君來旣夕陽
솔바람은 시 읊기를 마치고	松風誦詩畢
바위 여울은 마음속까지 서늘하여라	石瀨洞心涼
까막까치가 은하수에서 한 일이요	烏鵲天河事
누대에는 명주 같은 달빛이라	樓臺練月光
어느 집에서 걸교²⁵³를 하려나	誰家成乞巧
마음껏 신선 술에 취해보세나	得意醉僊觴

---

253 걸교(乞巧) : 칠석날 밤에 부녀자들이 음식을 차려놓고 견우(牽牛)와 직녀(織女)에게 길쌈 솜씨가 늘도록 빌던 풍속이다.

사경의 운에 화답하다

和士敬韻

까막까치 날아간 뒤에   烏鵲歸飛後

높은 하늘 말없이 푸르기만 하구나   高天脉脉靑

숲속에는 맑은 밤이 내려앉았고   中林撫淸夜

산 중턱에는 아스라한 별이 걸려있네   半嶺挂遙星

떨어져서도 한마음으로 술잔 기울이고   落落同心酌

쓸쓸히 저마다 정자에 기대 앉았으리   寥寥各倚亭

서성이노라니 여풍(餘風)이 불어와   夷猶緖風及

오동나무에 맺힌 이슬 처마로 방울져 떨어지네   桐露向簷零

모산으로 내려가는 사홍을 전송하며[254]
送士興歸茅山

삼 년을 보지 못하다 이른 아침에 만나니	三年不見會崇朝
늦어버린 약속에 향기롭던 두약이 시들었네[255]	婉娩幽期芳杜凋
나는 한 동이 술로 고개에 뜬 달을 보고	我有一樽看嶺月
그대는 지금 필마로 하량[256]에 오르네	君今匹馬上河橋
구름 푸른 석실서원에서 책 뽑아 읽는 데 게으르고	靑雲石室紬書懶
물 맑은 모호에서 멀찍이 낚싯대 던지리	白水茅湖把釣遙
필시 순챗국과 농어회[257]에 잡혀 풀려나지 못하리니	定被蓴鱸留不放
풍계가 오랫동안 쓸쓸하지 않을 수 있겠는가	得無楓澗久蕭條

---

254 모산(茅山)으로……전송하며 : 모산은 충남 보령의 모도(茅島)이다. 143쪽 주242 참조.

255 향기롭던 두약(杜若)이 시들었네 : 여름이 지났음을 뜻한다. 두약은 지우(地藕), 죽엽련(竹葉蓮), 월도(月桃) 등으로도 불리며 여름에 흰 꽃이 핀다.

256 하량(河梁) : 다리인데, 이별의 장소를 뜻한다. 한(漢)나라의 이릉(李陵)이 흉노(匈奴) 땅에서 소무(蘇武)와 이별하며 지은 〈소무에게 주다[與蘇武]〉 시 3수 중 제3수에 "손 잡고 하량에 오르니, 나그네는 저물녘에 어디로 가나?〔携手上河梁, 遊子暮何之.〕"라고 하였다. 《文選 卷29》

257 순챗국과 농어회 : 고향의 음식을 뜻한다. 진(晉)나라 때 오중(吳中) 출신 장한(張翰)이 낙양(洛陽)에서 벼슬을 하다가 어느 날 가을바람이 일어나는 것을 보자 오중(吳中)의 순챗국〔蓴羹〕과 송강(松江)의 농어회〔鱸膾〕가 생각나 즉시 벼슬을 버리고 고향으로 돌아간 고사가 있다. 《晉書 卷92 文苑列傳 張翰》참고로 이 고사에서 말하는 농어는 바닷물고기인 농어가 아니라 꺽정이 혹은 거슬횟대라고 하는 민물고기이다.

풍계에서 전송할 때 쓸쓸한 회포가 남아 당시를 뒤져 〈이른 가을〉의 '천(天)'자 운을 얻었다[258]

楓溪送行 悄有餘懷 探唐律 得早秋天字韻

날씨 맑고 가을바람 가벼운 백로 절기에	晴日輕商白露天
떠나는 이 가버린 뒤에도 아련히 그리워하네	行人去後思依然
아득한 시냇가 길엔 장정[259]의 나무 서 있을 테고	川途渺渺長亭樹
느긋한 거마는 길 양쪽의 매미 소리 사이로 가겠지	車馬悠悠夾路蟬
성주산 앞에는 백조가 많고	聖住山前多白鳥
화양동 안에는 맑은 샘 넉넉하겠지	華陽洞裏足淸泉
지금 한양에 드는 것은 좋은 계책 아니니	如今入洛非高計
오직 호리병 속[260]이 세월 보내기 좋으리	惟有壺中可度年

---

258 풍계(楓溪)에서……얻었다 : 당(唐)나라 이영(李郢)의 〈이른 가을에 회포를 쓰다[早秋書懷]〉에 차운한 시이다.

259 장정(長亭) : 행인들을 쉬게 하기 위해 설치하던 휴게소로, 5리(里)마다 단정(短亭)을, 10리마다 장정을 설치했다.

260 호리병 속 : 원문은 '호중(壺中)'으로 선경(仙境)을 뜻하며 여기에서는 김시걸이 돌아가 은거하는 모도를 가리킨다. 후한(後漢)의 선인(仙人) 호공(壺公)이 시장에서 약을 팔다가 장이 파하면 사람들 몰래 호리병 속으로 들어가곤 했는데, 우연히 이를 본 술사(術士) 비장방(費長房)이 그를 따라 병 속으로 들어가 보니 그 속에 별천지가 펼쳐져 있었다는 고사에서 온 말이다. 《後漢書 卷112下 費長房列傳》

청휘각에 밤에 앉아
清暉閣夜坐

제1수

필운산 기슭 뭇 골짜기 그윽한데	弼雲山阿衆谷幽
쇄락하게 밝은 달 아래 푸른 옥 물결 흘러가네	月明洒落青瑤流
풍계의 사경 그립노니	楓溪士敬堪相憶
어제 형제²⁶¹를 보내고 문 닫고서 시름겨워하네	昨送鶺原閉戶愁

제2수 其二

뜬구름 켜켜이 일어 은하수를 건너가는데	浮雲鱗起度銀河
산 위의 달 높이 뜰 터인데 이를 어찌하랴	山月將高奈此何
포도덩굴 얽힌 처마 아래에 앉아 탄식하노니	歎息蒲萄簷下坐
풀벌레들은 원망하는 소리로 슬픈 노래 부르노라	草蟲幽怨赴騷歌

제3수 其三

푸르디푸른 곡구에서 명주 씻는 소리 들리니	蒼蒼谷口浣紗聲
촘촘한 소나무 그늘에 앉아 갓끈을 씻노라²⁶²	羃羃松陰坐濯纓

---

261 형제 : 원문은 '영원(鶺原)'으로, 언덕 위의 할미새란 뜻이다. 《시경》 〈소아(小雅) 상체(常棣)〉에 "할미새가 언덕에 있으니, 형제가 급난을 당하였도다. 매양 좋은 벗이 있다 하나, 길이 탄식만 할 뿐이니라.〔鶺鴒在原, 兄弟急難. 每有良朋, 況也永歎.〕" 라고 한 데에서 유래한 말로, 여기에서는 김시보와 김시걸 형제를 가리킨다.

262 갓끈을 씻노라 : 세속을 초탈하여 몸가짐과 마음가짐을 고결하게 한다는 뜻이다.

밝은 달은 구름을 끌고 옥류동을 엿보는데   明月曳雲窺玉洞
푸른 내의 우는 여울은 도성으로 내려가네   碧溪鳴瀨下朱城

전국시대의 민요에 "창랑의 물이 맑거든 내 갓끈을 씻으면 되고, 창랑의 물이 흐리면 내 발을 씻으면 되지.〔滄浪之水淸兮, 可以濁吾纓, 滄浪之水濁兮, 可以濁吾足.〕"라고 한 데에서 유래하였다. 《孟子 離婁上》

흰 고니

白鵠

동녘에 해 뜰 제 물시계 소리 드문데	東方暾出漏聲希
너울너울 나는 흰 고니는 어디로 돌아가나	白鵠聯翩何處歸
밤마다 궁궐 지키듯 나무에 의지해 묵고	夜夜護宮依樹宿
아침마다 퇴청하듯 강을 바라보며 날지	朝朝退食望江飛
지척의 봉래산에 천년토록 의탁하고	蓬萊咫尺千年託
방원의 천지를 두 번 날아서 벗어났어라263	天地圓方再擧違
원컨대 금풍을 그대의 상서로운 깃에 불게 하여	願使金風吹瑞羽
국화빛 옷으로 변화시키고 싶어라264	爲君變化菊花衣

---

263 방원(方圓)의……벗어났어라 : 한(漢)나라 가의(賈誼)가 지었다고 추정되는 초사(楚辭) 〈석서(惜誓)〉에 "누런 고니 타고 한 번 나니 산천이 구불구불함을 알겠고, 두 번 나니 천지가 둥글고 모난 것을 알겠어라.〔黃鶴之一擧兮, 知山川之紆曲, 再擧兮, 知天地之圜方.〕"라고 하였다.

264 원컨대……싶어라 : 금풍(金風)은 가을바람으로, 오행(五行)의 금(金)은 서쪽과 가을을 상징하므로 이렇게 부른다. 국화빛 옷으로 변화시킨다는 것은 백곡에게 금빛바람을 맞게 하여 황곡(黃鵠)으로 만들어주고 싶다는 말이다. 한 소제(漢昭帝) 때 건장궁(建章宮) 북쪽의 태액지(太液池)에 황곡이 날아오자 소제가 이를 기뻐하여 "황곡이 날아와서 건장궁에 앉음이여, 깃은 깨끗하고 걸음걸이는 춤을 추며, 금으로 옷 지어입고 국화로 치마 지어 입었네.〔黃鵠飛兮下建章, 羽肅肅兮行蹌蹌, 金爲衣兮菊爲裳.〕"라고 부른 노래에서 취한 말이다. 《西京雜記 卷1》

현성 잡영²⁶⁵

玄城雜詠

제1수

옛 성엔 흰 돌이 반짝이고	古城白石爛
새 성엔 흰구름이 떠 있네	新城白雲浮
백제는 이미 아득한 시대이지만	百濟旣莽蕩
남한산성에는 아직도 부끄러움 남았네	南漢尙餘羞
오직 푸른 물줄기만이	惟有碧流水
아침저녁 쉬지 않고 서쪽으로 흐르네	日夕向西流
지사는 갈매기 해오라기와 섞여	志士混鷗鷺
유유하게 머리가 새어가네	悠悠將白頭

제2수 其二

오호는 얼마나 아득한가	五湖何茫茫
치이는 명예와 이익 멀리하였어라²⁶⁶	鴟夷遠名利

---

265 현성 잡영(玄城雜詠) : 삼연은 1687년(숙종13)에 한강 동호(東湖) 근처의 저자
도(楮子島)에 있던 정사(精舍)를 지었고, 이듬해 단양(丹陽) 일대를 여행하기 전후로
머물렀다. 현성(玄城)은 저자도의 지명으로, 삼연의 별서(別墅) 남쪽에 있던 검은 토성
(土城)으로 생각된다.《이종묵, 조선 후기 제자도(楮子島)의 문화사, 국문학연구 제30호,
국문학회, 2014, 253쪽》

266 오호(五湖)는……멀리하였어라 : 치이(鴟夷)는 치이자피(鴟夷子皮), 즉 월(越)
나라의 범려(范蠡)이다. 그는 구천(句踐)을 보좌하여 오(吳)나라에 대한 복수를 성공
시킨 뒤 벼슬을 사양하고 오호(五湖)를 건너가 돌아오지 않았다.《史記 卷41 越王句踐

한씨 재상[267]도 무도[268]에서	韓相舞島間
어쩌면 오호의 뜻[269]을 가졌으리	倘亦五湖意
사람은 가고 물에는 고기만 남았으니	人往水有魚
옛날의 정은 한둘만 남았네	故情存一二
지금까지도 이 섬에 사는 사람들	至今島棲人
낚싯대 드리우기를 일삼는다네	垂竿以爲事

제3수 其三

어제는 물이 나무를 잠그고 있더니	昨日水滅木
오늘 아침엔 물이 못으로 흘러들었네	今朝水歸澤
따스한 바람 어지러이 흩어지고	暄風紛消散
더운 구름 천지 사방에서 걷히네	火雲卷六幕
만물이 늘 머물러 있거늘	萬有皆住常
천지가 장차 갈라질까 걱정할까	天地將恐拆
사람살이 인연 따를 뿐이니	人生且隨緣
가을옷으로 바꾸어 입어야 하겠네	秋衣未可薄

世家》 여기에서는 한강의 수량이 많아지고 물살이 느려지는 다섯 지역도 '오호'라고
부르므로 이를 언급한 것이다.

267 한씨(韓氏) 재상 : 한종유(韓宗愈, 1287~1354)를 가리킨다. 본관은 청주(靑
州), 자는 사고(師古), 호는 복재(復齋), 시호는 문절(文節)이다. 고려 충혜왕(忠惠
王) 때 좌정승(左政丞)을 지냈고, 저자도에 별장을 두고 노년을 보냈다.

268 무도(舞島) : 저자도의 별칭으로, 무동도(舞童島)라고도 한다. 110쪽 주172 참조.

269 오호(五湖)의 뜻 : 은퇴하여 강호(江湖)에서 한가롭게 만년을 보내려는 마음을
뜻한다. 157쪽 주266 참조.

제4수 其四

저녁 바람이 서재에 서늘하니	夕風淸書帷
잠 깨어 이불을 당기노라	寤言撫衾裯
강호에는 흰 물결 일어나고	江湖揚素波
천지는 한층 더 가을로 접어드누나	天地轉向幽
아 나는 고인을 흠모하노니	嗟我慕古人
흐르는 세월에 어찌 근심 없으랴	冉冉豈無愁
씽씽매미는 한철을 우나니	蟪蛄啼一時
이 가을은 옛날의 가을이 아니라네[270]	今秋非舊秋

제5수 其五

강가의 거처에 앉음에 흥취가 이루어지니	江居坐成趣
이 구조가 마음과 눈에 만족스러워라	結構愜心目
고기와 새 모인 수풀 다 차지하여	奄有魚鳥藪
물결에 올라탄 누각을 지으리	將起凌波閣
강가의 늙은이는 저물녘에 기슭을 지나며	江叟暮過岸
고깃배 사라고 권하누나	勸以買漁舶

---

270 씽씽매미는……아니라네 : 자신의 짧고 유한한 목숨을 빗댄 말이다. 《장자(莊子)》〈소요유(逍遙遊)〉에 "아침 버섯은 초하루와 그믐을 알지 못하고, 씽씽매미는 봄과 가을을 알지 못한다.〔朝菌不知晦朔, 蟪蛄不知春秋.〕"라고 하였다.

호탕한 물결²⁷¹에 후회와 인색함이 생겨나니 　　悔吝生浩蕩

아이 때에는 항상 욕심이 없었지 　　兒時常無欲

제6수 其六

선명한 하루살이의 날개여²⁷² 　　楚楚蜉蝣羽

해 떨어질 때 모습을 뽐내네 　　振容落日時

백 년 인생에 천 년 걱정이 　　人生千歲憂

이것과 무엇이 다르랴 　　何以異於玆

이 때문에 배 타고 있던 어부는 　　所以漁舟子

창랑에서 근심이 없었지²⁷³ 　　滄浪無慮思

나는 그를 따라 노닐며 　　我欲從之遊

대붕의 연못을 소요하고 싶어라²⁷⁴ 　　逍遙大鵬池

---

271 호탕한 물결 : 강호(江湖)에서의 속박 없는 삶을 뜻한다. 두보(杜甫)의 〈봉증위
좌승장(奉贈韋左丞丈)〉에 "갈매기가 호탕한 물결 속에 숨거든, 만 리 밖 갈매기를 누가
능히 길들일꼬.〔白鷗沒浩蕩, 萬里誰能馴?〕"라고 하였다.

272 선명한 하루살이의 날개여 : 《시경》〈조풍(曹風) 부유(蜉蝣)〉에 "하루살이의 날
개여, 의상이 선명하도다. 마음에 근심하노니, 나에게 귀의할지어다.〔蜉蝣之羽, 衣裳
楚楚. 心之憂矣, 於我歸處.〕"라고 하였다. 이는 내면의 덕과 미래에 대한 계획 없이
의상만 화려하게 꾸미고 노는 이를 풍자한 시이다.

273 이……없었지 : 초(楚)나라의 굴원(屈原)이 간신들의 참소로 도성에서 추방되어
연못가를 수심 가득한 얼굴로 거닌 적이 있었다. 이때 배를 젓던 어부(漁夫)에게 온
세상이 혼탁하고 자신만 깨끗하여 세상에 용납되지 못한다고 푸념하자, 어부는 세상이
더러우면 더러운 대로 섞여 살면 된다고 충고하고 "창랑의 물이 맑거든 내 갓끈을 씻으
면 되고, 창랑의 물이 흐리거든 내 발을 씻으면 되지.〔滄浪之水淸兮, 可以濯吾纓, 滄浪
之水濁兮, 可以濯吾足.〕"라고 노래하며 떠났다. 《楚辭 漁父辭》

274 대붕(大鵬)의……싶어라 : 짧은 인생에 아득바득하지 않고 자유롭게 노닐고자

제7수 其七

고서는 좋지 않은 것 없지만	古書無不可
《시경》만은 아무래도 잊기 어려워라	周詩意難忘
어찌 어렸을 때 익히지 않았으랴만	豈無少時習
다시 생각해보면 하잘것없어라	繕思每冗長
강변 누각에서 사흘 읽으니	江樓讀三日
금석 같은 시²⁷⁵ 밝고 드넓어라	金石韻昭曠
세모에 오래도록 읽으리니	歲暮永有資
이것 가지고 어부들 노랫가락에 섞어 부르리	持此間漁唱

제8수 其八

고목을 감은 오이를	黃瓜纍古木
따오니 푸른 넝쿨 얽혔네	摘來綠蘿紆
강가의 비는 저물녘 채마밭을 적시고	江雨濡晚圃
구름 기운은 맑은 주방에 생겨나네	雲氣生淸廚
아스라이 배가 하늘 저편에 있으니	遙船在天際

한다는 말이다. 북명(北溟)에 사는 곤(鯤)이라는 거대한 물고기는 남명(南溟) 즉 천지(天池)로 날아갈 때 붕(鵬)이라는 새로 변해 회오리바람을 타고 9만 리를 날아오른다고 한다. 《莊子 逍遙遊》

275 금석(金石) 같은 시 : 금석은 악기인 종(鐘)과 석경(石磬)을 뜻하는 말로, 금석 같은 시란 매우 뛰어난 시를 뜻한다. 진(晉)나라의 손작(孫綽)이 〈천태산부(天台山賦)〉를 짓고는 벗인 범영기(范榮期)에게 "그대는 시험 삼아 이 부를 땅에 던져보게나. 의당 금석 소리가 날 것일세.〔卿試擲地, 當作金石聲也.〕"라고 하였다는 고사가 있다. 《晉書 卷56 孫綽列傳》

두둥실 떠 동호에서 고기 잡는 것임을 알겠네 　　泛泛知東漁

《시경》 하루에 세 번 반복해 읽으니 　　周詩日三復

시위소찬 나는 면하겠구나[276] 　　素餐吾免夫

제9수 其九

서울 돌아가자니 내게는 말이 없고 　　歸洛我無馬

골짜기 거슬러 오르자니 내게는 배가 없네 　　溯峽我無船

비바람 치는 먼 처마 아래에서 　　迢遙風雨軒

책 붙들고 태현[277]을 노니노라 　　擁書遊太玄

날 알아주는 벗 곁에 없으니 　　知音不在側

적막해도 어쩔 수 없어라 　　寂寞亦已焉

못에는 잠긴 물고기 있고 　　淵有載沉魚

숲에는 드문드문 우는 매미 있구나 　　林有希聲蟬

제10수 其十

까마귀 울며 두 능[278]으로 돌아가니 　　烏啼歸二陵

산속의 나무 기운이 암담해라 　　山木氣黯然

---

276 시경……면하겠구나 : 시위소찬(尸位素餐)이란 벼슬에 있는 이가 제 일을 하지
않고 녹봉만을 축내는 것을 말한다. 여기에서 《시경》이란 〈위풍(魏風) 벌단(伐檀)〉을
가리키는 듯하다. 이는 하수(河水)에서 농사와 사냥으로 자급자족하는 사람을 노래하
여 시위소찬하는 벼슬아치를 풍자한 시이다.

277 태현(太玄) : 심오하고 현묘한 도리를 뜻한다.

278 두 능(陵) : 성종(成宗)과 중종(中宗)의 무덤인 선릉(宣陵)과 정릉(靖陵)을 가
리킨다. 84쪽 주108 참조.

초제[279]는 서북쪽에 숨어있고	招提西北隱
모래사장은 동남쪽으로 이어졌네	沙渚東南綿
섬사람 볼 수 없고	島人不可見
안개 덮인 언덕만 눈앞에 놓였네	煙皐橫眼前
적막하게 물굽이 향하니	寂寞向水曲
나는 물고기와 더불어 통발을 잊었다네[280]	吾與魚忘筌

---

279 초제(招提) : 범어(梵語) caturdeśa의 음역(音譯)으로, 사원을 의미한다.

280 통발을 잊었다네 : 《장자》〈외물(外物)〉에 "통발은 고기를 잡는 것인데 고기를 잡고 나면 통발은 잊어버리고, 올가미는 토끼를 잡는 것인데 토끼를 잡고 나면 올가미는 잊어버리는 것이다.〔筌者所以在魚, 得魚而忘筌, 蹄者所以在兎, 得兎而忘蹄.〕"라고 하였다. 이는 본래 도를 깨우치거나 목적을 달성한 다음에는 그 수단이나 형식 따위를 버려야 함을 뜻하는 말인데, 여기에서는 물고기를 잡고자 하는 기심(機心)을 잊고 물고기와 짝하여 지낸다는 의미인 듯하다.

초가을의 저물녘 경치

初秋晩眺

찬 이슬 내린 밤의 가을 강에서	寒露秋江夜
안개 내린 풍경 속을 배회하노라	徘徊煙景沈
돌아가는 배는 작은 섬에서 나오고	歸舟小嶼出
우거진 나무는 종소리 가까운 곳에 깊도다[281]	叢樹近鐘深
반딧불은 나의 흰 머리털보다도 희고	螢火凌華鬢
은하수는 순결한 내 마음을 씻어주네	天河洗素心
이 몸의 올해 계책 정했으니	今年身計定
맑은 물가에서 늙고자 하노라	蓋欲老清潯

---

281 우거진⋯⋯깊도다 : 종소리가 나는 곳이란 사찰을 뜻하므로, 나무 우거진 곳에서
절의 종소리가 들려온다는 뜻이다.

압구정

狎鷗亭

제1수

저물녘 멀리 솟은 강변에	逈出亭皐夕
외로운 노을이 하늘에 펼쳐졌네	孤霞與太虛
누대는 북쪽 언덕에 가득히 의지했고	樓依北垞滿
돛단배는 위쪽 나루로 드문드문 향하네	帆向上津疎
안개 낀 숲엔 처음으로 황새가 돌아오고	煙樹初迴鸛
바람 부는 여울엔 고기가 편안하지 않네	風瀾未定魚
어둠이 다할 때까지 배회하노라니	徘徊了暝色
돌아오는 흥취 새벽에 어떠할지	歸興曉何如

제2수 其二

저도에는 남겨둔 흥취가 많으니	楮島多留興
압구정이 눈에 가득 들어오네	鷗亭望眼稠
긴 바람이 바야흐로 파도를 부채질하니	長風方扇浪
그대와 함께함에 문득 돌아갈 배를 잊었네	與子忽忘舟
갈대 위엔 어반²⁸² 없고	蘆上無魚飯

---

282 어반(魚飯): 갈대가 자라는 물가의 진흙땅에 서식하는 벌레로, 색은 청황색(靑黃色)이고 모양은 그리마〔蠷螋〕와 닮았다고 한다. 매해 상강(霜降) 전후 사흘 동안 태어나며, 물고기들이 매우 좋아하기 때문에 낚시용 미끼로 쓰인다고 한다. 《洛下生集 册13 海榴菴集 金官紀俗詩》

안개 속엔 술 파는 집이 있다오 　　　　　　　　　　煙中有酒樓
홑옷이라 새벽에 일어나기 겁이 나는데 　　　　　　單衣怯晨起
모래사장 비추는 달은 유유히 흘러가누나 　　　　沙月度悠悠

동호를 건너다

渡東湖

닻줄 당겨 배를 한껏 풀어놓으니	引纜從高放
배가 북쪽 기슭을 보고 도네	船看北岸迴
막 갠 날씨에 기러기와 오리가 많고	新晴繁鴈鶩
지는 해에 누대들이 성대해라	落日盛樓臺
모래톱 따라 마음은 굽었다 폈다 하고	洲渚心紆直
구름 같은 파도에 흥이 닫혔다 열렸다 하네	雲濤興闔開
사물 타고 자연스레 떠가는 오묘한 이치[283]	浮游乘物妙
완연히 있거니[284] 또 누가 재촉할꼬	宛在復誰催

---

283 사물……이치 : 배의 방향을 조정하거나 노를 젓지 않고 가는 대로 맡겨두었다는 말이다. 《장자(莊子)》〈인간세(人間世)〉에 공자가 사신의 임무를 받은 섭공자고(葉公子高)에게 군주의 명을 바꾸거나 일을 억지로 성사시키려고 하지 말라며 "사물의 자연스러움을 타고서 마음을 자유롭게 노닐어, 어찔 수 없음에 맡겨 마음속 본성을 기르라.〔乘物以遊心, 託不得以養中.〕"라고 한 것에서 취한 표현이다.

284 완연히 있거니 : 강물 한가운데에 유유자적하게 있다는 말이다. 《시경》〈진풍(秦風) 겸가(蒹葭)〉에서 사모하는 이를 쫓아가 만나려 해도 만날 수 없는 안타까움을 "물결을 따라 내려가 따르려 해도, 완연히 물의 중앙에 있도다.〔溯游從之, 宛在水中央.〕"라고 노래한 데에서 취한 표현이다.

아침에 남한산성을 출발하다
朝發南漢

새벽에 남한산성의 절에서 일어나   晨興南漢寺

밝은 달 아래에서 손자와 오자의 병법 외네   月明誦孫吳

밝은 달이 무기 창고를 비추니   明月照武庫

무서리가 창에 맺혔네   微霜結戈殳

종 울려 일어나자마자 돌아오는데   鐘鳴起旋歸

내 말이 머뭇거리누나   我馬以踟躕

성문의 문지기는 희미하게 보이고   依俙抱關子

아침에 우는 까마귀는 흐릿하구나   泱漭啼早烏

높은 성벽 어찌나 우뚝한지   崇墉何屹屹

긴 바람이 성벽 모서리에서 이누나   長風起層隅

예로부터 이 기물을 둠이   古來存此器

어찌 오랑캐에 대비하기 위함이 아니랴   豈不以備胡

지난 일은 자세히 알 수 없지만   往者不可詳

앞으로의 일은 대비할 수 있지   來者猶可虞

큰 강은 아득하게 달려가고   大江走茫茫

가을 기운은 시든 풀에 퍼지네   秋氣布寒蕪

부질없이 지난 일 슬퍼하며   感慨亦徒然

먼 길 따라 오르내릴 뿐이네   登降惟脩塗

삼전도에는 오랑캐의 비석 있고[285]   三田有胡碣

현성에는 이 썩은 유자 있어라   玄城有腐儒

285 삼전도(三田渡)에는……있고 : 삼전도는 현재의 서울 송파구 삼전동에 있던 나루로, 병자호란 때 인조(仁祖)가 남한산성에서 농성하다가 이곳에 내려와 청 태종(淸太宗)에게 항복하였다. 이때 이 사건을 기록한 삼전도비(三田渡碑)가 이곳에 세워졌고, 현재는 송파구 석촌동으로 이전되었다.

강가에서 괜스레 읊다
江上漫吟

제1수

하늘 강물 맑고 투명해 마루 앞에 넘실대니 　天水澄鮮漾一軒

호수 속 나무 그림자는 먼 마을이 비친 것일세 　湖中樹影是遙村

저물녘 현성에 가을매미 시끄럽게 울어대나니 　淸蟬亂噪玄城晩

마음이 빈 배[286]에 있어 고요히 말이 없노라 　心在虛舟靜不言

제2수 其二

잠시 현성을 나와 한참을 머무르니 　暫出玄城駐景多

관심과 관수[287] 두 가지가 어떠한가 　觀心觀水兩如何

미풍이 해질녘에 푸른 개구리밥의 끝에서 일어 　微風日暮靑蘋末

제멋대로 잔잔한 호수에 작은 물결 일으키네 　隨意平湖小有波

286　빈 배 : 무심하고 담박한 마음을 비유하는 말이다. 《장자(莊子)》〈산목(山木)〉
에 "배를 나란히 하여 하수를 건널 적에, 빈 배가 와서 나의 배와 부딪친다면 아무리
속 좁은 사람이라도 성을 내지는 않는다.〔方舟而濟於河, 有虛船來觸舟, 雖有惼心之人
不怒.〕"라고 하였다.

287　관심(觀心)과 관수(觀水) : 관수는 《맹자》〈진심 상(盡心上)〉의 "물을 관찰하는
데 요령이 있으니, 반드시 그 여울을 보아야 한다.〔觀水有術, 必觀其瀾.〕"라고 한 데에
서 유래한 말로, 웅덩이를 채우고서야 흘러가는 물을 본받아 학문의 기초부터 튼튼히
하고서 도(道)를 향해 나아가는 것을 뜻한다. 관심은 사람의 마음을 물에 비유하는
일이 많으므로 이렇게 말하였다.

다듬이 소리를 듣다
聞砧

강가에 귀뚜라미 나오니   江上蟋蟀征

장삿집 아녀자 놀라네   商家兒女驚

깁 빨러 가는 모습 아침에 보고   朝看浣紗去

멀리서 울리는 다듬이 소리 저녁에 들노라   暮聽遠砧鳴

옥로는 몸을 흠뻑 적시고   玉露霑身重

금풍[288]은 소매를 가벼이 날리누나   金風擧袖輕

시름 많은지 다듬이 소리 고르지 않으니   愁繁調不細

나루 건너에서 길고 짧게 울리는구나   隔浦短長聲

---

288 금풍 : 156쪽 주264 참조.

가을 정회
秋懷

강산에 이미 낙엽이 지니	江山旣搖落
나는 가을 시름을 이기지 못할 듯해라	余若不勝秋
눈에는 끝없는 흥이 들어오고	眼引無窮興
마음에는 끝없는 시름이 깃드네	心棲未了愁
서리 맑아 종이 물가에 울리고	霜淸鐘動浦
숲 엷어져 달빛이 누각으로 통하네	林薄月通樓
푸르고 푸른 속으로 걸어 들어와	步入蒼蒼去
선방 그윽한 곳에 누워보노라	禪房臥處幽

무도[289]

舞島

아침 안개 무도를 잠그더니　　　　　　　朝霞舞島沒

저녁놀이 무도를 비추네　　　　　　　　夕霞舞島明

나무꾼의 배 외로운 그림자를 끌고 가는데　樵舟曳孤影

푸르른 산 빛 배와 나란해라　　　　　　彩翠與船平

289　무도(舞島) : 110쪽 주172 참조.

높은 숲
高林

높은 숲 이파리 날로 떨어지니 　　　　　高林葉日離

담박하고 상쾌한 맑은 호숫가로다 　　　　淡洒淸湖際

바로 네가 뿌리로 돌아가는 것이지 　　　　正爾自歸根

서리와 바람이 너무 사나워서가 아니니라 　霜風無太厲

안개 낀 경치
煙景

안개 낀 경치 저물녘에 일렁이는데   煙景暮難定

돌아가는 새는 흰 마름에 몸을 의탁하네   歸禽投白蘋

달 밝은데 노 젓는 소리 이어지니   月明櫓聲續

강으로 다니는 사람 많은가보다   江裏多行人

능묘를 바라보다[290]

望陵

흰구름은 비록 만 년 전부터 있던 것이지만	白雲雖萬載
아름다운 기운이 사람을 탄식하게 하네	佳氣使人嗟
능묘 나무의 푸른 꽃 지니	陵樹靑蕤落
아스라이 푸른 일산 거두어지네	依俙斂翠華

---

290 능묘(陵墓)를 바라보다 : 서울시 서초구 내곡동에 있는 태종(太宗)의 무덤인 헌릉(憲陵)을 보며 지은 시로 생각된다.

새내를 바라보다
望新川

새내가 내 눈에 아득하니   新川渺余目

멀리 비치는 물결 맑디맑구나   映遠波粼粼

석양에 밥 짓는 연기가 마을에 흩어지니   落景煙散塢

사는 사람 없었던 적 없다네   未嘗無居人

중양절에 허설봉을 방문하여 국화 떨기 곁에서 술을 마시다[291] 허설봉(許雪峰)은 허홍(許烘)이다

重陽日訪許雪峰 烘 飲于菊叢

제1수

예로부터 중양절엔 높은 곳에 올라 시 읊었으니 　登高作賦古重陽

구름 담담하고 하늘 맑은 오늘이 좋은 날일세 　雲澹天淸今日良

백석성[292] 차가우니 외로운 기러기가 넘어가고 　白石城寒孤鴈度

황화주 익으니 큰 강이 길게 이어졌네 　黃花酒熟大江長

쑥에 둘러싸인 자리는 정취가 참되고 소박하며 　筵圍蓬草情眞朴

어부와 나무꾼에게 닿는 노래는 흥취가 향기롭고 아득해라

　歌入漁樵興香茫

취해서 울타리로 향했다가 짧은 편지 주우니 　醉向籬間拾短札

해옹[293]의 목소리가 푸른 물결에 일어나네 　海翁聲息動滄浪

---

291 중양절에……마시다 : 설봉(雪峰)은 허홍(許烘, 1622~1687)의 호이다. 본관은 양천(陽川), 자는 하경(夏卿)이다. 1654년(효종5) 식년 생원시에 합격하였고, 삼연과 나이 차이가 있음에도 친밀하게 교유하여 수창한 시가 전한다.

292 백석성(白石城) : 강남구 삼성동에 있던 백제 때의 토성(土城)이다. 조선시대에는 흰 돌로 쌓았다고 하여 백석성이라고 불렀으며, 1982년까지도 모습이 분명히 남아 있었으나 현재는 강남 개발로 인해 사라졌다.

293 해옹(海翁) : 허홍의 숙부인 허격(許格, 1607~1690)을 가리키는 것으로 보인다. 허격은 본관은 양천, 자는 춘장(春長), 호는 숭정처사(崇禎處士)·대명처사(大明處士)·창해(滄海)·아호(鵝湖)이다. 병자호란 때 의병을 일으켜 항전하고자 하였으나 조선 정부가 이미 항복하는 바람에 결행하지 못하고 단양(丹陽)에 내려가 은거하였다.

제2수 其二

가을바람 모자에 부니 서늘함이 남고	秋風吹帽有餘凉
낙엽 진 찬 언덕엔 백 척 뽕나무 서 있네	葉下寒原百尺桑
마을마다 사람들이 산수유 차고 먼 섬 산에 오르고[294]	
	茱佩村村臨遠嶼
곳곳의 고기잡이 노래가 이어지는 배를 보내네	漁歌處處送連檣
설봉 노인은 손님을 와서 취하게 할 수 있거니와	雪翁能使賓來醉
떨기 국화는 어찌하여 술에 향이 나게 하나	叢菊胡令酒發香
술잔 들어 산에 뿌리고 애오라지 농담 한마디	舉觶洒山聊一謔
온조왕은 어느 날에 중양연을 열었나[295]	溫王何日宴重陽

---

294 마을마다……오르고 : 음력 9월 9일인 중양절(重陽節)에는 산수유 주머니를 차고 국화주(菊花酒)를 마시며 높은 곳에 올라가는 풍속이 있었다.

295 온조왕(溫祚王)은……열었나 : 이 지역에 백석성을 비롯한 백제의 옛터가 있었기 때문에 과거 역사를 회고하여 이렇게 말한 것이다.

괜스레 읊다

漫詠

제1수

넓은 한강이여 물이 휘도는데	漢之廣矣水回環
기슭 푸르고 모래는 반짝이는 저도는 한가로워라	岸綠沙明楮島閒
어떻게 하면 봉은사에 바람 불어서	安得風吹奉恩寺
중류로 옮겨 금산[296]에 대적케 할까	中流移去敵金山

제2수 其二

강이 소나무와 측백나무를 휘감아 흐르니 달 모양 모래섬을 이루고	
	江圍松栢月爲洲
문간에 앵도를 심으니 꽃이 배를 덮었네	戶種櫻桃花覆舟
한씨 재상[297]은 옛날에 만종의 부귀 가벼이 여겼고	韓相故輕鐘鼎貴
심원에서는 일찍이 봉황들이 마음껏 노닐었지[298]	沁園曾縱鳳凰游

---

296 금산(金山) : 동진(東晉) 때 지어진 선종(禪宗) 사찰인 금산사(金山寺)는 현재의 강소성(江蘇省) 진강시(鎭江市) 서북쪽의 금산(金山) 위에 있으며, 금산호(金山湖)에 임해 있어 경관이 빼어나다.

297 한씨 재상 : 158쪽 주267 참조.

298 심원(沁園)에서는……노닐었지 : 심원은 후한(後漢) 명제(明帝)가 딸 심수공주(沁水公主)를 위해 조성한 원림(園林)으로, 공주의 집이나 정원을 의미하기도 한다. 저자도는 세종(世宗)이 딸 정의공주(貞懿公主)에게 하사함에 따라 그 남편 연창위(延昌尉) 안맹담(安孟聃)의 집안이 차지하였으므로 이렇게 말한 것이다. 봉황은 지위와 덕이 높은 사람 또는 훌륭한 후손들을 비유하는 말인데, 여기에서는 정의공주와 안맹담

제3수 其三

압구정 앞에서 한사를 희롱하니[299]	狎鷗亭前戲漢槎
청구의 언덕과 습지가 광채를 입었어라	靑丘原隰被光華
지척의 안개 낀 강물에 품평을 사양하노니	煙波咫尺辭題品
서호와 약야계[300]와는 견주기 부끄러워라	羞比西湖與若耶

제4수 其四

누가 강호가 맑고 드넓다 말했나	誰道江湖淸且谿
천 척의 배가 꼬리 물고 몹시도 드글대네	千艘銜尾劇憑陵
어떤 것은 무도 따라 근도[301]로 내려가고	或從舞嶼沿根島
절반은 새내에서 광릉진[302]으로 나가누나	半自新川出廣陵

의 후손들을 가리킨다.

299 압구정……희롱하니 : 한사(漢槎)는 사신이 탄 배를 뜻하는 말이다. 한(漢)나라 때 장건(張騫)이 한 무제(漢武帝)의 명으로 서역(西域)에 가서 배로 황하(黃河)를 거슬러 오르며 그 근원을 탐사한 데에서 유래한 말이다. 《漢書 卷61 張騫傳》 압구정 일대의 강변은 풍광이 수려하여 조선시대에 중국 사신의 접대와 뱃놀이 장소로 자주 이용되었다.

300 서호(西湖)와 약야계(若耶溪) : 서호는 송(宋)나라의 은사 임포(林逋)가 항주(杭州)의 고산(孤山)에 은거할 때 노닐었던 호수이고, 약야계는 월주(越州)의 경호(鏡湖)와 이어진 시내로 서시(西施)가 연꽃을 따던 곳이다. 중국의 대표적인 호반(湖畔) 명승지이다.

301 근도(根島) : 부리섬〔浮里島〕 또는 부래섬〔浮來島〕이라고도 한다. 잠실섬이 육속화(陸續化)되기 전에 잠실섬 서쪽에 있었던 섬으로, 서쪽으로는 광주(廣州) 언주면(彦州面 현재의 삼성동)과 탄천(炭川)을 사이에 두고 있었다. 현재는 잠실섬과 함께 한강 남쪽 기슭에 이어져, 송파구 잠실동 서쪽 지역이 되었다.

302 광릉진(廣陵津) : 현재의 광나루이다.

제5수 其五

돛단배는 대처럼 곧게 서서 다니고 노는 삼처럼 어지러우니

檣行如竹櫓如麻

안개 낀 여울에서 이리저리 부딪히는데 달은 모래사장을 비추네

摩軋煙灘月晃沙

놀라 일어난 오리와 갈매기는 물을 떠나더니　　　驚起鳧鷖離水去

높이 날아 두 능[303]의 까마귀 속으로 돌진하누나　　高飛衝却二陵鴉

제6수 其六

물길 거슬러 오르는 돛단배에서 노래로 스스로를 격려하니

逆流峭帆歌自勞

소리 한 번 두 번에 돛 차츰 높아지누나　　一聲二聲帆稍高

무도 모래섬은 매우 굽고 굽었는데　　舞島洲坻苦紆曲

삼전도 위로 거슬러 올라가자 긴 바람 호쾌하여라　三田以上長風豪

제7수 其七

된서리 내리는 밤에 모래사장 따라 배 끄니　沿沙牽筈夜霜深

곧디곧은 높은 돛대에 달과 별이 비추네　直直高檣星月臨

섬의 저녁연기 나는 집에는 술이 있을는지　島上煙家有酒否

손은 차고 배는 안 끌려 맑은 물가에 대 두네　手寒船澁繫清潯

---

303 두 능(陵) : 84쪽 주108 참조.

제8수 其八

소양강 물이 얼어 멀리 가지 못한다고　　　　　昭陽江水凍不遠

밤새도록 황모랑[304]은 떠들어대네　　　　　　通夜嘈嘈黃帽郎

이번에 층층 여울 가긴 무척 험난할 테니　　　　此去層灘饒險易

달 밝을 때 동료 모아 잘 생각해보시게　　　　　月明呼侶細商量

제9수 其九

남편이 자랑하길 훌륭한 장사치는 안개와 물결을 사랑한다 하여

　　　　　　　　　　　　　　　　　　　　郎誇善賈愛煙波

내 집 사립문 곁을 다니며 돌아보지도 않는구나　行傍柴門不顧過

아내는 조각배 손수 저어 먼 기슭에서 나무하니　自棹扁舟樵遠岸

잎 누런 나뭇짐 가득 지고 남편 기다리는 노래 부르누나

　　　　　　　　　　　　　　　　　　一擔黃葉望郎歌

제10수 其十

빨래는 강물 탁해지도록 깨끗이 하고　　　　　濯帛淨令江水濁

명주실은 들판의 구름 밝은 곳 향해 말리네　　　練絲曬向野雲明

맑은 다듬이 소리 밤마다 안개 속에서 나니　　　清砧夜夜煙中發

하나하나가 집 떠난 남편 위해 바람 걱정하는 마음이요 물 걱정하는
마음이라　　　　　　　　　　　　　　　一一愁風愁水情

304　황모랑(黃帽郎) : 뱃사공을 뜻한다. 황색은 오행(五行)으로 토(土)에 상징하는
색으로 토가 수(水)를 이기기 때문에 뱃사공들이 황색 모자를 즐겨 썼다고 한다.《漢書
卷93 鄧通傳》

제11수 其十一

무도의 어상 서른 호	舞島漁商三十戶
나간 배 들어오자 풍족하기가 전보다 낫네	入來饒富勝前時
손에게 섬 안의 풍수 좋다고 자랑하기를	誇客島中風水好
무암의 기이한 모양 용과 거북 같다오	舞巖奇樣似龍龜

제12수 其十二

조호미[305] 배불리 먹으니 옥 같은 낟알 향기롭고	飽食雕胡玉粒香
호저(豪猪) 가죽신에 광대[306] 의상이 훌륭해라	豪靴廣帶好衣裳
몇 년 이래 동호에서 기러기 쏘아 맞추는 데 익숙해졌으니	
	年來慣射東湖鴈
기문에 협련군으로 소속되고저[307]	願屬期門夾輦郎

제13수 其十三

| 한강 안팎의 푸른 산들이여 | 表裏靑山漢水池 |
| 용과 뱀[308]이 쟁패한 자취 누구에게 물을까 | 龍蛇覇迹問諸誰 |

---

305 조호미(雕胡米) : 볏과 여러해살이식물인 줄풀의 열매로, 주로 흉년 때 굶주림을 면하기 위해 먹었다. 여기에서는 은둔 생활의 소박한 식사를 뜻하는 말로 쓰였다.

306 광대(廣帶) : 조선시대에 구군복(具軍服)을 착용할 때 전복(戰服) 위에 두르던 널따란 띠이다.

307 기문(期門)에……소속되고저 : 기문은 후한(後漢) 때 천자 호위를 담당하던 관서로, 농서(隴西)・천수(天水)・안정(安定)・북지(北地)・상군(上郡)・서하(西河) 6개 고을의 양가 자제들을 선발하여 소속시켰다. 협련군(挾輦軍)은 훈련도감(訓鍊都監)에 소속된 군사들로, 임금이 거둥할 때 어가(御駕)를 좌우에서 호위하였다.

가을바람에 파도가 흰 성지(城池)에 부딪히니 　　秋風浪疊城隍白

어부에게 죽지가[309] 부르라고 권하노라 　　　　吾勸漁郎引竹枝

제14수 其十四

부인의 옛 사당이 북쪽 물가에 임해 있는데 　　夫人古祠臨北渚

백제 사람들 사라졌으니 누가 그대를 추모하랴[310] 　百濟人空誰慕汝

새내 먼 곳의 나무와 무도의 안개에 　　　　　新川遠木舞洲煙

그녀의 남은 마음 어디에 가 있는지 물어보노라 　試問餘情逗何處

제15수 其十五

침벽정 앞 푸른 절벽 깎아지른 듯 　　　　　浸碧亭前蒼岸斷

뭇 돛단배 저어 들어가 거울 속에서 휘도는 듯 　千帆撑入鏡中迴

마중할수록 층층 누각과 가까워지더니 　　　迎來轉與層軒近

다시 하늘 저편 숲 쪽으로 멀어지누나 　　　又擲天邊列樹隈

308 　용과 뱀 : 성공한 사람과 실패한 사람, 승자와 패자를 뜻한다. 당(唐)나라 영일(靈一)의 시 〈항왕묘(項王廟)〉에 "해하에서 피를 흘리자 용과 뱀이 결정되었네.〔血流垓下定龍蛇〕"라고 하였다. 여기에서는 한강 유역을 차지하기 위해 싸운 삼국(三國)을 가리킨다.

309 　죽지가(竹枝歌) : 각 지방의 풍토를 노래한 시가(詩歌)이다. 당(唐)나라 유우석(劉禹錫)이 일찍이 낭주(朗州)에 폄적(貶謫)되었을 때 굴원(屈原)의 〈구가(九歌)〉를 모방하여 죽지가 9편을 지은 데서 시작되었고, 주로 굴원(屈原)이나 항우(項羽), 순(舜) 임금의 두 비(妃)인 아황(娥皇)과 여영(女英) 등 뜻을 이루지 못하거나 비극적인 죽음을 맞은 인물들을 소재로 한 비통하고 애달픈 노래들이다.

310 　부인의……추모하랴 : 103쪽 주160 참조.

허설봉에게 부치다[311]

寄許雪峰

제1수

강호에서 고요하게 누구를 찾아갈꼬	江湖誰與靜相尋
무심한 허씨 노인과 마음이 맞았네	許老無心也會心
요사이 물이 찬데 고기는 잡으셨을는지	近日水寒魚得否
고기를 잡지 못했다면 거문고나 연주하시게	魚如不得且彈琴

제2수 其二

현성을 아침에 나와 멀리서 볼 때마다	玄城朝出每遙看
아래쪽 모래섬의 잔잔한 물결에 한 가닥 낚싯대 하늘거리네	
	下渚微波裊一竿
창랑가[312] 불러봐도 소리가 닿지 않으니	唱送滄浪聲不達
흰 갈매기 내 뜻 전하려 모래톱에서 춤추네	白鷗傳意舞沙灘

제3수 其三

서쪽 변새의 어부는 푸른 부들 갓을 썼고[313]	西塞漁人青蒻笠

---

311 허설봉에게 부치다 : 178쪽 주291 참조.

312 창랑가(滄浪歌) : 160쪽 주273 참조.

313 서쪽……썼고 : 강호에 은거하며 자유롭게 사는 삶을 말한 것이다. 서쪽 변새의 어부는 당(唐)나라의 은사 장지화(張志和)로, 그의 〈어부사(漁父詞)〉에 "서쪽 변새 산 앞에 흰 새가 날고, 복사꽃 떠가는 시내에 쏘가리가 살졌구나. 푸른 부들 갓에 푸른

동쪽 울의 처사는 흰 막걸리잔을 들었으니[314]　　　東籬處士白醪杯

어찌 허씨 노인이 두 사람의 고상한 흥취 다 가져　何如許老兼高興

취해서 국화 씹으며 낚시터에 누운 것만 하리오　醉嚼黃花臥釣臺

도롱이 걸쳤으니, 비낀 바람 가랑비에 돌아갈 것 없도다.〔西塞山前白鳥飛, 桃花流水鱖
魚肥. 靑篛笠綠蓑衣, 斜風細雨不須歸.〕"라고 하였다. 《續仙傳 卷上 玄眞子》

314　동쪽……들었으니 : 가을에 국화주를 즐기는 흥취를 말한 것이다. 동쪽 울의 처사
(處事)는 진(晉)나라의 도잠(陶潛)으로, 도잠(陶潛)의 〈음주(飮酒)〉시 20수 중 제5수
에 "동쪽 울타리 아래에서 국화를 따다가, 아스라이 남산을 바라본다.〔採菊東籬下, 悠然
見南山.〕"라고 하였다.

감흥

感興

제1수

술 따라서 어부를 부르니   酌酒招漁父

사람살이 오래 사는 이 없어라   人生長在無

산등성이에서는 구름이 나오고   山陵雲自出

성곽에는 풀이 자주 시드네   城郭草頻枯

봉황 떠나니 누대는 멀고[315]   鳳去樓臺緬

기러기 돌아가니 섬은 외로워라   鴻歸島嶼孤

한공[316]이 낚싯대 드리우던 곳   韓公垂釣處

아침 비가 잔잔한 호수를 적시네   朝雨潤平湖

제2수 其二

천기와 한강은   天機和漢水

잠시도 멈추는 날이 없구나   靡日少停留

서리 맞은 잎은 흩날려 다 떨어지려 하고   霜葉飛將盡

햇발 비친 처마는 등진 곳이 도리어 그윽해라   暄簷負却幽

조각 안개는 이별하는 포구에 깃들고   片煙棲別浦

무늬 있는 꿩은 물 가운데의 모래섬에서 나네   文雉矯中洲

---

315 봉황……멀고 : 저자도에 살던 왕손들이 없어졌다는 말이다. 180쪽 주298 참조.

316 한공(韓公) : 한종유(韓宗愈)를 가리킨다. 158쪽 주267 참조.

경물 만나면 맞이해 맑게 완상하면서   遭物延淸玩

소요로 한 해 보낸다오   逍遙與歲遒

홍세태가 강화도로 가려고 하기에 머물게 하여 밤에 술을 마시다

洪世泰將往沁州 留而夜飮

동쪽 동산의 지는 나무는 바라보기에 슬프고　　　　東園落木望堪悲

서쪽 물가의 가는 길손은 가는 발길을 잠시 지체했네

　　　　　　　　　　　　　　　　　　　　　　西溢游人去暫遲

기러기떼 다 보내고 나니 장막에 서리가 스미고　　送盡羣鴻霜入幬

국화 떨기 꺾어오니 비가 울타리에 이어지네　　　折來叢菊雨連籬

강호는 드넓은데 배 타고 함께 갈 이 드물고　　　江湖浩曠同舟少

천지는 아득한데 별자리들이 옮겨가네　　　　　天地蕭森列宿移

새벽에 이르러 한 잔 술을 그대는 애써 마시라　　到曉一杯君且勉

내일 아침에 말 위에서 그대에게 권하는 이 누구 있겠소

　　　　　　　　　　　　　　　　　　　　　　明朝馬上勸君誰

추흥 잡영
秋興雜詠

제1수

천험의 옛 고을 성과 해자 웅장한데	古州天險壯城池
성 아래에서 맹약 이루어짐에 오랑캐들 춤췄지	城下盟成舞虜兒
말 먹인 뒤 맑던 한강 탁해졌고	曰馬飮餘淸漢濁
푸른 구름 짓눌러 삼각산이 낮아졌다 하네	蒼雲壓去華山卑
강에 임한 절개 있는 선비[317] 지금 얻기 어려우니	臨江節士今難得
바다로 뛰어들어 죽은 고결한 이[318] 또 누구인가	蹈海高人更是誰
뜻밖에도 나의 누대 조망이 넓은 곳에 있어	不分吾樓憑眺廣
삼전도 입구의 비석을 바라보노라	三田渡口望中碑

---

317 강에……선비 : 악부(樂府)에 이백(李白)의 〈임강왕과 절사의 노래[臨江王節士歌]〉라는 노래가 있는데, 역사적으로 정확히 어떤 사건을 노래했는지는 상고할 수 없으나 포악한 권력자를 벌하여 나라를 바로잡고자 하는 지사(志士)의 심정을 서술한 노래이다.

318 바다로……이 : 전국시대(戰國時代) 제(齊)나라의 고사(高士) 노중련(魯仲連)이 조(趙)나라에 있을 때 수도 한단(邯鄲)이 진(秦)나라 군대에 포위되자 위(魏)나라 장군 신원연(新垣衍)이 진나라를 황제로 섬기면 포위를 풀 것이라고 했다. 이에 노중련이 "저 진나라가 방자하게 황제를 칭하고 죄악으로 천하에 정사를 한다면, 나는 동쪽 바다에 뛰어들어 죽을 뿐이지 내가 차마 그 백성은 될 수가 없다.[彼卽肆然而爲帝, 過而爲政於天下, 則連有蹈東海而死耳, 吾不忍爲之民也.]"라고 일갈하였다. 《史記 卷83 魯仲連列傳》

제2수 其二

온조왕의 만촉 다툼[319] 어느 때의 일이던가	溫王蠻觸在何時
창망하게 넓은 물가에 나라 세웠네	設國蒼茫大水湄
나무는 늙고 구름은 푸르러 오래도록 무성하고	樹古雲靑長翳翳
해자는 넓고 돌은 희니 절로 성대해라	壕平石白自離離
영기[320]에 해 저무니 아낙네들 내려오고	靈旗日夕夫人降
용기[321]에 날씨 추워 낚시하는 노인 슬퍼하네	龍氣天寒釣叟悲
채릉가[322] 한 곡조 다 부르려 하노니	一曲菱歌吾欲竟
사람살이에 행락은 느긋이 즐겨도 좋으리	人生行樂可徐遲

제3수 其三

엊그제 창랑(滄浪 홍세태)이 강화도로 가는 것을 전송하였는데	
	昨送滄浪之沁州
강화도는 하늘 넓고 물이 넘실대리라	沁州天闊水浮浮

---

319 만촉(蠻觸) 다툼 : 사소하고 부질없는 이익을 얻고자 아웅다웅 다투는 것을 뜻하는데, 여기에서는 고구려·백제·신라가 다투던 것을 비유하던 말이다. 달팽이의 양 더듬이에 각각 만씨(蠻氏)와 촉씨(觸氏)라는 나라가 있는데 이 두 나라의 영토 다툼에 시체가 백만 구나 되었다는 우화에서 유래한 말이다. 《莊子 則陽》

320 영기(靈旗) : 출정 전에 제사를 지내는 전기(戰旗)이다. 여기에서는 성에 꽂힌 깃발들을 가리킨다.

321 용기(龍氣) : 운무(雲霧)를 뜻한다. 《주역》〈건괘(乾卦) 구오(九五) 문언(文言)〉에 "구름은 용을 따르고 바람은 범을 따른다.〔雲從龍, 風從虎.〕"라고 한 데에서 유래한 표현이다.

322 채릉가(採菱歌) : 악부(樂府) 청상곡(淸商曲)의 하나로, 마름을 딸 때 부르는 노래이다.

환한 마니산의 달 아래에서 돛을 올릴 것이고	揚帆的皪摩尼月
너덜거리는 계자의 갖옷[323] 입고 눈을 뚫고 가겠지	衝雪蒙茸季子裘
노란 국화주 한 동이에 나는 정겨웠고	黃菊一樽吾款款
붉은 슬 세 번 노래함에[324] 세상은 시끄러웠지	朱絃三唱世咻咻
중묘헌에서 좋은 벗들과 글을 자세히 논하였는데	妙軒好友論文細
지금은 이미 노원의 묵은 풀에 가을이 들었다오[325]	今已蘆原宿草秋

제4수 其四

| 오대산과 월악산 강 멀리서 통하니 | 臺山月嶽遠江通 |
| 양자강의 금산[326]과 큰 형세 똑같네 | 揚子金山大勢同 |

---

323 계자(季子)의 갖옷 : 계자는 전국시대(戰國時代)의 변사(辯士)인 소진(蘇秦)의 자(字)이다. 그가 연횡설(連橫說)로 진왕(秦王)에게 유세할 때 여러 차례 설득했으나 받아들여지지 않아 입고 왔던 검은색 초구(貂裘)가 다 해지고 노자로 가져온 황금 100근도 다 떨어졌다고 한다. 《戰國策 秦策》

324 붉은……노래함에 : 홍세태와 삼연이 수창한 시들이 매우 아름답고 오묘하였음을 뜻한다. 《예기》〈악기(樂記)〉에 "청묘의 슬은 붉은 현으로 되어 있고 소리가 느릿하여서 한 사람이 선창하면 세 사람이 화답하여 여음이 있다.〔淸廟之瑟, 朱絃而疏越, 壹倡而三嘆, 有遺音者矣.〕"라고 한 데에서 유래한 표현이다.

325 중묘헌(衆妙軒)에서……들었다오 : 중묘헌은 삼연과 교유하던 이규명(李奎明, 1653~1686)이 소유했던 집의 헌명(軒名)이다. 동대문 밖 북악산 아래 노원(蘆原)에 있던 것으로 추정되며, 삼연은 이규명·홍세태와 이곳에서 종종 시회(詩會)를 가졌다. 이규명은 이 시가 지어지기 한 해 전인 1686년(숙종12)에 세상을 떠나 노원에 묻혔다. 묵은 풀은 벗의 무덤을 가리킨다. 《예기(禮記)》〈단궁 상(檀弓上)〉에 "붕우의 묘소에 한 해를 넘겨 풀이 묵으면 곡하지 않는다.〔朋友之墓, 有宿草而不哭焉.〕"라고 하였다.

326 양자강(揚子江)의 금산(金山) : 금산은 중국 강소성(江蘇省) 진강시(鎭江市) 서북쪽에 있는 산으로, 당나라 때 배두타(裴頭陀)가 산을 개간하다가 금을 얻었으므로

세 섬의 저물녘 모래밭에 기슭 가득 눈 쌓이고 　三島晚沙彌岸雪

두 능327의 가을비에 돛 가득히 바람 부네 　二陵秋雨滿帆風

한공328은 조정 고관으로서 낚싯대 던졌고 　韓公軒冕漁竿遣

강화도의 누대 신기루가 허공에 뜨네 　沁水樓臺蜃氣空

내 몸이 적현329에 태어나길 원치 않노니 　不願吾身生赤縣

이곳에 와 유람함에 흥취가 끝이 없어라 　來游此地興無窮

제5수 其五

지금 사람들은 여기에서 노닌 고인을 보지 못하니 　今人不見昔人游

빈 배 저어 나루 머리에 기대 있노라 　撑著虛舟倚渡頭

조수가 광릉진에 닿았다가 달을 따라 물러가고 　潮到廣陵隨月退

마을은 무도에 임하여 고기 잡는 이들 남아있네 　村臨舞島捕魚留

용이 날 듯 이어진 산에는 선왕이 묻혀계시고 　連山龍翥先王葬

옛 절 누각에서 법고 소리 우레 같네-원문 1자 결락- 　法鼓雷□古寺樓

장차 가을 겨울 초목 질 제 보면 　行閱秋冬搖落際

흥 난 지 얼마 안 되어 시름이 생겨나리 　興來無幾輒生愁

금산(金山)이라고 불렀다고 한다. 양자강 강변에 우뚝 서 금산호(金山湖)를 내려다보는 경관이 빼어나다고 한다.

327 두 능(陵) : 84쪽 주108 참조.

328 한공(韓公) : 158쪽 주267 참조.

329 적현(赤縣) : 중국을 뜻한다. 전국시대 제(齊)나라 추연(鄒衍)이 중원(中原) 지방을 '적현신주(赤縣神州)'라 일컬은 이래 중국을 가리키는 말이 되었다. 《史記 卷74 孟子荀卿列傳》

제6수 其六

날마다 누대에 오르니 고기들 어지럽게 노닐어	日日登樓水物紛
눈에 들어옴에 마음 나뉘게 하누나	眼中相接使心分
조용히 물러나 낚시하는 것은 고상한 풍치가 아니랴	
	夷猶漁釣非高致
잡초 우거진 뜰에 책을 쌓아놓고 글을 짓지 않노라	蕪沒圖書廢巧文
서리 내린 숲에는 서로 부르는 새 없고	霜落林無相命鳥
하늘 푸른 강은 멈추려던 구름330을 감싸 안네	天淸江抱欲停雲
모도에서의 서신331이 한 해 마치도록 끊어지니	茅洲尺素終年絶
바다로 나가는 장삿배 눈으로 전송한다오	眼送商帆下海門

제7수 其七

쇠락한 언덕에 끝내 오지 않았으니	零落山丘竟未來
강가의 쓸쓸한 정자는 누굴 향해 열거나	蕭條江閣向誰開
밥 짓는 연기는 세곡332에 피어오르는데 층층 성은 높고	
	煙飛細谷層城峻

---

330 멈추려던 구름 : 친구를 그리워함을 뜻하는 시어이다. 도잠(陶潛)의 〈멈춘 구름〔停雲〕〉 시에 "뭉게뭉게 구름이 멈춰 있고 부슬부슬 단비가 내린다.〔靄靄停雲, 濛濛時雨.〕"라고 하였는데, 자서(自序)에 "멈춘 구름은 친우(親友)를 그리워한 것이다." 하였다. 《陶淵明集 卷1》

331 모도(茅島)에서의 서신 : 이해 모도에 내려간 김시걸(金時傑)・김시보(金時保) 형제의 서신을 가리킨다.

332 세곡(細谷) : 현재의 서울시 강남구 세곡동에 있었던 은곡동(隱谷洞)을 가리킨다. 좁고 가는 골짜기라고 하여 가는굴이라고도 불렸다.

물은 무도 호수로 멀어지는데 물가는 휘감아 도누나

水遠蕪湖枉渚廻

장씨의 맑은 시내에는 사당을 지을 것을 생각하고　蔣氏淸溪思作廟

왕씨 집안 옥 나무들[333]은 누대에 돌아온 것을 아쉬워하네

王家玉樹恨還臺

오리와 갈매기 목욕을 끝내자 들오리들 울어대니　鳧鷖浴罷駕鵝叫

아우와 누이 만나지 못하니 어찌 아니 슬플까　弟妹難逢豈不哀

제8수 其八

봉래산[334] 위에서 뵙고서 어느새 한 해가 지나니　蓬萊上謁動經年

가을 다할 제 현성에서 신선들을 흠모하네　秋盡玄城慕列儒

청조[335] 오지 않으니 누가 잡아다 먹었나　靑鳥不來誰取食

---

333 옥 나무들 : 원문의 '옥수(玉樹)'는 남의 집의 훌륭한 자식들을 뜻하는 말이다. 진(晉)나라의 사안(謝安)이 자제들에게 "왜 사람들은 모두 자기의 자제가 출중하기를 바라는가?"라고 물었는데, 조카 사현(謝玄)이 "이것은 마치 지란(芝蘭)과 옥 나무가 자기 집 정원에서 자라나기를 바라는 것과 같습니다.〔譬如芝蘭玉樹, 欲使其生於階庭耳.〕"라고 대답한 데에서 유래하였다. 장씨와 왕씨는 삼연의 지인일 것으로 생각되는데, 자세하지 않다.

334 봉래산 : 삼연은 1685년(숙종11)에 금강산을 유람하였다.

335 청조(靑鳥) : 신선들의 소식을 전하는 새이다. 한 무제(漢武帝) 때 7월 7일에 승화전(承華殿)에 별안간 서쪽에서 청조가 날아왔는데, 한 무제가 동방삭에게 이것이 무슨 조짐이냐고 묻자 동방삭은 서왕모(西王母)가 방문하려는 것이라고 대답하였다는 고사가 있다. 《太平御覽 卷927 羽族部 靑鳥》

단사로 신선 되기 어렵거늘 어찌 빈 통발[336]만 남았나

丹砂難化豈空筌

은대와 금궐 먼 곳에 아득하고

銀臺金闕迷邈矚

기화요초는 저물녘 하늘에 막혀 있네

琪樹珠花隔暮天

빈 배는 막힘없이 거슬러 간다고 말들 하지만

謾說虛舟溯無礙

동영[337]은 이 강과 이어져 있지 않다오

東瀛不與此江連

제9수 其九

삼부연 초당의 영령에게 멀리서 이르노니[338]

三淵遙謝草堂靈

나는 아직도 이곳의 푸른 벼랑을 꿈에 본다오

此地吾猶夢翠屛

처음 입은 벽라의[339] 더럽혀짐 없었고

初服蘿衣無點染

---

336 빈 통발 : 허망한 자취를 비유하는 말이다. 사영운(謝靈運)의 〈화자강에 들어가니 이곳이 마원 셋째 굽이이다〔入華子崗是麻源第三谷〕〉에 "신선은 방불한 모습도 볼 수가 없고, 단지 단구에 빈 통발만 남아있네.〔羽人絶髣髴, 丹丘徒空筌.〕"라고 하였는데, 이주한(李周翰)의 주석에 통발은 자취라는 뜻으로 신선은 보이지 않고 허무하게 종적만 남아있음을 말한 것이라고 하였다. 《文選 卷26 入華子崗是麻源第三谷》

337 동영(東瀛) : 동해이다. 동해에 신선들이 사는 삼신산(三神山)이 있다고 전해지기 때문에 이렇게 말하였다.

338 삼부연……이르노니 : 남제(南齊) 때 북산(北山)에 은거하던 주옹(周顒)이 변절하여 해염 현령(海鹽縣令)을 지냈는데, 임기를 마치고 조정으로 돌아가는 길에 다시 북산을 들르려 하자 북산에 은거하고 있던 공치규(孔稚圭)가 그의 변절을 매우 못마땅하게 여겨 북산의 신령(神靈)에 가탁하여 이문(移文)의 형식을 본떠 〈북산이문(北山移文)〉을 지어 그로 하여금 다시는 북산에 오지 못하도록 하였다. 그 첫머리에 "종산의 영령과 초당의 신령이 연기로 하여금 역로를 달려가서 산정에 이문을 새기게 하였다.〔鍾山之英, 草堂之靈, 馳煙驛路, 勒移山庭.〕"라고 한 데서 취한 표현으로, 여기에서는 다시 삼부연(三釜淵)으로 가 살지 못함을 안타까워하는 뜻에서 한 말이다.

새로 지은 연잎 집[340] 청량했었지 　　　　　　新開荷屋卽淸泠

도화원의 일 기이하나 찾아갈 길 잃었고[341]　　桃源事異迷津軌

귤과 우물 찾아가려니 학의 모습으로 변해야 하는 것이 근심스럽네[342]

　　　　　　　　　　　　　　　　　　　　橘井愁爲化鶴形

계수나무 바위 비탈에 얼마나 자랐나 　　　　桂樹巖阿幾許長

가지 하나 꺾어다 고깃배 만들고저 　　　　　一枝分得造漁舡

339 처음 입은 벽라의(薜蘿衣) : 은거하려는 당초의 뜻을 말한다. 벽라의는 칡덩굴로
짠 옷으로, 은자(隱者)들의 복식이다. 《초사(楚辭)》〈구가(九歌) 산귀(山鬼)〉에 "벽
려로 옷을 지어 입고 여라를 띠로 둘렀도다.〔被薜荔兮帶女蘿〕"라고 하였다.

340 연잎 집 : 전설에 연잎으로 지붕을 덮었다는 집으로, 은자의 집을 뜻한다. 《초사》
〈구가 상부인(湘夫人)〉에 "구릿대로 지붕을 이고 연잎으로 지붕을 덮으니 두형 향기를
둘렀네.〔芷葺兮荷屋, 繚之兮杜衡.〕"라고 하였다.

341 도화원(桃花源)의……잃었고 : 도잠(陶潛)의 〈도화원기(桃花源記)〉에, 동진(東
晉) 태원(太元) 연간에 무릉(武陵)의 한 어부가 시내를 따라 올라가다가 우연히 복사꽃
이 만발한 숲을 지나 진 시황(秦始皇)의 폭정을 피해 온 사람들이 외부 세계와 단절된
채 모여 살고 있는 마을을 발견했는데 뒤에 이를 태수(太守)에게 고하여 다시 찾아가려
하였으나 찾을 수가 없었다고 한다. 《陶淵明集 卷6 桃花源記》

342 귤과……근심스럽네 : 한 문제(漢文帝) 때의 선인(仙人)인 소탐(蘇耽)이 어느
날 마당을 청소하고 담장을 꾸미기에 친구가 누가 찾아오냐고 물었더니 신선들이 내려
올 것이라고 대답하였다. 얼마 지나자 서북쪽 하늘에 보랏빛 구름이 자욱하게 끼더니
그 속에서 백학(白鶴)들이 나타났고, 소탐의 마당에 내려앉자 모두 18~19세의 소년의
모습으로 변했다. 소탐은 그들을 공손히 맞아들인 뒤 모친에게 선계의 부름을 받았다며
작별하였는데, 이때 모친에게 내년에 역병이 돌 때 자신들 집 마당의 우물물 한 되와
귤잎 하나로 한 사람을 치료할 수 있다는 비방을 알려주고 떠났다고 한다. 《太平廣記
卷13 神仙 蘇仙公》

제10수 其十

대운[343]의 물결 몰아침에 사물들 각자 바쁜데　　　大運波奔物自忙

기자의 유풍(遺風) 사라져 음탕하고 상심하는 데 이르렀어라[344]

　　　　　　　　　　　　　　　　　　　箕風蕭瑟逗淫傷

오대에서 열 겹으로 싼 것은 천금 짜리 돌이요[345]　梧臺十襲千金石

우성과 두성 사이에 뜬 쌍무지개는 한밤중에 빛나네[346]

　　　　　　　　　　　　　　　　　　　牛斗雙虹半夜光

세상에 날 이해해주는 이 없으니 나 또한 그만이로다

　　　　　　　　　　　　　　　　　　　世乏知音吾亦罷

343　대운(大運) : 천지(天地)가 운행하는 기수(氣數)이다.

344　기자(箕子)……이르렀어라 : 감정이 큰 폭으로 요동친다는 말이다. 공자(孔子)가 《시경》의 〈관저(關雎)〉 시를 두고 "즐거워하되 음탕하지 않고 슬퍼하되 상심하지 않는다.〔樂而不淫, 哀而不傷.〕"라고 하여 절도에 맞게 감정을 표출하는 것을 일컬은 바 있다. 《論語 八佾》

345　오대(梧臺)에서……돌이요 : 무능한 사람이 중시되는 현실을 한탄한 말이다. 연산(燕山)에서 연석(燕石)이라는 옥과 유사한 돌이 난다. 옛날 송(宋)나라의 어리석은 사람이 오대 동쪽에서 줍고는 큰 보배라 여겨 비단 열 겹으로 싸고 보석함에 넣어 보관하였는데, 주(周)나라에서 온 이가 그 돌은 연석이니 기왓장이나 벽돌이나 다름없다고 하자 송나라 사람은 화가 나서 연석을 더욱 깊이 감췄다고 한다. 《太平御覽 卷51 地部 石》

346　우성(牛星)과……빛나네 : 유능한 인재가 초야에 묻혀 있다는 말이다. 진(晉)나라 때 장화(張華)가 일찍이 두성(斗星)과 우성(牛星) 사이에 자기(紫氣)가 뻗치는 것을 보고, 뇌환(雷煥)을 보내 풍성현(豐城縣)의 현령(縣鈴)으로 파견하여 옛 옥사(獄舍)에서 용천(龍泉)과 태아(太阿) 두 명검(名劍)을 얻었다는 고사가 있다. 《晉書 卷36 張華列傳》

하늘이 정시음347을 내주지 않으니 도는 망했다 하겠네

天慳正始道云亡

임공의 큰 낚시 오히려 배울 만하니　　　　　　　任公巨釣猶堪學

돌아가 만 리에 걸친 창랑을 마주하리라348　　　　歸對滄浪萬里長

제11수 其十一

초겨울 초하루에 강어귀에 서니　　　　　　　孟冬初吉立江門

홀연히 동산 가득 앵도 열렸을 때가 떠오르네　　忽憶櫻桃開滿園

만물 보면 나는 천지의 절기를 알겠으니　　　　卽物吾知天地節

생명 있으면 누군들 오고가는 번거로움을 면할 수 있으랴

有生誰免去來煩

나무하고 돌아오는 작은 배를 조각구름이 쫓고　　樵歸小舸孤雲逐

수확 마친 쓸쓸한 밭에는 낙조가 번뜩이네　　　種後寒田落照翻

어제는 시름겨워 누대에서 일어나지 않았는데　　昨日深愁樓不起

누대 높건만 거문고와 술 함께 즐길 이 없더라　　樓高無與共琴樽

제12수 其十二

용틀임하는 듯한 고목 색이 바래고　　　　　　古木龍挐色不鮮

바람은 비 맞은 잎에 불어 강 위의 배에 뿌리네　風連雨葉洒江船

---

347 정시음(正始音) : 순정(純情)한 음악을 뜻한다.

348 임공(任公)의……마주하리라 : 돌아가 낚시로 소일하겠다는 말이다. 선진(先秦) 때 임공자(任公子)가 회계산(會稽山) 위에서 거세한 소 50마리를 미끼 삼아 동쪽 바다에 던져 1년 뒤에 거대한 고기를 낚아 올렸는데, 이 고기가 어찌나 큰지 어포(魚脯)로 만들어 절하(浙河) 이동, 창오(蒼梧) 이북의 백성들을 실컷 먹였다고 한다. 《莊子 外物》

산이 붉은 해 삼키자 뭇 동물들 쉬고   山含白日休羣動

기운이 현음³⁴⁹을 이루니 뭇 하천들 고요하네   氣結玄陰靜百川

이 때문에 높은 누각에서 먼 변방을 바라보니   是以高樓深塞向

끝끝내 만감이 교차하여 잠 못 이루네   終然萬感耿無眠

문장은 작은 기예지만 마음이 쓸쓸하니   文章小藝心零落

속세를 떠나고픈 내 마음 위로하는 신선들 있어라   慰我遐情有列僊

---

349   현음(玄陰) : 겨울철의 극도로 성한 음기(陰氣)이다.

또 읊다
又賦

제1수

이부자리는 백사[350]와 같고	枕衾猶白社
누대는 현성의 중턱을 차지하였네	臺榭半玄城
달 아래 누워 책 읽는 꿈을 꾸고	臥月圖書夢
구름 보면서[351] 시를 읊조리며 다니네	看雲嘯詠行
어량은 안개 낀 버들 사이로 아득하고	漁梁煙柳逈
포구의 해는 거울 꽃[352]과 나란하네	浦日鏡花平
멋진 일 말할 사람 없으니	勝事無人說
한갓 마음만 간다오	徒爲獨往情

제2수 其二

| 현성에서 석달을 지내니 | 玄城三月住 |

---

350 백사(白社) : 은둔자의 거처를 뜻한다. 소통(蕭統)의 《금대서십이월계(錦帶書十二月啓)》〈임종육월(林鍾六月)〉에 "다만 저는 백사의 광인이라, 집안에 전해지는 보잘것없는 학문을 하였을 뿐입니다.〔但某白社狂人, 靑緗末學.〕"라고 하였다.

351 구름 보면서 : 아우가 그립다는 말이다. 두보(杜甫)의 〈한별(恨別)〉 시에, "고향 집 생각하며 달 아래 거닐다 맑은 밤에 서 있고, 아우를 그리워하며 구름 보다가 한낮에 조노라.〔思家步月淸宵立, 憶弟看雲白日眠.〕"라고 하였다.

352 거울 꽃 : 원문은 '경화(鏡花)'로 능화경(菱花鏡) 즉 구리 거울인데, 여기에서는 거울 같은 수면(水面)을 비유한 말이다.

초겨울의 풍물을 접하네   風物接初冬

찬비 내려도 곡식과는 상관없고   凍雨非關穀

된서린들 소나무를 어이하랴   繁霜不奈松

강가에 기대노라면 때때로 꼿꼿이 앉아있고   倚江時傲兀

절에 돌아가면 언제나 차분해지네   歸寺每從容

조화의 흐름 따라 내 장차 늙어갈 테니   閱化吾將老

남들이 낚시하는 노인이라 부르거나 말거나 從人喚釣翁

허설봉에게 부치다

寄許雪峰

귀를 씻은[353] 필동의 노인	洗耳筆村叟
뽕나무 그늘을 배회하누나	徘徊桑樹陰
모래사장 가에 낚시할 곳 있고	沙邊釣有處
성 아래에 무심히 누웠네	城下臥無心
처마에 쌓인 눈에 노란 국화 남아있고	簷雪黃花滯
거문고 소리 같은 바람에 푸른 물 깊구나	琴風綠水深
아득하여라 이 고풍스러운 뜻이여	悠悠此意古
내 소원은 이를 따르는 것이라네	吾所願追尋

---

353 귀를 씻은 : 세상사에 관심을 끊고 은거하며 지내는 것을 뜻한다. 요(堯) 임금이 고사(高士) 허유(許由)를 초빙하여 천하를 물려주려고 하자 허유는 더러운 말을 들었다며 영수(潁水)에서 귀를 씻었다는 고사가 있다. 《高士傳 許由》

최형 경천이 가족들을 이끌고 여강을 거슬러 올라왔기에 강기슭에서 만나 새로 지은 정자로 데리고 와 잠시 쉬고 곧바로 보은사로 가 나란히 누워 잤다[354] 최경천은 최주악이다

崔兄擎天 桂岳 挈家溯驪江 遇於江岸 携至新亭少憩 仍往報恩寺聯枕

제1수

해 저물어 돌아가는 배 끊기어	日暮歸舟盡
강 따라서 홀로 갈 때라	沿江獨往時
두건 젖혀 쓴 이를 만나 보니[355]	相逢岸巾子
과연 옥류의 기약[356]대로일세	果若玉流期
이지러진 달을 물가 언덕에서 바라보고	缺月亭皐眺
자욱한 안개에 절로 가는 길이 헷갈리네	蒼煙寺路疑

354 최형……잤다 : 경천(擎天)은 최주악(崔柱岳, 1651~1735)의 자이다. 최주악은 본관은 삭녕(朔寧), 호는 만곡(晚谷) 혹은 계서(溪西)이다. 개천 군수(价川郡守)·한 성부 서윤(漢城府庶尹)·돈녕부 도정(敦寧府都正) 등을 지냈고, 이때 한양의 집을 처 분하고 여주로 이주하였다.

355 두건……보니 : 원문의 '안건(岸巾)'은 이마가 드러나도록 두건을 뒤로 젖혀 쓰는 것으로, 소탈하고 격식에 구애되지 않는 태도를 의미한다.

356 옥류(玉流)의 기약 : 옥류는 옥류동(玉流洞 현재의 옥인동)으로 생각된다. 옥류 동에는 삼연 형제의 부친인 김수항(金壽恒)의 저택이 있었고, 이곳의 정자인 청휘각(淸 暉閣)에서는 송석원시사(松石園詩社)·옥계시사(玉溪詩社) 등 여러 시회(詩會)가 열 리곤 했다. 최주악은 옥류동의 모임에서 삼연에게 도성을 떠나 은자로서의 삶을 살 뜻을 표명한 적이 있는 것으로 생각된다.

등불 앞에서 닻줄 풀었나 묻고는　　　　　　　　燈前問解纜

종 친 뒤 그대를 전송하는 시 짓네　　　　　　　鐘後送君詩

제2수 其二

나무 두 그루에 밤바람 세차게 부니　　　　　　雙樹夜風急

천 겹 파도 저자도에 치네　　　　　　　　　　千層楮島波

아직도 돛을 걸어두었나　　　　　　　　　　　猶然挂帆否

이 이별을 어이하랴　　　　　　　　　　　　　奈此解携何

고기 잡는 물가에 검은 구름 둘러싸고　　　　　漁浦黑雲擁

범 우는 시냇가357엔 누런 잎 많이 쌓였네　　　虎溪黃葉多

석우풍358 불고 술도 취했으니　　　　　　　　　石尤齊酒力

뱃노래 부르며 가지 마시게　　　　　　　　　　款乃莫離歌

---

357 범 우는 시냇가 : 보은사의 맞은 편 강변을 가리킨다. 원문의 '호계(虎溪)'는 여산(廬山) 동림사(東林寺) 앞을 흐르는 개천이다. 진(晉)나라의 고승(高僧) 혜원법사(慧遠法師)가 손님을 배웅할 때 항상 이 개천 앞까지만 전송하였는데, 도잠(陶潛)과 육수정(陸修靜)을 배웅할 때 서로 뜻이 너무도 잘 맞아 자신도 모르게 이 개울을 건넜다가 범 우는 소리를 듣고서야 자신이 개천을 건넜음을 깨달았다고 한다. 《山堂肆考 卷25 地理 虎號》

358 석우풍(石尤風) : 역풍(逆風) 또는 회오리바람을 뜻한다. 옛날 석씨(石氏) 여인이 행상을 나가 오랫동안 돌아오지 않는 남편 우씨(尤氏)를 기다리다 병이 나 죽었는데, 자신이 죽으면 바람이 되어 행상 나가는 배를 다 막아버리겠다는 유언을 남겼고 그 뒤로 상인들이 출범(出帆)에 앞서 거센 바람이 불면 이를 석우풍이라고 부르며 출범을 중지하였다고 한다. 《瑯環記 卷上》

제3수 其三

호수 빛깔 본래 화창한데	湖色本澹蕩
하늘에 부는 바람 너무도 아득해라	天風殊渺茫
물고기 비늘 같은 구름은 촘촘하고	魚鱗雲族族
익조 머리 앞의 길359은 창창하네	鷁首路蒼蒼
손가락으로 가리키는 것은 경치를 자랑함이 아니요	指點非誇境
머뭇거림은 떠나는 배를 보내야 하기 때문이라	夷猶爲送檣
차가운 모래섬에서 탄식할 만하니	寒洲可歎息
주고 싶어도 난초가 드물구나360	欲贈少蘭芳

---

359 익조(鷁鳥)……길 : 뱃길을 뜻한다. 익조는 백로와 비슷하게 생긴 새인데, 바람을 잘 견뎌낸다 하여 옛날에 배를 만들 때 앞머리에 그 모양을 조각하거나 그려 놓았다고 한다.

360 주고……드물구나 : 굴원(屈原)의 〈이소(離騷)〉에 "강리와 벽지를 몸에 걸치고, 가을 난초를 꿰어 허리에 찬다.〔扈江離與辟芷兮, 紉秋蘭以爲佩.〕"라고 한 데에서 유래하여 난초는 은자의 고결한 뜻을 비유하는 식물이 되었다. 여기에서는 최주악이 한양 집을 처분하고 여주로 내려가고 있으므로 이를 주려 한 듯하다.

이별한 뒤의 근심

別後悄懷

떠난 이와 어젯밤 좋았는데	去者前宵好
돌아와 보니 만감이 교차하네	來兹百感盈
어찌 객이 오래 머물 수 있으랴만	那能長有客
홀로 마음에 맺혀 있노라	了自獨含情
가느다란 달은 언덕 서쪽으로 숨고	纖月陵西匿
약한 바람은 절 뒤에 청량하게 부네	微風梵後淸
동호는 밤낮에 깊은데	東湖深日夜
한 동이 술로 몇 번이나 맞고 보냈나	樽酒幾將迎

저녁에 선방으로 돌아오다
暮歸禪房

제1수
손님을 배웅하니 배는 어쩌면 저리 멀리 가나	送客帆何遠
산으로 돌아오는 길 얼려 하네	歸山路欲氷
오늘밤 매화 핀 절에서	今夜梅花院
담소할 만한 중 누구이려나	誰爲可語僧

제2수 其二
홀로 다니다 문득 서글퍼져	孤行忽惆悵
여러 차례 멈춰서 차가운 산을 보노라	屢住看寒山
한스러운 것은 내가 손님 만류하여	恨不留吾客
이 물굽이에서 노래 부르지 못함이라	相歌此水灣

제3수 其三
장삿배들을 강기슭을 둘러서 머물고	商帆抱岸宿
강기슭 위에서는 다듬이 소리 울리네	上有砧杵鳴
인적은 없고 적막한데	歷寂迷人色
옛 성 아래에는 안개 낀 강물뿐	煙波下古城

제4수 其四
낙엽 진 선방의 뜰 썰렁한데	木落禪園曠

너른 호수는 멀리 있지 않다네   長湖不在遙

종소리는 며칠 전부터   鐘聲自數日

쉬이 어량(魚梁)을 지나온다오   容易過漁橋

제5수 其五

모래밭의 가는 초승달 아래 날고   沙鳥翻纖月

나무꾼의 배는 옅은 안개로 향하네   樵舟向薄煙

각기 돌아오는 뜻이 있으니   各有歸來意

강산에 저녁이 오네   江山爲暮天

제6수 其六

오리와 갈매기는 항상 생기가 넘쳐   鳧鷖長潑潑

저녁에 물에 떠서 아침노을 낄 때까지 있네 暮泛至朝霞

강기슭의 집에 천천히 돌아오노니   遲遲岸上屋

네가 물을 집 삼는 것에 부끄러워라   愧爾水爲家

선방의 달밤

禪房月夜

제1수

밤경치 보는 중은 승려의 풍도 있고	視夜僧風在
옷 걸친 손은 잠들기 어려워라	披衣客睡難
연꽃 물시계[361] 소리 길게 이어지고	蓮花更漏永
버들가지 꽂은 물병[362]은 말라가네	楊柳水瓶乾
금지[363]에는 서리가 완전히 깔렸고	金地霜全布
등불 걸린 하늘에는 달이 다시 둥글어졌네	燈天月復團
호수의 용 바리때로 돌아갔으리[364]	湖龍應返鉢

---

361 연꽃 물시계 : 절간에 있는 물시계를 뜻한다. 진(晉)나라의 혜원법사(慧遠法師)가 연꽃 모양으로 물시계를 만든 데에서 유래한 말이다.

362 버들가지 꽂은 물병 : 조선 시대에 비가 오기를 빌 때 물을 담은 물병에 버들가지를 꽂아 지붕 위에 올리는 풍속이 있었다. 송(宋)나라 때 비가 오기를 바랄 때 골목길에서 물을 담은 항아리에 버들가지를 꽂고 도롱뇽을 띄운 뒤 도롱뇽에게 구름과 안개를 토해 비를 내리도록 비는 풍속에서 유래하였다.

363 금지(金地) : 포금지(布金地)라고도 하며, 절〔寺〕을 뜻한다. 붓다가 코살라국의 사위성(舍衛城) 남쪽 동산에 절을 지으려고 하자 동산의 주인인 기타태자(祇陀太子)가 땅에 황금을 깔면 그만큼 팔겠다고 하였다. 이에 급고독장자(給孤獨長者)가 황금을 깔고 동산을 구입한 뒤 최초의 불교 사찰인 기원정사(祇園精舍)를 지어 부처에게 바쳤다. 이로부터 절을 금지라고 부르게 되었다.

364 호수의……돌아갔으리 : 비가 내리리라는 뜻이다. 진(晉)나라 때 서역(西域)의 고승(高僧) 섭공(涉公)이 부견(苻堅)의 요청으로 기우제를 지낼 때 용 한 마리를 자신의 바리때 속으로 들어오게 해서 큰 비를 내리게 했다고 한다.《高僧傳 卷10 神異 涉公》

숲 저편은 곧 맑은 여울일세　　　　　　　　　　林外卽淸灘

제2수 其二

제천[365]에 연달아 달이 뜨니	諸天連有月
달빛에 마음의 근원이 맑아지네	月彩湛心源
홀로 섬에 분별하는 마음 없어지고	獨立無分慮
초탈한 흉금은 불이문[366]이라	超懷不二門
탑 그림자는 옥 우물로 기울고	塔陰欹玉井
깃발 그림자는 금원[367]에 나부끼네	旛影曳金園
고요한 이것이 진제[368]이니	闃爾爲眞際
어찌 종과 목탁 울릴 것 있으랴	何須鐘鐸喧

365 제천(諸天) : 불교에서 여러 천상(天上)의 세계를 뜻하는 말인데, 높은 곳에 위치한 절이나 암자를 뜻하는 말로 쓰인다. 두보(杜甫)의 시 〈부성현 향적사의 관각[涪城縣香積寺官閣]〉에 "제천이 응당 등나무 덩굴 밖에 있으리니, 날이 어두워야 정상에 도달하리.[諸天合在藤蘿外, 昏黑應須到上頭.]"라고 하였다.

366 불이문(不二門) : 불교 용어로, 불이법문(不二法門)이라고도 한다. 모든 사물과 현상 간에 존재하는 상대성과 차별성을 초월한 절대적이고 평등한 진리를 뜻한다.

367 금원(金園) : 불교 사찰 안의 채마밭을 뜻한다.

368 진제(眞際) : 불교 용어로, 진제(眞諦), 실제(實際)라고도 하며 속제(俗際)에 상대되는 말이다. 모든 사물과 현상의 있는 그대로의 참모습을 뜻한다.

낚시하는 노인

釣叟

황폐한 성은 맑은 강을 내려다보고	荒城臨白水
늙은 나무는 전왕[369]을 잊어버렸네	古木迷前王
그 아래의 낚싯대 드리운 노인	下有垂竿叟
쉰 해나 고기를 보았지	觀魚五十霜

---

369 전왕(前王) : 한강 유역에서 일어난 백제(百濟)와 그 시조인 온조왕(溫祚王)을
가리킨다.

남한산성을 바라보며 지은 노래

望南漢曲

제1수

초겨울 눈발 거센데	孟冬雪㲎㲎
서장대[370]에 나 홀로 서서 내려다보네	西壇吾一臨
가을 강이 이처럼 쓸쓸하니	秋江此搖落
강개하게 처음 품었던 마음 일으키네	慷慨激初心

제2수 其二

성안의 뿔피리 소리 들리지 않는데	不聞城中角
멀리 웅장하고 아름다운 형세를 보네	遙觀壯麗形
구름은 뭇 촌락들에서 피어 솟구치고	雲蒸千井湧
하늘은 만 그루 나무를 둘러 푸르네	天繞萬薪靑

제3수 其三

가한[371]이 우연히 뜻을 이룬 것이지	可汗偶得意

---

370 서장대(西將臺) : 남한산성에는 동서남북에 지형을 살피고 군사들을 지휘할 수 있는 네 곳의 수어장대(守禦將臺)가 있었는데, 이중 서쪽의 서장대는 병자호란 때 인조가 약 40일 동안 항전했던 곳이며 유일하게 지금까지 남아있는 곳이기도 하다.

371 가한(可汗) : 본래 몽고어로 왕을 뜻하는 '칸(khan)'의 음차어(音借語)인데, 여기에서는 병자호란 때 조선을 침략해 온 청 태종(淸太宗)을 가리킨다.

애초에 진나라에 지혜로운 사람이 없었던 것이 아니라오³⁷²

初非秦無人

삼전도의 석궐이여　　　　　　　　　　　　石闕三田渡
비석 머금은 듯하여³⁷³ 바라봄에 얼굴 찌푸려지네　銜碑望欲嚬

제4수 其四

참아내기를 쉰 해³⁷⁴　　　　　　　　隱忍五十春
해자가 자못 새로워졌네　　　　　　　　隍池頗自新
우환 막을 모든 일 갖춰야 하니　　　　防虞萬事備
성곽 지키는 사람들은 유념하라　　　　加念守陴人

---

372 애초에……아니라오 : 병자호란 때 조선에 청(淸)나라의 침략을 막아낼 만한 인재가 충분히 있었다는 말이다. 춘추시대(春秋時代) 진(晉)나라의 대부 사회(士會)가 정변으로 진(秦)나라에 망명했는데, 진(晉)나라에서는 진(秦)나라가 사회를 중용할까 두려워 위수여(魏壽餘)를 보내 이를 저지하고 사회를 귀국시켰다. 사회가 귀국길에 오를 때 진(秦)나라의 현명한 대부인 요조(繞朝)가 그에게 채찍을 선물로 주며, "그대는 우리 진나라에 지혜로운 사람이 없다고 말하지 말라. 다만 나의 계책이 쓰이지 않았을 뿐이다.〔子無謂秦無人, 吾謀適不用也.〕"라고 말했다는 고사가 있다. 《春秋左氏傳 文公13年》

373 비석 머금은 듯하여 : 원문의 '함비(銜碑)'는 깊은 슬픔과 머금고 있다는 뜻의 은어(隱語)로, '비(碑)'와 '비(悲)'의 발음이 같기 때문에 글자를 바꾸어 쓴 것이다. 《고악부(古樂府)》 권6 〈청상곡(清商曲) 독곡가(讀曲歌)〉에 "어이하랴, 입안에 석궐이 생기니 비석을 문 듯 말할 수 없네.〔奈何許, 石闕生口中, 銜碑不得語.〕"라고 하였다.

374 참아내기를 쉰 해 : 병자호란으로부터 약 50년이 지났음을 말한 것이다. 이 작품은 1687년(숙종13)에 창작되었다.

제5수 其五

흙성은 무너지기 쉽지만 　　　　　　　　　　　　　土城易覆隍

사람 성은 철보다 낫지 　　　　　　　　　　　　　　人城勝似鐵

이 말이 비록 평범하지만 　　　　　　　　　　　　　此語雖平平

구중궁궐에 올릴 만하리 　　　　　　　　　　　　　猶堪九重徹

제6수 其六

산과 강에 요새를 설치함은 　　　　　　　　　　　　設險山溪意

위태롭기 전에 편안할 바를 도모함이라 　　　　　　　先危圖所安

새로운 계책 더욱 장대하니 　　　　　　　　　　　　新猷轉克壯

옛 치욕 도리어 탄식할 만해라 　　　　　　　　　　　舊恥翻堪歎

제7수 其七

성 따라 서른 보마다 　　　　　　　　　　　　　　緣城三十步

일일이 초소를 만들었네 　　　　　　　　　　　　　一一造軍廊

연나라 활과 한나라 창[375]이 　　　　　　　　　　燕弓與韓戟

번뜩이며 기둥 가운데에 걸려 있네 　　　　　　　　照耀著中梁

---

375 연(燕)나라……창 : 성능이 우수한 병기들을 말한다. 연나라 활은 옛날 연나라에
서 생산되던 성능이 좋은 활로, 왕유(王維)의 〈노장행(老將行)〉에 "연나라 활을 얻어
천상의 장수를 쏘고자 하네.〔願得燕弓射天將〕"라고 하였다. 춘추전국시대의 한(韓)나
라는 명산(冥山)・당계(棠谿)・묵양(墨陽) 등 이름난 무기의 산지가 많았고, 한나라
의 병사들은 모두 이곳에서 생산된 창칼로 무장하여 전투력이 높았다고 한다.《戰國策
韓策1》

제8수 其八

땅 울리는 붉은 화포와	地雷赤火砲
비 오는 날의 푸른 군막[376]	天雨碧油帳
오랑캐 오거든 대규모로 설치하여	胡來大張設
위용으로 이매망량[377] 놀라게 하리	聲色駭魑魎

제9수 其九

여덟 절[378]의 승병 잘 훈련되고 굳세니	八寺僧精勁
씩씩하기가 사내들 중 으뜸이로다	雄爲百夫長
봄가을에 창 주어 훈련 행하니	春秋行授矛
부처의 힘이 용과 코끼리[379]를 달리게 하네	佛力走龍象

---

376 푸른 군막 : 청유막(靑油幕)이다. 장군의 막사로, 청유(靑油)라는 기름을 먹여 비에 젖지 않도록 만들었다고 한다.

377 이매망량(魑魅魍魎) : 산과 내에 산다는 요괴인데, 여기에서는 북방 이민족을 비유하였다.

378 여덟 절 : 남한산에는 본래 망월사(望月寺)·옥정사(玉井寺)라는 사찰 두 곳이 있었고 1624년(인조2)에 남한산성을 수축하면서 개원사(開元寺)·한흥사(漢興寺)·국청사(國淸寺)·장경사(長慶寺)·천주사(天柱寺)·동림사(東林寺)·남단사(南壇寺)라는 7개 사찰을 창건하여 남한산성 수축에 동원된 승려들의 숙소로 이용하고 승병들의 막사로 사용하여 주둔하게 하였다. 이 9개 사찰 중 가장 늦게 창건된 동림사는 1686년(숙종12)에 봉암성(蜂巖城)을 신축할 때 봉암성을 지키기 위해 창건되었다. 이 시가 창작된 1687년(숙종13)에는 동림사가 아직 완성되지 않아 승병들이 주둔하지 않았던 것이 아닌가 생각된다. 《重訂南漢志 卷3 佛宇》

379 용과 코끼리 : 불교에서는 용이 물짐승 중 가장 크고 세며 코끼리가 뭍짐승 중 가장 크고 센 짐승이라 하여 아라한(阿羅漢) 중 용맹정진(勇猛精進)에 가장 뛰어난 이들을 뜻하며 고승(高僧)을 비유하기도 한다. 여기에서는 용감하고 씩씩한 승병들을

제10수 其十

동서로는 일곱 리요	東西惟七里
남북으로는 다섯 리라	南北半十里
벌봉[380]이 옛날에 성을 내려다보았는데	蜂巖舊瞰城
새로이 망루를 올렸다네[381]	新屬樓譙起

제11수 其十一

구불구불 하늘 한가운데로 솟아있으니	逶迤半天出
형세가 산에 뜬 달 같아라	勢如山月輪
북두성은 뜬구름 북쪽에 떠 있고	斗折浮雲北
강물이라 은하수가 흘러가누나	江流銀漢奔

제12수 其十二

짙푸른 안개 깊은 해자에 쌓이니	蒼煙積深壕
석양은 성가퀴를 붉게 비추네	返照女墻紫
초루의 성문이 그 사이에서 입을 벌리고 서 있으니	樵門呀其間
이공이 밤에 싸운 곳[382]이 이곳이라네	李公夜戰是

비유하였다.

380 벌봉 : 남한산의 봉우리로 해발 512.2미터이다. 서장대보다 높았으므로 병자호란 때 이곳을 점령한 청군(淸軍)이 산성 안을 내려다보며 동태를 파악할 수 있었고, 산성 안을 화포로 공격할 수 있었다.

381 새로이 망루를 올렸다네 : 1686년(숙종12)에 광주유수 겸 수어사(廣州留守兼守禦使)인 윤지선(尹趾善)의 감독하에 벌봉 주변을 수비할 외성인 봉암성(蜂巖城)을 축조하였다.

제13수 其十三

성은 튼튼하고 흙과 나무 풍부하니	城堅饒土木
백이의 요새³⁸³에 웅장함을 비기겠어라	百二擬雄高
송파에서 군량을 끌어오면	松坡引飛輓
그야말로 하수와 위수의 조운³⁸⁴ 같으리	正如河渭漕

제14수 其十四

서릿발 같은 칼 천 길 성곽에 꽂혀 있으니	霜刀挿千雉
밝은 햇빛 금성탕지에 감돌도다	白日流金城
북한산에서는 멀리서 북소리로 화답하고	華山答遠鼓
강화도에서는 높이 걸린 깃발이 강물에 비치네	沁水蘸危旌

---

382 이공(李公)이……곳 : 이공은 이시백(李時白, 1581~1660)이다. 그는 병자호란이 한창이던 1637년(인조15) 1월 19일 밤에 남한산성(南漢山城)의 서문(西門)으로 습격해 온 청군(淸軍)을 격파한 바 있다. 《同春堂集 卷23 奮忠贊謨立紀靖社功臣大匡輔國崇祿大夫議政府領議政兼領經筵弘文館藝文館春秋館觀象監事世子師延陽府院君李公諡狀》

383 백이(百二)의 요새 : 전국시대에 진(秦)나라가 있던 함곡관(函谷關)을 가리킨다. 함곡관은 천혜의 요새로, 백만 대군을 막아내는 데 그 100분의 2만 있으면 된다고 일컬어졌다. 《史記 卷8 高祖本紀》

384 하수(河水)와 위수(渭水)의 조운(漕運) : 한 고조(漢高祖)가 한(漢)나라의 수도를 낙양(洛陽)으로 정할지 관중(關中)으로 정할지를 신하들에게 자문하였는데, 장량(張良)이 관중은 사방의 제후들을 제압하기 쉬운 지형이고 제후들을 제압하고 나면 하수와 위수를 통해 천하의 곡식을 실어올 수 있다고 하자 고조는 수도를 관중으로 정하였다. 《史記 卷55 留侯世家》

제15수 其十五

긴 강이 큰 땅덩이를 두르니　　　　　　　　　長江環大陸

돛 그림자와 수레 소리 이어지네　　　　　　　檣影與車聲

예로부터 뜻있는 선비들이　　　　　　　　　　古來有志士

고개 돌려 이 성을 논했네　　　　　　　　　　回頭論此城

제16수 其十六

높은 성이 해묵은 치욕을 띠고 있으니　　　　城高帶積恥

오르는 이 마음이 쓸쓸하여라　　　　　　　　登者意蕭條

망망하게 흘러가는 한강은　　　　　　　　　　江漢茫茫去

서쪽으로 흘러 어디에 조회하려나[385]　　　　西流何所朝

제17수 其十七

넓고 넓은 삼한의 성곽　　　　　　　　　　　莽蕩三韓物

백제의 옛터에 세워져 있네　　　　　　　　　因循百濟故

말 달리던 일은 아득한데　　　　　　　　　　躍馬事悠悠

굶주린 매만 가을 나무에 앉누나　　　　　　飢鷹落秋樹

385　망망하게……조회하려나 : 《서경》〈하서(夏書) 우공(禹貢)〉에서 "강수와 한수
가 바다로 들어와 조회한다.〔江漢朝宗于海〕"라고 하여 여러 강물이 바다로 모이는 것을
제후들이 천자국에 조회하는 것처럼 표현하였고, 뒤에 이는 제후나 신하가 천자에게
조회하는 것을 비유하는 말로 쓰이게 되었다. 여기에서는 한강은 천자에게 조회하려는
듯 끊임없이 서쪽으로 흘러 바다로 가지만 조선이 조회할 명나라는 이미 멸망하여 없어
졌다는 의미로 이렇게 말하였다.

제18수 其十八

열양³⁸⁶의 험한 산하	山河列陽險
호걸들 고려에 많았지	豪傑高麗多
고깃배에 노를 빌려서	漁舟願借楫
한바탕 조생의 노래 불러보고저³⁸⁷	一激祖生歌

---

386 열양(列陽) : 우리나라를 뜻한다. 《산해경(山海經)》 권12 "조선은 열양 동쪽에
있다.〔朝鮮在列陽東〕"라고 하였다.

387 조생(祖生)의 노래 불러보고저 : 청(淸)나라를 물리치고 중원(中原)을 수복하고
싶다는 말이다. 조생은 진(晉)나라의 조적(祖逖)으로, 성품이 강직하고 기개가 있었다.
벗인 유곤(劉琨)과 함께 오랑캐를 몰아내고 중원을 수복하려는 뜻을 품었는데, 유곤이
다른 친구에게 보낸 편지에 조적이 자신보다도 먼저 중원으로 달려갈 말채찍을 잡을까
걱정된다고 한 적이 있다. 《晉書 卷62 劉琨列傳》

남한산성을 바라보다
望南漢

제1수

높은 성을 또 한 번 바라보노라니	城峻且一望
성 위태롭던 옛날이 생각나누나	城危思昔年
긴 노래는 기러기와 오리에 닿고	長歌當鴈鶩
짧은 지팡이로 산과 내를 다니네	短策按山川
호가 소리 삼전도의 나무에 울리고	笳動三田樹
구름은 여덟 절[388] 위 하늘에 떠 있네	雲浮八寺天
돛단배 돌아옴에 삼전도 앞이 고요하니	帆歸渡頭靜
북풍 앞에서 칼 두드리노라[389]	彈劍北風前

제2수 其二

지사는 끝없는 울분이 있으니	志士無窮慨
이 때문에 옛 땅에 와서 눈물 흘렸지	由來涕古州
긴 강에는 씻겨가지 않은 증오 있고	長江未流惡
물 마시는 말은 남은 치욕이 있구나	飮馬有餘羞
난리[390]에는 쓸 만한 계책이 없더니	板蕩迷中策

---

388 여덟 절 : 217쪽 주378 참조.
389 칼 두드리노라 : 자신의 답답한 마음을 노래로 해소한다는 뜻으로, 여기에서는 병자호란 때 당한 치욕을 노래로 조금이나마 풀어본다는 말이다.

성곽은 후일의 계책이 장대하네 　　　　　　　　儲胥壯後謀

중원에도 인물 적으니 　　　　　　　　　　　中原人亦少

하늘은 취한 듯[391] 아득하기만 하여라 　　　　天醉莽悠悠

제3수 其三

옛날을 생각하며 서장대에 기대노라니 　　　　憶昔西壇倚

승려가 와 전쟁 때의 일 전해주누나 　　　　僧來戰事傳

누런 구름은 성 위에 떴다가 사라지고 　　　　黃雲城出沒

흰말은 들판을 돌았지 　　　　　　　　　　白馬野回旋

접역[392]은 사방 천 리요 　　　　　　　　　鰈域方千里

모두성[393] 뜬 지 반백 년이라 　　　　　　　旄頭半百年

추위가 참으로 거센데 　　　　　　　　　　寒天正犖犖

교활한 오랑캐 베어 효수할 계책이 없구나 　無計猾胡懸

---

390 난리 : 원문의 '판탕(板蕩)'은 《시경》〈대아(大雅)〉의 〈판(板)〉과 〈탕(蕩)〉으로, 이는 모두 주 여왕(周厲王)의 실정으로 나라가 망하고 사회가 혼란에 빠진 것을 풍자한 시이다. 여기에서는 병자호란 때 후금(後金)에 국토를 유린당한 것을 가리킨다.

391 하늘은 취한 듯 : 세상의 혼란함을 비유한 말이다. 장형(張衡)의 〈서경부(西京賦)〉에 전국시대(戰國時代)의 강국(強國) 중 진(秦)나라가 중국을 통일한 것을 두고, "천제가 취하여 황금 책문을 지어 옹주(雍州) 지역을 하사하고 순수(鶉首) 별자리에 해당하는 하계의 지역을 잘라주었다.〔帝有醉焉, 乃爲金策, 錫用此土, 而翦諸鶉首.〕"라고 한 데에서 유래한 말이다.

392 접역(鰈域) : '가자미〔比目魚〕가 나는 지역'이란 뜻으로, 우리나라 동해에서 가자미가 많이 생산되므로 우리나라를 가리킨다. 《芝峯類說 卷20 禽蟲部 鱗介》

393 모두성(旄頭星) : 28수(宿) 중 묘수(昴宿)이다. 호성(胡星)이라는 별칭으로도 불리며, 오랑캐를 상징하는 별이다. 여기에서는 병자호란을 가리킨다.

허씨 노인을 애도하며 그 숙부인 창해에게 부치다[394]
悼許老寄其叔滄海

가어는 그대로 푸른 물결 속에 있건만[395]	嘉魚依舊碧流中
온조왕의 성 근처에 설봉 노인 묻었네	溫祚城邊葬雪翁
서글피 아호[396] 바라보며 눈물을 전하노니	悵望鵝湖傳涕淚
〈광릉산〉 거문고 곡조가 강바람에 끊어졌구나[397]	廣陵琴曲罷江風

---

394 허씨……부치다 : 허씨 노인은 178쪽 주291 참조. 창해는 178쪽 주293 참조.

395 가어(嘉魚)는……있건만 : 가어는 맛좋은 물고기이다. 《시경》〈소아(小雅) 남유가어(南有嘉魚)〉는 군자가 낚시로 잡은 가어를 술안주 삼아 어진 이와 함께 즐기는 것을 노래한 시인데, 삼연은 평소에 허홍과 한강 가에서 낚시와 술을 즐겼으므로 지금 이를 함께 즐길 이가 없어졌다고 말한 것이다.

396 아호(鵝湖) : 현재의 경기도 양평군을 흐르는 벽계천(檗溪川)의 한 구간으로 추정되며, 허격(許格)의 호(號)이기도 한 바 그를 가리키는 것이기도 하다.

397 광릉산(廣陵散)……끊어졌구나 : 설봉의 거문고 연주를 더 이상 들을 수 없게 되었다는 말이다. 진(秦)나라의 혜강(嵇康)은 〈광릉산(廣陵散)〉이라는 거문고 악곡을 잘 연주하였는데 남에게 전수하지는 않았다. 뒤에 그가 참소를 입어 처형될 때에 거문고를 달라고 요청하여 이 곡을 연주하고는 "〈광릉산〉이 이제 끊어지는구나."라고 하였다. 《晉書 卷49 嵇康列傳》

삼부연을 추억하다

憶三淵

제1수

온갖 일 모두 잊을 수 있거니와	萬事皆能忘
삼부연만은 잊히지가 않는구나	三淵著意端
그리움이 동호의 물에 격해지니	思激東湖水
곡구[398]의 여울에서 이어져 온 것이기 때문이지	承來谷口湍

제2수 其二

일 년 내내 동쪽을 돌아봤는데	終年睆東顧
시간은 유유히 흘러 날씨가 추워졌어라	悠忽至寒天
흰구름은 머물기를 좋아하니	白雲好留住
내가 머물던 초가집 가에서 멀지 않으리	無遠茅茨邊

---

398 곡구(谷口) : 한(漢)나라의 은자 정박(鄭樸)이 은거하던 대장군 왕봉(王鳳)의 초빙을 마다하고 농사지으며 살던 곳으로, 은자가 사는 곳을 뜻한다. 여기에서는 삼부연을 비유하였다. 《漢書 卷72 王貢兩龔鮑傳》

허씨 노인을 애도하다[399]
哀許老

제1수

허씨 노인 매일 낚싯대 드리우더니	許老日垂釣
낚싯대 버려두고 구천으로 돌아갔네	投竿歸九泉
광주리 들던 어린 아이 있으니	提筐小童在
서로 마주침에 눈물을 배에 떨구누나	相遇涕沾船

제2수 其二

옥진에 흐르는 물이 비었으니[400]	玉軫空流水
연파에 햇빛이 일렁이네	煙波漾日痕
호량 위에 근심스레 홀로 서 있으니	濠梁愁獨立
뉘와 함께 내 말을 다 할까[401]	誰與盡吾言

---

399 허씨 노인을 애도하다 : 178쪽 주291 참조.

400 옥진(玉軫)에……비었으니 : 지기(知己)인 허홍(許烘)이 죽어 거문고 연주를 더이상 들을 수 없다는 말이다. 옥진은 옥으로 만든 기러기발로, 거문고의 미칭(美稱)이기도 하다. 흐르는 물은 춘추시대(春秋時代) 거문고의 명인인 백아(伯牙)가 높은 산과흐르는 물을 상상하며 탔다는 〈고산유수곡(高山流水曲)〉으로, 그의 벗인 종자기(鍾子期)만이 그가 무엇을 상상하며 연주하는지 알 수 있었다고 한다. 《列子 湯問》

401 호량(濠梁)……할까 : 호량은 호수 위에 놓인 징검다리이다. 일찍이 장자(莊子)가 호량 위에서 벗인 혜자(惠子)와 함께 물고기들을 보며 물고기가 자유롭게 노니는즐거움을 논할 때 혜자가 "그대는 물고기가 아닌데 어떻게 물고기가 즐거운 줄을 아는가?"라고 반박하자 장자가 "그대는 내가 아닌데 어떻게 내가 물고기의 즐거움을 알지

못할 줄을 아는가?"라고 대답했다는 고사가 있다. 《莊子 秋水》여기에서는 허홍이 세상을 떠나 함께 자연을 즐기며 이야기를 나눌 사람이 없어졌음을 말한 것이다.

삼부연에서 서글퍼하며 돌아오다
三淵悵返

잠시 와 머무니 과객과 같고	暫來猶過客
돌아가니 다시 오두막이 비누나	歸去又空廬
말발굽은 거친 길이 익숙하고	馬足荒塗熟
닭 우는 소리는 외딴 산골에 들리지 않네	雞聲絶壑虛
어긋났던 소산의 은사요402	參差小山隱
서글픈 무릉의 어부일세403	惆悵武陵漁
번거롭게 삼부연의 용에게 이르노니	煩爲淵龍謝
어느 때에나 너 사는 곳을 마주할거나	何時對爾居

402 어긋났던 소산(小山)의 은사(隱士)요 : 소산(小山)은 한(漢)나라의 회남왕(淮南王) 유안(劉安)의 문객인 회남소산(淮南小山)이다. 그의 작품인 〈초은사(招隱士)〉는 산중의 험하고 공포스러운 환경을 과장되게 묘사하며 은거하러 간 왕손(王孫)에게 돌아올 것을 촉구하는 내용이다. 여기에서는 삼부연에 오래도록 머물러 살 수 없는 자신의 처지를 말하기 위해 언급하였다.

403 서글픈 무릉(武陵)의 어부일세 : 198쪽 주341 참조. 여기에서는 삼부연에 오래도록 머물러 살 수 없는 자신의 처지를 한탄한 말이다.

겨울비 속에서 동작진을 지나다
冬雨過銅雀

한겨울 포근한 날씨에	方冬日候暖
며칠이나 눈꽃이 날렸나	幾日雪花飛
흰 빗줄기만 부질없이 허공에서 흩뿌리니	白雨漫空洒
현명404이 힘을 씀이 미미하구나	玄冥用事微
음과 양에는 백성들이 유감을 가지고	陰陽民有憾
움직여야 할 때 쉬어야 할 때는 내가 많이 어겼지	動息我多違
연파 속에서 만감이 교차하니	百感煙波內
노 멈추고 비옷을 당겨 여미노라	停橈攬製衣

---

404 현명(玄冥) : 겨울을 관장하는 신이다. 《예기(禮記)》〈월령(月令)〉에서 맹동(孟冬)에 대해, "맹동의 임금은 전욱이고 그를 돕는 신은 현명이다.〔其帝顓頊, 其神玄冥.〕"라고 하였다.

삼연집

제4권

詩 시

시詩

저자도 춘첩 무진년(1688, 숙종14)
楮島春帖 戊辰

제1수

그윽히 잠긴 높은 누각 여니	高樓啓幽鎖
봄 경치가 마름 물가에 가득하네	春望滿蘋洲
책 읽다가 짬이 나면	讀書餘暇在
앉은 채 오가는 배들 세어보노라	坐數往來舟

제2수 其二

큰 아이 책 읽는 집에	大兒讀書軒
강물이 콸콸 흘러오네	江水來活活
봄 물결에 물고기 뛰는 소리	春波躍魚聲
가슴속의 졸렬한 생각을 쳐 부수는구나	打破胸中拙

완화당 조공이 대은곡 입구에 서울집을 짓고 호서로 내려가 이사해 온다고 하기에 이별을 앞두고 읊어서 부쳤다[1] 조공은 조경창이다

浣花堂趙公 景昌 營京第於大隱谷口 將下湖中 爲搬徙擧 臨別吟寄

호서에서 쩡쩡 나무를 베어오니	丁丁伐木自湖鄉
봄 도성의 새 집 이루어짐에 바다제비가 날아오네	新第春城海燕翔
동우는 나는 듯하여 비바람을 기다리고	棟宇如飛風雨待
척령[2]이 마주하고 술과 거문고 즐기리	鶺鴒相對酒琴將
용비늘 같은 오랜 물건[3] 두 그루 소나무 빽빽하고	龍鱗古物雙松密
옥 여울 맑은 근원 만 리에 걸쳐 이어졌네	玉瀨清源萬里長

---

1 완화당(浣花堂)……부쳤다 : 대은곡(大隱谷)은 대은동(大隱洞), 대은암동(大隱巖洞), 북동(北洞) 등으로도 불렸는데, 현재의 삼청동과 백운동 일대에 해당한다. 청풍계(淸風溪)·옥류동(玉流洞) 등의 골짜기를 서쪽에 두고 북악산을 등져 경관이 수려했다. 조경창(趙景昌, 1634~1694)은 본관은 임천(林川), 자는 문로(文老), 호는 완화당이다. 서른 살에 모친상을 치르다 아들이 죽자 충청남도 덕산(德山)으로 내려가 우거하다가 1685년(숙종11)에 동몽 교관(童蒙教官)에 제수되었고, 사재감 주부(司宰監注簿)·의금부 도사(義禁府都事)·영평 현령(永平縣令) 등을 역임하였다.

2 척령(鶺鴒) : 154쪽 주261 참조. 여기에서는 조경창과 그의 형 조경망(趙景望, 1629~1694)을 가리킨다. 조경창은 만년에 조경망과 오랫동안 떨어져 산 것을 안타깝게 여겨 서울로 올라와서 조경망과 나란히 집을 짓고 우애 있게 지냈다.《壽谷集 卷6 通訓大夫行永平縣令趙公墓表》

3 용……물건 : 소나무를 형용한 말이다. 소나무의 껍질이 용의 비늘과 비슷하기 때문에 이렇게 말하였다.

돌아가 말하시게 두릉의 꽃 피고 새 지저귀는 길[4]이

歸語杜陵花鳥道

지금 한양의 완화당에 있다고

洛中今有浣花堂

---

4 두릉(杜陵)의……길 : 당(唐)나라 이백(李白)은 벗인 동계공(東溪公)이 두릉에 지은 집에 적어준 시인 〈동계공의 유거에 적다[題東溪公幽居]〉에서 그 집 뒤뜰에서 지저귀는 새와 처마에 날리는 꽃잎을 아름답게 묘사한 바 있다.

풍계에서 사흥 형제와 함께 읊다
楓溪 與士興昆季同賦

제1수

산 이내와 계곡 안개	山嵐和澗霏
흐릿한 그 속으로 깊숙이 들어가노라	溟濛入迢迢
숲 가운데에 작은 잔으로 술 마시며	中林有淺酌
맑은 아침부터 손님을 잡아두었네	留客自清朝
향기로운 풀은 땅을 가려서 나지 않고	芳草不擇地
봄바람은 부르기를 기다리지 않고 불지	春風不待招

제2수 其二

맑은 연못 비로 불어 대홈통이 떠다니니	清池雨汎筧
주인이 밤중에 고기 어떻게 되었나 묻누나	主人夜問魚
물고기는 흐름 따라 천 리 밖으로 달아났으니	魚流逸千里
무슨 수로 이 연못에 돌아오게 할 수 있으랴	何由反石渠
이에 손님을 만류할 수 있게 되어	於焉解留客
등불과 술로 옷 잡아당기누나	燈酒以牽裾

제3수 其三

봄 숲에 꽃 아직 피지 않아	春林未開花
나비는 앉을 곳 없는 듯하고	蝴蝶若無依
연못의 마름풀 아직 수면을 덮지 않아	池藻未蓋水

물고기는 전혀 살이 오르지 않았네   魚子苦不肥

손님 찾아와 담박하게 구하는 바 없이   客來淡無求

비바람 부는 푸른 산속에서 잤어라   風雨宿翠微

초4일인 한식날에 덕포에서 배를 타고 출발하여 마탄에 이르러 돛을 걸었다5

初四日寒食 發船德浦 至馬灘挂席

파릇파릇한 강가의 풀 보며	靑靑江畔草
두둥실 화탄6을 거슬러 오르노라	汎汎溯花灘
멋진 일은 사열이현7에서 이어졌고	勝事連沙熱
좋은 명절 또 찬 음식을 먹네	芳辰又食寒
봄빛에 연화가 멀고	春陰煙火遠
해 저물 제 술 실은 배는 느긋해라	日暮酒船寬
울어대는 소용돌이 속에서 돛을 거니	挂席鳴渦裏
돛 바람에 갓 떨어지려 하네	帆風欲墮冠

---

5 초4일인……걸었다 : 덕포(德浦)는 현재의 남양주시 와부읍 덕소리에 있던 덕소나루이고, 마탄(馬灘)은 덕소나루에서 하남으로 내려가는 물길에 있었으리라 생각된다.
6 화탄(花灘) : 충청북도 제천시에 단양팔경(丹陽八景)의 하나로 충주호 남쪽 기슭에 옥순봉(玉筍峰)이라는 암벽 기둥이 있는데, 화탄은 아래를 흐르는 여울이다.
7 사열이현(沙熱伊縣) : 제천시 청풍면(淸風面)의 고호(古號)이다. 여기에서는 아랫구의 '식한(食寒)'과 대구를 맞추기 위해 이렇게 말하였다.

월계의 어스름 빛

月溪暝色

먼 산봉우리에는 봄빛이 담박하고	遠岫春陰澹
높은 숲에는 저녁새가 우짖네	高林夕鳥鳴
배 앞에서 뭇 물상(物像)을 거두는데	帆前收衆色
뜸 안에서 고고하고 맑은 마음 품네	篷底抱孤淸
고요함 속에서 자는 갈매기를 만나고	寂歷逢鷗宿
물에 비친 달에서 배 따라 흘러가는 토끼를 보네	虛明望兎征
뜬 배에서 해가 막 저무니	浮舟方畢景
수향(水鄕)의 정취 실컷 보았네	備見水鄕情

깜깜해진 뒤 검단의 여가촌에 다다르다[8]
瞑抵黔丹呂家村

어둑해져 다시 월계로 들어오니	瞑入月溪轉
아득하여 갈 곳을 잃었네	蒼茫迷所之
고깃배의 노래는 깜깜한 데서 들려오고	漁歌來黑處
마을 개는 맑은 물가에서 짖어대네	村犬吠淸湄
물고기 뛰어오르니 행주[9]가 가깝고	魚躍行廚逼
늘어선 별은 먼 곳의 들불인가 하네	星羅遠燒疑
노 멈추고 흩어진 책 옮기는데	停橈移散帙
배에서 지은 시 널려있구나	瀾漫在船詩

8 깜깜해진……다다르다 : 여가촌(呂家村)은 현재의 하남시 신장동 검단산 아래에 있던 마을이다. 본집 습유 권27의 〈단구일기(丹丘日記)〉에 의하면 남한강의 남안(南岸)에 있다고 하였다.

9 행주(行廚) : 행주는 야외에 임시로 설치한 주방이다.

초5일 새벽에 출발하다

初五日曉發

구름에 닿은 나무 이어져 뒤의 벼랑 희미한데　　雲木連綿後岸微

저 멀리 보이는 배는 이미 하늘 비치는 강물 타고 돌아오네

　　　　　　　　　　　　　　　　　　遙船已復映天歸

푸른 파도 노를 맞이하니 푸른 산이 물러가고　　滄波迎棹靑山退

알록달록한 오리는 물속에 자맥질하고 붉은 잉어는 뛰어오르누나

　　　　　　　　　　　　　　　　　　彩鴨沈淵赤鯉飛

여울을 내려가는 배 한 척을 만났는데, 충주의
관선(官船)으로 목사의 아우를 맞이하여 단양을
유람한다고 하였다

遇一下瀨船 云是忠州官舸將迎太守弟爲丹丘之遊

왕래하는 배 연파 가운데에서 만나	來去船逢煙水中
노 멈추고 상유[10]의 바람 속에서 묻고 답하네	停橈問答上游風
충원의 태수 멀리서 오는 아우를 맞으니	忠原太守遙迎弟
끝없는 봄 물결도 이 뜻과 같을 걸세	無限春波此意同

---

10 상유(上游) : 상류(上流)라고도 하며 요충지를 뜻하는 말이다. 조선시대에 충주는
물길로 경강(京江)을 거쳐 한양에 닿을 수 있다고 하여 상유로 일컬어졌다. 《正祖實錄
3年 8月 5日》

노온탄[11]

老溫灘

배가 거센 여울 헤치며 노온탄 거슬러 오르니 　　船觸驚湍上老灘

구슬 방울 겹겹이 튀니 물결이 차갑구나 　　跳珠浹疊浪花寒

여가촌의 누각 멀찍하니 고개 돌려 구경하기 좋은데

　　　　　　　　　　　　　　　　呂家樓迥回頭好

노씨 노인의 시 기이하니 사족 달기 어려워라 　　盧老詩奇添足難

　　소재(蘇齋 노수신(盧守愼))의 시에 "노온탄 북쪽에서 바윗길을 걱정하고 대
　　탄 서쪽에서 역이 어디 있는지 묻네.〔愁巖老溫上 問站大灘西〕"[12]라는 구절
　　이 있다.

11 　노온탄(老溫灘) : 녹운탄(綠雲灘), 높은탄, 높은 여울이라고도 한다. 현재의 광주
시 남종면 수청리 앞을 흐르던 여울이다.

12 　노온탄……묻네 : 《소재집(蘇齋集)》권5 〈대탄(大灘)〉 2수 중 제1수의 함련(頷聯)
이다.

양근현을 지나다[13]

過楊根縣

용문산[14]의 빛깔 푸른 연기 속에 숨었는데	龍門山色隱蒼煙
유서 깊은 양근현 앞에 물 넓게 펼쳐졌네	水闊楊根古縣前
말 타고 가는 사람 푸른 벼랑으로 가니	騎馬行人靑岸去
외로운 돛단배는 그대 따라 유유히 떠 간다오	片帆隨爾汎悠然

13 양근현(楊根縣)을 지나다 : 양근현은 양평(陽平)의 고호(古號)이다.

14 용문산(龍門山) : 경기도 양평군 용문면에 있는 산으로, 높이는 해발 1157미터이다.

갈산을 지나는데 풍광이 매우 좋았다[15]

過葛山 風日甚美

유리처럼 매끄러운 물 옥 모래사장에 넘실대니　　水滑琉璃漾玉沙

오리와 갈매기는 햇볕 쬐며 엷은 물안개를 밟네　　鳧鷖晞日踏輕霞

중류에서 뱃사공 손 멈추고　　　　　　　　　　中流閒歇篙師手

웃으며 용문사의 탑 그림자 비낀 것을 가리키누나　笑指龍門塔影斜

15　갈산(葛山)을……좋았다 : 갈산은 칼산이라고도 한다. 현재의 양평군 양평읍 창대리에 있다.

돛을 걸다
挂帆

장풍의 힘 흠뻑 받아 빠르게 나아가니	旛旛飽受長風力
펄럭펄럭 반달 모양 훔쳐왔구나	側側儣來半月形
층층 여울 가르며 오름에 흰 눈처럼 솟구치는 물결	劈上層灘波滾雪
고개 돌려보니 봉두정[16]이 멀리 보이누나	回頭超忽鳳頭亭

---

16 봉두정(鳳頭亭) : 현재의 여주시 홍천면 계신리에 있었으리라 생각된다. 구미포나루를 내려다보고 있어 풍광이 수려했다.

왕릉을 바라보다[17]

望陵

구름 걸린 나무 희미하게 취화[18]를 가리니 　　　　　　雲木微冥曖翠華

왕릉 두 개 멀리 태청가[19]에 접했네 　　　　　　　　重岡逈接太淸家

봄 강물은 한과 섞여[20] 천고를 흐르니 　　　　　　　春江和恨流千古

지는 해 속에서 돛배는 갈까마귀 떼 사이를 지나가네

　　　　　　　　　　　　　　　　　　　　　　落日衝帆過萬鴉

17　왕릉을 바라보다 : 왕릉이란 세종(世宗)의 무덤인 영릉(英陵)과 효종(孝宗)의 무덤인 영릉(寧陵)을 가리킨다.

18　취화(翠華) : 물총새 깃으로 장식한 임금의 깃발인데, 전하여 왕의 의장(儀仗)을 뜻한다. 여기에서는 왕릉의 대칭(大稱)으로 쓰였다.

19　태청가(太淸家) : 선경(仙境)을 뜻한다. 선계(仙界)에는 옥청(玉淸), 상청(上淸), 태청(太淸)의 세 청경(淸境)이 있다고 한다.

20　한과 섞여 : 효종이 북벌(北伐)을 추진하였으나 이루지 못하고 죽었으므로 이렇게 말하였다.

캄캄해진 뒤 연자탄을 거슬러 올라가다[21]

暝泝燕灘

바람과 학 함께 울며 푸른 물풀 사이를 지나니 　風鶴和鳴過綠蘋

연파 속에서 거문고 타고 술 마심에 흥이 서로 이어지네

煙波琴酒興相因

아득한 연자탄은 달을 머금고 　　　　　　　微茫燕子灘含月

아스라한 청심루[22]는 사람을 기다리네 　　　縹緲淸心樓待人

---

21 캄캄해진……올라가다 : 연자탄(燕子灘)은 연탄(燕灘), 제비여울이라고도 한다.
남한강의 일부 구간으로, 현재의 경기도 여주시 능서면 왕대리와 여주시 대신면 천남리
사이를 지칭하던 이름이다. 남안(南岸)에 영릉(英陵)과 영릉(寧陵)이 있다.

22 청심루(淸心樓) : 여주 객사 북쪽에 있던 누각으로, 북쪽으로 여강(驪江)을 접하
고 있었다. 여주의 명승지로 이름이 났고, 정몽주(鄭夢周)·이색(李穡) 등 역대 문객들
의 시가 걸려 있었다.

벽사[23]

甓寺

청심루 위에서 동북쪽을 바라보니	淸心樓上東北望
우뚝하여라 저 신륵사여	鬱彼神勒之諸天
배 타고 다가가니 탑의 형세 솟구치고	浮舟將卽塔勢湧
백 길 맑은 물결엔 전탑이 절반이나 비치네	百丈晴波寫半甎
구름 긴 하늘 고요할 제 쌍림[24]에선 비둘기 울고	雙林鳩鳴雲日靜
향기로운 풀 고운 옛 강가에 배를 대노라	古岸委舟芳草鮮
동대의 바위 참선할 만하니	東臺之石可安禪
적막한 용담은 운근[25]이 둘렀네	龍潭漠漠雲根纏
보제[26]의 기이한 자취 갈대배는 멀리 떠났고[27]	普濟奇蹟一葦遠

---

23 벽사(甓寺) : 경기도 여주시 북내면 천송리에 있는 신륵사(神勒寺)의 별칭으로, 경내의 동대(東臺)에 온전히 벽돌로만 쌓아올린 다층전탑이 있는 데에서 유래한 이름이다. 신라 진평왕(眞平王) 때 원효대사(元曉大師)가 창건했다고 알려졌으며, 고려 말에 나옹선사(懶翁禪師)가 입적(入寂)한 곳이기도 하다.

24 쌍림(雙林) : 본래 석가모니(釋迦牟尼)가 입적한 발제하(跋提河)의 사라쌍수(沙羅雙樹) 숲을 뜻하는 말로 사찰의 숲을 뜻하는 말로 쓰인다. 여기에서는 신륵사 인근의 숲을 가리킨다.

25 운근(雲根) : 사찰을 뜻하는 말이다. 구름처럼 사방을 떠도는 승려들이 지친 발을 쉬는 곳이라 하여 생긴 말이다.

26 보제(普濟) : 나옹선사를 가리킨다. 고려말에 홍건적(紅巾賊)이 침입했을 때 나옹 선사가 부처에게 기도하자 그가 머물고 있던 신광사(神光寺)에는 홍건적이 침입하지 못하였다. 뒤에 이 공로로 나옹선사는 보제존자(普濟尊者)라는 존호를 받았다.

27 갈대배는 멀리 떠났고 : 달마대사(達磨大師)가 양 무제(梁武帝)와 이야기를 나눈

한산[28]의 빼어난 시문 필획이 서까래 같네[29]　　　　韓山高文筆如椽

봄옷으로 닦고서 옛 비석 읽어보니　　　　　　　　　春衣試拭古碑讀

이끼가 글자를 좀먹고 송홧가루 이어졌네　　　　　　土花蝕字松塵綿

우주란 손가락 한 번 튕길 정도로 짧은 것이니　　　宇宙一彈指

골짜기 속의 배[30] 서글퍼라　　　　　　　　　　　惆悵壑中船

같은 배에 취헌옹[31]이 없어서　　　　　　　　　　同船恨無翠軒翁

함께 취해 노래하며 달빛 아래 잠들지 못함이 아쉬워라

　　　　　　　　　　　　　　　　　　　　　　　　與之酣歌枕月眠

주옥같이 아름다운 시들이 내 손에 가득하니　　　瓊藻璀璨盈我掬

뒤 뜻이 맞지 않아 갈대를 꺾어 타고서 양자강을 건너 숭산(嵩山)의 소림사(少林寺)로
떠났다는 고사에서 취한 말로, 여기에서는 나옹선사가 신륵사에 이르러 입적한 것을
비유하였다.

28　한산(韓山) : 목은(牧隱) 이색(李穡)을 가리킨다. 그의 본관이 한산(韓山)이므로
이렇게 말한 것이다. 이색은 신륵사에서 생을 마쳤으며, 신륵사에 있는 보제존자석종비
(普濟尊者石鍾碑)의 비문(碑文)을 짓기도 했다.

29　필획이 서까래 같네 : 문장력이 뛰어남을 뜻하는 말이다. 진(晉)나라의 왕순(王
珣)이 어떤 사람에게서 서까래만 한 큰 붓〔大筆如椽〕을 받는 꿈을 꾸고 나서 장차 중요
한 글을 짓게 되리라고 예측했는데, 과연 얼마 뒤에 임금이 죽어 애책문(哀冊文)과
시의(諡議) 등 중요한 문장을 모두 도맡아 짓게 되었다고 한다.《晉書 卷65 王珣列傳》

30　골짜기 속의 배 : 인간의 덧없는 인생을 비유하는 말이다.《장자(莊子)》〈대종사
(大宗師)〉에 "골짜기에 배를 숨기고 못 속에 산을 숨겨 놓고 견고하다고 여기지만 한밤
중에 힘이 센 사람이 지고 가는데도 어리석은 사람은 알지 못한다.〔夫藏舟於壑, 藏山於
澤, 謂之固矣, 然而夜半有力者負之而走, 昧者不知也.〕"라고 한 데에서 유래한 말이다.

31　취헌옹 : 박은(朴誾, 1497~1504)이다. 호는 읍취헌(挹翠軒)으로, 시인으로 이름
이 높았다. 일찍이 한강에서 배를 띄우고 술과 시를 즐기며 자신의 뱃놀이를 송(宋)나라
의 소식(蘇軾)이 적벽(赤壁)에서 뱃놀이를 한 것과 비긴 바 있다.

배를 매어두고 놀던 해의 지난 일 징험할 수 있어라

| | 事往可徵維舟年 |

고금은 서로 이어져 서로 기다려주지 않으니　　　古今相接不相待
정신으로 만나보면 그래도 어울려 볼 수 있지　　　會之以神猶比肩
옛사람은 뒷사람이 오는 것을 보지 못하지만　　　前人不見後人來
뒷사람은 옛사람의 시편에 화운할 수 있어라　　　後人可和前人篇
목은 노인은 취헌옹과 술잔 들지 못했거니　　　牧老不把翠軒觴
나옹이 어찌 나와 현담(玄談)을 나눌 수 있겠나　　　懶翁豈聽吾談玄
천신(天神)이 뿌리는 꽃 어지러이 지니 나의 봄이 아니오[32]

| | 天花歷亂非我春 |

흘러가는 물은 급급하니 못으로 돌아가지 않네　　　逝水汨急不歸淵
새 파도에 고기는 마암[33] 아래로 던져지고　　　新波魚擲馬巖下
먼 안개 속에서 새는 용문산[34] 가로 사라지네　　　遠煙鳥沒龍門邊
백겁 세월 재가 되니 재는 쉬이 식고　　　百刧成灰灰易寒
삼계[35]는 물거품 같아 굳건할 수 없네　　　三界如泡不可堅

---

32 나의 봄이 아니오 : 봄이 제대로 즐길 새도 없이 허무하게 지나간다는 말이다. 한
무제(漢武帝) 때 만든 〈교사가(郊祀歌)〉 19장 중 〈해가 뜨고 짐[日出入]〉에 "해가 뜨고
지는 것이 어찌 다하랴. 시대와 세상은 사람과 함께 해주지 않네. 그러므로 봄도 나의
봄이 아니고 여름도 나의 여름이 아니며, 가을도 나의 가을이 아니고 겨울도 나의 겨울
이 아니다.[日出入安窮? 時世不與人同. 故春非我春, 夏非我夏, 秋非我秋, 冬非我冬.]"
라고 하였다. 《漢書 卷22 禮樂志》

33 마암(馬巖) : 여주시 상동에 있는 바위 절벽으로 남한강에 접해 있다. 황마(黃馬)
와 여마(驪馬)가 솟아났다는 전설이 있어서 붙은 이름이며, 이 전설은 여주 지명의
유래가 되기도 하였다.

34 용문산(龍門山) : 244쪽 주14 참조.

세상 만사가 잠깐 사이에 지나가버리니   萬事只可充俄頃
제철 봄놀이에 뱃전 두드리길 재촉하노라   及時春賞催鳴舷

---

35 삼계(三界) : 불교에서 중생(衆生)들이 윤회를 겪는 욕계(欲界) · 색계(色界) ·
무색계(無色界)를 가리킨다.

여강

驪江

이호[36]에서 노 저어감에 사면의 산 나지막하니	擊汰梨湖山四低
황려현[37] 먼 형세 풀이 무성하네	黃驪遠勢草萋萋
파사성[38] 그림자는 청심루 북쪽에 있고	婆娑城影淸樓北
신륵사 종소리는 백탑[39] 서쪽에 울리네	神勒鐘聲白塔西
쌓인 바위 신마의 자취[40]에는 파도가 침범하고	積石波侵神馬迹
두 왕릉[41] 두견새 우는 데에 봄빛이 들었네	二陵春入子規啼
취헌옹과 목은 노인 문장만 남기고	翠翁牧老空文藻
이 같은 풍광에 함께 노닐지 못하였어라	如此風光不共携

36 이호(梨湖) : 배미라고도 한다. 남한강의 일부 구간으로, 현재의 이포대교(梨浦大橋)가 있는 여주시 금사면 이포리 동쪽을 지칭하던 이름이다. 조선 중기의 모재(慕齋) 김안국(金安國, 1478~1543)이 이곳의 경치를 좋아하여 이호 16경(景)을 시로 읊은 바 있다.

37 황려현(黃驪縣) : 고려 시대에 여주를 부르던 고호(古號)이다. 명칭의 유래는 251쪽 주33 참조.

38 파사성(婆娑城) : 여주시 대신면 천서리의 파사산(婆娑山) 정상에 남아있는 성곽으로, 신라 파사왕(婆娑王) 때 축조된 것이라고 전해진다.

39 백탑(白塔) : 신륵사 동대(東臺)에 있는 부도탑이다.

40 신마(神馬)의 자취 : 251쪽 주33 참조.

41 두 왕릉 : 247쪽 주17 참조.

가흥창에 다다르다

抵可興

돛 아래 안개 속에서 저녁 먹었는데   夕飯檣下煙

그 안개가 되어 흩어져 사라졌네   散爲陰霞去

날짐승들은 평평한 언덕을 뒤엎고   飛去冪平皐

물고기들은 한창 한가로이 다니네   水物方容與

물고기는 어찌 얕은 물가에서 뛰어오르고 魚何跳淺渚

새들은 어찌 평야로 돌아가나   鳥何歸平楚

일렁이는 강물 빛에 여울 소리가 긴데 淵光澹瀲瀨聲長

어둠 속에 노 저어 가노라니 곁에서 이야기하는 듯해라

             瞑棹相撥若相語

배가 강 따라 백번 도는 것만 보이고 但見船隨江百轉

풍진 세상과 천 겹이나 막힌 줄은 깨닫지 못하겠네 未覺塵世千重阻

하늘 멀리 달이 떠 선실(船室)을 밝게 비추니 遙天月出柁樓白

계수나무 그림자와 함께 어울려 어느 곳에 묵을거나

             桂影相隨宿何處

밤에 청룡연을 거슬러 올라가는데 모래 여울이 세차서
모래와 물을 구별하지 못할 지경이었다. 초승달이 나왔다
가려졌다 하여 뜸에 의지해 앉아 귀로 삐걱삐걱 노 젓는
소리에 박자를 맞췄다

夜泝靑龍淵 灘湍湏洞 不辨沙水 微月乍明乍翳 依篷而坐 耳節櫓聲鴉軋

날 새기 전에는 강 기러기 일어나더니	朝先江鴈興
해 저무니 들 참새 깃드네	暮後野雀棲
가흥창 닿기 전에 물가엔 해 저물었는데	未到可興洲渚晦
검은 파도 에워싸 배가 오락가락	冥濤合沓船東西
배 띄워 용 잠든 곳[42] 곧바로 질러가니	揚舲直衝龍睡去
백 길 검은 연못 구름과 무지개를 품었네	百丈潭黑畜雲霓
꿈에서 본 장강삼협[43] 그야말로 방불하고	夢中三峽正依俙
양쪽 기슭의 푸른 산 안개가 자욱하구나	兩邊靑嶂冥煙霏
번뜩이는 유성은 물고기들을 놀래키고	飛星晃晃驚水族
먼 곳의 환한 들불은 행인의 옷 비추네	遠燒兀兀照行衣
멀리서 삽살개 짖는 소리 물소리와 이어져 들리니	遙聞狵吠連水聲
절벽 등진 안개 속 마을 있는지 없는지	負岸煙村是也非

---

42 용 잠든 곳 : 삼연이 지금 청룡연(靑龍淵)을 지나고 있기 때문에 이렇게 말한 것이
다. 청룡연은 청룡담(靑龍潭)이라고도 하며, 충주에 있었다고 하나 자세하지 않다.

43 장강삼협(長江三峽) : 장강(長江)의 상류(上流)는 사천성(四川省)과 호북성(湖
北省)의 경계를 흐르는데, 이곳의 구당협(瞿塘峽)·무협(巫峽)·서릉협(西陵峽) 세
협곡은 물살이 세차기로 유명해 장강삼협이라 불린다.

금탄[44]

金灘

물결 거스르며 날마다 동쪽으로 거슬러 오르니	逆浪日溯東
봄바람이 가까운 곳에서 일어나네	春風生處近
길게 이어지는 길에 봄이 함께 깊어가니	路永春與深
고조된 흥취 다 펴지 못하네	高興不可盡
봄볕은 흘러가는 돛배를 따라오고	青陽沿帆流
버드나무 기슭은 뽕나무 두렁길에 이어졌네	柳岸連桑畛
아련하게 산을 등진 마을은	暧暧負崦村
닭과 개 우는 곳 편히 은거할 만하여라[45]	雞犬堪釆隱
이곳 생각하면서 겹겹 협곡을 지나고	懷兹越重峽
경치 구경하면서 날마다 구불구불한 길을 가노라	玩索日紆軫
옥강은 물결이 일렁이는 비단이요	玉江浪淪綺
탄금대는 돌을 방석처럼 포갰네	琴臺石縮菌
봉우리는 신선이 탈 학을 보내 맞이하고	峰爲騎鶴迎

---

44 금탄(金灘) : 충주의 탄금대 서쪽을 흐르는 여울로, 여강(驪江)과 달천(獺川)이
합류하는 곳이다.

45 닭과……만하여라 : 집이 산속에 있어 속진(俗塵)을 벗어난 선경(仙境)임을 말한
것이다. 한(漢)나라의 회남왕(淮南王) 유안(劉安)이 단약(丹藥)을 제조하여 먹고 대
낮에 승천하였는데, 개와 닭이 그가 남긴 선약을 핥아먹고 따라 승천하여 구름 속에서
개 짖는 소리와 닭 우는 소리가 들렸다는 전설에서 취한 표현이다. 《神仙傳 卷6 淮南王》
원문의 '채(釆)'는 의미가 통하지 않는데, '타(妥)'의 오자가 아닐까 생각된다.

여울은 옥 울리는 소리 내어 인도하네	瀨作鳴玉引
파란 하늘은 앞길을 가리는 듯하고	空青若翳路
초록 봉우리는 불쑥 온축을 깨네	縟翠忽破蘊
채색 배로 구름 속에 초탈하게 누워	畵舫雲臥逸
즐거이 현빈46을 기르네	栩栩養玄牝
돛배 빨리 가면 기이한 경치 놓칠까 염려되더니	帆驟恐漏奇
노질 느리게 하니 근심이 사라지네	棹緩獲無悶
시문을 애오라지 산만하게 지어도	篇翰聊散漫
거북과 새는 시샘하거나 비웃지 않네	龜鳥不猜哂
이 몸이 부질없음을 홀로 깨달으니	懸悟是身浮
속된 시름 쏟아져 사라지네	瀉去塵慮泯
무궁문47에 배 대고서	委舟無窮門
오묘한 이치 더듬어 온갖 조화 엿보리	探元萬化眹

46 현빈(玄牝) : 만물을 자생(孶生)하는 근원인 도(道)를 말한다. 《도덕경(道德經)》 6장에 "골짜기의 신은 죽지 않나니 이를 현빈이라 하고, 현빈의 문을 바로 천지의 근원이라 한다.〔谷神不死, 是謂玄牝, 玄牝之門, 是謂天地根.〕"라고 하였다.

47 무궁문(無窮門) : 도가(道家)에서 말하는 지극한 도〔至道〕와 통할 수 있는 문이다. 황제(黃帝)가 일찍이 공동산(空同山)의 신선 광성자(廣成子)를 찾아가 지극한 도에 대해 묻자 광성자가 그를 속세에서 벗어나 무궁한 도의 문〔無窮之門〕에서 노닐게 해주겠다고 말하였다. 《莊子 在宥》

탄금대에서 순국한 이들을 애도하다

彈琴臺悼國殤

탄금대 아래로 배가 지남에	行舟琴臺下
뱃노래 홀연히 곡조가 바뀌네	棹歌忽變曲
슬피 읊조리며 달수[48]를 거슬러 오르자니	悲吟溯㺚水
물살은 급하고 파도는 겹겹이 이네	水急浪層複
바퀴처럼 휘돌아 참으로 눈에 아찔하고	輪旋正眩目
화살처럼 빨리 흘러 자갈도 떠내려갈 듯	矢激欲漂礫
기운 벼랑에 성난 풀이 자라나고	攲崖生怒草
지나는 기러기는 높다란 나무를 흔드네	過鴈拂危木
창망하게 이곳에서	蒼茫於此乎
순국의 자취 더듬노라	撫爾國殤迹
나라의 장수 적임자가 아니어서	邦國將非人
사나운 군졸들 적에게 내버렸지	猛卒棄與敵
새재는 이미 험함을 잃었고	鳥嶺旣失險
이 강도 기력이 없었네	此江無氣力
한신이 끝내 사람을 그르쳐[49]	韓信竟誤人

---

48 달수(㺚水) : 충주시 달천동·봉방동 앞을 흐르는 달천(㺚川)이다. 달천(疸川) 혹은 달천(達川)으로도 쓴다. 속리산 부근에서 발원하여 탄금대 서쪽에서 남한강과 합류한다.

49 한신(韓信)이……그르쳐 : 한신은 한 고조(漢高祖) 휘하의 명장으로 정형구(井陘口)에서 배수진(背水陣)을 치고 조(趙)나라에 맞서 대승을 거두었다. 《史記 卷92 淮陰

가서한[50]과 똑같이 궤멸하였네	哥舒同敗績
슬프도다 같은 날에 죽은 혼백들이여	哀哀同日魂
영원히 끝없는 푸른 물결에 잠겼구나	永淪無窮碧
말가죽에 시체를 싸는 것[51]과는 다르니	裹尸異馬革
한을 머금은 채 고기밥이 되었네	飮恨在魚腹
봄바람 불어도 어쩔 수 없어	春風來無賴
오랜 강물 위에는 근심스런 안개만 자욱하다오	古水愁煙積
배 가득히 눈물을 노에 뿌리니	滿船涕濺棹
슬픈 탄식 허공에 가득하네	哀咤滿寥廓
가자꾸나 노를 빨리 저어라	去去且疾棹
이 곡조는 마음을 아프게 하는구나	此曲使心惻

侯列傳》 여기에서는 임진왜란 때 신립(申砬, 1546~1592)이 탄금대에서 배수진을 치고
왜군과 싸우다가 대패하였으므로 이렇게 말한 것이다.

50　가서한(哥舒翰) : 당 현종(唐玄宗) 때의 장수로 토번(吐蕃)의 침입을 여러 번 막
아 공을 세웠으나 안녹산(安祿山)의 난 때 안녹산을 막기 위해 동관(潼關)에 파견되어
하루 만에 20만 대군을 잃고 대패하였고, 그 결과 현종은 피난길에 올랐다. 《新唐書
卷135 哥舒高封列傳 哥舒翰》

51　말가죽에……것 : 외적과 싸우다 장렬하게 전사하는 것을 뜻하는 말이다. 후한(後
漢)의 복파장군(伏波將軍) 마원(馬援)이 "남아라면 마땅히 변방의 들판에서 죽어서
말가죽에 시체가 싸여 돌아와 묻혀야 한다.〔男兒要當死于邊野, 以馬革裹尸還葬耳.〕"라
고 한 데에서 유래하였다. 《後漢書 卷24 馬援列傳》

밤에 한벽루[52]에 앉아서
夜坐寒碧樓

양주와 여주에서 동쪽으로 거슬러 충주로 넘어와	楊驪東溯越忠州
도착한 뒤 일엽편주는 해 저무는 섬에 대어 두었네	到後扁舟委晩洲
맑게 갠 달은 강에 가득차 사군[53]으로 통하고	晴月滿江通四郡
봄바람은 동굴에서 생겨 금남루[54]로 들어가네	春風生穴入南樓
왕자교의 흰 사슴은 구담봉에서 자고	王喬白鹿龜潭宿
옥부자의 검은 영지는 금병산 깊은 곳에 있네[55]	玉斧玄芝錦岫幽
누워서 듣노라니 울리는 여울 소리 노래 같아	臥聽鳴灘如度曲
한밤중에 오른 흥을 발고리에 부치노라	夜深高興寄簾鉤

---

52 한벽루(寒碧樓) : 청풍호(淸風湖)에 임해 있던 누각이다. 고려 충숙왕(忠肅王) 때 처음 건립되었으며 여러 차례 중수(重修)를 거치다가 1985년에 충주댐을 건설하여 원래 있던 지역이 수몰되면서 청풍문화재단지로 옮겨왔다.

53 사군(四郡) : 청풍(淸風)·단양(丹陽)·제천(堤川)·영춘(永春)으로, 조선시대 에 남한강 유역의 명승지로 이름이 높았다.

54 금남루(錦南樓) : 제천시 청풍면에 있는 조선시대 청풍현(淸風縣) 관아의 문루(門樓)이다.

55 왕자교(王子喬)의……있네 : 왕자교는 주 영왕(周靈王)의 태자인 희진(姬晉)이 고 옥부자(玉斧子)는 남북조(南北朝) 진(晉)의 허휘(許翽)의 아명(兒名)으로, 두 사람 다 신선이 되었다고 전해진다. 두 사람에게 흰 사슴, 검은 영지와 관련된 고사는 없으나 여기에서는 한벽루 주변을 선계(仙界)처럼 표현하기 위해 두 사람을 언급한 것으로 생각된다.

초9일 군재에서 지은 잡영

初九日郡齋雜詠

제1수

신령한 골짜기 깊고 오래되어	靈竇洞玄古
금유수 방울은 졸졸 흘러가네[56]	灠淡金乳滴
백학봉[57]에서 저녁 술자리 파하고 나니	白鶴晚飮罷
밝은 달빛 벽에 비치네	亭亭月映壁

제2수 其二

맑은 달빛은 전혀 집착하는 데 없고	淸輝了無著
멀리서 들려오는 바람 소리 한둘이 아닐세	遠籟非一聞
이처럼 적적한 군재에서	郡齋如是寂
금병산 구름과 서로 마주보네	相對屛山雲

제3수 其三

산골짝은 만 굽이로 얽혔고	峽山紆萬盤
강물은 그윽한 늪에서 나오네	江流出幽藪

---

56 금유수(金乳酥)……흘러가네 : 금유수는 당나라 때의 진기한 음료인데, 여기에서는 종유석에서 떨어진 물방울이 물줄기를 이루어 흐르는 것을 비유하였다.

57 백학봉(白鶴峰) : 소백산(小白山)의 봉우리이다. 이황(李滉)이 소백산을 유람할 때 자하대(紫霞臺) 북쪽의 두 봉우리를 보고 동쪽 것은 백학봉, 서쪽 것은 백련봉(白蓮峰)이라고 명명하였다고 한다. 《退溪集 卷41 遊小白山錄》

봄날에 천 리를 배로 오니   泛來千里春

푸르름이 누대 앞 버드나무에 붙었네   青着樓前柳

달밤에 한벽루에서 배에서 들려오는 피리 소리를 듣다
寒碧樓月夜 聞笛聲在船

제1수

그윽한 여울에 달빛이 뜨니	幽灘泛月彩
텅 빈 울림이 뱃전에 생겨나네	空響生船舷
피리 부는 이는 스스로 배 저어	吹笛人自泛
바람 굴 언저리에 표연히 떠 있으리	飄颻風穴邊

제2수 其二

높은 누각에 바위 찢는 소리[58] 들리기에	高樓聞裂石
저 멀리 배에 탄 사람을 바라보노라	望望遙船人
강가의 매화 떨어졌다 안타까워 마오	莫惜江梅落
도화원에는 봄이 다하지 않았으리니[59]	源花無盡春

제3수 其三

강가 백사장에서 들리는 이경의 젓대 소리	沿沙二更笛

---

58 바위 찢는 소리 : 피리 소리를 비유하는 말이다. 주희(朱熹)가 무이산(武夷山)의 은자 유겸도(劉兼道)가 철적(鐵笛)을 연주하는 솜씨를 두고 "구름을 뚫고 바위를 찢는 소리〔穿雲裂石之聲〕"라고 한 것에서 취한 말이다. 《晦庵集 卷9 武夷精舍雜詠 鐵笛亭》

59 도화원(桃花源)에는……않았으리니 : 198쪽 주341 참조. 여기에서는 청풍호의 경치가 너무 아름다워 강물을 거슬러 올라가면 어딘가에 선경(仙境)이 있을 것 같다는 의미이다.

공활하고 명랑한 강에 낚싯배는 추워라 　　　寥朗釣船寒

달 뜨자 울리는 소리 처음 나더니 　　　月出轟初放

바람에 날려가 저 멀리서 간드러지네 　　　風飄裊遠端

제4수 其四

피리 소리 그치자 쓸쓸한 빈 골짝에 　　　笛罷愀空峽

맑은 봄물만 흘러가네 　　　亭亭春水流

밝은 달빛에 외로운 배가 머무니 　　　明月孤舟滯

남은 빛은 한벽루의 절반을 비추는구나 　　　餘輝半碧樓

충주 목사 이백상, 계상 형제와 배를 나란히 하여 단양으로 출발하다[60] 이백상은 이징명(李徵明)이고, 이계상은 이징하(李徵夏)이다

忠原守李伯祥 徵明 率其弟季祥 徵夏 同舟而至 將游丹丘 遂與方舟而發
或先或後 笒音笛聲 迭相騰奏 歷鶴棲巖 溯花灘楡灘 左眄桃花凌江諸村
幽暖可棲 亦有七松亭森蔚可蔭舟 無何玉筍峰出焉 霞標聳秀 矯若鸞鶴
翥然 是爲丹丘洞門 入洞而轉 右曰龜峰特立 左曰玄鶴彩雲五老可隱諸
峰 次第見焉 中間行舟處 謂之龜潭 勝槩大略如此 興會之繁 不可盡述

충추 목사 이백상(李伯祥)이 아우 계상(季祥)을 데리고 한 배로 와
단구(丹丘 단양)를 유람하려 하니, 마침내 배를 나란히 하여 출발하
였다. 앞서거니 뒤서거니 하면서 노 젓는 소리와 피리 소리를 번갈아
울리며 학서암(鶴棲巖)을 거쳐 화탄(花灘)·유탄(楡灘)을 거슬러
올랐는데, 왼쪽을 보니 도화촌(桃花村)·능강촌(凌江村) 등의 여러
촌락이 그윽하니 깃들어 살 만했고, 칠송정(七松亭)이 있는 숲이
울창하여 배를 덮을 만하였다. 조금 뒤에 옥순봉(玉筍峰)이 나왔는
데 우뚝하게 솟아 빼어나기가 마치 난새와 학이 날아오르는 듯하였
으니, 이것이 단구의 동문(洞門)이었다. 골짝으로 들어가 방향을

---

60 충주……출발하다 : 이징명(李徵明, 1648~1699)은 본관은 전의(全義), 자는 백
상(伯祥)이다. 송시열(宋時烈)의 문인으로 이조 참의(吏曹參議)·대사간(大司諫)·
평안도 관찰사(平安道觀察使) 등을 역임하였다. 이징하(李徵夏, 1655~1727)는 본관
은 전의, 자는 계상(季祥)이다. 음직으로 출사하여 청주 목사(淸州牧使)·황주 목사(黃
州牧使) 등을 역임하였고 글씨를 잘 써 보전서사관(寶篆書寫官)을 지내기도 하였다.

꺾으니 오른쪽에는 귀봉(龜峰)이 우뚝하게 서 있고 왼쪽에는 현학봉(玄鶴峰)·채운봉(彩雲峰)·오로봉(五老峰)·가은봉(可隱峰) 등 여러 봉우리가 차례로 보였으며 중간에 배가 다니는 곳을 구담(龜潭)이라고 하였다. 승경(勝景)이 대략 이와 같았고 풍부한 흥취를 다 기술할 수가 없다.

내가 와서 죽령(竹嶺)의 물 거슬러 오르니	我來溯嶺水
바람 탄 돛단배 탈 없이 이르렀네	風帆到無恙
한벽루 잠시 문 닫고서	碧樓暫閉戶
떠나고자 하는 흥취 며칠 동안 길렀지	遐興數日養
여울 소리 잠자리에 떠들며	灘瀨聒枕席
나를 재촉하여 안개 속에 배를 움직이게 하네	催我動煙榜
달 떠서 강가의 성을 비추니	月出照江城
구담을 누구와 방문할까	龜潭誰與訪
예성의 무재[61]가 오시니	茂宰藥城來
생황 노랫소리 배 한 척에 실리네	笙歌載一舫
푸른 놀 그대 위해 걸렸고	蒼霞爲君筵
푸른 파도 그대 위해 빚었지	碧波爲君釀
여행 중에 음식 차리니 금린어 토실하고	行廚錦鱗腴

---

61 예성(藥城)의 무재(茂宰) : 이징명을 가리킨다. 예성은 충주의 옛 이름이다. 무재는 현능한 지방관을 뜻하는 말로 어원은 자세하지 않은데, 한(漢)나라의 탁무(卓茂)가 밀현 현령(密縣縣令)이 되어 명성을 떨쳤던 데서 유래한 말이라는 설이 있다. 《山堂肆考 卷77 臣職 縣尹 茂宰》

술잔은 넘실넘실 떠가네	羽觴泛汪汪
촛불 벌려 어둑한 물가에서 맞이하더니	張燭迓暝渚
노를 나란히 하여 새벽 파도에 배 띄웠네	齊橈泛曙漲
기약하지 않고도 마음 맞으니	不期也冥會
흥 오르자 사양치 않네	當興且無讓
배에 의지한 여덟 아홉 사람	倚船八九人
화락하게 서로 마주보며 웃네	湛樂笑相向
문장은 빛나는 옥과 다투고	文藻競璀璨
술 마실 땐 많은 주량 자랑하지	杯杓詫洪量
봄은 떨기진 꽃봉오리에 무성하고	春繁花蕚叢
물결은 훈과 지의 노래[62]에 일어나네	浪激塤篪唱
사람과 풍류는 참으로 즐길 만하고	人風眞可樂
산수가 위아래로 가득하네	山水滿俯仰
앞다투어 나아감은 아름다운 경치 독차지하기 위함이요	貪前掠鮮美
뒤에 미련이 남는 것은 경치 놓치고 잊을까 해서이지	戀後恐漏忘
꼬리 문 물고기들은 떼로 나아가고	銜尾魚隊進
고개 쳐든 익새는 몸을 날리네[63]	驤首鷁身颺
구불구불 물굽이에 노 젓는 소리 통하니	屈曲枻音通
호쾌한 피리 바람[64]을 끼고 울리네	豪笛夾五兩

---

62 훈(塤)과 지(篪)의 노래 : 이징명과 이징하 형제가 정답게 서로 번갈아 노래하였다
는 말이다. 훈은 질나발이고 지는 대나무 피리이다. 《시경》 〈소아(小雅) 하인사(何人
斯)〉에 "백씨는 훈을 불고, 중씨는 지를 분다.〔伯氏吹塤, 仲氏吹篪.〕"라고 하였다.

63 고개……날리네 : 배가 물위를 떠가는 것을 형용한 말이다. 익새는 백로와 비슷한
새인데 바람을 잘 견딘다 하여 옛날부터 배에 그리거나 조각하였다고 한다.

금병산(錦屛山) 갑자기 뒤로 날아가니	屛山忽退飛
먼 곳의 비단 병풍 그림을 거두네	遠畵卷綵障
학서암 높다랗게 솟아있으니	鶴巖聳高標
바위는 일렁이는 물결에 의지해 있네	雲根倚滉瀁
신선이 하늘에 오른 아름다운 자취이니	宛孿羽化迹
이어서 현포 낭원⁶⁵ 생각하노라	因之憶玄閬
저 도화촌 골짜기를 돌아보니	眷彼桃花谷
녹옥장⁶⁶을 손질할 만하구나	堪理綠玉杖
화탄의 물이 소용돌이치니	花灘水盤渦
뱃길에는 구름과 모래가 일렁이네	木道雲沙盪
물 부딪히는 소리는 우레 바퀴 굴리는 듯	砯衝輾雷轂
소용돌이 둘레⁶⁷는 끓어오르는 물동이 같아라	劃漩沸甕盎
웅장하구나 지극한 험난함 거듭되니	壯哉荐至險
선계와 속세 여기가 경계로다	僊凡此其防

---

64 바람 : 원문은 '오냥(五兩)'으로, 고대에 장대에 닭 깃털 5냥(兩) 혹은 8냥을 달아 바람의 방향과 세기를 관측하던 기구이다.

65 현포(玄圃) 낭원(閬苑) : 신선 세계를 뜻한다. 현포는 위로 곤륜산(崑崙山) 정상에 있다는 신선의 거처로 천계(天界)와 통한다고 하며, 금대(金臺)와 옥루(玉樓)가 있고 기화요초(琪花瑤草)가 만발해 있다고 한다. 낭원은 낭풍(閬風)이라고도 하며, 곤륜산에 있다는 봉우리로 신선들이 거처한다고 한다.

66 녹옥장(綠玉杖) : 도화촌 골짜기를 걸어서 유람해보고 싶다는 말이다. 녹옥장은 전설 속의 신선들이 지니고 다닌다는 녹옥지(綠玉枝)로 만든 지팡이이다.

67 소용돌이 둘레 : 원문인 '획선(劃漩)'은 송지문(宋之問)의 〈계강현 여벽을 내려가다〔下桂江縣黎壁〕〉에 "아, 소용돌이 둘레를 빠져나와, 빙 둘러 소용돌이를 피해가네.〔欹離出漩劃, 繚繞避渦盤.〕"라고 한 데에서 취한 표현이다.

악계[68]가 아무리 험하다 해도	遮莫惡溪惡
쏟아지는 듯한 나의 기세 누가 대적하랴	沛然誰我抗
붓 적신 나는 오연(傲然)하게 앉아있고	濡毫我傲兀
황모랑[69]은 상앗대로 버티네	撐篙黃帽仗
세상 길엔 여울같이 험한 일 많으니	世路足湍險
서강에는 오래도록 풍랑 인다네	西江久風浪
단구의 경치가 눈을 비추니	丹丘映眉睫
그대는 질탕하게 마음껏 즐기시게	勸君肆跌蕩
흔들리는 나무[70]에는 밤새도록 바람 불고	調刁終夜風
신비한 동혈(洞穴)에선 성난 소리 일어나네	靈穴鼓怒壯
지금 대지의 구멍들[71]이 비어	秖今萬竅虛
바람 잦아들어 솜털도 날리지 않네[72]	蘋吹息纖纊

---

68 악계(惡溪) : 절강성(浙江省)과 광동성(廣東省) 일대를 흐르는 강으로, 이백(李白)의 〈왕옥산인 위만이 왕옥으로 돌아가는 것을 전송하다[送王屋山人魏萬還王屋]〉에 "다시 악계로 가기로 마음 먹었으니, 어찌 악계의 험함 두려워하랴.[却思惡溪去, 寧懼惡溪惡.]"라고 하였다. 여기에서는 화탄의 세찬 물살을 비유하였다.

69 황모랑(黃帽郎) : 183쪽 주304 참조.

70 흔들리는 나무 : 원문인 '조조(調刁)'는 '조조조조(調調刁刁)'의 줄임말로, '조조(調調)'는 나뭇가지가 바람에 흔들리는 모양, '조조(刁刁)'는 나뭇잎이 바람에 흔들리는 모양을 나타내는 의태어이다.

71 대지의 구멍들 : 원문인 '만규(萬竅)'는 대지의 크고 작은 모든 구멍으로, 바람이 일어나는 곳이다. 《장자(莊子)》〈제물론(齊物論)〉에 "대지가 숨을 내뿜는 것을 바람이라 하니, 안 불면 그만이지만 일어나기만 하면 만 개의 구멍이 노하여 울부짖는다.[夫大塊噫氣, 其名爲風, 是唯無作, 作則萬竅怒號.]"라고 하였다.

72 바람……않네 : 원문의 '빈취(蘋吹)'는 개구리밥을 스쳐 지나갈 정도로 약한 바람을 뜻한다. 솜털도 날리지 않는다는 것은 한유(韓愈)의 〈악양루에서 두 사직을 이별하

술 들어 비렴[73]에게 권하고	擧酒囑飛廉
밝은 아침햇살 속에 배 타고 가네	周旋朝日亮
풍륭이 잠시 오르내리니[74]	豐隆暫低昂
하늘의 뜻에서 한 번 풀고 한 번 당김을 볼레라	天意看弛張
깎아지르는 듯하던 벼랑 기세가 조금 사그라들고	奔峭勢稍殺
모래톱 물가에 시원하게 펼쳐지네	洲渚渙以暢
곡우로 막 불어난 강물	新肥穀雨水
갠 경치에 콸콸 흘러넘치네	活活溢晴望
맑기는 무늬 비단의 광택이요	清爲文縠淪
매끄럽기는 유리 빛깔 같네	滑若琉璃曠
구불구불한 칠송정 기슭	威紆七松岸
무성한 오로봉	隱軫五老嶂
점점 옥순봉이 가까워지니	亹亹玉筍逼
배가 운라[75] 장막으로 들어가네	船入雲蘿帳
서로 만남이 왜 이리도 늦었던가	相見何太晚

다〔岳陽樓別竇司直〕〉에 "비렴이 위엄을 거두니, 날씨가 맑고 평안해져 솜털도 날리지
않네.〔飛廉戢其威, 清晏息纖纊.〕"라고 한 데에서 취한 표현이다.

73 비렴(飛廉) : 바람을 다스린다고 하는 신인데, 일설에는 바람을 일으키는 신조(神
鳥)라고도 한다.

74 풍륭(豐隆)이 잠시 오르내리니 : 구름이 몰려와 흐려졌다는 의미이다. 풍륭은 구
름과 우레를 다스리는 신이다. 본집 습유 권27 〈단구일기(丹丘日記)〉에 이날 오전 날씨
가 바람이 멎고 조금 흐렸고, 오후에는 보슬비가 내렸다고 기록되어 있다.

75 운라(雲蘿) : 등나무 넝쿨이 어지럽게 엉킨 것이 구름과도 같다 하여 생긴 말인데,
깊은 산속의 은거지를 뜻하는 말이기도 하다.

한차례 웃고 속세의 헛된 생각 털어버리네	一笑遣塵妄
묵묵히 묘유의 운행[76]을 찾으니	默尋玅有運
강산[77]이 웅장하게 비로소 열리누나	融結壯肇創
비록 우 임금의 자취는 아니나[78]	雖非神禹迹
또한 거령[79]의 솜씨를 수고롭게 하였으리	亦勞巨靈匠
깎아 만든 만 개의 옥 한데 모이니	削成萬玉攢
기이한 형상 많기도 해라	奇詭紛色相
날아온 난새 학과 짝이 되니	飛來鸞鶴侶
모이려 하다 저와 똑같은 모습에 놀라네	欲集駭同樣
내가 사강락이 아니니[80]	我非謝康樂

---

76 묘유(妙有)의 운행 : 도가(道家)에서 말하는 유(有)와 무(無)를 초월한 원시 존재인데, 여기에서는 천지와 자연의 조화란 의미로 사용하였다. 진(晉)나라 손작(孫綽)의 〈유천태산부(游天台山賦)〉에, "하늘은 광대하여 막힘이 없어, 자연의 묘유를 운행한다.〔太虛遼廓而無閡, 運自然之玅有.〕"라고 하였다.

77 강산(江山) : 원문은 '융결(融結)'로, 녹고 엉긴다는 말인데, 여기에서는 진나라 손작의 〈유천태산부〉에 "녹아서 내와 도랑이 되고, 엉겨서 산과 언덕이 되었다.〔融而爲川瀆, 結而爲山阜.〕"라는 구절에서 취하여 강과 산이라는 의미로 사용하였다.

78 비록……아니나 : 단구의 지세가 우(禹) 임금이 뚫었다는 용문산(龍門山) 못지않게 험하고도 웅장함을 말한 것이다. 우 임금이 손발이 부르트고 얼굴이 초췌해지도록 용문산에 도끼질을 해 물길을 뚫고 구하(九河)를 소통시켜 황하의 범람을 막았다는 전설이 있다. 《史記 卷87 李斯列傳》

79 거령(巨靈) : 화산(華山)을 손으로 쪼개 황하의 흐름을 틔웠다는 황하의 신이다. 장형(張衡)의 〈서경부(西京賦)〉에 "거령이 힘차게 손바닥으로 높이 떠받들고 발바닥으로 멀리 차 하수를 흐르게 하였다.〔巨靈贔屭, 高掌遠蹠, 以流河曲.〕"라고 하였다.

80 내가 사강락(謝康樂)이 아니니 : 사강락은 남조(南朝)의 시인 사영운(謝靈運)으로, 강락(康樂)은 그의 봉호이다. 그의 시는 강남(江南) 지방의 산수를 유람하며 그

어찌 이름하고 형용할 수 있으랴	焉能强名狀
다만 속세를 향한 마음 멀어짐을 느끼니	但覺世情遠
고요해진 마음에 서글픔이 일어나네	冥心起惆悵
흉금은 천지 조화와 계합하나	神襟契元化
몸뚱이는 일렁이는 물위에 맡겼네	身界寓蕩漾
뜸 걷고서 계상을 불러 말하길	卷篷呼季祥
이 유람은 진정 하늘이 보낸 것이라	此游信天放
사라질 뜬구름 같은 이름	滅沒浮雲名
그대는 얻음과 잃음을 하나로 볼지어다	君須齊得喪
두 형제는 왕자교요	王喬兩兄是
우리도 금상이라네[81]	我輩亦禽尙

홍취를 드러낸 작품이 많으므로 이렇게 말한 것이다.

81 두……금상(禽尙)이라네 : 승경 속의 이징명 형제와 삼연 일행이 마치 신선과 은사(隱士) 같이 느껴진다는 말이다. 왕자교는 주 영왕(周靈王)의 태자인 희진(姬晉)으로, 생황(笙簧)을 매우 잘 불어 생황에서 봉황 울음소리가 났다고 전해지며, 숭산(嵩山)에서 부구공(浮丘公)에게 선술을 배워 30년 만에 학을 타고 승천했다는 전설이 있다. 금상은 후한(後漢) 때의 은사인 금경(禽慶)과 상장(尙長)이다.

석문과 은주암[82]

石門隱舟巖

산을 물 밑에 숨긴 곳을 외로이 떠가니   藏山水底也孤浮

골짝 속은 그래도 예로부터 배를 숨길 수 있었네[83]   壑裏猶藏今古舟

노 저어가며 조화를 더듬으니 금 동굴[84]은 아득하고

                                                          棹進探玄金竇敻

하늘 높이서 쏟아지는 햇빛에 아래 석문은 그윽해라

                                                          天高漏白石門幽

생황 노래에 용은 여의주 안고 달아나고   笙歌龍抱驪珠避

석종유에 신선은 박쥐 날개를 타고 머물렀네[85]   乳髓僊騎蝠翼留

---

82 석문(石門)과 은주암(隱舟巖) : 석문은 단양팔경 중의 하나로, 단양군 매포읍 하괴리에 위치한 아치 모양의 바위로, 하괴리 앞을 흐르는 남한강과 도담삼봉이 내려다보인다. 은주암은 남한강 도담삼봉 근처의 절벽 아래에 있는 동굴이다. 배를 숨길 만하다해서 붙은 이름이다.

83 산을……있었네 :《장자(莊子)》〈대종사(大宗師)〉에 "골짜기 속에 배를 숨겨두고 산을 못 속에 숨겨두고서 안전하다고 여기지만, 한밤중에 힘센 자가 지고 달아나도 어리석은 사람은 알아채지를 못한다.〔夫藏舟於壑, 藏山於澤, 謂之固矣. 然而夜半, 有力者, 負之而走, 昧者不知也.〕"라고 하였다. 여기에서는 절벽 아래에 난 은주암을 두고 한 말이다.

84 금 동굴 : 은주암을 가리킨다.

85 석종유(石鍾乳)에……머물렀네 : 석종유(石鍾乳)는 석수(石髓)라고도 하며 복용하면 신선이 된다는 전설이 있다. 박쥐는 선서(仙鼠)라고도 하는데, 이백(李白) 시의 서문에서《선경(仙經)》의 내용을 인용하여, 박쥐는 천 년 동안 살면 몸이 백설처럼 변하고 거꾸로 매달려 살며 석종유의 물을 마시면서 장수한다고 하였다.《李太白集

저물녘 신기한 새 떼 번개 치는 하늘에서 우니　薄暮怪禽鳴列缺
바위 가운데의 뇌우 사람 머리에 뿌려지누나　半巖雷雨洒人頭

卷17　答族姪僧中孚贈玉泉仙人掌茶》

탁포에 이르러 배를 두고 운암⁸⁶으로 향하다

到拆浦 捨船向雲巖

제1수

두 척 배 나란히 모래밭에 대고서	兩船齊閣沙
운암으로 가는 길 자세히 묻노라	細問雲巖路
푸른 시내 깊을까 근심하지 마시게	莫愁綠溪深
어찌 생학⁸⁷ 만나지 못하겠소	寧無笙鶴遇

제2수 其二

운암으로 가도 가도 끝이 없는데	雲巖行未究
산 기운이 사람을 밝게 비추네	山氣照人明
복사꽃 오얏꽃 핀 골짜기에서 말을 쉬니	歇鞍桃李谷
떠나려 함에 닭 울음소리 사랑스러워라	將去愛雞鳴

---

86 운암(雲巖) : 단양군 대강면에 있던 바위이다. 유성룡(柳成龍)의 소유였던 수운정
(水雲亭)이 있었으며, 상선암(上仙巖)·중선암(中仙巖)·하선암(下仙巖)·사인암(舍
人巖)과 함께 단양의 오암(五巖)으로 일컬어질 정도로 명승지였다.

87 생학(笙鶴) : 신선을 뜻한다. 272쪽 주81 참조.

저녁 경치
夕景

바람결의 샘물 소리 맑고도 떠들썩하니   風泉淸且聒

이 지역은 완전히 고요할 수가 없구려   玆境未全靜

나 역시 어찌할 수 없어   我亦不奈何

생황 노래를 석양에 날리네   笙歌翔落景

이름을 적다

題名

소나무 드높아 푸르게 길쭉길쭉　　　　　　松高碧脩脩

연못 잔잔하여 맑은 빛 반짝반짝　　　　　　潭停淸瀏瀏

아홉 신선 이름 붉게 쓰고　　　　　　丹書九儒名

흰구름에 지키라고 분부하였네　　　　　　分付白雲守

산을 내려오다

下山

종일토록 울창한 수풀 뚫고 올라	竟日穿蘿密
선암(仙巖)에 도착해 보니 도리어 선암이 아닐세	僊巖到却非
이 길은 예로부터 깊었나니	此路深終古
노니는 길손은 해 저물까 걱정하노라	游人愁暝暉

구담

龜潭

오로봉 구담봉 읍을 하니	五老龜峰揖
물을 끼고 마주보며 서렸네	相看夾水蟠
배 다니니 사람 그림자 조그맣고	船行人影小
바위 우뚝해 나는 새들도 두려워하네	石峻鳥飛寒
조물주가 담금질한 절벽은 험하고	造物爐錘險
신선의 살던 동굴집은 편안하네	神僊窟宅安
노 멈추고 가은봉 어디인지 묻고는	停橈問可隱
느낌 있어 여기에서 배회하였네	有意此盤桓

17일에 충주 목사가 돌아가기에 누각에 기대어 서글퍼하다
十七日忠原守還歸 倚樓惆悵

맑은 새벽 돌아가는 배가 북쪽 물갈래로 내려가니   清曉歸舟下北沱

텅 빈 한벽루(寒碧樓)엔 조각구름만 지나가네   碧樓虛曠片雲過

그대를 바라봐도 보이지 않고 생황 노래도 그치니   望君不見笙歌歇

구담봉 짙푸른 초목을 어찌하리   其奈龜潭積翠何

18일 밤에 고기잡이를 구경하다

十八日夜見叉魚

병풍산[88] 앞의 맛 좋은 물고기들 사는 구멍　　　　　屛風山前嘉魚穴

해 저물자 첨벙첨벙 물고기 떼 노니네　　　　　　　日暮瀺灂衆魚游

태수[89]는 고기 보니 마음이 절로 한가로운데　　　　太守觀魚心自閑

어부는 도리어 요리할 생각을 하네　　　　　　　　漁人却爲廚具謀

어젯밤엔 달과 벗하느라 고기잡이 못했는데　　　　昨夜月朋未叉魚

오늘밤 바람 잦아들었으니 고기 잡을 수 있으리　　今夜風靜魚可求

불 피워 강을 비추자 고을 관아 붉게 보이니　　　爇火照江郡齋紅

연파 속의 배가 외딴 모래톱을 지나는 줄 알겠어라　知是煙艇過別洲

당장 많은 고기 잡는 것이 중요한 게 아니니　　　眼前得魚不在多

바위 속 깊이 숨은 고기까지 다 놀라게 하지 마소　莫窮驚鱗竄巖幽

높다란 마루에 거문고 소리 그치자 고기가 소반에 오르는데

　　　　　　　　　　　　　　　　　　　　　　高軒琴罷魚在盤

등불 앞에 눈처럼 흰 싱싱한 회가 놓였어라　　　潑剌燈前片雪留

그대는 보지 못했나　　　　　　　　　　　　　君不見

88　병풍산(屛風山) : 충청북도 청풍부(淸風府)의 치소 북쪽에 있던 산으로, 금병산 (錦屛山)이라고도 한다.

89　태수(太守) : 삼연의 형 김창협(金昌協, 1651~1708)을 가리킨다. 이때 청풍 부사 (淸風府使)로 재직하고 있었다.

썩은 것 쪼아 먹고 비린 것 삼키는 이들⁹⁰ 서울에 가득하다만   啄腐吞腥滿京華

이곳의 고기 맛은 알는지 모를는지   此中魚味有知不

---

90 썩은……이들 : 공명(功名)과 부귀를 추구하는 데 급급한 사람을 뜻한다. 장자(莊子)가 양(梁)나라 재상 자리를 자신에게 빼앗길까 두려워하는 혜자(惠子)에게 든 우화에서 유래한 말이다. 남방(南方)의 원추(鵷鶵)라는 봉황새는 남쪽 바다에서 북쪽 바다로 옮겨갈 때 오동나무가 아니면 쉬지 않고 대나무 열매와 예천(醴川)의 물이 아니면 먹고 마시지 않을 정도로 몸가짐이 우아한데, 원추가 지나갈 때 마침 썩은 쥐 시체를 얻은 솔개가 이를 빼앗길까 두려워 원추에게 소리를 질렀다고 한다.《莊子 秋水》

한벽루

寒碧樓

한벽루 올라 기댈 때마다 마음이 그윽해지는데   憑軒每幽意

아래에는 예로부터 배가 다니누나   下有古來舟

캄캄한 비에 온 봉우리들 숨고   冥雨全峰隱

깨끗한 백사장 앞에는 한 줄기 여울 흘러가네   淸沙一瀨流

구름 돌아가니 마음도 함께 쉬고   雲歸心與息

학 날아가니 꿈에서 서로 찾네   鶴逝夢相求

처음 왔을 때는 사람으로 하여금 멀리하게 하더니   始至令人遠

결국은 온종일 잡아두네   終然竟日留

병풍의 주자 시 운에 차운하다[91]

次屛間晦翁韻

제1수

골짜기 깊은 곳 별천지에 봄이 드니	峽深別有春
속세 멀어 꽃과 풀 한가롭네	塵遠花草閒
들판의 사슴[92]처럼 순박한 백성들	淳民如野鹿
흰구름 속에서 먹고 마시네	飮食白雲間

제2수 其二

아침에 한벽루에 올랐다가	朝登寒碧樓
저녁에 응청각[93]에 묵노라	暮宿凝淸閣
사람이 무위(無爲)의 정사를 묻는데	人間無爲政

---

91 병풍의……차운하다 : 제1수와 제4수는 《회암집(晦庵集)》 권2의 〈청천을 길어……
네 수의 짧은 시를 짓다〔汲淸泉……因作四小詩〕〉 4수 중 제3수와 제1수를, 제2수는
권2의 〈황덕미의 연평도와 춘망도를 보고 읊다〔觀黃德美延平春望兩圖爲賦〕〉 2수 중
제2수를, 제3수는 권2의 〈만조가 비치는 가산당에서 망천체를 본받아 짓다〔家山堂晚照
效輞川體作〕〉 2수 중 제2수를 차운하였다.

92 들판의 사슴 : 욕심 없는 백성을 비유한 말이다. 《장자(莊子)》 〈천지(天地)〉에
상고시대의 사회를 두고, "위의 임금은 나무 끝의 가지 같고, 아래의 백성은 들판의
사슴 같다.〔上如標枝, 下如野鹿.〕"라고 하였다.

93 응청각(凝淸閣) : 청풍현의 객사였던 한벽루 왼쪽에 세워진 2층 누각으로 청풍부
사가 휴식을 취하거나 중앙에서 내려오는 관속들의 객사로 쓰였다. 충주댐 건설로 원위
치가 수몰되어, 현재는 청풍면 물태리 문화재단지로 이전되었다.

바람결의 거문고 소리만 쓸쓸한 성곽에 울리누나[94]   風琴響寥廓

제3수 其三

사방의 산 온통 짙푸른데	四山積翠同
구름 기운 흩어져 물방울이 되네	雲英散成滴
일어나 물구멍 쪽을 엿보니	起向水穴窺
옥 같은 물결 두건 씻을 만하구나	瑤流可洗幘

제4수 其四

약초 씻던 갈홍의 우물이요[95]	洗藥葛洪井
물결 희롱하던 금고의 시내라[96]	弄波琴高川
마음과 자취 모두 이미 아득하니	心迹合已冥
속세의 수고로운 일 다시는 겪지 않으리	塵勞無復然

---

94 바람결의……울리누나 : 청풍 부사로 재임하고 있는 삼연의 형 김창협(金昌協)이
선정을 베풀고 있음을 말한 것이다. 거문고 소리는 노(魯)나라의 복자천(宓子賤)이
선보(單父)를 다스릴 때 거문고만 타며 당(堂)을 내려가지 않았는데도 백성들이 저절
로 교화되고 고을이 다스려진 고사에서 취한 시어이다. 《呂氏春秋 卷21 察賢》

95 약초……우물이요 : 갈홍(葛洪)은 진(晉)나라 때의 선인(仙人)으로, 그가 공주
(贛州) 흥국현(興國縣)을 지나다가 산수가 수려한 것을 보고 움막을 짓고 살았는데,
이때 판 우물에 약초를 씻으며 세약지(洗藥池)라는 이름을 붙였다고 한다. 《古詩紀
卷42 晉 葛洪 洗藥池》

96 물결……시내라 : 금고(琴高)는 주(周)나라 때의 신선이다. 기주(冀州) 탁군(涿
郡)에서 200여 년을 노닐다가 어느 날 사람들에게 탁수(涿水)에 들어가 용을 잡아 오겠
다고 약조하였는데, 약속한 날이 되자 과연 붉은 잉어를 타고 나타나 한 달 동안 머물고
다시 탁수로 들어갔다고 한다. 《列仙傳 卷上 琴高》

22일

二十二日

산과 도랑 동남쪽에 모이니	嶽瀆東南湊
감돌며 솟아오르는 기세가 서린 곳이라	扶輿勢所盤
우통수[97]는 콸콸 솟아오르고	于筒騰鬄沸
소백산은 삐죽빼죽 치달리지	小白鶩巑岏
비단 같은 강물은 고을을 이러저리 나누고	綺繡分州錯
구름과 우레는 기운을 어지러이 뿌리네	雲雷洩氣漫
하늘이 내린 험한 골격 신령함을 드러내고	表靈天骨崒
땅에 서린 무늬는 기이함을 머금었네	蘊異地文蟠
나란히 빼어난 것은 연꽃 받친 꽃받침이요	駢秀蓮跗萼
층층이 우는 것은 대나무 마디 같은 여울이라	層鳴竹節灘
신안[98]과 아름다움을 짝할 만하고	新安佳可匹
파협[99]과 험함이 맞먹지	巴峽險相看

---

97 우통수(于筒水) : 강릉 오대산에서 발원하는 물로 한강의 근원 중 하나이며, 물의 빛깔과 맛이 뛰어났던 것으로 유명하다. 《新增東國輿地勝覽 卷44 江原道 江陵大都護府》

98 신안(新安) : 현재의 안휘성(安徽省) 황산시(黃山市)의 신안강(新安江)은 풍광이 매우 아름다워, 남조(南朝) 양 고조(梁高祖)가 서리(徐摛)에게 '신안은 산수가 무척이나 뛰어난 곳[新安大好山水]'이라며 지방관으로 나가 다스려 보라고 권한 바 있다. 《梁書 卷30 徐摛列傳》

99 파협(巴峽) : 장강삼협(長江三峽)의 하나로 호북성(湖北省) 파동현(巴東縣) 서부에 있는 골짜기이다. 물살이 빠르고 험한 여울이 많기로 유명하다.

묘유[100]가 여기에서 엉기고 운행하며	紗有斯凝運
홍몽[101]이 여기에서 시작되네	鴻濛粵造端
청풍은 사군 중에서도 빼어나니	淸風超四郡
방장산이 삼한에 떨어진 듯	方丈落三韓
하늘은 맑고 참된 고장을 만들었고	天設淸眞府
형님은 벽락궁의 관원으로 부임했네[102]	兄趨碧落官
신선의 인연으로 모르는 새 부록(符籙)을 받았고	僊緣冥受籙
임금님의 사랑으로 넉넉하게 단약(丹藥)을 만드네	君寵洽營丹
이는 양주의 학[103]에 가까운 일	是近楊州鶴
탱자나무와 가시나무의 난새[104]와 무슨 관계 있으랴	何關枳棘鸞

100 묘유(妙有) : 271쪽 주76 참조.

101 홍몽(鴻濛) : 우주가 형성되기 전의 혼돈 상태이다.

102 형님은……부임했네 : 삼연의 형 김창협이 산수가 아름다운 고을인 청풍에 부임하여 다스리고 있음을 비유한 말이다. 벽락궁(碧落宮)은 도교에서 푸른 하늘 위에 있다는 신선들의 궁전인데, 진(晉)나라의 심희(沈羲)가 선도(仙道)를 배워 재해를 없애고 백성들을 구제하자 천신(天神)이 그를 불러 벽락 시랑(碧落侍郎)으로 삼았다는 전설이 있다. 《神仙傳 卷3 沈羲》

103 양주(楊州)의 학 : 이루기 어려운 소원 혹은 누리기 불가능한 호사를 뜻한다. 사람들이 각자 소원을 말하는 자리에서 어떤 이는 양주 자사(楊州刺史)가 되고 싶다고 하고 어떤 이는 부자가 되고 싶다고 했으며 어떤 이는 학을 타고 선계에 오르고 싶다고 하였는데, 다른 어떤 이가 자신은 허리에 십만 꿰미의 돈을 찬 채 학을 타고 양주로 날아가 세 사람의 소원을 한꺼번에 이루고 싶다고 말한 고사에서 유래한 말이다. 《淵鑑類函 卷420 鳥 鶴》

104 탱자나무와 가시나무의 난새 : 능력 있고 어진 이가 소인들의 사이 혹은 낮은 관직에 있는 것을 뜻한다. 탱자나무와 가시나무는 가시가 많아 악목(惡木)으로 일컬어진다. 후한(後漢)의 고성 영(考城令) 왕환(王渙)이 구람(仇覽)을 주부(主簿)로 임명하

정을 붙인 것은 계수나무 떨기[105]요 　　　　　　紆情叢桂樹

유한한 세상은 한갓 흙덩이이로다 　　　　　　　限世一泥丸

대대로 신령한 구역을 차지하니 　　　　　　　　奕葉靈區擅

온 집안의 도기가 완전하네[106] 　　　　　　　全家道氣完

모룡[107]을 타니 하늘이 가깝게 느껴지고 　　　　茅龍覺天近

그림 익새[108]는 봄 난초를 좇아가네 　　　　　畫鷁趁春蘭

일엽편주로 충주와 여주를 관통하고 　　　　　　一葦忠驪貫

천 편 시로 물과 뭍의 경치 모았네 　　　　　　千篇水陸攢

닻줄의 사초(莎草)에 도포 색이 변하고 　　　　　纜莎袍動色

돛대에 부는 강풍에 술잔에 물결이 이네 　　　　檣颺酒翻瀾

려다가 그의 그릇이 매우 큼을 보고, "탱자나무와 가시나무는 난새와 봉황이 깃들 곳이
아니다.〔枳棘非鸞鳳所棲〕"라고 하였다는 고사가 있다. 《後漢書 卷106 循吏列傳 仇覽》
105　계수나무 떨기 : 은사(隱士)의 거처를 뜻한다. 회남왕(淮南王) 유안(劉晏)의 소
산(小山) 문객이 지었다는 〈초은사(招隱士)〉에 "떨기로 난 계수나무여, 산 그윽한 곳에
있도다. 구불구불 길게 뻗은 가지여, 가지끼리 서로 얽혔구나.〔桂樹叢生兮山之幽, 偃蹇
連蜷兮枝相繆.〕"라고 하였다. 《楚辭 卷8 招隱士》
106　대대로……완전하네 : 삼연 형제의 부친인 김수항(金壽恒, 1629~1689)도 1655년
(효종6)과 1656년에 형제들과 단양(丹陽) 일대를 유람한 적이 있기 때문에 이렇게 말한
것이다. 이 구절은 당(唐)나라 이상은(李商隱)의 〈정주에서 종숙 사인에게 드리다〔鄭
州獻從叔舍人〕〉 시에 "모영(茅盈)은 대대로 신선의 귀한 신분이고, 허훼(許翽)는 온
집안사람들 도기가 충만했네.〔茅君奕世仙曹貴, 許掾全家道氣濃.〕"라고 한 것을 변개한
것이다.
107　모룡(茅龍) : 한중(漢中)의 복사(卜師) 호자선(呼子先)이 띠풀로 엮어 만든 개
를 받아 주막집 노파와 함께 타니 용이 되어 화음산(華陰山) 위로 승천했다는 전설이
있다. 《列仙傳 卷3 呼子先》
108　그림 익새 : 배를 뜻한다. 267쪽 주63 참조.

휘도는 급류에서는 범 눈[109]에 놀라고	虎眼驚回洑
급한 여울에서는 교인 진주[110]가 부서지네	蛟珠碎急湍
높은 파도 타는데도 몸이 가볍고	乘凌猶縱體
둘러보느라 끼니를 잊기도 하네	攬閱或忘餐
세상살이 일찍이 평탄하지 않았으니	世路曾非坦
배로 가는 것 또한 편안한 바라	舟行亦所安
꽃 가득히 핀 누각에 와서 기대고	來憑花滿閣
비단으로 지은 산을 누워서 마주하네	臥對錦爲巒
이는 실로 신선과 비슷하니	是實僊相似
누가 혹여 참여할 수 있으랴	夫何物或干
화락하게 중보[111]를 들여다보고	熙熙衆甫閱
고요하게 내 생을 살펴보네	穆穆我生觀
파초 사슴에서 백성의 꿈을 분별하고[112]	蕉鹿分民夢

109 범 눈 : 소용돌이가 빛을 받아 반짝이는 것을 비유한 말이다.

110 교인(蛟人) 진주 : 교인은 전설 속의 인어(人魚)로 교인(鮫人)이라고도 한다. 남해 바깥에 살며 눈물을 흘리면 진주가 된다고 한다.《博物志 卷2 異人》여기에서 교인 진주는 물방울을 비유한 말이다.

111 중보(衆甫) : 만물의 시초이다.《도덕경(道德經)》21장에 "예로부터 지금까지 도(道)라는 이름이 없어지지 않았기 때문에, 중보(衆甫)를 볼 수가 있는 것이다. 내가 중보의 상태를 어떻게 알겠는가? 이 도를 통해서이다.〔自古及今, 其名不去, 以閱衆甫. 吾何以知衆甫之狀哉. 以此.〕"라고 하였다.

112 파초……분별하고 : 청풍 부사 김창협이 송사를 잘 다스리며 선정을 베풀고 있음을 비유한 말이다. 정(鄭)나라 사람이 나무를 하러 갔다가 우연히 사슴을 잡고서 남들이 찾아내지 못하도록 해자에 숨긴 뒤 파초 잎으로 덮어 두었다가 뒤에 사슴을 숨긴 곳을 잊어버리고서 꿈이라고 여겼는데, 뒤에 다른 사람이 이를 찾아내자 소송을 걸고 꿈

부들 채찍[113]은 관리의 너그러움 보여주네	蒲鞭示吏寬
수레를 따르는 것은 뽕나무를 흠뻑 적시는 비이고[114]	隨車桑雨沃
수레 일산 맞이하는 것은 버드나무의 둥근 그늘일세	迎蓋柳陰團
조종하는 것은 성근 그물을 보겠고[115]	操縱看疎網
성패는 느긋한 거문고 연주에 맡겨두네[116]	成虧付緩彈
무릇 지금 형제[117]	凡今惟棣萼
지초 난초처럼 훌륭하다네	有美亦芝蘭

이야기를 하며 다투었다고 한다. 《列子 周穆王》

113 부들 채찍 : 지방관의 너그럽고 인자한 통치를 뜻하며, 여기에서는 김창협의 선정을 비유한다. 후한(後漢)의 유관(劉寬)이 남양 태수(南陽太守)가 되었을 때 아전이나 백성들이 잘못을 저지르면 부들로 만든 채찍〔蒲鞭〕으로 때려 욕을 보일 뿐 고통을 주지 않은 고사에서 유래한 말이다. 《後漢書 卷25 劉寬列傳》

114 수레를……비이고 : 지방관이 선정을 베푸는 것을 뜻한다. 한(漢)나라의 정홍(鄭弘)이 회양(淮陽)을 다스릴 때 부세(賦稅)와 요역(徭役)을 줄이며 너그럽게 다스렸는데, 가뭄이 들었을 때 순시를 나가자 수레가 가는 곳을 따라 비가 내렸다고 한다. 《後漢書 卷63 鄭弘列傳》

115 조종(操縱)하는……보겠고 : 어질면서도 엄한 정사를 편다는 말이다. 《노자(老子)》73장에 "하늘의 그물은 넓고 넓어서 성글지만 놓치지 않는다.〔天網恢恢, 疎而不失.〕"라고 한 것에서 취한 표현이다.

116 성패는……맡겨두네 : 정사와 형벌을 간략하게 하여 고을을 다스린다는 말이다. 공자(孔子)의 제자 복자천(宓子賤)이 선보(單父)라는 고을을 다스릴 때 거문고를 타고서 자신은 당에서 내려오지 않았으나 선보가 잘 다스려졌다는 고사를 인용한 것이다. 《呂氏春秋 卷21 察賢》

117 형제 : 원문인 '체악(棣萼)'은 아가위의 꽃받침이란 뜻인데, 형제 혹은 형제 간의 우애를 뜻하는 말이다. 《시경》〈소아(小雅) 상체(常棣)〉에, "아가위의 꽃이여, 꽃받침이 화사하지 않은가. 무릇 지금 사람들은, 형제만 한 이가 없느니라.〔常棣之華, 鄂不韡韡. 凡今之人, 莫如兄弟.〕"라고 하였다.

풀 덮인 물가에는 멀리서 배가 돌아오고	草渚歸遙艇
안개 낀 성에서는 저녁에 안장을 내려놓네	煙城歇暮鞍
허무한 곳에 묵은 약속만 남았고[118]	虛無存宿約
놀라 자빠질 듯 새 즐거움을 다하였네	驚倒罄新歡
갈강에게 물으며[119] 말 탄 시종들 따르게 하고	問葛從騎馬
유표에게 의탁하여[120] 기댈 난간을 빌렸네	依劉借倚欄
강은 누각과 함께 일렁이고	江將樓蕩漾
봄빛은 나그네와 함께 서성이네	春與客盤桓
새벽 휘장에는 붉은 놀이 모이고	曉幔霏紅斂
햇빛 드는 대자리엔 푸른 이슬 앉았네	晴筵滴翠溥
벽사롱에는 팔영을 더하니[121]	紗籠添八詠

---

118 허무한……남았고 : 속세 밖의 산에 은거하려는 약속은 했으나 자신은 아직도 속세를 떠나지 못하고 있다는 말이다. 백거이(白居易)의 〈장한가(長恨歌)〉에 "문득 들으니 바다 가운데에 선산이 있는데, 산이 허무하고 아득한 사이에 있다고 하네.〔忽聞 海上有仙山, 山在虛無縹緲間.〕"라고 하였다.

119 갈강(葛疆)에게 물으며 : 술에 취해 호기를 부린다는 뜻이다. 진(晉)나라의 산간 (山簡)이 양양 태수(襄陽太守)로 있을 때 고양(高陽)의 습가지(習家池)를 좋아하여 자신이 아끼는 부장인 갈강을 대동하고 이곳에서 술을 마시다 만취하여 돌아오곤 했는 데, 당시 아이들이 산간이 갈강에게 호기를 부리는 모습을 "말채찍을 들고 갈강에게 묻기를, 병주의 건아들에 비교해 어떠한가 하네.〔擧鞭問葛疆, 何如幷州兒?〕"라고 노래 했다고 한다. 《晉書 卷43 山濤列傳 山簡》

120 유표(劉表)에게 의탁하여 : 권세나 명망이 있는 자에게 의탁한다는 뜻인데, 여기 에서는 삼연이 청풍 부사인 형 김창협과 노닐고 있기 때문에 이렇게 말하였다. 삼국시대 위(魏)나라의 왕찬(王粲)이 황문 시랑(黃門侍郎)이 되었으나 서경(西京)이 혼란한 것 을 보고 취임하지 않고 형주(荊州)의 유표에게 가서 의탁한 데에서 유래한 말이다. 《三國志 卷21 魏書 王粲傳》

붉은 비파는 세 사람이 탄식할 만하여라[122]　　　朱瑟耐三歎

감상하고 질정하며 서로 시편을 주니　　　賞質呈文墨

꾀꼬리 울음소리에 간담이 환히 드러나네[123]　　　嚶鳴亮肺肝

마음에 부는 천뢰[124]를 들이쉬고　　　吹心天籟吸

정수리를 적시는 제대의 장수[125] 차가워라　　　灌頂帝漿寒

오래된 바위 틈에선 황양이 액을 당하였고[126]　　　石老黃楊厄

---

121 벽사롱(碧紗籠)에는 팔영(八詠)을 더하니 : 삼연이 누각에 올라 경관을 시로 노래했다는 말이다. 벽사롱은 벽에 걸린 명사(名士)들의 글을 보호하기 위해 덮던 푸른 깁이다. 팔영은 남조(南朝) 제(齊)나라의 심약(沈約)이 동양 태수(東陽太守)로 있을 때 원창루(元暢樓)를 세우고 이곳에서 경관을 읊은 시 여덟 수를 지었는데, 이것이 유명해져 후인(後人)들이 원창루를 팔영루(八詠樓)로 이름을 바꾸었다. 《古詩紀 卷84》

122 붉은……만하여라 : 《예기(禮記)》〈악기(樂記)〉에 "청묘의 비파는 붉은 줄에 너른 구멍을 밑바닥에 뚫었으며, 한 사람이 연주를 하면 세 사람이 따라서 감탄하는데, 이는 선왕의 남긴 소리가 있는 것이다.〔淸廟之瑟, 朱絃而疏越, 壹倡而三歎, 有遺音者矣.〕"라고 하였다. 여기에서는 삼연이 누각에서 일행들과 음악을 즐겼음을 말한 것이다.

123 꾀꼬리……드러나네 : 벗끼리 주고받는 시편에 서로의 진심이 드러난다는 말이다. 꾀꼬리 울음소리는 벗을 구하는 시편을 뜻하는 말로, 《시경》〈소아(小雅) 벌목(伐木)〉에 "꾀꼴꾀꼴 꾀꼬리 울음이여, 벗을 찾는 소리로다. 저 새도 벗을 찾아 우는데, 하물며 사람이 벗을 찾지 않는단 말인가.〔嚶其鳴矣, 求其友聲. 相彼鳥矣, 猶求友聲, 矧伊人矣, 不求友生.〕"라고 한 데에서 유래하였다.

124 천뢰(天籟) : 새소리, 바람 소리, 물소리 등 자연의 소리를 뜻한다.

125 제대(帝臺)의 장수(漿水) : 《산해경(山海經)》권5〈중산경(中山經)〉에, 고전산(高前山) 위에 '제대의 장수〔帝臺之漿〕'라는 샘이 있는데 매우 차고 맑으며 이를 마시면 가슴앓이가 없어진다고 하였다.

126 황양(黃楊)이 액을 당하였고 : 황양은 회양목이다. 전설에 의하면 황양은 잘 자라지 않아 1년에 겨우 1치가 자라는데 윤년을 만나면 오히려 길이가 줄어든다고 하여 이를 "황양이 윤년에 액을 당한다.〔黃楊厄閏〕"라고 한다. 여기에서는 황양이 더디 자라고 있는 것을 말한 것이다.

깨끗한 모래밭에선 백조가 즐거워하네	沙鮮白鳥衎
봉우리는 놀이 칠한 눈썹먹을 둘렀고	岑縈霞抹黛
여울은 달이 흘리는 비단을 끌며 흐르네	瀨曳月流紈
옥순봉 보고 첫눈에 놀랐더니	玉筍初眸聳
단구 동문(洞門)에서 자주 힘들게 노질하네	丹門屢棹難
차례차례 사객을 쫓아가고[127]	次鱗追謝客
발걸음 교차하며 진단[128]을 방문하네	交躅訪陳搏
아득한 저 영지가 거듭 빼어나건만	緬彼芝重秀
아 나의 겨드랑이엔 날개가 아직 돋지 않았구나	嗟吾腋未翰
반평생 글공부 게을리하였는데	半生鉛槧倦
남은 기운 원기[129]가 다 말랐어라	餘氣鼎鑪乾
상전벽해에 동적[130]이 휩쓸려 가고	桑海簸銅狄

---

127 차례차례 사객(謝客)을 쫓아가고 : 단구의 산수를 찬찬히 즐기고 있다는 말이다. 사객은 아명(兒名)이 객아(客兒)였던 남조(南朝) 송(宋)나라의 사영운(謝靈運)이다. 그의 시는 강남(江南) 지방의 산수를 유람하며 그 흥취를 드러낸 작품이 많으므로 이렇 게 말한 것이다.

128 진단(陳搏) : 송나라의 도사로 호는 희이선생(希夷先生)이다. 오대(五代) 때 화 산(華山)에 은거하며 도를 닦고 벽곡(辟穀)을 하여 한번 잠이 들면 1백여 일을 깨지 않고 계속 잤는데, 후에 송 태조(宋太祖)가 즉위하자 그제야 웃으면서 이제야 세상이 안정을 찾았다고 했다고 한다.《宋史 卷457 隱逸列傳 陳搏》

129 원기 : 원문인 '정로(鼎鑪)'는 도사들이 단약(丹藥)을 제조할 때 쓰는 화로인데, 심신의 원기를 뜻하기도 한다.

130 동적(銅狄) : 구리로 만든 사람 크기의 인형이다. 진 시황(秦始皇) 때 이를 만들 어 함양(咸陽) 궁궐 앞에 세워두었는데, 뒤에 후한(後漢) 때 방사(方士) 계자훈(薊子 訓)이 장안(長安) 동쪽 패성(覇城)에서 한 노인과 이를 어루만지며 "이것을 만들 때 보았는데 벌써 5백 년이 되었다."라고 탄식했다는 고사가 있다.《後漢書 卷112下 方術列

거오산[131]에 낚싯대 거꾸러졌네　　　　　鰲山倒釣竿

꽃 날리니 복숭아는 익어가고[132]　　　　花飛桃向熟

도끼자루 썩었어도 바둑판은 남아있네[133]　柯爛局猶殘

장지화는 배 타고 떠돌아 집이 없었고[134]　張志浮無宅

마고 선녀 내려온 제단이 있네　　　　　麻姑降有壇

호중천[135]에서 다시 한 걸음 나아가야　　壺中更進步

비로소 크게 즐거워지리　　　　　　　　方是大團欒

傳 薊子訓》

131 거오산(巨鰲山) : 거대한 자라가 머리에 이고 있는 산이란 뜻이다. 발해(渤海) 동쪽의 다섯 신산(神山)인 대여(岱輿)・원교(員嶠)・방호(方壺)・영주(瀛洲)・봉래(蓬萊)가 조수(潮水)에 밀려 표류하자 천제(天帝)가 각각 3마리씩 총 15마리의 거대한 자라에게 이 산들을 머리에 이고 있게 하였는데, 뒤에 용백국(龍伯國)의 거인이 6마리를 낚아 갔으므로 대여와 원교의 두 산은 서극(西極)으로 떠내려가고, 방호와 영주와 봉래의 세 산만 남았다는 전설이 있다. 《列子 湯問》

132 꽃……익어가고 : 청풍현의 승경을 도화원(桃花源)에 비긴 것이다. 198쪽 주341 참조.

133 도끼자루……남아있네 : 진(晉)나라의 왕질(王質)이 석실산(石室山)에 나무하러 갔다가 몇 명의 동자가 바둑을 두며 노래하는 것을 구경하고 대추씨 같이 생긴 열매를 받아먹었는데, 얼마 뒤에 일어서려 하니 도끼자루가 다 썩어 있었고, 산을 내려와 보니 세월이 많이 흘러 아는 사람이 한 사람도 남아있지 않았다고 한다. 《述異記 卷上》

134 장지화(張志和)는……없었고 : 장지화는 당(唐)나라의 은사(隱士)로, 연파조도(煙波釣徒)로 자처하면서 부가범택(浮家泛宅)하는 생활을 즐겼다. 《新唐書 卷196 隱逸列傳 張志和》

135 호중천 : 선계 또는 별천지를 뜻하는 말이다. 153쪽 주260 참조.

처음 능강 계곡에 들어가 경치 좋은 곳을 찾아내었는데
못물이 푸르게 일렁이고 아름다운 꽃들이 어우러졌기에
함께 바위에 걸터앉아 술 마시고 시 읊으며 흥을
발산하였다[136]

始入凌江谷 得一勝處 潭水漾綠 好花相映 相與跂石而坐 觴詠遣興

꽃들 취하고 새들 노래하는 것이 나와 같으니	花醉禽歌與我同
각자 참된 뜻 가지고 봄바람에 바치네	各將眞意獻春風
아득히 들어가 봄에 말없이도 계합하니	悠然去入無言契
호량의 제물옹은 말도 많았지[137]	饒舌濠梁齊物翁

136 처음……발산하였다 : 능강 계곡은 현재의 충청북도 단양군 적성면에 있는 골짜
기로, 단양군 적성면과 수산면 사이에 있는 금수산에서 발원한 물이 서북쪽으로 이어지
다 청풍호로 흘러 들어간다.

137 호량(濠梁)의……많았지 : 호량은 호수에 놓인 징검다리이고, 제물옹(齊物翁)
은 장자(莊子)이다. 일찍이 장자(莊子)가 호량 위에서 벗인 혜자(惠子)와 함께 물고기
들을 보며 물고기가 자유롭게 노니는 즐거움을 논할 때 혜자가 "그대는 물고기가 아닌데
어떻게 물고기가 즐거운 줄을 아는가?"라고 반박하자 장자가 "그대는 내가 아닌데 어떻
게 내가 물고기의 즐거움을 알지 못할 줄을 아는가?"라고 대답했다는 고사가 있다.
《莊子 秋水》

학암에서 배를 돌리다

鶴巖廻船

학암에서 돌아온 말들 금 안장을 보내니　　　　　鶴巖歸騎送金鞍

가벼운 배에 앉아서 세찬 여울 내려가네　　　　　坐著輕舟下急湍

신선 누각에서 뿔피리 부는 곳은 분간하지 못하겠거니와

　　　　　　　　　　　　　　　　　　　　　　不辨僊樓吹角處

저녁 안개 엉겨 꽃들과 어우러졌네　　　　　　　暝煙凝與百花團

홍생 세태를 보내고 홀로 이담에 가다[138]
送洪生世泰孤往二潭

저물녘에 연못의 섬 찾아가니 　　　　　　　　　　晩爾求潭島

홀로 가며 그윽하게 노래하는 때라오 　　　　　　　幽歌獨往時

꽃이 만발한 뱃길은 진창이요 　　　　　　　　　　花繁船路泥

구름 모인 골짜기 이름은 미심쩍어라 　　　　　　　雲合洞名疑

처음 더위 잡은 계수나무 아직 식지 않았을 것이요 　未冷初攀桂

늦게 자란 영지는 응당 살쪄 있으리 　　　　　　　應肥後秀芝

애오라지 하늘 끝의 학을 불러서 　　　　　　　　　聊呼天際鶴

나 대신 서로 따르시게나 　　　　　　　　　　　　代我與相隨

138　홍생(洪生)……가다 : 홍세태(洪世泰, 1653~1725)는 본관은 남양(南陽), 자는 도장(道長), 호는 창랑(滄浪) 또는 유하(柳下)이다. 그는 삼연의 단구 유람 때 4월 19일에 합류하여 학서암·한벽루·능강 계곡 등을 함께 유람한 뒤 23일 점심 식사를 한 뒤 먼저 돌아갔다. 이담은 도담(島潭)과 구담(龜潭)이다.

위곡을 지나며 꽃 아래의 인가를 바라보다[139]
過葦谷 望花下人家

비둘기 흰 살구꽃에 앉아 우는데	鳩鳴杏花白
꽃 아래에 인가 연기 숨어있으니	花下隱人煙
돌에 얽힌 덩굴이 둘러서 울타리 되고	石蘿繞爲籬
향기로운 차조 어지러이 밭에 가득하네	芳朮紛盈田
어슴푸레한 가운데 닭 울고 개 짖으니	曖曖雞犬事
생계가 그 안에 다 갖추어졌구나	生理中自全
아이는 소를 몰아 소나무 밖으로 나오고	兒驅牛出松
노인은 사슴을 따라 샘물을 마시네	翁隨鹿飮泉
그 걸음 정말로 느긋하고	其行正泄泄
그 시선은 어찌나 순수한지	其視何顚顚
밤사이 갈천씨[140]의 꿈이	夜來葛天夢
눈에 선하네	接目頗依然
아 순박한 풍속이여	嗟爾淳朴俗
아마도 외딴 곳이기 때문이리	蓋亦由地偏
산을 옥 호리병 속[141]에 숨겨	藏山玉壺中

---

139 위곡(葦谷)을……바라보다 : 위곡은 현재의 충청북도 제천시 금성면 동막리 근처로 생각된다. 삼연 일행은 이곳을 4월 24일에 지났다.

140 갈천씨(葛天氏) : 상고시대의 제왕으로 무위(無爲)의 정치로 풍속을 순박하고 진실하게 만들었다고 한다.

141 옥 호리병 속 : 153쪽 주260 참조.

천변만화 겪지 않았네   不受萬化遷

봄바람에 여기에서 오래 머무니   春風遲在玆

따스한 햇살에 하루가 한 해 같아라   舒日度如年

지금 산 밖의 사람은   此時山外人

기름불처럼 날마다 스스로를 태우니[142]   膏火日以煎

말 멈춘 이는 또 누구인가   駐馬亦何人

머뭇머뭇 더디 내를 건너네   踟躕懶涉川

---

142 기름불처럼……태우니 : 사람이 자기 재주 때문에 화를 당하는 것을 비유하는 말이다. 《장자(莊子)》〈인간세(人間世)〉에 "산의 나무는 유용하기 때문에 벌목을 자초하고, 기름불은 어둠을 밝힐 수 있어서 스스로를 태우게 만든다.〔山木自寇也, 膏火自煎也.〕"라고 하였다.

길을 묻다
問路

골짜기 깊어 흙비 잘 오니	峽深易爲霾
안개비 우거진 초목에 어둑하게 내리네	煙雨暗荒榛
자욱한 십 리 길에	羃羃十里征
나 말고는 다른 사람들 없어라	身外無餘人
바위와 샘물은 예전에 다닌 곳이 많지만	巖泉多歷古
말을 타고서 누차 새 경치 구경하고자 생각하네	鞍馬屢懷新
무너진 모래밭에 끊어진 다리 있으니	頹沙有斷橋
건너고자 하여 마음속으로 물어보노라	欲涉心自詢
쟁기질 소리 조그맣게 들리니	微聞耒耜聲
봄날의 밭두둑에 풀이 짙푸르게 났네	草深隴上春
욕심 없는 장저와 걸닉의 무리는	囂囂沮溺徒
나루터를 묻는 데 대답할 줄 모르네[143]	未解答問津
서글피 갈 곳을 잃었는데	悵然失所適
흰구름 와서 몸을 두르네	白雲來繞身

---

143 장저(長沮)와……모르네 : 길을 물어본 농부가 길을 제대로 알려주지 못했다는
의미이다. 장저와 걸닉(桀溺)은 초(楚)나라의 은자이다. 공자(孔子)가 제자들과 초나
라를 지나갈 때 자로(子路)를 시켜 나란히 써래질을 하고 있는 그들에게 나루터가 어디
있는지를 묻게 하였는데, 그들은 공자라면 나루터가 어디 있는지 알 것이라며 가르쳐주
지 않고 공자가 무도(無道)하게 흘러가는 세상을 바로잡으려 천하를 다니는 것이 소용
없는 일이라며 비꼬았다. 《論語 微子》

금강정에 오르다[144]

登錦江亭

금강 강가에서 약초 씻던 사람	錦江江上洗藥人
높은 정자에 와 함께하니 절로 한가롭네	來與高亭閑自在
동남쪽에 해 뜨니 금수 푸르고	東南日出錦水碧
맑게 갠 물가에는 자욱하던 구름 걷히네	晴渚雲容捲靉靆
그윽한 여울 쏟아지며 작은 시내 소리를 내며	幽灘瀉作小溪響
벼랑에 걸린 소나무는 아낄 만한 것 많아라	憑崖倚松多可愛
영월을 가득 메운 푸른 산들에선 새들이 울고	靑山滿越衆禽鳴
진나라 때 잃어버린 붉은 나무에는 개 한 마리 짖어대네[145]	
	紅樹迷秦一犬吠
회계산이니 봉래산이니 이름들 황홀하니[146]	會稽蓬萊名恍惚

---

144 금강정(錦江亭)에 오르다 : 금강정은 강원도 영월군 영월읍 영흥리에 있는 정자로, 1428년(세종10)에 김복항(金福恒)이 건립하였다. 동강(東江) 북쪽 기슭에 임해 있고 건너편에 계족산의 아름다운 경치가 보이는 명승지이다. 삼연 일행은 4월 25일에 금강정에 올랐다.

145 진(秦)나라……짖어대네 : 금강정 주변의 경치를 도화원(桃花源)에 비긴 것이다. 동진(東晉) 태원(太元) 연간에 무릉(武陵)의 한 어부가 시내를 따라 올라가다가 우연히 복사꽃이 만발한 숲을 지나자 개 짖는 소리와 닭 우는 소리가 들리더니 진 시황(秦始皇)의 폭정을 피해 온 사람들이 외부 세계와 단절된 채 모여 살고 있는 마을이 나타났는데, 마을 사람들에게 한껏 대접을 받고 돌아온 뒤 이를 태수(太守)에게 고하여 다시 찾아가려 하였으나 찾을 수가 없었다고 한다.《陶淵明集 卷6 桃花源記》

146 회계산(會稽山)이니……황홀하니 : 금강정 주위 산들의 이름이 중국의 선산(仙

이 정자는 인간 세상 안의 것이 아닌 듯해라　　　此亭恐非人煙內

내일 아침 한벽루에 돌아가 누우면　　　　　明朝歸臥寒碧樓

금병산 봉우리 여기만 못하리　　　　　　　錦岯屛嶂少意態

山)들과 이름이 같기 때문에 이렇게 말한 것이다. 회계산은 금강정 맞은편에 보이는
계족산의 별칭이고, 봉래산(蓬萊山)은 금강정 뒤에 있다.

강을 따라 자연암을 찾아가다[147]

緣江訪紫煙巖

자연암 천하에 기이하니	紫煙之巖天下奇
사군[148]을 다 돌았어도 거의 보지 못하였을 정도일세	
	歷盡四郡所見稀
삼태성 땅에 떨어져 봉우리의 형세 이루었고	三星落地峰勢成
태화산[149] 연꽃 같은 봉우리는 물속의 것이 아니로다	
	太華蓮峰水中非
밝고 깨끗한 동쪽 봉우리는 흰 모래가 뭉쳐 있고	東峰瑩潔白沙團
그윽하고 가파른 서쪽 봉우리는 소나무로 옷을 입었네	
	西峰幽峭松爲衣
높이 핀 꽃은 옆으로 자라 서로 부딪히고	高花側生自相當
한가한 구름은 번갈아 쉬며 서로 의지하네	閒雲替棲自相依
가운데 봉우리가 앉은 곳 아래가 뻥 뚫려	中峰坐處下嵌空
뭇 물살 가만히 삼키니 물소리 조용해라	暗吞羣浪水聲微

---

147 강을……찾아가다 : 자연암(紫煙巖)은 동강 가운데 솟아있는 너럭바위로, 둥글바위라고도 한다. 영월군 영월읍 삼옥리에 있고 현재의 모습은 커다란 너럭바위인데, 황경원(黃景源, 1709~1787)의 기록에 따르면 세 봉우리가 강 가운데에 솟구친 것이 도담삼봉(島潭三峯)과 비슷하다고 하였다. 《江漢集 卷1 島潭月出與伯玉升舟泝洄》

148 사군(四郡) : 제천(堤川)·청풍(淸風)·단양(丹陽)·영춘(永春)으로, 소백산과 남한강의 경치가 어우러지는 명승지로 이름 높았다.

149 태화산(太華山) : 영월군 영월읍 흥월리와 오사리 사이에 솟아있는 산이다.

검푸른 물은 우레 울리는 굴로 들어가 태충[150]에 접하고

玄歸雷窟接太冲

흰 물보라는 옥 같은 못에서 휘돌며 아침 햇살을 받누나

白旋瓊潭受晴輝

신룡은 바야흐로 붉은 해 비친 물속에 숨어서 잠들고

神龍正深赤日睡

도인(道人)은 막 붉은 지초를 씻고 돌아가네 　羽客初洗紫芝歸

내 어떤 사람이기에 이처럼 당돌한가 　我是何人太唐突

이미 하류를 따라가며 속된 생각 씻어냈네 　已從下流濯塵機

이곳이 어찌 자주 올 곳이겠나 　此中豈是屢到處

도착하자마자 구름 타고 날아오를 생각이 드니 　旣到便思凌雲飛

---

150 태충(太冲) : 텅 비고 고요한 조화의 경지이다.

또 읊다

又賦

기암괴석 어디에 있나 자연암 가는 길 몰라	奇巖何在紫煙迷
배는 교송을 범하고서 오솔길로 드누나[151]	船犯喬松出入蹊
태동의 참깨밥은 술잔 가까운 곳 먼 곳에 있고[152]	台洞胡麻杯遠近
무릉의 꽃나무는 물 동쪽 서쪽에 있구나[153]	武陵花樹水東西
연못의 용은 잠이 얕아 옥 울리는 듯한 바람 소리 듣고	
	潭龍睡淺聆風珮
목객[154]은 몸이 가벼워 안개 속 사다리에 몸을 의지하였네	
	木客身輕倚霧梯
해 저물고 수원(水源)은 멀어 노 저어 돌아오노라니	景仄源長搖櫓返
금강정 아래에서 두견새가 울어대네	錦江亭下子規啼

151 교송(喬松)을……드누나 : 신선 세계로 들어간다는 말이다. 교송은 신선인 왕자
교(王子喬)와 적송자(赤松子)의 병칭이다.

152 태동(台洞)의……있고 : 술상에 놓인 음식이 마치 선계에서 먹는 신선들의 음식
처럼 느껴진다는 말이다. 후한(後漢) 영평(永平) 연간에 유신(劉晨)과 완조(阮肇)가
천태산(天台山)에 들어가서 약을 캐다가 두 여인을 만나 그들의 집에서 참깨밥을 대접
받고 반년 동안 머물다 돌아왔더니 세상은 이미 7세(世)가 지나 있었다고 한다.《太平廣
記 卷61 女仙 天台二女》

153 무릉(武陵)의……있구나 : 강의 양안(兩岸)에 복사꽃이 피어 있다는 말이다.
198쪽 주341 참조.

154 목객(木客) : 산에 사는 도깨비이다. 여기에서는 깊은 산속임을 말하기 위해 언
급하였다.

두견새 노래
子規歌

금수는 세차게 서쪽으로 흐르는데	錦水沄沄流向西
서쪽에서 새 한 마리 날아오니 자가 자규라[155]	西來一鳥字子規
묻노니 너의 전신은 누구였느뇨	問爾前身定爲誰
망제의 모습이 지금 이렇게 되었다오[156]	望帝形容今若玆
묻노니 너는 돌아가겠다 말하는데 어디로 돌아가고자 하느뇨	
	問爾言歸欲何歸
봄풀이 항상 무성한 월중이라오[157]	越中春草每萋萋
푸른 산에는 나무 많고 나무에는 가지 많은데	靑山多樹樹多枝
동쪽 가지에 안주하지 못하고 다시 서쪽 가지로 옮기네	
	東枝不安復西枝

---

155 서쪽에서……자규(子規)라 : 자규는 두견새를 뜻하는 말인데, 사람의 자(字)에
자주 들어가는 '자(子)' 자가 들어가므로 이렇게 말하였다.

156 묻노니……되었다오 : 두견새는 촉(蜀)나라의 망제(望帝) 두우(杜宇)가 변한 것
이라는 전설이 있다. 그는 신하인 별령(鼈靈)의 아내와 간음한 뒤 이를 부끄러워하여
제위(帝位)를 별령에게 선양하고 서산(西山)으로 도망가서 살다가 죽었는데, 그의 넋
이 두견새로 변하여 봄과 여름 어름에 밤낮으로 피를 토하며 운다고 한다. 《太平御覽
卷166 州郡部 益州》

157 묻노니……월중(越中)이라오 : 두견새가 서산으로 도망간 촉나라 망제를 동정하
여 '돌아가느니만 못하다.'라는 뜻의 '불여귀거(不如歸去)'라고 운다는 전설이 있어 이렇
게 말한 것이다. 월중은 영월(寧越)의 별칭이다.

임금과 신하의 예수(禮數)에 검과 패옥을 갖추지 않으니

君臣禮數休劍珮

가지에 숨어 울부짖으니 뭇 새들이 따르네

竄枝嘵嘵衆翼隨

삼경엔 노산군의 무덤[158] 위에서 울더니

三更啼上魯山墓

사경에는 육신사[159] 아래로 옮겨갔네

四更移下六臣祠

오경에는 소리 끊기니 어찌하리오

五更聲絶可奈何

흐느끼는 금수[160]에 피를 물결에 더하였네

錦水嗚嗚血添波

유객은 말 몰고 떠나 밤에 머무르는 이 없으니

游人驅馬夜莫留

이곳 명월루[161] 슬프고도 원통하도다

此中哀怨明月樓

---

158 노산군(魯山君)의 무덤 : 영월에 있는 단종(端宗)의 무덤이다. 노산군은 단종이
숙부인 수양대군(首陽大君)에게 왕위를 찬탈당한 뒤에 받은 봉호이다. 단종은 뒤에
1698년(숙종24)에 복위되고 묘효(廟號)가 추증되었다.

159 육신사(六臣祠) : 현재의 영월군 영월읍 영흥리에 있는 창절사(彰節祠)이다. 본
래 1685년(숙종11)에 육신사라 하여 사육신(死六臣)을 배향하였다가 1709년(숙종35)
에 영월 유생들의 소청으로 창절사로 다시 사액(賜額)되었다.

160 금수(錦水) : 금장강(錦障江)이라고도 한다. 현재의 영월을 흐르는 동강의 하류
에 해당한다.

161 명월루(明月樓) : 현재의 영월군 영월읍 영흥리에 있는 누각이다. 본래 명칭은
매죽루(梅竹樓)였으나 단종이 노산군으로 강등된 뒤 달밤에 이곳에 올라 자신의 처지
를 두견새에 빗댄 〈자규사(子規詞)〉를 지어 불렀으므로 명월루·자규루(子規樓) 등으
로 불리게 되었다.

응청각에서 호(壺)자 운으로 짓다[162]

凝淸閣得壺字

석양 속 신선 누각의 술병 찰랑이는데 潋灩僊樓落日壺

휘장 걷으니 누대 그림자 허무한 곳[163]으로 들어가네

卷帷樓影入虛無

금병산의 빗발은 고요하게 꽃을 뚫고 屛山雨足穿花靜

학령의 구름 옷깃은 외롭게 바위를 끄네 鶴嶺雲衣曳石孤

벽에 기대 연주하는 그윽한 거문고는 지뢰[164]를 이어받고

倚壁幽琴承地籟

강을 바라보고 나누는 맑은 대화는 하도낙서(河圖洛書) 풀이하네

面江淸話破河圖

금단약 늦어버려 청춘이 흘러갔으니 金丹晼晚靑陽老

경치 좋은 곳에서 머뭇대며 나 홀로 울울해 하노라[165] 勝處依遲我思紆

---

162 응청각(凝淸閣)에서……짓다 : 응청각은 청풍현의 객사였던 한벽루 왼쪽에 세워졌던 2층 누각으로 청풍 부사가 휴식을 취하거나 중앙에서 내려오는 관속들의 객사로 쓰였다. 삼연 일행은 3월 28에 이곳에서 연포(軟泡)를 즐겼고, 4월 2일에 이곳에서 거문고 곡조를 들었다.

163 허무한 곳 : 아득한 선경을 뜻한다. 291쪽 주118 참조.

164 지뢰(地籟) : 대지의 모든 구멍에서 나오는 바람 소리를 뜻한다.《莊子 齊物論》

165 금단약(金丹藥)……하노라 : 세월이 덧없이 흘러서 늙어가는 것이 허무하다는 말이다. 주희(朱熹)가 운당포(賞簹浦)란 곳을 지나다가 그곳에 적힌 "휘황한 영지여, 일 년에 세 번 줄기가 뻗도다. 나는 유독 무엇을 하였는고. 뜻을 가지고 이루지 못하였네.〔煌煌靈芝, 一年三秀. 予獨何爲, 有志不就.〕"라는 구절을 보았는데, 40년 뒤에 다시

그곳을 지나다 보니 그 구절이 보이지 않았다. 이에 지난 일을 회상하며 시를 짓기를, "덧없이 빠른 백 년 인생 그 얼마나 되느뇨. 영지가 세 번 줄기 뻗음 무엇을 위함인가. 금단은 한 해가 저물도록 소식이 없는데, 운당포 벽 위의 시를 거듭 탄식하노라.〔鼎鼎百年能幾何, 靈芝三秀欲何爲. 金丹歲晚無消息, 重歎篔簹壁上詩.〕"라고 하였다.《朱子大全卷84 題袁機仲所校參同契後》

초3일에 혼자 정방사에 가기 위해 강을 건너 북쪽으로 가서 도화동의 길을 잡았다[166]

初三日獨往淨方寺 涉江北行 取道桃花洞

제1수

예로부터 한 줄기 강물을	由來一派水
천고에 몇 번이나 근원을 잃어버렸던가[167]	千古幾迷源
처음 이르렀을 때엔 갈림길 많아 걱정했더니	始至愁多路
자세히 들여다보고는 문로(門路) 찾은 것이 기쁘구나	深窺喜得門
꽃은 바람 불지 않은 나무에 남아있고	花留不風樹
산은 구름 속에 숨은 마을을 안고 있네	山抱有雲村
방향 바꿔 사찰[168]로 가니	轉向招提去
닭 우는 소리 개 짖는 소리조차 거슬리네	猶嫌雞犬喧

제2수 其二

소에게 물 먹이는 노인 보이지 않지만	不見飲牛叟
소만 홀로 시냇물을 마시고 있더라	自來牛飲溪

---

166 초3일에……잡았다 : 정방사는 충청북도 제천군 수산면 금수산(錦繡山)에 있는 사찰이다. 의상대사(義湘大師)가 절을 지을 곳을 정하기 위해 지팡이를 던졌을 때 지팡이가 날아가 꽂힌 곳에 창건하였다는 전설이 있다.

167 예로부터……잃어버렸던가 : 도화동을 지나고 있으므로 이렇게 말한 것이다. 198쪽 주341 참조.

168 사찰 : 정방사를 가리킨다.

마음에 기쁜 점이 있지만   於心有所悅

이 길에서 어찌 오래 헤매랴   玆路豈長迷

휴식은 우뚝 선 높은 소나무와 함께하고 歇與喬松立

읊조림은 기이한 새들의 지저귀는 소리를 잇네 吟連怪鳥啼

나의 끝없는 흥취를 따르니   從吾無盡興

어찌 구름 사다리 오르지 않으랴   寧不過雲梯

정방사에 도착하다
到寺

층층 바위 쓰러질 듯 기우뚱한 모습으로	層巖欹欲倒
버티고 서서 조각구름을 둘렀네	撑拄片雲紆
뇌우 이는 오랜 옛날에 사람을 겪었으니[169]	雷雨經人久
홍몽[170]에서 홀로 속세를 벗어나 우뚝해라	鴻濛出世孤
풍부한 샘에는 흰 박쥐요	泉肥白蝙蝠
오래된 돌에는 푸른 창포라	石老綠菖蒲
장생에 대한 생각 잠시 일어나니	乍起長生念
있느냐 없느냐 집착에 빠져 있는 것이 부끄러워지네	翻慚墮有無

---

169 뇌우……겪었으니 : 오랜 옛날에 사람이 이곳에 와서 정방사를 지었다는 말이다.
원문의 '뇌우(雷雨)'는 《주역》〈둔괘(屯卦) 단(彖)〉의 "뇌우의 동함이 가득하여 천조
(天造)가 어지럽고 어두우므로 마땅히 제후를 세우고 편안히 여기지 못한다.〔雷雨之
動, 滿盈. 天造草昧, 宜建候而不寧.〕"라고 한 데에서 취한 말로, 안정되지 않은 혼돈
세상을 뜻한다.

170 홍몽(鴻濛) : 광대한 들판을 뜻한다.

산을 내려오다

下山

말 몰아 다시 배에 오르니	驅馬復登舸
벽라의 입은 이[171]의 처신이 아니로다	行身非薜蘿
하룻밤이나 묵었나 하였거니	方疑一夜宿
감히 뒷날 방문하려 하겠는가[172]	敢擬後來過
상계에서는 인천의 음악[173]이 들리고	上界人天樂
중류에서는 어여차 뱃노래 듣네	中流款乃歌
층층 산봉우리 답례라도 하는 듯이	層顚如答禮
흰구름 무성하게 내보내네	送出白雲多

---

171 벽라의(薜蘿衣) 입은 이 : 198쪽 주339 참조.

172 하룻밤이나……하겠는가 : 미련을 남기지 않고 떠난다는 말이다. 불가(佛家)에 삼숙연(三宿戀)이라는 말이 있는데, 이는 중들이 같은 뽕나무 아래에서 사흘 이상을 묵지 않음으로써 오래 머물다 은애(恩愛)가 생기지 않도록 하는 것을 말한다. 《後漢書 卷30 襄楷列傳》

173 인천(人天)의 음악 : 범패(梵唄)를 뜻한다. 인천은 불교의 육도윤회(六道輪廻) 중 인도(人道)와 천도(天道)로, 중생(衆生)을 가리키는 말이기도 하다.

백련암[174]

白蓮菴

이곳에 백일이 기니	於焉白日永
응당 백운이 깊기 때문이리	應以白雲深
산 밖에는 무궁무진한 일들 있으나	山外無窮事
숲속에서 홀로 마음을 살피노라	林中獨見心
원숭이는 저녁 종소리에 의지해 돌아오고	猿歸依晩磬
용은 봄 그늘을 끌고 옮겨오네	龍徙曳春陰
시구를 얻고 말 잊은[175] 곳에서	得句忘言處
아스라이 공악[176]이 들리누나	依俙空樂音

---

174 백련암(白蓮菴) : 제천시 봉양읍 명암리에 있는 사찰이다. 감악산(紺岳山) 자락에 위치하였으며 신라 문무왕(文武王) 때 의상대사가 창건한 것으로 알려졌다. 삼연은 4월 4일에 무암(霧菴), 봉서암(鳳棲菴)을 들렀다가 백련암에서 종일 시간을 보냈다.

175 말 잊은 : 마음속에서 뜻을 깨우쳐 굳이 언어로 전달할 필요가 없다는 뜻이다. 《장자(莊子)》〈외물(外物)〉에 "말이란 그 목적이 뜻에 있는 것이니, 뜻을 얻으면 말을 잊는다.〔言者所以在意, 得意而忘言.〕"라고 한 데서 온 말이다.

176 공악(空樂) : 공문(空門)의 음악 즉 불교의 음악을 뜻하는데, 여기에서는 백련암에서 들려오는 염불 소리나 범패 소리를 가리키는 듯하다.

닻줄을 풀다

解纜

수혈과 풍암[177] 좌우로 두르니   水穴風巖左右縈

길게 이어진 강이 한벽루 안고 흐르는 소리 맑고도 고와라

          長江淸宛抱樓聲

금병산아 너는 조각배와 함께 가지 못하니   屛山不與扁舟往

우리 형님 홀로 누워있는 심사를 오래도록 위로해다오[178]

          長慰吾兄獨臥情

---

177 수혈(水穴)과 풍암(風巖) : 청풍의 수혈과 풍혈(風穴)로, 현재는 충주댐 공사로 수몰되었다. 두 동굴은 금병산 아래에 있었는데, 풍혈은 구불구불한 동굴로 봄여름에는 시원한 바람이 나오다가 가을과 겨울에는 바람이 멎는다고 하고, 수혈은 물이 넘실넘실 흘러 들어갈 수 없는 동굴이었다고 한다. 《東谿集 卷2 追記東峽遊賞》

178 우리……위로해다오 : 이때 삼연이 중형(仲兄)인 김창협(金昌協)으로부터 전송을 받았으므로 이렇게 말한 것이다. 4월 5일에 삼연이 배를 타고 협곡을 빠져나갈 때 김창협이 호탄(虎灘)까지 따라와 전송하였다.

새벽에 두견새 우는 소리를 듣다
曉聞子規

조각배는 메어둘 때가 있어도	扁舟繫有時
두견새는 울음을 쉴 때가 없네	子規歇無時
맑고 애절한 강 너머의 울음소리	淸切隔江聲
소리 마르니 거꾸로 매달린 줄 알겠네	聲乾知倒垂
새벽 구름 먼 고개에 어둑하니	晨雲暗遠嶺
참말로 어느 나무 가지에 있는 건지	定在何樹枝
닭이 울어야 쉴 수 있으니	雞鳴可以休
배 위의 나그네는 생각이 많아지네	水客多所思

옹암
甕巖

옹암 입구에서 나오니	自出甕巖口
점차 산세가 덜 가팔라짐을 느낄레라	稍覺奔峭少
푸른 산은 아홉 가지 모습 나타나니[179]	蒼山開九面
익조의 길[180]은 이 산과 더불어 굽이쳐 도네	鷁路與繚繞
아침 나루터에는 생선장수들 많았는데	朝津簇漁商
내 배는 텅 비어 시끄러울 일 없다네	我舟虛無擾
흐트러진 책들은 물속의 고기를 누르고	散帙壓淵魚
붓을 적시고서 모래톱의 새를 바라보노라	凝毫望沙鳥
해 뜨니 물결이 출렁이고	日出波澹沲
꽃 활짝 피니 강기슭 고와라	花明岸窈窕
온화한 바람에 술이 출렁이니	和風漾醽醁
술잔 바닥에는 하늘이 작게 담겼네	杯底天光小
단구는 이미 멀어졌지만	丹丘雖已遠
마음만은 멀리 물외에 부친다오	遐寄猶物表

---

179 푸른……나타나니 : 배가 물굽이를 따라 돌면서 산의 여러 면의 모습이 보이는 것을 형용한 말이다. 《수경주(水經注)》 권38에 수록된 상수(湘水)의 어부들이 부르는 노래에 "배가 상수를 따라 도니 형산의 아홉 면을 바라보네.〔帆隨湘轉, 望衡九面.〕"라고 한 것과 같은 뜻이다.

180 익조(鷁鳥)의 길 : 207쪽 주359 참조.

내후에 배를 대다[181]
奈後泊舟

갯버들 깊숙이 배를 묶어두니	維舟蒲柳深
뱃사공이 나뭇길에 오르네	篙師上樵逕
지는 해에 느릿느릿 땔나무 취하고	落日取薪遲
연파에 외로운 흥을 부치네	煙濤寄孤興
섬강[182] 바라보니 아직도 멀고	蟾江望猶迥
칠암[183] 도착하면 응당 어두워지리	漆巖到應暝
서쪽 배 바로 돛을 걸고서	西船正挂席
내가 바람 잦기를 기다리는 것을 비웃네	笑我候風定

---

181 내후에 배를 대다 :《점필재집(佔畢齋集)》권4에 〈내후탄 가에서 첨정 윤민을 만나다〔奈後灘上逢尹僉正忞〕〉라는 시가 수록되어 있는 것으로 보아 내후는 여울의 이름으로 보인다. 충주(忠州)와 여주(驪州) 경계 즈음을 흐르는 남한강에 있었을 것으로 생각된다.

182 섬강(蟾江) : 횡성(橫城)에서 발원하여 원주(原州), 여주 등을 지나 한강으로 흘러 들어가는 강이다.

183 칠암(漆巖) : 충주를 흐르는 남한강의 지류인 법천(法泉) 남쪽 기슭에 있던 바위이다. 현재의 충주시 부론면 법천리에 있었을 것으로 생각된다.

동대의 노래[184]

東臺歌

옛사람들 신륵사에서 많이 노닐었으니	古人多游神勒寺
지금 사람 배를 멤에 고풍스러운 뜻이 있구나	今人繫舟有古意
고풍스러운 뜻 아득하고 물은 푸른빛을 더하며	古意悠悠水增綠
살구나무 숲은 해를 가리고 소나무는 땅을 쓰네[185]	杏林翳日松掃地
나옹선사의 발자취는 모래사장에 새가 우는 곳이요	懶翁禪蹤沙鳥啼
목은 노인 술 마시던 흔적은 바위 사이 빨갛게 취한 꽃일세[186]	
	牧老酒痕巖花醉
그대는 한번 물속의 용에게 물어보시게	請君試問潭底龍
동대 바위 위의 일을 알고 있을 터이니	應知東臺石上事

184 동대(東臺)의 노래 : 동대는 여주 신륵사 경내의 다층전탑(多層塼塔) 아래에 있
던 절벽이다. 본집 습유 권27의 〈단구일기(丹丘日記)〉에 따르면, 삼연은 단구에서 돌
아오는 길에 4월 7일 아침에 신륵사에 들렀다.

185 소나무는 땅을 쓰네 : 소나무가 햇빛을 가려 소나무 그림자가 땅에 드리웠다는
말이다. 선시(禪詩)에 "대나무 그림자가 땅을 쓸어도 먼지가 날리지 않네.[竹影掃地塵
不動]"라고 한 것에서 취한 표현이다.

186 나옹선사(懶翁禪師)의……꽃일세 : 나옹선사와 이색(李穡)이 신륵사에서 생을
마쳤으므로 언급한 것이다. 249쪽 주23 참조. 250쪽 주28 참조.

어둠 속에서 굽이진 여울을 내려오다
瞑下曲灘

굽이진 여울 바위 많아 바위가 배를 막는데	曲灘多石石礙舟
해 저물어 물결 어두워지니 뱃사공 근심하네	日暮浪暗篙師愁
양근현[187] 앞 멀리서 개는 짖건만	楊根縣前遠犬吠
안개 속 희미한 마을 찾아내지 못하겠네	隱隱煙村不可求
삐걱삐걱 두 자루 노질에 힘이 여유로워	軋軋雙槳有餘力
앞으로 잘 나가니 머무를 것 없도다	正好前進不宜留
별 늘어서고 달 떠서 사공을 비추니	星羅月出照篙師
바위는 줄줄이 드러나고 소용돌이 길어라	石見累累盤渦幽
물에 잠긴 교룡이 우리 배를 받치거나 말거나	遮莫潛蛟負我舟
머리 흩뜨리고 물결 타니 또 유유하구나	散髮淩波且悠悠

---

187 양근현(楊根縣) : 양평(陽平)의 고호(古號)이다.

월계[188]

月溪

일엽편주 달 뜰 때 대었다가	扁舟見月泊
계명성 올려다보며 다시 나왔노라	復戴明星出
아침놀 저녁놀의 아름다움에 비해 어떠한가	朝霞何如暮靄佳
뱃길은 알맞은 길을 골랐으니 빠른 길을 취한 것이 아니라네	
	舟行取適非取疾
월계 양편 기슭 푸른 나무 어우러지니	月溪兩岸綠樹合
꾀꼬리와 꽃에 눈길 뺏겨 흥취가 갖가지로세	儵眼鶯花趣非一
단구에서 거슬러 올라오며 몇 번이나 지났으며	丹丘溯洄歷幾回
한식에 집 나온 지 며칠이나 되었던가	寒食辭家度幾日
구름 속의 산도 내 붓을 퍽 피곤하게 하였으니	雲山亦頗困我筆
경물을 읊은 시가 열예닐곱 수라네	流形篇章十六七
미호[189]가 점차 가까워짐에 소리 높여 노래하고 휘파람 부니	
	渼湖漸近歌嘯高
단구 유람에서 빼어난 경치 다 즐겼구나	丹丘之游能事畢

---

188 월계(月溪) : 남한강의 한 구간으로, 현재의 양평군 양서면 신원리 부근이었을 것으로 추정된다. 이곳의 강의 모습이 마치 달과 같다 하여 붙은 이름이다. 월계 북안(北岸)에는 월계천(月溪遷)이라는 잔도(棧道)가 있었다.

189 미호(渼湖) : 남양주시 지금동을 흐르는 남한강의 한 구간이다. 강변 언덕 위에 삼연의 선조인 김상헌(金尙憲, 1570~1652) · 김상용(金尙容, 1561~1637)을 배향한 석실서원(石室書院)이 있었고, 조선시대 남한강 유역의 대표적인 명승지였다.

처자식들 문에 기대어 내 안색 살펴보면   妻兒倚門候顏色

선산에서 영지(靈芝)와 백출(白朮) 실컷 먹었음을 알레라

知我僊山飽芝朮

두미[190]

斗尾

단구 멀다고 탄식하지 말지어다	莫歎丹丘緬
돌아오는 배 위의 흥취 호탕하여라	歸舟興浩哉
이름은 《태평청록서》[191]에 두루 걸었고	名懸靑籙遍
소매를 한벽루에서 떨치고 왔네	袖拂碧樓來
누대에 기대어 백사장의 달을 가까이했고	倚薄隣沙月
협곡의 우레 같은 물결에 멍에하여 타고 달리노라	乘凌駕峽雷
배 타고 다니는 중을 벽사[192]에서 보고	僧浮看甓寺
선학이 내려앉은 탄금대를 바라보네	僊墮挹琴臺
배를 나란히 하고 가는 즐거움 마음껏 즐기고	跌蕩齊橈樂
이전 시대의 준재들과 겨뤘지[193]	低昂異代才
꽃 핀 물가에는 마름 따러 다니는 사람들 있는데	芳洲行有採
뜸집에 누워 게으름 피우네	蓬屋臥成頹

---

190 두미(斗尾) : 미음진(渼陰津), 혹은 도미진(渡迷津)이라고도 한다. 경기도 남양주시 수석동 외미음에 있는 나루터이다. 평구역(平丘驛)과 광주(廣州)를 연결하던 나루이다.

191 태평청록서(太平靑籙書) : 삼국시대에 오(吳)나라 우길(于吉)이 곡양(曲陽)에서 얻었다는 100여 권의 도가서(道家書)이다. 여기에 이름을 걸었다는 것은 단구 유람을 통해 삼연 자신이 신선이 되었다는 말이다.

192 벽사(甓寺) : 249쪽 주23 참조.

193 이전……겨뤘지 : 삼연이 남한강을 따라 단구를 유람하며 이색(李穡)·박은(朴誾) 등 이전 시기에 이 지역을 거쳐간 문장가들을 의식하며 시를 창작하였다는 말이다.

길이 굽으니 우천¹⁹⁴이 열리고   路卷牛川豁

산이 멈추니 두미 나루 열리네   山停斗浦開

구름과 무지개는 권태로이 수작하고   雲霓酬酢倦

꽃과 새는 서둘러 맞이하고 배웅하누나   花鳥送迎催

눈을 크게 뜨니 멀리 마을 보이고   決眥遙村見

몸을 따라 외딴 기슭이 휘도네   隨身別岸廻

집 바라보니 얼굴 활짝 웃음날 듯   望家顔欲破

무릎 두드리니 감흥을 가누기 어려워라   撫節感難裁

화창한 사월 풀은 다 지지 않았으니   未歇淸和草

초파일의 술잔 서로 이어지네   相仍佛日杯

강은 다해도 즐거운 일 남았으니   江窮餘好事

저 우뚝한 곳에서 밤이 길한지 점쳐보세¹⁹⁵   卜夜彼崔嵬

---

194 우천(牛川) : 소내〔茗川〕라고도 한다. 광주와 양주(楊州) 일대를 지나는 남한강의 지류이며, 현재의 남양주시 조안면 능내리 부근에는 소내나루라는 나루터가 있었다.

195 밤이 길한지 점쳐보세 : 원문은 '복야(卜夜)'로, 밤새도록 술을 마시고 즐기는 것을 뜻한다. 춘추시대(春秋時代)에 진경중(陳敬仲)이 제 환공(齊桓公)에게 주연을 베풀자 환공이 크게 즐거워하며 불을 밝히고 밤까지 계속 술을 마시자고 하였는데, 진경중이 "신이 점을 쳐서 낮은 길(吉)한 때로 잡았지만 밤은 길한지 점을 치지 못했습니다.〔臣卜其晝, 未卜其夜.〕"라며 사양한 고사에서 유래하였다. 《春秋左氏傳 莊公 22年》

낮에도 어둑한 연못가

池上畫暝

제1수

천고에 암천 고요한데	千古巖泉靜
두 사람 그윽하게 읊조리고 누웠네	兩人吟臥幽
손님과 주인의 예 초탈하니	脫然賓主禮
복수와 호량에서 노니는 줄 알았어라[196]	疑是濮濠游
나무 빽빽하여 사람과 산봉우리 언뜻언뜻 보이고	樹密窺人嶂
연못 맑아 땅과 누각 거꾸로 비치네	池清倒地樓
참으로 알겠으니 기나긴 여름날	誠知夏日永
지금에 이르러 더욱 유유해졌네	到此益悠悠

제2수 其二

여울 거슬러 올라가던 것이 그윽한 답사가 되니	溯溜成幽討
근원 끝까지 찾아가 봄에 푸른 병풍 보였네	源窮見翠屏
사람은 한가하고 화초는 담담하며	人閒澹花草
산은 저물녘 단청이 엄연해라	山晚儼丹青
이끼 낀 집에는 일찍이 불상을 봉안하였고	蘚广經安佛

---

196 복수(濮水)와……알았어라 : 속세를 떠나 자연과 물아일체가 되어 즐긴다는 말
이다. 복수는 장자(莊子)가 초왕(楚王)의 사신을 물리치고 낚시했던 곳이고, 호량(濠
梁)은 호수에 놓인 징검다리로 장자가 벗인 혜자(惠子)와 물속을 노니는 물고기의 즐거
움을 토론한 곳이다. 《莊子 秋水》

덩굴에 덮인 제단에는 별에 절하는 일 끊어졌네   蘿壇廢拜星

조진[197]이 그대의 뜻이라면   朝眞倘君意

어찌 초가 정자 짓지 않을쏜가   胡不著茅亭

197 　조진(朝眞) : 도교에서 진인(眞人)을 뵙고 오는 것을 말하기도 하고, 연단(鍊丹術)과 양생술(養生術) 등 도교의 수련법을 뜻하기도 한다.

중혜 형에게 부치다[198]

寄仲惠兄

가을 동산에서 게을리 있으며 벼슬 의욕 담담하니 　懶慢秋園澹宦情

관직을 그만두고도 경성에 누워있네[199] 　罷官猶自臥京城

주머니엔 간언 초고 갈무리해 둔 채 오랫동안 말하길 잊었고[200]

囊收諫草忘言久

책상에는 당나라 시 있어 맑은 구절 얻었으리 　案有唐詩得句淸

빽빽한 푸른 측백은 예로부터 곧았으며 　翠栢蕭森終古直

피어나고 사라지는 흰구름은 어느 때에야 잠잠해질까

白雲興滅幾時平

암천은 그저 가만히 듣기에만 좋을 뿐 　巖泉秖足供幽聽

신상에 지금 씻을 갓끈도 없겠지[201] 　身上今無可濯纓

---

198 중혜(仲惠) 형에게 부치다 : 김성적(金盛迪, 1643~1699)의 자이다. 본관은 안동, 호는 일한재(一寒齋)이다. 수찬(修撰)·교리(校理)·양주 목사(楊州牧使)·이조참의(吏曹參議) 등을 역임하였다. 삼연과는 8촌이다.

199 가을……누워있네 : 이 시가 지어진 1688년(숙종14) 가을에 김성적이 파직당해 있던 상황을 말한 듯한데, 무슨 일이 있었는지는 미상이다.

200 주머니엔……잊었고 : 김성적이 사간원(司諫院)의 벼슬을 역임하였으므로 이렇게 말하였다. 김성적은 1685년(숙종11)에는 정언(正言)을 역임하였고, 1688년(숙종14)에는 헌납(獻納)을 역임하였다.

201 신상(身上)에……없겠지 : 춘추시대(春秋時代)에 "창랑의 물이 맑거든 내 갓끈을 씻고, 창랑의 물이 탁하거든 내 발을 씻지.〔滄浪之水淸兮, 可以濯我纓, 滄浪之水濁兮, 可以濯我足.〕"라는 가사의 노래가 있었는데 공자(孔子)가 이를 두고, 깨끗한 갓끈

을 씻는 데 쓰이거나 더러운 발을 씻는 데 쓰이는 것은 창랑(滄浪) 강물이 자초하는 것이라고 아이들을 훈계하였다.《孟子 離婁上》여기에서는 이 노래를 인용하여 김성적이 현재 관직을 그만둔 상태라서 빨 관복이 없다고 한 것이다.

지난해 한겨울에 중형이 청간당에 방문하여 그 주인과 함께 귀봉과 저자도를 찾아보고 시를 지어 창화하였고, 나에게도 창화하라는 뜻을 보였으나 지체하다가 뒤를 이어 짓지 못했다. 반년 동안 매우 우울했던 데다 가을의 흥취도 서글프기에 지금 창화한다[202]

去歲仲冬 仲氏過聽澗堂 與其主人探龜峰楮島 詩而和之 亦有屬意於余
而遷就未續也 旣幽憂半歲 秋興惆悵 於是乎和

강가의 누각 한적한 곳에 있는데	江樓寄虛曠
저자도에 꽃잎 자주 날리네	潭島屢飛花
좋은 꿈에서는 모래사장 새와 통했거니	好夢通沙鳥
깊은 우울은 도롱이 쓰고 낚시하지 못하는 것이라	幽憂礙釣蓑
연파는 파도를 거쳐 넓어지고	煙濤經漲闊
초승달은 가을에 의지해 비꼈어라	弦月倚秋斜
고통의 바다 같은 세상은 원래 기슭이 없거니	苦海元無岸
내 생은 쉬이 끝이 있으리로다	吾生易有涯

---

202 지난해……창화한다 : 청간당(聽澗堂)은 백악산(白岳山) 기슭에 있던 조경망(趙景望, 1629~1694)의 집이다. 조경망은 본관은 임천(林川), 자는 운로(雲路), 호는 기와(奇窩)이다. 합천 군수(陜川郡守)를 역임하였고 기사환국 이후 파주·덕산 등지에 살며 독서에 몰두하였다.

청휘각에 밤에 앉아

清暉閣夜坐

오동나무 달 떠서 동쪽 가지 환히 비추더니	梧桐月出皎東枝
홀연히 다시 서쪽 가지에 소낙비 떨어지네	忽復西枝急雨垂
밤의 창가에서 그런대로 빗소리 듣노라니	隨分夜窓聽淅瀝
인간 세상 달 밝을 때 만나기가 어렵구나	人間難得月明時

중원 다음 날 밤
中元次夜

제1수

높은 서재에서 저녁에 장막 걷노라니	捲幔高齋夕
암천에서 온갖 벌레 울어대네	巖泉啾百蟲
근심 속에 밝은 보름달 지나보냈고	憂心度明月
세상 길에는 가을바람이 들었네	世路入秋風
낙락한 것은 어느 산의 계수나무[203]인가	落落何山桂
까마득히 나는 것은 만고의 기러기[204]일세	冥冥萬古鴻
애오라지 봉황 노래[205] 격앙하여 부르니	鳳歌聊激越
이 뜻은 옛사람과 같구나	此意古人同

제2수 其二

비단 부채를 가는 여름에 거두고	紈扇收徂夏

---

203 계수나무 : 288쪽 주105 참조.

204 기러기 : 은사(隱士)를 비유한 말이다. 한(漢)나라 양웅(揚雄)의 《법언(法言)》 〈문명(問名)〉에 "기러기 먼 하늘 위로 나는데, 주살 가진 이가 어떻게 쏘아 잡겠는가.〔鴻飛冥冥, 弋人何篡焉?〕"라고 하였다.

205 봉황 노래 : 무도(無道)한 세상을 피해 은거하고자 하는 소망을 담은 노래이다. 초(楚)나라의 광인(狂人) 접여(接輿)가 공자(孔子)의 수레 앞을 지나며 "봉황이여, 봉황이여, 어찌 그리도 덕이 쇠했는가.〔鳳兮鳳兮, 何德之衰?〕"라고 노래하며 공자가 난세를 피하지 않고 도를 행하고자 아득바득 노력하는 것을 비꼰 데서 유래하였다. 《論語 微子》

갈대 재에서 초가을임을 깨닫네[206]   葭灰悟早商

하늘 높아 기러기 길이 열렸고   天高開鴈路

물 맑아 고기 통발이 드러나네   水潔露魚床

　다른 본에는 "하늘은 기러기 오는 길에 열리고 바람은 매미 소리 듣는 집에
　가득하다.〔天開來鴈路 風滿聽蟬堂〕"로 되어 있다.

희비애환 속에 사람은 장차 늙어가고   憂樂人將老

염량세태 속에 저들은 저마다 바쁘지   炎涼他自忙

찬 샘은 끝내 마실 만하니   寒泉終可食

늦가을 국화 어찌 향기가 없으랴   晚菊豈無芳

206　갈대……깨닫네 : 고대 중국에서는 밀실에 설치한 12율관(律管)에 갈대 재를 담
아 두고 어느 율관의 재가 날리는지를 관찰하여 절기(節氣)를 살폈다고 한다. 《律呂新
書 卷1 候氣》

다시 육언시를 짓다
又賦六言

제1수
시냇물은 맑기도 하고 흐리기도 하며	溪水載淸載濁
날씨는 더울 때도 있고 시원할 때도 있지	天時乍熱乍凉
숲 밖의 매미 우는 소리 귀에 거슬리지 않고	林外蟬啼耳順
구름 가로 날아간 새는 마음에 오래도록 남네	雲邊鳥去心長

제2수 其二
저도의 흰 갈매기는 서로를 기다리고	楮島白鷗相待
풍계의 밝은 달은 헛되이 지나가네	楓溪明月虛過
벽려 숲속에는 학이 서 있고[207]	薛荔林中鶴立
오동나무 아래에는 봉황이 노래하네[208]	梧桐樹下鳳歌

---

207 벽려(薜荔)……있고 : 198쪽 주339 참조. 학 또한 은자(隱者)나 신선(神仙)을 상징하는 동물이다.

208 오동나무……노래하네 : 오동나무와 봉황 모두 명리와 권세에 연연하지 않는 은 일자를 상징하는 사물이다. 282쪽 주90 참조. 331쪽 주205 참조.

현성에서 괜스레 읊다

玄城漫詠

제1수

갈대밭 위의 빈 누각	虛樓蘆荻上
맑은 새벽에 바라보니 아득하여라	淸曉望悠哉
간밤의 달빛 아래 고깃배는 머물고	宿月漁舟滯
서리를 끌고서 국화비가 내리네	牽霜菊雨來
가을빛은 호수 밖 산봉우리에 펼쳐지고	秋光湖外岫
인간 만사는 즐거움 속의 슬픔이라	人事樂中哀
백사[209]에 은거하자는 기약이 있건만	白社幽期在
몇 번이나 지나쳤던고	經過定幾回

제2수 其二

은거하여 편히 눕는 것이 내게는 능사이니	高臥是吾能
이 마음 어찌 변함이 있으랴	此心何損增
배 위의 손님과 문장 논하고	論文船有客
기슭에서 돌아온 중과 밥 나눠 먹네	分飯岸歸僧
비 맞은 나무는 외로운 섬에 빽빽하고	雨木森孤島
서리 맞은 기러기는 두 능[210]에 묵네	霜鴻宿二陵

---

209 백사(白社) : 202쪽 주350 참조.
210 두 능(陵) : 84쪽 주108 참조.

산천과 변해가는 계절은　　　　　　　　　山川與節序
높은 난간에 자주 기대볼 만하구려　　　　危檻耐頻憑

제3수 其三

저 서울 집을 팔아　　　　　　　　　　　賣彼長安宅
초계 삽계[211] 다닐 배를 사 오리라　　　　買來苕雪船
마음먹기를 달관한 이처럼 하니　　　　　爲心近達者
이곳이 더욱 한가로워라　　　　　　　　　玆地益悠然
벗 부르니 죄다 나무꾼 낚시꾼이요　　　　喚友渾樵釣
책 읽으니 노장과 선불교 반씩이라　　　　看書半老禪
가을바람은 윙윙 일기만 할 뿐　　　　　　秋風徒淅淅
내가 가는 세월 잊은 것을 어쩌지 못하네　無奈我忘年

제4수 其四

현성에서 외부의 유혹을 끊고　　　　　　　玄城休外誘
갈대밭 위에 뜬 달이 평소의 마음을 비추네　蘆月照生平
밤 기운은 누각을 채우기에 족하고　　　　　夜氣盈樓足
가을 물색은 비에 맞자 생겨나네　　　　　　秋光觸雨生
깊은 물에 비친 머리칼은 희고　　　　　　　髮臨深水白

211　초계(苕溪) 삽계(雪溪) : 중국 절강성(浙江省)에 있는 하천이다. 당(唐)나라의
안진경(顔眞卿)이 호주 자사(湖州刺史)로 있을 때 장지화(張至和)가 배로 찾아왔는데,
안진경이 그의 배가 낡은 것을 보고 배를 바꿔주려고 하자 그가 배를 집으로 삼아 초계와
삽계 사이를 왕래하기를 원한다고 재치 있게 응수한 고사에서 취한 표현이다.《新唐書
卷196 隱逸列傳 張至和》

먼 곳의 기러기에게 보내는 눈길은 밝아라	目送遠鴻明
부질없이 읊어 아쉬운 대로 울울함 폈으니	漫詠聊宣鬱
〈구변〉을 지은 마음212과 관련된 것이 아니라오	非關九辯情

제5수 其五

탄식하고 또 탄식해봤자	嘆息復嘆息
서쪽으로 흘러간 물결은 다시 동쪽으로 오지 않지	西流無復東
인생은 백년이 못 되고	生年百不滿
가을도 구월이면 끝이라오	秋序九爲窮
차녀는 황하 가에서 사라졌고213	姹女淪河上
아이 얼굴은 거울 속에서 잃어버렸네	童顏失鏡中
끝내는 백사로 돌아가	終當歸白社
주인옹214을 끊임없이 불러보리	頻喚主人翁

---

212 구변(九辯)을 지은 마음 : 쓸쓸한 가을의 풍광을 슬퍼하는 마음을 뜻한다. 초(楚)
나라 송옥(宋玉)의 〈구변〉의 첫머리에 "슬프도다, 가을의 기후여. 쓸쓸하여라, 초목은
낙엽이 져서 쇠하였도다. 처창하여라, 흡사 타향에 있는 듯하구나. 산에 올라 물을
굽어봄이여, 돌아가는 이를 보내도다.〔悲哉! 秋之爲氣也. 蕭瑟兮, 草木搖落而變衰, 憭
慄兮, 若在遠行, 登山臨水兮, 送將歸.〕"라고 하였다.

213 차녀(姹女)는……사라졌고 : 선약(仙藥)을 복용하여 신선이 될 방법이 사라졌다
는 말이다. 차녀는 도사(道士)들이 신선이 되고자 복용하던 수은(水銀)이다. 《주역참
동계(周易參同契)》〈하편(下篇)〉에 "황하 가의 차녀가 영험하고 가장 신묘하니, 불을
가까이하면 날아가서 먼지도 보이지 않아 귀신이 숨은 듯 용이 숨은 듯하여 어디로
갔는지를 알 수가 없다. 장차 만들고자 한다면 황아가 뿌리가 된다.〔河上姹女靈而最神,
得火則飛, 不見埃塵, 鬼隱龍匿, 莫知所存. 將欲制之, 黃芽爲根.〕"라고 하였다.

214 주인옹(主人翁) : 삼연 자신의 마음을 가리키는 말이다.

제6수 其六 -인보(仁甫)[215]에 해당한다.-

늦게야 강가의 국화를 옮겨 심었더니	晩移江上菊
푸른 꽃술 펴려면 아득히 멀었네[216]	靑蘂杳難舒
해와 달은 기다려주지 않고 지나가 버리니	日月行無待
시서 공부 소홀히 할 수 있겠는가	詩書功可疎
한창 내달리는 그대를 보고 있노라니	看君方騁驥
늙어서 고기 구경이나 하는 내가 부끄러워라	愧我老觀魚
길도다 가을밤이여	永矣高秋夜
근심하는 이와 뜻있는 선비가 있도다[217]	愁人志士於

---

215 인보(仁甫) : 홍유인(洪有人, 1667~1694)의 자이다. 본관은 남양(南陽)이다. 삼연의 당질(堂姪)로, 일찍 부친을 잃고 외조부이자 삼연의 백부인 김수증(金壽增, 1624~1701)의 집에서 신세를 지며 삼연 형제와 어울렸으며, 북악산 아래에 중택재(重澤齋)라는 시사(詩社)를 결성하여 시를 연마하였다. 본집 권27의 〈홍인보에 대한 묘지명[洪仁甫墓誌銘]〉에 자세하다.

216 늦게야……멀었네 : 국화를 늦게 옮겨 심는 바람에 중양절이 왔음에도 국화꽃을 따 국화주나 국화차 등을 즐길 수가 없다는 말이다. 두보(杜甫)의 〈뜰 앞의 감국화를 감탄하다[嘆庭前甘菊花]〉 시에, "뜰 앞의 감국을 늦게야 옮겨 심었더니, 중양절에도 푸른 꽃술을 딸 수가 없구나.[庭前甘菊移時晚, 靑蕊重陽不堪摘.]"라고 한 데서 취한 표현이다.

217 근심하는……있도다 : 진(晉)나라 부현(傅玄)의 시에 "뜻있는 선비는 날이 짧은 것을 아쉬워하고, 근심하는 사람은 밤이 길다고 느낀다.[志士惜日短, 愁人知夜長.]"라고 하였다. 여기에서는 한창 나이로 열심히 공부하고 있는 홍유인과 허송세월로 늙어버린 삼연 자신을 비유한 말인 듯하다.

송희문에 대한 만사 송희문은 송회석²¹⁸이다

宋希文 晦錫 挽

제1수

하늘로부터 특출한 규장²¹⁹을 부여받고	天賦圭璋特
태어나서는 시와 예의 향기를 쐬었네²²⁰	生薰詩禮香
스승 얻은 것은 글방에 나아가서가 아니었고	得師非就塾
성에 대한 이야기를 들어 일찌감치 당에 올랐어라²²¹	聞性早升堂
공급의 글을 장차 성취하려 하였건만	孔伋書將就
안회의 목숨은 너무도 짧았네²²²	顔回命太忙

---

218 송회석(宋晦錫) : 1658~1688. 본관은 은진(恩津), 자는 희문(希文)이다. 송시
열(1607~1689)의 손자로, 향시(鄕試)와 경시(京試)에 합격하였으나 담질(痰疾)에 걸
려 31세의 나이로 요절하였다.

219 규장(圭璋) : 규(圭)와 장(璋)은 예식(禮式)에 쓰이는 귀한 옥으로, 사람의 고귀
한 품성을 비유하는 말이다. 《예기(禮記)》〈빙의(聘義)〉에 "규장 한 가지만으로 예를
이루고 다른 폐백을 쓰지 않는 것은 그 덕 때문이다.〔圭璋特達, 德也.〕"라고 하였다.

220 태어나서는……쐬었네 : 송회석에게 가학(家學)이 있었다는 말이다. 공자(孔
子)의 아들 공리(孔鯉)가 뜰을 지나갈 때 공자가 시(詩)와 예(禮)를 배웠냐고 묻고는
시와 예를 배우지 않고는 말할 수도 없고 설 수도 없다고 당부한 데에서 유래한 표현이
다. 《論語 季氏》

221 성(性)에……올랐어라 : 학문의 정수(精髓)를 터득하여 높은 경지에 올랐다는
말이다. 공자의 제자 자공(子貢)이 공자의 문장(文章)에 대해서는 들을 수 있었으나
성과 천도(天道)에 대해 말하는 것은 들을 수가 없었다고 한 말과 공자가 제자인 자로
(子路)를 두고 "당에는 올랐으나 방에는 들어가지 못했다.〔升堂矣, 未入於室也.〕"라고
평가한 데에서 취한 표현이다. 《論語 公冶長·先進》

떨기 난초가 버려진 것을 탄식하며 　　　　　崇蘭嗟委質

늙은 측백 창망하게 서 있네 　　　　　　　　老栢立蒼茫

제2수 其二

시동(尸童) 되어 도(道) 있는 군자에게 안기니[223] 　　爲尸抱有道

의(義)를 갖가지 방법으로 가르쳤지 　　　　　　以義敎多方

군자는 무궁한 데 의탁하지만[224] 　　　　　　君子無窮託

이 사람은 불행히 죽었도다 　　　　　　　　　斯人不幸亡

날씨 추우니 옥을 두텁게 묻고 　　　　　　　天寒埋玉厚

한 해 저무니 기린을 길이 곡하네[225] 　　　　世晚哭麟長

서하의 노인[226]이 　　　　　　　　　　　　　莫比西河叟

222　공급(孔伋)의……짧았네 : 공급은 공자의 손자인 자사(子思)로 《중용》을 저술하였다. 안회(顔回)는 공자의 수제자로, 공자가 가장 아끼고 장래를 기대하였으나 불행히도 서른 살 남짓에 요절하였다. 여기에서는 송회석이 송시열의 손자로서 뛰어난 저술을 남기리라 기대를 받았으나 안타깝게 요절하였음을 비유하였다.

223　시동(尸童)……안기니 : 송회석이 거유(巨儒)인 송시열의 손자라는 말이다. 《예기(禮器)》〈곡례 상(曲禮上)〉에 "《예기》에 '군자는 손자를 안아주고 아들은 안아주지 않는다.'라고 하였으니, 이는 손자는 할아버지의 시동이 될 수 있고 아들은 할아버지의 시동이 될 수 없음을 말한 것이다.〔禮曰: "君子抱孫, 不抱子.", 此言孫可以爲王父尸, 子不可以爲父尸.〕"라고 하였다.

224　군자는……의탁하지만 : 사람의 목숨은 한정이 있어서 언젠가는 죽는다는 말이다. 《장자(莊子)》〈도척(盜跖)〉에 "하늘과 땅은 무궁하지만 사람이 죽는 것은 정해진 때가 있으니, 죽을 때가 정해진 육신을 가지고 무궁한 데에 의탁하는 것은 짧기가 천리마가 문틈 사이를 지나가는 것과 같다.〔天與地無窮, 人死者有時, 操有時之具, 而託於無窮之間, 忽然無異騏驥之馳過隙也.〕"라고 하였다.

225　날씨……곡하네 : 옥과 기린 모두 걸출한 재능을 가진 사람을 비유하는 말이다.

한갓 혈육의 정에 상심한 것과는 비기지 말라 　　　徒然骨肉傷

제3수 其三

붉은 명정(銘旌) 멀리 남쪽에서 오니 　　　　　　丹旐南來遠

송추²²⁷에 지는 해 슬퍼라 　　　　　　　　松楸短景悲

높은 산을 일찍이 여기에서 우러러보았는데 　　　高山曾此仰

눈 속에 서서 그대의 모습을 보았네²²⁸ 　　　　立雪見君姿

그 화락함 장수를 누려야 마땅하거늘 　　　　　愷悌宜眉壽

삶과 죽음 부추에 맺힌 이슬²²⁹처럼 갑작스레 이별하였네

226 서하(西河)의 노인 : 공자의 제자인 자하(子夏)를 가리킨다. 그는 노년에 서하에
서 살 때 아들이 먼저 세상을 떠나자 너무 슬퍼하며 곡한 나머지 눈이 멀었다고 한다.
《禮記 檀弓上》

227 송추(松楸) : 소나무와 가래나무이다. 무덤에 주로 심는 나무로, 무덤 자체를 가
리키기도 한다.

228 높은……보았네 : 삼연이 예전에 송시열에게 배울 때 송회석을 보았다는 말이다.
높은 산은 송시열을 가리키는 말이다. 눈 속에 서 있었다는 것은 정문입설(程門立雪)의
고사에서 취한 말이다. 송나라 유작(游酢)과 양시(楊時)가 처음 정이(程頤)를 뵈었는
데, 정이가 눈을 감고 오랫동안 명상에 잠겨 있었다. 두 사람은 스승을 공경한 나머지
물러간다고 말씀드릴 수가 없어 그대로 모시고 있었다. 얼마 뒤 정이가 눈을 떠 두
사람을 보고는 "자네들 아직도 여기에 있었는가? 이제 나가게." 하였다. 두 사람이 그제
야 나오니, 문 밖에 눈이 한 자나 쌓여 있었다 한다. 《宋史 卷428 道學列傳 楊時》

229 부추에 맺힌 이슬 : 사람의 목숨이 덧없이 사라지는 것을 비유한 말이다. 한(漢)
나라 때 전횡(田橫)이 자결하자 그의 문인들이 부른 〈해로가(薤露歌)〉에 "부추 위에
맺힌 이슬 어이 쉽게 마르는가. 이슬은 말라도 내일이면 다시 내리거니와, 사람은 죽어
한 번 가면 언제나 돌아오려나.〔薤上朝露何易晞? 露晞明朝更復落, 人死一去何時歸?〕"
라고 하였다. 《古今注 卷中 音樂》

存亡忽薤辭

찬 강에 언 붓을 적시니　　　　　　　　寒江拈凍筆

눈물이 만촌[230]을 향해 젖누나　　　　　　淚向萬村滋

230　만촌(萬村) : 경기도 수원(水原)의 만의리(萬義里)이다. 송회석의 묘는 이곳의 심이동(尋伊洞) 동쪽에 있었다. 《宋子大全　卷201　第五孫晦錫墓表》

선암으로 가는 길에서[231] 기사년(1689, 숙종15)

僊巖途中 己巳

장성에 내리는 봄비 말 앞에서 걷히니	長城春雨馬前收
길이 선암으로 돌자 나그네 시름 흩어지네	路轉僊巖散旅愁
만 그루 대나무숲 동쪽에서 붉은 해를 토하니	萬竹東邊紅日吐
일천 조각 어지러운 구름 광주에 걷히네	亂雲千片斂光州

---

231 선암으로 가는 길에서 : 선암은 현재의 광주광역시 광산구 선암동에 있던 선암역
(仙岩驛)이다.

북쪽으로 날아가는 기러기를 읊다

詠北雁

제1수

아득한 위우산[232]에서 날아온 나그네	冥冥委羽客
득의양양하게 잘도 북쪽으로 돌아가누나	得意好歸北
주살 날아다니는 강남 땅에서	江南矰弋地
신기하게도 날개를 보존하였네	怪爾保羽翮
우러러보나 미칠 수가 없어	仰視不可及
맑은 눈물 바닷가 고장에 뿌리네	淸淚落海國
네가 남긴 보잘것없는 곡식 찌꺼기라도	蕭條稻粱餘
주워다 여행길 양식에 보태야겠네	拾來備旅食

제2수 其二

괴롭도다 깊은 창해에	苦哉滄海深
물고기의 부침도 보이지 않는데	不見魚浮沉
봄 기러기도 나를 버리고 떠나면	春鴻捨我去
어느 곳에 외로운 마음 부칠까[233]	安所寄孤心

---

232 위우산(委羽山) : 북방 먼 극지(極地)에 있다는 산 이름인데, 여기에서는 북쪽 지방을 가리킨다. 《淮南子 墬形訓》

233 괴롭도다……부칠까 : 물고기와 기러기는 모두 편지와 관련된 고사가 있는 동물들이다. 먼 곳에서 온 손님이 선물로 준 두 마리 잉어를 아이에게 요리하게 했더니 뱃속에서 비단에 쓴 편지가 나왔다는 고사가 있고, 한(漢)나라의 소무(蘇武)가 흉노(匈

편지 봉해 가벼운 날개에 붙이니	緘書附輕翼
답장이 없을까 걱정이라	恐未有回音
시름겹게 기러기 보내고 나니	悄悄送鴻罷
자고새 대숲에서 우누나	鷓鴣鳴竹林

奴)에게 억류되었을 때 기러기 발에 편지를 묶어 본국에 소식을 전했다는 고사가 있다.
《文選 卷27 飮馬長城窟行》《漢書 卷54 蘇武傳》

벽파정[234]

碧波亭

몸이 한 이파리 되어 푸른 바다 떠가니	身爲一葉泛滄瀛

도리어 원상[235] 건너던 나루가 맑았던 것이 부러워라

却羨沅湘渡處淸

금골산[236] 앞에는 근심스레 해가 지고	金骨山前愁日沒
벽파정 아래에는 느껍게 물결이 이네	碧波亭下感潮生
돛바람에 하늘 활짝 열린 남도포[237]요	帆風天闊南桃浦
군대 기운 감도는 구름 길게 이어진 우수영이라	兵氣雲長右水營
눈물 뿌리고 배에 오르자 마음이 다 꺾이니	洒泣登舟心折盡
뱃노래 더 이상 북쪽 사람의 소리가 아니라네	棹歌非復北人聲

'길게 이어진[長]'은 다른 본에는 '모여든[屯]'으로 되어 있다.

---

234 벽파정(碧波亭) : 전라남도 진도군 고군면 벽파리에 있는 정자이다. 1207년(고려 희종3)에 중국을 왕래하는 사절을 접대하기 위한 용도로 건축되었고, 1465년(세종11)에 중건되었다. 삼연은 1689년(숙종15) 봄에 부친 김수항(金壽恒)이 진도로 유배되는 것을 따라 진도에 왔다.

235 원상(沅湘) : 원수(沅水)와 상수(湘水)는 초(楚)나라의 굴원(屈原)이 소인들의 참소로 추방당해 초췌한 행색으로 유랑하던 곳이다.

236 금골산(金骨山) : 진도군 군내면 둔전리에 있는 바위산이다.

237 남도포(南桃浦) : 현재의 진도군 임화면 남동리에 있는 남도석성(南桃石城) 부근에 있던 나루이다.

벽파정의 제영에 차운하다
次碧波亭題詠韻

등왕각 악양루도 본래는 조그만 정자이니	滕閣岳樓元小亭
자연과 단수 여기에 뜰처럼 둘렀네[238]	紫淵丹水此爲庭
아득해라 기둥에 기대니 원기가 혼융하고	茫茫倚柱渾元氣
또렷해라 발 걷으니 노인성[239] 나타나네	的的開簾見老星
트인 형세는 거대한 운몽택[240]을 다 삼킬 듯하고	闊勢全吞雲夢大
감춰진 보화는 비린 조개와 물고기 다함이 없어라	寶藏無盡介鱗腥
황도의 육룡은 남호가 아닌가[241]	六龍黃道非南戶

---

238 자연(紫淵)과……둘렀네 : 벽파정 주위에 아름다운 하천들이 둘러 있음을 말한 것이다. 사마상여(司馬相如)의 〈상림부(上林賦)〉에 상림원(上林苑)의 주변 풍광을 두고 "단수는 그 남쪽을 지나고, 자연은 그 북쪽을 지나네.[丹水更其南, 紫淵徑其北.]"라고 노래한 데에서 취한 것이다. 《史記 卷117 司馬相如列傳》

239 노인성(老人星) : 남극성(南極星)이다. 수명을 관장한다는 전설이 있으므로 이렇게 부른다.

240 운몽택(雲夢澤) : 현재의 호북성(湖北省)과 호남성(湖南省)의 접경에 있었다고 하는 큰 연못으로, 현재 중국 제2의 담수호인 동정호(洞庭湖)도 그 일부에 지나지 않을 정도로 거대했다고 한다.

241 황도(黃道)의……아닌가 : 황도는 태양이 다니는 궤도이고, 육룡은 희화(羲和)가 여섯 마리의 용이 끄는 수레에 해를 싣고서 달린다는 전설에서 유래한 말로 태양을 뜻한다. 남호(南戶)는 남쪽 문이란 뜻인데, 명(明)나라 동월(董越)의 〈조선부(朝鮮賦)〉에 "바다는 그 남쪽 문이 되고, 말갈은 그 북쪽 문이 된다.[天池殆其南戶, 鞣鞨爲其北門.]"라고 하였듯 남쪽바다를 뜻한다. 즉 이 구절은 지금 태양이 보이는 저 남쪽 하늘 아래에 바다가 있으리라는 말이다.

청천의 큰 새는 북명으로부터 왔구나[242]	大鳥靑天自北溟
수중 왕국의 가장자리에 봄 장기(瘴氣)가 일어나고	水府端倪春瘴擧
황제 헌원의 음악 밤 조수에서 듣네[243]	帝軒音樂夜潮聽
우연과 약목[244]에 호흡이 닿을 듯하고	虞淵若木通呼吸
울도와 부상을 냉이와 개구리밥 보듯 마주보네[245]	鬱島扶桑對薺萍
세상일은 물에 뜨는 거품처럼 자주 일어났다 사라지고	
	世事浮漚頻起滅
이 몸도 바람에 날리는 콩잎 신세라 또 떠도누나	此身風藿又飄零
고향을 돌아보니 구름 낀 산이 붉고	回看故國雲山紫
이른바 그 사람이여[246] 귤과 유자 푸르구나	所謂伊人橘柚靑

242 청천(靑天)의……왔구나 : 160쪽 주274 참조. 여기에서는 새가 북쪽에서 날아왔음을 말한 것이다.

243 황제(黃帝)……듣네 : 밤의 밀물 소리가 전설 속의 악곡처럼 아름답게 들린다는 말이다. 《장자(莊子)》〈천운(天運)〉과 〈지락(至樂)〉에 황제(黃帝)가 동정(洞庭)의 들판에서 〈함지(咸池)〉라는 악곡을 연주하였다는 이야기가 나온다.

244 우연(虞淵)과 약목(若木) : 우연은 해가 진다고 하는 연못이다. 《회남자(淮南子)》〈천문훈(天文訓)〉에 "해가 우연에 이르면 이를 황혼이라 한다.〔日至于虞淵, 是謂黃昏.〕"라고 하였다. 약목은 서해(西海)의 해가 지는 곳에 있다는 신목(神木)이다.

245 울도(鬱島)와……마주보네 : 울도는 도주(都州) 혹은 울주(鬱州)라고도 하며 동해에 있다고 하는 전설 속의 섬인데, 바다위를 이리저리 옮겨 다닌다고 한다. 부상은 바다 동쪽의 해가 뜨는 골짜기인 탕곡(湯谷)에 있다는 신목이다. 《山海經 卷9 海外東經, 卷13 海內東經》왕유(王維)의 〈비서 조감이 일본으로 돌아가는 것을 전송하는 서문〔送秘書晁監還日本序〕〉에 "부상은 냉이 같고 울도는 개구리밥 같다.〔扶桑若薺, 鬱島如萍.〕"라고 하였다.

246 이른바 그 사람이여 : 《시경》〈진풍(秦風) 겸가(蒹葭)〉에 "이른바 그 사람이여 저 물가의 한쪽에 계시네.〔所謂伊人, 在水一方.〕"라고 하여 흠모하는 사람을 만나고자

신기루는 무지개를 걸고 먼 산에 비꼈고　　　　　蜃閣拖虹橫遠嶠

오랑캐 배는 달빛을 띠고 빈 물가에 대어 있네　　　蠻船逗月艤虛汀

　　다른 본에는 "망량은 안개 어둑한 나루를 스쳐 지나가고, 할미새는 풀 이어
　　진 물가를 급히 날아간다.〔魍魎捎過煙暗浦 鶺鴒飛急草連汀〕"로 되어 있다.

강담의 방초라 〈이소〉를 다 읊고[247]　　　　　　　江潭芳草離騷盡

교룡과 이룡 거두어 《산해경》에 보태고저　　　　　收拾蛟螭補海經

하나 만나지 못하는 안타까움을 노래하였는데, 여기에서는 삼연의 부친 김수항(金壽
恒)을 가리켜 한 말이다.

247　강담(江潭)의……읊고 : 강담을 거닐며 울울한 심사를 읊는다는 말이다. 전국시
대 초(楚)나라의 굴원(屈原)은 간신들의 참소로 조정에서 쫓겨나 강담에서 노닐고 못
가를 거닐며 읊조리다가〔屈原旣放, 游於江潭, 行吟澤畔.〕 어부(漁父)를 만나 자신의
처지를 한탄한 적이 있다. 《楚辭 漁父辭》 그의 대표작인 〈이소(離騷)〉는 간신들의
참소로 쫓겨나며 울울한 심사를 읊은 작품으로, 여기에서는 삼연의 부친 김수항이 진도
에 유배된 것에 대한 울울함을 비유하기 위해 언급하였다.

옥주 잡영[248]

沃州雜詠

제1수

바다와 하늘 넓다 하나 문이 항상 닫혔으니	海天雖闊戶常關
장막 걷고 때때로 푸른 산을 보노라	開幔時時見碧山
석 달 봄 반쯤 지나 풍광은 점점 변해가고	物候侵尋三月半
한 조각 마음속에 고향 생각은 났다가 사라졌다 하네	
	鄕園離合寸心間
봄빛 속 학 한 마리는 권태로이 구름을 잡고	春陰一鶴挐雲倦
저물녘 번화한 꽃은 한가로이 대나무에 기댔네	日暮繁花倚竹閒
쓸쓸히 시 완성해도 당체[249]가 머니	寂寂詩成棠棣遠
모를레라 누구에게 이 시를 산정받을까	不知長短聽誰刪

제2수 其二

바다가 먼 하늘까지 불어난 것이 근심스러우니	愁來爲海漲遙天
고향 어느 쪽인지 묻지 마시게	莫問家鄕若箇邊
새벽 장기(瘴氣) 잠시 걷히니 푸른 풀이 드러나고	晨瘴暫開靑草見
저녁 조수 오려 하니 흰 갈매기 먼저 오네	晚潮將到白鷗先

---

248 옥주 잡영 : 옥주는 진도(珍島)의 별칭이다.

249 당체(棠棣) : 《시경》〈소아(小雅) 당체〉는 형제끼리 위급한 상황을 돕는 것을 노래한 시로, 형제를 뜻하는 말이다. 여기에서는 청풍 부사(淸風府使)로 있는 형 김창협(金昌協)을 가리킨다.

강남에는 광랑250이 있어 습기를 막지만 　　　江南禦濕桄榔在

회북에는 귤과 유자 옮겨줄 사람이 없네251 　　　淮北無媒橘柚遷

찬 샘을 치고 나자 내 마음 서글프니252 　　　渫罷寒泉心惻惻

줄곧 한 뙈기 황폐한 밭에 가려져 있었다오 　　向來埋翳一荒田

제3수 其三

오늘 아침 풀어도 내일 아침에 또 생기니 　　　今朝纔破又明朝

시름과 시름이 이어져 즐겁지 못해라 　　　　憂與憂交不自聊

바닷가 고을은 봄이 와도 가을이나 다름없고 　　海國春生秋一色

고향 동산은 밤에 가까워도 새벽 오면 다시 멀어지네

　　　　　　　　　　　　　　　　鄕園夜近曉還遙

---

250 광랑(桄榔) : 열대지방에 자라는 야자과 상록 교목인데, 줄기 속의 가루를 먹을
수 있다. 소식(蘇軾)이 혜주(惠州)에 유배되었을 때 지은 〈12월 6일 송풍정 아래에
매화가 활짝 피다〔十一月二十六日松風亭下梅花盛開〕〉 시에 "긴 가지는 여지 포구에
반쯤 내려앉았고, 누운 줄기는 광랑의 동산에 홀로 빼어났구나.〔長條半落荔枝浦, 臥樹
獨秀桃榔園.〕"라고 한바, 바닷가 유배지를 상징하는 식물이기도 하다.

251 회북(淮北)에는……없네 : 진도의 생태가 한양과 매우 달라 낯설다는 의미로 한
말이다. 《주례(周禮)》〈고공기(考工記)〉에 "귤이 회수를 건너면 탱자가 된다.〔橘踰淮
而北爲枳〕"라고 하였는데, 이는 회수 이남과 이북의 풍토가 판이하여 회수 이남에서
나는 귤을 회수 이북에 심으면 탱자가 되어버린다는 말이다.

252 찬……서글프니 : 찬 샘은 우물물을 뜻한다. 《주역》〈정괘(井卦) 구삼(九三)〉에
"우물을 쳤는데도 마시지 않으니 내 마음이 슬프다. 길어다 먹을 수 있으니 임금이
밝으면 모두 복을 받으리라.〔井渫不食, 爲我心惻. 可用汲, 王明, 並受其福.〕"라고 하였
다. 본문에서 이를 인용한 것은 실제로 버려진 우물을 청소하였음을 말하기 위한 것이기
도 하지만, 부친의 유배지에 따라와서 모시는 심정을 말하기 위한 것이기도 하다.

무성한 꽃 중에는 난초만 어찌 이리도 늦게 피나　　　衆芳藹蔚蘭何晩

달리고 나는 동물 중에 제비가 가장 날래구나　　　蠢動飛奔燕最驕

사물 바라보며 변한 모습 살필 것 없으니　　　遭物不須觀變態

예전의 내 얼굴과 터럭이 이제는 시들어버렸구나　　　向來容鬢此焉凋

제4수 其四

매화가 떨어진 곳에 붉은 난초가 피어나니　　　梅花落地紫蘭生

편지 부치고자 하나 인편 없어 눈물만 갓끈을 타고 흐르누나

　　　欲寄無因淚我纓

외로운 봉황은 근심 어린 바람에 먼 바다에서 울고　孤鳳愁風鳴遠海

어지러운 까마귀 떼 저녁 되자 높은 성으로 들어가네[253]

　　　亂鴉乘暮入高城

구주가 드넓다 한들 어디에 갈거나　　　九州浩浩其何往

만 대 아득해도 매한가지 마음일세　　　萬代悠悠同一情

성을 물어보는 어부가 있을까 겁이 나[254]　　　畏有漁人相問姓

---

253 외로운……들어가네 : 외로운 봉황은 '짝을 잃은 난새와 봉황〔鸞孤鳳隻〕'이라는 관형적 시어에서 따온 말로 짝을 잃은 외로운 신세를 비유한다. 까마귀는 이백(李白)의 〈까마귀가 밤에 울다〔烏夜啼〕〉 시에 "황운성 모퉁이에 까마귀 깃들려 하여, 날아돌아와 까악까악 가지 위에서 울어대네.〔黃雲城邊烏欲棲, 歸飛啞啞枝上啼.〕"라고 하여 멀리 출타한 남편을 그리며 길쌈으로 독수공방하는 여인의 외로운 심사를 보여주는 소재로 쓰였듯, 이 역시 짝이 없는 외로운 신세를 비유한다.

254 성을……나 : 성을 묻는다는 것은 자신이 누구인지 알아본다는 의미이다. 전국시대 초(楚)나라의 굴원(屈原)이 초나라에서 추방당해 연못가를 거닐 때 우연히 마주친 어부가 그를 알아보고 당신은 삼려대부(三閭大夫)가 아니냐고 물은 바 있다. 삼려대부는 초나라의 왕족인 굴(屈)·경(景)·소(昭) 세 집안에서 선발하여 세 집안을 맡아

달 밝은 밤 파도 소리 속에 문을 닫고 있노라 月明門掩夜潮聲

제5수 其五

《주역》이 지어진 것은 근심이 있어서이리라[255] 大易之興其有憂

흐름 탐과 험한 곳 만남[256]은 참으로 아득하여라 乘流遇坎信悠悠

지나온 길에서는 어제 임종이 묵었나 묻고[257] 沿途昨問林宗宿

절해고도에서 갑자기 노나라 노인이 배 타고 온 것을 놀랐으리[258]

                絶海俄驚魯叟浮

만 리 먼 곳의 높은 영주산이 자리를 양보하고 萬里瀛山崇讓座

단속하게 하던 벼슬이었므로 삼려대부가 아니냐고 물어본 것은 어부가 굴원의 신분을 알아채고 성씨를 물은 것이라고도 할 수 있다. 《楚辭 漁父辭》

255 주역이……있어서이리라 : 주 문왕(周文王)이 은 주왕(殷紂王)에 의해 유리(羑里)에 유폐되어 있을 때 《주역》을 풀이하였다. 한(漢)나라의 사마천(司馬遷)은 이를 두고 자신의 운명을 알 수 없는 답답하고 억울한 상황에서 자신의 도(道)를 후세 사람들에게 밝히기 위해 저술을 남긴 것이라 하였다. 《史記 卷130 太史公自序》

256 흐름……만남 : 시대가 태평한지 혼란한지에 따라 출사(出仕)와 은거(隱居)를 적절히 선택한다는 뜻이다. 한(漢)나라 가의(賈誼)가 장사(長沙)로 좌천된 뒤 스스로의 신세를 한탄하며 지은 부(賦)에 "흐름 타면 가고 험한 곳 만나면 멈춘다.〔乘流則逝, 遇坎則止.〕"라고 한 데에서 취한 표현이다. 《漢書 卷48 賈誼傳》

257 지나온……묻고 : 임종(林宗)은 후한(後漢)의 학자인 곽태(郭泰)의 자인데, 여기에서는 송시열을 비유한다. 그는 여관에 묵을 때 항상 자기가 묵은 자리를 깨끗하게 청소하고 떠났기 때문에 다음 날 그가 떠나고 나면 사람들이 정리된 방을 보고 이는 필시 곽태가 묵은 방일 것이리라고 했다는 고사가 있다. 《事文類聚 卷25 人事部 行旅 宿處輒掃》

258 절해고도(絶海孤島)에서……놀랐으리 : 노(魯)나라 노인은 공자(孔子)인데, 여기에서는 귀양 온 송시열을 비유하였다. 공자는 "도가 행해지지 않으니, 뗏목을 타고 바다로 나갈까 보다.〔道不行, 乘桴浮于海.〕"라고 말한 바 있다. 《論語 公冶長》

삼경에 수성(壽星) 그림자 산가지를 더하네[259]　　　三更壽曜影添籌

지극한 도가 더없이 먼 곳까지 온 것은　　　　　　要知至道行無外

하늘이 우리 유학을 이 고을에 빛내고자 함임을 알지니라

　　　　　　　　　　　　　　　　　　　　　天欲斯文煥此州

　우재(尤齋 송시열(宋時烈))가 유배된 곳을 떠올렸다.[260]

259　삼경에……더하네 : 송시열이 69세에 처음 유배되어 고령의 나이에도 긴 유배생활을 견뎌내며 장수하였음을 비유한 말이다. 세 노인이 서로 나이를 자랑하는 자리에서 한 노인이 "나는 바다가 뽕밭으로 변할 때마다 산가지 하나를 놓았는데, 지금까지 내 산가지가 열 칸 집에 가득찼다.〔海水變桑田時, 吾輒下一籌, 爾來吾籌已滿十間屋.〕"라고 하였다는 고사가 있다. 《東坡志林 卷7》

260　우재(尤齋)가……떠올렸다 : 송시열은 1675년(숙종1) 6월에 장기(長鬐)에 위리안치(圍籬安置)되었다가 1679년(숙종5)에 거제도(巨濟島)로 이배(移配)되었고, 이듬해 5월에 청풍(淸風)으로 이배가 결정되어 귀양지를 옮기던 중 6월에 합천(陜川)에서 석방되었다.

답청일의 감회[261]

踏靑日感懷

푸른 파도에 막혀 고향 동산의 봄을 볼 수 없으니	滄波目斷故園春
우리 아버지 위로해 드릴 맑은 술 어디에 있을까	那有淸樽慰我親
포구의 푸른 개구리밥 누가 밟을 줄 알까	浦口綠蘋誰解踏
저녁 조수에 굴 따는 사람만 오가는구나	晚潮來往拾蠔人

---

261 답청일(踏靑日)의 감회 : 답청일은 음력 3월 3일 즉 삼짓날로, 들에 나가 새로
자라나는 푸른 풀을 밟는 풍속이 있었다.

11일에 걸어 다니며 읊다

十一日行吟

오동나무에 저녁 어스름 생기니	梧桐生夕陰
올빼미 떼 우는 곳이라	羣梟所啾唶
푸른 바다 날마다 넘실대고	滄海日蕩潏
표표히 나는 외로운 봉황 우누나	飄飄唳孤鳳
예로부터 방초 우거진 길에서	古來芳草路
굴원 가의를 번갈아 보냈었지	屈賈更相送
이 섬 또한 무엇이 누추하랴	玆島亦何陋
그래도 오히려 우리 집이 있으니²⁶²	猶夫我簷棟
쓸쓸히 동쪽 대나무창에서	蕭條竹牖東
새벽 돗자리에 깨어 내 꿈을 점쳐보노라니	曉簟占我夢
내 꿈이 어떠한가	我夢夫如何
색동옷 입고 옥류동에서 춤을 추었네²⁶³	斑衣舞玉洞

---

262 이……있으니 : 공자(孔子)가 구이(九夷)의 땅에 살고자 하며 "군자가 거처하니 무슨 누추함이 있겠는가.〔君子居之, 何陋之有?〕"라고 한 것에서 취하여, 군자인 김수항(金壽恒)이 이곳에 사니 이곳이 누추할 것이 없다고 말한 것이다. 《論語 子罕》

263 색동옷……추었네 : 삼연이 부친 김수항과 옥류동 저택으로 돌아가 그를 모시는 꿈을 꾸었다는 말이다. 색동옷 입고 춤춘다는 것은 춘추시대 초(楚)나라의 은사(隱士) 노래자(老萊子)가 어버이를 기쁘게 하기 위해 일흔의 나이로 색동옷을 입고 재롱을 부린 고사를 인용한 것이다. 《初學記 卷17 孝子傳》

묵묵한 의복의 문이여 　　　　　　　　　　默默倚伏門

〈이소〉를 어찌 길이 읊으랴[264] 　　　　　　離騷豈長諷

---

264 묵묵한……읊으랴 : 김수항이 계속 화만 당하지는 않을 것이니 조만간 풀려날 것이라 기대한 말이다. 의복(倚伏)은 길흉화복(吉凶禍福)이 서로 원인이 되어 이어지는 것을 말한다. 《도덕경(道德經)》〈하편(下篇)〉에 "화는 복이 의지해 있는 바이고, 복은 화가 엎드려 있는 바이다.〔禍兮福所倚, 福兮禍所伏.〕"라고 하였다. 〈이소(離騷)〉는 348쪽 주247 참조.

청명에 저녁 경치를 바라보다

清明夕望

객지 시름 저녁 무렵에 더해지니	旅思添將夕
산천을 바라봄에 어떠한가	山川望若何
갯마을엔 어부가 반이요	浦村漁是半
농지에는 보리가 많구나	農地麥爲多
꽃 피고 대나무 자랐어도 나는 황망하여	花竹荒荒立
청명을 말없이 보내노라	清明脉脉過
봄빛에 보답할 술 어이 있으랴[265]	答春寧有酒
눈물 흘리며 노래만 부를 뿐이노라	當泣秖成歌

---

265 봄빛에……있으랴 : 두보(杜甫)의 〈강가에서 홀로 걸으며 꽃을 찾다〔江畔獨步尋花〕〉 시에 "봄빛에 보답하는 방법이 있음을 알겠노니, 좋은 술로 생애를 보내야 하리.〔報答春光知有處, 應須美酒送生涯.〕"라고 한 것을 취한 말이다.

한식날의 감회
寒食感懷

오늘이 무슨 날인지도 알지 못하겠고	不知今日是何辰
단지 타향이라 내 봄이 아님을 느낄 뿐이라[266]	但感他鄉非我春
머나먼 섬 풍속에 성묘하는 이 드물고	島俗蒼茫登壟少
근심스럽고 쓸쓸한 나그네 마음 휘장을 자주 걷네	客心愁寂卷帷頻
언덕의 까마귀는 새끼 끼고 푸른 대나무숲으로 돌아오고	原烏挾子歸蒼竹
수달은 고기 몰며 초록 개구리밥에 오르네	水獺驅魚上綠蘋
석실[267]과 금대[268]에 낙조 갓 질 제	石室金臺方落照
형제가 북쪽 냇가에 말을 타고 있으리	弟兄鞍馬北川濱

---

266 내⋯⋯뿐이라 : 251쪽 주32 참조.

267 석실(石室) : 현재의 남양주시 석실마을로, 삼연의 증조부 김상헌(金尙憲)과 그
형 김상용(金尙容)을 기리기 위한 서원인 석실서원(石室書院)이 있다.

268 금대(金臺) : 현재의 경기도 남양주시 와부읍에 있는 금대산이다.

다시 읊다

又賦

동풍이 휘장에 불자 꽃잎이 자주 떨어지니   東風吹幔落花頻

한식의 봄빛 사방에 담박해라   寒食春陰澹四隣

서글퍼라 외로운 소나무 동쪽 밭두둑 길   惆悵獨松東畔路

저무는 해 밑에 한양 사람 있나 하노라   日西疑有漢陽人

밤에 앉아서
夜坐

해 저물고 까마귀 울음소리 그치니   日暮啼鴉歇

사람들은 산소에서 집으로 돌아가누나   人歸壟下家

이에 고향 생각 울울한데   於焉鄉思黯

끝내 먼 바닷가에 떨어져 있구나   畢竟海天賒

촛불 그림자가 대나무를 머금고   燭影含虛竹

발에 부는 바람은 떨어진 꽃잎을 실어오네   簾風進落花

교인 진주[269]라 눈물을 바다에 다 흘리니   蛟珠添淚盡

처량한 원망 봄꽃에 맺혔네   淸怨結春華

---

269 교인(蛟人) 진주 : 289쪽 주110 참조.

한식 뒤에
寒食後

청명과 한식을 옥주[270]에서 보내니 　　　清明寒食沃州過
끝내 곤궁한 삶의 시름을 어찌하지 못하네 　　畢竟窮愁無奈何
이웃집은 초면에 이는 귤과 유자 싸 오고 　　隣舍初顔包橘柚
바다 하늘의 잦은 비에 고기와 새우가 흩어지네 海天頻雨散魚蝦
시든 꽃은 더 이상 술잔에 띄울 수 없는 것을 　殘花不復杯中用
깊은 숲 새는 무엇하러 휘장 밖에서 노래하는가 幽鳥何須幔外歌
설령 기쁘게 돌아갈 날이 있다 해도 　　　　縱使懽歸有一日
마음먹고 온통 하얀 귀밑털을 대하리 　　　作心應待鬢全皤

---

270 옥주(沃州) : 진도(珍島)의 이칭이다.

새벽에 읊다

曉吟

한식 뒤로 마음이 근심스러워	愁心寒食下
대나무 창 밑에서 잠이 쉬이 깨누나	易破竹牕眠
신기루는 별과 달에 감돌고	蜃氣回星月
닭 울음소리는 장연 속에서 들려오고	雞聲隱瘴煙
조수는 대체 어느 기슭에서 오나	潮來定何岸
구름만 그저 눈앞의 하늘에서 피어날 뿐	雲發只前天
누워서 부러워하노니 남쪽 이웃집 늙은이는	臥羨南隣叟
소 타고 노래하며 밭으로 가려 하누나	牛歌欲向田

쉬파리[271]

蒼蠅

과연 남쪽 지방은 더워서	果是南方熱
봄 한창인데 쉬파리가 생기누나	方春乃産蠅
푸른색은 하늘로부터 부여받은 것이고	蒼爲天所賦
네 눈 흰 것은 무엇을 미워해서인고[272]	白者爾何憎
본디부터 바쁘게 떼 지어 다니고	逐逐元成隊
스스로 앵앵거리며 재주 있다 여기네	營營自以能
어찌 알랴 변화의 옥이	焉知卞和玉
세 차례 감정에 값이 더욱 뛸 줄을[273]	三點價愈增

---

271 쉬파리 : 《시경》〈소아(小雅) 청승(靑蠅)〉에 "앵앵거리는 쉬파리여, 울타리에 앉았도다. 화락한 군자는 참소하는 말을 믿지 말지어다.〔營營靑蠅, 止于樊. 豈弟君子, 無信讒言.〕"라고 하였듯 쉬파리는 참소하는 소인을 비유하는 말이다. 삼연은 진도에서 본 쉬파리에 부친 김수항(金壽恒)을 무함한 무리들을 은근히 빗대고 있다.

272 네……미워해서인고 : 쉬파리의 두 눈 사이에 있는 흰 테두리를 두고 한 말이다. 진(晉)나라의 완적(阮籍)은 자신이 싫어하는 속된 사람이 찾아오면 흰자위를 드러낸 눈〔白眼〕으로 흘겨보며 박대하고, 자신의 마음에 맞는 사람이 찾아오면 검은 눈동자〔靑眼〕로 똑바로 바라보며 환대하였다고 한다. 《晉書 卷49 阮籍列傳》

273 어찌……줄을 : 김수항이 복권되리라는 기대를 담아 한 말이다. 초(楚)나라의 변화(卞和)가 초산(楚山)에서 발견한 박옥(璞玉)을 여왕(厲王)과 무왕(武王)에게 바쳤으나 그때마다 옥인(玉人)이 돌이라고 잘못 감정하여 왼발과 오른발이 잘렸다. 뒤에 문왕(文王)이 즉위하자 그는 박옥을 안고서 초산 아래에서 사흘 밤낮을 울었는데, 문왕이 사람을 보내 까닭을 묻자 자신은 발이 잘린 것을 슬퍼하는 것이 아니고 옥을 돌이라고 하고 정직한 선비를 미치광이로 하는 것이 슬퍼 운다고 답하였다. 결국 문왕이 옥인에게 다시 감정하고 다듬게 하자 직경 한 자의 티 없는 옥이 나왔다. 《韓非子 卷4 和氏》

산다를 보고 아우를 그리워하다

見山茶憶弟

기이한 산다 나무 구름 낀 바다 모퉁이에 있으니	山茶奇樹海雲隈
그윽한 꽃 푸른 이끼에 떨어짐을 탄식하네	嘆息幽芳委綠苔
병든 아우의 꽃동산에는 이것이 적을 것이니	病弟花園應少此
꺾어다 멀리 세심대274를 그리워하노라	折來遙憶洗心臺

---

274 세심대(洗心臺) : 인왕산 동북쪽 능선에 자리한 대(臺)이다. 경복궁과 한양을 내려다볼 수 있었으며, 김수항의 저택에 있는 옥류동(玉流洞) 근처에 있었다.

빗속에서 괜스레 읊다

雨中漫吟

야밤에 푸른 바다에 물 기운이 모였으리니	潤聚滄溟應半夜
아침이 가기도 전에 금골산[275]에 이누나	雲生金骨不崇朝
춤추는 돌이 움직이는 것과는 상관없고[276]	非關舞石能飛動
본디 연못에 잠긴 용이 조용히 있지 않아서이지[277]	自是潛龍未寂寥
진흙투성이 복사꽃은 안개 낀 숲에서 떠나고	泥汚桃花違霧樹
비의 은총 듬뿍 받은 버들잎은 안개 낀 다리에서 교태를 부리네	
	寵光楊葉媚煙橋
고향은 아스라이 바다 저편에 있으니	故園正屬蒼茫際
근심 속에 거리 더해 만 리나 멀게 느껴지누나	愁內添成萬里遙

275 금골산(金骨山) : 345쪽 주236 참조.

276 춤추는……상관없고 : 상수(湘水) 동쪽에 있는 석연산(石燕山)에 어미와 새끼 제비 모양의 크고 작은 바위가 있는데, 비바람이 몰아치면 마치 제비가 떼 지어 날아오르는 듯이 보인다고 한다. 《水經注 卷38 湘水》

277 본디……않아서이지 : 두보(杜甫)의 〈우레〔雷〕〉 시에 "진짜 용은 끝내 조용히 있거늘 흙으로 만든 용에 공연히 몸을 굽혀 제사하네.〔眞龍竟寂寞, 土梗空僂俯.〕"라고 한 데에서 취한 표현이다.

갠 후에 저녁 경치를 바라보다

霽後晚望

바닷가 좋은 절기에도	海上雖佳節
산뜻하게 좋은 풍광이 없구나	而無淑景融
새는 더운 안개 위로 높이 날고	鳥驕煙瘴上
꽃은 세찬 바람 속에서 시달리네	花困颺風中
경물에 감회 일어 온갖 시름 불어나니	感物千愁漲
하늘 바라봐도 온통 어둑할 뿐	瞻天一色蒙
어떻게 하면 좋은 술을 얻어	何因得美酒
잠시나마 대나무숲 동쪽에서 취해볼까	暫醉竹園東

서울에서 온 편지를 받다

得京書

고향 편지 보지 못했을 때에는	不見故鄉書
근심 걱정에 속이 타더니	懆懆熱肺肝
고향 편지 받고 나니	旣見故鄉書
시름겨워 온갖 걱정 생기누나	忡忡慮多端
편지가 온 뒤에	不知書來後
한강에 몇 번이나 파란이 일었을꼬	江漢幾波瀾
이를 생각하느라 용모가 초췌해져	念玆容鬢凋
꽃피는 달을 그냥 보낸다오	坐使芳月闌
조급하고 울울한 심사 쏟아낼 길이 없어	無以寫悁鬱
그윽한 동산에서 때때로 갓을 고쳐 쓰네	幽園時整冠
바닷가 고장 적체된 음기가 많아	海國多滯陰
꽃나무가 봄추위를 겁내네	芳樹怯春寒
어느 때에나 활짝 피어	何時舒瀾漫
아름다운 새들이 즐거이 노닐까	好鳥得所懽
사물의 기운이 막혀있음을 고요히 느끼고	靜感物意滯
인생살이 험난함을 깊이 깨닫네	深悟人生難
저물녘에 수레 몰고서	日暮思駕言
안개 속 조수나 가서 볼까 생각하노라	煙潮往可觀

비 온 뒤
雨後

짙은 봄비가 새벽 성을 지나가니	春雨濃濃過曉城
발 걷고 선명한 살구꽃을 처음 보노라	捲簾初見杏花明
산바람 푸른 나무를 흔드니 궁궁이가 자라고	山風搖綠蘼蕪長
바다 위의 붉은 태양 떠오르니 비취새 우누나	海日開紅翡翠鳴
두 지방에서 서로 다른 경물을 보고	兩地參差看物候
백년 인생에서 뒤흔들리는 나날을 느끼노라	百年波蕩感生平
나그네 혼은 몸에 붙어 있는 날이 적으니	羈魂少有隨身日
층층 파도 타고 북쪽으로 갈 때가 많다오	多在層濤以北行

우수사가 군사를 모으고 배를 징발해 통영의 합동 조련에 나아간다는 것을 듣다

聞右水使聚軍發船　赴統營合操

제1수

바다 하늘 밝은 달 아래 수서갑[278] 싸늘하니	海天明月水犀寒
횡해장군[279]이 밤에 단을 내려오네	橫海將軍夜下壇
만 리 바다 경예[280]가 숨을 죽일 테니	萬里鯨鯢收氣息
벽파정[281] 밖으로 낚싯대 드리울 만하리	碧波亭外可垂竿

제2수 其二

천 척의 용작[282] 구름처럼 내려가니	千艘龍雀下如雲
징과 북 하늘에 울림에 먼 섬까지 들리네	金鼓喧天遠島聞

---

278 수서갑(水犀甲) : 수군(水軍)들이 착용하던 물소 가죽으로 만든 갑옷이다.

279 횡해장군(橫海將軍) : 한 무제(漢武帝) 때 한열(韓說)은 횡해장군이 되어 남월(南越)을 정벌한 공로로 안도후(按道侯)에 봉해졌다. 여기에서는 우수사(右水使)를 비유한 말이다. 《史記 卷111 衛將軍驃騎列傳》

280 경예(鯨鯢) : 작은 물고기를 무수히 잡아먹는 수고래와 암고래인데, 왜적이나 왜구를 비유하기도 한다.

281 벽파정(碧波亭) : 345쪽 주234 참조.

282 용작(龍雀) : 화려하고 큰 배들을 뜻한다. 왕발(王勃)의 〈등왕각서(滕王閣序)〉에 "마을에 들어찬 집들은 종을 울려 사람을 모으고 솥을 늘어놓고 밥을 먹는 집들이요, 큰 배들이 댈 곳을 찾아 서성거리는데 고물에는 청작, 황룡을 그린 배들이로다.〔閭閻撲地, 鐘鳴鼎食之家, 舸艦迷津, 青雀黃龍之舳.〕"라고 하였다.

행렬이 명량을 지나면 모름지기 기세를 일으켜 行過鳴梁須作氣

소를 던져 먼저 이 장군에게 마제를 지내야 하리[283] 沈牛先禡李將軍

제3수 其三

혁혁해라 삼남의 통제사영 赫赫三南都統營

높다란 세병관[284]에 바다 구름 일어나네 洗兵高館海雲生

대포는 붉은 벼락 일으키니 부상[285]이 끓어오르고 砲騰紫電扶桑沸

칼을 푸른 뱀처럼 뽑으니 남방이 평정되누나 劍拔靑蛇南斗平

---

283 행렬이……하리 : 이순신(李舜臣, 1545~1598)이 진도와 해남(海南) 사이의 해
협인 명량(鳴梁)에서 왜군을 상대로 대승을 거두었기 때문에 이렇게 말한 것이다. 마제
(禡祭)는 군대가 출동하여 목적지에서 주둔할 때 지내던 제사이다.

284 세병관(洗兵館) : 현재의 경상남도 통영시 문화동에 있는 삼도수군통제사영(三
道水軍統制使營)의 관청이다. 1603년(선조36)에 이순신의 전공(戰功)을 기리기 위해
건립하였다.

285 부상(扶桑) : 동쪽 바다 끝 해 뜨는 곳에 있다는 신목(神木)이다. 혹은 그 나무가
있는 곳을 가리키기도 한다.

한양 생각
北懷

인왕산에 쌓인 푸른 빛이 그윽한 자태를 길렀으리니

西山積翠養幽姿

호량과 복수[286] 멀리서 그리워하는 마음 가보지 않고도 알겠네

濠濮遐情坐自知

구름은 새 봉궐을 왕래하고   雲物去來新鳳闕

빗소리는 옛 용지에 오르내리리   雨聲高下古龍池

신이오[287] 안에서 나란히 색동옷 입고[288]   辛夷塢裏斑衣並

계겹란[289] 앞으로 늦게 퇴청(退廳)하였지   鸂鶒瀾頭退食遲

하늘 남쪽에서 객살이하며 고개 돌려 눈물 흘리니   流落天南回首泣

가련토다 돌아가 가족들과 모일 날 대체 언제랴   可憐歸聚定何時

　“저절로 알레라.〔坐自知〕”는 다른 본에는 “고요하게 여기에 있네.〔靜在玆〕”
로 되어 있다.

　이상은 옥류동(玉流洞)이다.

286　호량(濠梁)과 복수(濮水) : 325쪽 주196 참조.

287　신이오(辛夷塢) : 섬서성(陝西省) 남전(藍田) 망천(輞川)에 있는 지명이다. 신이
(辛夷 백목련)가 가득한 언덕이란 뜻의 지명으로, 이곳에 당(唐)나라 왕유(王維)의 별장
이 있었는데 경관이 아름다웠다고 한다. 여기에서는 옥류동의 김수항 저택을 비유하였다.

288　나란히 색동옷 입고 : 삼연 형제들이 부친 김수항(金壽恒)을 효심으로 모신다는
뜻이다. 355쪽 주263 참조.

289　계겹란(鸂鶒瀾) : 옥류동에 있던 여울이다. 김창협(金昌協, 1651~1708)이 붙인
이름이라고 한다. 《新增東國輿地勝覽 卷3 備考編 東國輿地備考 漢城府》

유양의 석실290이 우리의 선산이니　　　　　　　維楊石室我松楸

여러 굽이 돌고 돌면 아무 언덕291 나오지　　　數曲紆回得某丘

나무 열매 먹는다는 이름292 훌륭하니 도에 딱 들어맞고

　　　　　　　　　　　　　　　　　　　　　木食名佳於道愜

암혈에 사는 뜻 결단하여 때를 따라 쉬네　　巖居志決與時休

천 그루 살구 익으니 신선 집에 가깝고293　　千株杏熟親僊宅

다섯 빛깔 외 살지니 옛 제후에 비기네294　　五色瓜肥擬故侯

290　유양(維楊)의 석실(石室) : 유양은 양주(楊州)의 별칭이다. 석실은 358쪽 주267
참조.

291　아무 언덕 : 원문은 '모구(某丘)'로, 추억이 어린 언덕이라는 말이다. 한유(韓愈)
의 〈소윤 양거원을 전송하는 서문[送楊巨源少尹序]〉에, 양거원이 고향으로 돌아가 어
린 시절 놀던 곳들을 찾으며 "저 물가와 저 언덕은 내가 동자 시절에 물고기를 잡으며
노닐던 곳이다.[某水某丘, 吾童子時所釣遊也.]"라고 말할 것이라고 하였다.

292　나무……이름 : 송(宋)나라의 이통(李侗)이 1162년 4월 22일에 주희(朱熹)에게
보낸 편지에, "우리는 오늘날 그저 궁벽한 곳에서 풀 옷 입고 나무 열매 먹으며 그럭저럭
세월을 보내는 것이 옳다. 다른 일은 일절 제쳐두고서 오직 이 학문을 진전시키기를
구하는 것이 도리에 가깝다.[吾儕在今日, 只可於僻寂處, 草木衣食, 苟度此歲月爲可.
他一切置之度外, 惟求進此學問爲庶幾爾.]"라고 하였다. 《延平答問》 목식동(木食洞)
은 양주의 지명으로, 김수항이 1687년(숙종13)에 목식와(木食窩)를 짓고 때때로 여유
를 즐겼다. 《玉吾齋集 卷16 文谷遺事》

293　천……가깝고 : 삼국(三國)시대 오(吳)나라의 동봉(董奉)은 의술에 정통하였는
데, 여산(廬山)에 은거해 살며 환자가 찾아오면 치료비 대신 살구나무를 심게 하여
살구나무가 10만 그루에 달했다고 한다. 《神仙傳 卷10 董奉》

294　다섯……비기네 : 진(秦)나라의 동릉후(東陵侯)에 봉해진 소평(邵平)은 진나라
가 멸망하자 포의(布衣)의 신분으로 장안(長安)의 성 동쪽에서 오색과(五色瓜)를 키우
며 살았다. 《史記 卷53 蕭相國世家》

네 마리 말이 끄는 높은 수레²⁹⁵ 그대들에게 돌려줄 것이니

驷馬高車還爾輩

국화 피는 가을에 나를 시샘하지 마시게　　　不須猜我菊花秋

　이상은 목식동(木食洞)이다.

한공이 머리 풀어 헤친 향기로운 모래섬²⁹⁶　韓公散髮有芳洲

하늘과 물 아득한 가운데 만고에 늘 배가 다니누나　天水冥冥萬古舟

붉은 앵두나무는 물고기 팔딱이는 물가를 둘렀고　櫻樹赤圍魚潑剌

선명한 갈대꽃은 날아가던 기러기를 끌어오네　荻花明引鴈飛浮

부친은 재상 일²⁹⁷로 권태로워하셨고　　　阿翁意倦調鹽鼎

아들은 정성스레 낚시터를 소제하였지　　　小子心長掃釣樓

구름 펼쳐진 드넓은 강해에서 서글퍼하노니　惆悵雲羅江海闊

옥주²⁹⁸ 성밖에는 봄 시름만 불어나네　　沃州城外漲春愁

　이상은 저자도(楮子島)이다.

295　네……수레 : 신분이 높은 사람이 타는 수레로, 높은 벼슬이나 출세를 뜻하기도
한다. 한(漢)나라의 사마상여(司馬相如)가 성도(成都)에서 장안(長安)으로 가는 길에
있는 승선교(昇仙橋)를 지나며 그 기둥에 "네 마리 말이 끄는 높은 수레를 타지 않고서
는 이 다리를 건너지 않겠다.〔不乘驷馬高車, 不過此橋.〕"라고 적었다는 고사가 있다.
《太平御覽 卷73 地部 橋》

296　한공(韓公)이……모래섬 : 158쪽 주267 참조.

297　재상 일 : 원문은 '조염정(調鹽鼎)'으로 소금으로 국솥의 간을 한다는 말인데, 은
(殷)나라 임금인 무정(武丁)이 재상인 부열(傳說)에게 "내가 국을 끓이거든 그대는
소금과 매실이 되어주오.〔若作和羹, 爾惟鹽梅.〕"라고 국정을 도울 것을 부탁한 고사에
서 유래하여 재상의 직임을 비유하는 말로 쓰인다. 《書經 尙書 說命》

298　옥주(沃州) : 진도(珍島)의 별칭이다.

아득하게 높은 산에 흰구름 피어나니 　　　漠漠高山生白雲

백운산에 해 질 제 아버지를 기다렸지 　　　白雲遲暮待家君

갠 연못에서 약초 씻으면[299] 얼굴이 응당 비치고 　晴池洗藥顔應駐

봄 여울에서 고기 보면 즐거움이 충분하리 　　春瀨觀魚樂自分

예로부터 벽라의 입는 소원[300] 이루기 어려웠으니 　終古難諧蘿薜願

한 언덕[301]에는 내가 가지 않아 사슴과 원숭이들만 헛되이 늙어가리

　　　　　　　　　　　　　　　　　　一丘虛老鹿猿羣

황모 지붕과 참대 울타리 집 지금 어디에 있나 　黃茅苦竹今何所

패옥 같은 바람 소리 하늘 멀어 들리지 않네 　風珮天長不可聞

　　이상은 풍패동(風珮洞)[302]이다.

299 갠……씻으면 : 285쪽 주95 참조. 세약지에 남겨진 4언시에 "골짜기는 서늘하고
패옥 울리는 듯한 바람은 맑디맑네. 신선의 거처 영원하니 꽃과 나무 오래도록 무성하
리.〔洞陰泠泠, 風珮淸淸. 仙居永劫, 花木長榮.〕"라고 하였다. 풍패동이라는 지명은 이
고사에서 따온 것으로 생각된다.

300 벽라의(薜蘿衣) 입는 소원 : 198쪽 주339 참조.

301 한 언덕 : 원문은 '일구(一丘)'로 은거지를 뜻하는 말이다. 《한서(漢書)》 권100상
〈서전 상(敍傳上)〉에 "한 골짜기에서 낚시하면 만물이 그 뜻을 어지럽히지 못하고,
한 언덕에서 소요하면 천하가 그 즐거움을 바꾸지 못한다.〔漁釣於一壑, 則萬物不奸其
志, 棲遲於一丘, 則天下不易其樂.〕"라고 한 데에서 유래하였다.

302 풍패동(風珮洞) : 영평(永平)의 백운산(白雲山)에 있던 골짜기이다. 김수항은
이곳에 있는 이의건(李義健, 1533~1621)이 생전에 쓰던 낚시터를 풍패동이라고 이름
짓고 송로암(送老菴)이라는 집과 영령정(泠泠亭)이라는 정자를 짓고서 여유를 즐겼다.
《農巖集 卷24 泠泠亭記, 續集 上卷 先府君行狀》

둘째 형님이 저녁에 도착하다
仲氏行夕至

낮의 역원(驛院)에 까막까치 분주하더니[303]	晝院頻烏鵲
저녁 창가에 과연 할미새 날아왔구나[304]	昏牕果鶺鴒
다른 시대 사는 듯이 서로 그리워하다가	相思如隔世
도착하자마자 몸 이어진 듯 함께하네	及至便連形
다급한 안색에는 눈물이 맺히고	淚結蒼黃色
차근차근 듣자니 마음이 싸늘해지네	心寒次第聽
어버이 편하게 해드릴 좋은 방법이 없어	安親無上策
근심스레 아득한 바닷가에 앉아있네	愁坐海冥冥

303 까막까치 분주하더니 : 옛날에는 까치가 울면 멀리 떠난 사람이 찾아온다는 미신이 있었다.

304 할미새 날아왔구나 : 할미새는 형제를 뜻하는 말로, 여기에서는 김창협(金昌協)을 가리킨다. 154쪽 주261 참조.

저녁 경치를 바라보다
夕望

우두커니 난간에 기대어 서 있노라니	兀兀倚楹立
성 그늘이라 늦추위 찾아오누나	城陰生晩寒
평원의 초목은 시들어 색이 바랬고	平蕪悄無色
지친 새는 어디에 안주하고자 하는고	倦翼欲何安
들불은 산에 쉬이 번져 오르고	野燒登山易
동산 꽃은 나무에 머물기 어렵네	園花滯樹難
눈앞 경치 쓸쓸한데	蕭條眼前景
억지로 내 갓을 바로 써 보노라	强自整吾冠

지는 꽃

落花

아침에 나비의 마음은　　　　　　　　　　　　　　朝來蝴蝶意

동쪽의 작은 동산으로 가기 귀찮아하누나　　　　　懶向小園東

땅에 있는 것들은 짙푸른 빛이 되었고　　　　　　在地深爲綠

하늘에 가득한 것들은 반이 붉구나　　　　　　　漫天半是紅

새것이 묵은 것 사이에 있어 감상에 젖고　　　　感纏新間舊

색상(色相)이 공(空)으로 돌아감에 시름 풀리네　　愁破色還空

방초 핀 물가를 두고 탄식하노니　　　　　　　　也有芳洲歎

그윽한 난초가 댓바람에 고생하누나　　　　　　幽蘭困早風

아침에 읊다

朝吟

따뜻하고 구름 조금 옅은 날에	暄候正陰淡
새가 녹음 속에서 울어대누나	鳥鳴新綠間
귤나무 감싼 안개는 새벽 바다를 쪄 올리고	橘煙蒸曉海
복사꽃에 내리는 비는 봄 산을 씻어내네	桃雨淨春山
이웃집에는 농사 노래 느긋이 들리고	比舍農歌緩
먼 숲에는 절로 가는 길이 한가로워라	遙林寺路閒
이 짧은 시는 흥을 다 푸는 것이 아니니	小詩非盡興
아버지의 근심스러운 얼굴 풀어드리고자 함이니라	要欲解親顔

14일 저녁 풍광
十四日夕望

해 바라보며 장안을 생각했더니	長安憑日念
해 떨어질 제 서글픔 어떠한고	日落悵何如
청강의 사자 아득하여[305]	渺渺淸江使
바다 넘어 서신 오지 않누나	寥寥越海書
곤궁한 근심 형에게 토로하고	窮愁向兄說
흰 머리털은 아버님 눈 피해 빗질하네	白髮避親梳
이제나 저제나 처량하고 서글프니	惆悵爲今昨
깊은 대숲 어둑어둑 빗발 성글다	幽篁冥雨疎

---

305 청강(淸江)의 사자 아득하여 : 자신에게 서울 집의 소식을 알려줄 사람이 없다는
말이다. 춘추시대 송(宋)나라 원군(元君)의 꿈에 자신을 청강의 사자라고 자처하는
이가 어부 여저(余且)에게 붙잡혔으니 풀어달라고 청하였는데, 원군이 꿈을 깨고 나서
조사해보니 꿈에 나타난 이는 여저가 잡은 신귀(神龜)였다. 원군이 이를 놓아줄지 어쩔
지 고민하다가 결국 그 거북을 잡아다 껍데기를 지져 점을 쳤는데 일흔두 번이나 점을
쳤음에도 모든 점이 다 들어맞았다. 《莊子 外物》

15일 아침

十五日朝

빛나는 해 광채 없지 않고	麗日非無彩
봄빛은 짐짓 절로 엉기누나	春陰故自凝
푸른 바다만큼 크나큰 온갖 근심	九愁滄海大
옥주[306]의 찌는 기운처럼 차오르는 오만 감정	六氣沃州蒸
찰박찰박 조수는 포구에 가득차고	拍拍潮盈浦
무럭무럭 풀들은 언덕에 쌓여가네	驕驕草積陵
구름 가르는 한 자루 검 있으니	決雲孤劍在
하늘 끝에서 드높이 기대보고저[307]	天外欲高憑

306 옥주(沃州) : 진도(珍島)의 고호이다.

307 구름……기대보고저 : 혼란한 시국에 소인배들을 처단하지 못하고 울울한 마음만 품고 있는 삼연의 현실을 말한 것이다. 한유(韓愈)의 〈예리한 검[利劍]〉은 출사한 지 얼마 지나지 않아 변주(汴州)에서 난리가 일어나 시국이 혼란했을 당시 한유가 자신의 불평스런 심정을 나타낸 작품으로 그 구절에 "내 마음은 얼음처럼 맑고 검은 눈처럼 희게 빛나는데, 참소하는 이들을 벨 수 없으니, 내 마음 썩어 들어가고 검의 예봉 꺾이게 하네. 구름을 갈라 푸른 하늘 여노니, 아! 검과 내가 함께 변화하여 황천으로 돌아가리라.〔我心如冰劍如雪, 不能刺讒夫, 使我心腐劍鋒折, 決雲中斷開靑天, 噫, 劍與我俱變化歸黃泉.〕"라고 하였다.

다시 읊다

又賦

가없는 푸른 바다 하늘 끝 맞닿아	滄海無邊天有倪
옥주 성 바깥에 낮게 깔려 있구나	沃州城外見身低
광활히 펼쳐진 구름은 때때로 북쪽으로 흘러가고	雲煙浩渺時趨北
아득히 보이는 섬들은 반나마 서쪽에 자리했네	島嶼微茫半落西
펼쳐진 길 보며 붕새[308]처럼 날아가고픈 객의 마음	客思鵬前看道路
밭 가는 소가 몸 일으키는 자라 등에 얹혀진[309] 인가	人家鰲背起耕犁
봄하늘 흐려져 홀연 아침 내내 비 내리니	春陰忽復崇朝雨
앉아서 바라봄에 참대며 누른 띠풀 희미하여라	苦竹黃茅坐却迷

---

308 붕새 : 《장자(莊子)》〈소요유(逍遙遊)〉에 나오는 크기가 몇천 리나 되는 큰 새이다. 보통 붕정만리(鵬程萬里)라고 하여 원유(遠遊)를 비유할 때 많이 쓰인다.

309 자라 등에 얹혀진 : 옛날 발해(渤海) 동쪽의 다섯 신산(神山)이 파도를 따라 떠다녔는데 상제(上帝)가 큰 자라에게 등으로 그 섬들을 떠받치게 했다고 한다. 《列子 湯問》 여기서는 어촌을 형용한 것이다.

18일
十八日

으슥한 집 북쪽 점점 드는 긴 햇살	永日駸駸幽戶北
야트막한 산 남쪽 출렁이는 푸른 바다	滄溟澹澹淺山南
고향 편지 얻은 후 빈 방에서 자다가	鄉書得後眠虛室
나무꾼 돌아올 제 먼 굴 바라보노라	樵子歸時望遠龕
파릇한 풀 저녁 바람 월 땅 제비 높이 날고	青草晚風高越燕
푸른 뽕 깨끗한 잎사귀 오 땅 누에 크도다	翠桑晴葉大吳蠶
생동하는 봄기운을 저네들이 얻었거니	年芳物意他相得
나그네 설움 또 견딜 줄 생각이나 했으리[310]	曾謂羈人可復堪

---

310 나그네……했으리 : 삼연이 1675년(숙종1)과 1676년에 영암(靈巖)으로 유배 온
부친 김수항(金壽恒)을 뵈러 남방을 찾았다가 이때 또다시 남방으로 와서 생동하는
봄 풍광 속에 시름을 감내하게 되었으므로 이렇게 말한 것이다.

19일
十九日

꽃들도 어느덧 져가는 즈음	荏苒芳華事
작은 밭에 그래도 봄빛 남았네	猶殘小圃春
붉은 해 뜬 낮에 시름겨운 중에	愁中紅日駐
신록의 속에서 잠을 깨니	睡起綠陰新
울대는 닭 다니는 작은 길과 통하고	樊竹通雞逕
채소 꽃은 나비로 화하여라³¹¹	蔬花化蝶身
고요히 천지조화 들고남을 보노라니	靜看機出入
이내 몸이 사람인 줄 잊어버리누나	忘却我爲人

---

311 채소……화하여라 : 옛사람들은 식물이 나비로 변화한다는 관념이 있었다. 대표
적으로 《열자(列子)》〈천서(天瑞)〉에 "오족이라는 풀의 뿌리는 나무굼벵이가 되고 그
잎사귀는 나비가 된다.〔烏足之根爲蠐螬, 其葉爲胡蝶.〕"라고 하였고, 《비아(埤雅)》에
는 "정원의 채소 잎이 나비가 되었다.〔園蔬其葉有爲蝶〕"라고 하였다.

20일

二十日

제1수

적막한 봄 파도 저녁 바람 끼고　　　　　　　寥落春潮帶晚風

어촌에 지는 해 섬 사이로 붉어라　　　　　　漁村落日島門紅

까마득한 산과 포구 가없어 보여도　　　　　　遙山極浦看無盡

겹겹 바다 층층 파도 속에 있음이로다　　　　猶是重溟疊浪中

제2수 其二

외딴 성 닫히려 하고 저녁 산은 저 멀리　　　孤城欲閉暮山賒

포구의 봄빛은 푸른 놀에 잠겨 있네　　　　　浦口春暉澏碧霞

한 조각 돌아가고픈 마음 붙일 데 없는데　　一片歸心無住著

몇 줄 날던 제비는 어촌에 내려앉누나　　　數行飛燕落漁家

영령정[312] 신미년(1691, 숙종17)

泠泠亭 辛未

정자 새로 서자 밝은 달 찾아오니	亭子新成朗月來
형제가 가을밤에 일어나 배회하도다	弟兄秋夜起徘徊
빈 산 패옥 같은 바람 소리 어이 들을까	空山風珮那能聽
서리 이슬[313] 사람 몸에 내림에 종신토록 슬프리	霜露沾人永世哀

---

312 영령정 : 이 정자는 포천에 있었던 삼연 집안의 정자이다. 본래 김수항(金壽恒)이 백운산(白雲山) 근처에 터를 마련한 것이었는데, 생전에 정자를 짓지는 못하고 김수항이 사사된 후 그 아들들이 뜻을 이어 정자를 완성하였다. 정자의 이름은 갈홍(葛洪)의 〈세약지(洗藥池)〉 시에 "골짜기 그늘진 곳 시원하고 바람 소리 패옥처럼 맑디맑아라.〔洞陰泠泠, 風珮清清.〕"라고 한 뜻을 취한 것이다.《農巖集 卷24 泠泠亭記》

313 서리 이슬 : 부친에 대한 그리움을 나타내는 매개물이다.《예기(禮記)》〈제의(祭義)〉에 "서리와 이슬이 내린 때에 군자가 이를 밟다 보면 서글픈 마음이 들게 마련인데, 이는 날씨가 추워서 그런 것이 아니다.〔霜露既降, 君子履之, 必有悽愴之心, 非其寒之謂也.〕"라고 하였다. 이에 대해 정현(鄭玄)은 변화하는 계절에 어버이 생각 때문에 그런 것이라고 풀이하였다.

이 판서에 대한 만사[314] 이 판서는 이익상이다. 백부를 대신해
지었다. 임신년(1692, 숙종18)

李判書 翊相 挽 代伯父 壬申

천지간에 쓸쓸히 살아남은 자 슬프니	牢落乾坤後死悲
친지에게 흘릴 남은 눈물 다시 없도다[315]	更無餘淚及親知
청산에 편히 묻힌 공 같은 이 적으니[316]	靑山好葬如公少
구원[317]을 향하여 축하 올릴 만하여라	堪向駒原作賀詞

---

314 이……만사 : 이익상(1625~1691)은 본관은 연안(延安), 자는 필경(弼卿), 호는
매간(梅磵), 시호는 문희(文僖)이다. 대사헌, 이조 판서 등을 역임하였다. 저서에《매
간집》이 있다.

315 친지에게……없도다 : 기사환국(己巳換局)으로 남인이 집권하여 서인이 축출된
후 김수증(金壽增)의 형제인 김수흥(金壽興)과 김수항(金壽恒)이 모두 화를 입어 세상
을 떠나 극심한 슬픔을 겪었으므로 다른 지인을 위해 흘린 눈물이 남아있지 않다는
뜻이다.

316 청산에……적으니 : 기사환국 이후로 많은 서인들이 화를 입었으므로 이렇게 말
한 것이다.

317 구원(駒原) : 이익상의 선산이 있는 용인(龍仁)의 고호(古號)가 구성(駒城)이
다. 이익상은 선산 가까이에 있는 광주(廣州) 문영산(文暎山)에 묻혔다.

부지암[318] 이하 14수는 곡운잡영(谷雲雜詠)에 속하는 것이다

不知菴 以下十四首 係谷雲雜詠

백부께서 부지암에서 쓸쓸히 지내시다가 달포가 지나 계곡을 나와 문득 소자에게 농수정(籠水亭)에 편액한 시[319]에 화답하라고 명하셨다. 나 소자는 어버이를 잃은 이래로 시문 짓는 일을 다 그만두었는데, 이제 백부께서 명하신 터라 억지로 명에 부응하기는 하지만 마음에서부터 하고 싶지는 않았다. 그러나 생각해보건대 이 일은 돌아가신 중부(仲父 김수흥(金壽興))와 아버님도 피하지 못하셨던 일이다. 옛날 질나발과 젓대를 서로 번갈아가며 불던 시냇가와 언덕이 드넓었으니,[320] 깊은 산중에 홀로 사시는 백부를 위안하기에 넉넉하였다.

---

318 부지암 : 삼연의 백부 김수증(金壽增)이 춘천 화악산(華嶽山) 북쪽의 깊은 계곡인 곡운(谷雲)에 농수정을 짓고 다시 1690년(숙종16) 가을에 농수정에서 남쪽으로 더 깊이 들어가 터를 마련하여 지은 집이다. 육유(陸游)의 〈정오에 잠들어 저녁까지 자다〔午睡至暮〕〉에 "만사는 잠들어서 아무것도 알지 못하는 것보다 나은 것이 없다.〔萬事無如睡不知〕"라는 구절에서 뜻을 취하였다. 《農巖集 卷24 不知菴記》

319 농수정(籠水亭)에 편액한 시 : 삼연의 시의 운자를 볼 때, 이는 최치원(崔致遠)의 《고운집(孤雲集)》권1 〈가야산 독서당에 제하다〔題伽倻山讀書堂〕〉이거나 혹은 최치원의 이 시에 차운하여 김수증이 따로 지은 시인 듯하다. 김수증은 최치원 시의 "세상의 시비하는 소리 귀에 들릴까 저어해서 일부러 물을 흘려보내 산을 감싸게 하였다네.〔常恐是非聲到耳, 故教流水盡籠山.〕"라는 시구에서 뜻을 취하여 '농수정'이라고 정자를 명명하였다. 《谷雲集 卷6 籠水亭小序》

320 옛날……드넓었으니 : 질나발과 젓대를 불었다는 것은 형제간의 우애가 돈독했다는 말이고, 시냇가와 언덕이 넓다는 것은 김수증이 곡운에 마련한 은거지가 좋았다는 말이다. 《시경》〈소아(小雅) 하인사(何人斯)〉에 "형님이 질나발을 불고 아우가 젓대를

아아, 지금은 백부께서 우두커니 홀로 텅 빈 골짝에서 지내시면서 쓸쓸함이 더욱 심하신데 그 누가 울울한 심사를 다시 풀어드리겠는가. 지금 행여 스물여덟 자로 백부에게 한 번 웃을 일을 만들어 드리게 된다면 마음이 피폐해 있다고 해서 감히 사양할 일은 아니다. 이에 힘을 다해 적막한 마음을 일으켜 백부의 명에 응한다. 시운은 비록 '농수(籠水)'를 바탕으로 했지만 뜻은 실로 '부지(不知)'로 귀결된다.

부지암 들어선 곳 첩첩산중이니	不知菴起更重巒
농수정 깊다 해도 세간 같아라	籠水亭深猶世間
탁자 하나 옮겨와 겨울 여름 보내니	一榻移來寒暑易
바람 여울 적막하고 눈은 산길 막았네	風湍寂寞雪封山

'적막하고'는 어떤 본에는 '이미 적막하고〔已寂〕'로 되어 있다.

분다."라고 하였고, 〈위풍(衛風) 고반(考槃)〉에 "은거할 곳이 시냇가에 있으니……은거할 곳이 언덕에 있으니 현자의 마음 넉넉하도다."라고 하였다.

곡운 제5곡 명옥뢰

谷雲五曲鳴玉瀨

다섯째 굽이 시내 소리 깊은 밤 어울리니	五曲溪聲宜夜深
쟁그렁 패옥 소리 먼 숲에 울리누나	鏘然玉珮響遙林
솔문 걸어 나옴에 서리 내린 언덕 고요하니	松門步出霜崖靜
둥근 달 외로운 거문고 세상 벗어난 마음일레	圓月孤琴世外心

명지현[321]

明地峴

가느다란 옛길 한 줄기가 바위 둘렀고	古道紆巖一線微
등나무 가지 떡갈잎은 안개 속에 어둑해라	藤梢槲葉暗煙霏
숲속에 잡초 태운 밭 남아있건만	中林剩有燒畬地
대낮에 산 중턱서 자주 범 만나 돌아오도다	半嶺多逢晝虎歸

---

321 명지현 : 화천의 곡운구곡(谷雲九曲)의 북쪽에 있는 고개 이름이다. 《곡운집(谷雲集)》 권4 〈한계산기(寒溪山記)〉에는 '명지현(明知峴)'으로 표기되어 있다.

신수암³²²

神秀菴

그윽한 약속이 산 북쪽 작은 암자에 있으니	幽期山北小招提
고사리 봄에 통통하고 푸른 비둘기 우짖네	木蕨春肥靑鴿啼
명아주 지팡이 짚고 근원 따라 몇 걸음 못 가서	藜杖沿源無幾步
비 맞은 꽃잎³²³ 석대 서쪽에 떠내려오누나	雨花浮出石臺西

길이 첩석대(疊石臺)³²⁴를 경유하기 때문에 한 말이다.

322 신수암 : 김수증(金壽增)의 《곡운집(谷雲集)》권3 〈곡연기(曲淵記)〉에 "곡운의 신수사[谷雲神秀寺]"라고 한 것이 이곳을 가리키는 듯하다.

323 비 맞은 꽃잎 : 확정할 수 없으므로 통상적인 뜻을 따라서 비를 맞고 떨어진 꽃잎의 뜻으로 풀이했으나, 신수암과 연관 지어서 불교적인 시어로 볼 여지도 많다. 불교에서는 부처가 설법하는 등의 상서로운 일이 있을 때 천신(天神)들이 이에 공양하기 위해 하늘에서 비처럼 떨어뜨리는 천화(天花)를 우화라고 표현한다. 이렇게 보면 이는 곧 신수암에서부터 흘러온 꽃잎이라는 뜻이 된다.

324 첩석대(疊石臺) : 곡운구곡(谷雲九曲)의 제9곡이다.

한천정[325]

寒泉井

샘물 깨끗해 마실 만하니	泉冽可飮食
옛 마음[326]이 바로 새 우물에 있도다	古心卽新井
오경에 금액[327] 떠오르니	五更金液浮
산 달이 두레박줄 비추누나	山月映素綆

325 한천정 : 김수증(金壽增)의 곡운(谷雲) 부지암(不知菴) 문 바깥에 있던 우물이다. 《谷雲集 卷4 華陰洞志》

326 옛 마음 : '한천정'이라는 이름은 《주역》 및 좌사(左思)의 시에 나오는 이미지를 떠올리며 붙인 듯하며, 이러한 이미지가 대변하는 옛사람의 마음을 가리키는 듯하다. 《주역》〈정괘(井卦) 구오(九五)〉에 "우물이 깨끗하여 시원한 샘물을 먹는다.〔井冽寒泉食〕"라고 하였고, 그 〈상전(象傳)〉에 "시원한 샘물을 먹음은 중정의 덕을 가지고 있기 때문이다.〔寒泉之食, 中正也.〕"라고 하였다. 또한 《문선(文選)》 권22 진(晉)나라 좌사의 〈은자를 부르는 시〔招隱詩〕〉에 "앞에 시원한 샘물 솟는 우물 있으니, 애오라지 마음과 몸을 맑게 하네.〔前有寒泉井, 聊可瑩心神.〕"라고 하여 은자의 고즈넉한 정취를 말하였다.

327 금액(金液) : 먹으면 신선이 될 수 있다는 전설상의 단약(丹藥)이다.

불가부지포³²⁸

不可不知圃

산중에 돌아온 채마밭 가꾸는 늙은 농부 마음	歸來老圃意
나물의 이 맛 갈수록 깊이 알도다	此味知逾深
고기 균등히 나눌 힘 내게 없나니³²⁹	均肉我無力
나물 뿌리 씹는 것 참으로 처음 마음일레라³³⁰	咬根獨初心

어떤 본에는 "밭에 물 대며 농사짓는 것이 외려 본래 마음이로다.〔灌畦猶素心〕"로 되어 있다.

---

328 불가부지포 : 김수증(金壽增)이 곡운(谷雲) 부지암(不知菴) 울타리 바깥에 마련한 채마밭의 이름이다. 옛날 중국 오대(五代) 남당(南唐) 사람인 서희(徐熙)가 그린 채소 그림에 송(宋)나라 사람 황정견(黃庭堅)이 "사대부가 이 맛을 몰라서는 안 된다.〔士大夫不可不知此味〕"라고 제(題)한 데에서 따온 이름이다. 《谷雲集 卷4 華陰洞志》《墨莊漫錄 卷2》

329 고기……없나니 : 자신에게는 출사하여 벼슬할 능력이 없다는 말이다. 한(漢)나라 명재상(名宰相)인 진평(陳平)이 젊을 적에, 마을의 사일(社日) 제사에 제육을 사람들에게 나누어 주는 소임을 맡았는데, 고기의 분배가 매우 균등하였다.〔分肉食甚均〕이에 부로(父老)들이 "훌륭하다! 진씨(陳氏)네 젊은이가 고기를 분배하는 것이."라고 하자, 진평이 "아! 만약 나로 하여금 천하를 다스리게 한다면 이 고기와 같이 다스릴 것이다."라고 하였다. 《史記 卷56 陳丞相世家》

330 나물……마음일레라 : 안빈낙도(安貧樂道)하면서 자신의 지조를 지킨다는 말이다. 송(宋)나라 왕신민(汪信民)이 "사람이 항상 나물 뿌리를 씹을 수 있다면 어떤 일이라도 할 수 있다."라고 하자 호안국(胡安國)이 무릎을 치며 감탄했다고 하며, 주희(朱熹)는 "내가 보니 요즘 사람들은 나물 뿌리를 씹어 먹지 못하면서 자기 본심을 어기는 지경에 이르는 자가 많으니 어찌 경계하지 않겠는가."라고 하였다. 《東萊呂紫微師友雜志》《小學 卷6 善行》《晦庵集 卷28 答陳同父書》

조모문[331]
朝暮門

달빛을 가리운 깊은 산중 문빗장	幽扃掩山月
아침저녁 뉘더러 두드리게 하였나	早晚許誰敲
호탕하게 만남이 있는 듯하니	浩蕩若有接
이에 정신의 교분을 맺는도다	於焉得神交

---

331 조모문 : 김수증(金壽增)의 곡운(谷雲) 부지암(不知菴) 북쪽 수십 보 되는 곳에 지은 유지당(有知堂) 앞에 있던 돌로 된 문이다. 《장자(莊子)》〈제물론(齊物論)〉에 "만세가 흐른 뒤에 이 해답을 알아줄 대성인을 만나게 된다면 이것도 아침저녁 사이에 만나는 것이라 할 수 있다.〔萬世之後, 而一遇大聖人知其解者, 是朝暮遇之也.〕"라고 한 말에서 뜻을 취한 것이다. 《谷雲集 卷4 有知堂記》《農巖集 卷24 有知堂記》깊은 산중에 홀로 거처하면서 속인과의 왕래를 끊은 채 오직 옛 성현들과 정신적인 사귐을 갖는 정취를 표현하였다.

명서오[332]

冥棲塢

구름같이 얽힌 덩굴 천고에 그윽하니	雲蘿窅千古
이 몸이 깊숙이 들어와 있음을 누워서 깨닫노라	臥覺此身深
응당 한 발짝 더 나아가	應須進一步
오고가는 마음을 줄여야 하리라[333]	減却去來心

332 명서오 : 김수증(金壽增)이 곡운(谷雲) 안에 세운 삼일정(三一亭) 서쪽에 너럭 바위인 호석(互石)이 있고, 유지당(有知堂) 동쪽에 병풍처럼 둘러싼 바위벼랑인 장운 병(張雲屛)이 있었는데, 호석의 동편과 장운병의 서편 사이의 공간을 명서오라 하였다. 《谷雲集 卷4 華陰洞志》

333 응당……하리라 : 지금 은거하고 있는 깊은 산중에서 더 나아가 속세로 오고가는 마음을 줄여 세상에 대한 미련을 끊어야 한다는 말이다.

몽천[334]
蒙泉

뉘 알랴 바다에 이르려는 마음이	孰知放海意
푸른 숲 아래 한 구기 샘물에 있음을	一勺靑林下
동서로 길 열어주는 대로 흐르니	東西隨所導
주인이 조심조심 물길 트도다	主人愼疏瀉

---

334 몽천 : 《주역》 〈몽괘(蒙卦) 단사(彖辭)〉에 "산 아래에서 샘이 나오는 것이 몽이니, 군자가 이를 보고서 과감히 행하고 덕을 기른다.〔山下出泉, 蒙, 君子以, 果行育德.〕"라고 하였다. 샘물의 이름은 시의 의미를 보더라도 이러한 《주역》의 뜻을 취한 것이다.

매화

梅

오래되었도다 숲 아래 누워	久矣林下臥
다시는 나비되는 꿈 꾸지 못함이	不復夢蝴蝶
노년에 누가 날 영화롭게 해주나[335]	歲晏執華予
차가운 매화가 텅 빈 골짝과 마주했도다	寒梅映空峽

---

335 노년에……해주나 : 아무도 알아주는 사람 없이 홀로 쓸쓸히 지내는 심회를 표현한 것이다. 《초사(楚辭)》〈산귀(山鬼)〉에서 굴원(屈原)이 자신의 신세를 한탄하며 "세월 이미 늦어버렸거니 누가 날 영화롭게 해주리.〔歲旣晏兮孰華予〕"라고 한 데서 가져온 표현이다.

짧은 등잔대

短檠

오래된 소나무 몇 자로 깎아내　　　　古松斲數尺

책 놔둔 벽에다 가까이 두노라　　　　親近藏書壁

산 기온 차가워 창에 눈발 내리니　　　山寒牕有雪

이 저녁에 널 쓰기 딱 맞고말고　　　　用爾宜此夕

달을 마주해

對月

문 닫고 함께 짝할 이 없는데	掩門莫與偶
서쪽 시내 종소리도 고요하여라	寥寥西澗鐘
어느샌가 달이 다시 솟아나와서	忽復月已出
총계봉[336]을 배회하누나	徘徊叢桂峰
하늘에 늦게 뜬 것 아무 상관없나니	不嫌到天遲
그윽한 달빛 소나무 삼나무에 머무르고녀	幽輝且杉松

---

336 총계봉(叢桂峰) : 화음동(華陰洞)의 앞산이다. 《谷雲集 卷2 閏三月初八日……
以自觀焉》

관운산[337]
管雲山

제1수

방화계(傍花溪) 명옥뢰(鳴玉瀨) 이리저리 지팡이 짚고 다니니

散漫花溪玉瀨節

짝이 된 흰구름 몹시도 정답고나   白雲相伴最從容

인연 따라 피었다 사라졌다 상관없나니   隨緣起滅應無妨

정자 남쪽 겹겹 봉우리로 돌아가 잠드누나   歸宿亭南數疊峰

제2수 其二

큰 소나무 가지 쭉쭉 여라 덩굴은 아늑   長松落落女蘿閒

구름이 그 사이에 있어 오고감을 귀찮아하네   雲在其間懶往還

지척의 깊은 못에 용이 누워있어   咫尺玄潭龍亦臥

다른 산에 쓰이러 가지 않게 하누나   不敎受用過他山

---

337   관운산 : 구름을 관장한다는 뜻으로, 곡운(谷雲)이 있는 화악산의 다른 이름이다.

외종조모 이유인에 대한 만사[338]

外從祖母李孺人挽

제1수

조심스런 자세로 어른을 공경히 받들고	洞屬承尊敬
화락한 마음으로 우리를 어질게 잘 대해주니	熏融類我仁
나씨 집안에 유순한 부인 있어	羅門有順婦
우리 외삼촌 자애로운 모친 얻었도다[339]	吾舅得慈親
집안 번창시킨 공적 다 완수하고서	告訖昌家績
늘그막에 복 누리는 사람으로 불리셨어라[340]	辭爲晩福人
병뢰의 한[341] 끝없는지라	瓶罍恨不盡
효자는 피눈물 줄줄 흘리도다	孝子血汎身

---

338 외종조모……만사 : 외종조모는 삼연의 외종조부 나성한(羅星漢)의 아내인 고성이씨(固城李氏)이다. 이해에 67세의 나이로 과천(果川)에서 별세하였다.

339 우리……얻었도다 : 외삼촌은 나석좌(羅碩佐)이다. 나석좌는 본래 나성두(羅星斗)의 삼남이었는데 나성한이 요절하여 후사가 없자 출계(出系)하여 양자가 되었다.

340 늘그막에……불리셨어라 : 유인 이씨는 남편을 일찍 여의고 자식도 하나 없어 세상 사람들이 모두 동정하고 그 운수가 기박함을 슬퍼했는데 나석좌가 양자로 들어와 손자 둘을 연달아 낳고 늘그막에 즐거움을 누리자 사람들이 모두 복을 받았다며 부러워했다고 한다. 《農巖集 卷30 外從祖母孺人李氏哀辭》

341 병뢰(瓶罍)의 한 : 부모를 여읜 슬픔을 뜻한다. 《시경》〈소아(小雅) 육아(蓼莪)〉에 "작은 병이 텅 비는 것은 큰 항아리의 부끄러움이로다.……아버지 아니 계시면 누구를 믿으며 어머니 아니 계시면 누구를 믿을까.〔瓶之罄矣, 維罍之恥.……無父何怙, 無母何恃.〕"라고 하였다.

제2수 其二

소자가 모친께 듣건대	小子聞之母
영령께서는 시어머니 잘 봉양하셨나니	惟靈善養姑
연지와 분 내던지고 병간호하고	朱鉛抛侍疾
비녀와 귀고리 팔아 음식 올리셨도다	簪珥賣歸廚
장림의 붓에 부끄럽지 않고[342]	不愧張林筆
열녀도로 그려 마땅하니	應添列女圖
최씨 집안 장손부인 보답으로	崔門長孫報
두 구슬이 경사를 징험했네[343]	徵慶在雙珠

---

342 장림(張林)의……않고 : 유인 이씨의 행적이 비문으로 기록되기에 부끄러움이 없을 정도로 훌륭했다는 말이다. 장림은 당(唐)나라 때 한림학사(翰林學士)를 지낸 장열(張說)이다. 장열은 문장이 훌륭했는데 그중에서도 비문에 뛰어났다고 한다. 《舊唐書 卷125 張說列傳》

343 최씨……징험했네 : 유인 이씨가 시어머니를 잘 봉양한 보답으로 만년에 훌륭한 손자를 얻게 되었다는 말이다. 당나라 때 산남서도 절도사(山南西道節度使)를 지낸 최관(崔琯)의 증조모 장손부인(長孫夫人)이 늙어서 치아가 없어 음식을 먹지 못하자 며느리 당부인(唐夫人)이 수년 동안 장손부인에게 젖을 먹이는 등 지극정성으로 봉양하여 장손부인이 건강하게 지낼 수 있었다. 그리하여 장손부인이 죽을 때 집안 식구들에게 "며느리의 은혜를 갚을 길이 없다. 며느리의 자손들이 모두 며느리처럼 효도하고 공경하기를 바란다."라고 하였다. 《新唐書 卷182 崔琯列傳》 두 구슬은 만년에 본 훌륭한 자손을 가리키는 말로 여기에서는 유인 이씨가 늘그막에 즐거움을 느끼도록 해준 두 손자를 뜻한다. 한(漢)나라 때 공융(孔融)의 〈위단에게 보내는 편지[與韋端書]〉에 "최근에 늙은 대합 속에서 두 개의 진주가 튀어나올 줄은 생각지도 못하였다.〔不意雙珠, 近出老蚌.〕"라고 한 데서 유래하였다. 《藝文類聚 卷53 治政部 奉使》

매부 이여집을 곡하다 이여집은 이섭이다

哭妹婿李汝楫 涉

제1수

나는 어이하여 목석처럼 억세고	吾何木石頑
그대는 어이하여 유리처럼 약했누	君何琉璃脆
신명이 너무도 갑작스레 그댈 데려가니	神理劇蒼茫
인사가 아득히 어그러져 버렸어라	人事莽回戾

제2수 其二

이승의 대지는 참으로 불완전한 세상이니	大地政缺陷
저승의 황천은 되레 편안하고 깨끗하리	重泉反寧淨
아름답게 선을 닦아 허물 끊어버린 그대[344]	宜爾淑郵人
속세 태를 벗고 영영 멀리 떠나감이 마땅하도다	蟬蛻永超夐

제3수 其三

신선 같은 두홍치	儼中杜弘治
피부는 기름처럼 매끄럽고 눈은 칠흑처럼 검었어라[345]	脂膚眼點漆

---

344 아름답게……그대 : 원문의 '숙(淑)'은 '미(美)'와 '선(善)'의 뜻이고, '우(郵)'는 '우(尤)'와 통하여 허물의 뜻이다. 《초사(楚辭)》〈원유(遠遊)〉에 "티끌 속세를 멀리 벗어나 아름답게 선을 닦아 허물을 벗어나도다.〔絶氛埃而淑尤兮〕"라고 하였다. 《초사》의 판본에 따라 '우(郵)'로 된 것도 있고 '우(尤)'로 된 것도 있다.

345 신선……검었어라 : 진(晉)나라 때 왕희지(王羲之)가 두예(杜乂)를 보고 "얼굴

| 우리 집 옥처럼 빛나는 마음 가진 누이 | 吾家玉映心 |
| 천고에 영령의 배필 인연 맺었도다[346] | 千古結靈匹 |

제4수 其四

용을 탄 것[347] 참으로 집안의 경사이니	乘龍洽家慶
형제들이 그대의 신혼 즐거움 도왔도다[348]	常棣佐燕爾
추억하건대 내 태어난 이후로	追思我生後
오직 그날이 즐거운 날이었어라	樂日惟有此

은 마치 기름이 엉긴 듯하고 눈은 마치 칠흑을 찍은 것과 같으니 이 사람은 신선 가운데
한 사람이다."라고 하였다. 홍치는 두예의 자이다.《世說新語 容止》

346 우리……맺었도다 : 이섭의 아내인 안동김씨(安東金氏)는 바로 삼연의 누이로
1680년(숙종6)에 남편보다 먼저 세상을 떠났다. 옥처럼 빛나는 마음은 훌륭한 아내를
뜻한다. 진나라 때 장현(張玄)의 누이가 현숙하고 재능이 있어 고씨(顧氏) 집안으로
시집갔는데 제니(濟尼)라는 이가 장현의 누이를 평하기를 "고씨댁 부인은 깨끗한 마음이
옥처럼 빛나〔淸心玉映〕 절로 규방의 빼어난 사람이다."라고 하였다.《世說新語 賢媛》

347 용을 탄 것 : 훌륭한 사위를 얻었다는 말이다. 후한(後漢)의 손준(孫雋)과 이응
(李膺)이 함께 태위(太尉) 환현(桓玄)의 딸을 아내로 맞으니, 당시 사람들이 "환숙원
(桓叔元)의 두 따님이 모두 용을 탔다."라고 하였다.《藝文類聚 卷40 禮部 婚》

348 형제들이……도왔도다 : 삼연 형제들이 결혼 예식을 도왔다는 말이다. 원문의
'상체(常棣)'는 형제를 상징하는 단어로《시경》〈소아(小雅) 상체〉에 "상체 꽃이여,
꽃받침이 아름답도다. 오늘 모든 사람 중 형제만 한 이가 없도다.〔常棣之華, 蕚不韡韡.
凡今之人, 莫如兄弟.〕"라고 한 데서 유래하였다. 원문의 '연이(燕爾)'는 연이(宴爾)와
같은 말로 신혼의 즐거움을 가리킨다.《시경》〈패풍(邶風) 곡풍(谷風)〉에 "그대는 신
혼을 즐겨서 형제처럼 다정하도다.〔宴爾新昏, 如兄如弟.〕"라고 하였다.

제5수 其五

동주³⁴⁹에서 합근례(合巹禮) 올리던 자리	東州合巹席

동주³⁴⁹에서 합근례(合巹禮) 올리던 자리　東州合巹席

완연히 어제 일만 같아라　宛若夜來事

화답한 시편이 먼지 앉은 상자에 있으니　賡篇在塵篋

기러기 글자 만든 것³⁵⁰ 역력하여라　歷歷鴈成字

제6수 其六

누이가 세상 저버린 뒤로　阿妹棄世來

그대 볼 때마다 눈물 줄줄 흘렸네　對子輒涕泗

오늘에 서로 생사를 달리하니　存亡到今日

그대 곡함에 눈물도 나오지 않는구나　哭君不成淚

제7수 其七

슬프고 슬프다 그늘진 설곡³⁵¹　哀哀雪谷陰

바라보고 또 바라보는 그윽한 세동³⁵²　望望細洞幽

---

349 동주(東州) : 철원의 옛 이름이다. 혼례 당시 김수항(金壽恒)이 철원에 유배 중이 었으므로 철원에서 혼례를 올린 듯하다.

350 기러기……것 : 15세의 신랑이 가지런하게 글줄을 쓴 것을 말한다. 기러기가 일 (一) 또는 팔(八) 자로 줄을 지어 날 듯이 가지런한 글씨를 안자(鴈字)라고 한다.

351 설곡(雪谷) : 양주(楊州) 율북리(栗北里)의 김수항의 무덤이 있는 곳이다.

352 세동(細洞) : 광주(廣州)의 이섭과 부인 안동김씨의 합장묘가 있는 곳이다. 안동 김씨의 묘는 원래 금천(衿川)에 있었으나 시가의 선산과 가까운 이곳으로 1685년에 이장하였다.

호아가 멀리 돌아가 모시고 　　　　　　　　　　蒿莪曠歸侍

빙옥이 아득히 서로 찾도다[353] 　　　　　　　　　氷玉冥相求

제8수 其八

인간 세상 슬픔이 다함없으니 　　　　　　　　　　人間無極哀

황천에 이르면 이에 즐거우리라 　　　　　　　　　及泉斯樂已

알쾌라 긴긴 밤[354] 모여서 　　　　　　　　　　　懸知厚夜會

생사 갈린 우리 신세 애도하리라 　　　　　　　　　悼我半生死

---

353 호아(蒿莪)가……찾도다 : 죽은 딸과 사위가 저승에서 김수항과 만난다는 뜻이
다. 호아는 부모의 은혜를 다 갚지 못한 못난 자식을 비유한 말로 여기서는 부모보다
일찍 죽은 이섭의 처 안동김씨를 가리킨다. 《시경》〈소아 육아(蓼莪)〉에 "길쭉하게
뻗은 것이 좋은 쑥인 줄 알았더니만 좋은 쑥이 아니라 저 나쁜 쑥이로다. 슬프고 슬프다.
부모님이여. 날 낳으시느라 고생하셨도다.〔蓼蓼者莪, 匪莪伊蒿, 哀哀父母, 生我劬
勞.〕"라고 한 데서 온 표현이다. 빙옥은 장인과 사위를 뜻한다. 진(晉)나라 때 악광(樂
廣)이 위개(衛玠)를 사위로 맞자 배숙도(裵叔道)가 "장인은 얼음처럼 맑고 사위는 옥돌
처럼 윤택하다."라고 했던 고사에서 온 표현이다. 《晉書 卷43 樂廣列傳》

354 긴긴 밤 : 사람이 죽어 땅에 묻혀 다시는 밝음을 대할 수 없다는 음울한 이미지로
사용되는 말이기도 하다.

백부의 수연(壽宴)에서 삼가 보여주신 운에 차운하다[355]

계유년(1693, 숙종19)

伯父壽席 伏次下示韻 癸酉

제1수

깊은 당 춘주[356]에 늦추위 가시니	深堂春酒晚寒輕
슬하 자제 잔 돌리며 저마다 마음을 다하네	繞膝杯行各盡情
석실산 드높아 이것으로 축수하니[357]	石室山高持作壽
화음동 안에서 장수 누릴 만하시도다	華陰洞裏可長生

제2수 其二

백년의 인생사 바다가 뽕밭 된 뒤 같고[358]	百年人事海桑餘

---

355 백부의……차운하다 : 삼연의 백부 김수증(金壽增)이 이해에 칠순이 되었으므로
수연은 곧 칠순잔치를 가리킨다. 이 시의 운자와 같은 시가 《곡운집(谷雲集)》 권1에
〈11월 17일에 자리에서 아이들과 조카들과 손자에게 적어 보이다.〔十一月十七日席上書
示兒輩諸姪孫兒〕〉라는 제목으로 실려 있으므로, 칠순잔치가 열린 시점은 11월이다. 이
는 본집 권23 〈백부 곡운선생의 칠순에 대한 서문〔伯父谷雲先生七十歲壽序〕〉에도 11월
하순에 지었다는 기록을 통해 확인할 수 있다. 《곡운집》에는 제1수에 해당하는 운자의
시는 실려 있지 않고 제2수와 제3수의 운자에 해당하는 시만 실려 있다.

356 춘주(春酒) : 춘주가 무엇인지 여러 설이 있으나 대체로 가을 겨울에 빚어 봄에
익는 술을 가리킨다. 《시경》 〈빈풍(豳風) 칠월(七月)〉에 "시월에 벼를 수확해 이것으
로 춘주를 빚어 노인의 장수를 빌도다.〔十月穫稻, 爲此春酒, 以介眉壽.〕"라고 하였다.

357 석실산(石室山)……축수하니 : 예로부터 드높은 산을 가지고 장수를 기원하였
다. 《시경》 〈소아(小雅) 천보(天保)〉에 "남산의 장수함과 같아 이지러지지 않고 무너
지지 않도다.〔如南山之壽, 不騫不崩.〕"라고 하였다.

흰머리 기쁘게 우러름에 노나라 궁전 같으셔라359   鶴髮欣瞻魯殿如

열 순배 술잔 돌아도 꼿꼿이 앉아계시니   十巡觴過猶堅坐

완성한 세 수 시 경계하는 글이어라360   三疊詩成卽戒書

제3수 其三

평소 덕 지니시고 해치지도 탐내지도 않으시니361   秉德平生不忮求

잔치 내내 자세한 가르침 지조 맑게 닦는 것이었네   終筵諄誨亦淸修

가르침 받들어 가슴속 깊이 새기지 않는다면   承來不以銘肝腑

술 마시고 안주 먹는 일로 기쁜 낯빛 된다 말할 수 있으랴

可道怡顔在酒羞

---

358 백년의……같고 : 인생사의 변화가 몹시 컸다는 말이다. 옛말에 바다가 뽕밭이 되고 뽕밭이 바다가 된다고 하여 세상사의 변화가 매우 큰 것을 비유하였다.

359 노나라 궁전 같으셔라 : 다른 사람들은 모두 사라지고 없는데 김수증만이 홀로 남아 우러르는 대상이 되었음을 비유한 것이다. 노나라 궁전은 한 경제(漢景帝)의 아들인 공왕(恭王)이 노나라 땅이던 곡부(曲阜)에 세웠던 영광전(靈光殿)이다. 많은 궁전들이 세월 속에 다 사라지는 가운데에서도 영광전만은 홀로 우뚝이 남아있었다고 한다. 《文選 卷11 魯靈光殿賦》

360 경계하는 글이어라 : 《곡운집》의 시의 내용이 대체로 가업을 잘 계승하여 조상을 부끄럽게 하지 말라고 경계하는 내용이다.

361 해치지도 탐내지도 않으시니 : 군자답게 덕행을 지켰다는 말이다. 《시경》〈패풍(邶風) 웅치(雄雉)〉에 "여러 군자들이여, 덕행을 알지 못하는가? 남을 해치지 않고 남의 것 탐내지 않으면 어찌 선하지 않으랴.〔百爾君子, 不知德行? 不忮不求, 何用不臧?〕"라고 하였다.

삼가 백부의 매화문답시에 차운하다[362]
伏次伯父梅花問答詩韻

계곡 속 홀로 피어 눈발과 싸우기 힘들 텐데	峽裏孤生鬪雪難
선생은 그곳에 머물지를 않으시네	先生又不住其間
구름 속 학 더러 은사를 불러 달라 해볼거나	思憑雲鶴傳招隱
총계봉 앞 땅[363]이 몹시도 춥다고	叢桂峰前地最寒

　이상은 석실(石室)의 매화가 물은 것이다.

네가 이제 흐드러지게 향기 뿜으며 꽃 피어	讓爾舒芳今瀾漫
선생 발걸음 북두천[364] 가에 잡아두게 놔두노라	牽留杖屨斗川濱
다만 한 번이라도 산으로 돌아오시는 날에는	但令一有還山日
섣달 지나 봄빛 머금은 내가 선생의 사례를 받으리	受謝吾其臘後春

　이상은 화음(華陰)의 매화가 답한 것이다.

362 삼가……차운하다 : 김수증(金壽增)의 원시는 《곡운집(谷雲集)》 권1 〈석실의
화분에 있는 매화 꽃봉오리가 참으로 고왔는데, 몸져누웠다가 새벽에 일어나 우연히
퇴계의 매화문답시가 기억나 마침내 그 체제를 따라 장난스레 읊다〔石室盆梅 蓓蕾正姸
病臥曉起 偶記退溪梅花問答詩 遂效其體戱賦〕〉이다.

363 총계봉 앞 땅 : 화음동(華陰洞)이다. 총계봉은 화음동의 앞 산 이름이다.

364 북두천(北斗川) :《청음집(淸陰集)》과 《농암집(農巖集)》 등을 살펴볼 때, 북두
천은 김상헌(金尙憲)이 머물렀던 곳이자 안동김씨의 선산이 있는 양주 석실마을에 있
는 지명으로 보인다.

반수암[365] 쓸쓸히 핀 꽃 　　　　　　　　　伴睡菴中寂寂花

달 비친 창가 종 울린 후 몇 가지 비꼈어라 　　月牕鐘後數枝斜

고요히 근진[366]의 구속을 멀리 벗어났으니 　　蕭然逈脫根塵累

한 가닥 기이한 향기에 배 띄우지 않으시려나 　一段奇香不著槎

　　이상은 화음의 매화가 물은 것이다.

부질없이 빈 숲에서 냉담한 너의 혼 　　　　　徒爾空林冷淡魂

일천 겹 설산에 절간은 닫혔으리 　　　　　　雪山千疊閉禪園

결국엔 인연 닿는 곳에서 풍류를 즐기시니 　　風流竟屬隨緣地

선생 수연(壽宴) 열린 마을 내 향기 가득하단다 　香滿先生壽會村

　　이상은 석실의 매화가 답한 것이다.

---

365 반수암(伴睡菴) : 화음동에 있는 김수증의 부지암(不知菴)과 자연실(自然室)에
서 1리쯤 떨어진 곳에 있던 암자이다. 《谷雲集 卷4 華陰洞志》

366 근진(根塵) : 불교용어로서 안(眼), 이(耳), 비(鼻), 설(舌), 신(身), 의(意)의
여섯 감각기관 육근(六根)에서 색(色), 성(聲), 향(香), 미(味), 촉(觸), 법(法)의
여섯 경계인 육진(六塵)이 일어나는 것이다. 곧 바깥경계에 끄달려 망상이 일어남을
표현한 것인데 여기에서는 속진(俗塵)의 구속을 가리키는 뜻으로 쓰였다.

유지당에서 회옹의 두 시에 차운하니 백부의 명에 따른 것이다[367]

有知堂 次晦翁二詩 應伯父命

깊은 못이 만고 세월 머금었으니 　　　　　　玄潭含萬古

사람들 파고 뚫는 손길 미치지 않았어라 　　不受人濬鑿

쓸쓸히 내 늦게 찾아와 　　　　　　　　　蕭條我來晚

못 이름 감회 일어 마음 뭉클하구나 　　　感名意廓落

제갈량 똑 닮은 무릎 감싼 어르신[368] 　　彷彿抱膝翁

이 언덕 골짝에 와 계시도다 　　　　　　其來此丘壑

한마음 서로 계합함이 있으니 　　　　　　一心有相契

천년 세월 곧 어제 같아라 　　　　　　　千載便是昨

깊이깊이 탁한 세상 근심하노니 　　　　　深深濁世感

367 　유지당에서……것이다 : 유지당은 394쪽 주331 참조. 회옹의 두 시는 송(宋)나라 때 주희(朱熹)의 〈와룡암 무후사[臥龍菴武侯祠]〉와 〈도연명(陶淵明)이 술에 취해 앉았던 바위와 귀거래관[陶公醉石歸去來館]〉이다. 주희가 55세 때 여산(廬山)에 있을 때 여산의 오유봉(五乳峯) 기슭 와룡담(臥龍潭) 곁에 무후사를 지어 제갈량(諸葛亮)을 향사하였고, 오유봉 근처 귀종(歸宗) 서쪽의 진(晉)나라 도연명(陶淵明)이 술에 취해 앉아 있었다는 바위와 그가 거처한 곳이었다는 귀거래관을 둘러보고 도연명을 그리는 시를 지었다고 한다. 《朱子大全 卷7, 卷79 臥龍菴記》

368 　제갈량……어르신 : 제갈량이 유비(劉備)에게 출사하기 전 남양(南陽)의 융중(隆中)에서 은거하며 농사지을 때 매일 새벽과 저녁에 무릎을 감싸 안은 채로 〈양보음(梁甫吟)〉을 읊조리며 큰 뜻을 품은 채 숨어 사는 울울한 심회를 노래했다고 한다. 〈양보음〉은 〈포슬음〉으로 불리기도 한다. 《三國志 卷35 蜀書 諸葛亮傳 註》김수증을 비유한 말이다.

예악이 일어나길 보기 원하네[369]　　　　　　思見禮樂作

솔바람에 두 출사표[370] 읊조리면서　　　　松風詠二表

달 비친 시내에 술 한 잔을 따르노라　　　　溪月酹一酌

맑고 높은 기운 홀연 내 곁에 이르러　　　　清高忽我右

참으로 어깨 나란히 하고 즐기는 듯하여라　　眞成比肩樂

이 뜻을 뉘 함께하려뇨　　　　　　　　　此意與者誰

산은 비고 물은 고요하도다　　　　　　　山空水漠漠

　　이상은 〈와룡담(臥龍潭)〉 시의 운이다.

넓게는 사해 안　　　　　　　　　　　　廣而四海內

멀게는 백세 전　　　　　　　　　　　　遠而百世前

고인들 어찌 많지 않으랴만　　　　　　　古人豈不多

시대 거슬러 오직 어진 이를 벗 삼았네　　尙友惟其賢

달빛 어린 푸른 못에 돌아와　　　　　　歸來碧潭月

감회 일어 잠 못 드노라　　　　　　　　有懷不能眠

오세 신동[371] 발자취 탄식하노니　　　　嘆息五歲迹

---

369 예악이……원하네 : 《근사록집해(近思錄集解)》 권14 〈관성현(觀聖賢)〉에 정호(程顥)가 "제갈공명은 거의 예악을 일으킬 수 있었다."라고 하였고, 왕통(王通)은 "만약 제갈공명이 죽지 않았다면 예악이 거의 흥기되었을 것이다."라고 하였다.

370 두 출사표(出師表) : 제갈량이 위(魏)나라를 치려고 출정하면서 촉(蜀)의 후주(後主) 유선(劉禪)에게 올린 〈전출사표〉와 〈후출사표〉를 가리킨다.

371 오세 신동 : 김시습(金時習)이다. 김시습은 어려서부터 천재로 이름이 나서 다섯 살에 임금 앞에서 시험을 보고 비단을 하사받고 돌아갔으므로 이후 '오세'로 호칭되었다. 김시습은 설악산을 사랑하여 설악산에 대한 수많은 시를 남겼고, 설악산의 오세암(五歲

유허가 오랫동안 황량한 안개 속에 있었네	遺墟久荒煙
산에는 캘 만한 고사리 있고	山有可採薇
골짝에는 먹지 않은 샘물 있으니[372]	谷有不食泉
이것들 맑은 진영(眞影)에 받들어 올리고	以玆奉淸像
마주하여 이내 생 보낼 만해라	相守可終年
멀리 시대 떨어져도 아침저녁 보는 듯하니[373]	曠感視朝暮
똑같은 마음을 흐르는 물에 부쳤어라	同調寄潺湲
유지당 청아하니 다시 무얼 두랴	堂淸更何設
〈이소(離騷)〉[374] 한 편 있을 뿐이네	楚騷只一篇

이상은 〈취석(醉石)〉 시의 운이다.

庵)은 그가 만년에 죽을 때까지 지낸 곳이다. 김수증은 곡운(谷雲)에서 옛날 김시습이 노닐었다는 수운대(水雲臺)의 이름을 청은대(淸隱臺)로 바꾸기도 하였으며, 유지당에 김시습의 화상을 걸어두기도 하였다. 《谷雲集 卷4 谷雲記・華陰洞志・有知堂記》

372 산에는……있으니 : 고사리는 주(周)나라의 곡식을 거부하고 은(殷)나라에 대한 충절을 지키며 수양산(首陽山)에서 고사리를 캐 먹다 죽은 백이(伯夷)와 숙제(叔齊)의 고사에서 가져온 것이고, 먹지 않는 샘물은 《주역》〈정괘(井卦) 구삼(九三)〉에 "우물을 깨끗이 청소했는데도 먹어 주지 않으니 내 마음이 슬프다. 물을 길어 먹을 만하니 왕이 현명하면 모두 복을 받으리라.〔井渫不食, 爲我心惻, 可用汲, 王明, 並受其福.〕"라고 한 뜻을 가져온 것이다. 모두 고결함을 뜻한다.

373 아침저녁 보는 듯하니 : 394쪽 주331 참조.

374 이소(離騷) : 초(楚)나라의 충신(忠臣)이었던 굴원(屈原)이 혼란한 조정에서 간신의 참소를 받고 쫓겨나 근심하고 번민하는 감정을 토로한 작품이다. 〈이소〉의 이러한 심상이 김시습이나 김수증의 마음과 맞닿아 있기 때문에 거론한 것이다.

삼연집

제 5 권

詩시

시詩

넷째 제수 이유인에 대한 만사[1] 갑술년(1694, 숙종20)
四嫂李孺人挽 甲戌

우리 아우 대유(大有 김창업(金昌業))가 상처(喪妻)한 지 한 달이 지났
는데 갈수록 슬픔이 심하였다. 얼마 뒤 형제들에게 편지를 보내 울며
말하기를 "만사를 지어달라는 것이 아니라, 뇌사(誄辭)와 같은 몇
마디 말을 얻어 세상을 떠난 아내를 위로하기 원합니다. 제가 저의
슬픔을 달랠 것으로는 이것이 아니면 마음 쓸 것이 없습니다. 형제들
이 이 일을 도모해주기 바랍니다."라고 하였다. 아아! 누군들 형과
아우가 없으며 누군들 제수와 시동생이 없겠는가. 가령 제수가 현숙
하지 못했더라도 오늘날 슬픔이 끝없을 것인데, 더구나 나는 평소
제수에게 감복해온 터에 지금 한 마디 말을 아끼겠는가. 정성스러운
마음은 이와 같으나 글로는 다 적지 못하니, 붓을 잡음에 눈물이
가득 맺히고 목이 꽉 메어 글을 이루지 못하겠다. 이것으로 우리

---

1 넷째⋯⋯만사 : 삼연의 아우 김창업(金昌業)의 부인인 전주이씨(全州李氏, 1656~
1693)에 대한 만사이다. 부친은 익풍군(益豐君) 이속(李涑)이다. 《농암집(農巖集)》
권27에 〈넷째 제수 이유인의 묘지명〔四嫂李孺人墓誌銘〕〉이 있다.

제수를 위로하기에 부족한 줄 너무나 잘 알지만, 대유가 그래도 "정에서 생겨난 글이다."[2]라고 말해주기를 바랄 뿐이다.

제1수

고량진미 먹으며 성정 바르기 어렵고	膏粱性難正
비단옷 입고서 마음 교만해지기 쉽나니	紈綺意易驕
남아가 널리 독서해도	男兒廣讀書
이 습관 없애지 못하는 경우 있는데	此習或未消
왕손가의 우리 제수	王孫有我嫂
마치 가난한 선비 집 자손인 듯했어라	若自圭蓽來
고개 낮추고 겸양하고 담박한 자세	低顏執謙素
마치 쓰러질 듯 공손하고 조심스러웠도다	洞屬若將頹
시부모 받들기를 하늘 우러르듯 하고	尊章仰大燾
위아래 동서 대하길 동기간처럼 하였네	娣姒視同胎
장 만들고 술 빚는 집안일이 부인의 고아한 일이거니	漿酒是雅議
소금과 버들개지에 감히 재주 부리랴[3]	鹽絮敢逞才

---

2 정에서 생겨난 글이다 : 곡진한 마음으로부터 나온 글이라는 말이다. 진(晉)나라 때 손초(孫楚)가 아내의 상을 치르고 상복을 벗으면서 시를 지어 왕제(王濟)에게 보여주었는데, 왕제가 "글이 정에서 생겨난 것인지 정이 글에서 생겨난 것인지 모르겠지만, 이 글을 보자니 서글픈 마음이 일어나 부부의 지중한 감정을 배가시킨다.〔未知文生於情, 情生於文, 覽之悽然, 增伉儷之重.〕"라고 하였다.《世說新語 文學》

3 장……부리랴 : 이유인이 부인이 해야 할 집안일에 충실했을 뿐 다른 재주를 부리지 않았다는 말이다. 소금과 버들개지란 부인이 문학적으로 재주가 있음을 말한 것이다. 진(晉)나라 때 사안(謝安)이 눈이 내리는 날 집안사람들과 모여 그 모습을 비유해보라고 하자 조카인 사랑(謝朗)이 "공중에 소금을 뿌린 것 같습니다."라고 하였다. 그러자

어이하여 온갖 일 순히 한 우리 제수가[4]	如何百順秉
만복을 다 누리지 못하였는가	不爲萬福縈
애달프고 애달프다 마름이 시듦이여[5]	惻惻蘋藻晦
슬프고 슬프다 꾀꼬리가 욺이여[6]	哀哀黃鳥鳴

질녀(姪女)인 사도온(謝道韞)이 "버들개지가 바람에 날리는 것으로 비유하는 것만 못합니다."라고 하니, 사안이 크게 기뻐하였다고 한다. 《世說新語 言語》

4 온갖……제수가 : 온갖 일을 순하게 했다는 것은 매사에 도리를 따라 행동하였다는 말이다. 《예기(禮記)》〈제통(祭統)〉에 "현자가 제사를 지내면 반드시 복을 받는데, 이 복은 세속에서 말하는 복이 아니다. 이때의 복이란 '비(備)'의 뜻이니, '비'는 온갖 일에 순하게 한다는 말이다. 순하게 하지 않음이 없는 것을 '비'라고 한 것은 안으로는 자신에게 다하고 밖으로는 도를 따르는 것을 말한다. 세속에서 말한 복은 귀신에게 복과 도움을 받는 것이고, 현자의 복은 '대순(大順)'이라는 밝은 이름을 받는 것을 말한다.〔賢者之祭也, 必受其福, 非世所謂福也. 福者, 備也, 備者, 百順之名也. 無所不順者謂之備, 言內盡於己, 而外順於道也. 世所謂福者, 謂受鬼神之祐助也, 賢者之所謂福者, 謂受大順之顯名也.〕"라고 하였다.

5 마름이 시듦이여 : 제수가 죽고 없어 조상의 제사에 올린 정갈한 제수를 마련할 사람이 없다는 말이다. 《시경》〈소남(召南) 채빈(采蘋)〉은 제후의 부인이 마름을 채취해서 정성스럽게 집안의 제사를 받드는 것을 읊은 시이며, 《예기(禮記)》〈유행(儒行)〉에서는 "국은 마름으로 끓이니 이는 며느리의 순함을 이루는 것이다.〔芼之以蘋藻, 所以成婦順也.〕"라고 하였다.

6 꾀꼬리가 욺이여 : 《시경》〈주남(周南) 갈담(葛覃)〉에 "칡넝쿨이 뻗음이여. 골짝 가운데로 뻗어, 잎이 무성하거늘 꾀꼬리가 날아와, 떨기나무에 모여 앉아, 화평하게 울도다."라고 하였다. 이는 후비(后妃)가 갈포옷을 다 만들고서 자신이 갈포옷을 만든 일을 읊은 시이다. 여기에서는 집안일을 돌보던 제수는 죽고 없고 꾀꼬리만이 남아서 울고 있음을 말한 것이다.

제2수 其二

우리 동생 개결하고 강직하여	我弟頗介烈
문 나서면 친구 적었으되	出門寡朋知
돌아오면 즐겁게 하는 이[7]	歸來樂我員
규문 안에 좋은 마음의 벗 있었도다	閨閣好襟期
짜고 싱거운 맛 조미하여 알맞게 맞추듯	醎淡和得中
맑고 탁한 소리 조화하여 어그러짐 없듯	廉肉諧無虧
덜걱 덜걱 수레 걸쇠 소리요[8]	鏗鏘車舝韻
시원스런 닭 울음의 경계로다[9]	洒落雞鳴規
어려운 살림 씀바귀를 냉이처럼 여겼으니[10]	艱難茶是薺

7 돌아오면……이 : 조강지처를 뜻한다. 《시경》〈정풍(鄭風) 출기동문(出其東門)〉에 "동문을 나가니 여자들 구름처럼 많도다. 비록 구름처럼 많으나 내 마음에 들지 않도다. 흰 옷에 쑥색 수건 두른 이여. 애오라지 날 즐겁게 하도다.〔出其東門, 有女如雲. 雖則如雲, 匪我思存. 縞衣綦巾, 聊樂我員.〕"라고 한 데서 온 말이다.

8 덜걱……소리요 : 이유인이 덕 있는 여성임을 말한 것이다. 《시경》〈소아(小雅) 거할(車舝)〉은 덕 있는 여인을 사모하여 남자가 여인을 맞이하러 가기 위해 수레에 걸쇠를 거는 것으로 시작하는 노래이다.

9 시원스런……경계로다 : 아내가 남편을 잘 인도하여 경계했다는 말이다. 《시경》〈정풍 여왈계명(女曰雞鳴)〉은 닭이 울고 동이 텄을 때 아내가 남편에게 안일하게 누워 자지 말고 일어나 오리와 기러기를 잡으러 나가라고 경계하는 것으로 시작하는 노래이다.

10 씀바귀를 냉이처럼 여겼으니 : 이유인이 어려운 집안 살림을 꾸려나가는 수고를 전혀 고생으로 여기지 않고 달갑게 여겼다는 뜻이다. 《시경》〈패풍(邶風) 곡풍(谷風)〉에 "누가 씀바귀를 쓰다 하는가. 달기가 냉이 같도다.〔誰謂茶苦, 其甘如薺.〕"라고 한 표현을 인용한 것이다. 《농암집》 권27 〈넷째 제수 이유인의 묘지명〉을 보면, 기사환국(己巳換局) 이후 삼연 형제들이 영평(永平)의 산골로 들어가 궁핍하게 살아갈 때 이유인이 전혀 고생이라 여기지 않고 편안하게 집안 살림을 꾸렸고, 남편 김창업도 이유인이

초췌함은 끝내 누구를 위함이었던고	憔悴竟爲誰
해야 할 말 미처 꺼내지 못한 채[11]	當言未及言
백년해로 기약 벌써 끝나버렸네	已訖百年期
긴 대자리[12] 예로부터 있었거니	長簟古亦有
끊어진 줄[13]을 홀로 만지노라	斷絃獨我私
삼년상 함께 치러냈거늘[14]	三年與經焉
종신토록 가장 큰 슬픔이로다	最爲沒身悲

제3수 其三

제수가 우리 집에 온 뒤로	自嫂入我門
참으로 평온한 나날 드물었어라	苦少平樂時
시집올 때 입었던 옷 상자에 넣어두고	箱委嫁時衣

그렇게까지 해낼 것이라고는 생각지 못했기에 이러한 모습을 보고 이유인을 더욱 존중하게 되었다고 한다.

11 해야……채 : 악부시(樂府詩)의 〈병든 아내의 노래〔婦病行〕〉에 "부인이 여러 해 병들었더니 남편 불러 한마디 전하려다가 해야 할 말 미처 꺼내지 못한 채 저도 모르게 눈물만 어찌나 줄줄 흐르는지.〔婦病連年累歲, 傳呼丈人前一言, 當言未及得言, 不知淚下一何翩翩.〕"라고 한 이미지를 차용한 것이다.

12 긴 대자리 : 아내의 죽음을 뜻한다. 진(晉)나라 반악(潘岳)의 〈죽은 아내를 슬퍼하는 세 편의 시〔悼亡三首〕〉에 "뒤척이며 잠자리를 보니, 긴 대자리 깔린 침상 끝내 비어 있네.〔展轉盻枕席, 長簟竟床空.〕"라고 한 데서 유래하였다.

13 끊어진 줄 : 부부 사이를 '금슬(琴瑟)'로 표현하는 데서 기인하여 아내를 보내고 홀로 남은 상황을 말한 것이다.

14 삼년상……치러냈거늘 : 김창업이 기사환국 때 사사된 부친 김수항(金壽恒)의 상을 영평산으로 들어가 부인과 함께 치러냈음을 말한 것이다.

십 년 세월 눈썹 화장 하지 않았네	畫休十年眉
서쪽 숲에 비둘기가 머물려 했더니	西林鳩欲定
둥지의 반이 창상처럼 옮겨갔도다[15]	半巢滄桑移
하늘의 재앙 받아 바다 보며 통곡했고	荒天望海哭
골짝에서 괴롭게 도토리 주우며[16] 슬퍼했지	苦峽拾橡悲
아아 차마 말할 수 있으랴	嗚呼可忍說
생사가 끝내 이처럼 나뉘었구나	存沒竟如斯
졸졸 흐르는 백운산 냇물	潺湲白雲川
물긷고 절구질하던 곳 물가에 아직 있도다	井臼猶在湄

제4수 其四

우리 모친 수많은 사람 보신 가운데	阿孃閱人多
귀부인 중에서 인정하는 사람 드물었더니	簪珥少可許
우리 누이는 다시 얻기 어려운 사람이라 하시고	阿妹難再得
우리 제수는 효녀처럼 보시었도다	於嫂視孝女
시어머니께 사랑받음을 기뻐하며 잊지 않으니	蒙愛喜不忘

---

15 서쪽……옮겨갔도다 : 서쪽 숲은 이유인에게는 시댁이 되는 김수항의 집이 있었던 인왕산 부근을 가리킨다. 비둘기가 머물려 했다는 것은 이유인이 시집와서 며느리가 되었다는 뜻이다. 《시경》〈소남 작소(鵲巢)〉에 "까치가 둥지 틀자 비둘기가 살도다. 아가씨 우리 집으로 시집 옴에 수레 백 량으로 맞이하도다.〔維鵲有巢, 維鳩居之. 之子于歸, 百兩御之.〕"라고 하였다. 창상(滄桑)은 상전벽해(桑田碧海)와 같은 말로 세상사의 변화나 변고가 매우 큼을 뜻한다. 이는 곧 당시 조정의 당쟁으로 서인들이 쫓겨난 기사환국(己巳換局)의 사건을 가리킨다. 이때 김수항은 진도(珍島)로 유배되었다가 곧이어 사사되었다.

16 도토리 주우며 : 몹시 빈궁한 생활을 뜻한다.

감히 게으르게 처신할 수 있으랴	敢自惰其躬
기쁘고 즐겁게 해드리는 정성 더욱 올리고	益進婉愉誠
나태한 모양 보이지 않았도다	不設我慢容
맛있는 음식 항상 이어지게 하니	淳熬每絡繹
하나하나 그 충실한 마음 드러났도다	一一見其忠
순수하고 성실하게 시종일관하였거니	純慤著終始
하물며 집안이 어려운 때랴	況玆伶俜中
임종할 때 남긴 마지막 말	竟留臨絶言
우리 모친 가슴 속에 사무쳤어라[17]	感結我慈胸
훤당[18]을 누가 기쁘게 해드릴까	堂萱爲誰悅
숙수의 봉양이 목동에서 비었도다[19]	菽水木洞空

---

17 임종할……사무쳤어라 : 시어머니에 대한 다른 말을 따로 남겼는지는 확인할 수
없으나 《농암집》 권27 〈넷째 제수 이유인의 묘지명〉을 보면, 운명을 앞두고 남편인
김창업에게 "죽는 것은 한스럽지 않으나 시아버지의 억울함이 신원되는 것을 보지 못하
고 죽는 것이 한스러울 뿐입니다."라고 하였다고 한다.

18 훤당(萱堂) : 원추리를 심은 거처라는 뜻으로 모친의 처소이며 모친을 높여 부르는
말이다. 《시경》 〈위풍(衛風) 백혜(伯兮)〉에 "어이하면 원추리 얻어서 집 뒤에다 심을
까.〔焉得諼草, 言樹之背.〕"라고 한 데서 유래하였다.

19 숙수(菽水)의……비었도다 : 모친을 정성으로 봉양하며 기쁘게 해드리던 제수가
죽어 이제 모친을 기쁘게 해드릴 사람이 없다는 말이다. 숙수의 봉양은 콩과 물밖에
없는 극도로 가난한 생활 속에서도 어버이를 극진히 봉양하는 것을 말한다. 공자의
제자 자로(子路)가 집안이 가난해서 효도를 제대로 하지 못한다고 탄식하자, 공자가
"콩죽을 끓여 먹고 물을 마시더라도 기쁘게 해드리는 일을 극진히 행한다면, 그것이
바로 효이다.〔啜菽飮水盡其歡, 斯之謂孝.〕"라고 위로했던 고사에서 나온 것이다. 《禮
記 檀弓下》 목동은 양주(楊州)의 목식동(木食洞)으로, 삼연의 부친 김수항이 생전에
거처하던 곳이며 당시 삼연의 아우 김창즙이 이곳에서 모친 안정나씨를 모시고 있었다.

제5수 其五

큰 아이는 키가 가시나무만 한데	大兒長如棘
아내 맞이해 이제 막 가정 꾸렸고	迎婦纔入室
작은 아이는 계란처럼 약해서	小兒脆如卵
놀 때도 아비 무릎 멀리 떠나지 않네	遊不遠離膝
고생고생 정성으로 길러냈건만	辛勤以鞠養
서글퍼라 이제 아주 이별이로다	惻愴以訣絶
응애응애 저 갓난아이	呱呱彼黃口
가련한 자식 영영 남겨두누나	永留可憐物
홀어머니를 우리 동생에게 맡기고 떠나니	偏慈委我弟
부지하고 돌보느라 눈물도 마르네	眼枯於提恤
어둑한 빈 규방 누가 지킬까	空閨曖誰守
막내딸이 밤중에 흐느끼도다[20]	季女夜幽咽

제6수 其六

옛날 상체 시 읽으며	昔讀棠棣詩
우리 형제 막여의 정 느꼈더니[21]	感我莫如情

---

20 큰……흐느끼도다 : 가시나무는 총생(叢生)하여 높이 자라지 않는 식물로 키가 그리 크지 않음을 말한 것이다. 《농암집》 권27 〈넷째 제수 이유인의 묘지명〉과 본집 권27 〈질녀 조씨 며느리의 묘지명〔姪女趙氏婦墓誌銘〕〉에 따르면, 이유인이 세상을 떠날 당시 맏아들인 김우겸(金祐謙, 1676~1709)은 신숙(申潚)의 딸에게 장가든 상태였고, 둘째아들 김언겸(金彦謙, 1686~1738)은 아직 어린아이였고, 막내아들 김신겸(金信謙, 1693~1738)은 갓 태어난 상태였으며, 딸(1681~1710)도 시집 가기 전이었다.

21 옛날……느꼈더니 : 막여의 정은 형제간의 우애를 말한다. 《시경》 〈소아 상체〉는

질나발 젓대 화락하게 어우러진 뒤	壎篪翕而後
거문고 비파 화평함 이루었네[22]	琴瑟致其平
지금 우리 현숙한 제수에게서	今於我嫂賢
부부가 서로 돕고 즐기는 모습 똑똑히 보았어라	深見相須樂
거문고 비파 조화로운 뒤	琴瑟協而後
질나발 젓대 다함없는 즐거움 더욱 누렸네	壎篪益無斁
부모 뜻 잘 받들어 모시고	父母其順矣
술과 음식 먹으며 노래하고 웃었도다	歌笑生酒食
평소에도 이와 같았거니	平居則如此
환란 만난 집안 부지한 은덕 더욱 두텁다	患難恩彌積
짧은 상복 어루만지며 길이 슬퍼하면서	長悲撫短服
옛사람 박절함을 외려 의심하노라[23]	猶疑古人薄

제7수 其七

태양은 밝게 빛나건만	杲杲其白日
하늘은 갈수록 흐리멍덩 어둡구나[24]	夢夢天愈昏

형제간의 우애를 노래한 시인데 그 가운데 "오늘날의 모든 사람들 중 형제만 한 이가 없도다.〔凡今之人, 莫如兄弟.〕"라고 하였다.

22 질나발……이루었네 : 질나발과 젓대는 형제간에 우애롭게 지냄을 비유하는 것으로《시경》〈소아 하인사(何人斯)〉에 나오는 표현이고, 거문고와 비파는 부부에 정답게 지냄을 비유하는 것으로《시경》〈주남(周南) 관저(關雎)〉에 나오는 표현이다.

23 짧은……의심하노라 : 현숙한 아내의 상에 일 년 동안의 기년복(朞年服)만 입는 것이 너무 약소하다고 느낀 것이다.

24 하늘은……어둡구나 : 하늘이 위태로운 상황에 처한 사람을 보살피지 않고 그대로

이 세상 어이 오래 머물 수 있으랴	安能久此世
떠나가서 황천에서 모시도다	逝矣侍九原
높이 하늘 닿은 우리 설곡	窮天我雪谷
얕은 언덕 아직 동이를 이고 있네[25]	淺丘猶戴盆
봄바람 속 푸른 측백 말라붙어	春風翠栢枯
두견이 눈물 뿌리까지 닿아라	子規淚至根
바라던 대로 새 무덤을 가까이 만드니	新墳近如願
날마다 자주자주 찾아뵈리로다	庶幾日源源
머뭇대며 서성이는 목동의 저녁	依違木洞夕
응당 좌우에 혼령이 있겠네	應有左右魂
아아 이 많은 심사를 차마 어이 펼거나	嗚呼忍多抒
산 자나 죽은 자나 모두 괴롭고 원통해라	生死俱煩寃

방치한다는 원망의 뜻이 담긴 말이다. 《시경》〈소아 정월(正月)〉에 "백성들 지금 위태롭거늘, 하늘 보면 흐리멍덩하기만 하네.〔民今方殆, 視天夢夢.〕"라고 하였다.

25 높이……있네 : 설곡은 김수항의 무덤이 있는 곳이다. 동이를 이고 있다는 것은 아직 김수항의 억울함이 신원되지 못했다는 뜻이다. 머리에 동이를 이면 하늘의 해를 볼 수 없듯이 신하가 임금의 밝은 통찰을 입지 못해 어둠 속에 억울함을 품고 있다는 뜻으로, 사마천(司馬遷)이 임안(任安)에게 보낸 글에 "동이를 머리에 이고 어찌 하늘을 바라볼 수 있겠나.〔戴盆何以望天〕"라고 한 데서 유래한 표현이다. 《文選 卷41 報任少卿書》

벽계잡영²⁶

檗溪雜詠

제1수

여섯 해를 얼음 아래 물고기 같은 목숨²⁷	六載氷魚命
슬프다 이미 백발이 되었구나	哀哉已白頭
인간 세상 얼굴 들고 살 수 없어서	人間無面立
숲속에 이내 몸을 의탁했노라	林下以身投
노문리 저녁 달 멀리 돋고요	月逈蘆門夕
황벽계 가을바람 높이 불도다	風高檗水秋
흐르는 세월 또 이와 같나니	流光又如此

---

26 벽계잡영 : 벽계는 지금의 양평 서종면(西宗面) 노문리(蘆門里)에 있다. 삼연은 이 시를 짓기 한해 전인 계유년(1693, 숙종19) 9월에 세속을 단절하고 깊은 산중에서 살려다가 모친을 멀리 떠날 수 없는데다 선영에 성묘하는 길에 범을 만나 노복이 잡아먹히는 변고까지 있어 양근(楊根)의 국연(菊淵)에서 이거(移居)하여 양주 선영과 40리쯤 떨어진 계곡에 자리 잡은 뒤 그곳을 황벽계(黃檗溪)라 이름하고 거주하는 집을 함벽당(含檗堂)이라 이름하였다. 《三淵先生年譜》

27 여섯……목숨 : 부친 김수항(金壽恒)이 사사(賜死)된 1689년(숙종15) 이후로 6년 동안 실낱같은 목숨을 근근이 이어오고 있다는 말이다. 얼음 아래 물고기란 죽지 못하고 겨우겨우 이어가는 삶을 뜻한다. 남조(南朝) 진(陳)나라 사람 서릉(徐陵)이 〈북제에 있으면서 양나라 태위 왕승변에게 보내는 편지〔在北齊與梁太尉王僧辯書〕〉에서 "아주 살아있는 것도 아니라서 부질없이 남은 숨만 내쉬고 있고 아주 죽은 것도 아니라서 얼음 아래에 물고기가 끊이지 않는 것과 같으며 겨울잠 자는 벌레가 목숨줄이 붙어 있는 것과 같으니 참으로 슬퍼할 만합니다.〔非復全生, 餘息空留, 非爲全死, 同冰魚之不絶, 似蟄蟲之猶蘇, 良可哀也.〕"라고 한 데서 유래한 표현이다. 《文苑英華 卷677》

굽어보고 우러름에 무얼 구하리　　　　　　　　俛仰欲何求

제2수 其二

우물 가 하늘하늘 춤추는 버들　　　　　　　　井上婆娑柳
가을바람 속에 남쪽으로 난 사립문　　　　　　秋風南向扉
이내 생애 안정할 곳 있음을 알겠노니　　　　生涯知有定
만년에 바라건대 어그러짐 없기를　　　　　　歲晚願無違
멀리 푸른 산 내 집과 마주했고　　　　　　　碧嶺遙簷對
드넓은 차간 여울 채마밭 둘렀네　　　　　　　寒灘闊圃圍
집사람 시험 삼아 불을 때보니　　　　　　　　家人來試爨
짙은 연기 피어올라 골짝에 가득타　　　　　　滿谷暗煙霏

제3수 其三

집안 식구 이사하는 날　　　　　　　　　　　家人徙宅日
날씨가 봄처럼 따뜻했어라　　　　　　　　　　日氣暖如春
마음에 바라는 바 우물과 절구 있고[28]　　　井臼從心在
눈에 가득 들어오는 뽕과 삼 새로워　　　　　桑麻滿眼新
백년 인생 보낼 터전 이제 꾸리니　　　　　　今成百年計
사방 떠도는 신세를 영영 면하였어라　　　　永不四方人
울타리 따라서 천천히 걸노라니　　　　　　　緩步巡籬落

28　마음에……있고 : 부녀자가 바라는 것은 물긷고 절구질하는 것인데 그에 필요한
우물과 절구가 갖추어져 있다는 말이다. 원문의 '종심(從心)'은 '종심소욕(從心所欲)'의
뜻이다.

우리 집 모든 것이 진경일레라 　　　　　　　　　　吾廬事事眞

제4수 其四

세차게 흐르는 용문[29]의 형세 　　　　　　　　　　袞袞龍門勢

굽이굽이 돌아서 우리 집 이르네 　　　　　　　　　　扶輿到我家

높은 정원은 깊은 숲 둘렀고 　　　　　　　　　　　　園高用幽藪

굽이치는 시내엔 깨끗한 모래사장 펼쳐졌네 　　　　川轉得明沙

낚시하는 물가는 호복[30]을 옮긴 듯 　　　　　　　　釣渚移濠濮

절간 같은 집은 약야[31]가 둘렀어라 　　　　　　　　禪廬擁若耶

서쪽 물굽이 으뜸으로 그윽하고 아름다우니 　　　西灣最幽媚

도화를 한번 심어보고저 　　　　　　　　　　　　　　準擬種桃花

제5수 其五

노쇠함 심한 탓에 잠 못 이루니 　　　　　　　　　　不寐衰應甚

깊은 가을날 밤도 길어라 　　　　　　　　　　　　　高秋夜亦長

서리 가득한 골짝에서 옷을 걸치고 　　　　　　　披衣霜滿峽

달빛 흐르는 언덕에서 나무에 기댔네 　　　　　　倚木月流岡

남몰래 흘리는 눈물 쌍검[32] 적시고 　　　　　　　暗淚沾雙劍

---

29 용문(龍門) : 황하(黃河) 상류에 세찬 물결이 흐르는 세 계단의 폭포이다.

30 호복(濠濮) : 호량(濠梁)과 복수(濮水)의 병칭으로 속세를 벗어난 고요한 장소이다. 《장자(莊子)》 〈추수(秋水)〉에 보인다.

31 약야(若耶) : 중국 절강성(浙江省) 회계(會稽)에 있는 약야계(若耶溪)이다. 풍광이 아름다워 두보(杜甫)와 이백(李白) 등 많은 시인들의 시의 소재가 되었다.

32 쌍검(雙劍) : 쌍검은 예장(豫章)의 풍성현(豐城縣) 감옥터에 묻혀 있던 용천(龍

답답한 가슴 구장³³에 치민다 危腔激九章

무정할사 저 하늘이여 無情惟老昊

여섯 해 동안 그저 아득하기만 하구나 六載但蒼茫

제6수 其六

혼탁한 세상을 영균처럼 원망하고 濁世靈均怨

황량한 산골에서 노두(老杜)처럼 근심하니 荒山杜老愁

새벽 별빛 삼협에 요동치고 星搖三峽曉

가을바람 구가에 쉭쉭 분다³⁴ 風颯九歌秋

지금과 옛사람 마음 서로 연결되고 今古相爲接

천지는 한결같이 아득하도다 乾坤一以悠

이 깊은 심사를 뉘 더불어 말할까 永懷誰與語

泉)과 태아(太阿)라는 두 명검을 일컫는 말이다. 《晉書 卷36 張華列傳》 여기서는 세상
에 나가 뜻을 펼치지 못한 울울한 마음을 비유한 듯하다.

33 구장(九章) : 굴원(屈原)이 유배당한 뒤 자신의 억울함 심사와 순탄하지 못한 삶
을 읊은 것으로 〈이소(離騷)〉와 같은 성격이면서 더욱 직설적이다. 삼연이 당시의 시사
와 자신의 처지를 돌아보면서 굴원과 같은 울울한 심회가 치밀어 올랐다는 말이다.

34 혼탁한……분다 : 영균은 굴원의 자(字)이고 노두는 당(唐)나라 때 시인 두보(杜
甫)를 지칭하는 말이다. 소인들의 모함으로 억울하게 쫓겨난 초(楚)나라 굴원과 전란으
로 어지러운 세상을 근심하며 살았던 두보의 마음에 삼연 자신의 마음을 비긴 것이다.
두보의 〈서각(西閣)의 밤〔閣夜〕〉 시에서 난세를 근심하며 "오경 고각 소리 비장하고,
삼협의 은하수 그림자 요동친다.〔五更鼓角聲悲壯, 三峽星河影動搖.〕"라고 하였다. 또
한 굴원의 〈구가 산귀(山鬼)〉에서 자신에게 응답하지 않는 산신에 대한 아쉬움을 표시
하며 "쉭쉭 바람 불고 나뭇잎 떨어지니, 공자를 그리워하며 부질없이 시름 젖네.〔風颯颯
兮木蕭蕭, 思公子兮徒離憂.〕"라고 하였다. 《杜少陵詩集 卷18》《楚辭集注 卷2》

차가운 시냇물만 콸콸 흘러가누나　　　　　　　　　　激激但寒流

제7수 其七

가을 기운 처연한 깊은 계곡　　　　　　　　　　秋氣凄幽峽

쓸쓸히 괴로운 암자에 앉았노라　　　　　　　　　蕭條坐苦菴

벌레 소리 고목에서 들려오고　　　　　　　　　　蟲聲依老木

반딧불은 차가운 못 지난다　　　　　　　　　　　螢火過寒潭

도를 추구하려는 마음은 줄었다 늘었다　　　　　　道業心消長

전원의 계책은 이랬다저랬다[35]　　　　　　　　田園計二三

이룬 것 하나 없이 이 지경 되고 보니　　　　　　無成乃至此

한밤중에 마음 깊이 부끄러워라　　　　　　　　　中夜撫心慚

제8수 其八

가없이 펼쳐진 무정한 천지　　　　　　　　　　天地無情極

부질없이 서리 이슬 한껏 내렸네[36]　　　　　　徒然霜露深

계절이 옮겨가 바뀔 적마다　　　　　　　　　　推遷自四節

---

35 이랬다저랬다 : 원문의 '이삼(二三)'은 《시경》〈위풍(衛風) 맹(氓)〉과 〈소아(小雅) 백화(白華)〉, 《서경》〈상서(商書) 함유일덕(咸有一德)〉 등에 "덕을 둘 셋으로 하도다.〔二三其德〕"에서 온 표현으로 한결같지 않고 이랬다저랬다 변덕을 부린다는 말이다.

36 부질없이……내렸네 : 서리와 이슬은 돌아가신 부모를 떠올리게 하는 매개체이다. 《예기》〈제의(祭義)〉에 "가을에 서리와 이슬이 내리면 군자는 이것을 밟고 반드시 서글 픈 마음이 들기 마련이다. 이는 그 추움을 말하는 것이 아니다.〔霜露旣降, 君子履之, 必有悽愴之心, 非其寒之謂也.〕"라고 하였다. 이는 계절의 변화에 따라 부모를 그리워하 는 마음이 일어난다는 뜻이다.

슬프고 터질 듯한 외로운 마음　　　　　　　懍慨每孤心
나뭇잎 떨어질 제 근심 가눌 길 없고　　　　木落愁無那
기나긴 밤 눈물도 멈출 길 없다　　　　　　宵長淚不禁
불효자식은 아버님 원통히 보낸 가슴 품고　懷玆蓼莪怨
벽계의 물가에 오래오래 누으리　　　　　　長臥檗溪潯

가을의 감회
秋感

제1수

금년엔 팔월부터 차가운 바람 일찍 부니	今年八月早霜風
양근의 첩첩산중 또 어떻겠는가	況復楊根衆峽中
소슬한 월곡엔 초록 향초 시들고	月谷蕭蕭凋綠蕙
찰랑이는 아호엔 단풍이 떨어진다	鵝湖澹澹倒丹楓
아득히 천 년 전 나처럼 울울한 원망 품은 이 생각하고	
	千秋曠望同騷怨
주위의 갖가지 변화를 계절 바뀜 속에서 찾아보노라	
	萬化相尋自歲功
강으로 산으로 다니는 건 마지못해 하는 일	臨水登山非得已
긴 노래 통곡 소리 한을 가눌 길 없어라	長歌痛哭恨難窮

'원(怨)'은 어떤 본에는 '의(意)'로 되어 있다.

제2수 其二

이내 생 회포를 뉘 더불어 같이할까	吾生懷抱與誰同
내 다시 어이하여 여길 와 있나	吾復胡爲在此中
하늘 높이 험난한 산길 해 지려 하고	天路孔艱將落日
어떻게 된 인간 세상 여직 회오리바람[37] 부나	人間何世尙回風

---

37 회오리바람 : 세상이 혼란함을 상징한다. 《초사》〈구장(九章) 비회풍(悲回風)〉에

층층구름 낀 치솟은 봉우리에 신선의 사슴 근심하고

層雲絶巘愁儦鹿

고목 선 차가운 못에 변경서 온 기러기 날아간다 古木寒潭過塞鴻

긴긴 밤에 근심 속에 몇 번이나 일어나니 耿耿長宵三五起

별들이 드문드문 동쪽 하늘에 가득해라 緯星寥落滿天東

제3수 其三 맏형님(김창집(金昌集))에 대한 것

어허 우리 형제들 서로 의지해 마땅하니 嗟吾兄弟合相依

인간 세상 두려운 상사(喪事) 톡톡히 겪었도다 酷閱人間死喪威

바람 부는 섬 먼 곳에서 아버님 호곡하고 海島天風號遠櫬

넝쿨진 산언덕에서 홀어머니 모셨어라 山阿蘿薜護孤闈

세상에 얽매인 잔약한 몸 서로 늙어감을 보니 殘軀滯世相看老

마음에 간직한 아버님 유훈 어이 차마 어기랴 遺訓藏心可忍違

목곡과 노문38 사십 리 거리 木谷蘆門四十里

날씨 차니 백강의 옷 얇은지 물어야지39 天寒思問伯康衣

"회오리바람에 혜초가 요동침을 슬퍼하니, 마음은 답답하고 아프기만 하도다.〔悲回風
之搖蕙兮, 心冤結而內傷.〕"라고 하였는데,《초사집주(楚辭集注)》에 "가을이 이미 와
서 미물들이 쇠잔해지니, 바람은 비록 형체가 없으나 실로 가장 앞서서 이러한 기미를
드러낸다. 세상의 치란(治亂)과 도의 흥폐(興廢)도 이와 같다."라고 하였다.

38 목곡과 노문 : 목곡은 양주(楊州) 목식동(木食洞)으로 김수항이 생전에 거처하던
곳인데, 당시 삼연의 아우 김창즙이 모친 안정나씨를 이곳에서 모시고 있었다. 노문은
양주 노문리로 벽계가 있는 곳이다.

39 날씨……물어야지 : 백강은 송(宋)나라 때 사마광(司馬光)의 형인 사마단(司馬旦)
의 자(字)이다. 사마광은 사마단을 항상 아버지처럼 받들었고 사마단은 사마광을 어린
아이처럼 보호하여 형제의 우애가 매우 돈독했는데, 날씨가 추워지면 사마광이 백강의

제4수 其四 둘째형님(김창협(金昌協))에 대한 것

선인께서 우리 형에게 영수(潁水)를 맡기시니	先人潁上屬吾兄
구름 곁 암자에서 노년 보내는 정취 완성했네[40]	了得雲菴送老情
골짝 가득 솔 그늘에 생계 꾸릴 터전 열리고	滿谷松陰開産業
시내 건너 풍패에 집안 명성 울리도다[41]	隔溪風珮奏家聲
거처 그윽하니 마음 정밀히 살피기 바라고	居幽更願觀心密
세상 어두우니 보첩 분명히 지어야 하리라[42]	世晦應須作譜明

등을 어루만지면서 옷이 얇지 않으시냐고 물었다고 한다. 《范太史集 卷36》《小學 善行》

40 선인께서……완성했네 : 김창협(金昌協)이 부친의 유지(遺志)를 이어 영평(永平) 백운산(白雲山) 송로암(送老菴)의 정취를 완성하였다는 말이다. 김수항은 일찍이 백운산 아래 밭을 사서 노년을 보낼 터전으로 마련해두고 은사(隱士)인 동은(峒隱) 이의건(李義健)의 낚시터를 발견하여 풍패동(風珮洞)이라 이름한 후 그곳에 송로암을 지었다. 송로암이라는 이름은 두보(杜甫)의 〈진주잡시(秦州雜詩)〉에 "어느 때에나 한 채 띠 집 지어, 흰구름 곁에서 노년 보낼까?〔何時一茅屋, 送老白雲邊?〕"라고 한 구절에서 취한 것이다. 그러나 이 터에 송로암만 세우고 부속 건물들은 짓지 못한 채 김수항이 세상을 떠났고 이후 김창협이 이곳에서 삼년상을 치르면서 형제들과 함께 부친의 뜻을 이어 영령정(泠泠亭)을 지었다. 그 후 김창협은 오랜 기간 백운산에서 은거하였다. 영수는 관직에서 물러나 여생을 보낼 곳을 뜻한다. 송(宋)나라 때 구양수는 항상 자신이 수령을 지냈던 영주(潁州) 영수 가의 아름다운 풍광을 그리워하면서 노년을 보낼 장소로 경영하였고, 은퇴 후 마침내 그곳으로 가 여생을 마쳤다. 《文谷集 卷25 送老菴上梁文》《農巖集 卷24 泠泠亭記·續集 卷上 先府君行狀上》《文忠集 卷44 思潁詩後序》

41 시내……울리도다 : 김창협이 백운산에 은거하면서 집안의 명성을 이어나갔다는 말이다. 김창협은 송로암에서 부친상을 치르면서 기력을 다해 공부하여 주자(朱子)의 저서를 연구하고 행실을 검속하니 원근의 사우(士友)들이 김창협을 도덕의 종주로 추앙했다고 한다. 《本集 卷27 仲氏農巖先生墓誌銘》

42 세상……하리라 : 이 구절의 뜻은 미상이다. 김수항의 연보를 편찬한 사람이 바로 김창협이니 혹 혼란한 시대에 부친의 출처를 드러낼 연보를 분명히 잘 기록해야 한다는

소완 시[43] 읊조리고 더욱 슬피 바라보며   小宛吟來增悵望

벽계 서쪽 물가에서 저물녘 방황하노라   檗溪西畔暮屛營

제5수 其五 대유(大有 김창업(金昌業))에 대한 것

그대 얼굴 검게 야위고 내 머리 쇠었으니   君頰黧枯我鬢蒼

슬픔과 울분 머금고 육 년[44] 남짓 보냈네   含哀茹憤六年强

백운산 암자 달빛 아래 우니 성도가 작고   雲菴泣月星圖小

설곡에 등불 밝히니 검 이야기 길었어라[45]   雪谷留燈劍說長

또렷한 심사는 여전히 울울하게 꽉 맺혔고   烱烱心肝猶耿結

속절없는 시사는 부침하기만 하네   悠悠時事但低昂

우리들 살아갈 날 얼마나 남았는가   吾儕日月知餘幾

제수씨 없다 야밤에 침상 원망치 말지라   莫以無裳怨夜床

뜻인지 모르겠다.

43 소완(小宛) 시 : 부모를 욕되게 하지 않도록 날로 정진하라는 내용의 《시경》〈소아〉의 시이다.

44 육 년 : 427쪽 주27 참조.

45 백운산……길었어라 : 이 두 구의 의미는 자세하지 않다. 성도는 혹 〈노인성도(老人星圖)〉를 가리키는 것이 아닌가 한다. 북송(北宋) 때 재상 진집중(陳執中)의 생일에 친척들이 장수를 기원하며 〈노인성도〉를 바친 고사가 있다. 《古今事文類聚 前集 卷44 獨獻范鑑圖》 이러한 뜻으로 본다면 옛날 부친의 생신날 바쳤던 작은 〈노인성도〉를 보면서 부친 생각에 눈물을 흘렸다는 말이 된다. 검 이야기는 혹 맹교(孟郊)의 〈한유와 이관과의 이별에 답하고 이어서 장서주에게 올리다〔答韓愈李觀別因獻張徐州〕〉에 "장부의 마음을 알고 싶으시오, 일찍이 고검을 가지고 설명했다오.〔欲識丈夫心, 曾將孤劍說.〕"라고 한 말을 가리키는 것이 아닌가 한다. 《孟東野詩集 卷5》 이러한 뜻으로 본다면 장부의 마음을 삼연과 함께 토로한 것이 된다.

제6수 其六 경명(敬明 김창즙(金昌緝))에 대한 것

가엾어라 그대 폐병으로 가을날 침상에 누웠는데	憐君肺病値秋衾
비분 속에 질병이 갈수록 심해지는구나	悲憤中來病轉深
울울하게 지하에 묻힌 기운 서린 검이요	鬱鬱埋泉蟠氣劍
깊이깊이 갑에 담긴 풍파 벗어난 거문고라[46]	沉沉藏匣隔風琴
어릴 적에 신선되길 함께 바랐더니만	兒時丹竈同歸願
상 치르고 주서에 홀로 침잠하였도다	喪後朱書獨究心
흘러가는 시간 속에 내 부끄러운 마음 드니	日邁月征吾有愧
어머님 동온하청(東溫夏淸) 못하는 지금 신세[47]	高堂溫淸曠如今

제7수 其七 백부(김수증(金壽增))에 대한 것

적적하고 쓸쓸한 화음동(華陰洞)에서	寂寂蓼蓼華嶽陰
시끄러운 세상 피해 태초의 깊은 경계 찾으시네	避喧猶問太初深

---

46 울울하게……거문고라 : 세상에 나와 재능을 발휘하지 못하고 시속을 벗어나 은거한 동생을 비유한 말이다. 두보의 〈인일(人日)〉 시에 "별을 향해 기운을 쏘는 허리춤 칼 잠깐 뽑고, 흐르는 물소리를 갑 속의 거문고 꺼내 혼자 연주하노라.〔佩劍衝星聊暫拔, 匣琴流水自須彈.〕"라고 한 시구를 연용한 것이다. 두보의 시에서는 칼과 거문고가 모두 칼집과 거문고에서 나왔으나 삼연은 역으로 묻히고 담겼다고 표현하여 포부를 펼치지 못한 것으로 표현했다. 별을 향해 기운을 쏜다는 것은, 진(晉)나라 때 뇌환(雷煥)이 땅에서 자기(紫氣)가 두성(斗星)과 우성(牛星) 사이를 쏘는 것을 보고 풍성(豐城)의 옥사(獄舍) 터를 발굴해 용천(龍泉)과 태아(太阿)라는 두 보검을 얻은 고사를 말한다. 물소리를 연주한다는 것은 46쪽 주26 참조.《晉書 卷36 張華列傳》《列子 湯問》

47 어머님……신세 : 동온하청은 《예기(禮記)》 〈곡례 상(曲禮上)〉에 나오는 말로, 자식이 부모님을 모시면서 겨울에는 따뜻하게 해드리고 여름에는 시원하게 해드린다는 뜻이다. 이 당시 삼연의 모친을 김창즙(金昌緝)이 모시고 있었으므로 이렇게 말한 것이다.《圃陰集 附錄 年譜》

일천 봉우리 일만 골짝 헤매이신 발자취 千峰萬壑屛營迹
다섯 버들 외론 솔[48] 선조의 뜻 잇는 마음 五柳孤松繼述心
강개함 품은 연명 괜스레 역사 읊었고[49] 帶性淵明空詠史
감정 잊은 왕씨 자제 거문고 던졌도다[50] 忘情王子亦投琴

48 다섯……솔 : 김수증의 조부 김상헌(金尙憲)이 청(淸)나라 심양(瀋陽)에 포로로
잡혀 있을 때 〈옛일을 생각하며 느낌이 있어[懷古有感]〉라는 시를 지어 오류선생(五柳
先生)이라 불렸던 도잠(陶潛)이 혼란한 세상을 피해 은거한 것을 사모한 뜻을 드러낸
적이 있었다. 후에 양주(楊州) 석실(石室)의 도산정사(陶山精舍) 아래에 소나무와 버
드나무를 심고 그 곁에 석문(石門)을 세워 '도산석실려고송오류문(陶山石室閭孤松五柳
門)'이라는 글자를 새겼는데, 이 글씨는 송시열(宋時烈)의 글씨라고 한다. 오류는 도잠
이 자신을 빗대어 지은 〈오류선생전(五柳先生傳)〉에 집에 버들 다섯을 심었다고 한
말에서 취한 것이고, 고송은 〈귀거래사(歸去來辭)〉에 "외론 솔을 어루만지며 서성대노
라.[撫孤松而盤桓]"라고 한 구절에서 취한 것이다. 《淸陰集 卷11 懷古有感復用前韻》
《谷雲集 卷3 書陶山精舍記後》《農巖集 卷4 子益在石室……就次其一二》

49 강개함……읊었고 : 김수증이 세상을 멀리하여 은둔했지만 세상에 대한 근심을
잊지 못했다는 말이다. 원문의 '대성(帶性)'은 '성(性)'을 '강결(剛決)', '용(勇)', '노
(怒)'의 뜻으로 본 송시열의 견해를 참고한 것이다. 《宋子大全 卷52 答金起之 戊午
12月 29日》도잠은 율리(栗里)에서 은거하면서도 〈사기(史記)를 읽고 쓴 아홉 편의
시[讀史述九章]〉에서 백이(伯夷)와 숙제(叔齊), 기자(箕子), 굴원(屈原) 등 절조 있
는 인물들을 읊고 〈형가에 대해[詠荊軻]〉라는 시에서는 형가의 기개를 노래하였다.
이러한 시들은 은둔 속에서도 망한 자신의 고국인 진(晉)나라를 잊지 못하는 마음이
담겨 있다. 《陶淵明集 卷4, 卷6》

50 감정……던졌도다 : 김수증이 무심하게 살아가고 있었지만 동생인 김수항의 죽음
을 몹시 애통해했다는 말이다. 진나라 때 왕휘지(王徽之)와 왕헌지(王獻之) 형제는
매우 우애가 깊었다. 두 사람이 모두 병이 깊던 중에 왕헌지가 먼저 죽었는데 한동안
소식이 없자 왕휘지는 필시 왕헌지가 죽은 것이라며 왕헌지의 집을 찾아갔다. 그러고는
조금도 슬퍼하지 않고 문상 중에 울지도 않았다. 그러다가 평소 왕헌지가 잘 타던 거문
고를 타 보고 음이 제대로 나오지 않자 거문고를 던지며 "사람과 거문고가 함께 죽었구

적막해라 탁한 세상 누가 나의 지기인고   蕭條濁世誰知己

매월당 가운데 양보음이로다[51]   梅月堂中梁甫吟

제8수 其八 인보(仁甫 홍유인(洪有人))[52]에 대한 것

서글퍼라 한밤중에 눈물 절로 흐르니   惻惻中宵涕自泗

아득한 천도가 슬프고도 의심스럽구나   悠悠天道可悲疑

바람과 서리에 한 떨기 난초 같은 자질의 그대 시들었거늘

              風霜輒委崇蘭質

우레와 빗속에도 볼품없는 나무 가지 같은 나는 살아남았네

              雷雨猶存惡木枝

소옹 역서(易書) 가져다 등불 아래 앉으니[53] 邵易携來燈下坐

백아 거문고를 세상 누구 향해 연주할까[54] 牙琴彈向世間誰

나.”라고 말하면서 한참을 애통해하다 한 달쯤이 지나 그도 죽었다.《世說新語 傷逝》

51 매월당 가운데 양보음이로다 : 매월당은 김시습(金時習)의 호이고, 양보음은 제갈량(諸葛亮)이 남양(南陽)에서 은거할 때 포부를 펼치지 못하는 울울한 심사를 노래한 시이다. 김수증은 화음동의 곡운(谷雲)에 유지당(有知堂)이라는 건물을 짓고 제갈량과 김시습의 초상을 모셔놓았다. 유지당은 주희(朱熹)가 제갈량을 모신 무후사(武侯祠)를 짓고 “후세에 내 뜻을 알아주는 이가 있을 것이다.”라고 쓴 기문과 김시습이 “후세에 반드시 나를 아는 사람이 있을 것이다.”라고 한 말에서 취한 것이다.《農巖集 卷24 有知堂記》《谷雲集 卷5 答兪命健》

52 인보(仁甫) : 그는 삼연이 이 시를 지은 해인 1694년(숙종20) 3월 19일에 28세의 나이로 요절하였다. 337쪽 주215 참조.

53 소옹(邵雍)……앉으니 : 기구한 운명을 역서를 펼쳐놓고 따져본다는 말이다. 소옹은 송(宋)나라 때 학자로《주역》의 수리(數理)에 조예가 깊어 상수학(象數學)을 개창하였으며《황극경세서(皇極經世書)》라는 방대한 역서를 남겼다.

54 백아(伯牙)의……연주할까 : 지기와도 같은 홍유인이 죽어 이제 자신의 뜻을 알아

시냇가 창에 등나무 덩굴 비추는 달빛 언뜻 드니　溪牕乍入藤蘿月
완연히 양산에서 책상 마주하던 때와 같도다　宛是楊山對榻時

제9수 其九 삼부연(三釜淵)[55]에 대한 것

한 폭 그림 같은 증조의 누각　一幅丹靑曾祖樓
깊은 못과 큰 바위가 고개 서쪽에 그윽했네　玄潭鉅石嶺西幽
미욱한 손자 그 땅 만나 구름 사이 집 지으니　迷孫邂逅雲間築
온 집안사람 즐거운 기색으로 눈 속에서 노닐었어라

　　　　　　　　　　　　　　　　　　　盡室怡愉雪裏遊
일천 편 시 오고갈 제 촌 자가 일어나고[56]　往復千篇村字起
존망이 수없이 변하여도 폭포는 그대로라　存亡百變瀑泉留
푸른 깁 붉은 벽[57]에 처음 은거할 계책 담겼건만　碧紗紅壁紆初計

줄 사람이 없다는 말이다. 백아의 거문고는 46쪽 주26 참조.

55　삼부연(三釜淵) : 원문에는 '부(釜)'가 '금(金)'으로 되어 있으나, 본집 전체에서 삼부연을 삼금연으로 표기한 예가 없고, 원본을 자세히 보면 '금(金)'이 다른 두 글자에 비해 크기가 작아 '부(釜)'의 윗부분이 제대로 인쇄되지 못한 것으로 보인다.

56　촌 자가 일어나고 : 삼연은 본집 권1 〈공경히 증조부가 지은 삼부연 시에 차운하다〔敬次曾王考三釜瀑韻〕〉와 같이 '촌(村)' 자 운을 가지고 삼부연에 대한 시를 지은 적이 있다. 또한 본집 습유 권1 〈다시 촌 자 운에 차운하여 중씨께 드리다〔更次村字韻呈仲氏〕〉역시 같은 운자인데, 시의 편차상 이 시도 삼부연에 있을 때 지은 시이다. 이는 증조부 김상헌의 《청음집(淸陰集)》권4 〈철원 부사 김정경이 삼부연에 떨어지는 물이 끝나는 곳에 한 촌락이 있어 참으로 난리를 피할 만한 곳이라고 하였는데, 길이 험하여 갈 수가 없기에 서글피 바라보면서 읊다〔鐵原府伯金正卿言三釜落水窮處有一村眞避亂之地路險不得到悵望賦之〕〉를 차운한 것이다.

57　푸른……벽 : 홍벽사롱(紅壁紗籠)과 같은 말로, 옛날 명사(名士)들이 지은 시문을 누각 등에 걸 때 푸른 깁을 덮어 오래 보존되도록 한 것을 말한다. 여기에서는 누각에

후회로다 명승의 땅을 소 한 마리와 바꾸다니   悔把名區博一牛

'온 집안사람〔盡室〕'은 어떤 본에는 '제부(諸父)'로 되어 있다.

제10수 其十 <small>저자도(楮子島)에 대한 것</small>

갈대와 이슬이 저 멀리 무성하니   蒹葭白露迥蒼蒼

이른바 훌륭한 정자가 물가 한쪽에 있도다 所謂名亭水一方

주렴 밖 청명한 달빛 서둘러 맞이하고   簾外虛明迎月速

베갯머리 삐걱대는 뱃소리 길이 전송하였노라 枕邊伊軋送船長

낚싯대와 황금 솥을 장차 바꾸려 했더니만 漁竿金鼎方將換

상전벽해(桑田碧海) 시류 바뀜이 이다지도 황망하다니[58]

               滄海桑田若是忙

가을바람 속에 배 띄워보려던 계획 어이하겠나 忍作秋風放溜計

물결 따라 통곡하며 평생 애간장 끊어질 텐데 沿流哭斷百年腸

걸린 삼연의 증조 김상헌의 시를 가리킨다.

58 낚싯대와……황망하다니 : 부친인 김수항이 은퇴하여 저자도에 살고자 했지만 정국이 급변하여 그 뜻을 이루지 못하고 세상을 떠난 것을 가리킨다. 낚싯대는 벼슬을 버리고 초야에 물러나 사는 것을 뜻하고 황금 솥은 솥으로 음식을 잘 조미하여 조리하듯 국가의 재상으로 나라의 정치를 조화롭게 다스리는 것을 가리킨다. 이 시어는 고려(高麗) 때 정승을 지낸 한종유(韓宗愈)가 저자도에 별장을 짓고 지은 시에서 "황금 솥에서 국을 조리하던 손을 가져다 낚싯대 잡고 저물녘 모래사장으로 내려가네.〔直將金鼎調羹手, 還把漁竿下晚沙.〕"라고 한 구절에서 차용한 것이다.《大東野乘 遺閒雜錄》김수항은 저자도의 산수의 승경을 사랑하여 그곳에서 은퇴하여 쉴 뜻을 지니고 있었으므로 삼연이 부친보다 먼저 저자도에 들어가 정자를 짓고 살았다. 그러나 곧이은 기사환국(己巳換局)으로 김수항은 진도(珍島)에 유배되었고 얼마 후 사사되었다.《本集 拾遺 卷32 行狀》

제11수 其十一 설악산(雪嶽山)에 대한 것

한계 한 줄기가 곡연으로 통하니   寒溪一道曲淵通

일만 옥 봉우리 모여 있는 웅장한 설악산 나타나네   雪嶽雄開萬玉叢

드높이 자리한 봉정암(鳳頂庵) 아래로 구름 깔리고   鳳寺岧嶢雲在下

넘실대는 고래 같은 파도 사이로 달이 동쪽에서 돋았어라

                                                鯨波滉瀁月生東

덩굴 붙잡아가며 홀로 천 길 폭포 찾아가고   捫蘿獨造千尋瀑

고사리 꺾으며 아득히 오세 동자[59] 바라봤지   折蕨遙瞻五歲童

참으로 이때에 그대로 머리 깎기 좋았거늘   信合伊時仍落髮

어쩌자고 다시금 고통스런 속세로 떨어졌나   胡然復墮苦塵中

---

59 오세 동자 : 412쪽 주371 참조.

벽계만영

璧溪漫詠

제1수

질솥에 솔불 피우고 밤늦도록 앉아서   土銼松燃坐夜闌

늙은 농부와 이야기 그치고 조용히 서로 바라보네   老農談罷靜相看

지금 도성이든 시골이든 순후한 풍속 없으니   如今京野無淳俗

그대 따라 이 한 해 다 보내보고저   願欲從君至歲寒

제2수 其二

어둑한 산촌 울타리에 시냇물 소리만 들리고   山昏籬落但聞溪

우거진 숲 서쪽 드문드문 별빛 때때로 보이네   時見疎星亂木西

서리 내린 밭 수확 적다 말하지 말라   莫道霜田收穫少

밤새 절구질하다 늘상 새벽 닭 울음 듣나니   夜舂常犯五更雞

제3수 其三

된서리 사나운 우박이 좋은 밭 뒤덮으니   嚴霜暴雹迸嘉田

메밀이며 면화가 당최 여물지 못했네   蕎麥綿花不復全

종신토록 농부의 삶 그저 이러할 뿐   沒世爲農聊復爾

모진 목숨 하늘이 불쌍히 여겨주길 바라지 않노라   頑生不欲受天憐

제4수 其四

종복이 성근 울타리 너머에서 풀 베고 종자 심으니   山奴刈稼隔疎籬

아이도 책 던지고 나와서 구경하누나   兒亦抛書出見之

늙은이는 근래에 농사 흥미 적으니   老子年來農興薄

되레 시냇가에 와서 이와 같다 탄식하네[60]   却來川上歎如斯

제5수 其五

산 기운 우뚝하여 붉은 안개 많은데   山氣巃嵸紫靄多

푸른 시냇물은 서쪽으로 내려와 잔잔히 일렁이네   碧溪西下又微波

아호에 해 저물 제 이 저녁을 탄식하노니   鵝湖日入嗟今夕

돌아와 사립문 닫은 그 마음 어떠한고   歸掩荊柴意若何

제6수 其六

늙음과 질병이 함께 찾아와 멀리 다닐 생각 없으니   老疾俱來懶遠尋

그저 구름과 숲 둘러싼 이곳에 머물런다   聊棲此地亦雲林

청화산 산빛은 길몽의 징험이요[61]   靑華山色徵佳夢

황벽계 물소리는 나의 괴로운 마음 아는구나   黃蘗溪聲會苦心

제7수 其七

숲 둥지 돌아오는 새 많아진다 했더니   棲鳥投林稍覺多

산 적막하고 물 어둑해 얼기설기 덩굴만 보이네   山空水暗但雲蘿

---

60 시냇가에……탄식하네 : 《논어》〈자한(子罕)〉에 공자가 시냇가에서 "흘러가는 것이 이와 같아 밤낮으로 쉬지 않는구나.〔逝者如斯夫, 不舍晝夜.〕"라고 탄식하였다.

61 청화산(淸華山)……징험이요 : 청화산은 양평 벽계에 있는 통방산(通方山)의 이칭이다. 길몽의 징험이라는 것은 옛날 삼연이 꿈속에서 아름다운 산을 봤는데 지금 청화산의 산색이 그 산과 같아 꿈을 징험하는 것 같다는 뜻인 듯하다.

초가집 돌아가려다 어디로 가야 할지 몰랐더니   荊柴欲返迷趨向

메밀밭 어귀에서 다듬이 소리 들려오누나   蕎麥田頭有杵歌

호중으로 가는 사경을 전송하며
送士敬之湖中

제1수

선영에 낙엽이 많이 지니	松楸多落葉
새벽에 일어나 가을 소리인가 묻는다[62]	晨起問秋聲
내게는 평생 눈물 흘릴 일 있고	我有平生淚
그대는 내일 길 떠나누나	君將明日行
철 따라 온 기러기 내포[63]에 가득하고	賓鴻盈內浦
떠나는 그대의 말 동쪽 성을 등지리	別馬背東城
다시 만날 날 아득함이 벌써부터 걱정이니	預恐前期闊
고상한 그대 벼슬 나올 생각이 별로 없도다	高情懶就名

제2수 其二

산창에 달이 다 지나도록	度盡山牕月
한밤중에 이별 정담 나누네	離言入夜分

---

62 가을 소리인가 묻는다 : 낙엽이 지는 소리를 듣고 가을이 왔는가 생각한다는 뜻이
다. 구양수(歐陽脩)의 〈추성부(秋聲賦)〉는 구양수가 밤중에 서남쪽에서 초목을 휩쓸
며 불어오는 바람 소리를 듣고서 곁에 있던 동자에게 무슨 소리인지를 묻고 이어 가을에
초목의 잎이 떨어지고 모든 것이 시드는 광경을 묘사한 글인데, 바로 이 장면에서 이러
한 표현을 가져온 것이다.

63 내포(內浦) : 충청도의 내포 지방을 가리킨다. 기사환국 때 김시보(金時保)는 내
포의 중심 지역이자 선산이 있는 홍주(洪州)에 머물렀다. 《鳳麓集 卷4 茅洲府君行狀》

우리 마음은 길이 또렷할 터이지만 　　　　心肝長歷歷

세상 갈림길은 얼마나 어지럽겠나 　　　　歧路幾紛紛

떠나가는 그대는 못으로 돌아간 용이요 　　去作龍歸澤

머무르는 나는 구름을 쏘는 검[64]이로다 　　留爲劍射雲

중양절이 이별 뒤에 있으니 　　　　　　重陽在別後

어느 곳에서 멀리 그대를 바라볼거나 　　何處望夫君

---

64 구름을 쏘는 검 : 초야에 묻힌 채 세상에 드러나지 못하는 삼연의 처지를 말하는
듯하다. 원문의 '운(雲)'은 하늘과 같은 뜻으로 여기서는 운자 때문에 쓴 듯하다. 429쪽
주32 참조.

산중의 감회
山居感懷

제1수

아득한 세상길 드넓은데	悠悠世路廣
아 나의 형세는 궁박하구나	嗟我勢窮絶
푸른 물결로 뛰어들지도 못하고[65]	滄波未能蹈
깊은 산중에 이 몸 부치고 사네	寄顔在巖穴
깊은 산에도 봄은 찾아와	山深春亦至
붉고 푸르게 온 골짝 물들었어라	紅綠萬壑纈
차츰차츰 너에게 기만을 당하니[66]	駸駸見爾欺
외톨이 신세 누굴 향해 기뻐할까	踽踽向誰悅
내 마음과 같은 가을 옴을 기뻐하노니	秋來喜調同
온갖 꽃들 서리와 눈에 숨었네	衆芳隱霜雪
화려히 피었던 것 꿈이 아니겠나	榮華豈非夢

---

65 푸른……못하고 : 푸른 물결로 뛰어든다는 것은 혼란한 세상을 피해 절조를 지키기 위해 목숨을 버린다는 말이다. 전국(戰國)시대 때 진(秦)나라가 조(趙)나라를 공격할 때, 위(魏)나라의 신원연(新垣衍)이 진나라가 군대를 철수하는 조건으로 진나라를 황제로 높이자고 제의하자, 당시 조나라에 와 있던 제(齊)나라 노중련(魯仲連)이 분개하여 "동해 바다에 뛰어들어 죽을지언정 차마 그 백성으로 살아갈 수는 없다.〔連有蹈東海而死耳, 吾不忍爲之民也.〕"라고 하였다. 《史記 卷83 魯仲連列傳》

66 차츰차츰……당하니 : 이 구절의 뜻은 자세하지 않으나, 아래 구절의 뜻으로 볼 때 붉고 푸른 꽃들이 자신의 벗이 되리라 생각했는데 너무 빨리 시들어 삼연 홀로 남게 된 것을 기만을 당하였다고 말한 것인 듯하다.

흐드러졌던 것들도 적멸로 돌아가누나 　　　瀾漫會寂滅

푸른 솔이 홀로 우뚝이 섰는데 　　　　蒼松獨偃蹇

밤바람은 여전히 처량하여라 　　　　　夜風尙凄切

제2수 其二

산의 푸르른 나무 이미 시들었고 　　　山木綠已凋

가을 매미는 떠나서 어디로 돌아가나 　玄蟬去何歸

강호에 바람 불고 날씨도 차니 　　　　江湖風且寒

외로운 기러기도 의지할 데 없어라 　　孤鴈亦無依

적막한 용문산 아래 　　　　　　　　寥落龍門下

넝쿨이 우리 집 사립에 얽혔네 　　　　薜荔網我扉

이내 그늘이 깊은 산 덮으니 　　　　　嵐陰翳窮岡

햇빛이 처마에 드문드문 비친다 　　　白日到簷稀

높은 곳 올라가 황야를 바라보니 　　　登高望大荒

어지러이 서리가 날리는 것만 보이누나 　但見繁霜飛

이에 하늘 높이 산길이 다하여 　　　　於焉天路窮

가슴 어루만지며 눈물로 옷깃 적시노라 　撫膺淚沾衣

제3수 其三

푸른 시내 몇 굽이 그윽하니 　　　　　靑溪數曲幽

다시 바깥사람 왕래 없도다 　　　　　不復有蹄輪

황벽나무 일백 그루 심으니 　　　　　種蘗百餘株

푸르러 내 이웃 되도다 　　　　　　　蒼然自成隣

어둑어둑 해 저물려 하는데 　　　　　翳翳景將入

반짝이는 서리와 눈 친근하여라	霜雪耿相親
쓰라린 심정 한결같이 이와 같으니	苦情一如此
꽃다운 뜻을 다시 펼 수 없도다	芳意莫復陳
촌늙은이 행여 가련히 여겨	村翁倘相憐
나를 벽계 사람이라 부르며 친근히 대해주려나	呼我蘗溪人

제4수 其四

버들 아래 새로이 우물 거르니[67]	新漉柳下井
물 깊어 달빛도 들지 않아라	水深隔月光
깊고 깊은 우물을 뉘 길어낼까	沉沉更誰汲
침을 뱉으려 해도 내 마음 아프네[68]	欲唾我心傷
푸른 하늘은 드높다 하나[69]	蒼天蓋謂高

---

67 우물 거르니 : 새 우물에서 탁한 것들을 걸어내고 맑은 우물물로 만들었다는 말이다.

68 침을……아프네 : 우물에 침을 뱉고 이곳을 떠나려고 해도 마음이 아파 그렇게 하지 못한다는 말이다. 다른 여인에게 마음이 팔린 남편에게 내쫓김을 당한 왕송(王宋)이라는 부인이 지은 〈잡시(雜詩)〉의 두 번째 수에 "누가 떠나가는 부인이 박절하다 했는가. 떠나가는 부인 심정 더욱 무거운 것을. 천리 길에 우물에다 침 뱉지 못하거늘 하물며 예전에 모시던 사람이야.〔誰言去婦薄, 去婦情更重. 千里不唾井, 況乃昔所奉.〕"라고 하였다. 이는 남편에게 소박을 맞아 천리 먼 길을 떠나면서 다시는 이 우물을 마시지 않을 줄 알지만, 그래도 차마 예전에 마시던 우물에 침을 뱉을 수 없다는 말로, 옛 정을 잃지 못하겠다는 의미이다. 《玉臺新詠 卷2》

69 푸른……하나 : 몹시 두렵고 불안한 심리 상태를 나타낸 표현이다. 《시경》〈소아(小雅) 정월(正月)〉에 "하늘이 높다고 하나 감히 몸을 굽히지 않을 수 없으며, 땅이 두텁다고 하나 발자국을 작게 떼지 않을 수 없노라.〔謂天蓋高, 不敢不局, 謂地蓋厚, 不敢不蹐.〕"라고 하였다.

깊은 골짝엔 방황하는 사람 있도다	窮谷有彷徨
이내 그늘에 산 기운 어둑하고	嵐陰山氣晦
나무와 바위에 부는 밤바람 길기도 해라	木石夜風長
밝은 달 천고의 세월 속에 몇 번을 떴나	明月幾千古
아름다운 이 아득히 서방에 있도다[70]	美人杳西方

제5수 其五

오늘 산은 또 어두워지니	今日山又昏
어둑한 안개 곳곳에서 생긴다	暝煙處處生
어부도 나무꾼도 길에 자취 감추니	漁樵不復行
시냇가 길 청량한 기운 그대로구나	澗道存虛明
소요곡[71]을 바라보노라니	望望逍遙谷
그윽하기도 해라 덩굴이 얽힌 풍광	幽哉女蘿縈
산에서 대여섯 해를 살면서	山居五六載

---

70 아름다운……있도다 : 《시경》〈패풍(邶風) 간혜(簡兮)〉에 "누구를 그리워하는
가? 서방의 미인이로다. 저 미인이여. 서방의 사람이로다.〔云誰之思, 西方美人, 彼美人
兮, 西方之人兮.〕"라고 하였는데, 이때 서방의 미인이란 서주(西周) 시절의 현왕(賢王)
을 지칭한다. 즉 쇠퇴하고 혼란한 세상에서 옛날 태평성세의 훌륭한 임금을 그리워한다
는 말이다. 삼연도 이러한 뜻을 담아 당시의 혼란한 세상을 은근히 풍자하고 탄식한
듯하다.

71 소요곡(逍遙谷) : 당(唐)나라 때 반사정(潘師正)이 살았던 숭산(崇山)의 골짜기
이름이다. 고종(高宗)이 반사정에서 무엇을 원하느냐고 묻자 반사정은 "무성한 소나무
와 맑은 샘은 신이 필요로 하는 것인데 이미 모자람이 없습니다.〔茂松清泉, 臣所須也,
旣不乏矣.〕"라고 하였다.《名賢氏族言行類稿 卷16》삼연이 살고 있는 벽계 산중을 비유
한 것이다.

망념을 꺼뜨리고 사람들 왕래 사양하노라 　　灰慮謝將迎

짐승 속에 들어왔으나 어찌 그네들 어지럽히랴[72] 　入獸豈亂群

어떤 손은 때때로 이런 내 모습에 놀라네 　　有客時復驚

인생은 참으로 애달픈 것 　　　　　　人生信可哀

적막함으로 이내 마음 위로하노라 　　　寂寞以慰情

제6수 其六

긴긴 밤 어느 때나 밝아 아침이 올까 　　　長夜何時朝

닭 우는 뜰에 나무는 싸늘하여라 　　　　雞鳴庭樹寒

차가운 달 이미 높이 걸린 듯하고 　　　　霜月似已高

무성한 초목은 온 산을 덮었구나 　　　　蒼蒼翳四山

아이더러 일어나 소 먹이라 하니[73] 　　呼童起飯牛

삼성과 묘성 어느 뫼에 걸렸나[74] 　　　參昴挂何巒

---

72 짐승……어지럽히랴 : 깊은 산중에 들어와 짐승들 속에서 아무런 기심(機心)없이
섞여 산다는 말이다. 《장자(莊子)》〈산목(山木)〉에 "짐승들 속에 들어가면 짐승들 무
리가 놀라 어지러워지지 않고 새들 속에 들어가면 새들 행렬이 놀라 어지러워지지 않는
다.〔入獸不亂群, 入鳥不亂行.〕"라고 하였다.

73 긴긴……하니 : 해가 밝기를 기다리는 것과 소를 먹인다는 표현은 혼란한 세상
속에 때를 만나지 못해 울울한 삼연의 심정을 말한 것이다. 춘추시대 위(衛)나라 영척
(甯戚)이 궁박했을 때에 제(齊)나라에 가서 소를 먹이면서 소의 뿔을 두드리며 노래하
기를 "세상에 나서 요 임금 순 임금을 만나지 못해 짧은 홑옷 정강이에 걸쳤네. 저물녘부
터 한밤중까지 소를 먹이노니, 기나긴 밤 언제나 아침 올런고.〔生不遭堯與舜禪, 短布單
衣適至骭. 從昏飯牛薄夜牛, 長夜漫漫何時旦.〕"라고 하였다.《史記 卷83 魯仲連鄒陽列
傳》이는 삼연 시의 문학적 배경이 되는《초사(楚辭)》의〈구장(九章)〉에서 "영척은
노래하며 소 먹였네.〔甯戚歌而飯牛〕"라고 읊어지기도 하였다.

아련히 동창을 향하노라니　　　　　　曖然向東牕

온갖 생각은 끝도 없이 요동치누나　　百慮浩翻瀾

한밤에 꾼 꿈 현실이 아님에 이미 놀랐고　已驚夜夢非

백년 인생 고생스러움 거듭 탄식하도다　重嗟百年艱

옛사람 이를 슬피 노래했나니　　　　古人有悲歌

곤궁함과 현달함 사이에 근심 있다네　憂存窮達間

농부 되어 내 분수를 다하려니와　　爲農畢余分

불우함⁷⁵으로 속은 다 썩어버렸네　　坎壈腐心肝

제7수 其七

아침저녁 시냇가에서 노니니　　　　日夕遊川上

무언가를 찾는 듯 배회하노라　　　徘徊如有求

시든 산목을 고요히 바라보고　　　靜觀山木凋

걷힌 안개를 멀리서 움켜본다　　　遠挹嵐煙收

구름과 우레는 어제와 같고　　　　雲雷如昨日

성엣장은 강 반나마 흐르네　　　　流凘半江流

온갖 조화 진실로 끝이 없나니　　萬化信块軋

---

74 삼성(參星)과……걸렸나 : 새벽을 말한 것이다. 《시경》〈소남(召南) 소성(小星)〉
에 "반짝이는 저 작은 별이여. 삼성과 묘성이로다.〔嘒彼小星, 維參與昴.〕"라고 하였다.
이 시는 별이 뜨는 초저녁이나 새벽에 첩들이 군주를 모시러 가는 모습을 읊은 것이다.

75 불우함 : 원문의 '감람(坎壈)'은 시대에 뜻을 얻지 못하고 불평스러운 마음으로 홀
로 적막히 지내는 심정이 들어있다. 《초사》〈구변(九辯)〉에 "불우함이여, 빈한한 선비
직분을 잃고 마음이 불편하도다. 신세가 적막함이여, 나그네로 떠돌며 친구 하나 없도
다.〔坎廩兮, 貧士失職而志不平. 廓落兮, 羈旅而無友生.〕"라고 하였다.

지인⁷⁶은 조화와 함께 부침하도다	至人與沉浮
한스럽게도 일찍 현통⁷⁷하지 못했으니	玄通恨不早
지나가버린 일 그 누가 어찌할 수 있으랴	事往爲誰謀

제8수 其八

차가운 날씨 어찌 이리 빨리 닥쳤나	寒候何以早
넝쿨풀 띠풀 서로 이어져있네	薜蘿連茅茨
귀뚜라미가 벌써 당에 올라왔으니	蟋蟀已在堂
올 한 해도 저물어 가는구나	歲華亦云衰
세찬 폭풍은 온 천지 울리며	驚飆鼓八荒
나의 황벽 울타리를 흔드네	撼我黃檗籬
애달프다 백년 인생이여	悅惻百年命
놓쳐버렸구나 삼수의 기약⁷⁸이여	蹉跎三秀期
차가운 서리는 계곡물에 떨어지고	霜寒澗水落
긴긴 밤 산에 뜬 달은 더디 가네	夜永山月遲

---

76 지인(至人) : 도가(道家)에서 속세를 벗어나 무아(無我)의 경지에 이른 사람을 가리킨다.

77 현통(玄通) : 현묘한 자연의 도리와 통하는 것이다. 《도덕경(道德經)》에 "옛날의 훌륭한 선비는 미묘하고 현묘하게 통하여 그 깊이를 헤아릴 수 없었다.〔古之善爲士者, 微妙玄通, 深不可識.〕"라고 하였다.

78 삼수(三秀)의 기약 : 영지는 1년에 세 번 꽃을 피우므로 삼수라고도 불리는데, 깊은 산중에 은거하여 영지(靈芝)를 캐면서 유유자적하는 삶을 말한다. 《초사(楚辭)》 〈구가(九歌) 산귀(山鬼)〉에 "산중에서 영지를 캐이여. 돌은 어지러이 쌓여 있고 칡넝쿨은 뻗쳐 있도다.〔采三秀兮於山間, 石磊磊兮葛蔓蔓.〕"라고 하였다.

인간 세상 노래하고 웃을 일 있건만	人間有歌笑
날 둘러싼 건 곤궁과 적막이로다	窮寂爲我時
장초가 즐거운 것만 보이니[79]	但見萇楚樂
나의 육아의 슬픔[80] 뉘 들어주려나	誰聽蓼莪悲

제9수 其九

시냇물 처음으로 살짝 얼었고	溪水始微凍
바람 부는 여울은 때때로 운다	風灘有時鳴
별과 달은 사방 산에 하얗게 떴고	星月皎四山
창 아래 빛나는 등잔 그처럼 밝다	牕燈耿猶明
사물을 살펴봄에 평온하기 어려우니	覽物有難平
끝도 없는 온갖 감정 생겨나누나	浩然百感生
지나간 만고의 세월 돌이켜보다	俛仰則萬古
어느새 야심한 삼경 되어버렸네	悠忽已三更
차가운 솔바람 소리 층층 봉우리에서 들려오니	寒松韻層巘
저 멀리서 울리는 거문고 소리 아닐런가	無乃遠琴聲

---

79 장초(萇楚)가……보이니 : 장초는 초목의 이름이다. 《시경》〈회풍(檜風) 습유장초(隰有萇楚)〉에 "진펄에서 난 저 장초, 그 가지 곱기도 해라. 반들반들 고운 너, 감각 없는 네가 부럽도다.〔隰有萇楚, 猗儺其枝. 夭之沃沃, 樂子之無知.〕"라고 하였다. 이는 어지러운 정사와 무거운 부역으로 백성들은 괴로운데 장초는 감각이 없어 근심이 없음을 말한 것이다.

80 육아(蓼莪)의 슬픔 : 어버이를 여읜 슬픔이다. 《시경》〈소아(小雅) 육아〉에 "아버지가 없으면 누구를 믿으며, 어머니가 없으면 누구를 믿을까. 나가면 근심을 품고, 들어오면 이를 곳 없네.〔無父何怙, 無母何恃. 出則銜恤, 入則靡至.〕"라고 하였다.

| 처량하게 이 밤을 보내노라니 | 惻惻以徂夜 |
| 은하수도 서쪽으로 기울어가네 | 雲河亦西傾 |

제10수 其十

동쪽 하늘 점점 밝아져오고	東方荒亭亭
북쪽 땅엔 단단한 얼음 어네	北陸堅氷至
너울너울 날아가는 산 밖의 새들	翩翩山外鳥
가고 가서 어느 땅에 내려앉으려나	去去落何地
좋았던 날 생각할 수도 없으니	良辰不可思
깊은 계곡에서 만 줄기 눈물만 줄줄	幽壑萬行淚
높은 하늘 어이 감히 원망하랴	天高安敢怨
인간사라는 것이 명암이 있는 법	顯晦看人事
이름을 좋아함은 동한 때부터요	好名自東漢
실제에 힘쓰는 것은 오계의 시절이라	務實惟五季
분별해 낼 사람 반드시 있으리니	能辨必有人
아 푸른 빛깔 자주 빛깔 인끈이여[81]	嗟爾靑與紫

---

81 이름을……인끈이여 : 마지막 네 구절은 뜻이 분명치 않으나, 대체로 당세를 풍자한 뜻이 있는 듯하다. 동한 시절은 명절(名節) 있는 선비가 많은 것으로 평가된다. 예컨대 구양수(歐陽脩)는 〈학교에 대해 의논하는 장〔議學狀〕〉에서 "옛날 동한 때의 습속은 명예와 절개를 숭상했으되 당고(黨錮)의 화가 온 천하에 미쳤으니, 그 시초는 처사들이 제멋대로 의론을 펼쳐 서로 헐뜯은 데서 일어났습니다.〔昔東漢之俗, 尙名節, 而黨人之禍, 及天下, 其始起於處士之橫議而相訾也.〕"라고 하였고, 나종언(羅從彦)은 "동한이 쇠퇴했을 때 처사, 유인(逸人), 명예와 절개가 있는 선비로 당대에 알려진 자가 많았으나 그 행동한 곳을 살펴서 옛 성현의 도로써 따져본다면 털끝만큼도 비슷한 구석이 없음은 어째서인가? 이들이 도에 대해 애당초 들은 것이 없었기 때문이다.〔東漢

제11수 其十一

차가운 비에 하늘은 어둡고	寒雨暗天象
창가 휘장에 운무는 짙어라	牕帷雲霧深
인간 세상 누가 잠들지 못하나	人寰誰不睡

之衰, 處士逸人與夫名節之士, 有聞當世者多矣, 觀其作處, 責以古聖賢之道, 則略無毫髮髣髴相似, 何也? 以彼於道, 初無所聞故也.〕라고 하였다. 이외에도 사마광(司馬光)이나 주희(朱熹) 역시 명절 있는 선비가 있었음은 인정하면서 그들이 이치에 투철하지 못한 것에 대해 비판적으로 보았다. 삼연이 '호명(好名)'이라고 표현한 것 역시 동한의 명절을 칭찬한다기보다 겉으로 보이는 이름에 구애되어 화를 당하는 행태를 비판적으로 말한 것이 아닌가 한다. 이는 당시 조선 사대부 사회의 당쟁과도 연관 지어 생각해 볼 수 있다. 《文忠集 卷112》《心經附註 聖可學章》

오계는 당(唐)나라의 멸망에서부터 송(宋)나라의 건국 사이에 후량(後梁)·후당(後唐)·후진(後晉)·후한(後漢)·후주(後周) 등의 다섯 왕조가 명멸한 시기이다. 이 시기는 절조가 땅에 떨어지고 배반과 살육이 벌어졌던 극도의 혼란한 시기이다. 이때 실제에 힘써야 한다는 것은 아마도 그러한 시대에 더욱 자신의 절조를 굳게 지켜야 한다는 뜻으로 보인다. 가령 《신오대사(新五代史)》를 지은 구양수는 오대 시절의 어지러움을 크게 탄식하면서 그러한 때에 더욱 절조가 돋보인다는 의론을 펼쳤다. 《신오대사》〈사절전(死節傳)〉에서는 "세상이 혼란해지면 충신을 알 수 있다는 말이 있으니, 참으로 옳은 말이다. 오대 시절에 사람이 없었다고 할 수 없으니, 내가 절조를 온전히 한 선비 세 사람을 얻어 〈사절전〉을 짓는다.〔語曰, 世亂識忠臣, 誠哉, 五代之際, 不可以爲無人, 吾得全節之士三人焉, 作死節傳.〕"라고 하였고, 〈사사전(死事傳)〉에서는 "오호라! 심하도다. 개평(開平)으로부터 현덕(顯德)에 이르기까지 총 53년 동안 천하에 다섯 왕조가 들어섰으니, 선비로 불행히 그 시대에 태어나 절조를 온전히 하고자 하면서 두 마음을 품지 않은 자는 진실로 드물었다.……그러므로 내가 국사(國事)를 위해 죽은 신하들에 대해 취하는 점이 있는 것이다.〔嗚呼甚哉. 自開平, 訖于顯德, 終始五十三年, 而天下五代, 士之不幸而生其時, 欲全其節而不二者固鮮矣.……故吾於死事之臣, 有所取焉.〕"라고 하였다. 《新五代史 卷32·33》

푸른 빛깔 인끈과 자주 빛깔 인끈은 고관대작을 상징한다. 한(漢)나라 때 공후(公侯)는 자주색 인끈을 차고 구경(九卿)은 푸른색 인끈을 찼던 데서 유래하였다.

두둑에 달이 막 지도다	阡陌月方沉
하 많은 말 하소연할 데 없으니	繁辭無與訴
깊고 그윽이 혼자 읊조려보네	沉嘯以幽吟
근심으로 찌든 지금의 몸이요	黯黯見在身
실의에 빠졌던 지난날 마음이로다	忽忽過去心
닭 울음 들리니 어디로 갈거나	雞鳴何所之
이 한을 끌어안고 구름 낀 숲 가야지	擁恨惟雲林

제12수 其十二

성인은 말하고 침묵하기를 삼가서 하셨으니	聖人難語默
이로움과 해로움은 모두 내가 여는 것이라네	利弊皆我啓
진나라의 불에 이미 기운 꺾였고	秦火旣短氣
왕망(王莽)의 경전은 눈물 자아낼 만했어라[82]	莽經可釀涕
황극을 중으로 설명한 것은	皇極演中字
천년 뒤까지도 화를 끼쳤도다[83]	貽禍千載底

---

82 진(秦)나라의……만했어라 : 진나라의 불이란 진시황(秦始皇)의 분서갱유(焚書坑儒)로 경전들이 많이 훼손되고 본모습을 잃어버린 것을 가리킨다. 왕망의 경전이란 한나라의 황위를 찬탈하여 신(新)나라를 세웠던 왕망에게 아부하기 위해 유흠(劉歆) 등이 고문경전(古文經典)인《주례(周禮)》를 개찬하여 이를 왕망의 정치도구로 사용하게 했던 일을 가리킨다.《漢書 卷99 王莽傳上》

83 황극(皇極)을……끼쳤도다 :《서경》〈주서(周書) 홍범(洪範)〉의 '황극'의 '극(極)'을 한나라 때 공안국(孔安國)은 '중(中)'의 뜻으로 보았다. 그러나 주희(朱熹)는 '극'을 '북극(北極)'의 '극'과 같은 뜻으로 보고 표준의 의미로 새겼다. 주희는 한유(漢儒)들이 '중'의 뜻으로 새긴 것을 아무런 의리(義理)가 없다고 비판하였다.《尙書注疏 卷11》《朱子語類 卷79》삼연 또한 본집 권18〈송백순에게 답하는 편지의 별지[答宋伯純別

난수[84]한 자와 흉악하고 교활한 자들	暖姝與凶獪
형제인 것마냥 서로 사모하였도다	變如實昆弟
상자를 열어 반드시 인의를 훔치고	胠篋必仁義
쇠망치로 칠 때도 시와 예를 읊네[85]	金椎亦詩禮
참과 거짓은 사람의 마음에 있나니	眞僞自人情
예와 지금이 호탕하게 한가지로다[86]	古今浩一體

제13수 其十三

곤륜산에 맹렬한 화염 치솟거늘	崑山有烈焰

紙]〉에서 주희가 한유를 비판한 사실을 인용하여 "한 글자를 분명하게 밝히지 못하여 그 화가 끝도 없이 미쳤다.〔一字不明, 禍及無窮.〕"라고 하였다.

84 난수(暖姝) : 《장자(莊子)》〈서무귀(徐无鬼)〉에 "이른바 난수한 자는 어떤 한 선생의 학설을 배우게 되면 곧 부드럽고 요상스럽게 스스로 말을 지어내어 자기만족에 빠지는 것이다.〔所謂暖姝者, 學一先生之言, 則暖暖姝姝而私自說也, 自以爲足矣.〕"라고 하였다.

85 상자를……읊네 : 인의를 세운다는 명분으로 오히려 인의를 망치고 불의한 짓을 하면서 오히려 시와 예를 들먹인다는 말이다. 《장자》〈거협(胠篋)〉에 "저 혁대 고리를 훔친 자는 죽임을 당하지만 나라를 훔친 자는 제후가 된다. 제후들의 문에는 인의를 표방하고 있으니 그렇다면 인의와 성인과 지혜까지 훔친 것이 아니겠는가.〔彼竊鉤者 誅, 竊國者爲諸侯, 諸侯之門, 而仁義存焉, 則是非竊仁義聖知邪?〕"라고 하였다. 또 〈외물(外物)〉에는 유자(儒者)들이 남의 무덤을 도굴하면서 쇠망치로 유골의 턱을 쳐서 입안의 구슬을 빼내는 장면이 나오는데, 이때 유자들은 시례를 행위의 기준으로 삼아 도굴하면서 작업 진척 상황을 《시경》의 구절로 표현한다.

86 예와……한가지로다 : 두보(杜甫)의 〈적명부 박제에게 부치다〔寄狄明府博濟〕〉에 "호탕고금동일체(浩蕩古今同一體)"를 《두시언해(杜詩諺解)》에서 "호탕(浩蕩)히 녜와 이제왜 혼가디로 체(體)ㅣ 굳도다."라고 푼 것에 근거해 번역한 것이다.

구림이 바람 앞에 있도다[87]   球琳在風前

노나라 교외에 살기 있으니   魯郊有殺氣

기린이여 백수 중에 가장 먼저 화 입었도다[88] 麟兮百獸先

강하의 근원이 마르지 않겠는가   河源得無涸

수사의 물결이 텅 비누나[89]   洙泗空潺湲

옛날 백륙회[90]가 닥치면   古之百六會

---

87 곤륜산에……있도다 : 환란이 닥쳐 현인(賢人)들이 위태로움을 말한 것이다. 《서경》〈하서(夏書) 윤정(胤征)〉에 "불이 곤륜산에 치솟으면 옥과 돌이 모두 불탄다.〔火炎崑岡, 玉石俱焚.〕"라고 하였다. 구림은 미옥(美玉)의 명칭으로 인재를 상징하는 말이다. 이는 당시 갑술환국(甲戌換局)이 있기 전에 남인들이 서인들을 일망타진하기 위해 핍박하던 상황을 말한 것인 듯하다.

88 노나라……입었도다 : 이 역시 환란을 만나 현인이 죽은 것을 탄식한 말이다. 춘추시대 노 애공(魯哀公) 14년에 애공이 서쪽으로 사냥을 나가서 기린을 잡았는데, 공자는 상서로운 동물인 기린이 때를 잘못 나와 잡혀 죽은 것을 보고 상심하여 《춘추(春秋)》를 거기에서 끝맺었다.

89 강하의……비누나 : 현인이 화를 당해 죽어 사문(斯文)의 명맥이 끊어지게 생겼다는 말이다. 강하의 근원이 마른다는 표현은 훌륭한 사람이 죽었을 때 제문에 더러 보인다. 예컨대 김창협(金昌協)이 지은 기사환국으로 죽은 송시열(宋時烈)을 위해 지은 제문에 "아, 산악이 무너지면 대지에 우러러볼 것이 없고 강하가 마르면 만물을 적셔주는 것이 없으며……제가 선생께서 돌아가신 때를 살펴보니 이 몇 가지와 참으로 비슷함을 알겠습니다.〔嗚呼, 山嶽頹而大地靡所瞻仰, 江河涸而萬物無與霑被,……蓋吾觀於先生之亡, 而知數者之一何相類也.〕"라고 하였다. 《農巖集 卷29 祭尤齋先生文》 수사는 산동성(山東省) 곡부(曲阜)를 지나는 두 개의 강인 수수(洙水)와 사수(泗水)이다. 공자가 이곳에서 제자들과 강학하였다.

90 백륙회(百六會) : 재앙을 뜻한다. 4500년인 1원(元) 중에 다섯 번의 양액(陽厄)과 네 번의 음액(陰厄)이 찾아오는데, 양액이 106년마다 있게 되므로 백륙회(百六會)라 하였다. 《漢書 律歷志上》

일어나 그 재앙 받는 이 바로 충신과 현인이었어라 　　　興受乃忠賢

간들간들 푸른 빛깔 자주 빛깔[91] 인끈 찬 그대 　　　便娟靑紫子

농단하는 계책이 빈 틈 없구나 　　　龍斷計百全

눈물 줄줄 흘리며 토원[92]을 노래하노니 　　　泫然歌兔爰

왕자(王者)의 풍화(風化)는 날로 쇠퇴하도다 　　　王風日蕭然

제14수 其十四

지주가 천 길이나 우뚝 솟았으니 　　　砥柱屹千仞

세찬 황하수도 뒤집혀 도누나[93] 　　　猛河爲倒回

봉황이 그곳에서 빙빙 날더니 　　　鳳凰翔其間

훌쩍 떠나가서 언제나 돌아오려나[94] 　　　一逝曷云來

인의의 도는 바야흐로 쇠하고 　　　仁義道方消

---

91 푸른……빛깔 : 456쪽 주81 참조.

92 토원(兔爰) :《시경》〈왕풍(王風) 토원〉이다. 이 시는 온갖 재앙에 걸려 괴로움을 당하느니 차라리 죽어서 다시 일어나지 않았으면 좋겠다는 심경을 토로한 시이다. 그 시에 "내가 태어난 초기에는 아직 아무 일도 없었는데, 내가 태어난 뒤로 이렇게 온갖 재앙을 당하게 되니, 행여 잠들어 일어나지 않았으면 싶다.〔我生之初, 尙無爲, 我生之後, 逢此百罹, 尙寐無吪.〕"라고 하였다.

93 지주(砥柱)가……도누나 : 지주는 중국 하남성(河南省) 삼문협(三門峽)에 있는 산 이름으로, 황하 가운데에 서 있다. 황하의 물결이 아무리 거세도 이 산을 무너뜨리지 못하고 산에 부딪혀 갈라져서 두 갈래로 나뉘어 돌아 흐른다.《文選 卷19 高唐賦》난세에 군게 지조를 지키는 선비를 비유하는 말이다.

94 봉황이……돌아오려나 : 봉황이 지주산의 계곡물을 마신다는 말이《회남자(淮南子)》〈현명훈(賢冥訓)〉에 보인다. 이 역시 조정에서 현인군자들이 떠나가서 돌아오지 않는다는 말이다.

권세와 이익 좇는 풍조만 날로 치성하네	勢利日崔嵬
고기 먹는 이들을 내 어찌 나무라랴⁹⁵	肉食余何誅
무성한 새밭쑥⁹⁶이 초야에 버려져 있도다	菁莪塗草萊
사유⁹⁷가 지금 어떠한고	四維今如何
관씨는 그릇이 작도다⁹⁸	管氏其小哉

제15수 其十五

| 오동이 파릇하게 무성하니 | 梧桐綠萋萋 |
| 아름다워라 아침 햇살 빛나는 산 동쪽이로다⁹⁹ | 美哉朝陽暉 |

---

95 고기……나무라랴 : 고기 먹는 이들은 벼슬아치를 뜻한다. 제(齊)나라가 노나라를 침공하자 노 장공(魯莊公)이 맞서 싸우려 했는데 조귀(曹劌)가 알현을 청하였다. 마을 사람이 조귀에게 "고기를 먹는 자들이 잘 알아서 할 텐데, 또 무엇 때문에 끼어드는가." 라고 하니, 조귀는 "고기를 먹는 높은 분들은 식견이 낮아 원대한 계획을 세우지 못한 다."라고 대답하였다. 《春秋左氏傳 莊公10年》'어찌 나무라랴'라는 표현은 나무랄 것이 없다는 말이 아니라 나무랄 가치도 없이 엉망이라는 뜻이다. 공자가 낮잠을 자며 학업에 태만한 제자 재여(宰予)에게 "재여에 대해 어찌 나무랄 것이나 있겠느냐.〔於予與何誅〕" 라고 한 표현을 그대로 쓴 것이다. 《論語 公冶長》

96 무성한 새밭쑥 : 인재를 비유하는 말이다. 《詩經 小雅 菁菁者莪》

97 사유(四維) : 나라를 지탱하는 네 가지 기틀인 예의염치(禮義廉恥)를 가리킨다. 이것이 무너지면 나라가 위태롭고 멸망에 이른다고 하였다. 《管子 卷1 牧民》

98 관씨(管氏)는 그릇이 작다 : 관씨는 춘추시대 제(齊)나라의 집정대신인 관중(管 仲)이다. 《논어》〈팔일(八佾)〉에서 공자가 관중의 그릇이 작다고 비판한 일이 있다. 곧 삼연 당시의 집정자의 기국이 작아 나라가 제대로 다스려지지 못하고 있음을 비판한 것이다.

99 오동이……동쪽이로다 : 훌륭한 신하가 등용되어 조정이 태평한 모습을 비유한 것이다. 《시경》〈대아(大雅) 권아(卷阿)〉에 "봉황이 우니 저 높은 뫼에서 울도다. 오동 이 자라니 저 아침해가 뜨는 동산에서 자라도다.〔鳳凰鳴矣, 于彼高岡, 梧桐生兮, 于彼

된서리에 갑작스레 오동잎 누렇게 떨어지니 　　　　　嚴霜驟黃隕

뭇 꽃들과 똑같이 시드는구나 　　　　　　　　　　一與衆卉腓

올빼미가 번갈아 와서 시끄러이 울어대니 　　　　鴟鴞迭來噪

어찌 알았으리 봉황 머물던 가지에 　　　　　　　焉知鳳凰枝

밤낮으로 썩은 쥐 가지고 　　　　　　　　　　　夜蚤與腐鼠

찍찍거리며 바야흐로 때를 얻을 줄¹⁰⁰ 　　　　　啾唧方得時

시름겨워라 내 무엇을 한탄할고 　　　　　　　　怛怛我何恨

잎 하나가 은미한 조짐 드러내도다¹⁰¹ 　　　　　一葉乃表微

제16수 其十六

천지에 세차게 부는 바람에 　　　　　　　　　　天地喟然風

송백¹⁰²의 위태로움이 경각에 달렸네 　　　　　松栢在須臾

용이 엎어지듯 하고 벼랑과 계곡 쩍쩍 갈라지니¹⁰³ 　龍顚崖谷裂

朝陽.〕"라고 하였다.

100　올빼미가……줄 : 소인배가 때를 얻어 득세함을 비유한 말이다. 《장자》〈추수(秋
水)〉에 남방에 봉(鳳)의 일종인 원추(鶢鶵)란 새는 오동나무가 아니면 앉지 않고 대나
무 열매가 아니면 먹지 않고 단물이 나는 샘이 아니면 마시지 않는데 늙은 올빼미가
썩은 쥐를 물고서 원추가 지나가자 자신의 썩은 쥐를 뺏으려는 줄 알고 화를 내어 빽
하고 소리를 질렀다는 우화가 있다.

101　잎……드러내도다 : 온갖 초목이 시드는 가을 기운이 닥쳐오면 오동잎이 떨어지
면서 그 조짐을 보이듯이 세상의 운수가 쇠퇴할 때가 되어 소인배가 득세하고 군자가
곤액을 겪는다는 뜻이다. 옛말에 "오동잎 하나가 떨어지면, 천하 사람들이 다 가을임을
안다.〔梧桐一葉落, 天下盡知秋.〕"라고 하였다. 《廣群芳譜 木譜六 桐》

102　송백(松栢) : 모든 초목이 시드는 겨울에도 가장 늦게 시드는 수목으로 보통 지조
있는 군자를 비유한다. 여기서는 당시 조정의 현인군자를 비유한 것이다.

돌 틈에 핀 난초도 시들어 쳐졌구나 　　石蘭下萎枯

초목도 천지의 기운에 반응하건만 　　草木有相關

이내 몸은 둔하고 어리석은지라 　　人生頑且愚

아이 때는 효경을 읽고 　　兒時讀孝經

장성해서는 공자와 주공(周公)을 입에 담았더니 　　壯大談孔周

바닷가에서 여섯 해를 울음 삼키며[104] 　　滄溟六年咽

쌀밥 먹어 내 얼굴 살이 쪘어라[105] 　　食稻我顔腴

걸어 나가 서문에 올라 　　步出上西門

멀리 진여휴를 바라보노니[106] 　　遙望秦女休

---

103 용이……갈라지니 : 혼란하고 위태로운 세상을 비유한 말이다. 두보(杜甫)의
〈남나무가 비바람에 뽑힌 것을 탄식하다〔枏樹爲風雨所拔歎〕〉시에 "범 쓰러지고 용
엎어지듯 잡목 사이에 누웠으니, 피눈물이 흘러 가슴을 적시네.〔虎倒龍顚委榛棘, 淚痕
血點垂胸臆.〕"라고 하였다. 《集千家註杜工部詩集 卷12》《古文眞寶前集》또 유종원(柳
宗元)은 찬 기운이 매섭고 험한 북방의 지형을 "벼랑이며 계곡은 쩍쩍 갈라졌고 초목은
키가 작고 움츠리며 새와 짐승은 허공을 낮게 난다.〔崖圻谷裂, 草木短縮, 鳥獸墜匿.〕"
라고 하였다. 《柳河東集 卷15 晉問》

104 바닷가에서……삼키며 : 여섯 해는 부친 김수항(金壽恒)이 사사(賜死)된 1689년
(숙종15) 이후로 이 시를 지은 1694년(숙종20) 사이를 가리킨다. 이 기간 동안 삼연은
여러 곳을 전전하였는데 그중 설악산에서도 은거한 적이 있으므로 바닷가라고 말한
것이다.

105 쌀밥……쪘어라 : 부친을 비명에 보내고도 마음 편하게 호의호식한 것을 자책하
는 말이다. 쌀밥을 먹는다는 것은 상중에 편안한 마음으로 지낸다는 뜻이다. 공자의
제자 재아(宰我)가 삼년상은 너무 길다고 반론을 제기하자 공자가 부모의 상중에 호의
호식해서는 안 된다는 뜻으로 "쌀밥을 먹고 비단옷을 입는 것이 너는 편안하냐.〔食夫稻,
衣夫錦, 於女安乎?〕"라고 묻자 재아가 편안하다고 대답하였다. 《論語 陽貨》

106 걸어……바라보노니 : 진여휴는 나이 열다섯에 집안의 원수를 갚기 위해 칼을
들고 원수의 집으로 달려가 원수를 갚은 여인이다. 서문은 진여휴가 살던 곳이다. 위

참으로 옛사람 말처럼   眞如古人說
다섯 아들이 모퉁이를 채우지 못하도다[107]   五子不盈隅

제17수 其十七

크나큰 하늘의 운행 아득하여 끝없거니와   大運坱無垠
사물 중에 어느 것이 장구할 수 있으랴   爲物誰能壽
사람 사는 것 참으로 물거품 허깨비 같되   人生信泡幻
때에 따라 슬픔과 즐거움 있어라   哀樂亦時有
재앙과 고통으로 가득한 세상이   荒天與苦海
어이하여 내 태어난 후 펼쳐졌는고   如何我生後
복희 신농(神農)의 세월 한가롭고   羲農日月閒

(魏)나라 좌연년(左延年)이 이를 주제로 〈진여휴행(秦女休行)〉이라는 악부가사(樂府
歌辭)를 지었으며, 이백(李白) 또한 같은 제목으로 악부시를 지었다.《樂府詩集 卷61》
107 다섯……못하도다 : 옛날 제 경공(齊景公)이 어느 날 밤 서쪽에서 들려오는 몹시
도 슬픈 남자의 울음소리를 들었는데, 그것은 바로 분성괄(盆成适)의 울음소리였다.
분성괄은 모친상을 당해 모친을 부친과 합장하고자 하였는데, 부친의 묘는 경공이 완성
한 누대의 아래에 있었으므로 합장하지 못하고서 울고 있었던 것이다. 경공의 명을
받아 분성괄에게 그 연유를 물으러 왔던 안영(晏嬰)이 이 사실을 경공에게 전하자 경공
은 화를 내며 그 청을 들어주려 하지 않았다. 그러나 분성괄이 예법과 효를 높인 옛
임금들 밑에서 임금을 위해 충성하는 백성과 신하가 나왔음을 들어 설명하고 안영 역시
경공을 설득하자 마침내 경공이 분성괄의 청을 들어주고 분성괄을 맞이하고는 "아들이
다섯이라도 집 모퉁이 하나 채우지 못하는데, 한 명의 아들이 조정을 채운다는 말이
있는데, 바로 그대와 같은 사람을 두고 한 말이 아닌가.〔吾聞之, 五子不滿隅, 一子可滿
朝. 非迺子耶?〕"라고 하였다.《晏子春秋 外篇》또한 다섯 아들이라 한 것은 의미가
있다. 삼연의 형제는 삼연을 포함해 모두 여섯 사람인데 김수항이 죽었을 당시 막내
김창립(金昌立)은 이미 요절하고 없었고 다섯 아들이 생존해 있었다.

순(舜) 임금 우(禹) 임금의 풍류 두텁도다[108]	姚姒風流厚
깊숙이 은거해 홍몽[109]을 느끼노니	冥棲感鴻濛
흰구름 절로 유구하여라	白雲自悠久

제18수 其十八

건원에 성명을 바루니[110]	乾元正性命
그 순수함이 어떠한가	純粹其如何
쉬파리는 날개 펼치고	蒼蠅傅其羽
맹호는 이빨 날카로우니	猛虎利其牙
다섯 용이 기세를 떨치는 형세이나	夭矯五龍勢
여윈 돼지는 한 마리라도 많도다[111]	羸豕一爲多

---

108 복희(伏羲)……두텁도다 : 복희, 신농, 순 임금, 우 임금은 모두 상고 시절의 성군(聖君)들이다. 이 구절은 삼연이 어지러운 세상을 떠나 초야에 은거하여 마치 상고 시절의 순박하고 일없는 시절과 같은 정취를 느끼고 있다는 말이다.

109 홍몽(鴻濛) : 《회남자(淮南子)》와 《노자(老子)》 등에 보이는 말로, 우주가 형성되기 이전의 태초의 꾸밈없는 혼돈(混沌)의 상태를 뜻한다.

110 건원(乾元)에 성명(性命)을 바루니 : 건원은 완전하고 바른 하늘의 도이다. 사물이 하늘로부터 성명을 부여받아 스스로를 온전히 함을 말한 것이다. 《주역》〈건괘(乾卦) 단사(彖辭)〉에 "위대하다 건원이여, 만물이 여기에 의뢰하여 시작하니, 이에 천덕(天德)을 통합하였도다.〔大哉乾元, 萬物資始, 乃統天.〕"라고 하였고, 〈건괘 단전(彖傳)〉에 "건도가 변하여 화함에 각기 성명을 바루어 대화를 보합하나니, 이에 정함이 이롭다.〔乾道變化, 各正性命, 保合大和, 乃利貞.〕"라고 하였다.

111 쉬파리는……많도다 : 쉬파리, 맹호, 돼지는 모두 군자를 해치려는 소인을 비유한 것이고, 다섯 용은 군자를 비유한 것이다. 《주역》〈구괘(姤卦 ䷫)〉는 다섯의 양효(陽爻)에 하나의 음효(陰爻)로 이루어진 괘인데, 초육(初六)의 효사(爻辭)에 "여윈 돼지가 날뛰고 싶은 마음이 간절하다.〔羸豕孚蹢躅〕"라고 하였다. 이는 악한 소인배는

궁박한 사람이 어찌 원망 없을쏜가	窮人能無怨
천도가 마침내 이처럼 어그러졌어라	天道乃爾差
올빼미 울고 달빛도 사라져 캄캄하니	鵶鳴月且黑
승냥이와 범이 울부짖지 않겠는가	豺虎非咄嗟
주공은 명에 편안히 잘 대처하였거니와	周公善安命
동산의 슬픔은 너무 지나쳤도다112	東山悲太過

제19수 其十九

세상에 제갈량이 없으니	世無諸葛亮
한나라와 역적을 누가 분별해 알까	誰知漢與賊
아아 순욱과 화흠(華歆)의 무리는	嗟嗟荀華徒

비록 그 세력이 약해도 항상 군자를 해치려는 마음을 품고 있다는 뜻이다. 다섯 용은 다섯 양효이고, 돼지는 한 음효이다.

112 주공(周公)은⋯⋯지나쳤도다 : 주(周)나라 무왕(武王)이 죽고 성왕(成王)이 어린 나이로 왕위에 오르자 무왕의 동생인 주공이 섭정하여 보좌하였다. 이때 주공의 동생인 관숙(管叔)과 채숙(蔡叔)은 은(殷)나라 주왕(紂王)의 아들인 무경(武庚)을 감독하고 있었는데 이들이 함께 모의하여 반란을 일으키고, '주공이 어린 왕에게 이롭지 못할 것'이라는 소문을 퍼뜨리자 성왕이 주공을 의심하였다. 그러자 주공은 동도(東都)로 물러나 은거하였으며, 관숙과 채숙의 반란을 평정한 뒤에도 성왕이 주공의 뜻을 알지 못하자, 무경을 올빼미에 빗댄 〈치효(鴟鴞)〉 시를 지어 성왕을 깨우쳐 마침내 성왕이 주공을 다시 맞이하였다. 또 반란을 평정하고 돌아오면서 〈동산(東山)〉 시를 지어 장병들의 노고를 위로하였는데 그 시에 "내가 동쪽에서 돌아올 때에 내 마음이 서쪽을 향해 슬펐노라.〔我東日歸, 我心西悲.〕"라고 하였다. 이 구절은 주공이 자신에게 닥친 명에 편안히 잘 대처하였으나 굳이 슬퍼할 필요까지는 없다고 말함으로써 삼연 자신도 지금 자신이 처한 불우한 상황을 잘 받아들이고 슬퍼할 것이 없다는 뜻을 드러낸 것이다. 《詩經 豳風 鴟鴞·東山》

잘하는 일이라는 게 벽을 깨부수는 것이었네[113]	能事在破壁
충의는 내가 편안히 여기는 것이요	忠義我所安
성패는 너희가 좋아하는 것이라	成敗爾得得
천년 뒤 깊은 산중에서	千秋深山中
남기신 표문이 생생하여라[114]	遺表有生色
마을 아이 오경에 표문을 외니	村童五更誦
등불 밝히고 내 곁에 있네	燈火在我側
한 번 듣고 재삼 탄식하니	一聽再三嘆
흐르는 눈물이 가슴을 적시도다	浪浪淚沾臆
바람은 서글피 여울로 불어들고	風悲入灘瀨
눈은 어둑히 소나무 상수리에 이어지네	雪暗連松櫪
이 마음 갈수록 쓸쓸해지니	此意轉蕭瑟
책 덮고서 고요히 있어 보노라	掩卷且使寂
길이 화음의 사당[115]을 바라보노니	永望華陰祠

---

113 순욱(荀彧)과……것이었네 : 순욱과 화흠은 모두 처음 후한(後漢)에 벼슬하였으나 조조(曹操)에게 붙어 상서령(尙書令)에까지 올랐으며 조조가 천하를 잠식하는 데 책사 역할을 하였다. 벽을 깨부순다는 것은 '파벽비거(破壁飛去)', 즉 평범하고 미천한 사람이 갑자기 출세한다는 뜻이다. 남조(南朝) 양(梁)나라의 화가인 장승요(張僧繇)가 금릉(金陵)에 있는 안락사(安樂寺)의 벽에 눈동자가 없는 용 네 마리를 그리고는 눈동자를 그리면 날아가 버릴 것이라고 하였는데, 사람들이 믿지 않자 마침내 눈동자를 그렸더니, 천둥과 번개가 치면서 용들이 벽을 부수고 하늘로 날아가 버렸다는 고사에서 유래하였다. 《歷代畫史彙傳 24》

114 천년……생생하여라 : 삼연이 산중에서 제갈량의 충의의 뜻이 담긴 〈출사표(出師表)〉를 본다는 말이다.

115 화음의 사당 : 화음은 삼연의 숙부 김수증(金壽增)이 은거한 화악산 화음동을

| 못 깊이 잠긴 용 잠잠하도다 | 淵龍更幽默 |

제20수 其二十

하얀 햇살이 저녁나절 하늘에 마지막 기운 펼치니	白日晚回光
밝은 달이 구름 사이에서 나오는구나	明月出雲間
큰 바다에 둥근 광채 일렁이니	滄溟蕩圓暉
어룡이 파도 속에서 춤을 추도다	魚龍舞波瀾
사물이 크면 볼 만한 것 있나니	物大有可觀
천지에 다시 단서가 시작되었네[116]	玄黃更造端
어이 알았으랴 서남풍[117] 불어와	焉知西南風
사악한 요기(妖氣)가 침노할 줄을	邪沴來相干
흰 무지개가 달의 궤도를 침범하니	陰虹侵白道
달 두꺼비와 토끼가 어이 편안하리오	蟾兔爲誰安
오질[118]은 홀로 잠들지 못하여	吳質獨不寐
도끼 끌어안고 장탄식만 더하는구나	抱斧增長嘆

말한다. 김수증은 이곳에 유지당(有知堂)을 짓고 제갈량과 김시습의 초상을 모셨다.
《農巖集 卷24 有知堂記》

116 천지에……시작되었네 : 해가 지고 달이 떠서 밤 풍광이 새로이 펼쳐진다는 말이다.

117 서남풍 : 서남풍은 양풍(涼風)이라고도 하며, 음기가 생겨나기 시작하는 바람이다. 《淮南子 墜形訓》

118 오질(吳質) : 오질은 전설상의 신선 오강(吳剛)으로, 질(質)은 그의 자이다. 오강이 신선술을 배우다가 잘못을 저질러 달 속으로 귀양 가서 항상 도끼로 계수나무만 찍는다는 전설이 있다. 《酉陽雜俎 卷1 天咫》당(唐)나라 이하(李賀)의 《창곡집(昌谷集)》권1 〈이빙공후인(李凭箜篌引)〉에, "오질은 잠 안 자고 계수나무에 기대 있네.〔吳質不眠倚桂樹.〕"라고 하였다.

제21수 其二十一

세찬 바람이 남쪽에서 불어오니	盲風自南來
온갖 물상이 근심스런 안개 속에 잠겨 있구나	萬象閉愁煙
높은 곳에 올라 난초 못 바라보니	登高望蘭澤
아득하게 전부 다 띠밭이 되었어라[119]	莽莽盡茅田
어찌 제대로 살필 수 없으랴만[120]	覽察豈未得
시운이 그렇게 만든 것이로다	時運有使然
수레 돌려 골짝 안으로 들어가니	廻車入中谷
좋지 못한 나무가 천년을 장수하누나	惡木壽千年
울어본들 초나라 늙은이에 어이 미치랴	楚老泣何及
봉가 부르며 부질없이 하늘을 원망하노라[121]	鳳歌空怨天

---

119 높은……되었어라 : 세상이 혼란하여 난초 같은 군자들은 다 사라지고 띠풀 같은 소인배들로 가득찼다는 말이다. 굴원(屈原)의 〈이소경(離騷經)〉에 "난초와 지초는 변하여 향기를 잃고 전초와 혜초는 변하여 띠풀이 되었네.〔蘭芷變而不芳兮, 荃蕙化爲茅.〕"라고 하였다. 《楚辭集注 卷1 離騷經》

120 어찌……없으랴만 : 군자와 소인을 어찌 구별할 수 없겠느냐는 말이다. 굴원의 〈이소경〉에 "초목을 살피는 것도 오히려 제대로 하지 못하거늘 어찌 아름다운 옥을 분별해내랴.〔覽察草木其猶未得兮, 豈珵美之能當?〕"라고 하였다. 《楚辭集注 卷1 離騷經》

121 울어본들……원망하노라 : 초나라 늙은이는 굴원을 가리킨다. 봉가는 《논어》 〈미자(微子)〉에 초나라 광인(狂人) 접여(接輿)가 공자를 향해 "봉이여, 봉이여. 어찌 그리 덕이 쇠했느냐. 지나간 일은 탓할 수 없거니와 앞으로의 일은 고칠 수 있으니, 그만둘지어다. 그만둘지어다. 지금 정사에 종사하는 이들은 위태로우니라.〔鳳兮鳳兮, 何德之衰? 往者不可諫, 來者猶可追, 已而已而. 今之從政者殆而.〕"라고 한 것을 가리킨다. 삼연 자신은 굴원 같은 사람과 그 처신에 미칠 수 없고, 물러나 초야에 은거하며 초나라의 광인인 접여처럼 살면서 하늘을 원망한다는 말이다.

제22수 其二十二

정직은 본디 사람의 성품이요	正直自人性
천명은 일찍부터 정해진 것이라	天命定乎早
세상의 운수 쇠퇴하니	世運所淪胥
뉘라서 엎어짐을 면할 수 있으랴	誰能免顚倒
하늘이 저울질함이 없는 듯하니[122]	命物若無權
인심이 바야흐로 소란스럽도다	人心方浩浩
아교를 탁한 황하(黃河)에 던졌으되	投膠濁河中
황하는 맑히지 못하고 머리털 먼저 쇠었네[123]	未清髮先皓
바람 부는 바다 드넓어 끝없는 중에	風海蕩未央
놀란 물고기가 구차히 스스로 연명하도다	驚鱗苟自保

제23수 其二十三

평소 타던 녹기금[124]을	平生綠綺琴
아버님 돌아가신 뒤로 버려두었네	蓼莪廢七絃
용문산 북쪽으로 돌아와 보니	歸來龍門北

---

122 하늘이……듯하니 : 하늘이 혼란한 세상의 균형을 맞추는 일을 하지 않는 듯하다는 말이다.

123 아교를……쇠었네 : 아교를 흐린 물에 넣으면 맑아지는데 소량의 아교로는 황하의 탁류에 던져넣어도 황하를 맑게 할 수 없다는 말이 《포박자(抱朴子)》〈가둔(嘉遯)〉에 보인다. 곧 자신의 미미한 힘으로는 혼란한 세상을 바로잡을 수 없다는 말이다.

124 녹기금(綠綺琴) : 품질이 좋은 거문고이다. 한(漢)나라 때 사마상여(司馬相如)가 〈옥여의부(玉如意賦)〉를 지어 양왕(梁王)에게 바치자 양왕이 기뻐하며 사마상여에게 녹기금이라는 거문고를 주었다고 한다. 《廣博物志 卷34》

산과 강이 절로 서로 이어졌어라	山水自相連
푸르게 무성한 계수나무숲 그윽하고	蔥蒨叢桂幽
청량한 솔바람이 앞에 불도다	瀏亮松風前
번민과 원통은 쓰린 곡조 되어	煩冤成苦調
입과 귀 곁에서 명멸하누나	生滅口耳邊
인간 세상 이러한 곡조 없나니	人間無此曲
해 저물 제 뉘에게 전하여 줄고	日暮誰爲傳
멍하게 때때로 여기저기 눈길 놀리니	嗒然時遊目
기러기가 쓸쓸히 하늘을 날아간다	蕭蕭鴈流天
내 마음 알아줄 지음 세상에 없나니	知音已矣哉
상수[125]는 저 멀리서 잔잔히 흐르네	湘水遠潺湲

제24수 其二十四

소싯적에 단약(丹藥) 먹기 좋아해	少時喜服餌
마침내 신선의 도를 구하였도다	遂求神僊道
단서[126] 펼치고 흰 달빛 속에 읊노라니	丹書吟素月
야기가 깨끗하고 맑아져갔네	夜氣來鮮灝
날아서 봉래산을 거니니	飛步蓬萊山
동황[127]께서 내 이름을 일찍부터 아신다네	東皇識名早
잔잔한 순풍에 몸을 맡기지 못하고	未託泠風便

---

125 상수(湘水) : 초나라 굴원이 조정에서 쫓겨나 있다가 투신자살한 곳이다.

126 단서(丹書) : 신선과 관련된 도가 계통의 서적을 지칭하는 말이다.

127 동황(東皇) : 동황태일(東皇太一)로, 존귀한 천신(天神)의 이름이다.

되려 서리 맞은 풀[128]이 되었도다 　　翻爲抱霜草

멀리 구름 낀 바다 바라보며 눈물 흘리니 　　望望雲海泣

보배 나무가 둥근 섬에서 늙어가누나 　　瓊樹老圓島

제25수 其二十五

신인이 고야에 있으니 　　神人在姑射

아득히 빙설 같은 얼굴이라[129] 　　縹緲氷雪顔

황옥의 존귀함도 얼이 빠지거늘[130] 　　窅然黃屋尊

기룡[131]의 반열이 어디에 있으랴 　　焉有夔龍班

장생[132]이 날 위해 말하며 　　莊生爲我言

날더러 풍진 속세 벗어나라 권하기를 　　勸我出塵寰

위로는 태초를 이웃할 수 있고 　　上可隣太初

128　서리 맞은 풀 : 백발을 가리킨다. 신선이 되지는 못하고 나이를 먹어 늙기만 했다는 말이다.

129　신인이……얼굴이라 : 《장자(莊子)》〈소요유(逍遙遊)〉에 "막고야산에 신인이 살고 있는데, 살결은 빙설과 같고 예쁘기는 처녀와 같다.〔藐姑射之山, 有神人居焉, 肌膚若氷雪, 綽約若處子.〕"라고 하였다.

130　황옥(黃屋)의……빠지거늘 : 황옥은 황제가 타는 수레 또는 궁전을 뜻한다. 《장자》〈소요유〉에 "요 임금은 천하의 인민을 다스렸고, 천하의 정사를 통할했다. 그런데도 멀리 막고야산으로 가서 네 신인을 만나본 다음, 분수 북쪽으로 돌아와서는 그만 멍하니 얼이 빠져 천하를 잊어버렸다.〔堯治天下之民, 平海內之政, 往見四子藐姑射之山, 汾水之陽, 窅然喪其天下焉.〕"라고 하였다.

131　기룡(夔龍) : 순(舜) 임금의 두 현신(賢臣)으로 기는 악관(樂官)이고 용은 간관(諫官)이다.

132　장생(莊生) : 장자, 즉 장주(莊周)이다.

아래로는 구름을 희롱할 수 있으며	下可戱雲端
즐거이 가볍게 바람 타고 날면서	欣然風腋輕
벼슬 따위는 등한시한다 하네	軒冕如等閒
그러나 어이 알랴 세상이 이그러져	焉知世界陷
깊은 골짝에서 피눈물로 물들일 줄을	窮谷泣血斑
슬피 노래하는 형가(荊軻)와 섭정(聶政)의 무리에게	悲歌荊聶徒
세밑에 찾아가볼 만하여라	歲暮可往還
기산과 영수에서	箕山與穎水
흰구름 어이 부여잡을고[133]	白雲其何攀

제26수 其二十六

서방에 성인이 있으니[134]	西方有聖人
그 말은 바로 서방의 말이라	其言乃西方
공과 색이 하나의 진리로 계합되나니[135]	空色冥一眞

133 슬피……부여잡을고 : 형가와 섭정은 모두 전국시대(戰國時代)의 이름난 자객이
다. 형가는 연(燕)나라 태자(太子) 단(丹)의 부탁으로 진왕(秦王) 정(政)을 죽이려다
가 실패하여 죽은 사람이고, 섭정은 한(韓)나라 재상을 지낸 엄수(嚴遂)의 부탁으로
한나라 재상 괴(傀)를 죽이고 자살한 사람이다. 《史記 卷86 刺客列傳》 기산과 영수는
요(堯) 임금 때 고사(高士)인 허유(許由)가 숨어 살던 곳이다. 요 임금이 기산에 은거
해 살던 허유에게 천하를 넘겨주려 하자 허유는 더러운 말을 들었다고 하면서 영수에
귀를 씻었다고 한다. 《高士傳》 이 구절은 삼연이 신선이 되어서 자유로운 즐거움을
누리기보다 비통한 심정을 품고 죽은 형가와 섭정, 그리고 세상을 피해 숨어 살았던
허유에게 자신의 울울함 심정을 이입하여 그들이나 만나보고 그들과 같은 삶을 살아가
고자 하는 슬픈 감정을 나타낸 것이다.

134 서방에 성인이 있으니 : 부처를 가리킨 것이다.

인연 따라 잠시 모였다 사라지도다[136]	緣假中銷亡
유리같이 맑은 팔지[137]	八池湛琉璃
보배 달빛 영롱하니	玲瓏寶月光
어버이 여읜 이 몸 씻어	濯此蓼莪身
잠시나마 청량함을 얻으려네	片時獲淸涼
불도(佛道)가 위없는 최상의 도라는 것이 아니라	非謂道無上
부처가 중생 번뇌 고쳐주는 의왕(醫王)임을 알아서로다	知爾爲醫王

제27수 其二十七

돌아옴이 이미 늦었거니	歸來已暹暮
세상에 부침하며 장차 무얼 기다리랴	俛仰將何俟
서리와 눈은 나의 회포요[138]	霜雪是懷抱

---

135 공(空)과……계합되나니 : 《반야심경(般若心經)》에서 "색이 곧 공이고, 공이 곧 색이다.〔色卽是空, 空卽是色.〕"라고 하는 것과 같이 평등하고 실체가 없는 공과 차별 있고 물질적인 색이 두 개의 물건이 아니라 공과 색 그대로가 하나로써 일체의 진실상임을 말한 것이다. 이는 대립과 차별을 넘어서 불이(不二)의 평등한 관조를 강조하는 대승불교의 핵심적 사상이다.

136 인연……사라지도다 : 일체의 법은 실체적인 자성(自性)이 없으나 업연(業緣)에 의해 임시적으로 합하여 색상(色相)으로 나타났다가 업연이 다하면 모두 사라져 공으로 돌아감을 말한 것이다.

137 팔지(八池) : 《마하반야바라밀다경(摩訶般若波羅蜜多經)》에서 담무갈(曇無竭) 보살이 상주하는 중향성(衆香城)에 있는 여덟 개의 못으로, 첫째는 현(賢), 둘째는 현상(賢上), 셋째는 환희(歡喜), 넷째는 희상(喜上), 다섯째는 안은(安隱), 여섯째는 다안은(多安隱), 일곱째는 원리(遠離), 여덟째는 불퇴전(不退轉)이다. 이 못들은 황금, 백은, 유리 등의 보배로 만들어져 있다고 한다.

138 서리와……회포요 : 서리와 눈처럼 고결한 뜻을 품었다는 말이다. 《후한서(後漢

산귀[139]가 바로 내 지기로다	山鬼乃知己
때때로 홀연 미치고 놀라	有時忽狂瞿
골짝을 나갔다 머물 곳을 잃네	出谷迷所止
바라건대 외로이 나는 갈매기 따라	願隨孤飛鷗
차가운 호수에서 노닐고저	遊戲寒湖水
두렵기는 어부가 내게 와서	畏有漁父來
뉘 집 자제인가 묻는 것이라네	問是誰家子

제28수 其二十八

강가에 나가서 북쪽 바라보노라니	臨江以北望
이내 마음 어이도 아득한지	我思何茫然
흘러가는 냇물은 붙잡을 수 없고	逝川不可淹
모래섬은 연이어 자리했구나	洲渚更聯綿
푸르게 무성한 갈대밭은	蒼蒼蒹葭色
용문산 안개 속으로 들어가네	去入龍山煙
강호가 또한 드넓은데	江湖亦云廣
저물녘에 빈 배가 별로 없어라	日夕少虛船
멀리 조수가 밀려오는 곳까지 시선을 한껏 보내니	極目遠潮至
돌아가는 기러기도 벌써 하늘에서 보이지 않네	歸鴻已沒天
아득하다 좋은 형세여	悠哉好形勢

書)》권110하 〈문원전(文苑傳) 예형(禰衡)〉에 "충성스럽고 과감하고 바르고 곧으며 뜻은 서리와 눈을 품었다.〔忠果正直, 志懷霜雪.〕"라고 하였다.

139 산귀 :《초사(楚辭)》〈구가(九歌) 산귀〉의 이미지에 근거하면 산신령을 가리킨다.

나라가 선 지도 삼백 년 세월이로다 　　　　　定鼎三百年

제29수 其二十九

예전에 나는 가을의 처연함을 견디지 못하여 　　昔我不勝秋

정신없이 두리번거리며 동쪽으로 향했어라 　　狂顧以東行

덩굴을 붙잡으며 설악에 오르니 　　　　　　捫蘿上雪嶽

이내 몸이 흰구름과 나란해졌네 　　　　　　巾屨白雲平

소나무 삼나무는 큰 골짝에 빼어나고 　　　　松杉秀大壑

폭포 소리는 좌우에서 쿵쿵 울렸지 　　　　　瀑布左右鳴

소리 높여 노래하다 문득 통곡하니 　　　　　放歌忽痛哭

차마 푸른 바다를 보지 못하였도다 　　　　　不忍見滄瀛

내려와 매월당 머물던 곳에 조문하니[140] 　　　下弔梅月基

고사리 캐는 정취[141] 눈에 보이는 듯해 　　　如見採薇情

그대도 이와 같이 하였거니 　　　　　　　　夫君尙如此

이내 남은 모진 목숨은 어이할거나 　　　　　何以置殘生

제30수 其三十

높고 빼어난 경운산[142] 　　　　　　　　　昂昂慶雲山

---

140 내려와……조문하니 : 매월당 김시습(金時習)은 말년에 설악안 오세암(五歲菴) 등지에서 죽을 때까지 은거하였다.

141 고사리 캐는 정취 : 주(周)나라 무왕(武王)이 은(殷)나라를 정벌하자 신하가 폭력으로 임금을 쳐서는 안 된다며 떠나가서 주나라 곡식을 먹지 않고 수양산(首陽山)에 숨어 고사리를 캐 먹고 살다가 굶어 죽은 백이(伯夷)와 숙제(叔齊)처럼 세상을 피해 설악산에 은거한 김시습의 정취를 가리킨다.

사랑스런 맑은 곳에 재차 유숙했어라	再宿愛境清
구름 같은 등라(藤蘿)는 구송[143]에 어둑하고	雲蘿九松暗
서릿발 같은 달빛은 서천[144]에 밝았네	霜月西川明
그 사람 참으로 사모할 만하니	其人信可慕
귀족 자제로 고상한 정취 계합했도다[145]	紈綺契高情
오래도록 읊조리며 사책을 살펴보고	沉吟撫史牒
그대가 벼슬에 뜻 없음을 알았도다	知爾懶簪纓
유서는 같이 더러워짐을 부끄러워했고	攸緒愧同汚
상우는 형이 없음을 탄식하였네[146]	向牛歎無兄

142 경운산(慶雲山) : 청평사(清平寺)가 있는 지금의 춘천 오봉산의 옛 이름이다. 청평사는 고려 때의 거사(居士) 이자현(李資玄, 1061~1125)이 은거하며 수도하던 곳이다. 이 시는 모두 이자현에 대해 읊은 것이다. 이자현은 본관은 인주(仁州), 자는 진정(眞精), 호는 식암(息菴)·청평거사(清平居士)·희이자(希夷子), 시호는 진락(眞樂)이다. 이자현의 가문은 당시 문벌 집안으로 문하 시중(門下侍中)을 지낸 이자연(李子淵)이 그의 조부이며, 권력을 농단했던 이자겸(李資謙)은 그의 사촌형제이다. 젊은 나이에 권력에 염증을 느끼고 관직을 버리고 경운산에 들어가 부친이 세웠던 보현원(普賢院)을 문수원(文殊院)이라 개명하여 중건하고 평생을 은거하면서 수도하였다.

143 구송(九松) : 구송대(九松臺)를 가리킨다. 청평사 계곡의 구송폭포 위에 사람이 쉴 수 있는 높고 너른 지역이다. 이자현이 소나무 아홉 그루를 심어서 이렇게 명명했다는 전설이 있다.

144 서천(西川) : 청평사 선동교(仙洞橋) 좌측 물줄기의 이름이다. 이곳에서 더 올라가면 이자현의 수도처인 식암(息菴)이 나온다.

145 귀족……계합했도다 : 고상한 정취란 고고하게 은거하여 초연히 세상 밖으로 벗어난 정취를 뜻한다. 귀족의 자제로 편하게 부귀영화를 누리며 살지 않고 초야에 은거해 고상하게 살아가는 정취가 맞았다는 말이다.

146 유서(攸緒)는……탄식하였네 : 유서는 당(唐)나라 측천무후(則天武后)의 친조카인 무유서(武攸緒)이다. 성품이 담박하고 욕심이 없었는데, 무후가 집권하자 벼슬을

비분강개한 마음은 얕기도 하고 깊기도 했거니와	感憤或淺深
모두 다 일신의 안위와 명성을 가볍게 여겼도다	俱使身名輕
예로부터 산중에 은거하는 선비는	古來巖穴士
그 마음과 행적이 다 합치하지는 않았네[147]	心迹不盡幷
뉘 알랴 식암에서 즐거운 가운데	誰知息菴樂
불평한 마음 지니고 있을 줄을	中自帶不平

버리고 숭산(崇山)에 은거하여 약초를 캐면서 일생을 보냈다. 측천무후 사후에 무씨가 패망한 뒤에도 무유서에게는 화가 미치지 않았다. 《唐書 卷183 外戚傳》상우는 춘추시대(春秋時代) 송(宋)나라 사람으로, 《논어》에는 사마우(司馬牛)로 나온다. 그의 형인 향퇴(向魋)가 항상 난리를 도모하려고 하였으므로 장차 화를 입어 형이 없게 될까봐 걱정하면서 "남들은 모두 형제가 있는데, 나만 홀로 없다.〔人皆有兄弟, 我獨亡.〕"라고 탄식하였다. 《論語 顏淵》이는 관직을 버리고 산속에 은거하였고 그의 사촌형제인 이자겸이 난을 일으켰다가 실패하여 죽은 이자현의 상황을 빗댄 것이다.

147 그……않았네 : 겉으로 드러난 자취는 은거하여 유유자적한 듯해 보여도 그 마음은 번민으로 차 있어 자취와 마음이 서로 달랐을 수도 있다는 말이다.

초목재 만영[148]
草木齋漫詠

탁 트여 넓으니 선영의 곁이요	虛廓松楸側
쓸쓸하니 수유와 국화의 앞이라	蕭條萸菊前
서로 축하하며 날아오는 제비와 참새는 없고[149]	來非燕雀賀
나란히 앉은 형제가 있도다	坐卽弟兄聯
벼 베고 있는 평야의 풍광을 바라보고	稻穫看平野
연꽃 시든 가느다란 샘물 소리를 듣노라	荷凋聽細泉
마음 이끌리는 좋은 풍광을 오늘에 얻었으니	留連得今日
이곳에서 남은 인생 길이 보내리	所以永殘年

---

148 초목재 만영 : 초목재는 양주(楊州) 율북(栗北)의 선영(先塋) 아래에 있는 작은
집의 이름이다. 《老稼齋集 卷3 追和顯甫所示悼亡韻》

149 제비와 참새는 없고 : 초목재가 큰 규모가 아니라 작은 규모의 집이라는 말이다.
《회남자(淮南子)》〈설림훈(說林訓)〉에 "큰 집이 완성되면 제비와 참새가 서로 축하한
다.〔大廈成而燕雀相賀〕"라고 하였다.

아호를 건너며

渡鵝湖

왕래함에 어이 이리도 처연한지	來往何蕭索
가을바람에 마음이 각별해지누나	秋風意自殊
황벽곡 깊은 곳에 집이 자리했고	家深黃檗谷
백아호엔 작은 배 떠 있네	船小白鵝湖
저물녘 고개에 외로운 구름 흘러가고	暮嶺孤雲往
서리 내린 물가엔 숙무[150]가 시들었다	霜洲宿莽枯
높은 산 깊은 골짝 온통 쓸쓸하니	高深摠搖落
이 막다른 길에서 탄식 일어나누나	興歎此窮途

150　숙무(宿莽) : 겨울에도 시들지 않는 향초의 이름이다. 《楚辭 離騷》

곡교촌[151]에서 밤에 읊다

曲橋村夜吟

마을 객점에 연기 멎으려 하고	村店煙將歇
타고 온 망아지 꼴 먹이는 소리 들린다	征駒秣有聲
등 뒤로는 긴 강이 물결치며 흐르고	長江背後浪
눈앞으로는 남한산성이 솟아있네	南漢眼前城
기상은 가을 만나 매서워지려 하고	氣欲逢秋烈
근심은 달 보면서 많이 생기누나	愁多見月生
갈대를 입에 문 한 마리 기러기 지나가니	含蘆孤鴈過
너의 울음 불평 담고 있음을 내 알겠노라	知爾不平鳴

---

151 곡교촌(曲橋村) : 지금의 서울 강동구 천호동 일대이다. 현재도 '굽은다리역'이라
는 지하철 역명이 남아있다.

반계 감회[152]

盤溪感懷

제1수

물가의 고목 여전히 우거졌고	亭皐老樹尙婆娑
나무 높은 곳에 새 둥지 있어 우리 집을 보호하네	上有危巢護我家
반나절 방황하는 이 몸은 이슬 맺힌 풀과 같거니[153]	半日彷徨猶露草
한평생 오열함은 어부 도롱이에 있도다[154]	百年嗚咽在漁蓑
강줄기는 뽕나무 심은 땅[155]으로 옮겨 흐르니 배가 바짝 와 닿고	

---

152 반계 감회 : 반계는 과천(果川)에 있는 지명으로, 삼연의 부친 김수항(金壽恒)이 1664년(현종5)에 벼슬에서 물러나 우거한 곳이다. 《農巖集 續集 上卷 先府君行狀》 반계는 《영조실록》 1년 8월 8일 기사에 사충서원(四忠書院)을 과천의 반계에 건립할 것을 청한 내용이 있는데, 오늘날 노량진 사육신 묘역의 뒤에 옛날 사충서원의 터가 남아 있다. 따라서 김수항이 우거한 반계 역시 노량진과 동작진 부근이었으리라 생각된다.

153 반나절……같거니 : 풀잎에 맺힌 이슬은 보통 순식간에 덧없이 지는 인생을 비유하는 표현이다. 이는 그처럼 덧없는 인생으로 아직도 살아남아 부친이 있던 곳을 방황하고 있는 서글픈 자신의 모습을 형용한 것이다.

154 한평생……있도다 : 과거에 부친이 머물면서 사용하던 도롱이를 보고 오열한다는 뜻이다.

155 뽕나무 심은 땅 : 원문의 '상두(桑土)'는 《시경》〈빈풍(豳風) 치효(鴟鴞)〉에서는 위험한 일을 미연에 조처해 방지한다는 의미를 담은 뽕나무 뿌리라는 뜻으로 '상두'라고 읽고, 뽕나무를 심은 땅이라는 뜻으로 볼 때는 '상토'로 읽는다. 또한 《시경》〈소아(小雅) 소반(小弁)〉에 "부모가 심은 뽕나무와 가래나무도 반드시 공경한다.〔維桑與梓, 必恭敬止.〕"라는 구절에서 기인하여 부모가 남긴 유업(遺業)을 뜻할 때 '상재(桑梓)'라는 표현을 쓰기도 한다. 여기서는 부모의 유업을 뜻하는 뽕나무의 뜻을 가져서 '상토'로 읽어야 할 듯하다. 이렇게 본다면 곧 과거보다 강물이 반계의 집에 바짝 와 닿아있다는

조수는 버들 심은 내에 가득하니 기러기가 비껴 날아가누나

潮滿楊川去鴈斜

들건대 앞 시내에 물고기와 게가 흔하니　　聞說前溪魚蟹賤

이웃집은 즐거운 일 있다고 자랑하지 말지어다[156]　隣家有樂莫相誇

제2수 其二

봄강의 푸른 빛깔이 사창(紗窓)에 비칠 때　　春江色綠映牕紗

어린 제비 서로 날고 복사꽃 막 피었어라　　乳燕交飛桃始華

지난날 기쁜 기색으로 모친 즐겁게 해드렸더니　往者怡愉將母樂

지금은 쓸쓸하게 탄식만 나누나　　　　今焉蕭瑟使人嗟

해묵은 벽에 도서는 비에 젖었고　　　年深壁溜圖書雨

늦가을 제방에 여뀌 갈대는 꽃잎 시들었어라　秋晚堤枯蓼葦花

북쪽으로 층층 그림자 진 큰 성곽 궁궐 바라보며　北望層陰城闕大

슬픔 머금고 대궐 정원 날아가는 까마귀에 눈길 주노라

含悲目送上林鴉

뜻이 된다.

156 듣건대……말지어다 : 이웃집에 즐거운 일이 있어 먹을 것이 넘쳐나도 자신은 반계에 지천으로 나는 물고기와 게로 자족할 수 있다는 말이다.

다시 읊다

又賦

제1수

뜻대로 되는 일 이미 없으니	已無如意事
그저 불평한 소리[157]만 내고 있어라	惟有不平鳴
소나무 국화에 맑은 눈물 더하고[158]	松菊滋淸淚
갈대에 먼 정을 담는다[159]	蒹葭駐遠情
만 리 뻗은 강산에	江山萬里勢
몇 사람이나 수레와 배 타고 길을 나섰나	車舸幾人征
가만히 앉아 가을 정회 변함을 깨닫노니	坐覺秋懷變
바야흐로 비와 눈이 가득 내림을 보는도다	方看雨雪盈

---

157 불평한 소리 : 한유(韓愈)의 〈맹동야를 전송하는 서문〔送孟東野序〕〉에 "대저 어떤 사물이든 평탄함을 얻지 못하면 겉으로 소리를 낸다.〔大凡物不得其平則鳴〕"라고 하였다.

158 소나무……더하고 : 진(晉)나라 도연명(陶淵明)의 〈귀거래사(歸去來辭)〉에 "세 갈래 오솔길은 황폐하거니와 그래도 소나무와 국화가 남아있구나.〔三逕就荒, 松菊猶存.〕"라고 하였다. 소나무와 국화에 눈물이 더했다는 것은 반계(盤溪)로 돌아오지 못하는 부친을 생각하며 흘린 것인 듯하다.

159 갈대에……담는다 : 《시경》〈진풍(秦風) 겸가(蒹葭)〉에 "갈대가 푸르게 무성한데 이슬이 서리가 되었네. 그리운 내 님은 강물 저편에 계시네.〔蒹葭蒼蒼, 白露爲霜. 所謂伊人, 在水一方.〕"라고 하였다. 이 시는 멀리 떨어져 있는 사람을 만나지 못하는 그리움을 표현한 것이다. 삼연 역시 멀리 떨어져 있는 누군가를 그리워하며 이 말을 한 듯하다.

제2수 其二

시선 따라 안개 낀 강 드넓게 펼쳐지니	逐望煙江闊
처량한 시름이 물가에 가득하여라	淸愁水上盈
푸드득 흩어지는 기러기 떼에 깜짝 놀라고	驚知賓鴈散
날래게 지나가는 장삿배를 분주히 보노라	忙見賈帆輕
해 지는 용산은 석양으로 붉게 물들고	落景龍山紫
차가운 모래사장 펼쳐진 노량진 반짝인다	寒沙鷺渡明
누군가를 기다리듯 방황하노라니	彷徨如有待
저물녘 조수는 점점 잔잔해지누나	稍見暮潮平

제3수 其三

송옥의 구변은 부질없는 것이요	宋玉漫九辯
양홍은 어이하여 다섯 번 탄식했나[160]	梁鴻胡五噫
이 몸의 괴로움만 끝내 보일 뿐	終看此身苦
옛사람의 슬픔은 참으로 이상하기만 하네[161]	頗怪古人悲

---

160 송옥(宋玉)의……탄식했나 : 송옥은 전국시대(戰國時代) 초(楚)나라 사람으로 굴원(屈原)의 제자이다. 《초사(楚辭)》의 〈구변〉은 송옥이 임금에게 충성을 바치고도 쫓겨난 스승 굴원의 처지를 가을이 되어 영락하는 초목에 빗대어 한탄한 작품이다. 양홍은 후한(後漢) 때의 은사(隱士)이다. 혼란한 세상을 피해 산골에서 농사짓고 살다가 하루는 도성에 들어가 토목공사에 백성들이 시달리는 것을 보고는 "저 북망산에 오름이여, 아, 경사를 돌아봄이여, 아, 궁실의 높고 높음이여, 아, 사람의 수고로움이여, 아, 멀고 멀어 끝이 없음이여, 아![陟彼北芒兮, 噫, 顧覽帝京兮, 噫, 宮室崔嵬兮, 噫, 人之劬勞兮, 噫, 遼遼未央兮, 噫!]"라는 〈오희가(五噫歌)〉를 지어 잘못된 국정을 개탄했다. 《後漢書 卷83 逸民列傳》

161 이……하네 : 삼연 자신의 괴로움이 너무 크기 때문에 옛사람의 슬픔은 작아 보인

낙엽은 강물에 떠 흘러 멀어지고   落木浮江遠

외로운 기러기는 남쪽 초 땅을 향해 더디 나네   孤鴻向楚遲

어부의 노래 빈번히 귓전에 닿거니와   漁歌頻入耳

육아시¹⁶²를 잊게 하기엔 부족하도다   不敵蓼莪詩

다는 말이다.

162   육아시(蓼莪詩) : 455쪽 주80 참조.

명촌[163]에서 저도의 옛 매화를 바라보며 감회가 일어

明村見楮島舊梅有感

강호의 매화 흩날리는 하늘에 젓대를 부니	江湖吹笛落梅天
사람과 매화 모두 신선이어라	人與梅花兩箇僊
황학 돌아오지 않는 누대는 이미 부서지고[164]	黃鶴不歸樓已碎
나부산의 한바탕 꿈에 달은 괜시리 둥글다[165]	羅浮一夢月空圓
어이 힘찬 발걸음을 숲 아래로 옮기지 않을까만	那無健步移林下
차마 외로운 매화를 눈물 흘리는 내 곁에 두지 못하겠어라[166]	
	未忍孤芳著淚邊

---

163 명촌(明村) : 옛날 과천의 지명이다. 지금의 서초동 일대이다.

164 황학……부서지고 : 한(漢)나라 때의 적곡(笛曲) 가운데 〈매화락(梅花落)〉이라는 곡이 있는데, 이백(李白)이 황학루(黃鶴樓)에서 부는 젓대 소리를 듣고 지은 시에 "황학루에서 옥젓대 부니, 강성의 오월에 낙매화 곡조로다.〔黃鶴樓中吹玉笛, 江城五月落梅花.〕"라는 구절이 있다.《李太白文集 卷20 與史郎中飮聽黃鶴樓上吹笛》이 시의 이미지를 차용하여 삼연이 과거에 거주하던 저도를 바라보며 주인 없이 황폐한 광경을 묘사한 것이다.

165 나부산의……둥글다 : 수(隋)나라 개황(開皇) 연간에 조사웅(趙師雄)이 나부산 송림(松林) 사이의 술집에 들렀다가, 소복(素服) 차림의 여인에게 영접(迎接)을 받았다. 그녀에게 꽃향기가 물씬 풍기고 말씨 또한 매우 맑고 고와서 함께 취하도록 술을 마시고는 그대로 쓰러져 잤는데, 일어나보니 그곳이 바로 큰 매화나무 밑이었다고 한다. 여인은 바로 매화의 정령이었다.《古今事文類聚 卷28 花卉部 飮梅花下》

166 어이……못하겠어라 : 지금 당장 강을 건너 저도의 매화가 있는 곳으로 가 볼 수 있지만, 지금처럼 울울한 상태에서는 가고 싶지 않다는 말이다.

한량없는 산천과 빙설 속에서　　　　　無限山川與氷雪

어느 때나 옛 인연 다시 이을까　　　　何時重續舊因緣

새벽 비

曉雨

어둑어둑한 새벽에 비가 내리니   冥冥犯曉雨
응당 바다 어구 서쪽에서 온 것이로다   應自海門西
뚝뚝 빗방울은 무수한 나무에 맺혀 떨어지고   滴瀝無邊木
갑작스러운 비에 닭 울음 그치지 않네[167]   蒼茫不已雞
서리 내린 강가의 풍광 바뀐 언덕에 떨어지고   霜江添改岸
안개 낀 강어귀의 잔잔한 시내를 울리누나   霧港咽平溪
높은 누각에서 잠들지 못하니   未定高樓寢
멀리 지나가는 배에 생각이 되레 아득하다   遙船念却迷

---

167 갑작스러운……않네 : 새벽에 비가 내리는 모습을 형용한 것이다. 《시경》〈정풍
(鄭風) 풍우(風雨)〉에 "비바람 몰아쳐 어둑한데, 닭 울음소리 그치지 않네.〔風雨如晦,
雞鳴不已.〕"라고 하였다.

비 개인 풍광을 바라보며
霽望

비 개인 새벽에 강가를 바라보니	霽曉看洲渚
깊어진 강물은 몇 상앗대쯤 될런고	江流深幾篙
모래사장에 댄 일천 배 고요하고	依沙千纜靜
안개 싸인 일만 누대 드높다	裒霧萬樓高
서쪽 물가는 물결에 잠겼다 드러났다	吞吐猶西滋
북쪽 언덕에서는 풍광이 쫙 펼쳐진다	森羅自北皐
바둑 두던 물가 쓸쓸하고 적막하니	碁汀添冷落
슬피 우는 기러기 소리 배나 더하네	一倍鴈嗷嗷

저녁에 물가 언덕에 올라

暮登亭皐

한스러운 마음 일어날 때면	若有感恨至
많이도 이곳에 와 배회하였지	徘徊多在斯
강 하늘에 매번 해 떨어질 제	江天每落日
물가에서 누구를 기다리나뇨	洲渚更須誰
저녁 새는 수초 속에서 쉬고	夕鳥蘋中息
음습한 놀은 수면으로 옮겨가네	陰霞水面移
밝은 별빛에 그대로 걸을 만하니	明星仍可步
서글픈 마음으로 저물 때를 보내노라	惆悵度崦嵫

족손 명행과 두보의 율시 시운에 차운하다[168]

與族孫明行 次杜律韻

흰 마름꽃 떨어지고 흰구름 나는데	白蘋花落白雲飛
멀리 물가 언덕에 서서 함께 옷깃 떨치도다	逈立亭皐共振衣
한양 땅 산천은 이처럼 아름답고	漢地山川如此美
우리 종족 자손 중에 그대 같은 이 드무네	吾宗孫子似君稀
서강에 뜬 배는 안개 속에 가느다랗게 보이고	西江舟楫煙中細
북쪽 언덕 누대는 빗줄기 너머에 빛나누나	北垞樓臺雨外輝
화각 한 소리가 저 멀리 포구에서 들리니	畫角一聲生極浦
해 장차 저물려 하는데 서글피 돌아갈 생각 잊었어라	日將暮矣悵忘歸

---

168 족손……주다 : 김명행(金明行, 1678~1718)은 자는 학고(學古), 호는 현원(玄元)이다. 임피 현령(臨陂縣令)을 지낸 김시택(金時澤)의 아들이다. 김시보(金時保)의 《모주집(茅洲集)》 권10 〈학고묘지명(學古墓誌銘)〉에는 "삼연공이 종족의 젊은이들을 논할 때 반드시 학고를 일컬으면서 '재덕과 문학이 있고 또 나와 더불어 막역한 이는 오직 학고 한 사람이 있을 뿐이다.〔三淵公論宗黨年少者, 必稱學古曰, 有才德有文學, 又與我莫逆者, 惟學古一人而已.〕"라고 되어 있다. 차운한 두보의 율시는 〈원외랑 범막과 시어사 오욱이 특별히 왕림했는데 제대로 접대를 못했기에 애오라지 이 시를 지어 부치다〔范二員外邈吳十侍御郁特枉駕闕展待聊寄此作〕〉이다.

새벽에 읊조려 경명[169]에게 보이다

曉吟示敬明

두보처럼 누운 곳에 강물 소리 멀고[170]	杜枕江聲遠
강굉처럼 이불 덮은 곳에 새벽 달 드높다[171]	姜衾曉月高
노쇠함 깊을수록 우애가 지극해짐을 알겠고	衰深知愛至
잠이 얕은 것에서 정신이 피로한 줄 알겠네	睡淺覺神勞
야기는 실낱처럼 보존하고[172]	夜氣存如線
가을날 상념은 터럭처럼 일어난다	秋懷起似毛
나이 마흔둘이 되고 보니	行年四十二
온갖 일들 끊임없이 흘러가는 물과 같구나	萬事亦滔滔
누워서 강 포구가 가까움을 알겠노니	臥知江浦近

---

169 경명(敬明) : 삼연의 동생 김창즙(金昌緝)의 자이다.

170 두보(杜甫)처럼……멀고 : 나그네 처지로 타지에 와서 누웠다는 말이다. 두보의 〈객야(客夜)〉에 "발에 들이비치는 것은 새벽 달그림자요, 베개를 높이 베니 먼 강물 소리 들린다.[入廉殘月影, 高枕遠江聲.]"라고 하였다.

171 강굉(姜肱)처럼……드높다 : 형제가 나란히 한 이불을 덮고 자며 새벽을 맞이했다는 말이다. 후한(後漢) 때 강굉은 우애가 매우 돈독하여 두 아우인 중해(仲海)·계강(季江)과 항상 한 이불을 덮고 잤다고 한다. 《後漢書 卷53 姜肱列傳》

172 야기(夜氣)는 실낱처럼 보존하고 : 여기에서 야기는 사물과의 접촉이 없는 밤중에 보존되는 본연의 맑은 기운을 가리킨다. 《맹자》〈고자 상(告子上)〉에 "낮에 나무를 베어가듯 본연의 기운을 짓밟기를 반복하면 야기가 보존될 수 없다. 야기가 보존되지 않으면 사람도 짐승과 다를 바가 거의 없게 된다.[梏之反覆, 則其夜氣不足以存. 夜氣不足以存, 則其違禽獸, 不遠矣.]"라고 하였다.

서늘한 기운이 주렴 반쪽에 통하여 드네   凉氣半簾通

닭 울자 별빛 달빛도 희미해져가고   星月雞聲變

기러기 울음과 함께 안개와 서리 끼누나   煙霜鴈叫同

마음 맑히려는 것도 별달리 진보 없으니   澄心空宿計

사물 관찰한들 무슨 새로운 공부 있으랴   觀物豈新功

또다시 양근으로 길 떠나가니   又復楊根去

정처 없이 몇 해나 바람에 흩날리는 쑥대 신세던고   飄飆幾歲蓬

반계잡영

盤溪雜詠

제1수

차가운 창가에서 멀리 강 너머 산을 마주하니	寒牕逈對越江山
황폐한 솔과 국화 정원 눈물 훔치며 보노라	松菊園荒掩淚看
캐고 캔 아욱으로 끓인 국 익어가니	采采旅葵羹欲熟
버들 느릅 사이에서 담담한 연기 피어오르네	澹然煙火柳榆間

제2수 其二

부친께서 이곳 사랑하여 벼슬에 별로 뜻 없으시니[173]

	先人愛此懶簪纓
시와 높은 누각이 동시에 완성되었어라	詩與高樓一並成
어린 내 눈[174]에 들어온 춘첩자[175]	童稚眼中春帖子
반계라는 두 글자가 창 기둥에 가득하네	盤溪二字滿牕楹

제3수 其三

| 하늘하늘 드리운 버들이 한수 남쪽에서 늙어가니 | 垂柳婆娑老漢南 |

---

173 부친께서……없으시니 : 483쪽 주152 참조.

174 어린 내 눈 : 김수항이 반계촌에 우거를 시작했을 당시 삼연은 12세였다.

175 춘첩자 : 지금 말하는 바로 그 춘첩자인지는 확실하지 않으나, 김수항의 《문곡집(文谷集)》 권3 〈춘첩(春帖)〉이 반계를 언급한 춘첩자이다. 이 춘첩자는 1668년(현종9)에 지은 것이다.

나무도 외려 이 같은데 내가 어이 버티랴　　　　樹猶如此我何堪

아이 시절 즐거이 두 마리 오리 쫓아 놀다가　　兒時喜逐雙鳧戲

잘못하여 떨어진 곳이 앞 시내 몇 번째 못이던고　誤墮前溪第幾潭

제4수 其四

반계 일백 굽이에 반은 낚시터이니　　　　　　盤溪百曲半爲磯

바다 기운이 다리에 와 부딪히고 붉은 게는 살 올랐네

　　　　　　　　　　　　　　　　　　　　　海氣衝梁紫蟹肥

작살로 잡은 겨울 물고기가 노모께 드리기 좋으니　叉得寒魚宜老母

피눈물 그만 거두고서 도롱이 손질해야지　　　應收血淚補簑衣

제5수 其五

처마와 벽에 비바람 들이치는 누각 반 정도 기우니　風簷雨壁半樓欹

뜰의 솔 베어다가 세밑에 받쳐두네　　　　　斫取園松歲暮支

파릇한 미나리 돋은 밭가의 우물이　　　　　惟有靑芹田上井

외려 고색 머금고 성근 울타리와 어우러지누나　猶含古色映疎籬

제6수 其六

용산 서쪽 바라봄에 저녁노을로 물결 붉으니　龍山西望夕波紅

층층이 겹친 누대가 안개 속에 솟았어라　　層疊樓臺出霧中

옛날 심은 푸른 솔 지금 일백 그루이니　　　舊種蒼松今百本

동작나루 수많은 배 바람 막아주누나　　　　已遮銅雀數帆風

제7수 其七

석양은 아스라이 저물고 달 돋으려 하니	返景微茫月欲生
가을날 음산한 기운 한양성에 짙어라	秋陰靉靆漢陽城
높이 날던 기러기 반쯤 양화나루에 내려앉고	高鴻半落楊花渡
차가운 하늘 줄지어 나는 까마귀 북쪽 향해 가누나	脉脉寒鴉向北征

제8수 其八

팽려 호수 그리움 갈수록 더하거늘	彭蠡湖邊去思長
어이하여 얕은 물가에서 아직도 배회하나[176]	如何淺渚尚徊徨
산과 바다 같은 슬픔과 원망 품은 우리 형제들	山哀海怨吾兄弟
곡식 낱알 쪼아 먹을 마음[177] 어찌 남았으리오	可有餘心戀稻粱

제9수 其九

갈대줄기와 쑥대가 물결과 바람에 흩날리듯 정처 없는 몸이요	
	浪梗風蓬未定身

---

176 팽려……배회하나 : 기러기에 자신의 처지를 빗댄 것이다. 《서경》〈하서(夏書)
우공(禹貢)〉에 "팽려에 물이 모여 흐르니, 기러기가 사는 곳이다.〔彭蠡既豬, 陽鳥攸居.〕"
라고 하였다. 팽려는 중국의 오월(吳越) 지역에 있는 오호(五湖)의 하나이다. 즉, 남쪽의
팽려로 돌아가야 하는 기러기가 아직도 북쪽의 한강 물가에 머무르면서 방황하는 모습에
세상을 완전히 떠나 은거하지 못하고 방황하고 있는 자신의 모습을 투영한 것이다.

177 곡식……마음 : 원문의 '연도량(戀稻粱)'은 기러기가 곡식을 찾아 이리저리 날아
다니며 기웃거리는 것을 말하며 지조 없이 의식(衣食)을 구하기 위해 여기저기 기웃거
리는 사람을 비유하기도 한다. 두보(杜甫)의 〈여러 공과 함께 자은사 탑에 올라〔同諸公
登慈恩寺塔〕〉 시에, "양지 쪽 따르는 기러기를 그대는 보았나, 각기 벼와 기장을 구하는
꾀가 있다네.〔君看隨陽雁, 各有稻粱謀.〕"라고 하였다.

긴 노래 부르며 단검 차고 불평한 마음 품은 사람이라

長歌短劍不平人

뻔질나게 사슴 멧돼지 노니는 깊은 산중 집에 드나들고

憧憧鹿豕深山宅

묵묵히 어룡 노니는 큰 못을 이웃하였도다[178]　　　默默魚龍大澤隣

제10수 其十

머리 하얗게 센 모친께서 흰 치마폭을 눈물로 적시고 계시니

鶴髮高堂泣素裙

어이 벽계에 머물며 오랫동안 모친 곁을 떠나 있으랴

蘗溪寧可久違親

깊은 산중에서 숯 만들어 번 돈이 남았으니　　　深山作炭餘錢息

조각배 사다 자주자주 여울 내려가리라　　　　　買得扁舟下瀨頻

제11수 其十一

콩잎도 바람에 날려 흩어져 들판 텅 비려 하더니　飛藿飄零野欲淸

서리 내린 밭두둑에 파릇한 보리 돋는 것 보이네　霜畦又見麥靑生

유유한 사물의 변화는 그치는 때 없나니　　　　悠悠物化無時息

노 젓는 소리 들려오는 긴 강으로 눈길 가누나　注目長江聽櫓聲

178　뻔질나게……이웃하였도다 : 산중의 집은 양주의 벽계 거처를, 큰 못은 노량진과 동작진 인근으로 생각되는 반계의 거처를 가리킨 것이다.

반계 16경
盤溪十六景

드높은 세 봉우리 멀리 낭풍[179] 당겨온 듯   三峰高挹閬風遙
일만 길 높은 산에 층층 놀 절로 일어난다   自起層霞萬仞標
경강[180]에 흩뿌려 비쳐 물결이 비단 같으니   散影京江波似綺
아침마다 한양엔 아름다운 기운 생기누나   漢陽佳氣自朝朝
    이상은 화산(華山)[181] 정상의 층층 놀이다.

하늘가에서 우뚝 솟은 정악[182]과 서로 만났더니   天邊鼎嶽屹相逢
고목의 서남쪽에 몇 봉우리 또 솟아있네   老樹西南亦數峰
흐리고 맑은 기운 삼키고 토하는 뜻 다하지 않나니   不盡陰晴吞吐意
돌아가는 구름이 왕왕 우거진 솔에 걸리누나   歸雲往往挂層松
    이상은 관악산(冠嶽山)으로 돌아가는 구름이다.

멀리 푸르른 솔숲이 눈길로 들어오니   蒼蒼入目遠松林
쇠등 같고 누에머리 같은 봉우리에 일만 그늘 드리웠네

                               牛背蠶頭萬蓋陰

---

179   낭풍(閬風) : 곤륜산(崑崙山)의 정상에 있다고 하는 신선들의 거처이다.

180   경강(京江) : 한강 중에서도 뚝섬에서 양화나루에 이르는 구간을 일컫는 말이다.

181   화산(華山) : 북한산의 이칭이다.

182   정악(鼎嶽) : 북한산의 이칭이다.

어이하면 늘 푸른 솔 늠름한 기상 더하여　　安得長靑滋覇氣
천년토록 도끼질을 당하지 않게 하려나　　千年不受斧斤侵
　　이상은 목멱산(木覓山)[183]의 솔숲이다.

높고 낮은 모든 것 다 좋은 누대이니　　高低摠是好樓臺
석양지는 맑은 하늘 아래 강 언덕에 가득 펼쳐졌네　落景晴天滿岸開
난간에 기대 발 걷고서 시름겨워 하는데　倚檻鉤簾人悄悄
풍광 속에 멀리서 젓대 소리 들려오누나　望中遙會笛聲來
　　이상은 제천(濟川)[184]의 누대이다.

강변의 예스런 정취가 일천 뽕나무에 넘쳐나니　江邊古意藹千桑
흐릿한 봄 그늘에 여린 뽕잎 길어라　漠漠春陰嫩葉長
파릇한 다북쑥[185] 다 캐고서 누에 치는 여인 나른한데

　　　　　　　　　　　　　采盡靑蘩蠶妾懶
온 숲의 꾀꼬리가 광주리 옮겨가라 권하네　滿林黃鳥勸移筐
　　이상은 잠야(蠶野)[186]의 봄 뽕나무이다.

183　목멱산(木覓山) : 남산의 이칭이다.

184　제천(濟川) : 남산 남쪽 한강의 북쪽 언덕 위로 지금의 한남동과 보광동 사이에 왕실의 별장이 있던 곳이다. 이곳의 풍광이 매우 좋아 중국 사신이 오면 이곳으로 초대하여 연회를 베풀었다고 한다.

185　다북쑥 : 누에를 칠 때 쓰는 풀이다. 《시경집전(詩經集傳)》〈소남(召南) 채번(采蘩)〉에 "혹자는 다북쑥은 누에를 치는 것이라고 하니, 옛날에 후부인이 친잠하는 예가 있었다.〔或曰蘩所以生蠶. 蓋古者, 后夫人有親蠶之禮.〕"라고 하였다.

186　잠야(蠶野) : 현재의 연희동에 있었던 서잠실(西蠶室)의 뽕밭을 가리킨 것이다.

갈대꽃 눈처럼 하얀 작은 모래섬　　　　　　蘆花雪白小沙洲
기러기 떼 날아와 먹이 쪼며 머무른다　　　　叢鴈來來喋喋留
팽려[187]로 돌아가려는 마음 응당 호탕하니　　彭蠡歸心應浩蕩
밤하늘에 때때로 몇 마리 울음소리 흐르누나　夜天時有數聲流
　　이상은 기주(碁洲)[188]의 가을 기러기이다.

꼬리 문 일천 돛배 푸른 물결 거슬러 오르니　衔尾千帆泝碧流
강을 돌다 때때로 모래섬에 돛 내린다　　　　江回時復偃沙洲
아득히 여울 소리 먼 곳으로 이 마음 이끌리니　悠悠物役灘聲遠
바람은 물가 고을로 물고기며 소금 실어보내네　風送魚鹽水上州
　　이상은 동호(東湖)로 올라가는 돛배이다.

양화나루 어구로 휘익 바람 불더니　　　　　拍拍楊花渡口風
잠깐 사이 노량 동쪽에 흰 파도 일어나네　　須臾已白露梁東
예로부터 영허에 관한 말[189] 한량없으니　　古來無限盈虛說
먼 하늘 활 같은 달에 눈길 쏟노라　　　　　注目長空月似弓
　　이상은 서포(西浦)로 들어오는 조수이다.

수풀 앞에 구름 우레 한량없더니　　　　　　無限雲雷草樹前

187　팽려(彭蠡) : 498쪽 주176 참조.
188　기주(碁洲) : 한강 동작나루 위쪽에 있던 작은 섬인 기도(碁島)를 가리키는 것인
듯하다. 이 섬은 오늘날은 한강 개발로 사라지고 그 자리에 인공섬인 서래섬이 있다.
189　영허에 관한 말 : 달이 차고 기우는 것에 호응하여 조수가 들고 나는 것을 말한다.

낮은 처마에 종일토록 빗소리 이어진다　　　　　　矮簷終日雨聲連

강 남쪽 시내 북쪽에 푸른 들판 잠그더니　　　　　江南溪北靑郊蹙

이윽고 다시 아득히 먼 하늘과 수평선이 합쳐지네　俄復漫漫合遠天

　이상은 반계에 장마 물이 불어남이다.

찬 새벽에 물가 언덕에서 저 멀리 바라보니　　　　亭皐逈望在寒晨

아득하게 꽁꽁 얼어붙은 노량진 강변　　　　　　下渚蒼茫凍合津

모래톱에 작은 나귀 조심조심 가는데　　　　　　沙際凌兢驢馬小

눈바람 불어 물고기 사는 사람 넘어뜨리네　　　　雪風吹倒買魚人

　이상은 노량(露梁)의 빙설이다.

파도 탄 석양이 긴 강안 붉게 물들이니　　　　　落日乘波長岸紅

일만 배 돛 사이로 누대는 보였다 가렸다　　　　樓臺明滅萬帆叢

강산의 형세가 요동치는 것 아니라　　　　　　江山形勢非搖動

모두 다 지는 저녁놀이 먼 허공에 하늘거려서라네 摠爲頹霞媚遠空

　이상은 용산(龍山)의 낙조(落照)이다.

차가운 갈대밭 바람 드높고 해 비끼려 하는데　　寒葦風高日欲橫

안개 긴 강 양안에 말 우는 소리　　　　　　　煙波兩岸馬嘶聲

어느 누가 물에 바짝 다가가 손 뻗어 배를 당길까 誰能逼水方垂手

모래톱에 배 올라와 사람들 천천히 줄 지어 타는 모습 차츰 보이네

　　　　　　　　　　　　　　　　　　　　稍見登沙有緩行

　이상은 동작진(銅雀津)에서 서로들 강을 건너려는 모습이다.

사내는 노래하고 여인은 들밥 내오는 정오의 밭　　男歌女饁午時田
말끔한 강변 기장 어깨 넘겨 자라려 하네　　　　浦黍央央欲過肩
다리 북쪽서 호미질 나섰더니 소낙비 쏟아져　　橋北一鋤來驟雨
짧은 도롱이에 가벼운 삿갓 쓰고 고깃배로 향하누나　短簑輕笠就漁船
　　이상은 근교(近郊)의 삿갓 쓴 사람이다.

달도 없는 강 하늘 적막한 안개 물가　　　　　江天無月閴煙汀
수면에 별 같은 고기잡이 불 몇 개 둥둥 떠온다　水面浮來數箇星
고깃배 봉창 아래 어부는 무엇하나　　　　　　斟酌漁船篷底事
고기 잡고 제천정[190]에 배를 대겠네　　　　　得魚將泊濟川亭
　　이상은 먼 마을의 고기잡이 불이다.

골짝과 언덕 둘러 우뚝이 드리웠는데　　　　　護壑藏丘特地垂
몇 그루가 골목에 서서 고즈넉이 서로 어울린다　數株門巷靜相宜
미풍이 불현듯 사람 얼굴에 와 닿으니　　　　　微風邂逅來人面
더운 날 정자의 잠자리에 많이 불도다　　　　　多在炎亭枕簟時
　　이상은 버드나무 있는 골목에 불어오는 미풍이다.

반 이랑 연꽃 연못 맑고 얕으니　　　　　　　半畝蓮池澹不深
푸른 줄기 맑은 이슬이 외로운 심사 씻어주네　碧莖淸露洗孤襟
삼경에 갠 하늘 맑은 달빛 비춰주니　　　　　三更霽月來相照

190　제천정(濟川亭) : 501쪽 주184 참조.

염계의 한 조각 마음 쌍으로 알겠어라[191]　　　　　雙會濂溪一段心

　이상은 연꽃 연못의 갠 하늘에 맑은 달빛이다.

191　염계(濂溪)의……알겠어라 : 염계는 송(宋)나라 때 학자인 주돈이(周敦頤)이
다. 주돈이는 여산(廬山) 기슭에 집을 짓고 살면서 그곳의 시내를 염계라 이름하고
자신의 호로 삼았다. 주돈이는 연꽃이 청아하여 더러움에 물들지 않는 것을 사랑하여
〈애련설(愛蓮說)〉을 지었다. 또 황정견(黃庭堅)은 주돈이의 인품을 가리켜 '비가 갠
뒤의 온화한 바람과 맑은 달빛[光風霽月]'이라고 하였다. 여기서 쌍으로 알겠다는 말은,
바로 주돈이가 연꽃을 좋아하던 그 마음과 갠 하늘의 맑은 달빛 같은 그 기상을 지금
삼연 자신 주변의 풍광을 통해서 느낀다는 뜻이다.

이어서 짓다
續題

제1수

꿈에서도 임금 생각 또렷하던 우리 선친	先子巖廊夢思分
세상 경륜할 능력의 반은 강가 구름 속에 묻었어라	經綸一半落江雲
바람과 꽃과 눈과 달과 무심한 풀 속에서[192]	風花雪月空心草
당시에는 성군을 영영 이별할 줄 알지 못했네	未判當時訣聖君

제2수 其二

반계 풍광 열여섯 편 짓고 피눈물 아롱지니	十六篇成淚血斑
저 시와 같은 강산을 누가 즐겨 볼런고	江山如右好誰看
이 한 생 선친 뜻 이어갈 일은 글 짓는 것뿐	百年繼述惟題品
높은 정자에 누워 읊조림에 내 모질고 미련함을 깨닫노라[193]	
	吟臥高亭覺我頑

---

192 바람과……속에서 : 이 구절은 단순히 반계의 자연경물을 나열한 것이라기보다 어지러운 당쟁과 세상의 영욕을 잊고 반계에 물러나 한가로이 지내던 김수항의 정경을 말한 느낌이 있다. 송나라 소옹(邵雍)의 〈격양집자서(擊壤集自序)〉에 "비록 사생과 영욕이 눈앞에 전개되어 싸움을 벌인다 할지라도 마음속에 그것을 개입시키지 않는다면, 사시에 따라 바람과 꽃과 눈과 달 등이 우리의 눈앞에 한번 스쳐 지나가는 것과 무엇이 다르겠는가.〔雖死生榮辱, 轉戰於前, 曾未入于胸中, 則何異四時風花雪月一過乎眼也?〕"라고 하였다.

193 내……깨닫노라 : 부친을 비명에 보내고 애통한 상황에서 한가로이 풍광을 읊고 있는 자신이 모질고 미련하다는 말이다.

반계에서 운자를 불러 짓다

盤溪呼韻

석양 질 때 강 언덕 올라서니 亭皐憑落日

강 끝나는 곳에 바다는 아득하여라 江盡海迢迢

하늘 높이 날아 돌아가는 기러기에게서 저녁 기운 느끼고

暮氣歸高鴈

멀리서 밀려오는 조수에서 가을 소리 듣는다 秋聲進遠潮

거듭 이곳에 몸 이끌고 와 애오라지 눈물 그치고 重携聊破涕

아스라이 바라봄에 노래 절로 나오누나 極望易生謠

연파는 다함이 없나니 不盡煙波意

차가운 누대에서 다시 밤을 보내리 寒樓更卜宵

저녁에 이자문의 백월정을 찾아가[194]

暮叩李子文白月亭

안개 낀 강물이 동과 서에서 만나니[195]　　　　煙水東西合

배가 따라 도는 이 강 언덕이 맞으려나　　　　舟移岸是非

차가운 강물 물고기는 노 치는 소리에 놀라고　寒魚驚叩枻

해 저물녘 새는 사립문 두드리는 소리에 흩어지네　暝鳥散敲扉

방으로 들어가니 호롱불 켜져 있고　　　　　入室籠燈在

서로의 마음 나눌 제 물가 달빛 희미하다　　論心渚月微

뒤이어 온 두 아들[196] 웃으면서　　　　　　追來兩郎笑

투망질 하다 이제 막 돌아왔다 하는구나　　沉網始言歸

194　저녁에……찾아가 : 51쪽 주35 참조. 본집 권27의 〈이자건묘지명(李子建墓誌銘)〉은 이지두(李之斗, 1639~1673)에 대한 것인데, 그는 이지성의 형이다. 이 묘지명에 이지두의 묘가 양주(楊州) 백월리(白月里)에 있다고 하였으니, 백월은 곧 양주의 지명이다.

195　안개……만나니 : 오늘날 남양주 화도읍에 백월리라는 지명이 남아있는데, 이곳은 서쪽의 한강과 동쪽의 남한강이 합류하는 양수리 북쪽 강변에 자리하고 있다.

196　두 아들 : 《함평이씨대동보》에 따르면 이지성은 인상(寅相), 종상(宗相), 준상(㑞相) 세 아들을 두었다. 이 가운데 맏아들 인상은 이지익(李之翼)에게로 출계(出系)하였으므로 여기서 말하는 두 아들은 종상과 준상이다.

옥류동에서 서글픈 감회가 일어 '청휘능오인'을 운을 나눠 율시 다섯 편을 짓다[197]

玉流洞愴懷 以淸暉能娛人分韻 得五律

제1수

어버이 잃은 고아 창해에서 눈물 뿌리며	孤兒滄海淚
한양성으로 들어왔어라	流入漢陽城
단청 누각[198] 이름은 예와 같고	畫閣名仍舊
푸른 산 기운은 더욱 맑구나	靑山氣益淸
난간에는 청설모가 나오고	闌干蒼鼠出
우물에는 자줏빛 이끼 가득하다	泉井紫苔盈
종과 북은 지금 어디 있는지	鐘鼓今何在
솔바람이 묘유[199]에 골짝을 울리누나	松風卯酉聲

---

197 옥류동에서……짓다 : 사령운(謝靈運)의 〈석벽정사에서 호중으로 돌아가며 짓다[石壁精舍還湖中作]〉 시의 서두에 "아침저녁 기후 변하니 산수는 맑은 빛을 머금었네. 맑은 빛이 사람을 즐겁게 만드니 노니는 사람 한가로이 돌아가길 잊었노라.〔昏旦變氣候, 山水含淸暉. 淸暉能娛人, 遊子憺忘歸.〕"라고 한 데에서 따온 운자이다.

198 단청 누각 : 청휘각(晴暉閣)을 가리킨다.

199 묘유(卯酉) : 오전 5시~7시인 묘시(卯時)와 오후 5시~7시인 유시(酉時)의 병칭이다. 관리들의 출퇴근 시간을 가리키기도 하며, 여기에서는 아침과 저녁이라는 뜻으로 쓰였다.

제2수 其二

옛날 젊고 한창일 때	在昔繁華際
청산을 두른 이곳에서 어버이 모셨네	承顔擁翠微
비둘기 수레²⁰⁰ 타고 못가를 천천히 돌고	鳩車遶池緩
새 새끼 희롱하며²⁰¹ 누각 내려가는 일 드물었지	雛戲下樓稀
손님들 떠나간 뒤 집은 물처럼 깨끗하고²⁰²	客散門如水
조정에서 돌아온 뒤 꽃을 옷에 가득 품었어라	朝回花滿衣
이끼 낀 섬돌엔 해 그림자 드리우고	苔階淹日影
아전은 맑은 빛을 희롱하였네	小吏玩淸暉

제3수 其三

문 지나던 사람이 조문을 하니	過門人有弔
내 어이 유독 눈물을 참아낼까	忍淚我偏能
눈물 떨구며 상전벽해처럼 바뀐 모습 바라보고	滴滴看桑海
푸릇푸릇 측백나무 언덕을 어루만지노라	靑靑撫柏陵
서리 맑으니 뜨락 새는 우짖고	霜淸園鳥叫

---

200 비둘기 수레 : 비둘기 형상을 붙여 만든 어린아이가 가지고 노는 손수레이다. 《금수만화곡(錦繡萬花谷)》 16권에 장화(張華)의 《박물지(博物志)》를 인용하여 "어린아이가 다섯 살에는 비둘기 수레를 가지고 놀고 일곱 살에는 대나무 말을 타고 논다.〔小兒五歲曰鳩車之戲, 七歲曰竹馬之戲.〕"라고 하였다.

201 새 새끼 희롱하며 : 부모 곁에서 재롱을 떠는 모습을 말한 것이다. 초(楚)나라의 효자 노래자(老萊子)는 일흔이 되어서도 어버이를 즐겁게 해드리기 위하여 어버이 앞에서 어린애처럼 색동옷을 입고 새 새끼를 가지고 장난을 치며 놀았다고 한다.

202 물처럼 깨끗하고 : 텅 비어서 사람이 하나도 없는 모습을 형용할 때 쓰는 말이다.

장마물이 다 빠지니 바위 못은 맑구나[203]　　　　　潦盡石潭澄

　　어떤 본에는 "새 우니 서리 맞은 낙엽 쌓이고 연꽃 지니 바위 못 맑구나[鳥啼
　　霜葉積 蓮盡石池澄]"로 되어 있다.

잎이 지는 이 가을 뜻하지 않게 만나니　　　　　邂逅逢搖落

벌레 우는 소리에 온갖 감회 일어나네　　　　　喞啾百感仍

제4수 其四

이곳은 그윽함과 탁 트인 형세 다 갖췄으니　　　　茲區兼奧曠

도성에서 으뜸가는 승경이로다　　　　　　　　爲勝冠京都

깊은 시내는 청풍이 모여들고　　　　　　　　溪邃淸風會

높은 암벽은 대은을 갖추었네[204]　　　　　　巖高大隱俱

낙양의 정원은 혼자만의 즐거움 보존했고[205]　　洛園存獨樂

위씨의 나무는 뭇사람의 즐거움 넘쳐나누나[206]　韋樹盛群娛

203　서리……맑구나 : 가을의 풍광을 말한 것이다. 왕발(王勃)의 〈등왕각서(滕王閣
序)〉에 "장마물이 다 빠지니 차가운 못의 물은 맑고……기러기 떼가 추위에 놀라니
울음소리가 형양의 포구에 끊어진다.[潦水盡而寒潭淸.……雁陣驚寒, 聲斷衡陽之浦.]"
라고 하였다.

204　깊은……갖추었네 : 옥류동 가까이에 있는 청풍계(淸風溪)와 대은암(大隱巖)을
말한 것이다.

205　낙양의……보존했고 : 옥류동의 별장을 독락원(獨樂園)에 빗댄 것이다. 송(宋)
나라 때 사마광(司馬光)은 재상 자리에서 물러난 뒤 낙양의 남쪽에 독락원이라는 정원
을 마련하였으며 〈독락원기(獨樂園記)〉를 지어 홀로 한가로이 지내는 즐거움을 말하였
다. 《宋史 卷336 司馬光列傳》

206　위씨의……넘쳐나누나 : 옥류동에서 종족끼리 모여 친목을 다지는 광경을 말한
것이다. 당(唐)나라 때 위씨들이 항상 꽃나무 아래에서 술을 마시며 친족간에 친목을
다진 고사가 있으며 종친회를 뜻하는 화수회(花樹會)라는 말도 여기에서 유래하였다.

불어난 물 구경하며 시문(詩文)이 쏟아지니 　　　觀漲繁詞翰

구름 우레가 구슬 같은 일만 물방울을 흩뜨리듯 하네 　　雲雷散萬珠

제5수 其五

맑은 봄빛이 그저 객점 지나는 과객처럼 하지 않고 　　直不傳舍閱

마침내 골목마다 펼쳐졌구나 　　　　　　　　　終然門巷陳

버들 무성하여 새 머물 만하고 　　　　　　　　柳深堪鳥宿

솔 늙어 용비늘 모양 되었어라 　　　　　　　　松老已龍鱗

과부 규방 비추는 달빛 속 황곡이 날고 　　　　　黃鵠霜閨月

우물가 봄 찾아와 붉은 매화 피었구나 　　　　　紅梅露井春

맑은 빛이 눈에 가득하건마는 　　　　　　　　　淸暉滿眼在

어찌 다시 사람을 즐겁게 하랴 　　　　　　　　那可更娛人

《困學紀聞 卷18》

백월사시사[207]

白月四時詞

저녁나절 검은 두건 쓰고 높은 누각에서	烏紗高閣晚
주렴 밖 풍광이 어떠한지 묻노라	簾外問如何
풀빛은 물가와 어우러지고	草色汀洲合
강빛은 곡우에 넘치네	江光穀雨多
물고기는 꽃 핀 강 언덕에서 뛰어오르고	魚依花岸躍
사람은 버들 그늘 아래에서 노래 부른다	人在柳陰歌
다시금 수암[208]을 향해 서니	更向垂巖立
고깃배가 경쾌하게 지나가누나	漁舟潑潑過

　　이상은 봄이다.

동서 강 언덕에 나무가 우거지니	茂樹東西岸
강 가운데에도 녹음이 드리워진다	中流亦綠陰
더위 찌는 인간 세상 멀리 떨어져 있고	炎烝人世遠
침상 돗자리 깔린 대낮 집은 깊숙이 자리했네	床簟晝軒深
술자리를 연꽃 핀 뜨락으로 옮기고	酒席移荷院
차 솥을 가지고 대숲을 지나노라	茶鐺過竹林

207　백월사시사 : 백월에 대해서는 508쪽 주194 참조.

208　수암(垂巖) : 지명인지 단순히 드리워진 암벽이라는 뜻인지 명확치 않아 우선
원문 그대로 두었다.

아스라이 아포에 떨어지는 비	微茫鵝浦雨
하늘 저편 바로 내 마음일레	天際以爲心

　　이상은 여름이다.

뜨락에 가을 기운 쉬이 생기고	庭宇生秋易
강가에는 단풍이 심어져 있네	臨江種有楓
서리는 붉은 여뀌에 이어져 축축이 젖고	霜連紅蓼浥
바람은 푸른 마름에 들어가 사라진다[209]	風入綠蘋空
베갯머리엔 차가운 강 상앗대 소리 들려오고	度枕流寒槳
처마 위로는 저녁나절 기러기가 떠가누나	當軒泛夕鴻
안개 낀 물가에서 초나라 노래 들리니	煙洲聞楚詠
벽계의 동쪽에서 오는 사람이로다	人自檗溪東

　　이상은 가을이다.

저무는 때에 바람이 장막에 급히 부니	暮天風幔急
구름과 눈발에 온 강이 차가워지네	雲雪一江寒
쌓인 눈에 뭇 골짝 평평해지고	積素平群峽
줄어든 물줄기는 여울들을 울리누나	殘流響數灘
용진과 파수의 뜻[210] 생기고	龍津灞水意

209　바람은……사라진다 : 송옥(宋玉)의 〈풍부(風賦)〉에 대저 바람은 땅에서 생겨나 푸른 마름꽃 끝에서 움직이기 시작한다.〔夫風生于地, 起于靑蘋之末.〕"라고 하였다. 이러한 이미지를 차용하여 마름에 불어드는 바람을 형용한 것이다.

210　용진과 파수의 뜻 : 용진과 파수는 모두 겨울의 눈과 관련 있다. 용진은 용문(龍門)을 가리킨다. 송(宋)나라 구양수(歐陽脩)가 낙양(洛陽)에서 벼슬할 적에 사강(謝

우저와 섬계의 광경[211] 보노라   牛渚剡溪看

술을 따라 멀리 있는 사람 부르니   酌酒遙招喚

어부 도롱이 입은 이가 대난간에 이르도다 漁簑到竹欄

  이상은 겨울이다.

絳) 등과 함께 숭산(嵩山)에서 유람하다가 저녁에 용문(龍門)의 향산(香山)에 이르러 눈이 내리자, 석루(石樓)에 올라가 도성을 바라보며 감상에 잠겨 있었는데, 유수(留守) 전문희공(錢文僖公)이 가기(歌妓)와 관리를 보내 위로하고 잠시 용문에 머물러 눈을 감상할 것을 요청한 고사가 있다. 《聞見錄 卷8》 파수는 장안 동쪽을 흐르는 강이다. 당(唐)나라 때 맹호연(孟浩然)이 눈이 내리는 중에 나귀를 타고 파수의 다리로 가서 매화를 구경한 일이 있으며 재상 정계(鄭綮)는 어떤 사람이 최근에 지은 시가 있냐고 묻자 "눈보라 치는 파교(灞橋)에서 나귀를 타고 갈 때야 시상이 떠오르는 법이다."라고 답하였다. 《蘇東坡詩集 卷12 贈寫眞何充秀才》《全唐詩話 卷5 鄭綮》

211 우저와 섬계의 광경 : 우저와 섬계는 모두 달빛 속에 배를 타는 것과 관련 있다. 동진(東晉)의 장군 사상(謝尙)은 우저에 성을 쌓고 진무하면서 달 밝은 밤에 막료들과 배를 띄워 놀기를 좋아했다고 한다. 《晉書 卷92 袁宏傳》 그리고 진(晉)나라 왕휘지(王 徽之)는 폭설이 내린 달 밝은 밤에 산음(山陰)에서 홀로 술을 마시다가, 불현듯 섬계에 있는 벗 대규(戴逵)가 보고 싶어 밤새도록 배를 타고 그 집 앞에까지 갔다가 흥이 다하 자 그냥 돌아왔던 고사가 있다. 《世說新語 任誕》

벽계사시사

樊溪四時詞

봄이 늦게 이르렀다 말하지 말라　　　　　莫言春到晩

고요한 산에서 봄 풍광 차지한 것 많도다　山靜占春多

새소리 들으며 꽃망울 터진 것 알고　　　聽鳥知花拆

벌을 보면서 따사로운 햇살 사랑하네　　　看蜂愛景和

높은 바위엔 뽕 따던 아낙이 쉬고　　　　高巖桑婦歇

깊은 산에는 차조 심는 사람 노래한다　　深嶂朮人歌

한바탕 비에 남은 불길 꺼져 깨끗해지니[212]　一雨殘燒淨

푸른 고사리는 얼마나 자랐는고　　　　　靑薇長幾何

　　이상은 봄이다.

태곳적부터 그늘진 벼랑에 눈 얼어 있으니　太古陰崖雪

산속 거처는 가을만 그런 것이 아니라네[213]　山居不啻秋

소나무에 어린 구름 속에서 쓸데없이 부채 잡고[214]　松雲虛把扇

---

212 한바탕……깨끗해지니 : 봄에 불을 놓아 묵은 풀을 태운 논밭에 비가 내려 말끔해진 것을 형용한 것이다.

213 태곳적부터……아니라네 : 이 구절은 두보(杜甫)의 〈찬 상인에게〔寄贊上人〕〉 시에 "세월 속에 늙은 탓에 다리와 허리 쇠약하니 그늘진 벼랑이 가을날 편치 못하네.〔年侵腰脚衰, 未便陰崖秋.〕"라는 구를 염두에 둔 것이다. 즉 두보는 약한 다리와 허리로 가을날 그늘진 벼랑을 다니는 것을 불편하게 여겼는데, 삼연이 사는 곳에는 태고부터 녹지 않는 눈이 그늘진 벼랑에 늘 있어 가을날만 불편한 것이 아니라는 뜻이다.

시냇가 달빛 아래에서 고요히 머리 감노라²¹⁵　　溪月靜流頭

일천 봉우리 바깥에서 더위 무릅쓰고 객 찾아오고　　熱客千峰外

일만 나무 그윽한 곳에서 서늘하게 소가 쉬누나　　涼牛萬木幽

희황이 곳곳마다 있으니　　義皇隨處是

북창에서 찾을 것이 없도다²¹⁶　　不向北牕求

　　이상은 여름이다.

솔과 계수 쓸쓸하게 드문드문 섰으니　　松桂凄疎薄

높은 바람이 월곡 서쪽에서 불어오도다　　高風月谷西

단풍잎 선명하게 맑은 못 바닥에 비치고　　楓明潭徹底

상수리 잎 떨어져 오솔길 평평히 덮었네　　橡落葉平蹊

멀리 나는 기러기는 아포의 기러기요　　遠鴈應鵝浦

드문드문 종소리는 호계에서 들려온다　　疎鐘自虎溪

소 몰며 부르는 노래가 먼 곳에서 들리니　　牛歌更迢遞

느지막이 수확하고 구름 속 높은 산길 내려오는구나　　晚穫下雲梯

　　이상은 가을이다.

---

214 쓸데없이 부채 잡고 : 삼연이 거처하는 산속 거처가 여름에도 시원하여 부채를
쓸 일이 없다는 말이다.

215 머리 감노라 : 음력 6월 15일에 계곡에서 머리를 감아 액운을 털어버리는 유두일
(流頭日) 풍속을 말한 것이다.

216 희황(義皇)이……없도다 : 도잠(陶潛)의 〈아들 엄 등에게 주는 글[與子儼等疏]〉
에 "오뉴월 중에 북창 아래 누웠으면 서늘한 바람 이따금씩 스쳐 지나가곤 하는데 그럴
때면 내가 태곳적 희황 시대 사람인가 하는 생각이 들기도 한다.[五六月中, 北窓下臥,
遇涼風暫至, 自謂是義皇上人.]"라고 하였다.

적막 속에 화로를 싸고 앉았고	寂寞圍爐坐
사립문 안에서 물긷고 나무하네²¹⁷	柴門用汲薪
황벽나무에 부는 바람 시리며 매섭고	檗風知冷苦
소나무에 내린 눈 맑고 참되다	松雪見淸眞
이 시절에 모든 소리 고요히 그치고	時節休他籟
천지는 외부 속진(俗塵) 사절하누나	乾坤謝外塵
깊숙한 거처가 한결같이 이 같으니	冥棲一如此
양춘이 이르는 것은 꿈도 못 꾸겠네	無夢到陽春

　　이상은 겨울이다.

---

217 사립문……나무하네 : 불교적인 고사나 이미지를 시에서 자주 차용하는 삼연의 특성상 이는 방거사(龐居士) 게송의 이미지를 활용한 듯하다. 방거사는 당(唐)나라 때 석두희천(石頭希遷)과 마조도일(馬祖道一) 아래에서 도를 깨친 방온(龐蘊)이다. 하루는 석두선사가 방거사에게 일용(日用)의 경지를 묻자 방거사가 게송으로 "일용사에 별다른 것 없나니, 내 스스로 짝이 되어 지낼 뿐이라.……신통과 묘용이여. 물긷고 나무함이로다.〔日用事無別, 唯吾自偶諧.……神通竝妙用, 運水及搬柴.〕"라고 하였다. 《居士傳 卷17 龐居士傳》이 말을 가지고 삼연이 겨울에 아무 별다른 일을 하는 것 없이 물긷고 나무하며 홀로 지내고 있음을 형용한 것이다.

홍인보²¹⁸를 곡하다
哭洪仁甫

제1수

아아 우리 인보여	嗚呼我仁甫
너는 어이하여 여기에 그쳤는가	爾胡爲止此
아아 우리 인보여	嗚呼我仁甫
네가 여기에 그침이 당치 않도다	爾不宜止此
너의 자질은 온갖 선을 온축했고	爾質蘊百善
너의 뜻은 만 리에 드넓었도다	爾志浩萬里
상서로운 기린이 풀을 꺾지 않는 듯하고²¹⁹	祥麟不折草
노한 붕새가 장차 물결 치고 날아오를 듯했건만	怒鵬將擊水
잘못하여 결함세계²²⁰에 떨어지니	誤落缺陷界
어진 이가 장수한다는 것²²¹이 어찌 정해진 이치이랴	仁壽豈定理
하늘은 백도에게 무지하였고	無知見伯道
불행은 안자에게 닥쳤어라²²²	不幸在顔子

---

218 홍인보(洪仁甫) : 337쪽 주215 참조.

219 상서로운……듯하고 : 기린은 인수(仁獸)로서 살아있는 풀을 밟지 않는다고 알려져 있다.

220 결함세계 : 생로병사 없이 완전무결한 천상과 달리 생로병사와 시비선악이 존재하는 결함 있는 인간 세계를 말한다.

221 어진……것 :《논어》〈옹야(雍也)〉에 "어진 이는 장수한다.〔仁者壽〕"라고 하였다.

222 하늘은……닥쳤어라 : 의롭고 어진 사람이 복록을 누리지 못함을 말한 것이다.

| 밝은 하늘도 쇠하였으니 | 皓天其衰矣 |
| 상수²²³에서 그칠 새 없이 목 놓아 우노라 | 湘水咽未已 |

제2수 其二

아득히 흐르는 상수 굽이	悠悠湘水曲
무덤 가 나무가 감악산에 드리웠네	丘木翳紺嶽
뜻이 높고 커서 옛사람 풍모 추구하며	嘐嘐古之人
비범한 뜻으로 궁박하고 적막하게 절조 지켰도다²²⁴	奇志守窮寂
콩과 물 먹으면서도 기쁨을 극진히 하고²²⁵	盡懽菽水間

자가 백도인 진(晉)나라 사람 등유(鄧攸)는 석륵(石勒)의 난리가 일어났을 때 아들과 조카를 데리고 피난을 가다가 형세상 두 아이를 모두 지켜내기 어렵게 되자 죽은 아우의 소생인 조카를 살리기 위해 자신의 아들을 버려두고 조카만을 데려갔다. 후에 그가 끝내 자식을 낳지 못하자 사람들이 그를 의롭게 여기면서 "천도(天道)가 무지하여 등백도가 자식이 없도록 만들었다."라고 슬퍼하였다.《晉書 卷90 良吏列傳》안자는 공자로부터 덕행과 학문을 인정받았으나 가난하게 살다가 젊은 나이로 요절한 안연(顔淵)이다.

223 상수(湘水) : 홍유인의 무덤이 있는 곳으로 지금의 파주인 적성현(積城縣)에 있다. 본집 권27의《홍인보에 대한 묘지명》에는 적성(積城)이 적성(赤城)으로 잘못 표기되어 있다. 홍유인의 증조인 홍처량(洪處亮)과 조부 홍구성(洪九成)과 부친 홍문도(洪文度)의 묘가 모두 적성(積城)에 있다.

224 비범한……지켰도다 : 홍유인은 기사환국(己巳換局)이 일어나자 집을 팔고 과거도 단념한 채 상수(湘水)의 선영(先塋) 아래로 은거하여 궁핍하게 살다가 병에 걸려 죽었다.《本集 卷27 洪仁甫墓誌銘》

225 콩과……하고 : 변변치 못한 음식 밖에 없는 궁핍한 생활 속에서 부모를 극진히 봉양했다는 말이다. 공자의 제자 자로(子路)가 집안이 가난하여 효도를 제대로 못한다고 탄식하자, 공자가 "콩죽을 끓여 먹고 물을 마시더라도 부모를 극진히 기쁘게 해드리는 것을 바로 효라 이른다.〔啜菽飮水盡其歡, 斯之謂孝.〕"라고 하였다.《禮記 檀弓下》홍유인은 제수를 마련할 전답조차 없었지만 어머니를 모시고 콩을 먹으면서 화락하게

진흙탕 같은 세상 속에서도 마음 정결히 하였지	淨心淤泥側
사람은 가고 없고 맑은 하늘의 달빛만 남았는데	人亡霽月留
당에는 정적 흐르고 이슬 맺힌 연꽃 떨어지누나	堂靜露蓮落
영연이 푸른 이내 낀 이곳으로 돌아옴에	魂筵返靑嵐
옛 성곽은 변하지 않았어라²²⁶	未改舊城郭
외로이 밤에 곡하는 사람	伶俜夜哭人
혼자 남은 이내 그림자 돌아봄에 장차 누구에게 의지할까	顧影將焉託
하늘은 차갑고 귤정에 그늘지니	天寒橘井陰
흰 학이 광활한 허공에 떠 있구나²²⁷	白鶴在寥廓

가난을 잊었다고 한다. 《本集 卷27 洪仁甫墓誌銘》

226 영연(靈筵)이……않았어라 : 홍유인은 원래 도성에 살 때 김창흡의 집안과 매우 가까운 곳에서 홀어머니를 모시고 살며 김창흡과 매우 긴밀히 교유하였다. 푸른 이내가 낀 곳은 도성을 떠나기 전 홍유인이 거처했던 북악의 거처를 가리킨 것이다. 본집 권31 〈홍인보의 소상에 쓴 제문[祭洪仁甫小祥文]〉에 "지금 도성의 성곽은 예전과 같은데 그대는 다시 오지 못하니, 어쩌면 그리도 그대가 지은 시와는 반대로 일이 벌어졌는가. 그러나 그대의 영연은 이 푸른 이내가 낀 곳으로 돌아올 것이다.[今則城郭如故, 而君不復來, 何其事之與詩反也? 然君之靈筵則返玆靑嵐矣.]"라고 하였다. 한편 홍유인의 모친은 바로 김창흡의 숙부인 김수증(金壽增)의 딸이다. 홍유인은 어려서 아버지를 여의고 모친과 함께 김수증의 슬하에 의지하여 자랐는데, 김수증이 서울에서 머물던 집의 당호가 '청람(靑嵐)'이기도 하다. 원문의 '청람'이 김수증의 당호를 가리킬 가능성도 있으나, 홍유인의 묘지명에 "곡운(谷雲)의 암거(巖居)와 무속헌(無俗軒)에 많이 있었다.[多在谷雲巖居與岳麓之無俗軒]"라는 말이 있을 뿐 따로 청람에 대한 언급이 없어 우선은 글자를 풀이하여 번역하였다. 《本集 卷27 洪仁甫墓誌銘》《本集 卷30 伯父谷雲先生墓表》

227 하늘은……있구나 : 홍유인이 죽어서 신선이 되어 흰 학을 타고 귤정에 그림자를 드리우며 홀어머니를 두고 날아간다는 말이다. 한(漢)나라 때의 선인(仙人) 소탐(蘇耽)이 승천하기 전에 모친과 이별하면서 내년에 천하에 전염병이 돌 것인데 집 뜰에

제3수 其三

우담화가 꽃받침을 나란히 하여 피니	曇華並蔕生
사람들은 상서로운 세상의 향기 목도하였네[228]	人覩瑞世香
떨기 난초가 밭을 연이어 피었더니	崇蘭連畹滋
하늘이 하룻밤 걸러 서리를 떨어뜨렸어라[229]	天隕隔夜霜
모두 다 이미 지난 일이니 슬프다 우리 막내 동생	事往嗟我季
문장 논하던 곳은 쑥대로 뒤덮여 버렸네	蓬蒿沒詞場
사람과 거문고에 이내 마음 비참하고[230]	人琴我悽慘
들보에 비친 달빛 속에 너는 배회하는구나[231]	樑月爾徊徨

있는 우물물과 귤 잎사귀로 사람들을 치료할 수 있다고 비방을 알려주었다는 소선귤정(蘇仙橘井)의 전설이 있다. 《神仙傳》

228 우담화(優曇華)가……목도하였네 : 우담화는 불교에서 3천 년에 한 번 잠깐 피는 꽃으로 부처나 전륜성왕(轉輪聖王)이 세상에 출현할 상서로운 징조이다. 이 우담화가 나란히 피었다는 것은 곧 홍유인과 삼연의 막내동생 김창립(金昌立)이 세상에 태어난 것을 비유한 말이다. 홍유인과 김창립은 절친한 벗으로 서로 의기투합하여 무너진 동국(東國)의 시도(詩道)를 회복하기 위해 시사(詩社)를 결성하고 함께 연마하며 김창흡으로부터 가르침을 받았다. 《本集 卷26 金秀才傳》《本集 卷27 洪仁甫墓誌銘》

229 떨기……떨어뜨렸어라 : 홍유인과 김창립이 뜻을 다 펴지 못하고 10여 년 세월의 차이를 두고 연이어 요절한 것을 비유한 말이다.

230 사람과……비참하고 : 세상을 떠난 사람과 주인 없이 홀로 남겨진 거문고에 마음이 비참하다는 말로 막내 동생 김창립의 죽음을 슬퍼한 것이다. 진(晉)나라 때 왕휘지(王徽之)와 왕헌지(王獻之) 형제는 평소 우애가 두터웠는데, 아우 왕헌지가 병으로 먼저 죽자, 왕휘지가 조문 가서 왕헌지가 즐겨 타던 거문고를 꺼내 퉁겨 보았으나 음조가 맞지 않았다. 그러자 거문고를 던지며 "사람과 거문고가 모두 가버렸구나.〔人琴具亡〕"라고 하면서 탄식한 고사가 있다. 《世說新語 傷逝》

231 들보에……배회하는구나 : 죽은 동생을 그리워하는 말이다. 두보(杜甫)가 이백(李白)을 그리워하며 지은 〈이백의 꿈을 꾸다〔夢李白〕〉에 "지는 달이 들보에 가득 비치

십 년 세월 슬픔[232]을 삼키고 뱉으며	呑吐十年哀
방구석을 향하고서[233] 얼굴 펴지 못했더니	向隅眉不揚
형체를 잊고서 혹 웃고 말함에[234]	忘形或笑語
우리 막내 동생이 곁에 있는 듯하였는데	我季宛在傍
풍아가 지금 사라진 터에	風雅今則亡
옛 도를 누구와 장차 논할거나[235]	古道孰相將

제4수 其四

네가 도에 나아간 경지를 알고자 하였으되	欲知爾造道

니 오히려 그대의 안색을 보는 듯해라.〔落月滿屋梁, 猶疑見顔色.〕"라고 하였다.

232 십……슬픔 : 김창립이 죽은 1683년(숙종9)으로부터 이 시를 지은 1694년(숙종20) 사이의 10년 동안의 슬픔을 가리킨다.

233 방구석을 향하고서 : 《설원(說苑)》〈귀덕(貴德)〉에 "지금 집안 가득 손님들이 술을 마시고 있는데 한 사람이 유독 쓸쓸하게 방구석으로 머리를 돌리고서 운다면 그곳 사람들이 모두 즐겁지 않을 것이다.〔今有滿堂飲酒者, 有一人獨索然向隅而泣, 則一堂 之人, 皆不樂矣.〕"라고 하였다. 이는 홀로 곤궁한 상황에서 슬퍼하고 있음을 비유하는 말이다.

234 형체를……말함에 : 형체를 잊는다는 것은 서로 간의 지위나 관계에 얽매이지 않고 의기투합하여 진심으로 교분을 맺는다는 뜻이다. 두보가 친구 정건(鄭虔)에게 준 〈취시가(醉時歌)〉에 "형체 모두 잊고서 너니 나니 하게 되니, 실컷 술 마시는 것이 진정 나의 스승이로다.〔忘形到爾汝, 痛飲眞吾師.〕"라고 하였다. 막내 동생이 죽은 뒤 홍유인과 의기투합하여 막내 동생처럼 여기며 지냈다는 말이다.

235 풍아(風雅)가……논할거나 : 옛 시의 순정한 도가 사라진 지금 예전에 함께 그 도를 논하던 김창립과 홍유인 모두 세상을 떠나 함께 이야기할 사람이 없다는 말이다. 본집 권26 〈김수재전(金秀才傳)〉에 이들의 시에 대한 관점이 드러나 있는데 그 가운데 "풍아의 원류와 고금의 아정(雅正)한 문장과 음란한 정성(鄭聲) 같은 문장의 구별을 심도 깊게 논하였다.〔極論風雅源流及古今雅鄭之所以別〕"라는 말이 보인다.

중간에 시 짓기를 게을리하더니	中間懶作詩
종 치는 것에 그윽하게 응대할 적에	瀏然待扣鐘
절로 일어나는 흥취가 때때로 있었노라[236]	漫興或有時
백운령에서 치켜 흔들고	掀簸白雲嶺
매월사에서 부앙하였으니[237]	俯仰梅月祠
어랑이 남은 원고를 수습하면서	魚郎拾遺草
벽을 뜯어내고서 얻었도다[238]	拆壁乃得之
용이 잠긴 못에 부서진 구슬 차갑고	龍潭碎珠寒
봉이 날던 하늘에 남은 깃털 드리우니[239]	鳳霄零羽垂

236 종……있었노라 : 홍유인이 가르침을 구할 때 삼연이 응대하면서 홍유인을 보며 만흥(漫興)을 느꼈다는 말이다. 종 치는 것은 가르침을 구한다는 뜻이다. 《예기(禮記)》〈학기(學記)〉에서, "물음에 대한 훌륭한 응대는 종을 쳤을 때와 같다. 작게 쳤으면 작게 울리고 크게 쳤으면 크게 울리는 것이다.〔善待問者如撞鐘, 叩之以小者則小鳴, 叩之以大者則大鳴.〕"라고 하였다.

237 백운령(白雲嶺)에서……부앙하였으니 : 원문의 '부앙(俯仰)'은 여러 뜻이 있으나 여기에서는 골똘히 사색하는 뜻인 듯하다. 백운령과 매월당은 모두 홍유인의 외조부이자 삼연의 숙부인 김수증이 은거하던 화천의 곡운(谷雲)에 있는 곳들이다. 백운령은 김수증이 곡운으로 들어갈 때 항상 경유했던 곳이다. 또 김수증은 곡운의 유지당(有知堂)에 김시습(金時習)의 초상을 모신 바 있다. 홍유인은 기사환국 이후 적성(積城)의 선영 아래로 거처를 옮기기 전에는 서울과 곡운을 오가며 김수증을 모신 경우가 많았다. 이러한 정황을 감안할 때 '흔파(掀簸)'와 '부앙'은 곡운에서 홍유인이 깊이 사색하며 공부와 시문을 연찬하는 모습을 형용한 것인 듯하다. 《谷雲集 卷4 谷雲記》《農巖集 卷24 有知堂記》《本集 卷27 洪仁甫墓誌銘》

238 어랑(魚郎)이……얻었도다 : 어랑은 홍유인의 벗이자 삼연의 제자이기도 한 어유봉(魚有鳳)이다. 삼연은 홍유인의 유고(遺稿)를 수습하기 위해 어유봉과 함께 사방으로 다니며 원고를 구하였으며 심지어 홍유인이 죽기 전에 살았던 상수(湘水)의 집의 벽을 부수고서 그 안에서 원고를 찾아내기도 하였다. 《本集 卷31 祭洪仁甫小祥文》

위대하다 이 사람의 뜻이여 　　　　　　偉哉若人志

장차 이 유문(遺文)에서 살펴보리로다 　　　其將考於斯

쓸쓸한 이 글 차마 도태시킬 수 없으니 　　蕭條不忍汰

어루만지며 눈물을 줄줄 흘리노라 　　　撫摩涕漣洏

혼령이여 바라건대 부끄러워 말지니 　　魂兮願勿愧

식견 있는 자는 알아주리로다 　　　　庶有知者知

제5수 其五

나부에는 춘추 있고 　　　　　　　　羅浮有春秋

백원에는 도서 있었으니[240] 　　　　　百源有圖書

임하에서 십 년 살아감에 　　　　　　林下十年計

오직 네가 나를 따를 만하였도다 　　　惟爾可從余

나는 어버이를 잃은 몸으로 　　　　　余以蓼莪身

모진 목숨이 얼음 속 물고기 같았는데[241] 　殘喘若氷魚

---

239 용이……드리우니 : 모두 홍유인이 남긴 훌륭한 문장을 비유한 말인 듯하다. 부서
지고 남았다고 표현한 것은 홍유인이 젊은 나이에 죽어 완전하고 풍부하지는 않지만
훌륭한 문장을 남긴 것을 형용한 말인 듯하다.

240 나부(羅浮)에는……있었으니 : 나부는 중국 광동성(廣東省) 동강(東江) 북쪽에
위치한 산 이름으로 송(宋)나라 때 학자 나종언(羅從彦)이 은거했던 곳이고, 백원은
중국 하남성(河南省) 소문산(蘇門山) 지역의 지명으로 송나라 소옹(邵雍)이 은거했던
곳이다. 나종언은 원래 《춘추(春秋)》에 대한 이해가 얕았는데 나부산에 들어가 정좌
(靜坐)의 공부를 지극히 한 후 커다란 진보를 보았다고 하며, 소옹은 백원에서 10년
동안 각고의 노력 끝에 복희씨(伏羲氏)의 선천역(先天易)에 바탕을 둔 선천상수학(先
天象數學)을 통달하여 《황극경세서(皇極經世書)》라는 역작을 남겼다. 《朱子語類 卷11》
《宋元學案 卷9 百源學案上》

더 이상 갈 곳 없는 곤궁한 처지에 또 너를 곡하니	窮途又哭汝
이내 마음이 어떠하겠는가	風味其何如
재주 있는 이를 따져보니 우주가 텅 비었고[242]	論才宇宙空
나를 돌아보니 아아 떠나가야 하도다[243]	撫己吁嗟殂
고요한 벽계로 돌아와서	歸來檗溪靜
너의 소식 뜸한 것 자못 이상히 여겼더니	頗怪音徽疎
베개 밀치며 갑작스레 놀람에	推枕忽復驚
머리맡에 부음 전하는 글 있었네	頭邊有訃書
백아의 거문고가 바위 골짝에서 부서지니[244]	牙琴碎巖壑
긴 밤 솔바람은 공허하여라	永夜松風虛

---

241 모진……같았는데 : 427쪽 주27 참조.

242 재주……비었고 : 홍유인이 세상을 떠나 세상이 재주 있는 사람이 모두 사라진 것과 같다는 말이다. 문집의 만사(挽詞)들에서 '우주논재진(宇宙論才盡)'이라는 표현이 보이는데 같은 뜻이다.

243 나를……하도다 : 자신과 짝할 벗이 없어졌으므로 더 이상 세상에서 사는 것이 의미가 없어졌다는 말이다. 백이(伯夷)가 주(周)나라의 곡식 먹는 것을 부끄러워하여 수양산(首陽山)으로 들어가 고사리를 캐 먹다 죽음에 임박하여 부른 노래에 "아, 떠나가자. 내 명이 쇠하였도다.[於嗟徂兮, 命之衰矣.]"라고 하였다. 《史記 卷61 伯夷列傳》

244 백아(伯牙)의……부서지니 : 지기(知己)라 할 수 있는 홍유인이 세상을 떠나 더 이상 자신의 마음을 알아줄 사람이 없다는 말이다. 춘추 시대 백아가 거문고를 잘 탔는데, 오직 벗인 종자기(鍾子期)만이 백아의 거문고 소리를 잘 알아들었다. 그리하여 백아가 높은 산에 마음을 두고 거문고를 타면 종자기는 이를 알아차렸고, 흐르는 물에 마음을 두고 거문고를 타도 종자기가 이를 알아차렸다. 후에 종자기가 먼저 죽자 백아는 자신의 거문고 소리를 알아들을 사람이 없다 하여 마침내 거문고 줄을 모두 끊어버리고 종신토록 다시는 거문고를 타지 않았다고 한다. 《列子 湯問》

경명의 〈감회가 있어〉 시운에 차운하다[245]

次敬明有懷韻

제1수

저물녘 강가 언덕 홀로 선 나무에서	亭皐獨樹暮天心
아아 나를 깊이 생각하며 너는 배회하누나	嗟爾徘徊念我深
갈대 향해 멀리 바라보는 수고[246] 이제 그만하고	休向蒹葭勞遠目
기러기에게서 같은 소리 찾아봐야지[247]	應從鴻鴈覓同音
강호에서의 이별과 만남을 삼경 꿈에서 보고	江湖分合三更夢
산에 오르는 처량한 마음[248]을 반쯤 읊노라	岵屺凄涼一半吟
목곡에서 온 편지[249]에 마음 어수선한데	木谷緘書心緒亂

---

245 경명의……차운하다 : 경명은 삼연의 아우 김창즙(金昌緝)이다. 삼연이 차운한 원시는 김창즙의 《포음집(圃陰集)》 권1 〈24일 새벽에 셋째 형에게 감회가 있어〔二十四日曉有懷叔氏〕〉이다. 김창즙의 시는 삼연과 이별한 후 홀로 남은 적적함과 삼연에 대한 그리움이 담겨 있다. 다만 《포음집》에는 삼연 시의 제1수에 대응하는 시만 있고 제2수에 대응하는 시는 실려 있지 않다.

246 갈대……수고 : 상대를 몹시 애타게 그리워한다는 뜻이다. 485쪽 주159 참조.

247 기러기에게서……찾아봐야지 : 줄지어 날아가는 기러기는 보통 형제를 비유한다. 지금 김창즙과 삼연은 서로 떨어지게 되었지만 기러기가 같은 소리를 내며 날아가는 모습을 통해 형제가 마음을 함께하고 있음을 서로 기억하자는 말이다.

248 산에……마음 : 원문의 '호기(岵屺)'는 객지에서 부모를 그리워하는 마음을 뜻한다. 《시경》 〈위풍(魏風) 척호(陟岵)〉에 "저 산에 올라 아버님 계신 곳 바라보노라.……저 민둥산 올라 어머님 계신 곳 바라보노라.〔陟彼岵兮, 瞻望父兮.……陟彼屺兮, 瞻望母兮.〕"라고 한 데서 유래하였다.

249 목곡에서 온 편지 : 김창즙이 보내온 편지를 가리킨다. 김창즙은 이 당시 모친을

벽계에 깊이 들어옴에 한겨울 추위 배나 더하네　　檗溪深入倍窮陰

제2수 其二

십 리 거리가 천 리 떨어진 것 같으니　　　　十里已如千里睽

모친을 잊지 못하고 그리워하는 마음 몹시도 서글프네

　　　　　　　　　　　　　　　　　　心懸親側劇悽悽

싸늘한 내실에서 병든 그대는 문안 올리고[250]　寒閨唱喏君身病

저물녘 나루에서 배 위의 내 말은 울며 강가에서 멀어진다[251]

　　　　　　　　　　　　　　　　　　晚渡呼張我馬嘶

목곡에서 선영 이별하며 몇 줄기 눈물 흘리고　木谷數行辭墓淚

반계에서 강 등지고 열 가지 경치 시로 지으리[252]　盤溪十景背江題

모시고 목곡에 거주하고 있었다. 《圃陰集 附錄 年譜》 목곡에 대해서는 434쪽 주38 참조.

250 문안 올리고 : 모친을 모시고 있는 김창즙이 이른 새벽에 모친께 아침 문안을 올린다는 말이다. 원문의 '창야(唱喏)'는 남자가 예를 행하면서 읍을 하는 동시에 입으로 소리내어 인사하는 것이다. 《가례(家禮)》 권1 〈통례(通禮) 사마씨거가잡의(司馬氏居家雜儀)〉에 "이른 새벽에 부모나 시부모의 처소를 찾아가 살피고 문안한다.〔昧爽, 適父母舅姑之所, 省問.〕"라고 하였는데, 그 주(註)에 "장부는 창야하고 부인은 만복을 받으시라고 말한다.〔丈夫唱喏, 婦人道萬福.〕"라고 하였다.

251 강가에서 멀어진다 : 원문의 '호장(呼張)'은 배의 노를 젓는 사람이 배를 강 언덕에서 밀어내라고 소리치는 것이다. 《장자(莊子)》 〈산목(山木)〉에 "두 척의 배가 나란히 하수를 건널 때 빈 배가 와 부딪치면 아무리 속 좁은 사람이라도 그 배에 화를 내지 않지만 그 배 위에 사람이 있으면 고성으로 배를 밀어라 당겨라 소리를 질러댄다.〔方舟而濟於河, 有虛船來觸, 舟雖有惼心之人, 不怒, 有一人在其上, 則呼張歙之.〕"라고 하였다. 여기에서 '장(張)'은 배를 어떤 공간에서 밀어내 멀어지게 하는 것이고 '흡(歙)'은 배를 당겨서 가까이 붙이는 것이다.

252 목곡에서……지으리 : 선영에서 가까운 목곡을 떠나 반계로 이주하는 김창즙을

| 소산의 떨기 계수는 내 일이 아니니 | 小山叢桂非吾事 |
| 남은 인생 호계 지키기로 이미 마음먹었노라[253] | 已判殘生守虎溪 |

가리킨 말이다. 모친을 모시고 목곡에 머물던 김창즙은 이해 9월 다시 모친을 모시고 과천(果川)의 반계로 이주하였다. 《圃陰集 附錄 年譜》

253 소산의……마음먹었노라 : 소산의 떨기 계수라는 것은 세상을 피해 깊은 산중에 은거한다는 말이다. 한(漢)나라 때 회남왕(淮南王) 유안(劉晏)이 자신의 문사(文士)들을 대산(大山)과 소산(小山)으로 나누고 글을 짓게 했는데, 소산에 속한 문사가 지은 〈초은사(招隱士)〉에 "깊은 산중에 계수나무 떨기로 자라네.〔桂樹叢生兮山之幽〕"라고 하였다. 《楚辭 招隱士》 호계는 본권의 〈벽계사시사(檗溪四時詞)〉에서도 언급하였는데, 벽계에 있는 지명으로 보인다. 다만 〈벽계사시사〉에서도 은은히 들려오는 종소리를 말하면서 호계를 말하였으므로 이것이 실제 지명인지 아니면 벽계의 사찰이 있는 곳이라는 뜻으로 쓰였는지는 불분명하다. 벽계는 삼연의 선영과 가까운 곳이다. 이에 대해서는 427쪽 주26 참조. 즉 고고하게 깊은 산중에 은거하는 것은 자신의 일이 아니고 선영의 곁을 지키며 세상을 피해 살겠다는 뜻이다.

반계에 부치다

寄盤溪

제1수

깊은 산중에 들어와 홀로 누워서	巖穴來孤臥
서글피 근심 걱정만 안고 있다네	惘惘只抱愁
울창한 숲속에서 모친 그리고	思親萬木裏
두 줄기 시내 어귀에서 아우 생각하노라	憶弟兩溪頭
새벽잠 적어짐을 더욱 알겠으니	倍覺晨眠少
저물어가는 인생 가누기 어렵다	難爲暮景遒
기러기 되는 꿈 자주 꾸노니	頻頻鴻鴈夢
잠자리에선 기주[254]가 바짝 다가오누나	枕席密碁洲

제2수 其二

산언덕 차츰 추워지는데	山阿稍陰沍
강가는 지금 어떠할는지	江上更何如
모든 일을 단단히 대비했는가	凡事綢繆未
형제들 막 영락한 때에	諸房冷落初
얼어붙은 호수에선 바람이 장막에 불어오고	氷湖風到幔
이슬 내린 나루에선 눈이 섬돌에 들이치겠지	露渡雪侵除
한번 어량을 살펴보게나	試向魚梁覓

---

254 기주(碁洲) : 502쪽 주188 참조.

찬 여울에 혹여 물고기 있는지　　　　　　　　　　　寒灘或有魚

'침(侵)'은 어떤 본에는 '번(翻)'으로 되어 있다.

제3수 其三

돌아가는 심부름꾼을 산중에서 전송할 제　　　　　　山中送歸使

멀리 흐르는 강처럼 이내 마음 깊었어라　　　　　　意與遠江深

누렇게 뜬 말[255]에 숯 실어 보내고　　　　　　　　載炭玄黃馬

고상하기도 속되기도 한 시를 통에 넣어 전했네　　傳筒雅俗吟

중도에 편지가 사라졌을까[256] 걱정이니　　　　　浮沉恐中路

이내 마음 풀어줄 답장 기다리노라　　　　　　　　披瀉待回音

갈대 핀 모래섬의 기러기가 아주 없진 않을 텐데　不盡蘆洲鴈

어이하여 여태껏 소식 없는가[257]　　　　　　　　如何曠至今

255　누렇게 뜬 말 : 병들어 초췌한 말을 가리킨다. 《시경》〈주남(周南) 권이(卷耳)〉
에 "저 높은 산등성이 어떻게 올라갈까, 내 말이 피곤해서 누렇게 떴으니.〔陟彼高岡,
我馬玄黃.〕"라고 한 데서 유래한 표현이다.

256　편지가 사라졌을까 : 원문의 '부침(浮沈)'은 서신이 중도에 사라져 당도하지 못한
다는 뜻이다. 진(晉)나라 은선(殷羨)이 예장 태수(豫章太守)의 임기를 마치고 떠날
때 사람들이 100여 통의 편지를 주면서 도성에 전해달라 청하였는데, 석두성(石頭城)에
당도하여 편지들을 전부 물속에 던지고 "가라앉을 것은 가라앉고 떠오를 것은 떠라.
은홍교가 우체부가 될 수는 없는 노릇이다.〔沈者自沈, 浮者自浮. 殷洪喬不能作致書
郵.〕"라고 한 데서 유래한 표현이다. 《世說新語 任誕》

257　갈대……없는가 : 기러기는 서신을 전달하는 새로 여겨지므로 이렇게 말한 것
이다. 한(漢)나라 소무(蘇武)가 흉노(匈奴)에 사신으로 갔다가 19년 동안이나 억류되
어 있었는데, 한나라 사신이 흉노에게 "우리 천자께서 상림원(上林苑)에서 흰 기러기를
쏘아 잡았는데, 기러기 발목에 소무의 편지가 있었다."라고 하자, 흉노가 소무를 돌려보
냈다는 고사가 있다. 《漢書 卷54 蘇武傳》

제4수 其四

이런저런 허다한 반계의 일에	多少盤溪事
온갖 염려 휘어감는다	殷殷百慮纏
눈바람 막아줄 사방 울타리 없고	雪風無四障
섶이며 숯 값에 일천 전 들겠지	薪炭抵千錢
어리석은 종의 낯빛은 차츰차츰 변하고[258]	漸革頑奴面
사나운 객의 모포는 천천히 돌아오리라[259]	徐還暴客氈
판여에 자주 모시고 나가서	休令板輿數
날마다 위양 곁에서 곡하시게 하지 말지어다[260]	日哭渭陽邊

---

258 어리석은……변하고 : 지금 당장에는 반계의 하인들이 마음에 맞게 잘 순종하지 못할 것이고 차츰차츰 시간이 지나야 잘 순종하게 될 것이라는 말이다. 낯빛을 바꾼다는 것은 순종하여 따른다는 뜻이다. 《주역》〈혁괘(革卦)〉 상육(上六)〉에 "군자는 표범처럼 변하고 소인은 낯빛을 바꾼다.〔君子豹變, 小人革面.〕"라고 하였는데, 〈상전(象傳)〉에 "소인이 낯빛을 바꿈은 순종하여 임금을 따르는 것이다.〔小人革面, 順以從君也.〕"라고 하였다.

259 사나운……돌아오리라 : 아버지가 머물고 남기신 반계의 유업(遺業)을 지금 가서 잘 경영하면 빨리는 아니더라도 천천히 회복되어 다시 옛 모습을 찾을 것이라는 말이다. 사나운 객은 도적을 뜻한다. 《주역》〈계사전 하(繫辭傳下)〉에 "문을 이중으로 하고 딱따기를 쳐서 사나운 객을 대비한다.〔重門擊柝, 以待暴客.〕"라고 한 데서 유래한 표현이다. 도적의 모포는 곧 집안 대대로 전해져오는 유업을 뜻한다. 진(晉)나라 때 왕헌지(王獻之)가 누워 있는 방에 도둑이 들어와서 물건을 모조리 훔쳐 가려 하였는데, 그가 "도둑아, 푸른 모포〔青氈〕는 우리 집안 대대로 전해져오는 오랜 물건이니, 그것만은 놓고 가거라."라고 하자, 도둑이 놀라 도망쳤다는 고사가 있다. 《晉書 卷80 王羲之傳 王獻之》

260 판여에……말지어다 : 판여는 부들방석을 깔아 노인이 편하게 탈 수 있도록 한 가마로 모친을 모시고 나들이 가는 것을 가리킨다. 진(晉)나라 반악(潘岳)의 〈한거부(閑居賦)〉에 "모친을 판여에 모시고 가벼운 수레에 태워 드린 다음, 멀게는 경기 지방을

유람하고 가까이는 집안 뜰을 소요한다.〔太夫人乃御板輿, 升輕軒, 遠覽王畿, 近周家
園.〕"라고 하였다. 위양은 외숙부를 뜻하는 말이다. 이는 《시경》〈진풍(秦風) 위양(渭
陽)〉에 진(秦)나라 강공(康公)의 외숙인 진(晉)나라 공자(公子) 중이(重耳)가 오랫동
안 진(秦)나라에 망명해 있다가 본국으로 돌아갈 때 강공이 태자로 있으면서 중이를
위수 북쪽까지 전송하며 "내가 외숙을 전송하여, 위수의 북쪽에 이르렀네.〔我送舅氏,
曰至渭陽.〕"라고 한 데서 유래하였다. 삼연의 외숙부인 나양좌(羅良佐)의 집이 반계와
가까운 과천의 명촌(明村)에 있었다. 또 넓게는 막내 외숙부인 나석좌(羅碩佐) 역시
이 무렵 조정에 환멸을 느끼고 동호(東湖)의 남쪽 강안(江岸)에 은거하여 살고 있었다.
《宋子大全 隨箚 卷9 卷之八十四 書》《丈巖集 卷13 內侍敎官羅公墓誌銘》

마음 가는 대로 읊다
漫吟

어제와 오늘의 모습 다르니	昨日非今日
천산 만산이 둘러 있도다[261]	千山更萬山
어슬렁어슬렁 혹 명아줏대 지팡이 짚고서 거닐다가	徘徊或藜杖
결국에는 다시 사립문으로 돌아오네	畢竟復荊關
어부 나무꾼 다니는 길엔 흰 눈 깔리고	皓雪漁樵路
덩굴 얽힌 물굽이엔 푸른 연기 서렸구나	蒼煙薜荔灣
한겨울 추위에 해마저 떨어지니	窮陰兼薄暮
깊은 번민에 표정도 가관일레	幽悶作何顏

---

261 어제와……있도다 : 삼연이 머물고 있는 벽계 주변의 산 풍광이 시간의 경과에
따라 모습을 바꾼다는 말이다.

현흠보[262]가 험한 길을 두루 거쳐 멀리서 찾아와주니 지극한 마음에 말로 사례할 길이 없기에 시 한 편을 지어 내 마음을 열어보였다 현흠보는 현약호이다

玄欽甫 若昊 歷險遠訪 至意不可以言謝 輒以一詩剖懷

제1수

눈물 훔치며 함께 앉은 자리	拭淚方同席
밝은 등불에 옛 얼굴 완연해라	明燈宛舊顔
친구가 천 리 먼 길 찾아와주니	故人千里駕
오늘 일만 봉우리 사이에서 만나보누나	今日萬峰間
도성 아닌 안개비 내리는 이곳에서 만나	煙雨非京洛
월출산 솔과 대 어떠한지 그대에게 묻노라	松篁問月山
지난날 우리 이별하고 만나던 것	從來離合際
전부 다 꿈속에서 일어난 일 같고녀	都作夢中看

'제(際)'는 어떤 본에는 '의(意)'로 되어 있다.

제2수 其二

| 지난 일 생각하면 눈물이 하염없어 | 往事無涯淚 |

---

262 현흠보(玄欽甫) : 현약호(玄若昊, 1659~1709)는 본관은 연주(延州), 호는 삼벽당(三碧堂)이며 흠보는 자이다. 전라도 영암(靈巖) 월출산 아래의 구림(鳩林)에 살았으며 삼연의 부친 김수항(金壽恒)이 1675년(숙종1)에 영암으로 유배되었을 때 이 집에 머물렀으므로 삼연 형제와 교분을 맺고 후에 자신의 아들을 김창협(金昌協)과 삼연에게 보내 수학하게 하기도 하였다. 《屛溪集 卷53 三碧堂玄公墓誌》

남쪽에서 지내던 일 어찌 차마 말할까 　　　　　南中可忍言

가까운 이웃 같은 그대는 만 리 떨어진 듯했어도 　比隣猶萬里

쇠잔한 이내 넋은 꿈속에서 길 알아 찾아갔지 　識路有殘魂

저물녘 비 내릴 제 그대 어인 일인가 　　　　　暮雨君何至

깊은 산에 나 홀로 지내고 있었더니 　　　　　窮山我獨存

등불 꺼질 때까지 정답게 마음 나누노라니 　論心燈欲晦

반쯤 언 시내의 여울물 소리 울려오누나 　氷瀨半溪喧

새벽에 냇가를 거닐다가 눈에 보이는 광경을 장난스레 읊으면서 간 자 운을 다시 쓰다
晨步川上 戲賦所見 疊看字

깊은 산속 집에 재미난 일 적으니	巖扉風味少
머무르는 객 표정 좋을 리가 있나	留客作何顔
그대 소매 이끌어 서리 내린 시냇가로 갔다가	引袂霜溪側
지팡이 짚고서 구름 속 암벽 사이로 걸음 옮기네	移筇雲壁間
숯불 연기는 별천지 계곡으로 뻗어나가고	炭煙延別澗
물 길어오는 길은 높은 산으로 나 있다	汲路到高山
눈 가득한 광경이 인간 세상 일 아니니	滿目非人事
그대 응당 고라니 사슴을 보게 되리라[263]	君應麋鹿看

　　‘도(到)’는 어떤 본에는 ‘괘(挂)’로 되어 있고, ‘사(事)’는 어떤 본에는 ‘경(境)’으로 되어 있다.

263　그대……되리라 : 삼연이 사는 산중이 세속을 멀리 벗어난 별천지와 같아 고라니와 사슴이 뛰노는 광경을 보게 될 것이라는 말이다. 두보(杜甫)의 〈장씨가 은거하여 사는 곳에 쓰다〔題張氏隱居〕〉에 “탐욕을 부리지 않으므로 밤에 금은의 기를 알아보고, 해로움을 멀리하여 아침에 고라니와 사슴이 노는 모습을 보도다.〔不貪夜識金銀氣, 遠害朝看麋鹿遊.〕”라고 하였다. 이는 세속적인 탐욕을 멀리하였기 때문에 땅속에 묻힌 광물의 기운을 알아차리고, 사람들이 얽혀 사는 저자의 온갖 해로운 일들을 멀리하고서 산중에서 고라니와 사슴과 같이 어울린다는 뜻이다. 《九家集注杜詩 卷17》

함께 시냇가를 거닐다가 산승이 찾아오는 것을 보고

同步溪邊 見山僧來過

솔문 산보하노라니 구름 안개 사랑스러운데　　　　松門散步愛雲嵐

승려는 어데서 와 석담을 건너나　　　　　　　　何處僧來度石潭

다시 그대와 함께 달뜨는 것 보면서　　　　　　更就君邊看月出

시내 남쪽 오동과 대 따라 깊은 암자에 이르네　　水南梧竹到深菴

야심한 시각에 달빛 속에 울타리 밖을 거닐며

夜深後步月籬外

제1수

강남 보내는 편지 다 써 놓고	寫盡江南札
그대 이끌고서 깊은 계곡 거니노라	携君步壑幽
텅 빈 골짝 울리는 소리만 들릴 뿐	但聞空峽響
흐르는 시냇물은 보이지 않네	不見有溪流
싸락눈 내린 솔숲 깨끗하고	過霰松林淨
이른 새벽 달빛 아래 이슬 떠 있다	侵晨月露浮
은하수는 쉬이 흘러가버리니	星河易荏苒
내일 밤엔 뉘 함께 노닐고	來夜與誰遊

제2수 其二

사나운 범이야 으르렁대던 말던	遮莫猛虎嘯
그윽이 맑은 밤 이 마음 애달프다	堪憐清夜幽
텅 빈 산에 두 사람 마주 섰는데	山空人偶立
공활한 하늘 달빛이 함께 흐르네	天闊月同流
이별과 만남 자주 있지 않았더라면	不有睽逢數
이 세계가 뜬구름 같은 줄 어이 알았으랴	焉知世界浮
강남의 매화와 귤 있던 곳에서	江南梅橘地
소년 시절 노닐던 것도 돌아갈 수 없는 지난 일	已矣少年遊

학고에게 부치다[264]

寄學古

제1수

그대와 시를 읊던 곳	與爾賦詩處
강가 언덕엔 북풍이 많이도 분다	亭皐多北風
극심한 추위 속 고목이 홀로 섰고	玄陰老樹獨
텅 빈 땅엔 그 많던 배들도 간 곳 없구나	素地萬帆空
서글픈 마음으로 괜스레 문 닫아보고	悄悄門空掩
아득히 멀어 소식은 통하지 않네	悠悠信不通
모래섬 기러기도 몇 마리 없으니	洲鴻看亦少
벌써 남쪽 호수로 날아간 듯하여라[265]	似已漸湖中

제2수 其二

헤어진 후에 무슨 공부하는가	別後爲何業
일일이 전해들을 길이 없구나	無由一一聞
황종에 드러나는 절기 묘하고[266]	黃鐘氣朔妙

---

264 학고(學古)에게 부치다 : 493쪽 주168 참조.

265 모래섬……듯하여라 : 남쪽 호수는 기러기들이 따뜻한 기후를 찾아 날아가는 초 (楚) 지방의 오호(五湖) 가운데 하나인 팽려(彭蠡)이다. 531쪽 주257 참조.

266 황종(黃鍾)에……묘하고 : 옛날에 절기를 측정할 때 갈대의 재를 율관(律管)에 넣어 기후를 점쳤는데, 동지가 되면 황종 율관의 재가 날아 움직인다고 한다. 《後漢書 卷11 律曆志》 전후 문맥상 율력의 변화에 대한 오묘한 공부를 권면한 말인 듯하다.

청사에 보이는 시비 분명타   靑史是非分

편안하고 고요함으로[267] 옛날 배운 것 다시 익히고   溫故須寧靜

밤낮으로 제 마음 살펴야 하느니   觀心以曉曛

그대 시는 맑고 고운 맛 부족하니   君詩欠淸婉

자세히 문장 논하지 못함이 한스럽구나   恨未細論文

---

267 편안하고 고요함으로 : 학문을 원대한 경지로 이끌어 올리는 데 필요한 마음자세이다. 제갈량(諸葛亮)이 자식들을 경계하면서 "편안하고 고요함이 아니면 원대한 경지에 이를 수 없다.〔非寧靜, 無以致遠.〕"라고 하였다. 《小學 嘉言》

중 자 운을 다시 쓰다
復疊中字

어느 틈에 벌써 얼음이 꽝꽝	俛仰堅氷至
단풍 바람 불던 시절은 지나갔어라	今非黃葉風
시간은 아까운 것이요	光陰爲可惜
이별과 만남은 본디 공허한 것이라	離合本來空
책 속에 스승이 충분할 것이요	卷裏師應足
생각 중에 귀신이 절로 통달시켜 주리라[268]	思頭鬼自通
늘 읊기로는 귤송[269]이 좋으니	長吟嘉橘頌
대숲 속에서 온 마음 다하거라	致意竹林中

---

268 생각……주리라 : 학문에 전심전력하다 보면 저절로 통달하게 된다는 말이다.
《관자(管子)》〈내업(內業)〉에 "생각하고 생각하며 또다시 생각하라. 이렇게 생각했는
데도 통달하지 못한다면 귀신이 통달시켜 주나니, 이는 귀신의 힘이 아니라 정기를
지극히 썼기 때문이다.〔思之思之, 又重思之. 思之而不通, 鬼神將通之, 非鬼神之力也,
精氣之極也.〕"라고 하였다.

269 귤송(橘頌) : 《초사(楚辭)》의 편명으로 굴원(屈原)이 자신의 고결하고 변하지
않는 지조를 귤나무에 빗대 읊은 것이다.

조 정랑 부인에 대한 만사[270] 조 정랑은 조경망이다
趙正郎 景望 內室挽

제1수

맑고 그윽한 청간당[271]에	淸幽聽澗堂
한가하고 조용한 모란 뜰	閒靚牡丹庭
규방의 모범 고요히 갖춰졌고	閨儀靜相得
부부의 금슬 화락하고 평온하였네	琴瑟和且平
오동나무에 저녁 그늘 드리웠더니	梧桐含晩陰
홀연 죽고 사는 가지 나뉘었어라[272]	忽爲死生枝
이로부터 긴 대자리의 한[273]이	由來長簟恨

---

270 조……만사 : 조경망(1629~1694)은 본관은 임천(林川), 자는 운로(雲老), 호는 기와(寄窩)이다. 조경망의 모친은 삼연의 증조부 김상헌(金尙憲)의 형제 김상용(金尙容)의 손녀로 조경망은 곧 삼연의 재종고모의 아들이다. 의금부 도사, 형조 좌랑, 동복 현감(同福縣監), 합천 군수(陜川郡守) 등을 역임하였다. 기사환국(己巳換局) 이후로 벼슬을 버리고 파주(坡州)와 덕산(德山) 등에 은거하며 학문에 전념하였다. 아우와 딸의 상을 연이어 당하여 거상 중인 1694년(숙종20) 질병을 얻어 사망하였다. 조경망의 아내 진주유씨(晉州柳氏, 1631~1694)는 진흥군(晉興君) 식(寔)의 딸로 조경망이 사망하기 석 달 전에 사망하였다. 《丈巖集 卷14 郡守林川趙公墓誌銘》

271 청간당(聽澗堂) : 백악산 기슭에 있던 조경망의 집이다. 《同春堂集 卷16 養正齋小記》

272 오동나무에……나뉘었어라 : 오동나무는 봉황이 머무는 나무이며 봉황은 곧 부부를 뜻한다. 저녁 그늘이 드리웠다는 것은 조경망과 부인이 노년에 이르기까지 함께 해로(偕老)했다는 말이다. 죽고 사는 가지가 나뉘었다는 것은 부인은 죽고 조경망은 살아 생사의 길이 달라졌음을 가리킨다.

종일토록 그치는 때 없으리로다	早晚無可時
함께한 세월 길어 은애(恩愛) 깊으니	年深見恩長
늙은 지아비 비통한 마음 어이 버틸까	老懷應難持
뉘 알랴 장씨 늙은이 노래[274]가	誰知莊叟歌
가슴 치며 슬퍼하는 것보다 더 아픈 마음인 것을	情甚扣胸悲

제2수 其二

상전벽해처럼 변한 세상 모질게 살아남은 몸	滄桑有殘魂
지난날 매화 피었을 적 추억하노라	憶昔梅花開
아늑한 매화 향기 속에 드문드문 술잔 드니	閒香引疎酌
친족끼리 모인 자리 어찌나 그윽했던지	內集何幽哉
온화하신 모습은 눈썹에 상 맞추고[275]	溫儀眉對案
훌륭한 안주에 손님들 술잔 더 드네	芳羞客添杯
삶과 죽음에 온갖 감회 휘어감는데	存亡萬感紆
천지에는 일양이 돌아왔어라[276]	天地一陽回

---

273 긴 대자리의 한 : 부인을 잃은 아픔을 뜻한다. 진(晉)나라 반악(潘岳)이 아내를 잃고 지은 〈도망삼수(悼亡三首)〉에 "뒤척이며 잠자리를 바라보니, 긴 대자리 깔린 침상 끝내 텅 비었네. 빈 침상은 맑은 먼지 차지가 되고, 빈방에는 서글픈 바람 불어오누나. 〔展轉眄枕席, 長簟竟床空. 床空委淸塵, 室虛來悲風.〕"라고 하였다.

274 장씨 늙은이 노래 : 장씨 늙은이는 장주(莊周)이다. 장주는 부인이 죽자 다리를 쭉 뻗고서 동이를 두드리며 노래를 불렀다. 《莊子 至樂》

275 눈썹에 상 맞추고 : 매화가 필 때 친족끼리 모인 자리에서 부인이 술자리를 마련하는 거동이 매우 공경스러웠다는 말이다. 후한(後漢) 때 양홍(梁鴻)의 아내 맹광(孟光)이 남편에게 밥상을 올릴 때 눈썹 높이까지 밥상을 들어 올렸다는 거안제미(擧案齊眉)의 고사가 있다. 《後漢書 卷83 逸民列傳 梁鴻》

바람 앞의 등불 비친 빈 휘장 반들대고 風燈耿虛幌

눈 내리는 날 화로에 차갑게 식은 재 거뭇하다 雪爐黯寒灰

놀라서 경황없는 벽계 사는 이 몸이 周章檗溪人

어찌 학처럼 조문갈 수 있으랴[277] 身豈弔鶴來

눈물 훔치고 해사[278]를 짓자니 揮淚寫薤詞

새로 핀 매화 읊는 소리 들리는 듯하여라 復疑詠新梅

276 천지에는 일양이 돌아왔어라 : 치성하던 음기(陰氣)가 끝나고 새로운 첫 양기(陽氣)가 생겨나는 때가 동지인데, 동지는 곧 매화의 꽃망울이 피는 때이기도 하다. 조경망의 아내가 죽은 것이 10월이므로 11월 동지가 되어 옛날 매화가 폈을 때 함께 모여 즐거웠던 일을 추억한 것이다.

277 어찌……있으랴 : 멀리 떨어져 있어 직접 위의를 갖춰 조문갈 수 없다는 말이다. 학처럼 조문한다는 것은 죽은 사람에 대해 매우 정결하고 품격 있게 조문하는 것을 뜻한다. 진(晉)나라 때 도간(陶侃)이 모친상을 당해 묘소에 있을 때 두 사람이 찾아와서 조문을 했는데 위의와 복색이 깨끗하고 특출 나서 범상한 인물이 아니라고 생각한 도간이 사람을 시켜 뒤따라가 보게 하였더니 두 마리의 학이 공중으로 날아가는 것만 보였다는 고사가 있다. 《世說新語 賢媛 註》《晉書 卷66 陶侃傳》

278 해사(薤詞) : 만사(挽詞)의 다른 표현이다. 악부(樂府)의 〈해로곡(薤露曲)〉은 부추 위에 맺힌 이슬처럼 덧없이 지는 인생을 슬퍼한 만가이다. 《樂府詩集 卷27 相和歌辭 薤露》

성을 나서며

出城

쓸쓸히 조랑말에 올라 도성을 등지고서	蕭條款段背京師
채찍 들어 차가운 하늘 멀리 바라보노라	擧策寒空一望之
눈 가득 쌓인 청파엔 오래도록 햇볕 들지 않고	雪滿靑坡經睍久
바람 부는 북한산 꼭대기엔 느릿느릿 구름 흩어진다	
	風吹華頂散雲遲
서쪽 장안 향해 웃는다는 옛말 의심스럽고	長安古語疑西笑
다섯 번 양자가 탄식했던 슬픈 노래 느낀다[279]	梁子悲歌味五噫
창졸간에 눈앞에서 길이 끝나버리니	造次窮途還目下
반은 얼음 떠다니는 강에 잣나무 배 기우뚱기우뚱	栢舟傾側半江澌

---

279 서쪽……느낀다 : 도성은 즐거운 곳이 전혀 아니라 괴로운 곳이라는 말이다. 후한 (後漢) 때 환담(桓譚)의 《신론(新論)》에서 관동(關東) 지방의 속언을 소개하면서 "사람들이 장안의 음악을 들으면 문을 나서면서 서쪽을 향해 웃음 짓는다.〔人聞長安樂, 則出門西向而笑.〕"라고 하였다. 양자는 후한 때의 은사(隱士)인 양홍(梁鴻)이다. 양홍의 탄식에 대해서는 486쪽 주160 참조.

반계에 이르러

到盤溪

적막한 강산에	寂歷江山勢
눈비가 지금 부슬부슬	今來雨雪霏
갈대섬 기러기 어디로 갔나	蘆洲鴈何去
얼음 언 나루엔 배 아직 정박했네	氷渡舸猶依
부침하던 날들에 온갖 감회 묻어나니	俯仰存千感
음양은 절로 하나의 기틀이라[280]	陰陽自一機
등불 아래 공부도 폐하였으니	摧頹燈下業
그저 홀어머니 봉양하고저	祇欲奉孤闈

---

280 음양은……기틀이라 : 음양이 두 물건이 아니라 서로 연결되어 순환 반복하듯이 인생도 성패와 흥망 등으로 구분지어 볼 것이 없다는 말이다.

이군 필승의 시운에 차운하다
次李君必升韻

강가에 빙설 퍼부어대니　　　　　　　　　　　江干氷雪正交加
온갖 조화가 정으로 돌아가 오래도록 화사함 거두네[281]

　　　　　　　　　　　　　　　　　　　萬化歸貞久斂華
처마 그림자는 짧아진 해에 얼마나 길었나　　短晷養簷添幾分
대지에 세차게 부는 긴 바람은 누구에게 떠들어대는가

　　　　　　　　　　　　　　　　　　　長風怒竅待誰譁
자세히 사물 살펴보니 평온해지기 어려운 형세요　細觀物有難平勢
묵묵히 마음 살펴보니 발하지 않은 잘못 아니어라[282]

　　　　　　　　　　　　　　　　　　　默察心非未發差
거울 속 늙어가는 모습이야 말할 것도 못되나니　鏡裏形容何足道
밝은 천도 쇠퇴한 형국에 탄식 가눌 길 없도다　皓天衰態不勝嗟

281　온갖……거두네 : 겨울이 되어 천지의 모든 사물과 정경이 오래도록 앙상하고 싸늘한 모습이 된다는 말이다. 《주역》의 사덕(四德)인 원형이정(元亨利貞)을 사계절에 배속하면 정(貞)은 겨울에 속한다.

282　자세히……아니어라 : 지금 세상이 어지러운 것은 그 대세와 운수상 어쩔 수 없는 것이므로 내가 마음을 일으켜 혼란한 세상을 구제하기 위한 노력을 하지 않았다고 해서 잘못은 아니라는 말이다.

정 용천[283]을 읊다 정용천은 정시응이다

詠鄭龍川 時凝

비단 안장 가진 동호의 장사[284]	東湖壯士錦鞍韀
늙은 천리마는 사립문 고목 앞에 있네	老驥柴門古木前
납일에 슬피 노래하며 범 이야기[285] 겸하고	臘日悲歌兼虎說
말년의 지기는 용천검[286] 뿐이라	暮年知己獨龍泉

283 정 용천 : 용천 부사(龍川府使)를 지낸 정시응(鄭時凝, 1628~1704)은 본관은 초계(草溪), 자는 여적(汝績), 호는 지지와(知止窩)이다. 효종이 북벌(北伐)을 준비할 때 정시응의 무예를 훌륭하게 여겨 후하게 대우하였고 정시응 역시 이러한 기대에 부응하여 북벌을 꿈꾸며 무예를 연마하였으나 효종이 죽고 나서는 뜻을 잃었다. 이후 그의 재주를 아낀 김수항(金壽恒)의 천거로 여러 변방 고을 자리를 맡았다. 노년에는 노량진 강가에서 살면서 사냥하고 술 마시며 항상 효종 때의 일을 그리워하고 북벌을 이루지 못한 것을 아쉬워했다. 삼연이 이 당시 반계에 왔을 때 정시응을 만나봤을 것이다. 《硏經齋全集 卷10 龍川府使鄭公行狀, 卷56 鄭時凝宋將軍》

284 동호의 장사 : 정시응의 집인 지지와(知止窩)가 동호에 있었다. 《硏經齋全集 卷10 龍川府使鄭公行狀》

285 범 이야기 : 정시응이 변경의 이산 군수(理山郡守)로 있을 때 겨울에 압록강의 얼음만 얼면 오랑캐 땅의 사나운 범이 강을 건너와 함부로 사람을 해쳤는데 정시응이 직접 범을 잡아죽였다. 이 일을 가지고 평안도의 유명한 화가인 조세걸(曹世傑)이 〈정 장군사호도(鄭將軍射虎圖)〉를 그렸다고 한다. 《硏經齋全集 卷10 龍川府使鄭公行狀, 卷56 鄭時凝宋將軍》

286 용천검 : 용천검은 진(晉)나라 때 풍성현(豐城縣)의 옥사 터에서 뇌환(雷煥)이 찾아냈다는 명검의 이름이다. 《晉書 卷36 張華列傳》 여기에서는 북벌의 뜻을 펴보지 못하고 그 뜻이 담겨 있는 병기만이 정시응의 지기가 되었다는 뜻이다. 정시응은 장차 압록강을 건너 여진족을 치기 위해 밤낮으로 철창을 갈면서 기다렸는데 효종이 죽고

강가의 눈은 음산에 쌓인 눈인 듯   江邊雪似陰山積

모래사장 하늘은 대막에 연이어진 듯[287]   沙上天疑大漠連

말세에 사람 깔보는 취한 정위(亭尉) 많으니   末路相輕多醉尉

존성(尊姓)을 남에게 전하지 말지어다[288]   莫將高姓向人傳

북벌의 꿈도 끝나자 늙어서 한강 가에서 갈아두었던 철창을 어루만지면서 죽기 전에 오랑캐 추장과 한판 싸울 수 있다면 여한이 없을 것이라고 했다고 한다. 《研經齋全集 卷56 鄭時凝宋將軍》

287 강가의……듯 : 음산과 대막은 흉노가 출몰하던 중국 북쪽 변방의 산과 사막이다. 청(淸)나라에 설욕하고자 하는 정시웅의 마음을 표현한 것이다.

288 말세에……말지어다 : 말세에 정시웅의 높은 뜻을 알아줄 사람은 적고 도리어 그런 뜻을 깔보며 경시할 것이니 정시웅의 이름과 뜻을 아무에게나 전하지 말라는 말이다. 이는 한(漢)나라 때 명장(名將) 이광(李廣)의 고사에 빗댄 것이다. 흉노를 벌벌 떨게 하던 장군 이광이 패전의 죄로 관직을 삭탈당하고 서인(庶人)의 신분으로 있었는데 어느 날 밤에 말을 타고 나가 술을 마시고 돌아오다가 패릉정(霸陵亭)에 이르렀다. 그런데 패릉위(霸陵尉)가 술에 취해 이광을 꾸짖으며 지나가지 못하게 하자 이광이 "나는 지난날의 이 장군(李將軍)이다."라며 자신의 성과 직함을 밝혔다. 그러자 패릉위는 현직의 장군도 밤에 나다닐 수 없는데 무슨 까닭으로 밤에 나다니냐며 이광을 패릉정 아래에서 자게 하여 망신을 주었다. 《史記 卷109 李將軍列傳》

반계에서 눈을 읊다

盤溪詠雪

제1수

내 가득 빙설이 바다 하늘까지 이어지니	氷雪盈川接海天
아스라이 허공의 반을 연기가 채웠어라[289]	微茫一半是空煙
어부는 강 건너 용산에서 지게문 닫고	漁人正掩龍山戶
행인은 동작나루에서 배를 잊어버렸네[290]	行子相忘雀渡船
강한의 풍류는 태소로 돌아가고[291]	江漢風流歸太素
봉래의 소식이라 신선들을 만나겠네[292]	蓬萊消息挹群仙
고목의 옥 가지[293] 곁을 배회하노라니	徘徊老樹瓊枝側

289 아스라이……채웠어라 : 이 구절은 연기같이 내리는 눈을 형용한 것이다. 연무(煙霧)처럼 내리는 눈을 연설(煙雪)이라고 한다.

290 행인은……잊어버렸네 : 눈이 덮여 강을 건널 배가 보이지 않는다는 말이다.

291 강한의……돌아가고 : 강한은 본래 중국의 장강(長江)과 한수(漢水)를 가리키고 두보(杜甫)나 왕유(王維) 등 문인들의 시에 강한에서 즐기는 풍류를 '강한풍류'라고 말한 표현들이 보인다. 여기에서는 한강 가에서 바라보는 눈 내리는 경치를 뜻한다. 태소는 《열자(列子)》〈천서(天瑞)〉에 보이는 표현으로, 가장 근원적인 만물의 본질을 뜻한다. 여기에서는 온 세상이 눈으로 덮여 하얗게 변한 풍광을 비유한 것이다.

292 봉래의……만나겠네 : 온 세상이 눈으로 덮여 신선들이 사는 선경(仙境)처럼 변했으므로 신선들을 만나게 되리라는 말이다.

293 옥 가지 : 눈이 내려앉아 반짝이는 나뭇가지가 옥처럼 보인다는 말이다. 고변(高騈)의 〈눈을 마주하여[對雪]〉 시에 "육각형의 날리는 눈꽃이 문으로 들어올 제, 앉아서 보니 푸른 대가 옥 가지로 변했어라.[六出飛花入戶時, 坐看靑竹變瓊枝.]"라고 하였다. 《萬首唐人絶句 卷47》

모래섬 학은 울지 않고 밝은 달이 걸려있네   洲鶴無聲朗月懸

제2수 其二

깊은 산 떨기 넝쿨 속에서 꽉 막힌 풍광만 보다가   目短深山蘿薜叢
강호의 눈 내리는 풍광에 마음 어찌나 웅장한지   江湖觀雪意何雄
누대에는 일천 집들 눈 쌓여 바뀐 풍광 생생히 펼쳐지고

          樓臺生態千家變

모래섬 기슭은 대지와 하나되어 꿰맨 자국 없이 이어지네[294]

          洲岸無縫大地同

차가운 매화는 눈에 묻혀 향기 잦아들고   埋沒寒梅香欲寂
새벽 달빛 속 배회하노라니 색이 되레 공하다[295]   徘徊曉月色還空
풍류 넘치는 푸른 솔 하나 있어   風流獨有蒼松子
기운 일산처럼 높은 처마 감싸고 끊임없이 춤추누나

          欹蓋高簷舞不窮

---

294 모래섬……이어지네 : 강의 모래섬과 대지가 다 눈으로 덮여 분간할 수 없이 하나
의 흰 풍광을 이루었다는 말이다.

295 색이 되레 공하다 : 불가에서 물질적인 형상인 '색'과 일체만물의 텅 빈 본성인
'공'이 둘이 아니라 결국 같은 것이라는 표현을 사용한 것이다. 즉 눈이 내려 온 세상이
하얗게 변한 풍광은 눈앞에 보이는 풍광이지만 또한 모든 구별 없이 일체가 다 하얗게
통일되어 아무것도 없는 공한 상태인 것과 같다는 말이다.

감회를 경명에게 보이다

感懷示敬明

제1수

야기를 어디에 보존하였나	夜氣存何處
새벽빛에 이내 삶을 느끼노라[296]	晨光感此生
소와 양은 숱한 나무 훼손하고[297]	牛羊千木剝
순 임금과 도척(盜跖)은 닭 우는 순간에 나뉘네[298]	舜跖一雞鳴

296 야기(夜氣)를……느끼노라 : 동이 트는 새벽 햇빛을 바라보면서 자신의 삶 속에서 야기와 새벽 기운을 잘 보존하였는지 돌이켜본다는 뜻이다. 《맹자》〈고자 상(告子上)〉에 "사람에게 보존되어 있는 것에 어찌 인의의 양심이 없겠는가. 그러나 그 양심을 잃어버리는 것이 마치 도끼와 자귀로 매일 아침마다 나무를 베어버리는 것과 같으니, 아름답게 될 수 있겠는가. 이렇게 양심이 훼손된 사람은 밤낮으로 자라나는 양심과 새벽의 맑은 기운에 그 좋아하고 싫어하는 감정이 남과 가까운 것이 얼마 되지 않는 상황에서 거기에다가 낮에 불선한 소행이 그마저도 해쳐버린다. 자꾸 반복해서 해치면 야기가 보존될 수 없고 야기가 보존되지 않으면 사람이 금수와 별 차이가 없게 된다.〔雖存乎人者, 豈無仁義之心哉? 其所以放其良心者, 亦猶斧斤之於木也, 旦旦而伐之, 可以爲美乎? 其日夜之所息, 平旦之氣, 其好惡與人相近也者幾希, 則其旦晝之所爲, 有梏亡之矣. 梏之反覆, 則其夜氣不足以存, 夜氣不足以存, 則其違禽獸不遠矣.〕"라고 하였다.

297 소와……훼손하고 : 소와 양은 본래의 양심을 해치는 불선(不善)을 의미한다. 《맹자》〈고자 상(告子上)〉에 "우산의 나무가 원래 아름다웠는데 큰 나라의 교외에 있는 탓에 사람들이 도끼와 자귀로 나무를 베어내니 아름다울 수 있겠는가. 밤낮으로 자라나고 비와 이슬이 적셔주어 싹이 나오는 것이 없지 않건만 소와 양이 또 그곳에 방목되니 이 때문에 저처럼 민둥산이 되었다.〔牛山之木嘗美矣, 以其郊於大國也, 斧斤伐之, 可以爲美乎? 是其日夜之所息, 雨露之所潤, 非無萌蘗之生焉, 牛羊又從而牧之, 是以若彼濯濯也.〕"라고 하였다.

성과 경을 가장 시급히 해야 하고 　　　　　最急惟誠敬

아우와 형이 서로 함께 수양해야지 　　　　交修卽弟兄

옷깃 떨치며 달빛 비치는 강가를 걷노라니 　披衣步江月

솔과 눈이 달빛 속에 함께 밝게 빛난다 　　松雪亦同明

제2수 其二

누군들 대학 공부 하지 않았으랴만 　　　　大學誰無講

나태하게 늘어져서 밥 이야기나 하는구나[299] 悠悠說食人

마음 바르게 하는 것을 끝내 입에만 올리고 　正心終在口

뜻 성실히 하는 것을 제 몸에 실천해보지 않네[300] 誠意不干身

세상과 내가 똑같은 병폐 안고 있으니 　　世弊仍吾病

나이 먹을수록 날로 새워지는 것[301] 시급하여라 年侵急日新

298　순……나뉘네 : 도척은 고대에 악행과 살인을 자행한 도적이다. 《맹자》〈진심
상(盡心上)〉에 "새벽에 닭이 울면 일어나서 부지런히 선을 힘쓰는 자는 순 임금의 무리
요, 새벽에 닭이 울면 일어나서 부지런히 이익을 구하는 자는 도척의 무리이다. 순
임금과 도척의 구분을 알고자 한다면 다른 데에 이유가 있는 것이 아니라 이익을 추구하
느냐 선을 추구하느냐의 차이를 보면 된다.〔雞鳴而起, 孳孳爲善者, 舜之徒也. 雞鳴而起,
孳孳爲利者, 跖之徒也. 欲知舜與跖之分, 無他, 利與善之間也.〕"라고 하였다.

299　나태하게……하는구나 : 실제적인 수행을 하지 않고 입으로만 학문과 도리를 떠
들어댄다는 뜻이다. 불가에서 이러한 사람을 배가 고프면 직접 밥을 먹어야 하는데
밥은 어떤 것이라는 이야기만 하는 것에 빗댄다. 《首楞嚴經要解序》

300　마음……않네 : 정심(正心)과 성의(誠意)는 《대학》의 8조목 가운데 본래부터 지
니고 있는 자신의 밝은 덕을 밝히는 데 필요한 공부이다.

301　날로 새워지는 것 : 《대학》에서 남을 다스리기 전에 먼저 자신이 새롭게 밝아져야
함을 말한 것이다.

| 모름지기 장부의 뜻 크게 넓혀서 | 須恢丈夫志 |
| 모든 일에 구습 따르는 것 경계해야지 | 凡百戒因循 |

제3수 其三

마음이 만사의 근본이니	心爲萬事本
근본이 확립되면 도가 생겨나네[302]	本立道方生
거울은 닦아야 밝아지고	鏡待磨來瑩
종은 쳐야 울리지 않겠는가[303]	鐘非扣後鳴
치중 하면 마침내 위육이 되고[304]	致中終位育
사랑은 내 가족에서부터 미루어 나가야지[305]	推愛自親兄
필경에 하늘과 사람이 합일됨은	畢竟天人合
모두 스스로 돌이켜 밝힘을 통한다네	皆由反照明

---

302 근본이……생겨나네 : 《논어》〈학이(學而)〉에 보인다. 《논어》에서는 효제(孝悌)를 두고 한 말인데, 여기에서는 마음을 가리킨 것이다.

303 거울은……않겠는가 : 거울을 닦는 것은 자신의 마음에 묻은 때를 스스로 닦아내는 것을 가리키고, 종을 치는 것은 학문하면서 질정하여 의심을 타파해나가는 것을 가리킨다.

304 치중(致中)……되고 : 자신의 마음과 행동을 중도(中道)에 합치시켜 천지와 만물의 도가 형통하게 하는 것이다. 《중용장구(中庸章句)》제1장에 "중과 화를 지극히 하면 천지가 제자리를 잡고 만물이 길러진다.〔致中和, 天地位焉, 萬物育焉.〕"라고 하였다.

305 사랑은……나가야지 : 모든 사람을 공평하게 사랑한다는 묵가(墨家)의 겸애(兼愛)와는 달리 유가의 기본 원칙은 나와 밀접한 관계에 먼저 최선을 다한 다음 그 마음을 확대시켜 나가는 것이다. 《맹자》〈진심 상(盡心上)〉에 "친족을 친애하고 나서 백성을 인애하며, 백성을 인애하고 나서 사물을 아껴준다.〔親親而仁民, 仁民而愛物.〕"라고 하였다.

제4수 其四

어진 하늘이 도를 아끼지 않으시어	仁天不愛道
행여 궁박한 사람에게도 은혜 베푸시려나	倘亦惠窮人
비록 학문을 서로 함께 강론했지만	縱有相論學
종국에는 각자 자신에게 돌이켜 구해야지	終當各反身
연원을 따라갈 수많은 성인 계시고	淵源千聖在
일월처럼 빛나는 오경은 새로워라	日月五經新
번다한 가지와 잎 쳐내고서	刊落繁枝葉
하나의 근본으로 돌아가 따라야 하네	歸來一本循

제5수 其五

도가 폐해진 지도 오래이니	道廢由來久
세상 미친 물결에 잠겨 사람들 취한 듯 정신 못 차리네	狂流汩醉生
뿔 하나 달린 기린도 만나기 어렵거늘	難逢麟一角
봉황이 함께 우는 소리 어이 들으랴306	那有鳳齊鳴
맹씨는 자애로운 모친 있었고307	孟氏惟慈母

---

306 뿔……들으랴 : 기린과 봉황은 모두 성인(聖人)이 출현한 태평성세에 나타나는 상서로운 동물들이다. 세상이 어지러워 상서로운 조짐을 볼 수 없다는 말이다.

307 맹씨는……있었고 : 자식의 교육에 헌신하여 훌륭한 사람으로 키운 맹자(孟子)의 모친을 말하는데 여기서는 형제들을 잘 인도하고 키운 삼연 형제의 모친을 비유한 것이다. 맹자의 모친은 맹자의 교육을 위해 무덤 근처와 저자 근처와 학교 근처로 세 차례에 걸쳐 집을 옮겼으며, 맹자가 공부를 중도에 그치고 집으로 돌아오자 짜던 베를 끊어버리며 공부를 그만두는 것은 베를 짜다 끊는 것과 같다며 질책하여 다시 학업에 전념하게 하였다. 《列女傳》

하남에는 형과 아우 있었도다[308]　　　　　　　河南亦弟兄

남아는 스스로 세상에 서서　　　　　　　　　男兒能自立

효도와 우애로 높고 밝은 경지에 이르러야지　　孝友到高明

제6수 其六

어찌 생각이나 했으랴 기자(箕子) 봉해진 이 땅에　曾謂箕封地

거짓된 학문 하는 이 많을 줄　　　　　　　　而多僞學人

헛되이 북돋은 가라지 종자요　　　　　　　　虛培稂莠種

말라 죽은 좀벌레 몸이로다[309]　　　　　　　乾死蠹魚身

모두가 붕 뜬 허황된 마음으로 잘못되었으니　　摠被浮心誤

누가 호연지기(浩然之氣) 보존하여 새로워지랴　誰存浩氣新

솔개와 물고기는 일상생활 중에 계합하나니[310]　鳶魚契日用

---

308 하남에는⋯⋯있었도다 : 송(宋)나라 때 도학(道學)의 틀을 다진 정호(程顥)와 정이(程頤) 두 형제를 말하는데 여기서는 삼연과 김창즙(金昌緝) 형제를 비유한 것이다. 정호와 정이는 하남에서 활동하였다.

309 헛되이⋯⋯몸이로다 : 앞 구절에서 말한 거짓된 학문을 하는 이를 비유한 말이다.

310 솔개와⋯⋯계합하나니 : 천지자연에 유행하는 도가 고원(高遠)한 곳에 있는 것이 아니라 일상생활 속에서 마음을 운용하는 가운데 존재하여 바로 그 자리에서 계합된다는 말이다. 《중용장구》 제12장에 "《시경》에 이르기를 '솔개는 날아서 하늘에 이르는데 물고기는 연못에서 뛰어논다.'라고 하였으니, 도의 본체가 위와 아래에 밝게 드러남을 말한 것이다.〔詩云, 鳶飛戾天, 魚躍于淵, 言其上下察也.〕"라고 하였다. 이는 형이상의 이(理)가 솔개와 물고기라는 형이하의 사물에 발현되는 모습을 말한 것이다. 이것이 일상생활 속에 계합한다는 것은 다음의 주희(朱熹)의 해석이 참고가 된다. 주희는 《중용혹문(中庸或問)》에서 "⋯⋯ 도의 체용(體用)이 널리 퍼지고 발현되어서 공간적인 천지를 꽉 채우고 시간적인 고금에 뻗쳐 있어 한 터럭만큼의 틈이나 숨 한 번 쉬는 만큼의 중단도 없음을 밝힌 것이다. 그러나 사람에게 있어서는 일상생활 하는 사이에

하늘의 가르침은 본디 정연하여 순서 있도다 　　　　　天訓本循循

제7수 其七

인심과 도심 두 가지 마음	人道心爲兩
때에 따라 번갈아가며 일어나네	隨時互發生
형기에 감응한 것을 가지고서	休將形氣感
천기의 울림이라 착각하지 말며	誤作天機鳴
이치와 인욕을 주인과 객의 관계처럼 만들고	理慾看賓主
앎과 실천을 형제처럼 병행할지어다	知行等弟兄
외로이 켜진 등불이 비유 삼을 만하니	孤燈堪取譬
심지 한 번 돋우면 또 한 번 등불 밝아진다네	一剔一回明

제8수 其八

하늘이 인으로써 사물을 낳았으되	天以仁生物
인을 행함은 도리어 사람에게 달려있네	爲仁却在人
찬찬히 이 뜻을 살펴볼진댄	油然看此意
어찌 그 몸을 아끼지 않을손가[311]	寧不愛其身

그것이 드러나는 것으로 애초에 이 마음이라는 것에서 벗어난 적이 없다. 그러므로 이 마음을 보존한 뒤에야 도를 자각할 수 있다.〔…… 又以明道之體用, 流行發見, 充塞天地, 亘古亘今, 雖未嘗有一毫之空闕一息之間斷, 然其在人而見諸日用之間者, 則初不外乎此心, 故必此心之存而後有以自覺也.〕"라고 하였고,《회암집(晦庵集)》권40 〈답하숙경(答何叔京)〉에서 이 구절과 관련해 "일상생활 하는 사이에 도의 유행하는 본체가 애당초 중단되는 곳이 없으며 공부에 착수할 곳이 있음을 보았다.〔日用之間, 觀此流行之體, 初無間斷處, 有下功夫處.〕"라고 하였다.

아상은 텅 비우면 즐거워지고	我相空來樂
건원은 이어지는 것이 새롭도다312	乾元繼者新
서명313을 늦게야 좋아한 것을 탄식하노니	西銘嗟晚喜
머리 센 노쇠한 몸으로 따르기가 힘들어라	霜髮不堪循

제9수 其九

논어를 등불 앞에서 읽으니	論語燈前讀
밤 깊을수록 의미가 살아나네	宵長意味生
은미하다 자양314의 가르침이여	微哉紫陽訓
크도다 공자 문도의 울림이여	大矣孔徒鳴

---

311 그……않을손가 : 아긴다는 것은 자신을 소중히 여겨 함부로 행동하지 않고 깨끗하게 처신한다는 뜻이다. 《맹자》〈만장 상(萬章上)〉의 '스스로를 사랑하는 사람〔自好者〕'과 같은 뜻이다.

312 아상(我相)은……새롭도다 : 아상은 본래 불교 용어로 자신의 실체적인 자아가 존재한다고 그릇된 믿음을 가지고 집착하는 것을 가리킨다. 그러나 여기서는 이런 불교적인 의미보다는 문맥상 자신의 사사로움에 가리워져 인(仁)의 도리를 받아들여 체행하지 못하는 의미로 쓰인 듯하다. 곧 자신을 비우고서 도를 체행함이 즐겁다는 말이다. 건원은 《주역》에서 하늘이 만물을 낳는 인(仁)의 덕을 가리킨다. 《주역》〈건괘(乾卦) 단(彖)〉에 "위대하다, 건원이여! 만물이 의뢰하여 시작하니, 이에 하늘의 일을 통괄하도다.〔大哉乾元! 萬物資始, 乃統天.〕"라고 하였는데, 주희는 《주자어류(朱子語類)》 권68에서 "이 '원' 자가 바로 만물을 낳는 인이다.〔那元字, 便是生物之仁.〕"라고 하였다. 곧 하늘의 덕으로 만물이 생생(生生)하여 계속 이어지는 것이 새롭다는 말이다.

313 서명(西銘) : 송나라 때 학자인 장재(張載)가 자신을 경계하기 위해 지은 글이다. 천지를 부모로 한 모든 이들이 다 나와 연결되어 있으므로 이들을 잘 보살피고 자신을 잘 다스려야 한다는 내용이 있다.

314 자양(紫陽) : 《논어집주(論語集注)》를 저술한 주희의 별호이다.

수수와 사수(泗水)에서 가르침 받고	洙泗來函丈
안자(顔子)와 증자(曾子)는 엄연히 형제로다[315]	顔曾儼弟兄
요컨대 글과 내가 합치되게 해야 하니	要令書我合
그저 풀이만 분명해서야 되겠는가	可但說分明

제10수 其十

인을 행할 때는 용사처럼 해야 하니	爲仁須猛士
도를 아는 것이 어찌 문인이랴[316]	知道豈文人
다생의 습기(習氣)가 있는 까닭으로	以有多生習
어느새 백 가지로 변화한 몸이 되었도다[317]	居然百化身
가을바람에 감회 자주 생기고	秋風感亦屢
동짓달에 회한이 새로워라	子月悔方新

315 수수(洙水)와……형제로다 : 《논어》를 읽으며 마치 자신이 공자로부터 직접 가르침을 받는 듯하고 공자의 수제자인 안연(顔淵)과 증삼(曾參)이 형제처럼 느껴진다는 말이다. 수수와 사수는 중국 산동성(山東省) 곡부(曲阜)를 지나는 두 개의 강으로 이곳에서 공자가 제자들과 함께 학문을 강론하였다.

316 인을……문인이랴 : 도를 알려면 서책을 통해서 공부해야 하므로 혹 문자를 보는 문인이 도를 알게 될 것 같지만, 진정으로 도에 나아가는 것은 문자에 머무른 문인이 아니라 용맹하게 실천하는 사람이라는 말이다.

317 다생의……되었도다 : 여러 전생을 거치며 익혀온 잘못된 습관이 자신의 몸에 배여 본래 도의 근원적인 면모를 유지하지 못하고 세상 속에서 만물과 함께 변화하고 늙어가는 범범한 사람이 되었다는 말이다. 백 번 변화한다는 것은 《장자(莊子)》〈지북유(知北遊)〉에 "지금 저 신명하고 지극히 정순한 기운이 저 만물과 더불어 백 가지로 변화하여……천하의 만물은 모두 부침을 거듭하여 죽을 때까지 옛 모습을 그대로 유지하지 못한다.〔今彼神明至精, 與彼百化,……天下莫不沈浮, 終身不故.〕"라고 한 것과 같은 뜻이다.

고요히 앉아 깊이 이치 살피니 　　　　　　　　　　　默坐存玄覽

정원은 본디 절로 순환하도다[318]　　　　　　　　　　貞元本自循

---

318 정원(貞元)은……순환하도다 : 《주역》에서 천도(天道)의 네 가지 덕을 원형이
정(元亨利貞)이라 하는데 여기에서 '원'은 만물의 시작을 뜻하고 '정'은 만물의 완성을
뜻한다. 곧 시작과 완성이 순환하여 그침이 없다는 뜻이다.

벽계에서 눈을 읊으며 반계에서 지었던 시[319]의 운을 쓰다
檗溪賦雪 用盤溪韻

제1수

좁은 방에서 내 텅 비고 맑은 천성을 보존하니[320]	丈室存吾虛白天
벽계의 맑은 밤 대 화로[321]에 연기 오른다	檗溪淸夜竹爐煙
이미 번뇌를 은 바다에 던져버렸으니	已將煩惱投銀海
완연히 공활하고 밝은 경계에 쇠 배 띄운 듯하여라[322]	
	宛在空明泛鐵船

---

319 반계에서 지었던 시 : 본권의 〈반계에서 눈을 읊다〉이다.

320 텅……보존하니 : 《장자(莊子)》〈인간세(人間世)〉에 "텅 빈 방 안에 흰빛이 생기고 거기에 상서로운 징조가 머문다.[虛室生白, 吉祥止止.]"라고 하였는데, 이는 곧 텅 빈 방에 빛이 가득 차듯 마음에 아무 욕심이 없이 텅 비어 마음이 저절로 환해짐을 말한 것이다. '천(天)'은 운자이기 때문에 '천성'의 의미로 쓰였을 뿐 물질적인 하늘의 뜻은 아니다. 이는 본집 습유 권10 〈하령의 길을 거쳐가며 식호암에서 투숙하여 절구 세 수를 읊어 남기다[霞嶺歷路 投宿式好庵 吟三絶以留之]〉에 "작은 집에서 텅 비고 밝음을 보존한다.[小屋存虛白]"라고 한 것을 보더라도 분명하다.

321 대 화로 : 대나무를 엮어 그 안에 쇠나 구리로 된 작은 주발을 넣어 불을 피우는 화로이다.

322 이미……듯하여라 : 눈이 내린 풍광을 바라보며 온갖 잡념이 다 사라지고 자신의 진면모가 드러난다는 뜻이다. 은 바다는 눈이 내려 쌓인 세상을 비유한 것이다. 쇠 배는 불교 특히 선가(禪家)에서 쓰는 말로 굳건하고 투철한 수행이나 본연의 참된 경계를 뜻한다. 예컨대 《금강경오가해설의(金剛經五家解說誼)》에 "쇠 배를 메고서 바다로 들어오니, 낚싯대 던진 곳에 달이 참으로 밝도다.[駕起鐵船入海來, 釣竿揮處月正明.]"라고 한 것이나, 《방거사어록(龐居士語錄)》에 "이 안의 참뜻 깨친다면, 쇠 배가 물 위에 뜨리.[會得箇中意, 鐵船水上浮.]"라고 한 것과 같다.

흥 살아나니 조탁할 필요 없이 시 지어지고 興活詩非資粉澤

경계 맑으니 신선 같은 말이 나오네 境澄言有涉神僊

눈 속에 바람 꽃 달이 어우러지니 雪中離合風花月

바람이 꽃 날릴 제 달도 휘영청 걸렸다 風颭花時月亦懸

제2수 其二

칡과 등덩굴 무더기처럼 어지러운 심사 끊어내고 決去煩襟藤葛叢

퍼붓는 눈에 웅혼한 기상 일어나려 하누나 將因大雪鼓豪雄

잠봉에 맨발로 오른 미친 짓[323]은 따르기 어렵거니와

潛峰赤脚狂難學

형악에서 석 잔 술 마시던 흥취[324]와 같고자 하네 衡岳三杯興欲同

호연한 기상은 겨울에도 끊어지거나 이지러짐 없고 浩氣貫冬無斷缺

도심은 경치와 어우러져 잠깐 맑고 공적하다 道心和境暫澄空

높은 곳에 올라 밝은 빛 속에 손뼉 치노니 登高撫掌明光裏

도깨비도 깊숙이 숨어버려 기량이 다했네[325] 魑魅投幽伎倆窮

---

323 잠봉에……짓 : 명(明)나라 때 왕면(王冕)이 큰 눈이 쏟아진 날 맨발로 잠악봉(潛嶽峯)에 올라가 사방을 바라보며 온 세상이 백옥처럼 변하여 사람의 마음을 맑게 하니 신선이 되어 속세를 떠나고 싶다고 크게 소리쳤다고 한다.《文憲集 卷10 王冕傳》

324 형악에서……홍취 : 주희(朱熹)와 장식(張栻)과 눈 덮인 남악(南嶽) 형산(衡山)에 올라 지은 시 가운데 하나인〈취하여 축융봉을 내려오며 짓다[醉下祝融峯作]〉에 "탁주 석 잔에 호탕한 흥이 일어, 낭랑히 시 읊조리며 축융봉을 내려오네.[濁酒三盃豪興發, 朗吟飛下祝融峯.]"라고 하였다.

325 높은……다했네 : 몰래 뒤에서 음해하는 나쁜 수단을 '귀매기량(鬼魅伎倆)' 또는 '귀역기량(鬼蜮伎倆)'이라고 한다. 여기에서는 눈이 쏟아지는 날씨에 도깨비가 깊은 곳으로 숨어들어 갔다고 표현함으로써 삼연이 아무런 방해를 받지 않고 눈 내리는 풍광

제3수 其三

사계절 기이한 풍광으로 눈만 한 것 없으니	舒慘奇觀莫雪如
온 하늘 먹구름 일색 된 후 싸락눈 흩날리네	玄雲同後散霙初
나무와 바위마저 눈에 파묻히니 산귀326가 굶주리고	埋連木石飢山鬼
온 천지가 불어난 눈에 휩싸이니 햇살도 잠긴다	漲合玄黃沒日車
연기도 피어오르지 않는 가난한 집엔 둘러싼 눈 빽빽하고	
	白屋無煙圍正密
손 데일 듯한 권세가327엔 눈 내리자마자 사라지겠지	
	朱門炙手到應虛
원규의 먼지328 바야흐로 멀리 초탈하니	元規塵遠方超脫
원생이 오활하게 낙양에 누운 것을 비웃노라329	却笑袁生臥洛疎

속에 흥을 즐기고 있음을 말한 것이다.

326 산귀(山鬼): 산신, 산의 정령, 도깨비 등을 가리킨다.

327 손……권세가 : 손이 데일 듯하다는 것은 그만큼 권세가 치성하다는 뜻이다. 두보 (杜甫)의 〈여인행(麗人行)〉에 "손대면 데일 만큼 뜨거운 권세 비길 데 없으니, 삼가 가까이 말라 승상이 노여워하나니.〔炙手可熱勢絶倫, 愼莫近前丞相嗔.〕"라고 하였다.

328 원규(元規)의 먼지 : 시속(時俗)의 더러운 기운을 가리킨다. 동진(東晉) 때 유량 (庾亮)은 자가 원규인데, 국구(國舅)의 신분으로 세 조정에서 잇달아 벼슬하여 권세가 막중하였으므로 많은 사람들이 그를 따랐다. 왕도(王導)가 이를 불만스럽게 여기고 있던 차에 유량이 있는 서쪽에서 바람이 불어 먼지가 일자, 부채를 들어 바람을 막으면 서 "원규의 먼지가 사람을 더럽힌다.〔元規塵汚人〕"라고 하였다.《晉書 卷65 王導列傳》

329 원생(袁生)이……비웃노라 : 원생은 후한(後漢) 때 재상인 원안(袁安)이다. 원 안이 신분이 미천했을 때 낙양에 큰 눈이 내려 낙양 영(洛陽令)이 민간에 순시를 나갔는 데 백성들이 모두 눈을 치우고 나와서 먹을 것을 구하러 돌아다니고 있었다. 그런데 원안의 집 앞에 당도하자 인기척이 없어 얼어 죽었을 것이라 생각하고 눈을 치우고 방에 들어가 보니 원안이 뻣뻣하게 누워 있었다. 낙양 영이 원안에게 왜 밖으로 나오지

제4수 其四

장생은 이런 날에 뜻이 어떠할런고 　　　　　莊生此日意何如

만물이 똑같아지니 이것이 태초로다[330] 　　　　衆萬歸齊是一初

혼돈은 구멍을 연 적이 없고[331] 　　　　　　混沌未嘗開竅穴

헌원은 어디에다 수레와 배 대려나[332] 　　　　軒轅安所著舟車

움푹하고 솟은 것들 평평해지니 높다 낮다 할 것 없고

　　　　　　　　　　　　　　　　　　　平來凹凸高低失

않느냐고 묻자 원안은 "큰 눈이 내려 사람들이 모두 굶주리고 있는데 남에게 먹을 것을
요구할 수는 없다."라고 하였다. 이 말을 들은 낙양 영은 원안을 어질게 여겨 효렴(孝廉)
으로 천거하였다.《後漢書 卷45 袁安列傳》원안의 오활함을 비웃었다는 것은 시속의
어지러움을 멀리하고 초야에 있지 않고 도성에 머물러 있는 것이 삼연 자신의 초탈함만
못함을 비웃은 것이다.

330 　장생(莊生)은……태초로다 : 장생은 곧 장주(莊周)이다.《장자(莊子)》〈제물론
(齊物論)〉등에서 만물이 피아의 구별 없이 하나로 귀결됨을 말하였는데, 지금 온 세상
이 눈으로 덮여 모든 풍광이 하얗게 통일되어 마치 천지가 처음 열린 태초와도 같은
풍광을 보면서 장주의 생각이 어떠할지를 묻는 것이다.

331 　혼돈(混沌)은……없고 :《장자》〈응제왕(應帝王)〉에 남해의 왕인 숙(儵)과 북
해의 왕인 홀(忽)이 중앙의 왕 혼돈이 자신들을 잘 대접해준 은혜에 보답하려고, "남들
은 모두 눈과 코와 입과 귀의 일곱 구멍이 있어 이것으로 보고 듣고 숨 쉬고 밥을 먹는데
혼돈만은 이런 구멍이 없으니 우리가 구멍을 뚫어 주자."라고 하고는 하루에 구멍을
하나씩 뚫어 7일째에 구멍이 다 뚫리자 혼돈이 죽어버렸다는 우화가 있다. 이는 오염이
없는 본연의 상태에 인위적인 오염을 가해서는 안 된다는 무위자연(無爲自然)의 뜻을
우화로 표현한 것이다. 혼돈이 구멍을 연 적이 없다는 것은 곧 온 세상이 눈으로 덮여
원초적인 모습으로 변한 풍광을 비유한 것이다.

332 　헌원(軒轅)은……대려나 : 헌원은 수레와 배를 처음으로 만들었다는 고대의 성
군인 황제(黃帝)이다. 온 세상이 눈으로 덮여 수레와 배를 댈 곳이 보이지 않음을 비유
적으로 표현한 말이다.

곱고 추한 것들 사라지니 좋다 싫다 할 것 없도다 　泯却姸媸愛惡虛

홀연히 외로운 달빛 둥글게 떠오르는데 　　　　忽有孤光生轉相

주린 새는 얼어붙은 앙상한 숲에 내려앉누나 　飢鳥落處凍林疎

제5수 其五

시 지을 때 어찌 꼭 한당의 시와 같을 것 있으랴 　作詩奚必漢唐如

천진을 쏟아냄이 태초를 회복하는 것이로다 　　陶寫天眞是返初

견본대로 그린 조롱박은 살아있는 그림 아니요[333] 　依樣葫蘆非活畫

문 닫고서 수레바퀴 만듦에 같은 수레 되는도다[334] 　閉門輪輻會同車

온 천지가 눈 세상이니 세상을 깨울 만하고 　　乾坤一雪堪醒世

---

333 견본대로……아니요 : 남의 것을 모방하기만 해서는 참된 시라고 할 수 없다는
말이다. 송 태조(宋太祖)가 한림학사(韓林學士) 도곡(陶穀)을 조롱하기를 "듣건대 한
림학사는 제서(制書)를 지을 때 옛사람의 글을 베끼면서 말만 조금 바꾸었을 뿐이라고
한다. 이는 바로 세속에서 이른바 '조롱박을 견본대로 본떠서 그린다.〔依樣畫葫蘆耳〕'
라는 것일 따름이니, 힘쓴 것이 뭐가 있는가."라고 하였다. 《東軒筆錄 卷1》

334 문……되는도다 : 다른 사람을 신경 쓰지 않고 자신에게 집중하여 시를 창작했는
데 이것이 의도하지 않았지만 다른 사람의 마음에 합치된다는 뜻이다. 《경덕전등록(景
德傳燈錄)》제13권에 "담주(潭州)의 녹원화상(鹿苑和尙)에게 어떤 승려가 '어떤 것이
문을 닫고 수레를 만드는 것입니까?〔如何是閉門造車〕'라고 묻자 화상이 '남악(南嶽)의
석교(石橋)이다.'라고 하고, 또 '어떤 것이 문을 나서서 다른 수레의 바퀴자국과 합치되
는 것입니까?〔如何是出門合轍〕'라고 묻자 화상이 '주장자 끝에 짚신이 걸렸다.'라고
대답했다."라는 일화가 있다. 이 일화를 전거로 하여 황정견(黃庭堅)이 그의 시에서
"문을 닫고 수레바퀴 깎았더니, 문 나섬에 바퀴 궤도 같도다.〔閉門斲車輪, 出門同軌
轍.〕"라고 읊었다. 황정견의 시의 뜻은 당시 황제가 즉위하여 새로워진 정치가 사람들과
모의하지 않았음에도 모두 사람들의 마음에 합치되었다는 말이다. 《山谷外集詩注 卷17
碾建溪第一奉邀徐天隱奉議幷效建除體》

슬픔과 즐거움 시로 지을 때 진솔한 내면에서 나옴이 중요하네[335]

哀樂惟詩貴出虛

이런 뜻은 소식(蘇軾)과 황정견(黃庭堅)도 다 깨치지 못했으니

此意蘇黃猶未透

한산선자가 나를 오활하다 하지 않으리라[336]　　　寒山禪子不吾疎

제6수 其六

황혼녘 높은 집에 담박하게 앉았으니　　　高齋淡泊坐微曛

안팎의 산천 깨끗하여 분잡한 속태가 없도다　　　表裏山川淨世紛

야기는 전날 밤의 담박함보다 배나 더하고　　　夜氣倍增前夜澹

하늘빛은 뒤에 펼쳐질 하늘의 분명함에 못지않네[337]　天光不落後天分

---

335 슬픔과……중요하네 : 자기 내면의 진솔한 감정을 시에 그대로 싣는 것이 중요하다는 말이다. 《장자》〈제물론〉에 "기쁨과 노여움과 슬픔과 즐거움, 억측과 탄식과 변심과 집착, 경망함과 방종함과 욕심과 교태라는 마음의 작용들은 음악이 악기의 구멍에서 나오고 수증기가 버섯을 자라게 하는 것과 같다.〔喜怒哀樂, 慮嘆變慹, 姚佚啓態, 樂出虛, 蒸成菌.〕"라는 표현을 활용한 것이다. 《장자》의 본래 뜻은 이러한 감정을 일으키는 주체가 허상이므로 거기에서 벗어날 것을 말하고 있지만 삼연은 그러한 감정을 있는 그대로 나타내야 한다는 뜻으로 변용하였다.

336 이런……않으리라 : 한선선자는 당(唐)나라 때의 시승(詩僧)으로 자유분방하고 걸림 없이 감정을 진술하게 드러내는 시를 지었던 한산자(寒山子)이다. 시어의 조탁(彫琢)을 중시했던 소식이나 황정견보다 꾸밈없이 진술하게 감정을 드러내는 것이 삼연의 시풍이라는 말이다.

337 야기는……못지않네 : 현재의 눈 내린 풍광을 기준으로 전날 밤 눈 내리기 전의 담박한 풍광보다 지금의 풍광이 배나 더 좋고 눈 빛깔로 밝은 하늘빛은 이어서 밝아올 다음 날 새벽의 분명한 빛깔에 못지않다는 말이다.

화로가 차게 식으니 단사(丹砂) 굽던 불을 넣고자 하고

爐寒欲進燒丹火

붓끝이 모지라지니 백색과 싸우던 군대를 멈출까 하네[338]

筆退思休戰白軍

이 모두가 주변이 온통 눈으로 둘러싸인 때문이니   摠爲身邊渾是雪

평범하게 내뱉는 말도 출중한 말이 되누나[339]   尋常咳唾亦超群

제7수 其七

눈 내려 새롭게 펼쳐진 하늘빛이 아침부터 저녁까지 펼쳐지니

新得天光徹曉曛

발을 내려 가려도 마음에는 어지러이 날리는 흰 눈이 어린다

下簾心影白紛紛

---

338 붓끝이……하네 : 눈 내린 풍광을 읊는 시를 많이 짓느라 붓끝이 모지라질 지경이므로 이제 시를 그만 짓고자 한다는 말이다. 백색과 싸우던 군대란 것은 눈 내리는 풍광을 읊기 위해 머리에서 시상을 짜내는 것을 가리킨다. 송(宋)나라 구양수(歐陽脩)가 여음 태수(汝陰太守)로 있을 때 소설(小雪) 무렵 취성당(聚星堂)에서 주연을 베풀고 눈을 소재로 시를 지으면서 눈의 흰 빛깔과 관련이 있는 학(鶴)·호(皓)·소(素)·은(銀)·이(梨)·매(梅)·로(鷺)·염(鹽) 등의 어휘 사용을 금했는데 이를 백전체(白戰體)라 하였다. 《蘇東坡詩集 卷34 聚星堂雪》

339 평범하게……되누나 : 원문의 '해타(咳唾)'는 말이나 시문이 뛰어남을 가리킨다. 《장자》〈추수(秋水)〉에 "그대는 저 침 뱉는 것을 보지 못했는가. 침을 뱉었을 때 침방울이 큰 것은 옥구슬과 같고, 작은 것들은 안개와 같아서 그 뒤섞여 내리는 것을 이루다 셀 수가 없네.〔子不見夫唾者乎? 噴則大者如珠, 小者如霧, 雜而下者, 不可勝數也.〕"라고 한 데서 온 표현이다. 온통 눈으로 덮인 주변 풍광에 감성이 견인되어 좋은 시어가 산출되고 있다는 뜻이다.

밝고 넓은 경지로 돌아갈 기회를 타는 것이 급하거늘

歸來昭曠乘機急

시 짓는 것에 이끌려 뜻이 둘로 나뉘어지는구나[340]　牽率詞章用志分

습기(習氣) 끊을 새로 담금질한 칼이 어찌 없으랴만

斷習豈無新淬劍

싸우려는 마음은 아직 군대를 거두지 못했네[341]　戰胸猶有未收軍

영대[342]가 눈과 달과 오랫동안 어울리니　　　　靈臺雪月周旋久

시인이 한 번 변하면 바로 도의 무리로다[343]　　一轉詩流卽道群

---

340 밝고……나뉘어지는구나 : 원문의 '소광(昭曠)'은 밝고 드넓은 본원의 경지를 뜻한다. 주희(朱熹)가 "지금 공부를 하려 한다면 우선 모름지기 단정하고 장엄하게 존양하고 밝고 드넓은 근원의 경지를 홀로 관찰해야 한다.〔如今要下工夫, 且須端莊存養, 獨觀昭曠之原.〕"라고 하였다.《朱子語類 卷115》이 구절은 지금 눈으로 덮여 한 점의 티끌도 없는 풍광을 보면서 이 기회에 급히 마음을 깨끗이 맑혀 본원의 경지로 돌아가야 하는데, 그만 시 짓는 습관에 이끌려 정신이 둘로 분산된다는 말이다.

341 습기(習氣)……못했네 : 시 짓는 습기를 끊고 마음을 본원으로 돌이킬 공부 방법이 없는 것은 아니지만 앞의 수에서 백색과 싸우는 군대, 즉 시를 지으려고 고심하던 마음이 아직 남아 시 한 수를 더 짓게 되었다는 말이다.

342 영대(靈臺) : 사람의 마음을 가리키는 말이다.《장자》〈경상초(庚桑楚)〉에 "영대 속에 들어오게 해서는 안 된다.〔不可內於靈臺〕"라고 하였는데, 곽상(郭象)의 주(註)에 "영대는 마음이다.〔靈臺者, 心也.〕"라고 하였다.

343 시인이……무리로다 : 앞에서는 시 짓는 습관을 부정적으로 말하기는 했지만, 그래도 자연의 풍광 속에서 천진(天眞)을 읊다 보면 도를 닦는 것과 다를 바가 없다는 말이다.

도중에 눈을 만나 앞 시의 운을 다시 쓰다
路中遇雪 又疊前韻

제1수

옥 깃털³⁴⁴ 같은 용모와 자태	可是容姿玉羽如

옥 깃털³⁴⁴ 같은 용모와 자태　　　　　　可是容姿玉羽如

천추의 세월 속에 처음 묘사해낸 이 누구런가　千秋摸寫孰爲初

유란과 같은 곡조³⁴⁵는 노래부채 타고 오르고　幽蘭同調登歌扇

봄날 버들과 대조되며 병졸 수레를 덮누나³⁴⁶　春柳相形映戍車

조금씩 길 나아가며 어지러이 내리는 눈을 맞고　冉冉征途經歷亂

하염없는 옛 뜻을 맑은 허공에 부치노라³⁴⁷　悠悠古意寄淸虛

걸으며 읊조리는 중에 도성 티끌 차츰 가까워지니　行吟稍覺城塵逼

회오리바람으로 싹 씻어 날려가게 하지 말지어다³⁴⁸　莫以回風洒作疎

---

344 옥 깃털 : 보통 깨끗하고 하얀 새의 깃털을 비유할 때 쓰는 말이다. 여기서는 눈을 비유했다.

345 유란과 같은 곡조 : 초(楚)나라의 송옥(宋玉)이 거문고를 안고서 연주하다가 동시에 만들어낸 금곡(琴曲)의 이름이 유란곡(幽蘭曲)과 백설곡(白雪曲)이다. 《古樂苑 卷2 諷賦》

346 봄날……덮누나 : 오랫동안 수자리를 살다가 고향으로 돌아오는 병졸의 심경을 읊은 《시경》 〈소아(小雅)〉 채미(采薇)에 "지난날 내가 수자리 살러 길 떠날 때는 푸른 버들가지 휘휘 늘어졌더니, 지금 내가 고향 돌아올 때는 함박눈이 펄펄 내리는구나.〔昔我往矣, 楊柳依依. 今我來思, 雨雪霏霏.〕"라고 한 이미지를 차용한 것이다.

347 하염없는……부치노라 : 옛 사람들이 눈을 보며 느꼈을 그 감정들을 가지고 허공에 내리는 눈에다 자신도 감정을 이입해본다는 말이다.

348 회오리바람으로……말지어다 : 속세의 어지러운 모습들이 눈이 내려 하얗게 덮였는데, 바람이 불어 그 눈을 날려보내 속세의 모습이 드러나게 하지 말라는 말이다.

제2수 其二

산 너머 막 떠오른 햇살이 틈 사이³⁴⁹로 빛나니	山外微陽閃隙曛
허공에 날리는 눈꽃 희롱하여 자태 분분하여라³⁵⁰	空花弄得態紛紛
이리저리 날아돌며 하늘과 함께 가는 듯하더니³⁵¹	飄旋似與天俱往
어지러이 내려앉아 이윽고 길 분간할 수 없게 되었네	
	合沓俄無路可分
이는 본디 운군이 조화를 잘 일으킨 것이요	自是雲君能出化
풍백이 군대를 잘 지휘한 것과는 상관없어라	非關風伯善麾軍
평야에서 온갖 교묘한 자태 실컷 보다 보니	平郊貪閱千姿巧
어느새 깃털 지고 나서 무리지어 길동무 되었구나³⁵²	
	已絶翎毛伴作群

---

349 틈 사이 : 원문의 '극훈(隙曛)'은 가늘고 긴 공간을 통해 새어드는 빛을 형용하는 말이다. 여기에서는 작중 배경이 행로(行路)임을 감안하면 산과 산 사이의 틈을 가리키는 듯하다.

350 허공에……분분하여라 : 햇살이 마치 눈을 희롱하듯 어지러이 날리는 눈을 비춘다는 말이다.

351 하늘과……듯하더니 : 돌면서 운행하는 천체와 함께 눈도 빙빙 어지러이 돈다는 말이다.

352 어느새……되었구나 : 새의 깃털처럼 공중에 날리던 눈이 그치고 땅에 가득히 무리지어 쌓여 마치 길동무가 된 듯하다는 말이다.

풍계에서 매화를 읊다

楓溪詠梅

나그네가 서산[353]에 다다르자 산 어둑해지려 하니 　客到西山山欲昏

등불 켜고 문득 다시 매화 핀 집에 나아가네 　張燈忽復造梅軒

점점이 하얀 꽃잎이 새 꽃봉오리에 생겨남이 어여쁘고

　　　　　　　　　　　　　　　　　　　　　已憐點白生新蘂

완전한 봄기운이 늙은 뿌리에 있음을 알겠어라 　更認全春在老根

멀리서 부는 솔바람은 매화 핀 골짝에 함께 불고 　遠韻松風同一壑

고고히 돋은 댓잎은 두 화분의 매화를 마주했네 　高情竹葉對雙盆

속진 가운데 옥같이 아름다운 대은[354]은 　塵中大隱人如玉

외로운 산으로 와서 앉아 시끄러움 피하지 않누나 　不到孤山坐避喧

---

353 서산 : 풍계가 있는 인왕산의 이칭이다.

354 대은(大隱) : 속세를 벗어나지 않고 번잡한 저자와 조정 속에 자신의 몸을 숨기고 고고한 뜻을 추구하는 사람을 가리킨다. 진(晉)나라 왕강거(王康琚)의 〈반초은(反招隱)〉에 "소은은 산속에 숨고, 대은은 저자와 조정에 숨는다.〔小隱隱陵藪, 大隱隱市朝.〕"라고 한 데서 온 말이다.

다시 매화를 읊다
又賦

호외에서 오기란 응당 멀 터인데	湖外來應遠
시내에서 기름이 되레 기이하구나[355]	溪中養却奇
촛불에 비친 그림자 때문에 매화가지 더 생기고	添枝影得燭
못 옆에 임했기에 물에 거꾸로 비친다	倒水勢臨池
청한하게 마주한 매화에 온갖 근심 거두고	萬慮收淸對
하얀 매화 자태에 온갖 나쁜 기운 멀어진다	群氛遠素姿
그대는 그저 문을 닫기만 해도	君能祇閉戶
새로 지은 시의 품격이 한 단계 성장하게 하누나[356]	一格長新詩

---

355 호외(湖外)에서……기이하구나 : 따뜻한 남쪽에서 피기 시작하는 매화가 북쪽 서울까지 도달하려면 거리가 먼데 도리어 인왕산의 풍계(楓溪)에서 매화를 기르고 있으니 기이한 일이라는 말이다. 호외는 따뜻한 남쪽을 가리키는 말이거니와, 비단 우리나라의 호남만을 지칭하는 것이 아니라 중국의 호남에 매화가 먼저 피는 이미지를 가져온 것이다. 중국 호남의 오령(五嶺) 이남에 매화가 지기 시작할 무렵 북쪽 매화 가지에 꽃이 피기 시작한다는 관념이 있다.

356 그대는……하누나 : 문을 닫고 속태를 멀리한 채 매화만 감상해도 품격이 성장하여 시가 새로워질 것이라는 말이다. 송(宋)나라 때 정호(程顥)가 "배우는 자는《시경》을 보지 않아서는 안 되니,《시경》을 보면 사람의 품격이 한 단계 성장하게 된다.〔學子不可以不看詩, 看詩便使人長一格價.〕"라고 한 말을 원용한 것이다.《近思錄 卷3》

다시 훤 자 운을 사용하다

又疊喧字

아침 되어 매화의 하얀 빛깔 황혼 때보다 갑절이니	朝來素彩倍黃昏
밤사이 나부껴 깊이 쌓인 눈도 헌함에 가득하다	夜雪飄深亦滿軒
차갑게 삼지를 끼고서 기운을 드러내니[357]	冷挾三池呈氣運
맑게 한 세상 벗어나 진근이 말끔히 사라졌네[358]	淸超一世淨塵根
아득히 섣달 다 지나도록 꽃술 시들지 않더니	悠悠臘盡非衰蘂
면면히 봄 찾아오자 화분에만 매여 있지 않누나[359]	衮衮春來不囿盆
좋을시고 주인과 담박한 벗이 되었나니	好與主人成淡友
고요한 중에 녹금[360] 울리는 소리만 허락하도다	靜中惟許綠琴喧

---

357 차갑게……드러내니 : 삼지는 청풍계(靑楓溪) 안에 계곡 물을 이용하여 조성한 조심지(照心池), 함벽지(涵璧池), 척금지(滌衿池) 세 개의 연못이다. 각각 단차가 있어 위에서부터 물이 차면 아래로 흘러넘치도록 설계되어 있었다고 한다. 삼지를 둘러싼 매화가 추위에도 굴하지 않는 도도한 기운을 드러내고 있다는 말이다.

358 맑게……사라졌네 : 매화의 속진(俗塵)의 기운이 전혀 없다는 말이다. 진근은 여섯 감각 작용인 색성향미촉법(色聲香味觸法)의 육진(六塵)과 여섯 감각 기관인 안이비설신의(眼耳鼻舌身意)의 육근(六根)을 합친 불교 용어로 보통 번뇌망상을 뜻한다.

359 면면히……않누나 : 완연한 봄이 되면 방안의 매화만 피는 것이 아니라 야외의 매화도 만발한다는 말이다.

360 녹금(綠琴) : 한(漢)나라 양왕(梁王)이 사마상여(司馬相如)에게 하사했다는 명금(名琴)이 녹기금(綠綺琴)의 준말로 거문고의 대칭으로 사용된다.

빙호에서 최량 형 및 이자동과 함께 읊다[361] 최량 형은 김성최이고 자동은 이해조이다

氷湖與最良兄 盛最 李子東 海朝 同賦

북쪽 뭍에서는 얼음을 처음으로 들이고	北陸氷初納
남쪽 누각에는 눈이 내리려 하네	南樓雪欲來
강쪽으로 나 있는 문들 닫혀있는 것 많고	門多向江閉
알맞은 때를 기다려 열 술동이 있도다	酒有待時開
짧아진 낮 시간에 흥취 펼치기 어렵고	短景難延興
긴 노래에 슬픔 일어나기 쉬워라	長歌易惹哀
풍류남아 자동씨는	風流子東氏
대대로 이어온 교분에 넘치는 술잔 드누나	世誼講深杯

---

361 빙호에서……읊다 : 빙호는 빙고(氷庫)가 있던 한강 지역으로 지금의 동빙고동과 서빙고동 앞 일대를 가리킨다. 김성최(金成最, 1645~1713)는 삼연의 족형(族兄)이다. 이해조(李海朝, 1660~1711)는 1681년(숙종7)에 사마시에 합격한 후 이 시가 지어진 1694년(숙종20)에 빙고 별검(氷庫別檢)으로 벼슬을 시작하였다. 《승정원일기》를 참조하면 이해조는 1696년까지도 빙고 별검으로 있었다. 이 시는 바로 이해조가 빙고 별검으로 재직할 당시 삼연이 그를 찾아가서 지은 것으로 보인다.

안 자에 차운하다[362]

次鞍字

푸른 실[363]에 술병 묶어 은 안장 채운 말 타니	靑絲挈酒帶銀鞍
긴 강가에 차가운 밤이슬 내리건 말건	遮莫長湖沆瀣寒
천마는 잘 타지 않고서 되레 설마를 타고	天馬懶騎還雪馬
빙관은 일이 없어 외려 선관의 자리로다[364]	氷官無事却僊官
매화 핀 북쪽 언덕에서 시를 먼저 완성했더니	梅花北岸詩先就
댓잎 핀 남쪽 집에서 단란하게 앉았어라	竹葉南軒坐更團
부끄러워라 주인의 풍류 적은 탓에	慚愧主人風韻少
끝내 맑은 즐거움 이을 집에서 담근 술 없음이	竟無家醞繼淸歡

---

362 안……차운하다 : 이 시도 앞 시와 마찬가지로 이해조(李海朝)와 주고받은 일련
의 시들 가운데 하나이다. 다만 앞 시의 공간적 배경이 이해조의 근무처인 빙고(氷庫)였
다면 이 시는 한강 건너 동작나루 부근에 있는 삼연 집안의 반계(盤溪) 별장인 듯하다.
이해조의 《명암집(鳴巖集)》 권1 〈서호의 빙각에서 반계의 조촐한 모임에 나아가 김자
익의 시에 차운하다[自西湖氷閣 赴盤溪小集 次金子益韻]〉 이하 4제(題)의 시가 모두
이 시와 같은 운자로 되어 있으며 삼연 및 김창협의 화운시도 부기되어 있다.

363 푸른 실 : 술병을 묶는 실을 뜻한다. 이백(李白)의 〈술을 기다려도 오지 않고[待
酒不至]〉 시에 "옥병에 푸른 실을 묶었는데, 술 사오는 것이 어찌 이리 더딘가?[玉壺繫
靑絲, 沽酒來何遲?]"라고 하였다.

364 천마……자리로다 : 모두 이해조를 가리켜 한 말이다. 천마는 준마(駿馬)를
지칭하는 말로 뛰어난 재능을 갖춘 인물이나 그러한 재능의 발휘를 비유하는 말로 쓰인
다. 설마는 얼음 위에서 타는 썰매이다. 이 구절은 재능이 출중한 이해조가 아직 자신의
재능을 다 발휘하지 않고서 썰매를 타는 빙고 별검(氷庫別檢)의 일 없이 한가하여 신선
놀음하듯 하는 말직에 있음을 비유한 것이다.

중씨의 〈석실에 모여〉 시운에 차운하다

次仲氏會石室韻

마주 앉은 오늘이 어떤 저녁인가	促膝今何夕
술잔을 앞에 두고 놀란 듯하여라[365]	臨觴更若驚
산천의 곳곳에는 우리 흘린 눈물자국 쌓였고	山川淚痕積
빙설의 찬 기운은 술기운으로 이기기 어렵네	氷雪酒功輕
지난 일들은 모두 처량하고	往事渾蕭瑟
남은 생에 얼마나 함께할 수 있을는지	餘年幾合幷
갑작스레 돌아가는 말에 올라타	休令歸騎遠
강 너머에서 이내 마음 애타게 하지 마시기를	搖我隔江情

---

365 마주……듯하여라 : 이 시의 구체적인 배경은 알 수 없으나, 양주의 석실은 삼연 집안의 선영과 재실이 있는 곳이므로, 부친의 기일(忌日)에 모여 서글픈 마음을 표현한 것이 아닌가 한다.

다시 안 자 운을 써서 빙고(氷庫)에 부치다

又疊鞍字 却寄氷閣

제1수

별경 펼쳐진 강가에서 저물녘 말 타고 떠나는 그대를 슬퍼하니

別境江頭悵暮鞍

밤사이 봄기운이 추위를 물리친다　　　　　夜來春意又排寒

얼음이 빙고로 돌아옴은 덥고 추운 날씨를 기다린 것이고

炎凉有待氷歸室

그대가 관직에 나아감은 드러나고 숨는 인연을 따른 것이네[366]

顯晦隨緣子就官

쓸쓸한 죽루에는 주미가 남아있고　　　　　蕭瑟竹樓餘塵尾

외롭고 맑은 벽수에는 부들방석 하나 있도다[367]　孤淸檗水一蒲團

---

366 얼음이……것이네 : 추운 겨울이 되면 얼음이 빙고로 들어오듯 시절인연에 따라 이해조도 관직에 나갔다는 말이다. 앞 구절은 덥고 추움을 말했지만 중심 의미가 추움에 있고, 뒷구절은 드러나고 숨음을 말했지만 중심 의미가 드러남에 있다.

367 쓸쓸한……있도다 : 죽루가 어디를 가리키는지는 미상이다. 혹 본권 〈안 자에 차운하다〉의 '댓잎 핀 남쪽 집〔竹葉南軒〕'과 동일한 의미인지 아니면 다음 수에 나오는 '죽정(竹亭)'과 동일한 의미인지는 알 수 없으나 문맥상 삼연과 이해조(李海朝)가 자리를 함께한 곳인 듯하다. 주미는 고라니 꼬리털을 단 불자(拂子)를 뜻하는데, 옛날에 청담(淸談)을 하던 고사(高士)들이 항상 이것을 가지고 다녔다고 한다. 벽수는 삼연이 거주하고 있는 양주의 벽계(檗溪)를 가리킨다. 즉 이 두 구는 지금 두 사람이 서로 이별하는 죽루에는 함께 청담을 나눌 때 쓰던 주미가 남아있고, 삼연이 돌아갈 벽계의 집에는 부들방석 하나만이 외롭게 있을 것이라는 뜻이다.

만사가 부질없어도 시 짓기를 그만두기 어려우니   空來萬事詩難廢

이것이 바로 전인[368]들이 함께 즐거움 나누던 일이라네

此是前人所合歡

제2수 其二

밤마다 도성 동쪽에서 달빛 속에 말 타고서   夜夜東城帶月鞍

선친께선 차가운 죽정에서 자주 취하셨지[369]   先人多醉竹亭寒

오묘한 양춘곡은 평범한 곡조를 근심케 했고[370]   陽春曲妙愁凡調

---

368 전인(前人) : 여기에서 전인은 범범하게 전대의 사람들을 가리킨 말이 아니라 삼연과 이해조의 선조를 가리킨 말인 듯하다. 김수항(金壽恒)의 《문곡집(文谷集)》에는 이해조의 부친인 이일상(李一相)과 화답한 시들이 여러 수 있다. 또한 《명암집(鳴巖集)》 권2에 이해조가 쓴 〈문곡 김공의 천장 때 쓴 만사〔文谷金公遷葬挽〕〉에도 "우리 선친과 금란지교 좋은 사이셨으니, 동촌에서 시 지으며 술 마시는 자리에 얼마나 머무르셨던가.〔先子金蘭相契好, 東村文酒幾留連?〕"라고 하였다.

369 밤마다……취하셨지 : 삼연의 부친인 김수항이 이해조의 부친인 이일상이 살고 있는 도성 동쪽의 저택에 자주 놀러갔다는 말이다. 이일상의 저택이 도성 동쪽에 있었다. 《文谷集 卷1 與濟卿㓜能會話靑湖丈第追賦却寄》《芝村集 卷23 伯父靑湖府君墓誌》 죽정은 삼연이 이해조의 형인 이성조(李成朝)에 대해 쓴 만사에서 "사대에 걸친 교분 있어 뒤미처 한이 남으니, 평소 죽정의 술을 함께하지 못했네.〔四世交情追有恨, 平生未共竹亭樽.〕"라고 한 것이나, 이해조가 김수항의 천장 때 쓴 만사에서 "이끼 가득한 죽정에서 일찍이 걸상을 걸었고, 먼지에 묻힌 옥류동에서 오래전 거문고 소리 끊어졌네.〔竹亭苔滿曾懸榻, 玉洞塵埋舊斷絃.〕"라고 한 것을 미루어 볼 때, 이일상의 집에 있던 정자인 듯하다. 《本集 拾遺 卷5 李僉正挽》《鳴巖集 卷2 文谷金公遷葬挽》

370 오묘한……했고 : 김수항과 이일상의 드높은 시가 그것을 따라가지 못하는 용렬한 재주를 가진 사람들을 근심스럽게 했다는 말이다. 양춘곡은 옛날 초(楚)나라의 가곡(歌曲) 이름으로 곡조가 매우 고상하여 여기에 화답하는 사람이 매우 드물었다고 한다. 송옥(宋玉)의 〈대초왕문(對楚王問)〉에 "영중(郢中)에서 노래하는 나그네가 맨 처음

드높은 백설루[371]는 현달한 관원 은거했네 白雪樓高屛達官

발자취를 맑은 시절에 두니 구름 속의 날개 아득하고

迹在淸時雲羽遠

침을 묵은 책 속에 남기니 보배 구슬 둥글어라[372] 唾留陳卷寶珠團

사대에 걸쳐 교분 맺은 것이 두 마리 새[373]와 같으니

論交四世猶雙鳥

세밑에 더욱 옛날부터 이어온 기쁨 다져보아야지 歲暮尤宜講舊歡

제3수 其三

어느 곳에서 백옥 안장에 옥돌 말방울 소리 울리나 何處鳴珂白玉鞍

도성에서 흰 촛불 아래[374] 새벽빛이 차갑도다 鳳城銀燭曙光寒

궁궐에서 명성 드날리며 임금 은혜 받든 나그네요[375]

〈하리곡(下里曲)〉과 〈파인곡(巴人曲)〉을 노래하자 국중에서 화답하는 자가 수천 인이었고, 〈양아곡(陽阿曲)〉과 〈해로곡(薤露曲)〉을 노래하자 국중에서 화답하는 자가 수백 인이었는데, 〈양춘곡〉과 〈백설곡(白雪曲)〉을 노래하자 화답하는 자가 수십 인에 불과했습니다."라고 하였다. 《文選 卷45》

371 백설루 : 이 역시 고유명사인지 미상이나 이일상이 봉직하고 있는 빙고(氷庫)를 가리킨 듯하다.

372 발자취를……둥글어라 : 삼연과 이해조의 선친인 김수항과 이일상이 함께 맑은 시절에 훌륭하고 고상한 행적을 남겼고 뛰어난 시문도 남겼다는 말이다. 568쪽 주339 참조.

373 두 마리 새 : 세상이 알아주기 힘들 만큼 뛰어나고 고고한 인물의 교유를 비유하는 말로 당(唐)나라 한유(韓愈)의 〈쌍조(雙鳥)〉 시에서 유래하였다.

374 도성에서……아래 : 이해조가 일하는 관청의 모습을 형용한 것이다.

375 궁궐에서……나그네요 : 이해조는 빙고 별검이 첫 벼슬이고 그 이전에는 이렇다 할 관직과 관련된 일이 없으므로 이 구절은 뛰어난 실력으로 과거에 급제했다는 말인

揄揚雲陛承恩客

빙고에서 꼿꼿이 앉아 술잔 잡은 관리로다　　傲兀氷倉把酒官

눈으로 강호를 드넓게 바라보니 작은 벼루에서 시문이 되고

眼闊江湖隨硯小

마음은 풍진 세상에 뜻 없으니 둥근 병으로 들어가누나[376]

心虛塵世入壺團

남전의 공무가 많은 줄을 알겠나니　　藍田公事知多少

바람 부는 홰나무에 기대 읊조리며 홀로 즐겁겠구려[377]

吟倚風槐獨也歡

듯하다. 나그네라고 표현한 것은 본래 뜻이 관직이 아니라 강호에서 유유자적하는 데 있으므로 벼슬살이를 나그네라고 표현한 것이다.

376 둥근 병으로 들어가누나 : 관직에 있기는 하지만 세상일에 그다지 흥미가 없어 술에 취해 유유자적한다는 말이다. 병으로 들어간다는 것은 후한(後漢) 때 비장방(費長房)의 고사에서 가져온 것이다. 후한의 술사(術士) 비장방이 선인(仙人)인 호공(壺公)을 따라 호리병 속의 별천지로 들어가 화려한 옥당(玉堂)에 가득 차려진 좋은 술과 맛있는 안주를 실컷 먹고 마시고 나왔다고 한다.《神仙傳 卷5 壺公》《後漢書 方術列傳 費長房傳》

377 남전(藍田)의……즐겁겠구려 : 이해조가 실제로 공무가 많다는 말이 아니라 공무가 많다는 핑계를 대고 손님을 사절한 채 홀로 시를 읊조리며 즐긴다는 말이다. 이는 한유(韓愈)의 〈남전현 승청의 벽에 기록한 글〔藍田縣丞廳壁記〕〉에서 유래한 것이다. 당(唐)나라 때 남전현의 현승(縣丞)인 최사립(崔斯立)은 늙은 홰나무가 줄지어 서 있는 승청의 뜰에 소나무 두 그루를 마주보게 심어놓고 날마다 그 사이에서 시를 읊조렸는데, 방문하는 자가 있으면 자신은 지금 공무가 있으니 우선은 가라고 사절했다고 한다.

다시 앞 시의 운을 써서 빙고에 가르침을 구하다
復疊前韻 求教氷閣

제1수

신령한 사슴이 어찌 속박받으려 한 적 있으랴	僊鹿何嘗肯受鞍
가릉의 강월이 차갑게 마음 비추거늘378	嘉陵江月照心寒
인간 세상 길에는 일천 층 험난함 있거니	人間路有千層險
취중의 그대 며칠이나 벼슬 살려나	醉裏君當幾日官
지동의 신령한 꽃은 한가로이 절로 빼어나고	芝洞靈華閑自秀
죽정의 맑은 이슬은 고요하게 그대로 둥그니379	竹亭清露靜仍團

---

378 가릉(嘉陵)의……비추거늘 : 이해조(李海朝)가 선영 곁으로 물러나 은거해 살고 싶은 마음이 있다는 말이다. 가릉은 경기도 가평(加平)의 옛 이름이다. 이곳에 이해조의 선영이 있었다. 《명암집(鳴巖集)》권1 〈가릉의 재실(齋室)에서 낙보가 조부의 시에 화운했던 시운에 차운하다〔嘉陵丙舍 次樂甫曾和王考詩韻〕〉에 "길이 바라기는 선영을 바라보며 서로 의지해 허름한 여막을 지켰으면.〔永願瞻丘墓, 相依守弊廬.〕"이라는 시구가 보인다.

379 지동(芝洞)의……둥그니 : 지동과 죽정은 모두 이해조 집안과 관련된 장소이다. 지동은 이해조의 숙부인 정관재(靜觀齋) 이단상(李端相)과 그 아들인 이희조(李喜朝)가 거주하던 양주의 영지동(靈芝洞)이다. 이 영지동은 동강(東岡)의 바로 옆 동네이며 이단상이 영지동에서 살기 전에는 동강에서 살았다. 이해조의 부친 이일상의 《청호유고(青湖遺稿)》권3 〈동강의 새 거처로 사제를 찾아가 장경과 원구와 모여서 입으로 지어 사제에게 보이다〔訪舍弟於東岡新居與長卿元九相會口占示舍弟〕〉에 "선영 있는 고향으로 돌아갈 전려 있으니, 성밖에서 십여 년을 경영했다오. 형제들과 단란하게 모인 곳에, 멀리서 벗들도 찾아왔다오.〔松楸歸計有田廬, 郭外經營十載餘. 纔與弟兄團會處, 更兼朋友遠來初.〕"라고 한 것을 보면 이일상 역시 양주에 은퇴하여 머물 곳을 마련했음을 알 수 있다. 579쪽 주369 참조.

낙보와 동보[380]를 불러다가 招呼樂甫隨同甫

선조들 옛 즐거움 이어 우리들 새 즐거움 다져야지 料理新歡繼舊歡

제2수 其二

푸른 소에 안장 얹어 아득히 관문 나서니 靑牛杳杳出關鞍

선이의 풍도 드높고 자색 기운 차갑다[381] 僊李風高紫氣寒

세상 희롱하는 그대는 장차 금마에 숨을 것이요[382] 玩世君將隱金馬

몸을 내던진 나는 조정 벼슬 피하려네 投身吾欲遯王官

우리 정신은 세상에 드러나건 드러나지 않건 응당 함께 비출 것이요

神超顯晦應同照

---

380 낙보와 동보 : 모두 이해조(1660~1771)의 종형제로 낙보는 이하조(李賀朝, 1664~1700)이고 동보는 이희조(1655~1724)이다.

381 푸른……차갑다 : 출중한 이씨 성의 인물을 지칭할 때 '선이'라는 표현을 쓰는데, 이는 이씨 성의 당(唐)나라 황실(皇室)이 자신들을 성인인 노자(老子)의 후손이라고 자처한 데서 유래하였다. 노자는 주(周)나라가 쇠퇴하고 천하가 어지러워지자 세상을 피해 은거하기 위해 푸른 소를 타고 서쪽으로 함곡관(函谷關)을 넘어갔다. 이때 관문의 영(令)인 윤희(尹喜)가 동쪽에서부터 함곡관으로 자색 기운이 옮겨오는 것을 보고 성인이 올 것이라 생각했는데 조금 뒤에 노자가 푸른 소를 타고 왔다는 전설이 있다. 《列仙傳 上》

382 세상……것이요 : 이해조가 벼슬을 살기는 하겠지만 마치 세상을 피해 은거해 살 듯이 처신할 것이라는 말이다. 《한서(漢書)》 권65 〈동방삭전찬(東方朔傳贊)〉에 "배불리 먹고 편안하게 지내되 벼슬로써 농사짓는 것을 대신하며 여기에 의탁해 은거하여 세상을 희롱하여 살면 시류와 어긋나도 화를 당하지 않게 된다.〔飽食安步, 以仕易農, 依隱玩世, 詭時不逢.〕"라고 하였다. '금마'는 한(漢)나라 때의 궁문(宮門) 이름으로 학사들이 천자의 명을 대기하던 곳이다.

우리 발자취는 강호에 이르러서 참으로 한 덩어리 되리라

迹到江湖偶一團

물에 띄울 만한 장생의 박을 기다려 　　　　　　更待莊生瓠可泛

아포를 다 거슬러 올라 마음껏 즐겨보세[383]　溯窮鵝浦任情歡

제3수 其三

엉덩이는 수레 되고 정신은 말이 되고 팔풍은 안장 되니[384]

尻輪神馬八風鞍

순식간에 공동에서 차가운 검에 기대리[385]　　倏忽崆峒倚劍寒

항아를 호통쳐 물러가게 하여 월궁(月宮)을 정리하게 하고

喝退嫦娥修月殿

---

383 물에……즐겨보세 : 장생의 박을 기다린다는 것은 강호로 은거할 때를 기다린다는 것이다. 120쪽 주192 참조. 아포는 삼연이 거처하고 있는 양주 벽계의 지명이다.

384 엉덩이는……되니 : 걸림 없이 자유롭게 온 세계를 노닐겠다는 호방한 표현이다. 《장자(莊子)》〈대종사(大宗師)〉에 "조물주가 나의 엉덩이를 점점 변화시켜 수레바퀴로 만들고 나의 정신을 말로 변화시킨다면, 내가 이것을 이용하여 타고 다닐 것이니, 어찌 다시 수레가 필요하겠는가.〔浸假而化予之尻以爲輪, 以神爲馬, 予因以乘之, 豈更駕哉?〕"라고 하였다. 팔풍은 팔방에서 부는 바람으로 동북방의 염풍(炎風), 동방의 도풍(滔風) 혹은 조풍(條風), 동남방의 훈풍(熏風) 혹은 경풍(景風), 남방의 거풍(巨風), 서남방의 처풍(淒風) 혹은 양풍(涼風), 서방의 요풍(飂風), 서북방의 여풍(厲風) 혹은 여풍(麗風), 북방의 한풍(寒風)을 말한다. 《呂氏春秋 有始》《淮南子 墜形訓》

385 순식간에……기대리 : 공동은 중국 서북 변방인 감숙성(甘肅省)에 있는 산 이름으로 전설 속의 선인(仙人)인 광성자(廣成子)에게 황제(黃帝)가 도를 물었다는 곳이며, 검과 관련해서는 두보(杜甫)의 〈개부 가서한에게 드리는 20운〔投贈哥舒開府翰二十韻〕〉에 "몸을 막을 한 자루 긴 칼로, 장차 공동산에 의탁하고 싶다오.〔防身一長劍, 將欲依崆峒.〕"라는 호기로운 시가 있다. 《莊子 在宥》《古文眞寶 前集》

소호를 불러와서 운관을 회복하도다[386]   呼來少昊復雲官

동쪽 바다 파도 잠잠하니 부상[387]이 빼어나고   東溟水靜扶桑秀

북극 하늘 이루어지니 기운 일산이 둥글다[388]   北極天成倚蓋團

그런 뒤에 그대와 큰 부를 노래하며   然後與君歌大賦

태화탕[389] 속에서 호연히 즐거워하리로다   太和湯裏浩然歡

제4수 其四

반평생 도보로 다니며 높은 안장 사양하니   半生徒步謝高鞍

발걸음이 용문산[390]에 다다름에 시냇길이 차갑다 行踏龍門澗道寒

---

386 소호(少昊)를……회복하도다 : 이 구절은 무슨 큰 뜻이 담겨있다기보다 이 시 전체를 관통하는 호기로운 기상을 말한 구절로 이해하는 것이 좋을 듯하다. 소호는 전설상에서 황제(黃帝)의 뒤를 이어 천하를 다스린 임금이다. 황제는 천명을 받을 때 구름의 상서가 있었으므로 구름으로 관직의 명칭을 삼았고, 소호는 즉위할 때 봉새가 날아왔으므로 새를 가지고 관직의 명칭을 삼았다. 운관을 회복한다는 것은 천하를 다스리는 소호에게 명령을 내려 황제 때의 제도를 회복하게 한다는 말이다.《春秋左傳 昭公 17年 楊伯峻註》

387 부상(扶桑) : 동해의 해가 뜨는 곳에 있다는 신목(神木)의 이름이다.

388 북극……둥글다 : 기운 일산은 옛날에 하늘의 형상을 말할 때 쓰던 표현이다. 《진서(晉書)》 권11 〈천문 상(天文上)〉에 "하늘의 전체적인 모양은 기울어진 일산과 같기 때문에 하늘의 극점이 북쪽에 보이는 것이니, 이것이 그 증거이다. 극점은 하늘의 중앙에 있는 것인데 지금 보면 북쪽에 보이니, 따라서 하늘의 모양이 기울어진 일산과 같음을 알 수 있다.〔天之居如倚蓋, 故極在人北, 是其證也. 極在天之中, 而今在人北, 所以知天之形如倚蓋也.〕"라고 하였다.

389 태화탕(太和湯) : 술을 가리킨다. 본래는 속을 편안하게 해주는 탕약의 이름인데 송(宋)나라 소옹(邵雍)의 〈무명공전(无名公傳)〉에 "천성적으로 술을 좋아했는데 일찍이 술을 명명하여 태화탕이라 했다."라고 한 것에서 유래하여 술의 이칭으로도 사용된다.

390 용문산 : 삼연이 당시 살던 벽계(檗溪)의 산 이름이다.

좋을시고 국화는 일찍이 도령의 벗 되었고[391]　　　喜菊嘗能友陶令

묻노라 소나무는 무슨 일로 진나라 관직 받았던고[392]

　　　　　　　　　　　　　　　　　　　　　　　問松何事受秦官

때때로 엄자의 여울에 와서 통곡하고[393]　　　　時來嚴子灘中哭

마침내는 요리가 묻힌 곳 곁에 함께 묻히리[394]　　終與要離葬處團

옥 거문고 부수고서[395] 울울함 더하거늘　　　　碎却瑤琴增掩抑

---

391 국화는……되었고 : 도령은 진(晉)나라 때 팽택 영(彭澤令)을 지냈던 도잠(陶潛)을 가리킨다. 도잠은 국화를 사랑하여 그의 시에 자주 소재로 등장하였다.

392 소나무는……받았던고 : 진 시황(秦始皇)이 태산(泰山)에 올라가 봉선제(封禪祭)를 올리고 나서 홀연 폭풍우를 만나 소나무 아래로 피했는데, 그 소나무를 봉하여 오대부(五大夫)의 작위를 내렸다. 《史記 卷6 秦始皇本紀》

393 때때로……통곡하고 : 후한(後漢) 광무제(光武帝)의 어릴 적 친구였던 엄광(嚴光)은 광무제 유수(劉秀)가 황제가 되자 이름을 바꾸고 출사 요청도 뿌리친 채 세상과 인연을 끊고 부춘산(富春山)의 칠리탄(七里灘)에 은거하여 살았다. 《後漢書 卷83 逸民列傳 嚴光》삼연 자신도 부친을 잃은 원통함을 품고 세상과 연을 끊은 채 일민(逸民)으로 살아가겠다는 말이다.

394 마침내는……묻히리 : 요리는 춘추 시대 오(吳)나라의 자객(刺客)으로 오왕(吳王) 합려(闔閭)의 부탁을 받고 오왕 요(僚)의 아들인 경기(慶忌)를 암살하였다. 이 과정에서 요리는 자신의 오른팔을 자르고 처자(妻子)도 모두 죽인 다음 경기를 유인하여 죽였는데 스스로 인(仁)과 의(義)와 용(勇)을 저버린 악인이 무슨 면목으로 살아남을 수 있겠느냐면서 마침내 자살하였다. 후한 때의 은사(隱士) 양홍(梁鴻)은 만년에 오나라에서 은거하다가 병이 들어 죽게 되자 친구 고백통(皐伯通) 및 회계(會稽)의 사대부들에게 자신을 고향에 묻지 말고 오나라 땅에 묻어 달라고 유언을 남겼다. 그가 죽은 뒤에 고백통 등이 양홍을 장사 지낼 곳을 찾다가, 요리의 옛 무덤 곁의 자리를 보고는 "요리는 옛 열사인데, 지금의 백란 또한 청백하고 고결하니, 두 사람의 묘소를 서로 가까이 두는 게 좋겠다.〔要離古烈士. 今伯鸞亦淸高, 令相近.〕"라고 하고 마침내 양홍을 그곳에 장사 지냈다. 백란은 양홍의 자이다. 《呂氏春秋 忠廉》《後漢書 卷83 逸民列傳 梁鴻》

산 바깥 사람은 노래하고 웃으며 즐겁구나　　　　隔山歌笑外人歡

제5수 其五

때때로 소 타고서 한나라 역사 걸어놓고[396]　　　時將漢史挂牛鞍

쇠뿔 두드리며 부르는 슬픈 노래에 차갑게 바위 찢어진다[397]

　　　　　　　　　　　　　　　　　　　扣角歌悲裂石寒

청한이 끝내 머리 기른 것 외려 부끄럽고[398]　　　尙愧淸寒終養髮

395 옥 거문고 부수고서 : 46쪽 주26 참조.

396 때때로……걸어놓고 : 당(唐)나라 때 이밀(李密)이 구산(緱山)에 있는 포개(包愷)를 찾아가면서 쇠뿔에 《한서(漢書)》를 건 채 소를 타고 가면서 한 손으로는 고삐를 잡고 한 손으로는 《한서》를 읽었다는 고사가 있다. 《新唐書 卷84 李密列傳》 삼연도 이와 같이 하였다는 말이다.

397 쇠뿔……찢어진다 : 춘추 시대 위(衛)나라 영척은 매우 빈곤하여 쇠뿔을 두드리며 자신의 처량한 신세를 노래하기를 "남산은 빛나고 백석은 깨끗하도다. 태어나서 서로 선양하던 요순 시대 못 만나, 짧은 베 홑옷은 겨우 정강이만 가릴 뿐이네. 이른 새벽부터 한밤중까지 소를 먹이노니, 긴 밤이 지루해라 언제나 아침이 올런고.〔南山粲, 白石爛. 生不逢堯與舜禪, 短布單衣裁至骭. 從昏飯牛薄夜牛, 長夜漫漫何時旦.〕"라고 하였다. 이를 구각가(扣角歌) 또는 상가(商歌)라고 하였다. 상가는 상음(商音)의 비통하고 처절한 슬픈 노래라는 뜻이다. 《蒙求 中 甯戚扣角》 바위가 찢어진다는 것은 노래 소리가 드높고 청량한 것을 형용하는 말이다. 주희(朱熹)의 〈철적정서(鐵笛亭序)〉에 "무이산의 은자 유군은 철적을 잘 불어서, 구름을 뚫고 바위가 찢어지는 소리가 난다.〔武夷山中隱者劉君善吹鐵笛, 有穿雲裂石之聲.〕"라고 하였다.

398 청한(淸寒)이……부끄럽고 : 청한은 청한자(淸寒子) 김시습(金時習)이다. 세상을 피해 승려가 되어 은거하던 김시습은 47세가 되던 1481년(성종12)에 갑자기 머리를 기르고 고기를 먹고 안씨(安氏)를 아내로 맞아들여 유자(儒者)의 삶을 사는 듯했으나 이듬해 왕후 윤씨(尹氏)가 폐비되는 일이 일어나자 다시 관동 등지로 방랑에 올랐다. 김시습이 초지일관 은거의 뜻을 다지지 못하고 잠깐 머리를 기르고 속세로 돌아온 것이

진락이 일찍 벼슬살이 달아난 것 매양 어여뻐라[399]	每憐眞樂早逃官
운당의 벽 어둑한데 영지는 꽃 피고[400]	筼簹壁暗芝頻秀
범과 표범 사는 숲 차가운데 계수 한 무더기로다[401]	虎豹林寒桂一團
다행히 하분에 형제가 있어[402]	幸有河汾兄弟在
술을 사 서쪽으로 내려가 잠시 기쁨을 누리네	買酒西下暫開歡

부끄럽다는 말이다.

399 진락(眞樂)이……어여뻐라 : 진락은 고려 때 인물인 이자현(李資玄)의 시호이다. 그는 고려 문종(文宗) 때의 권신(權臣)인 이자연(李子淵)의 손자로 권세가의 자손이었으나 과거에 급제하여 대악서 승(大樂署丞)의 벼슬을 하다가 곧 그만두고 춘천의 청평산(淸平山) 문수원(文殊院)에 은거하여 평생 선학(禪學)을 연구하면서 살았다.

400 운당(筼簹)의……피고 : 이룬 것 없이 속절없이 세월만 흘려 보내고 있다는 말이다. 주희(朱熹)가 젊은 시절에 순창(順昌)의 운당포(筼簹鋪)에서 쉬다가 그 벽에 "빛나는 영지는 일 년에 꽃이 세 번 피는데, 나는 유독 어이해 뜻만 있고 이루지 못하는가?〔煌煌靈芝, 一年三秀, 予獨何爲, 有志不就?〕"라는 글이 쓰여 있는 것을 보고 매우 동감하였다. 40여 년이 지난 뒤에 주희가 우연히 그곳을 다시 찾게 되었는데 과거의 글은 없어졌으나 지난 일에 감회가 일어 "언뜻 지나는 백년 인생 얼마나 되랴. 영지는 세 번 꽃피어 무엇을 하려는고? 노년에 늙음을 멈출 단약 소식 없으니, 운당포 벽 위의 시에 거듭 한탄하노라.〔鼎鼎百年能幾時? 靈芝三秀欲何爲? 金丹歲晚無消息, 重歎筼簹壁上詩.〕"라고 읊으며 슬퍼하였다. 《朱子大全 卷84 題袁機仲所校參同契後》

401 범과……무더기로다 : 삼연이 세상을 피해 은거해 산다는 말이다. 《초사(楚辭)》〈초은사(招隱士)〉에 "계수나무 무더기로 자라니 저 산 깊은 곳이로다.……계수나무 가지를 잡고 애오라지 머무노니, 범과 표범이 싸우고 큰곰과 작은곰이 포효하도다.〔桂樹叢生兮山之幽.……攀援桂枝兮聊淹留, 虎豹鬪兮熊羆咆.〕"라고 하였다.

402 하분(河汾)에……있어 : 벽계에 머물고 있는 삼연이 한강 물줄기를 타고 서쪽으로 내려가서 반계(盤溪)에서 모친을 모시고 있는 김창즙(金昌緝)을 찾아가 본다는 말이다. 당(唐)나라 때 왕적(王績)은 하수(河水)와 분수(汾水) 사이에서 은거하여 살면서 형제가 보고 싶으면 곧장 하수를 건너 집으로 돌아가곤 했다고 한다. 《新唐書 卷196 隱逸列傳 王績》《淵鑑類函 卷36 河4 渡河還家》

입춘 풍광

昨日 乃立春也 延望江干 懷不自聊 偶成兩律 並以錄呈 蓋欲惹端以來瓊
琚也

어제가 바로 입춘이었는데 멀리 강가를 바라보다 심회를 달랠 길
없어 우연히 율시 두 수를 지어 모두 적어 보내니[403] 대개 야단을
부려서 옥처럼 보배로운 시를 받기 위해서이다.

제1수

현랍이 청절을 품으니[404]	玄臘包靑節
한해의 풍광이 홀연 다시 새롭다	年華忽復新
멀리 보이는 강에는 저녁 빛 출렁이고	望中江動夕
이 몸 머무는 곳 바깥에는 봄빛이 떠오르네	身外地浮春
얼음 녹은 물은 못가 버들에 와 닿고	液到臨池柳
새싹은 눈 맞은 마름에 움트누나	芽長度雪蘋
내 마음은 이 풍광과 같지 않으니	爲心不相似
근심스레 앉아 기우뚱한 두건을 바로 잡는다	愁坐理欹巾

---

403 적어 보내니 : 전후의 시들이 모두 이해조(李海朝)를 대상으로 하고 있으므로
적어 보내는 대상 역시 이해조인 듯하다.

404 현랍(玄臘)이 청절(靑節)을 품으니 : 현(玄)은 겨울을 상징하는 색깔이고 청
(靑)은 봄을 상징하는 색깔이다. 따라서 현랍은 곧 섣달을 가리킨 말이고, 청절은 봄을
알리는 절기인 입춘을 가리킨 말이다. 섣달에 입춘이 있으므로 이렇게 말한 것이다.

제2수 其二

어디에서 봄이 옴을 깨닫는고   何處春來覺

남쪽 호수 얼음 터진 여울이로다   南湖瀨坼氷

뿌연 기운은 모래사장에 일렁일렁   遊氣沙面漾

옅은 안개는 바다 어귀에 뭉게뭉게   淡靄海門蒸

들판은 돋아나는 일천 싹 기르고   野養千萌意

배는 일만 리 내달릴 힘 가졌네   船含萬里能

새봄 맞이하는 사물 풍광 천태만상이거늘   迎新紛物態

이내 오래된 한은 그대로 남아있구나   舊恨只因仍

다시 앞 시의 운을 쓰다

復疊前韻

제1수

생각지도 않게 아침밥상에	不意朝來飯
새로 난 여린 나물 올라왔구나	登盤細菜新
앉아서도 봄이 되어 강물이 녹아 흐름을 알겠고	坐知江水動
근심스런 마음으로 북한산의 봄을 바라보노라	愁見漢山春
기러기 울음소리는 먼 북쪽 변새로 날아가는 뜻 담겼고	鴈響含遙塞
어부의 노래는 이르게 돋은 마름을 움직인다	漁歌動早蘋
봄 풍광이 감흥을 많이도 일으키니	年光多引感
고금에 한결같이 눈물로 수건 적시누나	今古一沾巾

제2수 其二

하릴없이 빙호의 약속[405] 기다리니	虛佇氷湖約
얼음 녹기 전에 그대 올 수 있으려나	君來可泮氷
누각은 이별한 뒤의 차가움이 그대로이고	樓因別後冷
화로에는 술 흘렸다 증발한 자국이 남아있네	爐有酒痕蒸
봄기운이 바야흐로 막힘 없으니	春氣方無礙
시상을 함께 잘 일으킬 만하도다	詩情可與能

---

405 빙호의 약속 : 이해조(李海朝)와 빙호에서 만났을 때 후일에 삼연이 머무는 벽계에서 다시 만나기로 약속한 것을 가리키는 듯하다. 빙호는 575쪽 주361 참조.

어찌 구태여 새로 운자 낼 게 있으랴   何須出新令

전에 지었던 시운을 그대로 쓰면 되나니 前韻合相仍

뒤늦게 지은 졸수재 조공에 대한 만사[406]

追挽拙修齋趙公

.

제1수

세상에 드문 원융한 기틀 지닌 선비이시고	間世圓機士
평소 독보적인 견해 가지신 분이라	平生獨見人
선생의 안목으로 찾지 못하는 이치 없으셨고	眼中無理遁
자신의 마음에서 새로이 스승을 얻으셨도다[407]	心上得師新
어찌 시사를 논하는 것이 명쾌하셨을 뿐이랴	豈但論時快
마침내는 용처가 신묘하셨도다[408]	終應用處神

---

406 뒤늦게……만사 : 졸수재는 조성기(趙聖期, 1638~1689)이다. 본관은 임천(林川), 자는 성경(成卿)이며 졸수재는 그의 호이다. 사마시에 합격한 후 관직에 진출하지 않고 학문에만 전념하여 성리학에 일가를 이루었다. 삼연 역시 조성기와 학문적 교류가 있었으며 본집 권27에 묘지명이 있다. 그 묘지명에서 조성기의 아들 조정례(趙正禮)가 묘지명을 청하면서 이 만사를 두고 "그대는 일찍이 부친의 만사를 지었소. 우리 부친을 묘사한 한두 가지 말이 우리 부친의 면모를 방불하게 표현하였소.〔子嘗有挽語矣. 其一二描寫, 得其髣髴.〕"라고 하였다. 《졸수재집(拙修齋集)》 권13 〈부록(附錄)〉에도 삼연의 이 만사가 실려있는데, 일부 글자의 출입이 있다. 조성기의 생평을 기록하고 언급한 것으로 삼연의 평가가 중요하다. 《숙종실록(肅宗實錄)》의 조성기의 졸기(卒記)에서도 거의 삼연의 만사와 묘지명과 평가를 나열하여 조성기를 평가하였다.

407 자신의……얻으셨도다 : 스승으로부터 전수받은 것 없이 자신의 마음을 스승 삼아 스스로 깨우쳤다는 말이다. 본집 권27의 삼연이 쓴 묘지명에 "이어받은 것이 없었으되 능히 자신의 마음에서 스승을 얻으셨다.〔未有承襲而能自心上得師〕"라고 하였으며, 서종태(徐宗泰)가 지은 《만정당집(晩靜堂集)》 권14 〈졸수재 조공에 대한 묘표〔拙修齋趙公墓表〕〉에서도 "사승을 거치지 않으셨으되 자신의 마음에서 스승을 얻으셨다.〔不階師承而能自心上得師〕"라고 하였다.

구름 일고 우레 치는 시기에 장한 뜻이 부질없이 되었으니[409]

雲雷空壯志

용과 자벌레처럼 그저 몸을 보전하였도다[410]　　　　　龍蠖只存身

제2수 其二

화순한 안락을 본받아[411]　　　　　　　　　　　順然安樂法

408 어찌……신묘하셨도다 : 용처는 처세하고 사람을 대하는 실제적인 행동을 가리키는 말이다. 즉 졸수재의 논리가 명쾌했을 뿐만 아니라 실제적인 대응과 행동 역시 신묘했다는 말이다.

409 구름……되었으니 : 구름이 일고 우레가 치는 시기는 시국이 혼란한 때를 가리킨다. 《주역》〈둔괘(屯卦) 상(象)〉에 "구름과 우레가 있는 것이 둔이니 군자는 이 괘의 이치를 살펴 천하를 경륜한다.〔雲雷屯, 君子以經綸.〕"라고 하였다. 장한 뜻이 부질없이 되었다는 것은 이러한 혼란한 시국을 경륜할 재능과 뜻을 가지고 있었지만 신세가 궁박하고 병이 들어 그 뜻을 펴보지 못했다는 말이다. 본집 권27의 삼연이 쓴 묘지명에 "신세가 궁박하여 미처 능력을 펼쳐보지 못하시고 몸이 병들어 그 논하고 저술하신 것을 이루지 못하였다.……선생은 소싯적에 〈악양루기〉를 읽고 범공이 천하를 자신의 소임으로 여기는 뜻을 지니고 있었다.〔窮焉未及於設施, 病焉未邃其論著.……先生少讀 岳陽樓記, 有范公天下之志.〕"라고 하였다.

410 용과……보전하였도다 : 조성기가 현실정치에 나아가지 않고 은둔하여 학문에 전념한 것은 후세에 큰 가르침을 남기고 자신의 몸을 온전히 보전하기 위해서 그러했다는 말이다. 《주역》〈계사전 하(繫辭傳下)〉에 "자벌레가 몸을 움츠리는 것은 장차 몸을 펴기 위함이요, 용과 뱀이 숨는 것은 자신의 몸을 보전하기 위함이다. 이와 같이 사람이 의리를 정밀히 연구하여 신묘한 경지에 드는 것은 극진하게 쓰기 위함이요, 그 씀을 이롭게 하여 몸을 편안히 하는 것은 덕을 높이기 위함이다.〔尺蠖之屈, 以求信也, 龍蛇之 蟄, 以存身也. 精義入神, 以致用也. 利用安身, 以崇德也.〕"라고 하였다.

411 화순한 안락을 본받아 : 본집 권27의 묘지명에서 삼연은 주로 송(宋)나라 때의 소옹(邵雍)과 조성기를 비교하여 말하였고 "만년에 옹색한 집에서 살면서 안락 노인을 법으로 삼았다.〔晚處甕牖, 以安樂叟爲法.〕"라고 하였다. '안락'은 곧 소옹의 당호(堂號)

병든 몸을 가지고 오랫동안 낙양에 살았네	病久洛陽居
소싯적에도 외려 고고하게 은거하면서	少日猶高枕
봄날에도 작은 수레에 흥미 없으셨지⁴¹²	春天懶小車
빈 누각에는 운세가 어지러이 놓여 있고	空樓橫運世
어둑한 창에는 연어가 걸려있구나⁴¹³	暗牖挂鳶魚
눈과 달과 바람과 꽃을 읊은 것⁴¹⁴	雪月風花韻

이다. 소옹은 낙양에서 살면서 비바람도 제대로 막지 못하는 오두막을 안락와(安樂窩)라고 명명하고 가난하고 굶주린 생활 속에서도 유유자적하며 자신을 안락선생이라고 하였다. 《宋史 卷427 邵雍列傳》원문의 '퇴연(頹然)'은 대체로 쓰러진다는 뜻으로 쓰이지만, 소옹과 결부될 때에는 화순함의 뜻이 된다. 정호(程顥)가 지은 소옹의 묘지명에 "화순하게 이치를 따르고 호연하게 조화로 돌아갔다.〔頹然其順, 浩然而歸.〕"라고 하였다. 《二程文集 卷4 邵堯夫先生墓誌銘》

412 소싯적에도……없으셨지 : 조성기가 두문불출하면서 고고하게 학문에만 전념하여 외유(外遊)를 다니지 않았다는 말이다. 본집 권27의 묘지명에 "고질병으로 모든 인연을 사절한 채 깊이 한 방을 걸어 닫고서 이치 연구에 침잠한 것이 무릇 30여 년이었다.〔以痼疾謝絶萬緣, 深扃一室, 沉潛理窟者, 凡三十餘年.〕"라고 하였다. 작은 수레를 언급한 것은 소옹과 관련한 고사이기 때문이다. 소옹의 〈천도음(天道吟)〉에 "봄가을로 흥취를 타고서 아이가 끄는 작은 수레 타고 나들이 나가네.〔春秋賴乘興, 出用小車兒.〕"라고 하였다. 조성기는 소옹의 이러한 나들이마저도 잘 하지 않은 채 방에 들어앉아 학문에 전념했다는 말이다.

413 빈……걸려있구나 : 이 두 구절의 의미는 분명치 않으나, 빈 누각이나 어둑한 창이 조성기가 세상을 떠나고 난 뒤의 적막함을 상징한다면, 운세는 곧 소옹이 천지가 순환하는 기간을 추정한 원회운세(元會運世)의 설이 담긴 《황극경세서(皇極經世書)》를 가리키고, 연어는 곧 하늘을 나는 솔개와 물에서 뛰노는 물고기를 통해 활발히 유행하는 천리(天理)를 말한 《중용》을 가리키는 것이 아닌가 한다.

414 눈과……것 : 눈과 달과 바람과 꽃은 천지자연이 사계절에 따라 변화하는 풍광을 가리킨다. 소옹은 자신의 글에서 이 표현을 가지고 천지의 조화나 철리(哲理)를 말하였다. 예컨대 《격양집(擊壤集)》〈자서(自序)〉에서 "비록 사생과 영욕이 눈앞에서 싸움을

남기신 글에서 생동함을 보도다　　　　　遺篇見卷舒

제3수 其三

바위를 뚫듯 용맹하게 공부하시고[415]　　　　石透爲功猛

돈이 흐르듯 전일하게 사색하셨네[416]　　　　錢流運思專

주자와 육씨의 구분을 깊이 논하고[417]　　　　論深朱陸際

벌인다 할지라도 우리 가슴속에 그것이 들어오지 않는다면, 사시에 따라 바람과 꽃과
눈과 달이 우리의 눈앞을 한 번 스쳐 지나가는 것과 무엇이 다르겠는가.〔雖死生榮辱轉
戰於前, 曾未入於胸中, 則何異四時風花雪月一過乎眼也?〕"라고 하였고, 〈춘천음(春天
吟)〉에서는 "춘하추동이 나의 마음을 얽어매지 않게 한다면, 눈과 달과 바람과 꽃이
모두 하나로 이어지리라.〔春秋冬夏能無累, 雪月風花都一連.〕"라고 하였다.

415　바위를……공부하시고 : 주희(朱熹)가 말하기를, "양기가 발하는 곳에서는 무쇠
나 바위도 뚫을 수 있으니 정신이 하나로 모이면 무슨 일인들 이루지 못하겠는가.〔陽氣
發處, 金石亦透, 精神一到, 何事不成?〕"라고 하였다.《朱子語類 卷8 學二 總論爲學之方》

416　돈이……사색하셨네 : 주희가 말하기를, "유안은 땅 위에서 돈이 흘러가는 것을
보는 것 같았으니, 생각하건대 이는 그가 돈에 대해서 완전히 집중하여 계산하고 헤아린
것이 이와 같았던 것이다. 나의 상황으로 볼 것 같으면 지금 성인의 말씀을 보되 성인의
마음이 한 닢 한 닢의 돈이 면전에서 지나가는 것을 보는 것 같다.〔劉晏見錢流地上,
想是他計較得熟了如此. 某而今看聖人說話, 見聖人之心成片價從面前過.〕"라고 하였
다. 유안은 당(唐)나라 대종(代宗) 때 사람으로 재리(財利)에 식견이 있어서 탁지염철
전운사(度支鹽鐵轉運使)가 되어 국가의 재정을 안정시켰다. 유안은 항상 자신이 돈이
땅 위에서 흘러가는 것을 보는 것 같다는 말을 하였다. 이는 그가 돈의 흐름과 이치에
대해 전일하고 익숙하게 헤아려서 완전히 꿰뚫고 있었음을 나타낸 말이다. 주희는 유안
의 이 말을 인용하여 공부를 할 때도 이와 같이 전일하고 익숙하게 몰입해야 함을 말한
것이다.《朱子語類 卷104 朱子1 自論爲學工夫》《新唐書 卷147 劉晏列傳》

417　주자와……논하고 : 조성기가 법도를 지키며 순순히 차례를 밟아 사물의 이치를
하나하나 궁구하여 극처(極處)에 이르는 주희의 학문론을 따르고, 지엽적인 법도를
초월해 넘기고 단번에 이치를 꿰뚫는 방법을 추구한 육구연(陸九淵)의 학문론을 배격

한나라와 당나라 이전에 아득히 시선 두었어라[418] 目逈漢唐前

왕도(王道)와 패도(覇道)는 뒤섞을 수 없다 보시고 帝覇看非混

앎과 실천을 원융하고자 한다 하셨도다 知行說欲圓

근심치 말지라 천 년의 세월 뒤에 休憂千載後

사람들이 선생을 용천[419]에 비기리로다 人有比龍川

제4수 其四

저자에서 종아리 맞는 듯 마음속이 부끄러웠고[420] 撻市中心恥

하였음을 말한 것이다. 본집 권27의 묘지명에 "……삼가 생각하건대 선생처럼 한 이후에야 주자의 충신이라고 할 수 있다. 또 예로부터 흉금이 활연히 트이는 학문을 하는 자는 으레 선왕의 법도를 지키지 않고 혹은 제멋대로 방종하는 지경에 이르기까지 하니, 육구연이나 왕수인(王守仁) 같은 무리가 그러하다. 선생의 경우는 자득을 주로 하여 삼가 법도를 지켰으니 더욱이 어찌 공경할 만하지 않겠는가.〔竊謂如先生者而後, 可當朱子忠臣. 且自古爲胸襟之學者, 例不守文, 而或至流遁, 如陸王之徒是已. 若先生之主乎自得而謹守憲章, 尤豈非可敬也哉?〕"라고 하였다.

418 한나라와……두었어라 : 한나라와 당나라 이전이란 곧 중국의 고대 왕조인 하(夏), 은(殷), 주(周)의 삼대(三代)를 가리킨다. 조성기는 고대로부터 명(明)나라에 이르기까지 여러 왕조의 전장제도(典章制度)를 깊이 연구하였는데, 본집 권27의 묘지명에 조성기의 말을 인용하여 "치우치고 빠진 것을 바로잡고 채워서 삼대 시절 이후로 천도(天道)와 인사(人事)의 누락된 것을 보충하였다.〔救其偏而補其缺, 彌縫三代以後天人之遺闕.〕"라고 하였다.

419 용천(龍川) : 송(宋)나라 때 학자로 주희와 동시대 인물인 진량(陳亮)의 호이다. 성리(性理)를 공허하게 논하는 것을 비판하고 실사실공(實事實功)을 강조하여 영강학파(永康學派)를 세웠다. 주희와 견해를 같이하는 부분도 많았으나 대립적인 관점도 많았다. 조성기는 《졸수재집》의 여러 글에서 진량을 높이 평가하였으며, 서종태(徐宗泰)가 지은 《만정당집》 권14 〈졸수재 조공에 대한 묘표〉에서는 "그 통쾌한 논변과 탁월한 논의는 진용천과 흡사하였다.〔其快辯卓論似陳龍川〕"라고 하였다.

도랑을 메울까 밥 먹을 때마다 근심하셨네[421]　　　　填溝每食憂

나라 경영이 본디 평소 계획이셨거늘　　　　經邦自素計

복이 없는 것은 청구의 땅이로다[422]　　　　無祿是靑丘

밝은 임금의 꿈에 나타나지 못하여[423]　　　　未發明王夢

---

420 저자에서……부끄러웠고 : 나라의 임금을 성군(聖君)으로 만드는 역할을 수행하지 못해 부끄러움을 느낀다는 말이다. 《서경》〈상서(商書) 열명 하(說命下)〉에 "내가 우리 임금을 요순 같은 성군으로 만들지 못한다면 시장에서 종아리를 맞는 것처럼 내 마음이 부끄러울 것이다.〔予弗克俾厥后惟堯舜, 其心愧恥, 若撻于市.〕"라고 하였다.

421 도랑을……근심하셨네 : 백성들에게 유익함을 끼치지 못할까 근심했다는 말이다. 《맹자》〈만장 상(萬章上)〉에 이윤은 "천하의 백성 중에 한 남자와 한 여자라도 요순의 혜택을 입지 못하는 자가 있으면, 마치 자신이 그들을 밀쳐서 도랑에 빠뜨린 것과 같이 생각하였다.〔思天下之民匹夫匹婦, 有不被堯舜之澤者, 若己推而內之溝中.〕"라고 하였다. 본집 권27의 묘지명에 "매번 《격양집(擊壤集)》의 시를 읽으면서 '백성들이 구렁텅이를 메우고 있으니 참로 누구의 잘못인가.'라는 구절에 이를 때마다 탄식하고 눈물이 나오려 했다.〔每誦擊壤詩, 至民塡溝壑諒何辜也, 輒歔欷欲涕.〕"라고 하였다.

422 나라……땅이로다 : 청구는 우리나라의 이칭이다. 나라를 경영할 뛰어난 재능을 지닌 조성기가 등용되지 못한 것은 조선의 불행이라는 말이다. 본집 권27의 묘지명에 "지금 세상을 교화하고 후세에 전하려 했던 것들이 필경에는 사람들도 알아주지 않아 어그러지고 하늘도 운수를 터주지 않아 잘못되어 버렸으니, 이것은 선생의 불행이 아니라 또한 우리 백성들이 복이 없는 것이로다.〔其化今其傳後, 畢竟乖於人而失諸天者, 非先生之不幸, 亦斯民之無祿也歟.〕"라고 하였다.

423 밝은……못하여 : 뛰어난 인재인 조성기가 조정에 발탁되지 못한 것을 탄식한 말이다. 위(魏)나라 예형(禰衡)은 재주가 뛰어났으나 너무 고고하게 굴다가 무제(武帝)의 미움을 받아 북을 담당하는 관리인 고리(鼓吏)로 폄적되었는데, 정월 보름에 북을 연주할 때 〈어양참과(漁陽摻檛)〉라는 곡을 연주하니 북소리가 매우 구슬프고 미묘해 좌중이 모두 감동하여 탄식하였다. 그러자 평소 예형과 친분이 있고 그를 아끼던 공융(孔融)이 "예형이 지은 죄는 서로 줄로 묶어 따라 다니게 하는 가벼운 형벌을 받아야 할 정도이지만 밝은 임금의 꿈에 나타나지 못해서 저런 것이지요.〔禰衡罪同胥靡,

육식[424]의 모의에 참여하기 어려우셨네 難參肉食謀

일찍이 소작은 지우(知遇)를 받아 嘗論蘇綽遇

우문씨의 주나라에서 취했음을 논하였어라[425] 有取宇文周

제5수 其五

하늘에 통하신 학문은 우선 두고 直置通天學

선생이 선비 아끼신 풍모를 볼지니 看他愛士風

재주에서는 죽은 말까지도 남김없이 찾으시고 搜才窮死馬

장점에서는 벌레 모양 새기는 것도 취하셨네[426] 取節在雕蟲

不能發明王之夢.]"라고 하니 무제가 부끄러워하며 사과했다고 한다. 여기서 밝은 임금의 꿈에 나타난다는 것은 은(殷)나라 임금 무정(武丁)이 꿈에서 자신을 보필한 성인(聖人)을 얻었는데 꿈에서 깨어 이를 초상으로 그려 수색하다가 부열(傅說)을 찾아내어 재상으로 등용한 고사를 가리킨다. 《世說新語 卷上之上 言語 第二十一》《史記 卷3 殷本紀》

424 육식(肉食) : 고기 먹는 자들이라는 뜻으로 조정의 벼슬아치를 가리키는 말이다. 《춘추좌씨전(春秋左氏傳)》 장공(莊公) 10년 기사에서 유래하였다.

425 일찍이……논하였어라 : 어진 인재가 등용되어 부국강병을 이루었음을 말하고 그렇지 못했던 조성기의 상황을 탄식한 것이다. 소작은 북주(北周) 태조(太祖) 우문태(宇文泰)에게 지우를 받아 등용되어 호적과 세금 제도를 정비하고 관제(官制)를 확립하는 등의 조치로 부국강병을 이룬 인물이다. 《北史 卷63 蘇綽列傳》 보통 임금이 신하를 알아보고 등용하여 부국강병을 이룬 사례로 거론된다.

426 재주에서는……취하셨네 : 조성기가 남의 보잘것없는 작은 장점까지도 모두 찾아내 포용하여 사람들을 잘 이끌었다는 말이다. 본집 권27의 묘지명에 "무릇 작은 기예라도 있으면 입에 올려 칭찬하기를 아끼지 않고 반드시 그 훌륭함을 장려하여 권면하여 성취시켰다.〔凡有曲藝片長, 不惜齒牙, 必欲獎善而勸成之.〕"라고 하였다. 죽은 말은 지극히 보잘것없는 인재를 비유한 것으로 곽외(郭隗)가 연(燕)나라 소왕(昭王)에게 해준 말에서 온 표현이다. 옛날 어떤 임금이 천금으로 천리마를 구하려 했는데 3년이 되도록 얻지 못하였다. 연나라 사람이 임금에게 자신이 구해오겠다고 하여 임금이 그를

권력을 가진 이들은 형문이 비좁게 찾아왔건만	權力衡門窄
어진 이를 초빙하는 임금의 수레는 오지 않았어라	招延輦轂空
평소 토포악발(吐哺握髮)의 바람 가졌더니	平生吐握願
노쇠함에 몇 번이나 주공의 꿈 꾸셨던가427	衰夢幾周公

제6수 其六

시절을 근심한 가태부요	憂時賈太傅

보냈는데 석 달이 지나 살아있는 천리마가 아니라 죽은 천리마의 뼈를 500금에 사 왔다. 임금이 노하자 그 사람은 "죽은 말도 500금에 샀는데 하물며 산 말이겠습니까? 천하 사람들이 반드시 왕께서 말을 잘 사들인다고 여길 것이니 천리마가 이제 이를 것입니다."라고 하였다. 《戰國策 燕策》 벌레 모양을 새긴다는 것 역시 보잘것없는 작은 재주를 비유하는 말이다. 한(漢)나라 양웅(揚雄)의 《법언(法言)》 〈오자(吾子)〉에 "부라는 것은 동자 시절에나 했던 벌레 모양을 그리고 전서를 새기는 것과 같은 일로서 장부가 되어서는 하지 않는다.〔賦者, 童子雕蟲篆刻, 壯夫不爲也.〕"라고 한 데서 유래하였다.

427 평소……꾸셨던가 : 토포악발은 먹던 음식을 뱉어내고 감던 머리를 움켜쥔다는 뜻으로 인재를 중히 여겨 매우 급급해하는 모양이다. 주(周)나라 때 주공(周公)이 어린 성왕(成王)을 보필하면서, 혹시라도 천하의 어진 인재를 다 등용하지 못할까 급급하여, 어진 인재를 맞이하기 위해 머리를 한 번 감는 동안에 세 번이나 젖은 머리를 움켜쥐고 나가고 밥을 한 번 먹는 동안에 입안의 음식을 세 번이나 뱉고 나갔다는 고사에서 유래하였다. 《史記 卷33 魯周公世家》 꿈에서 주공을 본다는 것은 도를 실현하려는 강한 의지를 비유한 것이다. 공자가 젊었을 때에는 주공이 천하에 펼쳤던 도를 행하려는 의지가 매우 왕성하여 꿈속에서 주공을 만나기도 했는데 늙어서 천하에 도를 시행할 수 없게 되자 이런 의지도 꺾여 꿈속에서 주공을 만나지 못하게 되어 "심하다. 나의 쇠함이여. 오래이구나. 내 다시 꿈속에서 주공을 뵙지 못하였도다.〔甚矣吾衰也. 久矣吾不復夢見 周公.〕"라고 탄식하였다. 《論語 述而》 이 구절은 인재를 아끼는 마음이 강했던 조성기가 왕을 보필하면서 어진 인재를 조정에 불러 도를 펼쳐보고자 하는 뜻을 가지고 있었으나 늙도록 그런 뜻을 펼쳐보지 못했음을 탄식한 말이다.

기무를 안 육선공이로다[428]　　　　　　　　　　識務陸宣公

나라 경영할 계책은 재주 따라 드러나고[429]　　國策隨才見

문장 짓는 마음은 이치와 더불어 통하였네　　文心與理通

파도처럼 넘실대는 짧은 서간 성대하고[430]　　波瀾尺牘盛

깊은 이치 담아낸 짧은 시 웅장해라　　　　　堂奧小詩雄

흉중에서 흘러나온 것 아니라면　　　　　　　不是流胸出

---

428 시절을……육선공이로다 : 가태부는 한 문제(漢文帝) 때의 문신인 가의(賈誼)이고 육선공은 당 덕종(唐德宗) 때의 문신인 육지(陸贄)이다. 가의는 시국의 폐단을 바로잡을 계책을 적은 치안책(治安策)을 올려 당시의 사세(事勢)에서 통곡할 만한 것 한 가지, 눈물 흘릴 만한 것 두 가지, 길이 탄식할 만한 것 여섯 가지를 지적하여 잘못된 정치를 통렬히 비판하였다.《漢書 卷48 賈誼傳》육지는 주자(朱泚)의 난(亂)이 일어나자 황제를 호종하여 봉천(奉天)으로 피란하여 기무(機務)를 처리하였는데 그 당시 조서(詔書)를 쓴 것이 매일 수백 통이었으며, 사후(死後)에 후인들이 그의 주의(奏議)를 모아《육선공주의(陸宣公奏議)》를 편찬하였다.《舊唐書 卷139 陸贄列傳》본집 권27의 묘지명에서도 "가의와 육지의 경륜이셨다.〔賈陸經綸〕"라고 하였다.

429 나라……드러나고 : 조성기가 나라를 경영할 방책에 있어서 각 방면마다 거기에 맞는 재주를 가지고 있었다는 말이다. 본집 권27의 묘지명에 조성기가 자신의 학문 방향을 유가가 본래 하는 학문은 물론이고 제자백가(諸子百家)와 예악형정(禮樂刑政) 등 한 시대의 제도를 정비하고 후세에 도움이 될 것들을 모두 섭렵하는 것으로 잡고 있다고 한 말을 인용하였다.

430 파도처럼……성대하고 : 본집 권27의 묘지명에 "만년에는 입언을 구차하게 하기 어려움을 알고서 애오라지 서간문에 뜻을 쏟아냈다. 그러나 자리에서 대충 적은 것이라도 글자 하나에 담아낸 경계가 적지 않았으며 각고의 자세로 이해하고 진실하고 절실하게 수용하라고 널리 권면하는 것이 매우 정성스러웠으니, 그의 글 가운데 금세 사람들을 교화하고 후세 사람들에게 전해질 것은 오직 이 서간문이 아닐 줄을 어찌 알겠는가.〔晩知立言之難苟矣, 聊以簡牘洩意. 然就次潦草, 不乏隻字之警, 普勸以刻苦理會眞切受用甚款款也. 亦安知其化今其傳後, 獨不在此也歟?〕"라고 하여, 조성기의 서간문이 매우 의의가 있음을 말하였다.

어찌 손 가는 대로 정교한 글 되었으랴　　　　　　焉能信手工

제7수 其七

항상 이천 선생이　　　　　　　　　　　　　　常怪伊川子

이웃에게 선천 배우지 않은 것 괴이하게 여겼더니　　先天不學隣

부끄러워라 나 같은 무리　　　　　　　　　　　堪羞如我輩

면전에서 높으신 분 잃어버렸네[431]　　　　　　當面失高人

자색 기운[432] 바라봄에 어제와 같거늘　　　　　紫氣瞻如昨

현경을 선생에게 직접 전수받지 못했도다[433]　　玄經授未親

도가 있던 선생의 집 쓸쓸한데　　　　　　　　蕭條道所在

낙양 정원엔 서대[434]가 봄빛 들었네　　　　　書帶洛園春

---

431 항상……잃어버렸네 : 눈앞에 학문이 높은 조성기 같은 사람이 있었음에도 생전
에 그 높은 학문을 물어보지 못했음을 탄식한 말이다. 조열지(晁說之)가 정이(程頤)에
게 소옹(邵雍)의 선천(先天)의 수(數)에 대해 물어보자 정이가 그에게 답한 편지에
"내가 요부(소옹)와 함께 같은 마을에서 이웃하여 30여 년을 살았는데 세간의 일에
대해 논하지 않은 것이 없었으나 선천의 수에 대해서만은 한 글자도 말한 적이 없다.〔頤
與堯夫同里巷居三十年餘, 世間事無所不論, 惟未嘗一字及數耳.〕"라고 하였다. 《伊洛淵
源錄 卷5》《二程文集 附錄 卷上》

432 자색 기운 : 훌륭한 사람에게 머무는 기운을 가리킨다. 583쪽 주381 참조.

433 현경(玄經)을……못했도다 : 조성기가 살아 있을 때 그 학문의 심오한 경지를
전수받지 못했다는 말이다. 현경은 한(漢)나라 때 학자 양웅(揚雄)이 지은 《태현경(太
玄經)》이다. 양웅은 가난하고 술을 좋아하여 그 문하에 찾아오는 사람이 드물었는데
거록(鉅鹿) 사람 후파(侯芭)가 양웅의 곁에서 양웅을 극진히 모시며 《태현경》을 전수
받았다고 한다. 《漢書 卷87 揚雄傳》

434 서대(書帶) : 학덕이 높은 사람이 강학하던 곳을 지칭하는 말이다. 서대는 한(漢)
나라 정현(鄭玄)이 불기성(不其城) 남산(南山)에서 강학할 때 그곳에 자라던 풀이름으

제8수 其八

특출한 정기를 바로 공이 받았으니	間氣公爲是
공과 같이 통달한 유자는 세상에 드물어라	通儒世亦稀
나를 면려하여 정성스럽게 말씀해주실 적에	丁寧勉我語
천기를 쇄락하게 드러내셨도다	洒落見天機
친밀한 뜻을 소반 채로 주셨건만[435]	密意和盤託
진심 어린 말씀 듣고도 깊이 새기지 못했네	忠言到耳違
오직 상자 속의 서찰만이 남아	惟應篋裏札
누차 반복해 읽음에 눈물로 길이 옷을 적시노라	三復永沾衣

제9수 其九

비파를 내려두니 기우의 흥취 일어나고	舍瑟沂雩興
물고기 바라보며 호복에서 노니셨도다[436]	觀魚濠濮游
드높은 정취는 물아일체(物我一體)의 경지셨고	高情融物我
나머지 우리는 유와 구처럼 비루했어라[437]	餘子陋由求

로 잎줄기가 길고 질겨 책을 묶는 띠로 사용하였기 때문에 서대라고 불렸다.《古今事文類聚 後集 卷32 草》

435 소반 채로 주셨건만 : 화반탁출(和盤托出)의 성어 표현으로, 음식을 소반 채로 차려서 들고 나온다는 말로 남김없이 모든 것을 다 드러내 보여준다는 뜻이다.

436 비파를……노니셨도다 : 한가로이 유유자적하는 조성기의 모습을 말한 것이다. 기우(沂雩)는 노(魯)나라의 강 이름인 기수(沂水)와 기우제를 지내는 장소인 무우(舞雩)이다. 50쪽 주33 참조. 호복은 호량(濠梁)과 복수(濮水)로 호량은 장자(莊子)가 혜시(惠施)와 함께 물고기가 노니는 것을 보며 즐긴 곳이고, 복수는 장자가 낚시를 즐기며 초왕(楚王)이 부르는데도 응하지 않았던 곳이다.《莊子 秋水》

437 유(由)와 구(求)처럼 비루했어라 : 조성기는 고상한 경지였지만 삼연을 포함한

감히 아양의 교분438을 말하랴	敢曰峨洋契
외려 바늘과 먼지처럼 투합하길439 기약했도다	猶期針芥投
문수보살이 일찍이 문병 갔을 적에	文殊曾問疾
정명이 여러 차례 고개를 끄덕였다네440	屢點淨名頭

다른 사람들은 그에 미치지 못하는 비루한 수준이었다는 말이다. 유와 구는 공자의
제자인 자로(子路)와 염유(冉有)의 병칭으로 모두 계씨(季氏)의 가신이 되었고 계자연
(季子然)이 공자에게 이 두 사람이 대신(大臣)이라고 할 만한지 묻자 공자는 "머릿수나
채우는 신하라고 이를 만하다.〔可謂具臣矣〕"라고 평가하였다.《論語 先進》

438 아양(峨洋)의 교분 : 서로의 마음을 진정으로 알아주는 지기(知己)의 교분이다.
춘추 시대 종자기(鍾子期)의 친구 백아(白牙)가 산을 생각하며 거문고를 타면 종자기
가 "좋구나. 우뚝 솟은 것이 태산 같도다.〔善哉! 峨峨兮若泰山.〕"라고 하고, 백아가
물을 생각하며 거문고를 타면 종자기가 "좋구나. 물이 넘실넘실하는 것이 강하 같도다.
〔善哉! 洋洋兮若江河.〕"라고 하였다.《列子 湯問》

439 바늘과 먼지처럼 투합하길 : 자석에 달라붙는 바늘과 호박(琥珀)에 달라붙는 먼
지라는 뜻의 침개상투(針芥相投)를 가리키는 것으로 서로 의기투합하는 것을 말한다.

440 문수보살이……끄덕였다네 : 정명은 불교에서 재가거사(在家居士)로 깨달음을
얻은 대표적인 인물인 유마힐(維摩詰)의 한역(漢譯) 명칭이다. 대승불교에서 재가불교
운동의 이상을 표현하고 있는《유마힐소설경(維摩詰所說經)》은 재가거사인 유마힐 앞
에서 숱한 보살과 석가모니의 고제(高弟)들이 가르침을 구하고 어리석음을 논파당하는
장면이 나온다. 그 가운데 문수보살이 석가모니의 명으로 유마힐에게 문병 가서 유마힐
에게 공(空) 사상의 요체를 묻고 가르침을 얻는 장면이 핵심이다.《유마힐소설경》에는
유마힐이 문수보살에게 고개를 끄덕이는 장면은 나오지 않는다. 이 구절에서 문수보살
은 명성은 있지만 견식이 부족한 삼연 자신을, 유마힐은 시속에 묻혀 있지만 높은 견식
을 가진 조성기를 나타낸 것이다. 조성기가 병상에 있을 때 삼연이 문병을 가서 여러
가지를 물어보고 의견을 구했을 때 조성기가 삼연의 말을 인정해 주며 서로 뜻이 맞았던
것을 불경의 고사를 들어 비유한 것으로 보인다.

제10수 其十

지나간 일들 외려 길이 추억하노니	事往猶長憶
종남산 옛 뜨락이로다[441]	終南舊戶庭
서리 내린 벼루 곁엔 국화 피고	菊花霜落硯
달빛 비낀 술병 곁엔 매화 피었지	梅蘂月橫瓶
강론하는 자리에서 나의 어눌함을 포용해주시고	講席容吾訥
시 읊조리는 술자리에서 나그네가 깨도록 불러주셨네	吟樽喚客醒
연이어서 오래도록 주미 휘두르다 보니[442]	蟬連揮麈久
말 타고 돌아올 제 매번 별이 뜬 깊은 밤이었지	歸馬每逢星

제11수 其十一

남쪽 성곽에서 고요한 하늘과 변화하셨거늘	南郭寥天化
나는 바야흐로 흰구름 향해 울부짖노라[443]	吾方叫白雲
넋을 상해[444]에서 불러보지만	魂從桑海召

---

441 종남산 옛 뜨락이로다 : 조성기의 거처가 남산에 있었다. 《三淵先生年譜》

442 주미(麈尾) 휘두르다 보니 : 조성기와 삼연이 오랜 시간 담론을 나누었다는 말이다. 주미는 고라니의 꼬리털로 만든 먼지떨이로 위진(魏晉) 시대에 사람들이 청담(淸談)을 나누면서 이것을 휘둘렀다고 한다.

443 남쪽……울부짖노라 : 조성기는 생사(生死)의 이치를 깨닫고 초연히 자연과 하나가 되어 세상을 떠났는데 자신은 그렇게 초연할 수가 없어서 울부짖는다는 말이다. 《장자》〈대종사(大宗師)〉에 "자연의 변화에 순응하여 함께 변화해서 마침내 고요한 하늘과 일체가 되는 경지로 들어갔다.〔安排而去化, 乃入於寥天一.〕"라고 하였다. 이말은 안회(顔回)가 모친상에도 곡하지 않고 슬픔을 느끼지 않는 맹손재(孟孫才)를 의아해하며 공자에게 질문하자 공자가 답한 말의 일부로 생사의 이치를 깨닫고 초연한 상태를 형용한 것이다.

이미 삶과 죽음의 길이 갈렸음을 알겠네 　　　覺已死生分

옛 농담에 세 걸음의 수레라는 말 있거니와 　　　舊謔車三步

묵은 뿌리는 한 무덤에 풀이 났도다[445] 　　　陳根草一墳

시를 산삭하며 슬프게 혼잣말 하노라니 　　　刪詩悲自語

다시 선생과 자세히 문장 논하는 듯하여라[446] 　　　疑復細論文

---

444 상해(桑海) : 상전벽해(桑田碧海)의 준말이다. 여기서는 조성기가 죽은 이후로 상전벽해처럼 바뀌어버린 현실을 가리키는 듯하다.

445 옛……났도다 : 조성기의 무덤에 가서 곡하고 싶지만 세월이 흘러 곡할 시기가 지났다는 말이다. 삼국 시대 조조(曹操)가 자신이 미천할 때 자신을 알아봐 준 교현(橋玄)이 죽자 그 무덤을 지나면서 제문을 짓기를 "그대가 조용히 나와 약속해 말하기를 '내가 죽은 뒤 무덤 앞을 지나게 될 때 한 말 술과 한 마리 닭을 가지고 무덤을 찾아 조문하지 않으면 수레가 세 걸음을 가기도 전에 복통이 나더라도 원망하지 말아야 할 것이다.'라고 하였습니다.〔又承從容約誓之言, 徂沒之後, 路有經由, 不以斗酒隻雞過相沃酹, 車過三步, 腹痛勿怨.〕"라고 하였다. 《後漢書 卷51 橋玄傳》또《예기(禮記)》〈단궁 상(檀弓上)〉에 "붕우의 무덤에는 한 해를 넘겨 풀이 묵으면 곡하지 않는다.〔朋友之墓, 有宿草而不哭焉.〕"라고 하였는데, 정현(鄭玄)이 풀이하기를 "숙초는 뿌리가 묵은 것을 말한다. 스승을 위해서는 심상 3년을 지내고 붕우에게는 기년상을 지내야 한다.〔宿草, 謂陳根也. 爲師心喪三年, 於朋友期可.〕"라고 하였다.

446 다시……듯하여라 : 현재 본집에는 삼연과 조성기가 문장에 대해 의견을 나눈 글이 실려 있지 않지만 《졸수재집》에는 일부가 남아있다. 본집 습유(拾遺) 권31 〈어록(語錄)〉에 삼연의 아들들이 향후 문집을 산정할 때 장문의 서간문은 어떻게 처리해야 할지 묻자 삼연이 "졸수재와 문장을 논하며 왕복한 서간문은 번잡하니 산삭하고 의리를 발명한 것은 산입하도록 해라.〔與拙修齋往復論文, 繁雜刪之. 發明義理者, 入之可也.〕"라고 한 것에서 평소 문장에 대해 졸수재와 논한 장문의 서간이 존재했다는 것과 그러한 글이 본집에 수록되지 않은 사정을 알 수 있다.

제12수 其十二

참된 조화로 돌아간 선생은 즐겁겠으나	返眞夫子樂
노끈에 매달린[447] 이내 생은 서글퍼라	衒索此生哀
세상을 돌아보면 존몰이 아득하지만	撫世迷存沒
마음에 간직한 것은 왕래함이 있도다[448]	藏心有往來
강산에는 묘한 이치가 가득하고	江山盈理妙
성곽에는 술자리가 파하였어라[449]	城郭罷樽罍
울면서 빙호[450]를 향해 섰노라니	泣向氷湖立
눈 쌓인 종남산이 펼쳐지누나	終南倚雪開

447 노끈에 매달린 : 유한한 인생에 얽매여 있다는 말이다. 《설원(說苑)》〈건본(建本)〉에 "마른 물고기를 매단 노끈이 좀먹지 않음이 얼마나 되리오.〔枯魚衒索, 幾何不蠹?〕"라고 하였는데, 이는 짧은 인생을 비유한 말이다.

448 세상을……있도다 : 세상을 돌아보면 조성기는 죽고 삼연은 살아남아 아득히 다시 만날 수 없는 사이로 멀어졌지만, 서로 마음에 간직했던 정의(情誼)는 생사를 뛰어넘어 아직 왕래하고 있다는 말이다.

449 강산에는……파하였어라 : 강산에는 조성기가 살아생전에 밝혔던 묘한 이치가 가득히 남아있는데, 조성기와 함께하던 술자리는 다시 가질 수 없다는 뜻인 듯하다.

450 빙호(氷湖) : 575쪽 주361 참조.

말이 범에게 물려간 것을 슬퍼하며

哀馬爲虎所噬

제1수

마구간이 불타 죽은 것보다 더 심한 화이니	禍甚於焚廐
제 명을 다 산 것이라면 죽은들 누가 슬퍼하랴	天年死孰悲
그저 첩첩산중 향한 원망 깊고	冤深只疊嶂
아직도 성근 울타리엔 핏자국 남아있네	血在尙疎籬
늙은 암말은 바람 의지하며[451] 홀로 남았고	老牸依風獨
차가운 날씨에 거위는 밤에 경보 보내는 것이 더뎠구나	寒鵝警夜遲
어이하면 사나운 범을 베어다	何由斬白額
그 가죽 깔고 누워 이 마음 통쾌히 할까	快意寢其皮

제2수 其二

험난하고 곤궁한 길을 사람들이 다니지만	險困人相得
말처럼 온순하고 잘 길든 동물 드물다네	馴良物罕齊
너는 굶주려도 재갈과 고삐 움직이는 대로 따르지 않음이 없었고	
	飢無詭銜轡
피곤해도 진창길에 드러눕지 않았다	疲不臥塗泥

---

451 바람 의지하며 : 무명씨(無名氏)의 〈고시(古詩)〉에 "호지의 말은 북풍에 몸을 의지한다.〔胡馬依北風〕"라고 한 데서 온 표현으로 근본을 잊지 못하고 몹시 그리워한다는 의미로 쓰인다. 여기서는 범에게 숫말을 잃고 홀로 있다는 뜻으로 쓰였다.

초초히 화강[452]에서 배불렀고   草草花江飽

머나먼 설악산을 다녔지   遙遙雪嶺蹄

너의 노고 보답할 길 끝내 사라졌으니   酬勞竟落莫

옛날 다니던 오솔길에서 마음 참혹하구나   神慘舊行蹊

---

452 화강(花江) : 김화현(金化縣)의 이칭으로 삼부연(三釜淵)이 있는 철원의 동부 지역이다.

지은이 김창흡(金昌翕)

1653(효종4)~1722(경종2). 본관은 안동(安東), 자는 자익(子益), 호는 낙송자(洛誦子)·삼연(三淵), 시호는 문강(文康)이다. 영의정 김수항(金壽恒)의 6남 중 3남으로 태어났으며 위로 영의정을 지낸 노론(老論)의 영수 김창집(金昌集), 학문과 문학으로 이름을 떨친 김창협(金昌協)을 형으로 두었다. 아우 김창업(金昌業)·김창즙(金昌緝)·김창립(金昌立) 등도 모두 당대에 명성이 있었다. 이단상(李端相), 조성기(趙聖期) 등에게 수학하였으며, 21세(1673, 현종14)에 진사시에 합격하였으나 숙종대의 환국정치(換局政治)로 부친이 유배와 사사를 당하자 출사에 완전히 뜻을 접고 양주의 벽계(蘗溪)와 설악산 등지를 오가며 은거의 삶을 살았다.

형 김창협과 더불어 학문과 시문으로 당대에 명성이 높았고 당대 학자와 문인들은 물론 후대까지 지대한 영향을 미치며 기호 학단(畿湖學團)에 깊은 궤적을 남겼다. 노론의 명문가로 소론(少論) 및 중인(中人)들과도 활발히 교류하였으며 불가의 승려들과도 교유하였다. 문학적으로는《시경(詩經)》과 한위악부(漢魏樂府),《문선(文選)》과《장자(莊子)》및 불전(佛典)과 소품문(小品文)에 이르기까지 다양한 장르를 두루 궁구하여, 형식과 격례(格例)에 얽매이는 구태의연한 문학적 관습을 배격하고 실상을 문학 속에 참되게 담아내었다. 이러한 그의 문학적 실험과 성과는 후대 조선 문단의 다양성에 풍부한 토양이 되었다. 학문적으로는 낙학(洛學)의 종주인 형 김창협의 학문적 특성과 대체적인 궤를 같이하되 세밀하고 구체적인 각론에 있어서는 면밀한 검토와 주장, 그리고 다양한 학자들과의 토론을 전개하며 자신만의 학문관을 구축하면서 역시 낙학의 종주로 자리매김하였다. 벼슬에 나아가 실제 정치 무대에서 활동한 적은 없으나 노론 명문가의 자제로 재야에서 학문과 문학 양방면 모두 뚜렷하고 지대한 영향력을 행사하면서 당대의 거두가 된 문인 학자이다.

옮긴이 이승현(李承炫)

1979년 경북 포항에서 태어났다. 성균관대학교 대학원에서 박사과정을 수료하였으며, 한국고전번역원 고전번역교육원 연수과정을 졸업하였다. 한국고전번역원 연구원으로 재직하며 번역 및 편찬에 참여하였고, 현재 성균관대학교 대동문화연구원에서 권역별 거점번역연구소협동번역사업에 참여하고 있다. 번역서로《창계집》,《명고전집》,《승정원일기》,《동천유고》,《고산유고》,《역주 당송팔대가문초 구양수》, 교점서로《교감표점 승정원일기 인조41》,《교감표점 창계집1》, 편찬서로《한국문집총간편람》,《한국문집총간해제8·9》, 논문으로〈초의 의순의 시문학 연구〉,〈기리총화 연구〉,〈김시습의 장량찬의 이면〉,〈서형수의 명고전집 시고를 통해 본 원텍스트 훼손〉 등이 있다.

옮긴이 **임영걸(林永杰)**

1983년 서울에서 태어났다. 성균관대학교 한문교육과를 졸업하고 한문학과 박사를 수료하였으며, 한국고전번역원 전문과정을 졸업하고 번역위원을 역임하였다. 논문으로 〈연세대학교 소장 만오만필의 작자에 대한 고찰〉, 〈지봉 이수광의 산문 비평에 대한 일고-당송고문의 우열비평을 중심으로〉 등이 있고, 공역서로 《만오만필(晚悟漫筆)-야담문학의 새로운 풍경》, 《완역 정본 택리지(擇里志)》, 《일성록(日省錄) 정조174·180, 순조3·6·13·20》 등이 있다.

권역별거점연구소협동번역사업 연구진

연구책임자　　이영호(성균관대학교 HK 교수)
공동연구원　　안대회(성균관대학교 한문학과 교수)
책임연구원　　이상아
　　　　　　　이성민
　　　　　　　이승현
　　　　　　　서한석
　　　　　　　김내일
　　　　　　　임영걸

삼연집 2

김창흡 지음 | 이승현 · 임영걸 옮김

2023년 12월 31일 초판 1쇄 발행

편집 · 발행 성균관대학교 출판부 | 등록 1975. 5. 21. 제1975-9호

주소 (03063) 서울시 종로구 성균관로 25-2

전화 760-1253~4 | 팩스 762-7452 | 홈페이지 press.skku.edu

조판 김은하 | 인쇄 및 제본 영신사

ⓒ 한국고전번역원 · 성균관대학교 대동문화연구원, 2023

Institute for the Translation of Korean Classics · Daedong Institute for Korean Studies

값 25,000원

ISBN 979-11-5550-615-8　94810

　　　979-11-5550-613-4 (세트)